POUR RIEN AU MONDE

Ken Follett est né à Cardiff en 1949. Diplômé en philosophie de l'University College de Londres, il travaille comme journaliste à Cardiff puis à Londres avant de se lancer dans l'écriture. En 1978, *L'Arme à l'œil* devient un best-seller et reçoit l'Edgar du meilleur roman de l'association des Mystery Writers of America. Ken Follett ne s'est cependant pas cantonné à un genre ni à une époque : outre ses thrillers, il a signé des fresques historiques, tels *Les Piliers de la Terre*, *Un monde sans fin*, *Une colonne de feu*, ou encore sa trilogie du Siècle (*La Chute des géants*, *L'Hiver du monde*, *Aux portes de l'éternité*). Ses romans sont traduits dans plus de vingt langues et plusieurs d'entre eux ont été portés à l'écran. Ken Follett vit près de Londres.

Paru au Livre de Poche :

APOCALYPSE SUR COMMANDE

L'ARME À L'ŒIL

LE CODE REBECCA

CODE ZÉRO

COMME UN VOL D'AIGLES

LE CRÉPUSCULE ET L'AUBE

L'HOMME DE SAINT-PÉTERSBOURG

LES LIONS DU PANSHIR

LA MARQUE DE WINDFIELD

LA NUIT DE TOUS LES DANGERS

PAPER MONEY

LE PAYS DE LA LIBERTÉ

PEUR BLANCHE

LES PILIERS DE LA TERRE

LE RÉSEAU CORNEILLE

LE SCANDALE MODIGLIANI

LE SIÈCLE

1. La Chute des géants

2. L'Hiver du monde

3. Aux portes de l'éternité

TRIANGLE

LE TROISIÈME JUMEAU

UN MONDE SANS FIN

UNE COLONNE DE FEU

LE VOL DU FRELON

KEN FOLLETT

Pour rien au monde

ROMAN TRADUIT DE L'ANGLAIS PAR JEAN-DANIEL BRÈQUE,
ODILE DEMANGE, CHRISTEL GAILLARD-PARIS,
NATHALIE GOUYÉ-GUILBERT ET DOMINIQUE HAAS

ROBERT LAFFONT

Titre original :

NEVER

Publié par Viking, an imprimt of Penguin Group, New York.

© Ken Follett, 2021.
© Éditions Robert Laffont, 2021, pour la traduction française.
ISBN : 978-2-253-93517-9 – 1re publication LGF

En faisant des recherches pour La Chute des géants, *j'ai découvert avec stupéfaction que* personne n'avait voulu *la Première Guerre mondiale. Aucun responsable européen, dans un camp ou dans l'autre, ne l'avait souhaitée. Et pourtant, l'un après l'autre, les empereurs et les chefs de gouvernement ont pris des décisions – des décisions raisonnables, modérées –, dont chacune nous a rapprochés, pas à pas, du conflit le plus effroyable que le monde ait jamais connu. J'en suis venu à penser que tout cela avait été un tragique accident.*

Et je me suis posé cette question : l'Histoire pourrait-elle se répéter ?

Deux tigres ne peuvent pas vivre sur la même montagne.

Proverbe chinois

LE PAYS DES MUNCHKINS

Prologue

Pendant de longues années, James Madison avait, du haut de son mètre soixante-trois, détenu le titre de plus petit président des États-Unis. Jusqu'au jour où la présidente Green avait pulvérisé ce record. Pauline Green mesurait un mètre cinquante. Elle aimait à faire remarquer que Madison l'avait emporté sur DeWitt Clinton, un mètre quatre-vingt-dix.

Elle avait déjà repoussé à deux reprises sa visite au pays des Munchkins. Celle-ci avait été programmée chaque année depuis son arrivée au pouvoir, mais Pauline avait toujours eu des obligations plus importantes. Cette fois, en cette douce matinée de septembre de la troisième année de sa présidence, elle estima ne plus pouvoir s'y dérober.

Il s'agissait de ce que l'armée appelait une répétition de concept, un exercice destiné à familiariser les hauts responsables du gouvernement avec les mesures à prendre en cas d'urgence. Dans cette simulation d'attaque contre les États-Unis, elle quitta rapidement le Bureau ovale pour gagner la pelouse sud de la Maison Blanche.

Elle était suivie d'une poignée de personnages de premier plan qui ne la quittaient presque jamais d'une semelle : son conseiller à la Sécurité nationale, sa secrétaire principale, deux gardes du corps du Secret Service et un jeune capitaine de l'armée portant une mallette en métal recouverte de cuir surnommée « le football nucléaire », qui contenait tout ce dont Pauline avait besoin pour déclencher une guerre atomique.

Son hélicoptère appartenait à la flotte gouvernementale et l'appareil qui la transportait, quel qu'il fût, prenait systématiquement le nom de *Marine One*. Comme toujours, un marine en tenue de cérémonie bleue se tenait au garde-à-vous lorsque la Présidente s'approcha et gravit les marches d'un pas léger.

La première fois que Pauline était montée à bord d'un hélicoptère, quelque vingt-cinq ans plus tôt, l'expérience avait été, se rappelait-elle, pour le moins inconfortable : des sièges métalliques horriblement durs entassés dans un espace exigu et un vacarme qui interdisait toute conversation. Cet appareil-ci était bien différent. L'intérieur n'avait rien à envier à celui d'un jet privé : fauteuils moelleux recouverts de cuir brun clair, air conditionné et une petite salle de bains.

Le conseiller à la Sécurité nationale, Gus Blake, était assis à côté d'elle. Ce général à la retraite était un grand gaillard afro-américain aux cheveux gris coupés court qui dégageait une rassurante impression de vigueur. À cinquante-cinq ans, il était de cinq ans l'aîné de Pauline. Il avait été un élément clé de son équipe de campagne et était à présent son plus proche collaborateur.

« Merci d'être venue, lui dit-il alors qu'ils décollaient. Je sais que ce n'est pas par plaisir. »

Il avait raison. Cette perte de temps la contrariait et elle avait hâte d'en être débarrassée. « Une des corvées auxquelles on ne peut pas se soustraire, c'est tout », lança-t-elle.

Le trajet était court. Lorsque l'hélicoptère commença à perdre de l'altitude, elle vérifia son allure dans un miroir de poche. Ses cheveux blonds coupés au carré étaient impeccables, son maquillage discret. Elle avait de jolis yeux noisette qui révélaient la compassion qui l'étreignait fréquemment, alors même que ses lèvres pouvaient se serrer dans une expression de détermination inflexible. Elle referma sèchement son miroir.

L'hélicoptère atterrit dans une zone d'entrepôts, au milieu d'une banlieue du Maryland. Le nom officiel de ce secteur était Établissement de stockage du surplus d'archives du gouvernement américain n° 2, mais les rares personnes à connaître sa fonction réelle l'appelaient le pays des Munchkins, en référence au lieu où la tornade dépose Dorothy dans *Le Magicien d'Oz*.

L'existence du pays des Munchkins était un secret. Personne n'ignorait celle du Raven Rock Mountain Complex dans le Colorado, le bunker nucléaire souterrain qui devait servir d'abri aux commandants de l'armée en cas de guerre nucléaire. Il aurait une importance primordiale, mais ce n'était pas là que la Présidente se réfugierait. Beaucoup de gens savaient également qu'un Centre opérationnel d'urgence présidentiel, utilisé lors de crises comme celle du 11 Septembre, était aménagé sous l'aile est de la Maison Blanche. Il n'était cependant pas destiné à une occupation post-apocalyptique de longue durée.

Le pays des Munchkins, en revanche, pouvait assurer la survie d'une centaine de personnes pendant un an.

La présidente Green fut accueillie par le général Whitfield. Proche de la soixantaine, c'était un homme corpulent au visage rond et affable, dénué, à l'évidence, de tout caractère belliqueux. Pauline était convaincue que la perspective de tuer des ennemis – ce qui était tout de même, après tout, la vocation d'un soldat – ne le tentait pas le moins du monde. Sans doute son absence d'agressivité expliquait-elle qu'on lui ait confié ce poste.

C'était une zone d'entrepôts bien réelle, un fléchage dirigeant les livraisons vers un quai de chargement.

Whitfield fit passer le groupe par une petite porte latérale, et l'atmosphère changea immédiatement.

Ils se retrouvèrent devant une porte massive à deux battants que l'on aurait bien vue à l'entrée d'une prison de haute sécurité.

La pièce sur laquelle elle ouvrait était étouffante. Le plafond était bas et les murs semblaient resserrés, comme s'ils avaient un bon mètre d'épaisseur. L'odeur de renfermé était prégnante.

«Ce sas anti-explosion a pour principale fonction de protéger les ascenseurs», expliqua Whitfield.

Dès qu'ils entrèrent dans l'ascenseur, l'impatience qu'inspirait à Pauline l'obligation de se livrer à un exercice plus ou moins superflu s'effaça devant un sentiment de gravité.

«Avec votre permission, madame la Présidente, reprit Whitfield, nous commencerons par nous rendre au niveau le plus bas avant de remonter.

— C'est parfait, merci, général.»

Pendant qu'ils descendaient, il déclara fièrement: «Madame, cette installation vous assurerait une protection à cent pour cent si les États-Unis devaient être victimes d'une des catastrophes suivantes: pandémie ou épidémie, catastrophe naturelle telle que la chute d'une importante météorite, émeutes et graves troubles civils, invasion par des forces militaires conventionnelles, cyberattaque ou guerre nucléaire.»

Si cette liste de cataclysmes potentiels était censée rassurer Pauline, elle manqua son but. Elle ne fit que lui rappeler que la fin de la civilisation n'avait rien d'impossible et qu'elle-même risquait de devoir trouver refuge dans ce souterrain pour chercher à préserver des vestiges de l'espèce humaine.

Elle se dit qu'elle préférerait encore mourir à l'air libre.

L'ascenseur poursuivait à vive allure sa chute, qui semblait interminable. Quand il s'arrêta enfin, Whitfield précisa : «En cas de panne, il y a également un escalier.»

Ce trait d'humour provoqua les rires des plus jeunes membres du groupe, qui s'amusèrent à estimer le nombre de marches que cela pouvait représenter ; mais Pauline, se rappelant le temps qu'il avait fallu aux malheureux pris au piège du World Trade Center en flammes pour descendre l'escalier, n'esquissa pas l'ombre d'un sourire. Gus non plus, remarqua-t-elle.

Les murs avaient beau être peints de tons apaisants de vert, de blanc cassé et de rose, cette installation n'en restait pas moins un bunker souterrain. Le sentiment d'angoisse que Pauline avait éprouvé d'emblée ne la quitta pas un instant pendant la visite de la suite présidentielle, des chambrées équipées de rangées de lits de camp, de l'hôpital, de la salle de sport, de la cafétéria et du supermarché.

La salle de crise était la réplique de celle qui se trouvait au sous-sol de la Maison Blanche, avec une longue table au centre et des chaises de part et d'autre destinées aux conseillers. Les murs étaient occupés par de grands écrans. «Nous disposons des mêmes données visuelles que la Maison Blanche, dans les mêmes délais, commenta Whitfield. Nous pouvons savoir ce qui se passe dans n'importe quelle ville du monde grâce au piratage des caméras de circulation routière et des images de vidéosurveillance. Les informations des radars militaires nous parviennent en temps réel. Les photos satellitaires mettent environ deux heures à atteindre la Terre, comme vous le savez, mais nous les obtenons en même temps que le Pentagone. Nous sommes en mesure de capter n'importe quelle chaîne de télévision, ce qui peut être utile dans les rares cas où CNN ou Al Jazeera obtiennent une info avant nos services de sécurité. Et nous aurons une équipe de traducteurs prêts à sous-titrer en simultané les émissions d'informations en langues étrangères. »

À l'étage des installations techniques se trouvaient une centrale électrique équipée d'un réservoir de gazole vaste comme un lac, un système de chauffage et de refroidissement et un réservoir de vingt mille mètres cubes d'eau alimenté par une source souterraine. Pauline n'était pas particulièrement claustrophobe, mais l'idée d'être confinée en ce lieu alors que le monde extérieur était dévasté l'oppressait. Elle prit conscience de sa propre respiration.

Comme s'il lisait dans ses pensées, Whitfield reprit : « Notre alimentation en air vient de l'extérieur en passant par une série de filtres qui, non contents de résister aux dégâts dus à une éventuelle déflagration, retiendront les contaminants en suspension, qu'ils soient chimiques, biologiques ou radioactifs. »

C'est bien joli, pensa Pauline, mais les millions d'humains qui seront en surface, sans protection ?

À la fin de la visite, Whitfield se tourna vers Pauline : « Madame la Présidente, bien que vos services nous aient avisés que vous ne souhaitiez pas déjeuner avant de repartir, nous avons pris la liberté de vous préparer une petite collation dans l'éventualité où vous auriez changé d'avis. »

C'était toujours comme ça. Tout le monde souhaitait passer une heure à s'entretenir à bâtons rompus avec la Présidente. Elle éprouva un élan de sympathie pour Whitfield, coincé sous terre à ce poste important mais invisible ; elle dut toutefois le réprimer, comme chaque fois, afin de respecter son horaire.

Pauline prenait rarement le temps de partager un repas avec d'autres que les membres de sa famille. Elle enchaînait les réunions au cours desquelles on échangeait des informations et prenait des décisions. Elle avait considérablement réduit le nombre de banquets officiels auxquels assistait jusque-là le chef de l'État. «Je suis le leader du monde libre, avait-elle déclaré. Pourquoi devrais-je perdre trois heures à bavarder avec le roi des Belges?»

«C'est très aimable à vous, général, dit-elle alors, mais je suis attendue à la Maison Blanche.»

Remontée dans l'hélicoptère, elle boucla sa ceinture de sécurité et sortit de sa poche un emballage en plastique de la taille d'un petit portefeuille qu'on appelait «le biscuit» et que l'on ne pouvait ouvrir qu'en cassant l'enveloppe extérieure. Il contenait une carte portant une série de lettres et de chiffres : les codes de tir nucléaire. La Présidente devait porter le biscuit sur elle le jour et le garder sur sa table de chevet la nuit.

Gus, qui avait suivi ses gestes des yeux, commenta : «Heureusement, la guerre froide est finie.

— Ce sinistre endroit m'a rappelé que nous sommes toujours sur le fil du rasoir.

— À nous de veiller à ce qu'il ne serve jamais.»

Telle était la mission de Pauline et, certains jours, cette responsabilité pesait lourdement sur ses épaules. C'était le cas aujourd'hui.

«S'il m'arrive de remettre les pieds au pays des Munchkins, conclut-elle, cela voudra dire que j'ai échoué.»

DEFCON 5

Préparation normale en temps de paix

1

Vue d'avion, on aurait pu prendre la voiture pour un coléoptère progressant lentement sur une plage interminable, sa carapace noire lustrée réfléchissant les rayons du soleil. En réalité, elle roulait à cinquante kilomètres à l'heure, la vitesse maximale de sécurité sur une route criblée de nids-de-poule et de crevasses imprévisibles. Personne n'avait envie de crever un pneu en plein Sahara.

La route partait du nord de N'Djamena, la capitale du Tchad, pour rejoindre, à travers le désert, le lac Tchad, la plus grande oasis du Sahara. Le paysage était une longue étendue plate de sable et de rochers, parsemée de quelques buissons jaune pâle desséchés et d'un éparpillement aléatoire de pierres de toutes tailles, d'une immuable nuance brun moyen, terne comme le sol lunaire.

Le désert présentait une ressemblance troublante avec l'espace, songea Tamara Levit, leur véhicule pouvant faire office de vaisseau spatial. Au moindre accroc dans sa combinaison spatiale, c'était la mort assurée. Cette comparaison extravagante la fit sourire. Elle jeta tout de même un coup d'œil à l'arrière de la voiture où, en cas de panne, deux bidons d'eau en plastique d'un volume rassurant devaient suffire, normalement, à garantir leur survie jusqu'à l'arrivée des secours.

C'était une voiture américaine conçue pour les

terrains difficiles, avec une garde au sol élevée et des rapports de vitesse courts. Ses vitres étaient teintées et Tamara portait des lunettes de soleil, ce qui n'empêchait pas la lumière réfléchie par la chaussée de béton de l'éblouir et de lui faire mal aux yeux.

Les quatre occupants du véhicule portaient des lunettes noires. Le chauffeur, Ali, était de la région ; il était né au Tchad et y avait grandi. En ville, il était habituellement en jean et en tee-shirt, mais aujourd'hui, il avait enfilé une longue robe qu'on appelait *galabeya* et portait une écharpe de coton léger enroulée autour de sa tête, le costume traditionnel pour se protéger du soleil impitoyable.

À côté de lui était assis un soldat américain, le caporal Peter Ackerman. Le fusil nonchalamment posé sur ses genoux était un modèle ordinaire de carabine légère à canon court de l'armée. Âgé d'une vingtaine d'années, c'était un de ces jeunes gars débordants de gentillesse et de gaieté. Tamara, qui en avait presque trente, le trouvait ridiculement jeune pour porter une arme mortelle. Il ne manquait cependant pas d'aplomb – n'avait-il pas eu un jour le toupet de lui proposer de sortir avec lui ? « Tu es sympa, Pete, lui avait-elle répondu, mais tu es bien trop jeune pour moi. »

Le voisin de Tamara sur la banquette arrière s'appelait Tabdar Sadoul. « Tab », comme tout le monde l'appelait, était attaché à la mission de l'Union européenne à N'Djamena. Sans ses cheveux châtains brillants qu'il portait un peu longs comme le voulait la mode, Tab, vêtu d'un pantalon de treillis et d'une chemise bleu pâle dont les manches retroussées laissaient apparaître des poignets bronzés, aurait eu l'air d'un cadre d'entreprise en congés.

Tamara elle-même était attachée à l'ambassade des États-Unis à N'Djamena et portait son ensemble de travail habituel, une robe à manches longues sur un pantalon, ses cheveux bruns recouverts d'un foulard. C'était une tenue pratique qui n'offensait personne et, avec ses yeux bruns et sa peau mate, elle aurait même pu passer pour quelqu'un de la région. Dans un pays comme le Tchad où le taux de criminalité était élevé, mieux valait ne pas se faire remarquer, surtout quand on était une femme.

Elle surveillait le compteur kilométrique du coin de l'œil. Ils étaient en route depuis deux bonnes heures et, à l'approche de l'arrivée, la perspective de la rencontre qui les attendait la rendait nerveuse. Bien des choses en dépendaient, parmi lesquelles sa propre carrière.

«Officiellement, nous sommes ici en mission d'information, dit-elle à Tab. Que savez-vous sur le lac?

— Pas mal de trucs, répondit-il. Le Chari prend sa source en République centrafricaine, il parcourt mille quatre cents kilomètres avant de se jeter dans le lac Tchad. Celui-ci assure l'approvisionnement en eau de plusieurs millions d'individus répartis entre quatre pays : le Niger, le Nigeria, le Cameroun et le Tchad. Ce sont des petits cultivateurs, des éleveurs et des pêcheurs. Leur poisson préféré est la perche du Nil, qui peut atteindre près de deux mètres de long et peser deux cents kilos.»

Lorsqu'ils parlaient anglais, les Français donnaient toujours l'impression d'essayer de vous attirer dans leur lit, songea Tamara. Peut-être était-ce le cas. «Le niveau de l'eau a tellement baissé ces derniers temps que j'imagine que les perches du Nil se font rares, remarqua-t-elle.

— Vous avez raison. Le lac, qui couvrait autrefois vingt-six mille kilomètres carrés, n'en fait plus que mille trois cents. Beaucoup de ces populations sont au bord de la famine.

— Que pensez-vous du projet chinois ?

— Vous voulez parler de ce canal de près de deux mille cinq cents kilomètres qui ferait venir de l'eau du fleuve Congo ? Le président du Tchad est très motivé, ce qui peut se comprendre. Il n'est pas impossible que cette idée se concrétise – les Chinois réalisent des choses surprenantes –, mais ça ne sera ni bon marché, ni pour demain. »

Les investissements de la Chine en Afrique inspiraient aux patrons de Tamara à Washington et à ceux de Tab à Paris le même mélange d'admiration ébahie et de méfiance invétérée. Pékin dépensait des milliards et obtenait des résultats, mais quel était son véritable objectif ?

Du coin de l'œil, Tamara aperçut un éclair dans le lointain, semblable au miroitement d'un rai de soleil sur l'eau. « Nous approchons du lac ? demanda-t-elle à Tab. Ou bien était-ce un mirage ?

— Nous ne devons plus être très loin.

— Cherchez un embranchement sur la gauche », dit-elle à Ali, avant de répéter la phrase en arabe. Tab et elle parlaient couramment arabe et français, les deux langues officielles du Tchad.

« Le voici », annonça Ali en français.

La voiture ralentit à l'approche d'une intersection qui n'était signalée que par un empilement de pierres.

Ils quittèrent la route pour s'engager sur une piste de sable et de cailloux. Par endroits, on avait peine à la distinguer du désert, mais Ali paraissait sûr de lui. Au loin, Tamara distingua des taches vertes, floues dans la brume de chaleur ; sans doute étaient-ce des arbres et des buissons qui poussaient à proximité de l'eau.

À côté de la piste, Tamara aperçut le squelette d'un pick-up Peugeot qui avait rendu l'âme depuis longtemps et dont il ne restait qu'une carcasse rouillée sans roues ni vitres. Bientôt, les traces d'habitation humaine se multiplièrent : un dromadaire attaché à un arbre, un corniaud qui transportait un rat dans sa gueule et un fatras de canettes de bière, de pneus lisses et de polyéthylène déchiré.

Ils passèrent devant un potager où un homme arrosait des rangées régulières de légumes, avant d'arriver à un village composé de cinquante ou soixante maisons disposées au petit bonheur, sans plan apparent. La plupart étaient des cases traditionnelles d'une pièce, aux murs circulaires en brique crue et aux hauts toits pointus recouverts de feuilles de palmier. Ali roulait au pas, se faufilant entre les habitations, évitant les enfants qui couraient pieds nus, les chèvres cornues et les feux de cuisson qui brûlaient à l'extérieur.

Il arrêta le véhicule et annonça en français : « Nous sommes arrivés.

— Pete, demanda Tamara, pourriez-vous poser votre carabine ? Nous devons nous faire passer pour des chercheurs qui s'intéressent à la préservation du milieu naturel.

— Bien sûr, madame. » Il posa le fusil à ses pieds, dissimulant la crosse sous son siège.

« C'était autrefois un village prospère de pêcheurs, commenta Tab. Vous avez vu à quelle distance se trouve aujourd'hui le lac ? Largement plus d'un kilomètre. »

La localité était d'une pauvreté navrante, plus misérable que tout ce que Tamara avait pu voir. Elle bordait une longue plage plate qui avait probablement été immergée un jour. Des moulins à vent jadis chargés de pomper l'eau pour irriguer les champs étaient désormais loin du lac, à l'abandon, leurs ailes continuant à tourner inutilement. Un troupeau de moutons décharnés paissait sur une étendue de broussailles, surveillé par une petite fille qui tenait un bâton à la main. Tamara voyait le

27

lac scintiller dans le lointain. Des palmiers à raphia et des buissons de nguer poussaient sur la rive opposée. Quelques îlots bas émaillaient l'étendue d'eau. Tamara savait que les plus vastes servaient de repaires à des bandes de terroristes qui harcelaient les habitants, leur dérobant leur peu de biens et tabassant ceux qui prétendaient les en empêcher. Une population déjà appauvrie se retrouvait ainsi privée de toute ressource.

«Que font ces gens, là-bas, dans le lac?» demanda Tab.

Une demi-douzaine de femmes se tenaient dans les hauts-fonds, écumant la surface avec des bols. Tamara connaissait la réponse: «Elles récoltent des micro-algues comestibles qui flottent. Ça s'appelle de la spiruline, mais le terme local est *dihé*. Elles les filtrent, puis les font sécher au soleil.

— Vous y avez goûté?»

Elle hocha la tête. «C'est infect, mais il paraît que c'est très nutritif. On peut en acheter dans les magasins bio.

— Je n'en ai jamais entendu parler. Ce n'est pas vraiment le genre de trucs dont les Français raffolent.

— Si vous le dites.» Tamara ouvrit la portière et descendit. Lorsqu'elle quitta l'air climatisé de la voiture, la chaleur extérieure lui fit l'effet d'une brûlure. Elle tira son foulard sur son visage. Puis elle sortit son téléphone pour prendre une photo de la plage.

Tab la rejoignit après s'être coiffé d'un chapeau de paille à large bord qui ne lui allait pas du tout – il lui donnait même l'air vaguement ridicule –, ce qui le laissait apparemment indifférent. Il était élégant, sans être prétentieux, et Tamara lui accorda intérieurement un bon point.

Ils observèrent le village. Les maisons étaient séparées les unes des autres par des lopins cultivés, striés de canaux d'irrigation. Il fallait transporter l'eau sur une longue distance, remarqua Tamara, et elle songea amèrement que cette corvée incombait très certainement aux femmes. Un homme en *galabeya* semblait vendre des cigarettes, bavardant aimablement avec les hommes, flirtant vaguement avec les femmes. Tamara reconnut le paquet blanc orné d'une tête de sphinx dorée ; c'était une marque égyptienne appelée Cleopatra, la plus appréciée en Afrique. Les cigarettes avaient probablement été introduites en contrebande ou volées. Plusieurs motos et scooters ainsi qu'une Coccinelle Volkswagen antédiluvienne étaient garés devant les habitations. Dans ce pays, la moto était le moyen de transport personnel le plus populaire. Tamara prit d'autres photos.

Elle sentait la transpiration ruisseler sous ses vêtements et s'épongea le front avec l'extrémité de son foulard. Tab sortit un mouchoir rouge à pois blancs qu'il glissa sous le col de sa chemise pour se tamponner la nuque.

« La moitié de ces maisons sont inoccupées », observa-t-il.

Tamara regarda plus attentivement et constata que certaines cases étaient délabrées. Les toits de palmes étaient percés et des briques s'effritaient.

« Beaucoup de gens ont quitté la région, poursuivit Tab. Je suppose que tous ceux qui disposaient d'un point de chute sont partis. Il en reste tout de même des millions. Toute la région est sinistrée.

— Elle n'est pas la seule, renchérit Tamara. Une désertification des confins sud du Sahara s'observe à travers toute l'Afrique, de la mer Rouge à l'océan Atlantique.

— En français, on appelle cette région le Sahel.

— C'est le même mot en anglais, *Sahel*. » Elle se tourna vers la voiture, dont le moteur tournait toujours.

« Ali et Pete préfèrent sûrement rester à l'intérieur. Au moins, il y a la clim'.

— Ils n'ont pas tort. » Tab avait l'air inquiet. « Mais je ne vois pas notre homme. »

Tamara était soucieuse, elle aussi. Peut-être était-il mort. Elle répondit pourtant d'une voix calme. « D'après nos instructions, c'est à lui de nous trouver. En attendant, nous devons jouer notre rôle, alors *dip*, allons faire un petit tour.

— Pardon ?

— Allons faire un petit tour.

— Mais qu'avez-vous dit juste avant ? *Dip*, c'est ça ?

— Excusez-moi. Ça veut dire "allons-y" en argot de Chicago.

— Je serai sans doute le seul Français à connaître cette expression. » Il sourit. « Mais d'abord, une petite visite de courtoisie aux aînés du village s'impose.

— Et si vous vous en chargiez ? De toute façon, ils ne prennent pas les femmes au sérieux.

— Vous n'avez pas tort. »

Tab s'éloigna et Tamara fit le tour du village, cherchant à dissimuler son anxiété. Elle prit quelques photos et bavarda avec les gens en arabe. La plupart des habitants cultivaient un petit lopin de terre aride, ou possédaient quelques moutons ou une vache. Une femme s'était spécialisée dans la réparation des filets, mais les pêcheurs se faisaient rares ; un homme était propriétaire d'un four et fabriquait des pots, mais peu de gens avaient l'argent nécessaire pour les acheter. Tout le monde était plus ou moins aux abois.

Une construction branlante composée de quatre poteaux soutenant un treillis de branchages servait de séchoir à vêtements et une jeune femme accrochait sa lessive sous les yeux d'un garçonnet d'environ deux ans. Les étoffes étaient de ces teintes orange et jaune vif appréciées des populations tchadiennes. La villageoise suspendit la dernière pièce, installa l'enfant sur sa hanche, puis s'adressa à Tamara dans un français scolaire et appliqué, mâtiné d'un fort accent arabe, pour l'inviter à venir chez elle.

Elle s'appelait Kiah, son fils Naji et elle était veuve, lui dit-elle. Elle semblait avoir à peine vingt ans. Elle était d'une beauté peu commune, sourcils noirs, pommettes saillantes, nez sarrasin busqué, et ses yeux sombres exprimaient la détermination et la force. Cette jeune femme était sûrement intéressante, songea Tamara.

Elle suivit donc Kiah sous la voûte basse de l'entrée, retirant ses lunettes noires tandis qu'elle quittait l'éclat du soleil pour pénétrer dans l'obscurité profonde. La case était exiguë et odorante. Tamara sentit un lourd tapis sous ses pieds et huma un parfum de cannelle et de curcuma. Lorsque ses yeux se furent habitués à la pénombre, elle discerna des tables basses, quelques corbeilles de rangement et des coussins posés à même le sol, rien qui pût passer pour un vrai mobilier. Il n'y avait ni chaises ni placards. Deux paillasses de toile servant de lits étaient remisées sur le côté avec une pile soigneusement pliée d'épaisses couvertures de laine aux rayures rouges et bleu vif : les nuits étaient froides dans le désert.

Alors que la plupart des Américains auraient jugé cet intérieur misérable, Tamara avait conscience qu'il n'était pas seulement plus confortable mais un peu plus riche que la moyenne. Kiah lui offrit avec une fierté manifeste une bouteille de bière locale, la Gala, qu'elle avait mise à rafraîchir dans une jatte d'eau. Tamara accepta ce geste d'hospitalité par politesse, mais aussi parce qu'elle avait soif.

Une représentation de la Vierge dans un cadre bon marché suspendu à un mur révélait que Kiah était chrétienne, à l'image de quarante pour cent de la population tchadienne. « Vous êtes sûrement allée dans une école dirigée par des sœurs, observa Tamara. C'est là que vous avez appris le français.

— Oui.

— Vous le parlez très bien. » C'était un peu exagéré, mais Tamara cherchait à être aimable.

Kiah l'invita à s'asseoir sur le tapis. Auparavant, Tamara retourna jusqu'à la porte et jeta un regard inquiet à l'extérieur, plissant les paupières pour ne pas être éblouie par la clarté soudaine. Elle chercha la voiture des yeux et aperçut le marchand de cigarettes qui s'inclinait à côté de la vitre du chauffeur, une cartouche de Cleopatra à la main. Elle vit Ali, son écharpe enroulée en turban autour de la tête, esquisser des doigts un geste méprisant pour le chasser. Ces cigarettes bon marché ne le tentaient visiblement pas. Mais le vendeur prononça quelques mots et l'attitude d'Ali changea du tout au tout. Il sortit de la voiture d'un bond, l'air contrit, pour ouvrir la portière arrière qu'il referma dès que l'homme fut monté.

C'est donc lui, songea Tamara. On peut dire que le déguisement est efficace. Je m'y suis laissé prendre.

Elle était soulagée. Au moins, il était encore en vie.

Elle parcourut les alentours du regard. Personne dans le village n'avait remarqué que le vendeur était monté dans la voiture. Il était invisible à présent, caché par les vitres teintées.

Elle hocha la tête, satisfaite, et rentra à l'intérieur.

Kiah lui demanda : « Est-il vrai que toutes les Blanches ont sept robes et une servante qui en lave une chaque jour ? »

Tamara préféra lui répondre en arabe, craignant que le français de Kiah ne soit trop sommaire. « De nombreuses Américaines et Européennes ont beaucoup de vêtements, acquiesça-t-elle après un instant de réflexion. Plus elles sont riches, plus elles en ont. Avoir sept robes n'a rien d'inhabituel pour elles. Une femme pauvre n'en aurait que deux ou trois. Une femme riche pourrait en avoir cinquante.

— Et elles ont toutes des servantes ?

— Pas les familles pauvres. Une femme qui a un travail bien payé, qui est par exemple médecin ou avocate, emploie généralement quelqu'un pour s'occuper de son ménage. Les familles riches ont plusieurs servantes. Mais pourquoi voulez-vous savoir tout cela ?

— J'envisage d'aller vivre en France. »

Tamara l'avait déjà deviné. « Pour quelle raison ? Vous pouvez me le dire ? »

Kiah resta silencieuse un moment, rassemblant ses pensées. Sans un mot, elle proposa une autre bouteille de bière à Tamara qui refusa d'un signe de tête. Elle devait rester vigilante.

« Mon mari, Salim, déclara enfin Kiah, était pêcheur. Il avait son propre bateau. Il partait avec trois ou quatre hommes, et ils partageaient leurs prises, mais Salim en prenait la moitié, parce que c'était son bateau et qu'il savait où trouver le poisson. C'est pourquoi nous étions plus à l'aise que la plupart de nos voisins. » Elle releva fièrement le menton.

« Et que s'est-il passé ? demanda Tamara.

— Un jour, les djihadistes sont venus et ils ont voulu confisquer la pêche de Salim. Il aurait dû les laisser faire. Mais il avait pris une perche du Nil et il a refusé de la leur donner. Alors ils l'ont tué et ils ont pris le poisson. » Kiah était visiblement ébranlée et le chagrin crispait ses nobles traits. Elle s'interrompit, réprimant son émotion. « Ses amis m'ont rapporté son corps. »

Si ce récit mettait Tamara en colère, il ne la surprenait pas. Les djihadistes n'étaient pas seulement des terroristes islamistes, mais aussi des bandits. L'un n'allait pas sans l'autre. Et ils s'attaquaient à certains des êtres les plus pauvres du monde. Ça la révoltait.

« Après avoir enterré mon mari, poursuivit Kiah, je me suis demandé ce que je devais faire. Je ne sais pas piloter un bateau, je ne sais pas où trouver le poisson et même si je le savais, les hommes n'accepteraient jamais que je sois leur chef. Alors j'ai vendu le bateau. » Son regard se durcit. « Des gens ont essayé de l'avoir à bas prix, mais j'ai refusé de négocier avec eux. »

Tamara commençait à percevoir chez Kiah une détermination farouche.

Ce fut pourtant avec du désespoir dans la voix qu'elle reprit : « Malheureusement, l'argent du bateau ne durera pas éternellement. »

N'ignorant pas combien la famille était importante dans ce pays, Tamara lui demanda : « Et vos parents ? »

— Mes parents sont morts. Mes frères sont partis au Soudan, ils travaillent dans une plantation de café. Salim avait une sœur, et son mari a dit que si je lui laissais mon bateau pour pas cher, il s'occuperait toujours de moi, et aussi de Naji. » Elle haussa les épaules.

« Vous ne lui faisiez pas confiance.

— Je n'allais certainement pas vendre mon bateau contre une promesse. »

Déterminée, et loin d'être sotte, pensa Tamara.

« Mais maintenant, ma belle-famille me déteste, ajouta Kiah.

— C'est pourquoi vous voulez aller en Europe, illégalement.

— Beaucoup le font tous les jours. »

C'était vrai. Depuis que le désert gagnait vers le sud, des centaines de milliers d'habitants aux abois quittaient le Sahel en quête de travail, et ils étaient nombreux à entreprendre le dangereux voyage vers l'Europe méridionale.

« Ça coûte cher, remarqua la jeune femme, mais avec l'argent du bateau, je devrais avoir assez. »

Le vrai problème n'était pas d'ordre financier. Tamara devina à la voix de Kiah qu'elle avait peur.

« Le plus souvent, ils vont jusqu'en Italie, dit Kiah. Je ne parle pas italien, mais il paraît qu'une fois qu'on est là-bas, on n'a pas de mal à passer en France. C'est vrai ?

— Oui. » Tamara avait hâte à présent de retourner à la voiture, cependant il lui semblait important de répondre à Kiah. « Il suffit de traverser la frontière en voiture. Ou en train. Mais ce que vous envisagez de faire est extrêmement dangereux. Les passeurs sont des criminels. Ils peuvent très bien prendre votre argent et partir avec. »

Kiah réfléchit quelques instants, se demandant peut-être comment expliquer sa vie à cette visiteuse occidentale privilégiée, avant de murmurer : « Je sais comment les choses se passent quand il n'y a pas assez à manger. Je l'ai vu. » Elle détourna le regard, plongée dans ses souvenirs, et sa voix se fit plus basse. « Le bébé maigrit, et au début, ça ne paraît pas bien grave. Puis il tombe malade. Une infection infantile comme en attrapent de nombreux enfants, il a des boutons, ou le nez qui coule, ou bien la diarrhée, mais un enfant qui a faim met plus longtemps à guérir, et ensuite il attrape une autre maladie. Il est tout le temps fatigué, il pleurniche beaucoup et ne joue presque pas, il reste allongé, immobile, et il tousse. Et puis un jour, il ferme les yeux et ne les rouvre plus. Il se peut que la mère soit trop fatiguée pour pleurer. »

Tamara la regarda à travers ses larmes. « Je comprends, dit-elle. Je vous souhaite bonne chance. »

Kiah retrouva soudain son entrain. « Vous êtes très gentille de répondre à mes questions.

— Il faut que j'y aille, annonça Tamara d'un ton

embarrassé tout en se levant. Merci pour la bière. Et prenez tous les renseignements que vous pouvez sur les passeurs avant de leur donner votre argent. »

Kiah sourit et hocha la tête, réagissant poliment à une évidence. Elle sait mieux que je ne le saurai jamais qu'il faut faire attention à son argent, songea Tamara tristement.

Elle sortit et aperçut Tab qui retournait à la voiture. Il n'était pas loin de midi et tous les villageois avaient disparu ; sans doute étaient-ils rentrés dans leurs cases pour échapper au soleil. Le bétail s'était réfugié à l'ombre d'abris de fortune manifestement construits à cette fin.

Lorsqu'elle fut tout près de Tab, elle sentit une vague odeur de sueur fraîche sur sa peau propre, accompagnée d'un léger parfum de bois de santal. « Il est dans la voiture, lui annonça-t-elle.

— Où se cachait-il ?

— C'est le vendeur de cigarettes.

— Je me suis fait avoir. »

Ils rejoignirent le véhicule et y montèrent. La climatisation leur fit l'effet d'un plongeon dans l'océan Arctique. Tamara et Tab s'assirent de part et d'autre du colporteur qui, à en juger par ses effluves, n'avait pas pris de douche depuis plusieurs jours. Il tenait à la main une cartouche de cigarettes.

« Alors, vous avez trouvé Hufra ? » demanda Tamara, incapable de se retenir plus longtemps.

*

Le marchand de cigarettes s'appelait Abdul John Hadad et il avait vingt-cinq ans. Il était né au Liban, avait grandi dans le New Jersey et était citoyen américain et officier de la Central Intelligence Agency.

Quatre jours plus tôt, il était encore au Niger, le pays

voisin, au volant d'une Ford tout-terrain cabossée mais en excellent état mécanique, et gravissait une longue dune dans le désert au nord de la ville de Maradi.

Il portait des rangers à épaisses semelles. Ils étaient neufs mais avaient été vieillis artificiellement, la surface rayée pour leur donner un aspect élimé, les lacets dépareillés et le cuir soigneusement taché pour paraître usagé. Chaque semelle dissimulait un compartiment secret. L'un était destiné à un téléphone dernier cri, l'autre à un appareil qui ne captait qu'un signal spécial. Abdul avait dans sa poche un téléphone bon marché pour détourner les soupçons.

Il avait posé sur le siège du passager l'appareil contenu dans sa deuxième semelle et le consultait toutes les quelques minutes. Le signal confirmait que le chargement de cocaïne qu'il suivait à la trace s'était, selon toute apparence, immobilisé à une certaine distance, devant eux. Peut-être avait-il simplement fait halte à la station-service d'une oasis. Pourtant Abdul espérait qu'il s'était arrêté dans un camp de l'EIGS, l'État islamique dans le Grand Sahara.

Même si la CIA s'intéressait plus aux terroristes qu'aux narcotrafiquants, dans cette région du monde, les deux catégories se recoupaient. Une kyrielle de groupes locaux, vaguement affiliés à l'EIGS, finançaient leurs activités politiques grâce au double commerce lucratif du trafic de drogue et du trafic d'êtres humains. Abdul avait pour mission d'établir l'itinéraire suivi par la drogue dans l'espoir qu'elle les conduirait aux repaires de l'EIGS.

L'homme qui passait pour être à la tête de l'EIGS – et pour être l'un des pires assassins du monde actuel – se faisait appeler Al-Farabi. Il s'agissait certainement d'un pseudonyme, car Al-Farabi était le nom d'un philosophe médiéval. On le surnommait aussi «l'Afghan» parce qu'il avait participé à la guerre d'Afghanistan. Son terrain d'opération était considérable, à en croire les rapports : pendant qu'il était basé en Afghanistan, il avait traversé le Pakistan pour se rendre dans la province chinoise rebelle du Xinjiang, où il avait pris contact avec le Mouvement d'indépendance du Turkestan oriental, un groupe terroriste qui réclamait l'autonomie au nom de l'ethnie ouïghoure, majoritairement musulmane.

Al-Farabi se trouvait à présent quelque part en Afrique du Nord, et si Abdul réussissait à le localiser, l'EIGS subirait un coup qui pourrait même lui être fatal.

Abdul, qui avait étudié des photographies à longue distance un peu floues, des croquis d'artiste, des portraits-robots et des descriptions écrites, était convaincu d'être capable de reconnaître Al-Farabi s'il le voyait : un homme de haute taille aux cheveux gris et à la barbe noire, à qui l'on attribuait souvent un regard perçant et un air d'autorité naturelle. Si Abdul parvenait à l'approcher d'assez près, il pourrait confirmer son identification grâce au signe particulier le plus distinctif d'Al-Farabi : une balle américaine lui avait en effet emporté la moitié du pouce de la main gauche, laissant un moignon qu'il n'hésitait pas à exhiber fièrement, prétendant que Dieu l'avait préservé de la mort tout en lui infligeant cette blessure pour l'inviter à être plus prudent.

En tout état de cause, Abdul ne devait pas chercher à s'emparer d'Al-Farabi, mais se contenter de repérer le lieu qu'il occupait et en rendre compte. On racontait qu'il avait une planque appelée Hufra, un mot qui signifiait « le trou », dont l'emplacement n'était connu de personne au sein de la communauté occidentale du renseignement.

Abdul parvint au sommet de l'escarpement et ralentit avant d'arrêter la voiture sur l'autre versant.

Devant lui, une longue pente descendait vers une

vaste plaine qui miroitait dans la chaleur. Il plissa les yeux pour ne pas être ébloui : il ne portait pas de lunettes de soleil, parce que la population locale y voyait un signe de richesse et qu'il devait se fondre dans la masse. Au loin, à plusieurs kilomètres de distance, il lui sembla distinguer un village. Se retournant sur son siège, il retira un panneau de la portière et sortit une paire de jumelles. Puis il descendit de voiture.

Avec les jumelles, le paysage lointain lui apparut distinctement, et ce qu'il vit lui fit battre le cœur plus vite.

C'était un groupement de tentes et de cabanes en bois rudimentaires. Il repéra de nombreux véhicules, pour la plupart rangés sous des abris délabrés qui devaient les rendre invisibles aux caméras satellitaires. D'autres véhicules recouverts de filets de camouflage désert pouvaient, à en juger par leur forme, être des pièces d'artillerie montées sur camions. Quelques palmiers révélaient la proximité d'une source d'eau.

Il n'y avait aucun doute : c'était une base paramilitaire.

Et une base importante, jugea-t-il. Il estima qu'elle devait abriter plusieurs centaines d'hommes et, s'il ne se trompait pas à propos de l'artillerie, ils étaient redoutablement bien armés.

Peut-être s'agissait-il même du légendaire Hufra.

Il leva le pied droit pour dégager le téléphone de sa chaussure et prendre une photo, mais avant d'avoir eu le temps de le faire, il entendit derrière lui le bruit d'un camion, encore distant mais qui approchait rapidement.

Depuis qu'il avait quitté la route aménagée, il n'avait vu aucun véhicule. C'était certainement un camion de l'EIGS qui se dirigeait vers le campement.

Regardant autour de lui, il n'aperçut aucun endroit où il aurait pu se cacher et moins encore dissimuler une voiture. Il risquait à tout moment de se faire repérer par les hommes qu'il surveillait depuis trois semaines, et cette fois, il ne pouvait pas leur échapper.

Son histoire était prête. Il ne lui restait qu'à la raconter et à croiser les doigts.

Il jeta un coup d'œil à sa montre bon marché. Il était deux heures de l'après-midi. Sans doute, se dit-il, les djihadistes ne tueraient-ils pas un homme en prière.

Il ne perdit pas de temps. Il rangea les jumelles dans leur niche, derrière le panneau de la portière. Il sortit du coffre un vieux tapis de prière usé et l'étala par terre. Il avait été élevé dans la religion chrétienne, mais connaissait suffisamment bien les prières musulmanes pour pouvoir donner le change.

La deuxième prière de la journée, appelée *zuhr*, devait être récitée après que le soleil avait dépassé le zénith, à savoir à n'importe quelle heure entre midi et le milieu de l'après-midi. Il prit la position de prosternation correcte, touchant le tapis du nez, des mains, des genoux et des orteils. Puis il ferma les yeux.

Le vrombissement du camion se rapprocha, il montait le versant de l'autre côté de la crête.

Abdul songea soudain à l'appareil. Il l'avait laissé sur le siège du passager. Il poussa un juron : ce petit objet le trahirait immédiatement.

Il se releva d'un bond, courut jusqu'à la portière qu'il ouvrit en toute hâte et s'en empara. De deux doigts, il dégagea le tiroir dissimulé dans la semelle de sa chaussure gauche. Dans sa précipitation, il laissa l'appareil tomber dans le sable. Il le ramassa et le logea dans la chaussure. Il referma le compartiment et regagna le tapis ventre à terre.

Il se remit en position.

Du coin de l'œil, il vit le véhicule atteindre le sommet de la dune et piler net à côté de sa voiture. Il referma les yeux.

Il ne connaissait pas les prières par cœur, cependant il les avait entendues assez souvent pour marmonner quelque chose de ressemblant.

Une voix lui ordonna en arabe : « Lève-toi. »

Abdul ouvrit les yeux. Deux hommes se tenaient devant lui. L'un d'eux avait un fusil à la main, l'autre un pistolet rangé dans son étui. Derrière eux, il distingua un pick-up chargé de sacs probablement pleins de farine – du ravitaillement pour les djihadistes, à n'en pas douter.

L'homme au fusil était le plus jeune, et portait une barbe clairsemée. Il était vêtu d'un pantalon de treillis et d'un anorak bleu qui aurait paru plus adapté à une journée de pluie à New York. « Qui es-tu ? » demanda-t-il d'une voix dure.

Abdul assuma sur-le-champ le rôle du sympathique marchand ambulant. Il leur adressa un sourire étonné : « Mes amis, pourquoi dérangez-vous un homme en prière ? » Il maîtrisait parfaitement l'arabe parlé, avec néanmoins un léger accent libanais : il avait vécu à Beyrouth jusqu'à six ans et ses parents avaient continué à s'exprimer en arabe après leur installation aux États-Unis.

L'homme au pistolet était grisonnant. Il lui adressa la parole calmement : « Que Dieu nous pardonne d'interrompre tes dévotions. Mais que fais-tu ici, sur cette piste en plein désert ? Où vas-tu ?

— Je vends des cigarettes. Vous en voulez ? Elles sont à moitié prix. »

Dans la plupart des pays africains, un paquet de vingt Cleopatra coûtait l'équivalent d'un dollar en monnaie locale. Abdul les vendait deux fois moins cher.

Le plus jeune des deux hommes ouvrit le coffre de la voiture d'Abdul. Il était rempli de cartouches de Cleopatra. « D'où est-ce que tu les as ?

— D'un capitaine de l'armée soudanaise. Il s'appelle Bilel. ».

L'explication était plausible : la corruption des officiers soudanais n'était un secret pour personne.

Il y eut un moment de silence. L'aîné des djihadistes semblait réfléchir. L'autre paraissait impatient de faire usage de son fusil et Abdul se demanda s'il avait déjà tiré sur un être humain. Le plus âgé était moins crispé. Il hésiterait plus longtemps à faire feu, mais son tir serait plus précis.

Abdul était conscient que sa vie était en jeu. De deux choses l'une : ou bien ces hommes croiraient son histoire, ou bien ils essaieraient de le tuer. S'il devait se battre, il s'en prendrait d'abord au plus âgé. Le jeune tirerait, mais ne le toucherait probablement pas. Encore qu'à cette distance, rien n'était moins sûr.

« Pourquoi es-tu ici ? s'enquit l'aîné. Tu vas où, comme ça ?

— Il y a un village par là-bas, non ? Je ne le vois pas encore, mais un type, dans un café, m'a dit que j'y trouverais des clients.

— Un type dans un café...

— Je suis toujours à la recherche de nouveaux clients. »

Le plus âgé se tourna vers le plus jeune : « Fouille-le. »

L'autre passa la courroie de son fusil à l'épaule, au grand soulagement d'Abdul. Mais le plus âgé sortit alors de son étui un pistolet de 9 mm qu'il pointa sur la tête d'Abdul pendant que son collègue le palpait.

Le jeune découvrit le téléphone d'Abdul qu'il tendit à son compagnon.

Celui-ci l'alluma et appuya sur plusieurs touches avec assurance. Abdul devina qu'il cherchait sa liste de contacts et l'historique des appels récents. Ce qu'il découvrirait confirmerait sa couverture : des hôtels bon marché, des ateliers de mécanique automobile, des changeurs de devises et deux ou trois prostituées.

« Fouille la voiture », ordonna l'aîné.

Abdul assista à la scène en spectateur. L'homme commença par le coffre. Il en sortit le petit sac de voyage d'Abdul dont il vida le maigre contenu sur la route : une serviette, un Coran, quelques accessoires de toilette, un chargeur de téléphone. Il jeta tous les paquets de cigarettes par terre et souleva le panneau du fond pour dégager la roue de rechange et la trousse à outils. Sans prendre la peine de remettre les objets en place, il ouvrit les portières arrière. Il glissa les mains entre le dossier et l'assise des sièges et se pencha pour inspecter le dessous.

Passant à l'avant, il regarda sous le tableau de bord, à l'intérieur de la boîte à gants et dans les rangements des portières. Il remarqua le panneau mal refermé du côté conducteur et le détacha. « Des jumelles ! » s'écria-t-il d'une voix triomphante et un frisson de peur parcourut Abdul. Elles étaient moins compromettantes qu'une arme à feu, mais c'était un matériel coûteux. Quel usage pouvait bien en faire un vendeur de cigarettes ?

« Très utiles dans le désert, commenta Abdul en désespoir de cause. Vous en avez probablement une paire, vous aussi.

— Elles ont l'air chères. » Le plus âgé les examina. « *Made in Kunming*, déchiffra-t-il. Elles sont chinoises.

— Oui, confirma Abdul. Je les ai eues par le capitaine soudanais qui m'a vendu les cigarettes. Une bonne affaire. »

Son histoire était plausible, cette fois encore. Les forces armées soudanaises achetaient beaucoup de matériel à la Chine, principal partenaire commercial de leur pays. Et une grande partie de ces objets était revendue au marché noir.

« Tu t'en servais quand on est arrivés ? demanda finement le vieux.

— J'en avais l'intention après la prière. Je voulais me faire une idée de l'importance du village. Qu'est-ce que vous en pensez ? Il y a combien d'habitants ? Cinquante ? Cent, peut-être ? »

C'était une sous-estimation délibérée, destinée à leur faire croire qu'il n'avait pas encore regardé.

« Peu importe, reprit l'homme. De toute façon, tu n'y iras pas. »

Il dévisagea Abdul longuement, durement, se demandant sans doute s'il fallait le croire ou le tuer. Puis il demanda à brûle-pourpoint : « Où est ton pistolet ?

— Un pistolet ? Je n'en ai pas. » Effectivement, Abdul n'était pas armé. Les armes à feu étaient plus susceptibles de valoir des ennuis à un officier du renseignement en mission secrète que de le tirer d'affaire, et la situation présente lui en offrait une nouvelle démonstration. Si ces deux hommes avaient mis la main sur une arme, ils auraient été certains qu'Abdul n'était pas un innocent marchand de cigarettes.

« Ouvre le capot », ordonna l'aîné au plus jeune.

Il obéit. Comme le savait Abdul, le compartiment du moteur ne contenait rien de suspect. « C'est bon ! » annonça-t-il.

« Tu n'as pas l'air très inquiet, fit remarquer l'aîné à Abdul. Tu as sûrement compris que nous sommes des djihadistes. Nous pourrions très bien te tuer. »

Abdul soutint son regard, mais se permit de trembler légèrement. « *Inch'Allah* », murmura-t-il.

L'homme hocha la tête. Sa décision était prise et il rendit son téléphone bon marché à Abdul. « Tu vas faire demi-tour, lui dit-il, et repartir par où tu es venu. Allez, tire-toi. »

Abdul préféra ne pas paraître trop soulagé. « Mais,

j'espérais vendre…» Puis il fit semblant de ravaler ses protestations. «Vous n'en voulez pas une cartouche ?

— En cadeau ?»

Abdul faillit accepter, mais le personnage qu'il interprétait n'aurait pas été aussi généreux. «Je ne suis qu'un pauvre homme, expliqua-t-il. Je regrette…

— Tire-toi», répéta le djihadiste.

Abdul haussa les épaules d'un air déçu, feignant de renoncer à tout espoir de vente. «Comme vous voulez», dit-il.

L'homme fit signe à son compagnon et ils regagnèrent leur camion.

Abdul commença à ramasser ses possessions éparpillées.

Le camion s'éloigna dans un vrombissement.

Il le regarda disparaître dans le désert avant de murmurer, en anglais : «Jésus, Marie, Joseph. Il s'en est fallu de peu.»

*

Tamara était entrée à la CIA à cause de gens comme Kiah.

Elle croyait de tout son cœur à la liberté, à la démocratie et à la justice. Or ces valeurs étaient attaquées dans le monde entier, et Kiah faisait partie des victimes. Tamara était consciente qu'il fallait se battre pour défendre ses idéaux. Elle se répétait souvent les paroles d'une chanson traditionnelle : *If I should die and my soul becomes lost, / Then I know it's nobody fault but mine*» («Si je devais mourir et que mon âme se perde, / Je saurais que c'est ma faute et celle de nul autre»). Tout le monde était responsable. C'était un gospel et Tamara était juive, mais le message était universel.

Ici, en Afrique du Nord, les forces américaines

affrontaient des terroristes dont les valeurs étaient la violence, le sectarisme et la peur. Les bandes armées affiliées à l'État islamique assassinaient, enlevaient et violaient des Africains dont la religion ou l'appartenance ethnique n'avaient pas l'heur de plaire aux seigneurs de guerre intégristes. Cette violence, à laquelle s'ajoutait le déplacement progressif du désert du Sahara vers le sud, poussait des gens comme Kiah à risquer leur vie en traversant la Méditerranée sur des canots pneumatiques.

L'armée américaine, alliée aux Français et aux armées nationales, attaquait et liquidait les camps terroristes partout où elle réussissait à les trouver.

Les trouver : c'était tout le problème.

Le désert du Sahara était vaste comme les États-Unis. C'était là que Tamara entrait en jeu. La CIA coopérait avec d'autres États pour fournir les renseignements indispensables aux forces d'intervention. Attaché à cette mission, Tab était un officier de la DGSE, la Direction générale de la Sécurité extérieure, l'équivalent français de la CIA. Abdul participait à la même opération.

Jusqu'à présent, cette initiative n'avait pas été très efficace. Les djihadistes continuaient à écumer plus ou moins librement une grande partie de l'Afrique du Nord.

Tamara espérait qu'Abdul ferait bouger les choses.

Elle ne l'avait encore jamais vu, mais lui avait parlé au téléphone. Ce n'était cependant pas la première fois que la CIA envoyait un agent secret en repérage pour essayer de localiser des camps de l'EIGS. Tamara avait connu Omar, le prédécesseur d'Abdul. Elle avait été de ceux qui avaient découvert son corps, un cadavre sans pieds ni mains abandonné en plein désert. Les parties de membres manquants gisaient une centaine de mètres plus loin. C'était la distance qu'avait parcourue le mourant en rampant sur ses coudes et ses genoux avant de succomber à l'hémorragie. Tamara savait qu'elle ne s'en remettrait jamais.

Désormais, Abdul marchait sur les traces d'Omar.

Il avait été en contact avec elle par intermittence, chaque fois qu'il parvenait à trouver du réseau. Et deux jours auparavant, il l'avait appelée pour lui annoncer qu'il était arrivé au Tchad avec de bonnes nouvelles qu'il souhaitait lui communiquer directement. Il avait demandé qu'elle lui apporte un certain nombre de fournitures et avait donné des indications précises sur l'endroit où il était.

Maintenant, ils savaient quel avait été le fruit de ses recherches.

Bien qu'électrisée, Tamara réussit à maîtriser son enthousiasme. «C'est peut-être Hufra, reconnut-elle. Et même si ça ne l'est pas, c'est une découverte formidable. Cinq cents hommes avec des camions équipés d'un système d'artillerie? C'est forcément un camp de première importance!

— Quand comptez-vous intervenir? demanda Abdul.

— Dans deux jours, trois au plus.»

Les forces armées des États-Unis, de la France et du Niger raseraient le camp. Elles incendieraient les tentes et les cahutes, confisqueraient les armes et interrogeraient tous les djihadistes qui auraient survécu aux combats. En l'espace de quelques jours, le vent aurait emporté les cendres, le soleil aurait blanchi les détritus et le désert commencerait à reconquérir le terrain.

Et l'Afrique serait un lieu un peu plus sûr pour des êtres comme Kiah et Naji.

Abdul leur donna des indications précises sur l'emplacement du camp.

Tamara et Tab avaient sur les genoux des carnets dans lesquels ils notaient tous ses propos. Tamara n'en revenait pas. Elle avait peine à croire qu'elle était en train de parler à un homme qui avait pris d'aussi grands risques et accompli un exploit pareil. Pendant qu'il parlait et qu'elle écrivait, elle ne laissa échapper aucune occasion de l'observer de près. Il avait la peau foncée et une barbe noire soigneusement taillée que surmontaient des yeux d'un brun clair inhabituel, au regard d'acier. La tension lui crispait le visage, et il faisait plus que ses vingt-cinq ans. Il était grand et baraqué, et elle se rappela que lorsqu'il était étudiant à la State University de New York, il avait pratiqué les arts martiaux mixtes.

Elle avait du mal à faire coïncider ce personnage avec celui du marchand ambulant. Ce dernier avait été décontracté, affable, parlant à tous, posant la main sur le bras des hommes, faisant un clin d'œil aux femmes, allumant des cigarettes à la ronde avec un briquet en plastique rouge. Cet homme-ci, en revanche, était calme, et dangereux. Il l'effrayait vaguement.

Il leur donna tous les détails de l'itinéraire suivi par le chargement de cocaïne. Il était passé entre les mains de plusieurs bandes et avait été transféré à trois reprises sur des véhicules différents. En plus de la base paramilitaire, il avait localisé deux campements plus modestes, auxquels s'ajoutaient plusieurs adresses en ville de groupes de l'EIGS.

« Ça vaut de l'or », souffla Tab, admiratif, et Tamara l'approuva. Les résultats étaient supérieurs à tout ce qu'elle avait pu espérer et elle était aux anges.

« Bien, conclut Abdul sèchement. Vous m'avez apporté mes trucs ?

— Bien sûr. »

Il avait demandé de l'argent en monnaies locales, des comprimés pour les maux d'estomac auxquels les gens de passage en Afrique du Nord étaient fréquemment sujets, une simple boussole, ainsi qu'un accessoire qui l'avait intriguée : un mètre de fil de titane de faible diamètre, dont chaque extrémité devait être fixée à des poignées de bois, le tout cousu à l'intérieur d'une écharpe en coton comme celles dont les hommes se servaient comme ceintures sur les robes traditionnelles. Elle se demanda s'il leur expliquerait à quoi il servait.

Elle lui remit tous les articles réclamés. Il la remercia sans faire le moindre commentaire avant de regarder autour de lui, scrutant l'horizon en tous sens. « Tout va bien, dit-il. Nous avons fini ? »

Tamara se tourna vers Tab qui répondit : « Nous avons fini.

— Avez-vous tout ce qu'il vous faut, Abdul ? demanda Tamara.

— Oui. » Il ouvrit la portière de la voiture.

« Bonne chance », ajouta Tamara. Son vœu était sincère.

« Bonne chance », renchérit Tab en français.

Abdul tira son foulard pour se protéger le visage puis sortit, referma la portière et retourna au village, sa cartouche de Cleopatra en main.

Le regardant s'éloigner, Tamara remarqua sa démarche. Contrairement à la plupart des Américains qui faisaient de grandes enjambées comme si la terre leur appartenait, il avait adopté le pas traînant des habitants du désert, gardant les yeux au sol et le visage à l'ombre, fournissant le moins d'efforts possible pour minimiser la production de chaleur.

Son courage la remplit d'admiration. Elle frémit en pensant au sort qui l'attendait s'il se faisait prendre. La décapitation serait ce qu'il pouvait espérer de mieux.

Quand il eut disparu aux regards, elle s'inclina en avant pour parler à Ali. « *Yalla* », dit-elle. Allons-y.

La voiture quitta le village, suivant la piste qui rejoignait la route, où elle prit vers le sud pour regagner N'Djamena.

Tab relisait ses notes. « C'est incroyable, murmura-t-il.

— Nous devrions faire un rapport commun, suggéra-t-elle, anticipant déjà la suite.

— Excellente idée. Rédigeons-le ensemble à notre retour, et nous pourrons le présenter simultanément en deux langues. »

Décidément, ils formaient une bonne équipe, se dit-elle. Beaucoup d'hommes auraient cherché à tirer la couverture à eux ce matin. Or Tab n'avait pas essayé de s'imposer dans leur conversation avec Abdul. Elle commençait à l'apprécier vraiment.

Elle ferma les yeux. Lentement, son euphorie reflua. Elle s'était levée très tôt et le retour allait prendre deux ou trois heures. Pendant un moment, son esprit s'attarda sur les images fugaces du village où ils s'étaient rendus : les habitations en brique crue, les misérables potagers, la longue marche jusqu'à l'eau. Mais, peu à peu, le ronronnement du moteur et le bruit des pneus lui rappelèrent les longs trajets de son enfance dans la Chevrolet familiale, de Chicago à Saint Louis, pour rendre visite à ses grands-parents, affalée à côté de son frère sur la vaste banquette arrière ; et elle finit par s'assoupir, comme en ce temps-là.

Elle sombra dans un profond sommeil dont elle fut réveillée en sursaut par un coup de frein brutal, suivi d'un tonitruant « Putain ! » lancé par Tab en français. Ouvrant les yeux, elle constata que la route, devant eux, était obstruée par un camion arrêté en travers. Il était entouré d'une demi-douzaine d'hommes portant des uniformes militaires de bric et de broc complétés par des vêtements traditionnels : une veste militaire et un turban en coton, une longue robe sur un pantalon de l'armée.

C'étaient les membres d'une organisation paramilitaire, et ils étaient tous armés.

Ali ne put qu'arrêter la voiture.

« C'est quoi, ça ? demanda Tamara.

— Ce que le gouvernement appelle un barrage routier informel. Des soldats, à la retraite ou en service, qui se font un petit extra. Autrement dit, du rançonnement. »

Tamara avait entendu parler de ces barrages routiers, mais c'était le premier qu'elle voyait. « Ils réclament combien ?

— On ne va pas tarder à le savoir. »

Un des hommes s'approcha de la portière du chauffeur en vociférant. Baissant la vitre, Ali répliqua sur le même ton en dialecte. Peter ramassa sa carabine posée par terre mais la garda sur ses genoux. L'homme agita son fusil en l'air.

Tab paraissait calme, et pourtant, la situation semblait explosive aux yeux de Tamara.

Un homme plus âgé que les autres, coiffé d'une casquette de l'armée et vêtu d'une chemise en denim trouée, pointa un fusil sur le pare-brise.

Peter réagit en épaulant sa carabine.

« Mollo, Pete, murmura Tab.

— Ce n'est pas moi qui tirerai le premier », le rassura le jeune caporal.

Tab tendit le bras par-dessus le dossier de la banquette et sortit un tee-shirt d'un carton rangé à l'arrière. Puis il descendit de voiture.

« Mais qu'est-ce que vous faites ? » lui demanda Tamara avec angoisse.

Il ne répondit pas.

Il s'avança, plusieurs armes braquées sur lui, et Tamara posa le poing sur sa bouche.

Tab n'avait visiblement pas peur. Il s'approcha de l'homme à la chemise en denim, qui posa le canon de son fusil sur sa poitrine.

51

Tab s'adressa à lui en arabe : « Bonjour, capitaine. Je suis avec ces étrangers aujourd'hui. » Il faisait semblant d'être une sorte de guide ou d'accompagnateur. « Je vous en prie, laissez-les passer. » Puis il se retourna vers la voiture et cria, toujours en arabe : « Ne tirez pas ! Ne tirez pas ! Ce sont mes frères ! » En anglais, il ajouta : « Pete, baisse ton arme. »

À contrecœur, Peter retira la crosse de son épaule et tint le fusil en diagonale en travers de son torse.

Au bout d'un moment, l'homme en denim baissa son arme.

Tab tendit le tee-shirt à l'homme, qui le déplia. Il était bleu foncé avec une bande verticale rouge et blanc et, après un instant de réflexion, Tamara reconnut le maillot du Paris Saint-Germain, le club français de football le plus populaire. L'homme était radieux.

Tamara s'était demandé pourquoi Tab avait apporté ce carton avec lui. Maintenant, elle savait.

L'homme retira sa vieille chemise et enfila le maillot.

L'atmosphère changea. Les soldats se rassemblèrent autour de leur compagnon, admirant le maillot, avant de jeter à Tab des regards pleins d'espoir. Se tournant vers la voiture, il dit : « Tamara, donnez-moi la boîte, voulez-vous ? »

Elle tendit le bras à l'arrière, attrapa le carton et le présenta par la portière ouverte. Tab distribua des maillots à tous les hommes.

Les soldats étaient tous ravis et plusieurs les enfilèrent immédiatement.

Tab serra la main de celui qu'il avait appelé « capitaine » en disant : « *Ma'a assalaama* », au revoir. Il retourna à la voiture avec son carton presque vide, y monta, claqua la portière et commanda : « Allez-y, Ali, mais doucement. »

La voiture avança au pas. Les heureux bandits

indiquèrent à Ali un passage le long du bas-côté, contournant le camion à l'arrêt. Puis Ali regagna la route.

Dès que ses pneus touchèrent la surface en béton, il enfonça la pédale d'accélérateur et la voiture s'éloigna du barrage dans un vrombissement.

Tab rangea son carton à l'arrière.

Tamara poussa un long soupir de soulagement. Se tournant vers Tab, elle lui demanda : « Comment avez-vous fait pour rester aussi calme ? Vous n'avez pas eu peur ? »

Il secoua la tête. « Ils sont effrayants, mais généralement ils ne tuent pas.

— C'est bon à savoir », dit Tamara.

2

Quatre semaines auparavant, Abdul se trouvait à plus de trois mille kilomètres de là, en Guinée-Bissau, un pays d'Afrique de l'Ouest livré à l'anarchie que les Nations unies avaient inscrit sur la liste des narco-États. C'était un lieu chaud et humide où la saison de mousson créait une atmosphère de bain de vapeur, suintant et ruisselant pendant la moitié de l'année.

Abdul était dans un appartement de la capitale, Bissau, dont une pièce donnait sur les quais. Il n'y avait pas de climatisation et sa chemise collait à sa peau moite.

Son compagnon, Phil Doyle, de vingt ans son aîné, était un officier supérieur de la CIA, qui dissimulait sa calvitie sous une casquette de base-ball. En poste à l'ambassade américaine du Caire, Doyle était responsable de la mission d'Abdul.

La pièce était plongée dans l'obscurité. S'ils se faisaient repérer, c'était la torture et la mort assurées. Le peu de lumière venant de l'extérieur permettait tout juste à Abdul de distinguer le mobilier qui l'entourait : un canapé, une table basse, un téléviseur.

Les deux hommes étaient équipés de jumelles, braquées sur une scène qui se déroulait sur le front de mer. Trois dockers travaillaient dur et transpiraient copieusement, torse nu sous des lampes à arc. Ils déchargeaient un container, soulevant d'énormes sacs en polyéthylène ultrarésistant qu'ils transféraient dans un fourgon aveugle.

Abdul parla à voix basse, bien que personne n'ait pu surprendre ses propos. «Combien pèsent ces sacs?

— Vingt kilos, répondit Doyle avec un accent heurté typique de Boston. Quarante-cinq livres, à un cheveu près.

— Un boulot d'enfer par une chaleur pareille!

— Par n'importe quel temps, en fait.

— Je n'arrive pas à lire l'inscription imprimée sur les sacs, remarqua Abdul en fronçant les sourcils.

— *Attention! Produits chimiques dangereux*, écrit en plusieurs langues.

— Vous avez déjà vu ces sacs.»

Doyle hocha la tête. «Oui, au moment où la bande qui contrôle le port de Buenaventura en Colombie les a chargés dans ce container. Je les ai ensuite pistés d'une rive de l'Atlantique à l'autre. À partir d'ici, ils sont à vous.

— L'étiquette ne ment pas: la cocaïne pure est un produit chimique dangereux.

— C'est le moins qu'on puisse dire.»

Le fourgon n'était pas assez vaste pour contenir toute la cargaison d'un container de grand volume, mais Abdul se douta que la cocaïne n'en représentait qu'une partie, peut-être dissimulée dans un compartiment secret.

Le travail était supervisé par un grand type en chemise chic qui ne cessait de compter et de recompter les sacs. Trois hommes en noir armés de fusils d'assaut montaient la garde, tandis qu'une limousine attendait à proximité, moteur tournant au ralenti. Les dockers s'interrompaient régulièrement pour boire à de grosses bouteilles en plastique de boisson gazeuse. Abdul se demanda s'ils avaient la moindre notion de la valeur des marchandises qu'ils manipulaient. Il aurait parié que non. En revanche, l'homme qui tenait les comptes n'en ignorait rien. Pas plus que l'occupant de la limousine.

«Trois de ces sacs sont équipés d'émetteurs radio miniatures, lui expliqua Doyle. Il y en a trois, dans l'éventualité où un ou deux sacs seraient volés ou isolés du chargement pour une raison quelconque.» Il sortit de sa poche un petit appareil noir. «On les actionne à distance avec ce machin-là. L'écran affiche à quelle distance ils sont, et dans quelle direction. N'oubliez pas de l'éteindre pour économiser les batteries des émetteurs. Un téléphone pourrait en faire autant, mais vous irez sûrement dans des coins où il n'y a pas de connexion. D'où la nécessité d'un signal radio.

— Pigé.

— Vous pouvez suivre d'assez loin. Dans certains cas pourtant, vous serez obligé de vous approcher. Votre mission consiste en effet à identifier les gens qui manipulent la cargaison et les lieux où elle va. Ces gens sont des terroristes, et ces lieux sont leurs repaires. Nous tenons à déterminer combien il y a de djihadistes à tel ou tel endroit et de quel armement ils disposent, pour que nos forces sachent à quoi s'attendre quand elles interviendront pour anéantir ces salopards.

— Ne vous inquiétez pas, je m'approcherai suffisamment.»

Ils gardèrent le silence pendant une ou deux minutes, puis Doyle reprit : «J'imagine que votre famille ne sait pas exactement ce que vous faites.

— Je n'ai pas de famille. Mes parents sont morts. Ma sœur aussi.» Il désigna le quai. «Ils ont fini.»

Les dockers refermèrent le container et le fourgon, faisant joyeusement claquer les portes métalliques. Ils n'avaient manifestement aucune raison d'être discrets, assurés que la police, qui devait être copieusement arrosée, ne les dérangerait pas. Ils allumèrent des cigarettes et restèrent là à bavarder et à rire. Les gardes passèrent leurs armes à l'épaule et se joignirent à la conversation.

Le chauffeur de la limousine sortit et ouvrit une des portières arrière. L'homme qui descendit était habillé comme s'il s'apprêtait à aller en boîte de nuit, avec un tee-shirt sous une veste de smoking ornée d'un motif doré dans le dos. Il s'adressa à l'homme en chemise chic, puis tous deux prirent leurs téléphones.

« En cet instant précis, l'argent est transféré d'un compte suisse à un autre, expliqua Doyle à Abdul.

— Combien ?

— Autour de vingt millions de dollars.

— La vache ! C'est encore plus que je ne pensais ! s'étonna Abdul.

— La came vaudra le double à l'arrivée à Tripoli, le double encore en Europe, et encore le double dans la rue. »

Les conversations téléphoniques prirent fin et les deux hommes échangèrent une poignée de main. Le type en smoking se pencha à l'arrière de sa voiture et en sortit un sac en plastique portant l'inscription *Dubai Duty Free* en anglais et en arabe. Il semblait rempli de billets de banque conditionnés en briques entourées d'un élastique. Il tendit une brique à chacun des trois dockers et des trois gardes. Les hommes étaient tout sourires : ils devaient être grassement payés. Pour finir, il ouvrit le coffre de sa voiture et remit une cartouche de cigarettes Cleopatra à chacun, en guise de prime, supposa Abdul.

L'homme s'engouffra ensuite dans sa limousine qui démarra. Les dockers et les gardes s'éloignèrent. Le camion rempli de cocaïne démarra, lui aussi.

« J'y vais », annonça Abdul.

Doyle lui tendit la main et Abdul la serra.

« Vous êtes un chic type, lui dit Doyle. Bonne chance. »

*

Pendant des jours, Kiah avait tourné et retourné la conversation avec la femme blanche dans sa tête.

Quand elle était petite, elle croyait que toutes les Européennes étaient des religieuses, car les seules Blanches qu'elle avait vues étaient des sœurs. La première fois que son chemin avait croisé celui d'une Française ordinaire, vêtue d'une robe au genou sur des collants et portant un sac à main, elle avait été aussi éberluée que si un fantôme avait surgi devant elle.

Depuis, elle s'était habituée à elles et faisait instinctivement confiance à Tamara, qui avait un visage honnête, ouvert, sans la moindre trace de duplicité.

Elle savait désormais que les riches Européennes exerçaient les mêmes emplois que les hommes et n'avaient donc pas le temps de faire le ménage chez elles. Aussi payaient-elles des employées de maison, venues du Tchad ou d'autres pays pauvres, pour ce travail. Kiah était rassurée. Il y avait en France un rôle pour elle, une nouvelle vie à commencer, un moyen de nourrir son enfant.

Elle avait du mal à comprendre ce qui poussait des femmes riches à vouloir être médecins ou avocates. Pourquoi ne passaient-elles pas leurs journées à jouer avec leurs enfants et à bavarder avec leurs amies ? Elle avait encore tant de choses à apprendre sur les Européens ! Mais elle savait l'essentiel : ils étaient prêts à employer des immigrés venus de l'Afrique affamée.

En revanche, ce que Tamara lui avait dit des passeurs était loin d'être rassurant. Elle avait paru horrifiée, et Kiah se rongeait les sangs depuis. Elle ne pouvait pas nier la logique de la mise en garde de Tamara. Elle projetait de se mettre entre les mains de criminels : pourquoi ne la dépouilleraient-ils pas de tout ce qu'elle avait ?

Naji faisait la sieste, ce qui lui laissait le temps de réfléchir. Elle contempla alors son petit garçon, nu sur un drap de coton, paisiblement endormi, inconscient des soucis de sa mère. L'amour qu'elle avait éprouvé pour ses parents, ou même pour son mari, n'avait jamais eu autant de force que celui qu'elle vouait à son fils. Les sentiments que lui inspirait Naji avaient submergé toutes ses autres émotions et pris le contrôle de sa vie. Mais l'amour ne suffisait pas. Son fils avait besoin de nourriture et d'eau, et aussi de vêtements pour protéger sa peau tendre du soleil brûlant. Et c'était à elle de pourvoir à ses besoins. D'un autre côté, elle mettrait également la vie de son fils en danger en traversant le désert. Il était si jeune, si faible, si confiant.

Elle avait besoin d'aide. Elle pourrait entreprendre cette périlleuse traversée, mais pas seule. Ce serait sans doute plus facile avec des compagnons de voyage.

Tandis qu'elle observait Naji, il ouvrit les yeux. Il ne se réveillait pas progressivement comme les adultes, mais d'un coup. Il se mit debout, rejoignit Kiah d'une démarche hésitante et dit : « *Leben.* » Il adorait ce plat, du riz cuit dans du babeurre, et elle lui en donnait toujours un peu après sa sieste.

Pendant qu'il mangeait, elle décida d'aller parler à Yusuf, son cousin issu de germains. Il avait le même âge qu'elle et habitait le village voisin, à quelques kilomètres, avec sa femme et sa petite fille, qui avait deux ans, comme Naji. Yusuf était berger, mais l'essentiel de son troupeau avait péri, faute de pâtures, et il envisageait lui aussi d'émigrer avant d'avoir dépensé toutes ses économies. Elle voulait discuter avec lui de tous ces problèmes. S'il décidait de partir, elle pourrait entreprendre le trajet avec sa famille et lui, et se sentirait ainsi bien plus en sécurité.

Le soleil avait dépassé son zénith et l'après-midi était déjà avancé quand Kiah eut habillé Naji. Elle se mit en route, le petit à califourchon sur sa hanche. Elle était robuste et encore capable de le porter sur de longues distances, mais se demanda combien de temps encore elle pourrait le faire. Tôt ou tard, il serait trop lourd, et quand il faudrait qu'il marche, ils avanceraient moins vite.

Elle suivit la berge du lac, changeant Naji de hanche de temps en temps. Maintenant que la chaleur se dissipait, les gens s'étaient remis au travail : des pêcheurs réparaient leurs filets et aiguisaient leurs couteaux, des enfants rassemblaient chèvres et moutons, des femmes cherchaient de l'eau dans des jarres traditionnelles et dans de gros bidons en plastique.

Comme tout le monde, Kiah surveillait le lac du coin de l'œil car nul ne pouvait savoir quand les djihadistes auraient faim et viendraient voler de la viande, de la farine et du sel. Il leur arrivait même d'enlever des filles, surtout de jeunes chrétiennes. Kiah effleura la petite croix d'argent suspendue à une chaîne qu'elle portait sous sa robe.

Au bout d'une heure de marche, elle atteignit un village identique au sien, à cette différence près qu'il abritait une rangée de dix maisons en béton, construites en des temps meilleurs et qui tombaient déjà en ruine, avant même d'avoir été habitées.

La case de Yusuf était comme la sienne, faite de

brique crue et de feuilles de palmier. Elle s'arrêta sur le pas de la porte et cria : « Il y a quelqu'un ?

— Entre, Kiah », répondit Yusuf qui avait reconnu sa voix.

Assis en tailleur, il réparait un pneu de bicyclette, collant une rustine sur la chambre à air crevée. C'était un petit homme au visage jovial, moins autoritaire que certains maris. Il l'accueillit avec un grand sourire : il était toujours content de voir Kiah.

Sa femme, Azra, était en train d'allaiter leur fillette. Son sourire était un peu moins chaleureux que celui de Yusuf. Elle avait un visage mince aux traits tirés, qui ne suffisait cependant pas à expliquer sa mine hostile. En vérité, elle jugeait que Yusuf appréciait un peu trop sa cousine Kiah. Depuis la mort de Salim, il se donnait des airs protecteurs et se permettait de lui toucher la main et de la tenir par les épaules un peu trop souvent. Kiah n'aurait pas été surprise d'apprendre qu'il souhaitât la prendre pour seconde épouse. Azra partageait probablement ces soupçons. La polygamie était légale au Tchad, et des millions de chrétiennes et de musulmanes vivaient dans des unions de ce type.

Kiah n'avait rien fait pour encourager cette attitude, mais elle n'avait rien fait non plus pour repousser Yusuf, car c'était le seul homme de sa famille au Tchad et elle avait grand besoin de protection. Elle craignit soudain que cette tension triangulaire ne compromette ses projets.

Yusuf lui offrit du lait de brebis contenu dans un pot en grès. Il en versa dans un bol, qu'elle partagea avec Naji.

« J'ai parlé à une étrangère la semaine dernière, commença-t-elle pendant que Naji buvait bruyamment son lait. Une Américaine blanche qui fait des recherches sur la baisse du niveau du lac. Je l'ai interrogée sur l'Europe.

— Bonne idée, approuva Yusuf. Et qu'est-ce qu'elle t'a dit?

— Que les passeurs sont des criminels qui risquent de nous voler. »

Yusuf haussa les épaules. « Nous risquons tout autant d'être volés ici, par les djihadistes.

— Il est tout de même plus facile de dépouiller les gens dans le désert, fit remarquer Azra. Il n'y a qu'à les laisser mourir sur place.

— Tu as raison, acquiesça Yusuf. Je voulais simplement dire qu'il y a du danger partout. Nous mourrons ici si nous ne partons pas. »

Yusuf faisait visiblement peu de cas des craintes de sa femme, ce qui servait les desseins de Kiah. Elle appuya ses propos en ajoutant: « Nous serions plus en sécurité à cinq.

— C'est certain, approuva Yusuf. Je pourrai veiller sur tout le monde. »

Ce n'était pas ce que Kiah avait voulu dire, mais elle ne le contredit pas. « Exactement, opina-t-elle.

— J'ai entendu parler d'un certain Hakim, qu'on peut trouver aux Trois Palmiers », reprit-il. Les Trois Palmiers étaient un petit bourg situé à une quinzaine de kilomètres. « Il paraît qu'il lui arrive de conduire des gens jusqu'en Italie. »

Kiah sentit son pouls s'accélérer. Elle ignorait l'existence d'Hakim. Cette nouvelle signifiait que le jour de l'évasion était peut-être plus proche qu'elle ne l'avait imaginé. Cette perspective devint soudain plus concrète, et plus effrayante. « D'après la Blanche que j'ai vue, il est très facile de passer en France depuis l'Italie », précisa-t-elle.

Danna, le bébé d'Azra, était repue. Cette dernière essuya le menton de la petite avec sa manche et la mit debout. Danna trottina jusqu'à Naji et les deux enfants se mirent à jouer côte à côte. Azra prit un petit pot d'huile et en étala sur ses tétons avant de rajuster le corsage de sa robe. «Et ce Hakim, demanda-t-elle, combien demande-t-il?

— Le tarif habituel est de deux mille dollars américains, répondit Yusuf.

— Par personne ou par famille?

— Je ne sais pas.

— Est-ce qu'il faut payer pour les bébés?

— Ce n'est pas impossible, s'ils sont assez grands pour avoir besoin d'un siège.»

Kiah avait horreur des discussions qui ne reposaient que sur du vent. «Je vais aller aux Trois Palmiers lui poser la question», lança-t-elle avec impatience. En tout état de cause, elle voulait voir ce Hakim de ses propres yeux, discuter avec lui et se faire une idée du genre d'homme que c'était. Quinze kilomètres aller et quinze kilomètres retour à pied en une journée ne l'effrayaient pas.

«Tu n'as qu'à me laisser Naji, proposa Azra. Tu ne pourras pas le porter pendant tout le trajet.»

Kiah pensait en être capable si elle n'avait pas le choix, mais elle répondit: «Merci. Ça m'aiderait beaucoup.» Il leur arrivait souvent de s'entraider pour garder les petits. Naji aimait beaucoup venir ici; il s'amusait à observer ce que faisait Danna et à l'imiter.

«Puisque tu es ici, intervint Yusuf joyeusement, autant que tu passes la nuit avec nous pour pouvoir partir de bonne heure.»

La suggestion était raisonnable, pourtant Yusuf se montrait un peu trop enthousiaste à l'idée de dormir dans la même pièce que Kiah et elle vit un nuage glisser sur le visage d'Azra. «Non, merci, il faut que je rentre chez moi, refusa-t-elle avec tact. Mais je vous amènerai Naji très tôt demain matin.» Elle se leva et prit son fils dans ses bras. «Merci pour le lait, dit-elle. Que Dieu vous protège jusqu'à demain.»

*

Les arrêts dans les stations-service duraient plus longtemps au Tchad qu'aux États-Unis. Les automobilistes étaient en effet beaucoup moins pressés de reprendre la route. Ils vérifiaient la pression des pneus, refaisaient le niveau d'huile, remplissaient leurs radiateurs. Il fallait être prudent : si on tombait en panne au bord de la chaussée, on risquait d'attendre une dépanneuse pendant des jours. Les stations-service étaient aussi des lieux de convivialité. Les conducteurs discutaient avec le propriétaire et les autres automobilistes, échangeaient des informations sur les barrages routiers, les convois militaires, les bandits djihadistes et les tempêtes de sable.

Abdul et Tamara s'étaient donné rendez-vous sur la route entre N'Djamena et le lac Tchad. Abdul souhaitait lui parler une nouvelle fois avant de s'engager dans le désert et préférait ne pas utiliser de téléphone ni de messagerie électronique s'il pouvait l'éviter.

Arrivé avant elle, il eut le temps de vendre toute une cartouche de Cleopatra au propriétaire. Le capot de sa voiture était relevé et il était en train de remplir le réservoir du lave-glace quand une autre voiture s'arrêta. Elle était conduite par un homme du coin, et Tamara occupait la place du passager. Dans ce pays, le personnel d'ambassade ne se déplaçait jamais seul, les femmes encore moins que les autres.

À première vue, on aurait pu la prendre pour une autochtone, se dit Abdul en la regardant descendre du véhicule. Elle avait les cheveux et les yeux foncés, portait une robe à manches longues sur un pantalon et s'était coiffée d'un foulard. Un observateur attentif aurait pourtant reconnu une Américaine à l'assurance de sa démarche, au regard direct qu'elle lui adressa et à sa manière de lui parler d'égale à égal.

Abdul sourit. Elle était séduisante et charmante. L'intérêt qu'elle lui inspirait n'avait rien de sentimental, il avait vécu une rupture difficile deux ans auparavant et n'en était pas encore remis, mais sa joie de vivre l'attirait.

Il regarda autour de lui. Le bureau était une simple case en brique crue où le propriétaire vendait quelques provisions et de l'eau. Un pick-up était en train de partir. Il n'y avait personne d'autre.

Ils préférèrent pourtant ne pas prendre de risques et firent comme s'ils ne se connaissaient pas. Elle lui tourna le dos pendant que son chauffeur faisait le plein et lui murmura : «Hier, nous avons lancé une opération contre la base que vous avez découverte au Niger. Les types de l'armée jubilent : ils ont détruit le campement, se sont emparés de plusieurs tonnes d'armes et ont fait des prisonniers qui ont été interrogés.

— Et Al-Farabi ? Ils l'ont pris ?

— Non.

— Autrement dit, ce n'était pas Hufra.

— Les prisonniers appellent ce camp "Al-Bustan".

— Le Jardin, traduisit Abdul.

— Ça n'en reste pas moins une grosse prise, et vous êtes le héros du jour. »

Abdul ne tenait pas à être un héros. Il songeait déjà à la suite. «Il va falloir que je change de tactique, annonça-t-il.

— Bien…, répondit-elle d'un ton hésitant.

— Je vais avoir du mal à continuer à passer inaperçu. Mon itinéraire me conduira maintenant vers le nord, à travers le Sahara, en direction de Tripoli, et de là, sur l'autre rive de la Méditerranée, vers les boîtes de nuit européennes. Entre ici et la côte, il n'y a pour ainsi dire que le désert, et la circulation est très faible.

— En d'autres termes, le chauffeur risque de vous repérer plus facilement, acquiesça Tamara.

— Vous savez comment c'est par ici : pas de fumée, pas de brume, pas de pollution. Par temps clair, on voit à des kilomètres. De plus, je vais devoir m'arrêter pour passer la nuit dans les mêmes oasis que le véhicule qui transporte la cargaison ; dans le désert, on n'a pas l'embarras du choix. Et la plupart de ces endroits sont exigus, trop exigus pour que je puisse me cacher. Je vais forcément me faire repérer.

— C'est un problème, reconnut Tamara, inquiète.

— Heureusement, j'ai trouvé une solution. Il y a deux jours, le chargement a été de nouveau transféré, cette fois à bord d'un bus qui transporte des migrants clandestins. Cela n'a rien d'inhabituel, ces deux types de trafic s'accordent très bien, et sont aussi lucratifs l'un que l'autre.

— Vous risquez tout de même d'avoir du mal à suivre ce véhicule sans éveiller les soupçons.

— C'est pourquoi je serai dans le bus.

— Vous avez l'intention de jouer les migrants ?

— Exactement.

— Ça, c'est futé », approuva Tamara.

Abdul ne savait pas très bien ce qu'en penseraient Phil Doyle et les grands manitous de la CIA. Mais ils ne pouvaient pas l'en empêcher. L'officier envoyé sur le terrain devait agir au mieux, et assumer ses responsabilités.

Tamara lui posa alors une question pratique : « Qu'allez-vous faire de votre voiture et de toutes ces cigarettes ?

— Les vendre. Quelqu'un sera sûrement ravi de

reprendre mon commerce. Et je n'en demanderai pas un prix exorbitant.

— Nous pourrions nous en charger à votre place.

— Non, merci, je préfère m'en occuper moi-même. Je dois continuer à jouer mon rôle. La vente de ma voiture expliquera que j'aie l'argent pour payer les passeurs. Ma couverture n'en sera que plus solide.

— C'est certain.

— Une chose encore, ajouta-t-il. J'ai mis la main sur un contact utile, plus ou moins par hasard. Un terroriste désabusé, à Kousséri, au Cameroun, juste de l'autre côté du pont de N'Djamena. Il est au courant de tout et ne demande qu'à nous filer des infos. Vous devriez lui proposer un essai.

— Désabusé ? interrogea Tamara.

— C'est un jeune idéaliste qui a vu trop de massacres insensés pour continuer à croire au djihad. Inutile que vous sachiez son vrai nom, mais il se fera appeler Haroun.

— Et je suis censée le joindre comment ?

— Il prendra contact avec vous. Le message mentionnera un chiffre – huit kilomètres, ou quinze dollars – et ce chiffre vous indiquera l'heure de votre rendez-vous. Quinze dollars voudra dire quinze heures. Votre première rencontre aura lieu au Grand Marché. » Tamara connaissait l'endroit, comme tout le monde : c'était le marché central de la capitale. « Au cours de ce premier rendez-vous, vous fixerez le lieu du deuxième.

— Le marché est immense, remarqua Tamara. Il y a plusieurs centaines de gens, de toutes origines. Comment nous reconnaîtrons-nous ? »

Abdul enfonça la main dans son *galabeya* et en sortit un foulard bleu orné d'un motif très caractéristique de cercles orange. « Mettez ça, dit-il. Il vous trouvera. »

Tamara prit le foulard. « Merci.

— Je vous en prie. » Les pensées d'Abdul revinrent au raid contre Al-Bustan. « Je suppose qu'on a interrogé les prisonniers à propos d'Al-Farabi.

— Tous ont entendu parler de lui, mais un seul a prétendu l'avoir vu en chair et en os. Il a confirmé la description habituelle – cheveux gris, barbe noire, pouce amputé. Le prisonnier a passé un certain temps au Mali, où il a appartenu à un groupe à qui Al-Farabi a appris à fabriquer des bombes d'accotement. »

Abdul hocha la tête. « Ça paraît tout à fait crédible, malheureusement. D'après le peu que nous savons, il semblerait qu'Al-Farabi n'essaie pas de faire travailler tous les djihadistes africains ensemble. Sans doute juge-t-il préférable qu'ils constituent des groupes distincts pour des raisons de sécurité, et il n'a pas tort. Il n'en tient pas moins à leur apprendre à tuer le plus efficacement possible. Il a acquis pas mal d'expertise technique en Afghanistan, et il en fait profiter les autres. D'où ces stages de formation.

— Un type intelligent.

— Raison pour laquelle nous n'arrivons pas à mettre la main sur lui, approuva Abdul sombrement.

— Il ne nous échappera pas éternellement.

— Je l'espère, ça, vous pouvez en être sûre. »

Tamara se retourna pour lui faire face. Elle le dévisagea attentivement, comme si elle cherchait à comprendre quelque chose.

« Qu'y a-t-il ? demanda-t-il.

— Ça vous tient vraiment à cœur.

— Pas à vous ?

— Si, mais pas de la même façon. » Elle soutint son regard. « Il vous est arrivé quelque chose. Vous pouvez me dire quoi ?

— J'avais été prévenu, se déroba-t-il avec un gentil sourire, que vous pouviez être un peu… directe.

— Pardon. On m'a déjà reproché de poser des questions trop personnelles. Je vous ai contrarié?

— Il en faut plus que ça.» Il referma le capot. «Je vais payer.»

Il se dirigea vers la case d'un pas nonchalant. Tamara avait raison. Pour lui, ce n'était pas un emploi, mais une mission. Il ne se contenterait pas d'infliger des pertes à l'EIGS, comme ses renseignements sur Al-Bustan avaient permis de le faire. Il voulait l'éliminer. Intégralement.

Il paya le carburant. «Vous voulez des cigarettes? plaisanta le propriétaire. Très bon marché!

— Je ne fume pas», répondit Abdul.

Le chauffeur de Tamara entra dans la case au moment où il en sortait. Abdul regagna sa voiture. Il resta seul avec Tamara pendant quelques minutes. Elle avait posé une bonne question, songea-t-il. Elle méritait une réponse.

«Ma sœur est morte», dit-il.

*

Il avait six ans et se prenait presque pour un homme, alors qu'à quatre ans elle n'était encore qu'un bébé. Beyrouth était à cette époque le seul monde qu'il connaissait: chaleur, poussière, circulation et bâtiments bombardés répandant des gravats dans les rues. Il avait appris bien plus tard que la vie qu'ils menaient dans cette ville n'était pas une vie normale, que ce n'était pas celle de la plupart des gens.

Ils habitaient un appartement au-dessus d'un petit restaurant. Dans la chambre qui donnait sur l'arrière de l'immeuble, Abdul apprenait à lire et à écrire à Nura. Ils étaient assis par terre. Elle voulait savoir tout ce qu'il savait et il aimait bien jouer au maître d'école, car cela lui donnait l'impression d'être un grand garçon très instruit.

Leurs parents étaient au salon, situé sur l'avant du bâtiment, donnant sur la rue. Leurs grands-parents étaient venus prendre le café, accompagnés de deux oncles et d'une tante, et le père d'Abdul, qui était pâtissier au restaurant, avait préparé pour leurs invités des *halawet el jibn*, des roulés au fromage sucrés. Abdul en avait déjà mangé deux et sa mère lui avait dit : « Ça suffit, tu vas être malade. »

Alors il avait demandé à Nura d'aller en chercher au salon et de les lui apporter.

Elle s'était précipitée, toujours prête à lui faire plaisir.

Abdul n'avait jamais entendu de bruit aussi fort que cette explosion. Juste après, le monde avait été plongé dans un silence absolu, et il avait cru être devenu sourd. Il s'était mis à pleurer.

Il avait couru au salon, où il n'avait plus rien reconnu. Il lui avait fallu un moment pour se rendre compte que le mur extérieur avait entièrement disparu et que la pièce était béante. L'air était rempli de poussière et il régnait une odeur de sang. Certains adultes donnaient l'impression de crier, mais en silence ; en fait, il n'y avait absolument aucun bruit. D'autres étaient allongés par terre, immobiles.

Nura ne bougeait pas, elle non plus.

Abdul n'avait pas compris ce qu'elle avait. Il s'était accroupi, avait soulevé son bras inerte et l'avait secouée pour la réveiller, tout en se demandant comment elle pouvait dormir les yeux grands ouverts. « Nura, Nura, réveille-toi. » Il entendait sa propre voix, très faiblement ; sans doute ses oreilles commençaient-elles à aller mieux.

Soudain, sa mère avait surgi à côté de lui et avait pris Nura dans ses bras. Une seconde plus tard, Abdul lui-même s'était senti soulevé de terre par les mains familières de son père. Les parents avaient porté les deux enfants dans la chambre et les avaient déposés précautionneusement sur leurs lits.

Son père lui avait demandé : « Abdul, comment vas-tu ? Tu es blessé ? »

Il avait secoué la tête.

« Pas de bleus ? » Son père avait posé sur lui un regard attentif et avait paru soulagé. Puis Abdul s'était tourné vers sa mère et ils avaient contemplé tous deux le corps figé de Nura.

« Je crois qu'elle ne respire pas, avait dit sa mère avant de fondre en larmes.

— Qu'est-ce qu'elle a ? » avait demandé Abdul d'une voix qui lui avait fait l'effet d'un grincement suraigu. Il avait peur, sans savoir de quoi. « Elle ne parle pas, mais elle a les yeux ouverts ! » s'était-il étonné.

Son père l'avait serré contre lui. « Oh, Abdul, mon fils chéri. Je crois que notre petite fille est morte. »

*

L'explosion était due à une voiture piégée, avait appris Abdul des années plus tard. Le véhicule avait été rangé le long du trottoir, juste sous la fenêtre de leur salon. C'était le petit restaurant, fréquenté par des Américains qui adoraient ses pâtisseries sucrées, qui était visé. La famille d'Abdul n'était qu'un dommage collatéral.

Les responsabilités n'avaient jamais été établies.

Ils avaient réussi à aller s'installer aux États-Unis, ce qui était difficile mais pas impossible. Le cousin de son père tenait un restaurant libanais à Newark et son père était assuré d'y trouver un emploi. Abdul prenait un bus jaune pour se rendre à l'école, emmitouflé dans des cache-nez pour se protéger d'un froid plus vif qu'il n'aurait jamais pu l'imaginer, et il avait découvert qu'il ne comprenait pas un mot de ce que les autres disaient. Mais les Américains étaient gentils avec les enfants, et ils l'avaient aidé. Il n'avait pas tardé à mieux parler anglais que ses parents.

Sa mère lui avait dit qu'il aurait peut-être une autre petite sœur, mais les années s'étaient écoulées, sans nouvelle naissance.

Le passé restait très vivant dans son esprit pendant qu'il traversait les dunes au volant. L'Amérique n'avait pas été si différente de Beyrouth : embouteillages, grands immeubles, petits restaurants et flics, alors que le Sahara était un paysage lunaire, avec ses buissons roussis et épineux, qui mouraient de soif dans ce sol aride.

Les Trois Palmiers étaient une petite ville. On y trouvait une mosquée et une église, une station-service flanquée d'un atelier de réparation et une demi-douzaine de boutiques. Tous les panneaux étaient en arabe, sauf celui qui indiquait *Église Saint-Pierre*. Alors qu'il n'y avait pas de rues à proprement parler dans les villages du désert, ici, les maisons étaient construites en rangées, avec des murs extérieurs aveugles qui transformaient les routes de terre poussiéreuse en couloirs. Malgré l'étroitesse de la chaussée, des voitures étaient garées sur les bas-côtés. Au milieu, à côté de la station-service, il y avait un bar où des hommes buvaient du café et fumaient à l'ombre de trois immenses palmiers dont Abdul devina qu'ils avaient donné son nom au bourg. Le bar était un appentis de fortune adossé à une maison, son dais de palmes précairement soutenu par de minces troncs grossièrement équarris.

Il gara sa voiture et consulta son appareil de tracking. Le chargement de cocaïne n'avait pas bougé ; il n'était qu'à quelques mètres de lui.

Il descendit de son véhicule, humant une bonne odeur

de café, et sortit plusieurs cartouches de Cleopatra de son coffre. Puis il se dirigea vers la gargote en se glissant à nouveau dans la peau du marchand de cigarettes.

Il en vendit quelques paquets à la pièce avant que le propriétaire du café, un gros homme arborant une énorme moustache, ne se mette à protester. Abdul usa alors de tout son charme et le patron finit par lui acheter une cartouche entière et lui offrit même une tasse de café. Abdul s'assit à une table sous les palmiers, but à gorgées mesurées la boisson amère déjà sucrée et s'adressa au tenancier : « Il faut que je parle à un certain Hakim. Vous le connaissez ?

— C'est un nom courant, répondit celui-ci sans s'engager, mais le regard qu'il jeta involontairement vers le garage voisin le trahit.

— Il s'agit d'un homme très respecté, précisa Abdul, utilisant l'expression habituelle pour désigner un criminel notoire.

— Je vais me renseigner. »

Quelques minutes plus tard, le patron se dirigea nonchalamment, avec une feinte décontraction, vers le garage. Un jeune homme en surpoids en sortit peu après et se dirigea vers Abdul. Il se dandinait comme une femme enceinte, pieds en dehors, genoux écartés, ventre en avant et tête en arrière. Il avait des cheveux noirs bouclés et une petite moustache prétentieuse, mais pas de barbe. Ses vêtements de sport de style occidental, polo vert XXL sur pantalon de jogging gris crasseux, contrastaient avec la sorte de collier vaudou qu'il avait autour du cou. Il avait beau être en baskets, il n'avait certainement pas couru depuis des années. Dès qu'il fut à portée de voix, Abdul lui sourit et lui proposa une cartouche de Cleopatra à moitié prix.

L'autre ignora l'offre. « Vous cherchez quelqu'un. » Ce n'était pas une question mais une affirmation : les hommes comme lui mettaient un point d'honneur à tout savoir.

«Êtes-vous Hakim? demanda Abdul.

— Vous êtes en affaires avec lui.»

Abdul était persuadé que c'était bien Hakim. «Asseyez-vous, discutons en amis», suggéra-t-il bien qu'Hakim fût à peu près aussi amical qu'une tarentule obèse.

Hakim fit signe au propriétaire, sans doute pour lui commander un café, et s'assit à la table d'Abdul sans prononcer un mot.

«J'ai gagné un peu d'argent en vendant des cigarettes.»

Hakim ne réagit pas.

«J'aimerais aller vivre en Europe, poursuivit Abdul.

— Vous avez de l'argent, fit Hakim en hochant la tête.

— Combien ça coûte? d'aller en Europe?

— Deux mille dollars américains par personne: la moitié au départ du bus, l'autre moitié à l'arrivée en Libye.»

C'était une somme considérable dans un pays où le salaire moyen était d'une quinzaine de dollars par semaine, et Abdul jugea plus malin de marchander. S'il acceptait trop promptement, Hakim risquerait de se méfier. «Je ne suis pas sûr de pouvoir vous donner cette somme.»

Hakim fit un signe de tête en direction du véhicule d'Abdul. «Vendez votre bagnole.»

Il s'était donc déjà renseigné sur Abdul. Le patron du café avait dû lui montrer sa voiture. «Je vais la vendre avant de partir, évidemment, acquiesça Abdul. Mais il faut que je rembourse à mon frère l'argent qu'il m'a prêté pour l'acheter.

— Deux mille dollars, c'est le tarif.

— La Libye, ce n'est pas l'Europe. Le dernier versement devrait se faire après la traversée de la Méditerranée.

— Ah oui ? Parce que vous croyez que les gens me paieraient ? Ils foutraient le camp, c'est tout.

— Je ne sais pas. Ça ne me plaît pas beaucoup.

— Il ne s'agit pas d'une négociation. Vous me faites confiance, ou vous restez chez vous. »

Abdul faillit éclater de rire à l'idée de faire confiance à Hakim. « C'est bon, c'est bon, reprit-il. Vous pouvez me montrer le véhicule dans lequel on voyagera ? »

Hakim hésita un instant, puis il haussa les épaules. Sans dire un mot, il se leva et se dirigea vers le garage.

Abdul lui emboîta le pas.

Ils y entrèrent par une petite porte latérale. L'intérieur était éclairé par des vasistas en plastique transparent. Des outils étaient accrochés aux murs, de profonds rayonnages accueillaient des piles de pneus neufs et une odeur d'huile de vidange planait dans l'air. Dans un coin, deux hommes en *galabeya* coiffés de turbans regardaient la télévision et fumaient, s'ennuyant ostensiblement. Deux fusils d'assaut étaient posés sur une table, à côté d'eux. Les hommes levèrent les yeux, reconnurent Hakim et reportèrent leur attention sur l'écran.

« Ce sont mes vigiles, expliqua Hakim. Les vols d'essence sont fréquents par ici. »

Ce n'étaient pas des vigiles mais des djihadistes, et leur attitude indifférente donnait à penser qu'Hakim n'était pas leur patron.

Abdul continua à jouer son rôle et leur demanda d'un ton jovial : « Ça vous dirait d'acheter des cigarettes à moitié prix ? J'ai des Cleopatra. »

Ils détournèrent les yeux sans répondre.

Une grande partie du garage était occupée par un petit bus Mercedes qui devait pouvoir transporter une quarantaine de passagers. Son apparence n'avait rien de rassurant. Il avait été un jour d'un joli bleu ciel, mais cette couleur pimpante était désormais piquée de rouille. Les pneus des deux roues de rechange harnachées sur le toit étaient loin d'être neufs. La plupart des vitres latérales n'étaient que des rectangles béants. C'était peut-être intentionnel : la brise assurerait un minimum de fraîcheur aux voyageurs. Abdul jeta un coup d'œil à l'intérieur et constata que le tissu des sièges était usé et maculé, déchiré même par endroits. Le pare-brise était intact, mais le pare-soleil du chauffeur s'était détaché et pendait de travers.

« Combien de temps faut-il pour aller jusqu'à Tripoli, Hakim ?

— Vous le verrez quand on y sera.

— Vous ne pouvez pas me le dire ?

— Je préfère ne pas m'engager. Il peut toujours y avoir des contretemps, alors les gens sont déçus et contrariés. Mieux vaut qu'ils aient une bonne surprise à l'arrivée.

— Le prix que vous demandez couvre-t-il la nourriture et l'eau pendant la durée du voyage ?

— L'essentiel est fourni, y compris le couchage lors des arrêts de nuit. Si vous voulez des extras, il faut payer un supplément.

— Quel genre d'extras trouve-t-on en plein désert ?

— Vous verrez bien. »

Abdul pointa le menton vers les djihadistes. « Ils viennent aussi, eux ?

— Ils assureront notre protection. »

Et celle de la cocaïne. « Par où on passera ?

— Vous posez trop de questions. »

Abdul avait déjà suffisamment agacé Hakim. « D'accord, mais il faut quand même que vous me disiez quand vous avez l'intention de prendre la route.

76

— Le départ a lieu dans dix jours.

— Si tard ? Pourquoi ce délai ?

— Il y a eu quelques petits problèmes. » Hakim commençait à s'énerver. « Mais d'abord, qu'est-ce que ça peut vous faire ? Ça ne vous regarde pas. Pointez-vous le jour dit avec le fric, c'est tout. »

Abdul devina que les problèmes étaient liés à l'attaque contre Al-Bustan. Elle avait pu perturber d'autres activités djihadistes, certains responsables ayant été tués ou blessés. « Vous avez raison, ça ne me regarde pas, convint-il, conciliant.

— Un sac de voyage par personne, pas plus », précisa Hakim.

Abdul tendit la main vers le bus. « Ces véhicules ont généralement une grande soute en plus des porte-bagages intérieurs. »

Hakim se fâcha pour de bon : « Une personne, un sac ! »

Bien, bien, songea Abdul. La cocaïne se trouve donc dans la soute.

« C'est bon, je serai là dans dix jours.

— À la première heure ! »

Abdul sortit.

Hakim lui rappelait les mafiosi du New Jersey : susceptibles, agressifs et stupides. Exactement comme un gangster américain, Hakim remplaçait l'intelligence qui lui faisait défaut par le bluff et les menaces de violence. Certains des camarades de classe les moins brillants d'Abdul avaient suivi cette voie et il savait comment s'y prendre avec ce type d'hommes. Il devait tout de même se garder de paraître trop sûr de lui. Il jouait un rôle.

Et si Hakim était un imbécile, ses gardes n'avaient pas l'air de plaisanter.

Abdul regagna sa voiture, ouvrit le coffre et y rangea les cigarettes invendues. Sa journée de travail était finie.

Il allait rejoindre un autre village ou un bourg quelconque, y vendre quelques paquets de cigarettes pour renforcer encore sa couverture et dénicher un endroit où passer la nuit. S'il ne fallait pas compter sur un hôtel, il y avait presque toujours une famille disposée à héberger un étranger moyennant finances.

En refermant son coffre, il aperçut un visage connu. Il avait déjà vu cette femme, dans le village où il avait rencontré Tab et Tamara ; celle-ci était même entrée dans sa case. Il se souvenait surtout d'elle à cause de son physique exceptionnel, avec un nez busqué qui rehaussait encore sa beauté. La lassitude marquait désormais ses traits sculpturaux. Ses pieds fins chaussés de tongs en plastique étaient couverts de poussière, et il devina qu'elle était venue à pied depuis son village, à une quinzaine de kilomètres. Il se demanda ce qu'elle venait faire ici.

Il se détourna, pour éviter de croiser son regard. C'était un réflexe : un agent secret ne devait pas se faire d'amis. Renoncer à garder vos distances vous exposait à des questions dangereuses : D'où viens-tu ? Tu as une famille ? Qu'est-ce que tu fais au Tchad ? Ces interrogations innocentes obligeaient l'agent à répondre par des mensonges, et un mensonge pouvait toujours être éventé. La seule attitude raisonnable était de rester dans son coin.

Mais elle l'avait reconnu. « *Marhaba.* » Bonjour. Elle était manifestement contente de le voir.

Craignant d'attirer l'attention s'il se montrait grossier, il dit poliment : «*Salamo alayki*», que la paix soit avec vous.

Elle s'arrêta pour lui parler, et il releva un léger parfum de cannelle et de curcuma. Elle lui adressa un grand sourire qui lui fit battre le cœur plus vite. Son nez aquilin était d'une remarquable noblesse. Une Américaine blanche aurait été complexée par un tel nez et aurait eu recours à la chirurgie esthétique, si elle en avait eu les moyens ; pourtant, sur cette femme, il n'était que distinction.

« Vous êtes le vendeur de cigarettes, reprit-elle. Vous êtes passé dans mon village. Je m'appelle Kiah. »

Il résista à l'envie de la dévorer des yeux. « J'allais partir », répliqua-t-il froidement, et il s'approcha de sa voiture.

Elle n'était pas du genre à se laisser décourager aussi facilement. « Connaissez-vous un certain Hakim ? »

Il s'arrêta, la main sur la poignée de la portière, et se retourna vers elle. Sa fatigue n'était que superficielle, remarqua-t-il. Les yeux foncés qui le regardaient sous l'ombre de son foulard exprimaient une détermination d'airain. « Que lui voulez-vous ?

— Il paraît qu'il peut aider les gens à aller en Europe. »

Pourquoi une jeune femme nourrissait-elle pareil projet ? Et d'abord, avait-elle l'argent nécessaire ? Abdul prit le ton condescendant d'un homme donnant des conseils à une idiote. « C'est à votre mari de s'occuper de ce genre de choses.

— Mon mari est mort. Mon père aussi. Et mes frères sont au Soudan. »

Voilà qui expliquait tout. Elle était veuve et seule. Elle avait un enfant, se rappela-t-il. En des temps ordinaires, elle aurait pu se remarier, surtout séduisante comme elle l'était, mais avec les difficiles conséquences liées à l'assèchement du lac Tchad, aucun homme ne souhaitait s'encombrer d'une femme et de l'enfant d'un autre.

Il admirait son courage ; malheureusement, elle risquait de se retrouver en encore plus fâcheuse posture entre les mains d'Hakim. Elle était trop vulnérable. Le

79

passeur pouvait parfaitement l'escroquer et la dépouiller de tout son argent. Abdul fut pris d'une profonde compassion pour cette jeune femme.

Mais ça ne le regardait pas. Ne sois pas bête, se fustigea-t-il. Il ne pouvait pas se lier à une malheureuse veuve et lui venir en aide, même si elle était jeune et belle – surtout si elle était jeune et belle. Alors Abdul se contenta de lui indiquer le garage : «Là.» Il lui tourna le dos et ouvrit sa portière.

«Merci. Puis-je vous poser encore une question?» Décidément, elle était tenace. Sans attendre son acquiescement, elle poursuivit : «Savez-vous combien il demande?»

Abdul ne voulait pas répondre, il ne voulait pas s'impliquer dans son histoire; en même temps, il était incapable de rester indifférent à son sort. Il soupira et céda à l'impulsion de lui livrer une bribe d'information. Se retournant vers elle, il laissa tomber : «Deux mille dollars américains.

— Merci», dit-elle, et il eut l'impression de n'avoir fait que confirmer ce qu'elle savait déjà. Le montant n'avait pas paru la déconcerter, constata-t-il avec étonnement. Elle avait donc l'argent.

«La moitié au départ, la moitié à l'arrivée en Libye, précisa-t-il.

— Oh.» Elle eut l'air pensive : elle n'était pas informée des versements échelonnés.

«Cette somme couvre le trajet, la nourriture, l'eau et l'hébergement mais pas les extras. Je n'en sais pas plus.

— Je vous remercie de votre bonté.» Elle lui sourit à nouveau, mais cette fois, il crut déceler une pointe de triomphe dans l'incurvation de ses lèvres. Il prit conscience que, malgré sa froideur, c'était elle qui avait dominé toute la conversation. Qui plus est, elle lui avait habilement soutiré les renseignements dont elle avait besoin. Elle m'a bien eu, songea-t-il dépité, tandis qu'elle se détournait. Bien, bien.

Il monta en voiture et claqua la portière.

Tout en démarrant, il la suivit des yeux alors qu'elle passait devant les tables dressées sous les palmiers, traversait la station-service et rejoignait le garage.

Il se demanda si elle serait à bord du bus dans dix jours.

Il passa la première et s'éloigna.

*

Kiah ne comprenait pas pourquoi le marchand de cigarettes avait été aussi réticent à lui parler et s'était montré froid et indifférent, mais elle le soupçonnait d'avoir bon cœur dans le fond, et finalement, il avait répondu à toutes ses questions. Il lui avait dit où elle pourrait trouver Hakim, lui avait confirmé le prix du voyage et lui avait même appris que la somme devait être versée en deux fois. Elle se sentait plus confiante, maintenant, car elle n'était plus complètement ignorante.

Cet homme l'intriguait. Quand elle l'avait croisé au village, elle l'avait pris pour un colporteur comme les autres, prêt à dire n'importe quoi, à flatter, à flirter et à mentir, simplement pour délester les gens de leur argent. Aujourd'hui, pourtant, toute cette bonhomie s'était envolée. À croire que c'était du cinéma.

Trois voitures étaient garées devant le garage, sans doute pour être réparées, bien que l'une lui parût bonne pour la casse. Elle aperçut une pyramide de vieux pneus lisses. Une porte latérale du hangar était ouverte. Jetant un coup d'œil à l'intérieur, Kiah vit un petit bus sans carreaux.

Était-ce le véhicule qui devait conduire des passagers à travers le désert? Elle eut un frisson d'appréhension.

81

Le voyage serait long, et des gens risquaient de mourir. Une crevaison pouvait être fatale. Comment ai-je pu imaginer me lancer dans une telle aventure ? J'ai dû perdre la tête.

Un jeune homme adipeux portant des vêtements occidentaux crasseux s'approcha en traînant les pieds. Elle remarqua le grigri qu'il avait autour du cou, un collier de perles et de pierres, dont certaines étaient probablement gravées de mots religieux ou magiques. Cet objet était censé le mettre à l'abri du mal et infliger des tourments à ses ennemis.

Il la regarda de haut en bas d'un air concupiscent. « Que puis-je faire pour cette vision angélique ? » demanda-t-il avec un sourire.

Il ne lui en fallut pas davantage pour savoir qu'elle devrait agir prudemment avec cet homme. Il se prenait manifestement pour un don Juan, malgré son physique peu avenant. Elle lui répondit poliment, dissimulant soigneusement son mépris. « Je cherche un monsieur qui s'appelle Hakim. Serait-ce vous, monsieur ?

— Oui, c'est moi, dit-il fièrement. Et tout ce que vous voyez ici m'appartient : la station-service, l'atelier de mécanique et le bus. »

Elle tendit le doigt vers le véhicule. « Puis-je vous demander s'il s'agit de votre moyen de transport pour la traversée du désert ?

— C'est un excellent véhicule, il vient d'être révisé et est en parfait état. » Il plissa les yeux. « Mais pourquoi me parlez-vous du désert ?

— Je suis veuve, je n'ai aucun moyen de gagner ma vie et je veux aller en Europe. »

Hakim s'approcha d'elle, exubérant. « Je vais m'occuper de toi, ma belle. » Il posa le bras autour de ses épaules et une odeur déplaisante monta de ses aisselles. « Tu peux me faire confiance. »

Elle s'écarta de lui, et son bras retomba. « Mon cousin Yusuf viendra avec moi.

— Parfait, acquiesça-t-il, tout en ayant l'air déçu.

— Combien ça coûte ?

— Combien avez-vous ?

— Rien, mentit-elle. Mais je devrais pouvoir emprunter de l'argent. »

Il n'en crut pas un mot. « Le tarif est de quatre mille dollars américains. Il faut me payer tout de suite si vous voulez être sûre d'obtenir une place dans le bus. »

Il me prend pour une idiote, songea-t-elle.

C'était un sentiment qu'elle connaissait bien. Quand elle avait mis le bateau en vente, plusieurs hommes avaient cherché à l'acheter pour une bouchée de pain. Cependant elle avait vite compris que traiter par le mépris une offre, aussi dérisoire fût-elle, était une erreur. L'acheteur potentiel s'offensait qu'une femme lui tienne tête et il lui en voulait.

C'est pourquoi elle préféra botter en touche : « Je n'ai pas l'argent sur moi, malheureusement.

— Dans ce cas, vous risquez de ne pas pouvoir partir.

— Yusuf m'a dit que, normalement, vous preniez deux mille dollars. »

Hakim commençait à s'énerver. « Dans ce cas, demandez à Yusuf de vous conduire à Tripoli puisqu'il est aussi bien informé.

— Maintenant que mon mari est mort, Yusuf est le chef de ma famille. Je dois lui obéir. »

C'était une évidence pour Hakim. « Bien sûr, approuva-t-il. C'est un homme.

— Il veut savoir quand vous comptez partir.

— Dites-lui que le bus part dans dix jours, à l'aube.

— Nous serons trois adultes, avec la femme de Yusuf.

— Pas d'enfants ?

— J'ai un fils de deux ans, et Yusuf a une fille du même âge, mais ils n'auront pas besoin de sièges.

— Je prends demi-tarif pour les enfants qui n'occupent pas de siège.

— Dans ce cas, nous devrons renoncer à ce voyage», rétorqua Kiah d'une voix ferme. Elle s'éloigna de quelques pas, comme si elle s'apprêtait à sortir. «Je suis désolée de vous avoir fait perdre votre temps, monsieur. Nous pourrions peut-être arriver à réunir six mille dollars, en empruntant de l'argent à tous les membres de notre famille, mais cela nous obligerait à prendre tout ce qu'ils possèdent.»

Voyant s'envoler la promesse de six mille dollars, Hakim perdit un peu de sa superbe. «Quel dommage, regretta-t-il. Pourquoi ne viendriez-vous pas tout de même le jour prévu? Si le bus n'est pas plein, je pourrai vous faire un prix.»

C'était à prendre ou à laisser, et elle ne pouvait qu'accepter.

Hakim tenait évidemment à ce que chaque siège soit occupé pour gagner le maximum d'argent. Avec quarante passagers, il empocherait quatre-vingt mille dollars. Une fortune. Elle se demanda comment il pourrait bien dépenser cette somme. Sans doute devait-il la partager avec d'autres. Il n'était sûrement qu'un maillon d'une longue chaîne.

Mais il était en position de force et pouvait imposer ses conditions. «Très bien, dit-elle avant de se rappeler qu'elle devait se conduire comme une pauvre campagnarde et d'ajouter: Merci, monsieur.»

Elle avait obtenu l'information qu'elle voulait. Elle sortit du garage et se remit en route pour rentrer chez elle.

Si le comportement d'Hakim ne l'avait pas étonnée, leur conversation n'en avait pas moins été démoralisante pour elle. Il se croyait manifestement supérieur à toutes les femmes, ce qui n'avait rien d'inhabituel. L'Américaine avait tout de même eu raison de la mettre en garde ; c'était un criminel et il ne fallait pas lui faire confiance. Certains disaient que les voleurs avaient leur propre code d'honneur, mais Kiah n'en croyait pas un mot. Un homme comme Hakim était prêt à mentir, à tricher et à voler chaque fois qu'il pouvait le faire impunément. Et il risquait d'infliger pire encore à une femme sans défense.

Elle ne serait pas seule dans le bus, bien sûr, mais cela ne suffisait pas à la rassurer. Les autres passagers seraient certainement effrayés et désespérés, eux aussi. Quand une femme se faisait violer, les gens détournaient parfois le regard, trouvant d'excellentes excuses pour ne pas s'en mêler.

Son seul espoir était Yusuf. Il faisait partie de sa famille et son sens de l'honneur l'obligerait à la protéger. Avec Azra, ils formeraient un groupe de trois adultes et ne seraient donc pas impuissants. Les brutes étaient souvent lâches de surcroît, et Hakim hésiterait peut-être à en découdre avec trois personnes en face.

Avec l'appui de Yusuf et d'Azra, elle pourrait affronter ce voyage.

L'après-midi fraîchissait déjà quand elle arriva au village de Yusuf. Malgré ses pieds endoloris, elle était pleine d'espoir. Elle serra Naji dans ses bras, le petit l'embrassa et retourna immédiatement jouer avec Danna. Elle fut vaguement déçue de constater qu'elle ne lui avait pas manqué, mais c'était bon signe, après tout : il avait passé une bonne journée et ne s'était pas senti abandonné.

« Yusuf est allé voir un bélier, lui annonça Azra, mais il ne devrait pas tarder. » Cette fois encore, Kiah remarqua qu'elle était un peu froide, pas franchement hostile, juste un peu moins amicale que par le passé.

Elle se demanda pourquoi son cousin allait voir un bélier alors qu'il n'avait plus de troupeau à saillir ; sans doute continuait-il à s'intéresser à ce travail, même s'il ne l'exerçait plus. Bien qu'elle fût impatiente de partager toutes les informations qu'elle avait glanées, elle se résigna à l'attendre. Les deux femmes regardèrent leurs enfants jouer jusqu'à ce que Yusuf apparaisse, quelques minutes plus tard.

À peine fut-il assis sur le tapis, Kiah annonça : « Hakim part dans dix jours. Nous devons être aux Trois Palmiers à l'aube si nous voulons faire le voyage. »

Elle était aussi excitée qu'angoissée. Yusuf et Azra paraissaient bien plus calmes. Elle leur parla du prix, du bus et de la discussion sur le tarif pour les enfants. « Hakim n'est certainement pas un homme de parole, conclut-elle. Il faudra être très prudents quand nous négocierons avec lui. Mais à nous trois, je pense que nous pourrons lui tenir tête. »

Le visage habituellement souriant de Yusuf était étrangement pensif et Azra évitait son regard. Kiah se demanda s'il y avait anguille sous roche. « Que se passe-t-il ? »

Yusuf prit le ton de l'homme qui explique à ses femmes les secrets de l'univers. « J'ai beaucoup réfléchi », commença-t-il lentement.

Kiah eut un mauvais pressentiment.

Il poursuivit : « Quelque chose me dit que la situation va peut-être s'arranger ici, au lac. »

Ils avaient décidé de renoncer, comprit Kiah consternée.

« Avec l'argent que coûterait le voyage jusqu'en Europe, je pourrais acheter un beau troupeau de moutons. »

Pour les voir tous dépérir, comme les précédents, songea Kiah ; mais elle garda cette réflexion pour elle.

Il avait lu dans ses pensées. «Les deux entreprises comportent des risques. Mais au moins, je m'y connais en moutons, alors que je ne sais rien de l'Europe.»

Kiah se sentit trahie et eut envie de lui dire ce qu'elle pensait de sa lâcheté. Pourtant, elle se retint. «Tu n'as pas encore pris ta décision.

— Si. J'ai décidé de ne pas partir.»

C'était Azra qui l'avait convaincu, devina Kiah. Elle n'avait jamais eu très envie d'émigrer et avait réussi à en dissuader son époux.

Et ils la laissaient en plan.

«Je ne peux pas partir sans vous, objecta-t-elle.

— Dans ce cas, nous resterons tous ici, répondit Yusuf. Nous arriverons bien à nous débrouiller.»

Un optimisme borné n'avait jamais assuré la sécurité de personne, faillit rétorquer Kiah, mais une fois de plus, elle se mordit la langue. Il n'était jamais judicieux de contredire un homme qui exprimait un jugement aussi péremptoire.

Elle resta longuement silencieuse. Puis, soucieuse de préserver ses bonnes relations avec son cousin, elle conclut : «Eh bien, qu'il en soit ainsi.»

Elle se leva. «Viens, Naji, il est temps de rentrer.» La perspective d'avoir à le porter sur les deux kilomètres qui les séparaient de leur village lui parut soudain presque insurmontable. «Merci de t'être occupée de lui», ajouta-t-elle à l'intention d'Azra.

Se traînant le long du rivage en faisant passer Naji d'une hanche douloureuse à l'autre, elle pensa à ce qui se produirait quand elle aurait dépensé tout l'argent de la vente du bateau. Aussi économe fût-elle, elle ne pourrait pas le faire durer plus de deux ou trois ans. Son unique chance venait de s'évanouir.

Le découragement l'accabla soudain. Elle posa Naji, puis s'effondra et resta assise sur le sable, contemplant

87

l'eau peu profonde qui la séparait des îlots boueux. Partout où son regard se posait, elle n'apercevait aucune lueur d'espoir.

Elle enfouit sa tête dans ses mains et murmura : « Qu'est-ce que je vais faire ? »

3

Le vice-président Milton Lapierre entra dans le Bureau ovale vêtu d'un blazer de cachemire bleu foncé d'allure britannique. Le tombé du veston croisé faisait beaucoup pour dissimuler la rotondité de son abdomen. Grand et lent, il offrait un contraste frappant avec la présidente Green. Championne de gymnastique du temps de ses études à l'université de Chicago, elle était restée mince et agile.

Ils étaient aussi différents l'un de l'autre qu'avaient pu l'être le président Kennedy, l'élégant intellectuel de Boston, et le vice-président Lyndon Johnson, le faux dur du Texas. Pauline était une républicaine modérée, conservatrice mais conciliante; Milt était un Géorgien blanc typique, qui avait horreur des compromis. Pauline ne l'appréciait pas, mais il lui était utile. Il lui apprenait ce que pensait l'extrême droite du parti, la prévenait quand elle s'apprêtait à prendre une mesure qui risquait de faire bondir tous les représentants de ce groupe et la défendait face aux médias.

«James Moore a une nouvelle idée», lui annonça-t-il alors.

Les élections présidentielles avaient lieu l'année suivante et le sénateur Moore menaçait d'être le rival de Pauline à l'investiture républicaine. Il n'y avait plus que cinq mois avant la primaire cruciale du New Hampshire. Que le Président en exercice affronte un candidat de son propre parti était inhabituel sans être pourtant sans précédent : Ronald Reagan s'était présenté contre Gerald Ford en 1976 et avait échoué, Pat Buchanan avait défié George W. Bush en 1991 et avait échoué. En revanche, Eugene McCarthy avait obtenu en 1968 de si bons résultats contre Lyndon Johnson que ce dernier s'était retiré de la course.

Moore avait des chances de l'emporter. Pauline avait gagné la dernière présidentielle grâce à un rejet brutal de l'incompétence et du racisme. Elle avait choisi pour slogan de campagne : « Un conservatisme de bon aloi » – non à l'extrémisme, non aux abus, non aux préjugés. Elle défendait des risques limités en politique extérieure, une certaine retenue en matière de maintien de l'ordre et une fiscalité modérée. Cela n'empêchait pas des millions d'électeurs de continuer à rêver d'un chef d'État macho et fort en gueule, et de se laisser séduire par Moore.

Pauline était assise devant le célèbre Resolute desk, un grand bureau offert par la reine Victoria à la fin du XIXe siècle, sur lequel était posé un ordinateur. Elle leva les yeux vers Milt.

« Qu'a-t-il encore inventé ?

— Il veut empêcher les chansons aux paroles indécentes de figurer sur la liste du Top 100 des ventes. »

Un éclat de rire lui répondit du fond de la pièce. Jacqueline Brody, la chef de cabinet, était hilare. Amie et alliée de longue date de Pauline, c'était une séduisante et énergique femme de quarante-cinq ans. « Heureusement que nous avons Moore, pouffa-t-elle. Sans lui, il y a des jours où je n'aurais pas une seule occasion de rire entre le petit déjeuner et le dîner. »

Milt se laissa tomber dans le fauteuil disposé devant le bureau. « Ça amuse peut-être Jacqueline, bougonna-t-il, mais beaucoup de gens vont approuver cette idée.

— Je sais, je sais, concéda Pauline. En politique, le ridicule ne tue plus.

— Comment comptez-vous réagir ?

— Par le silence, si je peux éviter d'avoir à me prononcer.

— Et si on vous pose la question directement ?

— Je répondrai que la musique qu'écoutent les jeunes ne devrait pas contenir de paroles indécentes et que j'interdirais certainement les chansons de ce genre si j'étais la Présidente d'un pays totalitaire comme la Chine.

— Vous êtes donc prête à comparer les chrétiens américains aux communistes chinois. »

Pauline soupira. « Vous avez raison, l'ironie est trop lourde. Que proposez-vous ?

— Demander aux chanteurs, aux maisons de disques et aux stations de radio de faire preuve de bon goût et de penser à leurs jeunes auditeurs. Au besoin, vous pouvez toujours ajouter : "mais la censure ne s'inscrit pas dans la culture américaine".

— Ça n'aura strictement aucun effet.

— Non, mais tout le monde s'en fiche, pourvu que vous montriez que vous êtes sensible au problème. »

Elle jaugea Milt du regard. Il n'était pas homme à se scandaliser facilement, songea-t-elle. Pouvait-elle lui poser la question qui lui brûlait les lèvres ? Elle s'y risqua. « Quel âge aviez-vous lorsque vos amis et vous avez commencé à utiliser des expressions comme bordel de merde ? »

Milt haussa les épaules, pas choqué pour un sou. « Douze ans, treize peut-être. »

Elle se tourna vers Jacqueline. « Et vous ?

— Pareil.

— Alors, de quoi au juste prétendons-nous protéger nos enfants ?

— Je ne dis pas que Moore a raison, fit valoir Milt. Il n'empêche qu'il représente une menace pour vous. N'oubliez pas qu'il vous traite de libérale dans chacun de ses discours ou presque.

— Les conservateurs intelligents savent que si l'on ne peut pas empêcher le changement, on peut tout de même le freiner. Ça permet aux gens de s'habituer à des idées nouvelles et ça évite les réactions de colère. Les libéraux commettent l'erreur de réclamer un changement radical sur-le-champ, ce qui les discrédite.

— Essayez de mettre ça sur un tee-shirt.»

C'était une des vieilles rengaines de Milt. Il était convaincu que pour se faire comprendre de la majorité des électeurs, un message devait être assez clair et assez concis pour figurer sur un tee-shirt. Qu'il eût si souvent raison ne le rendait que plus horripilant. «Je veux gagner, Milt.

— Moi aussi.

— Ça fait deux ans et demi que je suis assise à ce bureau, et j'ai l'impression de n'avoir encore rien à mettre à mon actif. Il me faut un second mandat.

— Bien dit, madame la Présidente», approuva Jacqueline.

La porte s'ouvrit et Lizzie Freeburg passa la tête dans l'embrasure. Âgée de trente ans et arborant une masse de boucles brunes, elle était secrétaire principale de la Maison Blanche. «Le conseiller à la Sécurité nationale est là, annonça-t-elle.

— Parfait», dit Pauline.

Gus Blake entra et soudain, la pièce parut plus petite. Gus et Milt se saluèrent d'un signe de tête; ils ne s'appréciaient guère.

Les trois plus proches conseillers de la Présidente étaient maintenant présents dans le Bureau ovale. La chef de cabinet, le conseiller à la Sécurité nationale et le vice-président occupaient tous des bureaux à quelques pas de distance à ce même étage de l'aile ouest, et cette simple proximité géographique les amenait à voir la Présidente plus fréquemment que quiconque.

«Milt vient de me parler de la campagne que lance James Moore pour faire censurer des chansons», dit Pauline.

Gus lui adressa son sourire le plus charmeur : «Le leader du monde libre doit-il donc se soucier de chansons de variété ?

— Je viens de demander à Milt quel âge il avait la première fois qu'il a prononcé une expression comme bordel de merde. Il a répondu douze ans. Et vous, Gus ?

— N'oubliez pas que je suis né à Los Angeles, dans le quartier de South Central, remarqua le conseiller. C'est sans doute la première chose que j'ai su dire.

— Ça restera un secret entre nous, je vous le promets, répliqua Pauline en riant.

— Vous vouliez que nous parlions d'Al-Bustan.

— Oui. Installons-nous plus confortablement.» Elle quitta son fauteuil de bureau. Deux canapés se faisaient face de part et d'autre d'une table basse, au centre de la pièce. Pauline s'assit. Milt et Jacqueline prirent place en face, Gus à côté d'elle.

«C'est la meilleure nouvelle que nous ayons reçue de cette région depuis longtemps, commença Gus. Le projet Cleopatra est payant.

— Cleopatra ?» s'étonna Milt.

Gus prit l'air agacé : Milt avait la fâcheuse habitude de ne pas lire les rapports consciencieusement.

Contrairement à Pauline. «Un agent secret de la CIA, expliqua-t-elle, a livré des informations en béton sur une base de l'EIGS au Niger. Hier, une force conjointe de troupes américaines, françaises et locales l'a anéantie. La nouvelle figure dans les rapports de briefing de ce matin, mais vous n'avez peut-être pas eu le temps de les lire intégralement.

— Pourquoi diable avons-nous eu besoin des Français ?» s'écria Milt.

Gus lui jeta un regard éloquent. *Tu es donc complètement ignare ?* semblait-il dire. Ce qui ne l'empêcha pas de lui répondre courtoisement : «Un grand nombre de ces pays africains sont d'anciennes colonies françaises.

— Ah, d'accord.»

Sous prétexte qu'elle était une femme, Pauline Green se voyait souvent reprocher à demi-mot d'être trop gentille, trop douce, trop empathique pour pouvoir être commandant en chef de l'armée américaine. «Je vais annoncer la nouvelle moi-même, déclara-t-elle alors. James Moore a une grande gueule quand il parle des terroristes. Il est temps de montrer aux Américains que la présidente Green, elle, n'hésite pas à tuer ces salopards.

— Excellente idée.»

Pauline se tourna vers sa chef de cabinet. «Jacqueline, voulez-vous bien demander à Sandip d'organiser une conférence de presse ?» Sandip Chakraborty était son directeur de la communication.

«Oui, bien sûr.» Jacqueline consulta sa montre. L'après-midi était déjà bien entamé. «Sandip va probablement vous proposer demain matin, pour assurer une couverture télé maximale.

— Ça sera parfait.

— Je voudrais ajouter quelques détails qui ne figuraient pas dans le rapport de briefing, intervint Gus. Nous venons d'en être informés. Pour commencer, l'opération a été commandée par la colonelle Susan Marcus.

— Par une femme ?

— Ne prenez pas l'air aussi incrédule, s'amusa Gus.

— C'est génial ! Je vais pouvoir dire : Si vous voulez que le pays réagisse par la force, vous pouvez compter sur une femme.

— Ce qui s'applique aussi bien à la colonelle Marcus qu'à vous.

— J'adore.

— Le rapport nous indique que les armes des terroristes étaient un mélange de matériels chinois et nord-coréen.

— Pourquoi Pékin arme-t-il ces gens ? demanda Milt. J'avais cru comprendre que les Chinois détestaient les musulmans. Ils les enferment dans des camps de rééducation, non ?

— L'idéologie n'a rien à voir avec ça, expliqua Pauline. La fabrication et la vente d'armes rapportent énormément d'argent à la Chine et à la Corée du Nord.

— Elles ne devraient pas en vendre à l'EIGS.

— Elles répondront qu'elles ne le font pas. De toute façon, le marché de l'occasion est florissant. » Pauline haussa les épaules. « Qu'allez-vous faire ? »

Gus la surprit en prenant le parti de Milt. « Le vice-président n'a pas tort, madame la Présidente. Un autre élément est absent du rapport de ce matin. En plus de fusils, les terroristes étaient en possession de trois canons automoteurs M-1978 Koksan de calibre 170 mm de fabrication nord-coréenne, montés sur des châssis de char de combat chinois Type 59.

— Bon sang ! Ils ne les ont pas achetés au marché aux puces de Tombouctou, ceux-là.

— En effet. »

Pauline était pensive. « Il me semble que nous ne pouvons pas laisser passer ça. Les fusils, c'est déjà regrettable, mais le monde en regorge et personne ne peut contrôler ce marché. L'artillerie, c'est une autre paire de manches.

— Je suis d'accord avec vous, approuva Gus, mais je ne sais pas ce que nous pouvons faire. Les fabricants d'armes américains ont besoin de l'autorisation du gouvernement pour vendre à l'étranger – j'ai des piles de demandes sur mon bureau toutes les semaines. Les autres pays devraient en faire autant, mais ce n'est pas le cas.

— Nous pourrions peut-être les y encourager.

— Oui, qu'avez-vous en tête ?

— Nous pourrions présenter un projet de résolution aux Nations unies.

— L'ONU ! lança Milt avec mépris. Ça ne servira à rien.

— Cela permettrait au moins de braquer les projecteurs sur la Chine. Un simple débat suffirait peut-être à la ramener à la raison. »

Milt leva les mains dans un geste de reddition. « Si vous voulez. Nous nous servirons de l'ONU pour attirer l'attention sur les manigances des Chinois. Je vais pondre un truc dans ce genre.

— Une résolution du Conseil de sécurité n'aurait aucun sens, observa Gus. Les Chinois y mettraient leur veto, c'est tout. Je suppose donc que ce que vous envisagez, c'est une résolution de l'Assemblée générale.

— C'est exact, confirma Pauline, mais nous ne nous contenterons pas de la proposer. Nous devons mobiliser le monde entier pour qu'il nous soutienne. Que nos ambassadeurs fassent pression sur leurs gouvernements hôtes afin qu'ils appuient cette résolution, mais discrètement. Inutile que les Chinois sachent à l'avance combien nous prenons les choses au sérieux.

— Je serais surpris que les Chinois changent de comportement pour si peu, objecta Milt.

— Dans ce cas, nous passerons aux sanctions. Mais chaque chose en son temps. Il faut mettre Chess au courant. » Chester Jackson était le Secrétaire d'État, et avait son bureau à plus d'un kilomètre, dans l'immeuble du Département d'État. « Jacqueline, organisez une réunion je vous prie, et nous réexaminerons soigneusement tout cela. »

Lizzie poussa la porte. « Madame la Présidente, le Premier Monsieur a regagné la résidence.

— Merci, Lizzie. » Pauline ne s'était pas encore habituée à ce que son mari soit désigné sous le nom de Premier Monsieur et trouvait ça un peu ridicule. Elle se leva, imitée par les autres. « Merci à tous. »

Elle quitta le Bureau ovale par la porte donnant sur la colonnade ouest. Suivie de deux agents du Secret Service et du capitaine de l'armée chargé du football nucléaire, elle longea la roseraie sur deux côtés et entra dans la résidence.

C'était un superbe bâtiment, remarquablement aménagé et entretenu à grands frais, mais elle savait qu'elle ne s'y sentirait jamais chez elle. Elle se rappelait avec nostalgie la maison qu'elle avait quittée dans le quartier de Capitol Hill, une étroite bâtisse victorienne en brique rouge avec des petites pièces confortables bourrées de photos et de livres. Il y avait des canapés usés agrémentés de coussins aux couleurs vives, un immense lit douillet et une cuisine vieillotte dans laquelle Pauline savait exactement où tout était rangé. Des bicyclettes encombraient l'entrée, des raquettes de tennis étaient remisées dans la buanderie et une bouteille de ketchup trônait sur le buffet de la salle à manger. Elle songeait parfois qu'elle n'aurait jamais dû en partir.

Elle gravit les escaliers quatre à quatre sans reprendre son souffle. À cinquante ans, elle était encore alerte. Sans s'arrêter au premier étage, dévolu aux pièces officielles, elle rejoignit l'appartement familial du deuxième étage.

Depuis le palier, son regard se posa sur le salon est, la pièce où ils s'installaient tous le plus volontiers. Elle vit son mari assis près de la grande fenêtre cintrée qui donnait, au-delà de l'aile est, sur la 15ᵉ Rue Nord-Ouest et Old Ebbitt Grill. Elle longea le petit couloir qui menait à cette pièce aux dimensions modestes, puis s'assit sur le canapé de velours jaune à côté de lui et déposa un baiser sur sa joue.

Gerry Green avait dix ans de plus que Pauline. Grand, il avait une crinière argentée et des yeux bleus, et portait un costume gris foncé classique avec une chemise et une cravate à motifs discrets. Il achetait tous ses vêtements chez Brooks Brothers, alors qu'il aurait eu les moyens de prendre l'avion pour Londres et de commander ses costumes chez un tailleur de Savile Row.

Pauline avait fait sa connaissance à la faculté de droit de Yale où il était professeur invité et donnait des cours sur l'exercice du droit présenté comme une entreprise commerciale. Il avait alors une petite trentaine d'années et était déjà un juriste réputé. Les étudiantes s'accordaient toutes à le trouver sexy. Pauline ne l'avait pourtant revu que quinze ans plus tard. Elle était à ce moment-là membre du Congrès et il était associé principal du cabinet d'avocats dans lequel il travaillait.

Ils s'étaient fréquentés, avaient couché ensemble et étaient partis en vacances à Paris. Cette période avait été exaltante et romantique, mais Pauline avait toujours su que leur relation tenait de l'amitié plus que de la grande passion. Si Gerry était un amant compétent, leurs ébats n'avaient jamais été torrides. C'était un homme séduisant, intelligent et plein d'esprit, et elle l'avait épousé pour toutes ces qualités, et aussi parce qu'elle n'avait pas envie de rester seule.

Quand Pauline avait été élue à la Maison Blanche, il avait quitté son cabinet et pris la présidence d'une association humanitaire nationale, la Fondation américaine pour l'éducation des femmes et des jeunes filles, un travail bénévole à temps partiel qui lui permettait de jouer son rôle de Premier Monsieur du pays.

Ils avaient eu une fille, Pippa, qui était toujours allée en classe avec plaisir et avait collectionné les bonnes notes. D'où leur surprise le jour où la principale du collège leur avait demandé de venir la voir pour discuter du comportement de Pippa.

Pauline et Gerry s'étaient répandus en hypothèses sur la raison de cette convocation. Se rappelant sa propre adolescence, Pauline avait imaginé que leur fille avait été surprise en train d'embrasser un élève du lycée derrière le gymnase. De toute façon, ce n'était certainement rien de grave, s'était-elle dit.

La Présidente ne pouvait évidemment pas aller à ce rendez-vous. La presse se serait emparée de l'affaire, et les problèmes de Pippa, aussi banals fussent-ils, auraient fait la une des journaux, plaçant la pauvre enfant sous les feux des projecteurs. Le plus cher désir de Pauline était d'assurer à sa fille un merveilleux avenir, et elle était consciente que la Maison Blanche n'était pas un environnement idéal pour une adolescente. Elle était résolue à mettre Pippa à l'abri des indiscrétions des médias. Gerry était donc parti seul pour le collège, sans tambour ni trompette, dans l'après-midi, et Pauline était impatiente de savoir ce qui s'était passé.

«Je n'ai jamais rencontré Mme Judd, dit Pauline. Elle ressemble à quoi ?

— C'est une femme intelligente et chaleureuse, répondit Gerry. Une association parfaite pour une principale.

— Quel âge?

— Une petite quarantaine.

— Et pourquoi voulait-elle nous voir?

— Elle apprécie beaucoup Pippa et la considère comme une élève brillante, un élément précieux. Je n'étais pas peu fier d'entendre ça. »

Pauline brûlait de lui dire « Abrège », mais elle savait que Gerry ferait son compte rendu de façon consciencieuse et logique, en commençant par le commencement. Trois décennies de pratique du droit lui avaient appris à faire passer la clarté avant toute chose. Pauline maîtrisa donc son impatience.

« Pippa s'est toujours intéressée à l'histoire, poursuivit-il, elle l'étudie avec application et participe aux débats en classe. Mais ces derniers temps, paraît-il, ses interventions ont eu tendance à perturber le bon déroulement des cours.

— Oh, mon Dieu », gémit Pauline. Le récit devenait étrangement familier.

« Au point que le professeur a dû l'exclure de son cours à trois reprises. »

Pauline hocha la tête. « Et à la troisième fois, ils convoquent les parents.

— Exactement.

— Quelle période étudient-ils en ce moment?

— Plusieurs, mais c'est lorsqu'il est question des nazis que Pippa se fait remarquer.

— Que dit-elle?

— Ce n'est pas l'interprétation historique du professeur qu'elle critique. Mais elle se plaint qu'on ne leur fasse pas étudier les sujets qu'il faudrait. Le programme souffre de préjugés racistes, selon elle.

— Je vois où tu veux en venir. Continue.

— Il me semble que nous pourrions demander à Pippa de nous raconter la suite.

— Excellente idée.»

Pauline s'apprêtait à se lever pour partir à la recherche de leur fille, mais Gerry la retint : « Reste ici. Souffle un peu. Personne en Amérique ne travaille autant que toi. Je vais voir où elle est.

— Merci. »

Gerry sortit.

Il était attentionné, songea Pauline avec reconnaissance. C'était sa manière de manifester son amour.

Les griefs de Pippa avaient éveillé un écho en Pauline, qui se rappelait avoir, elle aussi, contesté ses professeurs. Elle fulminait parce que leurs cours ne parlaient que d'hommes : des Présidents de sexe masculin, des généraux de sexe masculin, des écrivains de sexe masculin, des musiciens de sexe masculin. Son professeur – un homme, bien sûr – avait commis l'erreur de soutenir que c'était parce que les femmes ne jouaient qu'un rôle minime dans l'Histoire. Il n'en avait pas fallu davantage pour faire sortir la jeune Pauline de ses gonds.

Néanmoins, la Pauline de cinquante ans ne pouvait pas permettre à l'amour et à l'empathie de brouiller sa vision. Pippa devait apprendre à ne pas laisser un débat dégénérer en pugilat. Et c'était à Pauline que revenait la charge de la guider habilement. À l'image de la plupart des problèmes politiques, celui-ci ne se résoudrait pas par la force, mais par la finesse.

Gerry revint avec Pippa. Elle était petite pour son âge, et mince, comme sa mère. Elle n'était pas franchement jolie avec sa bouche un peu trop grande et sa large mâchoire, pourtant ce visage quelconque exprimait une personnalité rayonnante et Pauline était submergée d'amour chaque fois que Pippa entrait dans une pièce. Sa tenue de collège, un sweat-shirt ample et un jean, lui donnait une allure presque enfantine, mais sa mère savait que, sous ces dehors, elle se transformait rapidement en jeune femme.

« Viens t'asseoir près de moi, ma puce. » Lorsque Pippa s'assit elle posa le bras autour des épaules étroites de la jeune fille et la serra contre elle. « Tu sais combien nous t'aimons. C'est pourquoi nous voulons comprendre ce qui se passe au collège. »

Pippa semblait sur la réserve. « Qu'est-ce que Mme Judd a raconté ?

— Oublions Mme Judd un moment. Dis-nous simplement ce qui te tracasse. » Comme Pippa restait muette, Pauline se porta à sa rescousse. « Il s'agit des cours d'histoire, c'est ça ?

— Oui.

— Explique-nous ce qui ne va pas.

— On étudie la période nazie, l'extermination de tous ces Juifs. On a vu des photos des camps et des chambres à gaz. On apprend les noms : Treblinka, Majdanek, Janowska. Je veux bien, mais à côté de ça, on ne nous dit pas un mot de tous ceux que nous avons exterminés ! Les Indiens d'Amérique étaient dix millions quand Christophe Colomb a débarqué, et à la fin des guerres indiennes, ils n'étaient plus que deux cent cinquante mille. Ce n'est pas un holocauste, ça ? Tout ce que j'ai fait, c'est demander quand nous allions étudier les massacres de Tallushatchee, de Sand Creek, de Wounded Knee. »

Pippa se défendait avec indignation, ce qui n'étonna pas sa mère. Elle ne comptait pas que sa fille s'effondre et se répande en excuses, pas encore, en tout cas. « C'est une question qui me paraît raisonnable, approuva Pauline. Qu'a répondu ton professeur ?

— M. Newbegin a dit qu'il ne savait pas quand nous aborderions ce sujet. Alors je lui ai demandé s'il n'était pas plus important de connaître les atrocités commises par notre propre pays que celles des autres. Je crois même qu'il y a quelque chose dans la Bible sur ce sujet.

— Tu as raison, acquiesça Gerry qui avait reçu une éducation religieuse. C'est un passage des Béatitudes. "Pourquoi vois-tu la paille qui est dans l'œil de ton frère et n'aperçois-tu pas la poutre qui est dans ton œil ?" a demandé Jésus. Et il a ajouté "Hypocrite !", ce qui veut dire qu'il parlait sérieusement.

— Et M. Newbegin, comment a-t-il réagi ?

— Il a dit que ce n'est pas aux élèves de faire le programme.

— Dommage, remarqua Pauline. Il s'est débiné.

— Exactement.

— Et pourquoi as-tu fini par être exclue du cours ?

— J'ai insisté, et il en a eu marre. Il m'a dit que si je n'étais pas capable d'écouter tranquillement, je n'avais qu'à sortir, ce que j'ai fait. » Pippa haussa les épaules comme s'il ne s'agissait que d'un incident anodin.

« Tout de même, Pippa, d'après Mme Judd, cela s'est reproduit deux fois, souligna Gerry. Quelle était la raison des autres altercations ?

— La même chose. » L'indignation se peignait sur le visage de Pippa. « Il aurait dû me répondre, tout de même !

— Si je comprends bien, en admettant même que tu aies été dans ton droit, intervint Pauline, le résultat est que les cours se poursuivent comme avant, à cette différence près que tu es absente de la salle de classe.

— Et que je suis dans une foutue merde. »

Pauline ne releva pas la grossièreté. « Avec le recul, que penses-tu de la manière dont tu as agi ?

— J'ai défendu la vérité et j'ai été punie. »

Ce n'était pas la réponse que Pauline attendait. Elle fit une nouvelle tentative. « Peux-tu imaginer d'autres réactions de ta part, plus diplomatiques peut-être ?

103

— Serrer les dents et fermer ma gueule ?

— Puis-je te faire une suggestion ?

— Vas-y toujours.

— Essaie de trouver un moyen pour que tes camarades soient informés du génocide des Indiens d'Amérique, mais aussi de la Shoah.

— Mais il ne…

— Attends. Supposons que M. Newbegin accepte de consacrer le dernier cours du semestre aux Indiens d'Amérique et t'autorise à faire un exposé qui pourrait être suivi par un débat en classe.

— Il ne voudra jamais.

— Peut-être que si. » Il le fera si je le lui demande, pensa Pauline, mais elle garda cette réflexion pour elle. « À supposer qu'il refuse, il n'y a pas un club de débats dans ton collège ?

— Si. Je fais partie de la commission.

— Dans ce cas, propose un débat sur les guerres indiennes. Les pionniers ont-ils commis un holocauste ? Fais participer tout le collège à la discussion, y compris M. Newbegin. Tu dois en faire ton allié, pas ton adversaire. »

Pippa commençait à avoir l'air intéressée. « Ouais, c'est une idée, un débat…

— Quoi que tu décides, mets Mme Judd et M. Newbegin dans le coup. N'essaie pas de leur imposer quelque chose. Si tu peux les amener à croire que l'idée vient d'eux, ils la soutiendront plus volontiers.

— Ce n'est pas un cours de politique que tu es en train de me donner, maman ? demanda Pippa avec le sourire.

— Peut-être. Mais je voudrais ajouter une chose qui ne te plaira sûrement pas.

— Quoi donc ?

— Tout se déroulera beaucoup mieux si tu commences par présenter tes excuses à M. Newbegin pour avoir perturbé son cours.

— C'est vraiment nécessaire ?

— Je crois que oui, ma puce. Tu l'as blessé dans son amour-propre.

— Je ne suis qu'une élève, et il est prof !

— L'offense n'en est que plus grande. Passe-lui un peu de pommade. Tu t'en trouveras bien mieux, crois-moi.

— Je peux y réfléchir ?

— Bien sûr. Maintenant file te laver les mains pendant que j'appelle Mme Judd. On dîne… » Elle regarda sa montre. « … dans un quart d'heure.

— D'accord. »

Pippa sortit.

« Je vais prévenir la cuisine », dit Gerry qui s'éloigna à son tour.

Pauline prit le combiné et s'adressa à la standardiste. « Veuillez appeler Mme Judd, la principale du collège privé de Foggy Bottom.

— Tout de suite, madame la Présidente. » Le personnel du standard de la Maison Blanche s'enorgueil-lissait de pouvoir joindre n'importe qui au monde. « Comptez-vous rester au salon est pendant encore quelques minutes ?

— Oui.

— Merci, madame la Présidente. »

Pauline raccrocha et Gerry revint. « Qu'en penses-tu ? lui demanda Pauline.

— Tu as bien manœuvré. Tu l'as convaincue de faire amende honorable sans qu'elle monte sur ses grands chevaux. C'était très habile de ta part. »

C'était aussi affectueux, songea Pauline avec une certaine rancune. « Tu m'as trouvée trop froide ? »

Gerry haussa les épaules. « Je me demande ce que

105

ça nous apprend de l'état actuel de Pippa, émotionnel-
lement parlant.»

Pauline fronça les sourcils, ne comprenant pas très
bien où Gerry voulait en venir ; mais le téléphone sonna
sans lui laisser le temps d'approfondir la question.

«Mme Judd est en ligne, madame la Présidente.

— Mme Judd, dit Pauline, j'espère que je ne vous
dérange pas à cette heure-ci.»

Peu de personnes au monde se seraient plaintes
d'être dérangées par la présidente des États-Unis, mais
Pauline tenait à respecter les formes.

«Bien sûr que non, madame la Présidente. C'est toujours un plaisir de vous entendre.» La voix était grave
et aimable, bien qu'un peu circonspecte – ce qui n'était
guère étonnant de la part de quelqu'un qui parlait à la
chef de l'État.

«Je tenais avant tout à vous remercier pour l'attention que vous avez portée à Pippa. Soyez sûre que nous
l'apprécions.

— Je vous en prie, madame. C'est notre métier.

— Pippa doit apprendre que ce n'est pas à elle de
diriger les cours, c'est une évidence. Et je ne vous
appelle en aucun cas pour critiquer l'attitude de
M. Newbegin.

— Je vous en remercie.» Mme Judd sembla se
détendre légèrement.

«Pour autant, nous ne souhaitons pas étouffer l'idéa-
lisme de Pippa.

— Cela va de soi.

— Je lui ai parlé et lui ai fermement recommandé
de présenter ses excuses à M. Newbegin.

— Comment a-t-elle réagi ?

— Elle y réfléchit.

— Je la reconnais bien là !» commenta Mme Judd
en riant.

Pauline l'imita, heureuse d'avoir établi une relation cordiale. « J'ai suggéré à Pippa de chercher un moyen de faire valoir son point de vue sans perturber les cours pour autant. Elle pourrait par exemple proposer le sujet qui lui tient tant à cœur au club de débats.

— Quelle bonne idée !

— La décision vous revient évidemment, mais j'espère que vous en approuverez le principe.

— Tout à fait.

— Et je ne peux qu'espérer que Pippa sera d'humeur plus conciliante quand elle retournera au collège demain.

— Je vous remercie de votre intervention, madame la Présidente. C'est vraiment très aimable à vous.

— Bonne soirée, madame. » Pauline raccrocha.

« Bien joué, approuva Gerry.

— Si nous dînions, maintenant ? »

Ils quittèrent la pièce, empruntèrent le hall central, puis traversèrent le salon ouest pour gagner la salle à manger située du côté nord du bâtiment et dont les deux fenêtres donnaient sur Pennsylvania Avenue et Lafayette Square. Pauline avait fait restaurer l'ancien papier peint représentant des scènes de batailles de la révolution américaine, recouvert par les Clinton.

Pippa les rejoignit, l'air abattu.

La famille dînait dans cette pièce, généralement de bonne heure. Les repas étaient toujours simples. Ce soir-là, le menu était composé de salade suivie de pâtes à la sauce tomate et d'ananas frais pour le dessert.

À la fin du dîner, Pippa annonça : « C'est bon. Je vais dire à M. Newbegin que je regrette d'avoir été casse-couilles.

— Excellente décision, approuva Pauline. Merci de m'avoir écoutée.

— Si je peux me permettre un conseil, dis plutôt "casse-pieds", intervint Gerry.

— T'inquiète, papa. »

Pippa se retira et Pauline déclara : « Je prendrai mon café dans l'aile ouest.

— Je préviens la cuisine.

— Qu'est-ce que tu fais ce soir ?

— J'ai des dossiers à étudier pour la fondation. Je vais travailler une heure et quand Pippa aura fini ses devoirs, je pense qu'on regardera un peu la télé.

— Parfait. » Elle l'embrassa. « À tout à l'heure. »

Elle retraversa la colonnade puis le Bureau ovale et ressortit de l'autre côté, dans le studio, un petit cabinet de travail privé où Pauline aimait bien se réfugier. Le Bureau ovale était un lieu officiel, avec des allées et venues constantes, alors que quand la Présidente était dans son studio, tout le monde savait qu'elle voulait être tranquille et personne n'entrait sans avoir frappé et attendu son feu vert. Meublée d'un bureau, de deux fauteuils et d'un écran de télévision, la pièce était relativement exiguë, mais Pauline l'appréciait, à l'image de la plupart de ses prédécesseurs.

Elle consacra trois heures à passer des coups de fil et à préparer ses activités du lendemain, puis elle regagna la résidence et se dirigea immédiatement vers la chambre à coucher présidentielle. Gerry était déjà au lit, en pyjama, et lisait la revue *Foreign Affairs*. « Je me rappelle mes quatorze ans, dit-elle en se déshabillant. J'étais une vraie rebelle. C'est la faute des hormones, en grande partie.

— Tu as sans doute raison », acquiesça-t-il sans lever les yeux.

Le ton de sa voix démentait ses propos. « Tu as une autre explication ? »

Il ne répondit pas directement à sa question.

« J'imagine que les mêmes transformations hormonales touchent la plupart de ses camarades de classe. Pourtant, Pippa est la seule à faire des siennes. »

En réalité, ils ignoraient si d'autres élèves ne donnaient pas du fil à retordre à leurs enseignants, mais Pauline s'abstint de le contredire par plaisir. « Je me demande pourquoi », s'interrogea-t-elle tout en pensant connaître la réponse. Pippa était comme elle, toujours prête à monter au créneau. Elle attendit pourtant l'avis de Gerry.

« Chez une adolescente de quatorze ans, observa-t-il, ce genre de comportement peut être révélateur d'un problème.

— Et selon toi, quel serait le problème de Pippa ?

— Elle a sans doute besoin de plus d'attention.

— Tu crois ? Nous sommes là, toi et moi. Mme Judd est très présente, elle aussi, et Pippa voit régulièrement ses grands-parents.

— Elle ne voit sans doute pas assez sa mère. »

Ce serait donc ma faute ? pensa Pauline.

Elle ne passait pas suffisamment de temps avec sa fille, c'était une évidence. Aucune mère exerçant un emploi à temps plein ne pouvait se consacrer à ses enfants autant qu'elle l'aurait voulu. Mais les heures qu'elle partageait avec Pippa étaient du temps de qualité. La remarque de Gerry lui parut injuste.

Elle était nue et ne put s'empêcher de remarquer que Gerry ne l'avait pas regardée se dévêtir. Elle enfila une chemise de nuit et se glissa dans le lit à côté de lui. « Tu penses ça depuis longtemps ?

— Je dirais que c'est une préoccupation latente mais constante, répondit-il. Je ne cherche absolument pas à te critiquer. »

C'est pourtant ce que tu fais, songea-t-elle.

Il posa sa revue et éteignit sa lampe de chevet. Puis

il se pencha sur elle et l'embrassa rapidement. «Je t'aime. Dors bien.

— Bonne nuit.» Elle éteignit la lampe de son côté. «Je t'aime aussi.»

Elle eut du mal à s'endormir.

4

Tamara Levit travaillait à l'ambassade des États-Unis de N'Djamena, dans l'enfilade de pièces réservées à l'antenne de la CIA. Elle y partageait un espace collectif avec d'autres agents, car elle n'avait pas suffisamment d'ancienneté pour bénéficier d'un bureau personnel. Elle avait eu Abdul au téléphone et il lui avait annoncé avoir pris contact avec un passeur appelé Hakim ; vers la fin de l'après-midi, elle rédigeait un bref rapport à ce sujet quand elle fut convoquée dans la salle de réunion, en même temps que tout le personnel. Le chef de poste, Dexter Lewis, avait une communication à leur faire.

Dexter était un petit homme musclé vêtu d'un costume froissé. Tamara reconnaissait qu'il était intelligent, surtout dans des opérations qui nécessitaient de la duplicité. Mais cette fourberie, regrettait-elle, avait tendance à se manifester également dans la vie quotidienne. « Nous avons remporté une grande victoire, déclara-t-il, et je tiens à vous en remercier tous. Je viens de recevoir un message dont j'aimerais vous faire profiter. » Il tenait à la main un unique feuillet : « À l'attention de la colonelle Susan Marcus et de sa section, ainsi que de Dexter Lewis et de son équipe du renseignement. Mes chers collaborateurs, j'ai le plaisir de vous adresser à tous mes plus chaleureuses félicitations pour la victoire que vous avez remportée à Al-Bustan. Vous avez infligé un coup décisif au terrorisme et sauvé de nombreuses vies. Je suis fière de vous. Très cordialement… » Il ménagea une pause théâtrale avant de conclure : « Pauline Green, présidente des États-Unis. »

L'assemblée se répandit en acclamations et en applaudissements. Tamara se sentit rougir d'orgueil. Elle avait déjà accompli beaucoup de tâches utiles pour l'Agence, mais c'était la première fois qu'elle participait à une grande opération, et sa réussite la comblait.

Cependant, si quelqu'un méritait vraiment les félicitations de la présidente Green, c'était Abdul. Elle se demanda si la Présidente connaissait son nom. Probablement pas.

De plus, cette mission n'était pas terminée. Abdul était toujours sur le terrain, il risquait toujours sa vie – voire pire – en espionnant les djihadistes. Quand le sommeil la fuyait, Tamara pensait souvent à lui, et au corps mutilé de son prédécesseur, dont le sang avait imbibé le sable du désert.

Chacun retourna à son travail, et Tamara songea à Pauline Green. Bien avant que celle-ci ne devienne présidente, à l'époque où elle était candidate aux élections législatives de Chicago, Tamara avait fait partie de l'équipe d'organisateurs bénévoles de sa campagne. Elle-même n'était pas républicaine, mais elle admirait Pauline sur un plan personnel. Elles étaient devenues relativement proches, de l'avis de Tamara, mais les relations nouées pendant les campagnes électorales sont toujours éphémères, un peu comme les liaisons sur les paquebots de croisière, et leur amitié n'avait pas survécu à l'élection de Pauline.

Au cours de l'été qui avait suivi l'obtention de son master, Tamara avait été démarchée par la CIA. Cette procédure avait été bien différente de ce que décrivent les romans d'espionnage. Une femme lui avait tout simplement téléphoné pour lui dire : « Je suis recruteuse pour la CIA et j'aimerais vous parler. » Tamara avait été embauchée par la direction des Opérations, c'est-à-dire comme agent secret. Après une présentation préliminaire des activités de l'Agence à Langley, elle avait effectué un stage à demeure dans un lieu qu'on appelait la Ferme.

La plupart des agents de la CIA faisaient toute leur carrière sans jamais avoir à se servir d'une arme à feu. Ils travaillaient aux États-Unis ou dans des ambassades étroitement gardées et restaient assis devant des écrans à lire la presse étrangère et à parcourir les sites Internet, rassemblant et analysant des données. Ils étaient quelques-uns, cependant, à être envoyés dans des pays dangereux, hostiles, ou les deux. Ces agents-là ne se déplaçaient jamais sans arme et il pouvait leur arriver de participer à des actions violentes.

Tamara n'avait rien d'une petite nature. Elle avait été capitaine de l'équipe féminine de hockey sur glace de l'université de Chicago. Mais avant de rejoindre l'Agence, elle ignorait tout des armes à feu. Son père, professeur d'université, n'avait jamais tenu un pistolet en main. Quant à sa mère, elle collectait des fonds pour une association qui s'appelait « Les Femmes contre la violence armée ». Quand on avait remis à chaque stagiaire un automatique de 9 mm, Tamara avait dû observer les autres pour savoir comment éjecter le chargeur et faire glisser la culasse.

Elle avait pourtant été très fière de constater, après un minimum de pratique, qu'elle était une tireuse exceptionnelle, parfaitement à l'aise avec n'importe quel type d'arme.

Elle avait préféré ne pas le dire à ses parents.

Elle avait rapidement compris que la CIA ne s'attendait pas à ce que tous les stagiaires suivent le cours de

113

combat jusqu'au bout. Cette formation faisait partie du processus de sélection, et le tiers du groupe de départ abandonnait en cours de route. Un type très baraqué avait découvert que la violence physique le terrifiait. Lors d'une simulation de menace d'attentat à la bombe utilisant des balles de paintball, celui qui avait l'air le plus solide s'était mis à tirer sur tous les civils. Plusieurs autres avaient simplement présenté leurs excuses et étaient rentrés chez eux.

Tamara avait passé toutes les épreuves avec succès.

Le Tchad était sa première affectation à l'étranger. Ce n'était ni une antenne sous haute tension comme Moscou et Pékin, ni un poste de tout confort à l'image de Londres ou Paris. Bien qu'en apparence anodine, sa mission était importante en raison de la présence de l'EIGS et Tamara avait été satisfaite et flattée d'être envoyée dans ce pays. Et elle était bien décidée à justifier la confiance de l'Agence en faisant du bon boulot.

Appartenir à l'équipe qui appuyait Abdul était déjà un motif d'orgueil. S'il parvenait à localiser Hufra et Al-Farabi, la gloire rejaillirait sur tous ses membres.

La journée de travail touchait à sa fin, et, devant la fenêtre, les ombres des palmiers s'étiraient. Tamara quitta le bureau. La chaleur du jour déclinait.

L'ambassade américaine à N'Djamena formait un complexe de cinq hectares sur la rive nord du fleuve Chari. Elle occupait tout un pâté de maisons avenue Mobutu, à mi-chemin entre la mission catholique et l'Institut français. Les bâtiments étaient neufs et modernes et des palmiers ombrageaient les parkings. La main de fer de la puissance militaire américaine se dissimulait sous des dehors avenants qui faisaient songer au siège d'une lucrative société de high-tech de Silicon Valley. Cela n'empêchait pas la sécurité d'être sans faille. Personne ne passait devant les gardes en faction à la grille sans rendez-vous dûment vérifié, et les visiteurs qui arrivaient en avance devaient patienter dans la rue jusqu'à l'heure dite.

Tamara vivait dans ce quartier sécurisé. On considérait que la ville qui s'étendait à l'extérieur de cette enceinte était dangereuse pour les Américains et, comme d'autres, elle occupait un studio dans un bâtiment peu élevé réservé au personnel célibataire.

En traversant le complexe pour rejoindre les immeubles d'habitation, Tamara croisa la jeune épouse de l'ambassadeur. Shirley Collinsworth avait presque trente ans, le même âge que Tamara. Elle portait un tailleur rose que celle-ci aurait bien vu sur sa propre mère. Son rôle obligeait en effet Shirley à paraître plus conformiste qu'elle ne l'était en réalité, mais dans le fond elle était comme Tamara et les deux jeunes femmes étaient devenues amies.

Remarquant que Shirley était d'humeur radieuse, Tamara lui demanda : « Qu'est-ce qui te réjouit comme ça ?

— Nick vient de remporter un petit succès. » Nicholas Collinsworth, l'ambassadeur, était de dix ans l'aîné de Shirley. « Il sort à l'instant de chez le Général. »

Le président du Tchad était surnommé le Général, car il était parvenu au pouvoir par un coup d'État militaire. Le Tchad était une démocratie de façade ; on y organisait des élections, mais le Président en exercice les remportait systématiquement. Tout homme politique d'opposition qui commençait à devenir trop populaire se retrouvait en prison ou était victime d'un accident fatal. Les élections étaient un simulacre : le changement ne se faisait que par la violence.

« Le Général a convoqué Nick ? » C'était un détail d'importance, du genre de ceux qu'un agent du renseignement cherchait toujours à connaître.

115

«Non, c'est Nick qui a demandé à le voir. La présidente Green a l'intention de présenter un projet de résolution à l'Assemblée générale des Nations unies, et tous les ambassadeurs doivent faire pression sur les gouvernements des pays où ils se trouvent pour obtenir leur soutien. Ce genre d'informations ne circulent pas en général, mais après tout, tu bosses à la CIA, alors je peux t'en parler. Toujours est-il que Nick s'est rendu au palais présidentiel la tête farcie de faits et de chiffres à propos de contrats d'armement, le pauvre chou. Le Général lui a prêté l'oreille deux minutes et s'est engagé à voter la résolution, puis il s'est mis à parler foot. Voilà pourquoi Nick est aux anges, et moi aussi.

— Bonne nouvelle! Encore une victoire.

— Mineure par rapport à Al-Bustan, bien sûr.

— N'empêche. Vous allez fêter ça tous les deux?

— Une petite coupe de champagne, peut-être. On a de bonnes bouteilles ici, grâce à nos alliés français. Et toi?

— J'ai prévu un dîner de victoire avec Tabdar Sadoul, mon homologue de la direction générale de la Sécurité extérieure.

— Ah, Tab! Je le connais. Il est arabe, en partie du moins.

— Français d'origine algérienne.

— Tu as de la chance. Il est beau gosse. Le meilleur de l'obscurité et de la lumière.

— C'est un poème?

— Byron.

— Un simple dîner, rien de plus. Ne va pas t'imaginer des choses.

— Ah bon? À ta place…»

Tamara pouffa.

«Enfin, si je n'étais pas mariée à un homme merveilleux, bien sûr, reprit Shirley.

— Bien sûr. »

Shirley sourit. « Amuse-toi bien », lança-t-elle en s'éloignant.

Tamara se dirigea vers son appartement. Shirley plaisantait, elle le savait parfaitement. Si elle avait vraiment l'intention de tromper son mari, elle n'en dirait rien. Tamara disposait d'une unique pièce, meublée d'un lit, d'un bureau, d'un canapé et d'un téléviseur. Son studio était à peine plus confortable qu'une chambre de cité universitaire. Elle l'avait personnalisé à l'aide d'étoffes locales dans des tons vifs d'orange et d'indigo. S'y ajoutaient une étagère d'ouvrages de littérature arabe, une photographie encadrée de ses parents le jour de leur mariage et une guitare dont elle n'avait pas encore appris à jouer.

Elle prit une douche, se sécha les cheveux et se maquilla légèrement avant d'inspecter sa penderie, se demandant comment s'habiller. Elle n'allait tout de même pas mettre son uniforme de travail, robe longue sur pantalon, pour une soirée de fête.

Elle se réjouissait à l'idée de ce dîner. Tab était un homme séduisant et charmant qui savait la faire rire. Désireuse d'être à son avantage, elle choisit une robe de coton au genou avec de fines rayures bleu marine et blanches. Cependant ses manches courtes risquaient de heurter les esprits conservateurs tchadiens. De plus, les nuits pouvaient être fraîches. Elle enfila donc un boléro bleu qui lui couvrait les bras ainsi que des ballerines bleu marine ; elle ne portait jamais de talons hauts. En se regardant dans la glace, elle trouva sa tenue un peu trop sage ; mais, après tout, c'était peut-être préférable dans ce pays.

Elle commanda une voiture. L'ambassade était en contrat avec une société dont tous les chauffeurs avaient obtenu l'agrément des services de sécurité. Quand elle

sortit, la nuit était tombée. Les pluies d'été étaient ter-
minées et le ciel était parsemé d'étoiles. Une petite
Peugeot à quatre portes l'attendait, garée derrière une
limousine de l'ambassade.

En s'approchant, elle vit Dexter venir à sa rencontre,
son épouse à son bras. Ils étaient en tenue de soirée.
Tamara se rappela que l'ambassade d'Afrique du
Sud donnait une réception. La limousine devait être
pour eux. «Bonsoir Dexter, bonsoir madame, dit-elle.
Comment allez-vous?»

Daisy Lewis était jolie mais avait un air de chien
battu. Quant à Dexter, il réussissait l'exploit de paraître
débraillé même en smoking. «Salut, Tammy.»

Il était la seule personne au monde à l'appeler
Tammy.

Résistant à l'envie de le reprendre, elle alla trop loin
dans l'autre sens: «Merci de nous avoir lu le message
de la présidente Green. C'était vraiment sympa de votre
part. Tout le monde était ravi.» Elle se reprocha in petto
d'être une lèche-bottes.

«Content que vous ayez apprécié.» Il l'observa de
haut en bas. «Mais dites-moi, vous vous êtes mise sur
votre trente et un. Je ne savais pas que vous étiez invitée
au raout sud-africain.

— Je n'ai pas cet honneur.» Elle s'en voulut à nouveau d'être trop déférente. «Un dîner tranquille en ville,
c'est tout.

— Avec qui?» demanda Dexter sans ambages.
En règle générale, un supérieur n'avait pas à poser ce
genre de question, mais à la CIA, d'autres règles s'appliquaient.

«Je fête Al-Bustan avec Tabdar Sadoul de la DGSE.

— Je le connais. Un mec solide.» Dexter lui jeta
un regard dur. «Il n'empêche. N'oubliez pas que vous
êtes tenue de m'informer de tout "contact rapproché et

durable" avec un ressortissant étranger, même s'il s'agit d'un allié.

— Je sais. »

Dexter répliqua comme si elle l'avait contredit. « Pareil comportement constituerait un risque inacceptable pour la sécurité. »

Il aimait affirmer son autorité et Tamara surprit un regard compatissant de Daisy. Il doit la houspiller tout le temps, elle aussi, pensa Tamara. « Pigé, répondit-elle.

— Je ne devrais pas avoir à vous le rappeler, insista-t-il.

— Nous sommes collègues, Dexter, rien de plus. Ne vous inquiétez pas.

— Ça fait partie de mon job. » Il ouvrit la portière de la limousine. « Rappelez-vous bien ça : un contact rapproché et durable veut dire qu'une pipe, c'est OK, mais pas deux.

— Dexter ! » protesta Daisy.

Il éclata de rire. « Monte, chérie. »

Lorsque la limousine démarra, une voiture familiale gris sale déboîta d'une place de parking et la suivit : le garde du corps de Dexter.

Tamara monta dans sa voiture et donna l'adresse au chauffeur.

Elle ne pouvait rien faire contre Dexter. Elle aurait pu parler à Phil, l'officier qui supervisait le projet Abdul et était le chef de Dexter, mais se plaindre de son patron aux supérieurs de celui-ci n'était jamais une bonne idée, quelle que fût l'organisation.

Dessinée par des urbanistes français, du temps où la ville s'appelait Fort-Lamy, N'Djamena était percée de larges boulevards à la parisienne. La voiture se dirigea à vive allure vers l'hôtel Lamy, qui appartenait à une chaîne américaine internationale. C'était le lieu le plus chic de la capitale, mais en réalité, Tamara préférait les petits restaurants locaux qui servaient des plats africains épicés.

«Dois-je revenir vous prendre? demanda le chauffeur.

— J'appellerai», répondit Tamara.

Elle entra dans le grand hall de marbre de cet hôtel fréquenté par la riche élite tchadienne. Le pays était sans accès à la mer et essentiellement désertique, mais il possédait du pétrole. Ce qui n'empêchait pas la population d'être pauvre. Le Tchad était un des États les plus corrompus du monde et toute la manne pétrolière allait aux hommes au pouvoir et à leurs amis, qui en dépensaient une partie dans cet établissement.

Un rugissement de fêtards l'accueillit, venant du Bar International sur lequel donnait le hall. Elle le traversa pour rejoindre le restaurant. Des représentants occidentaux de l'industrie pétrolière, des négociants en coton et des diplomates coudoyaient des politiciens et des hommes d'affaires tchadiens. Les femmes qui les accompagnaient arboraient des tenues spectaculaires. Ce genre de lieux avaient périclité pendant la pandémie, mais celui-ci s'était redressé depuis et était plus prospère que jamais.

Un Tchadien d'une soixantaine d'années la héla. «Tamara! s'écria-t-il. Exactement la personne que je voulais voir. Comment allez-vous?»

Karim était bien introduit dans les milieux politiques. C'était un ami du Général qu'il avait aidé à accéder au pouvoir. Tamara cultivait de bonnes relations avec lui, car ses entrées au palais présidentiel en faisaient une précieuse source d'informations internes. Par bonheur, il semblait l'apprécier.

Il portait un costume léger, gris à fines rayures, probablement acheté à Paris. Sa cravate de soie jaune était nouée à la perfection et ses cheveux qui commençaient à s'éclaircir étaient brillantinés. Il l'embrassa deux fois sur les deux joues, quatre bises en tout, comme dans certaines régions françaises. C'était un musulman pieux, heureux en ménage, mais il éprouvait une tendresse innocente pour cette jeune Américaine pleine d'aplomb.

« Je suis contente de vous voir, Karim. » Elle ne connaissait pas sa femme, ce qui ne l'empêcha pas d'ajouter : « Comment va votre famille ?

— Très bien, merci, tout à fait bien. Les petits-enfants ne vont plus tarder maintenant.

— C'est merveilleux ! Vous disiez à l'instant que vous espériez me rencontrer. Y a-t-il quelque chose que je peux faire pour vous ?

— Oui. Le Général souhaite faire un cadeau à l'épouse de votre ambassadeur qui va fêter ses trente ans. Savez-vous quel est son parfum préféré ?

— Mme Collinsworth ne jure que par Miss Dior.

— Ah, parfait. Merci.

— Un instant, Karim, puis-je vous parler en toute franchise ?

— Bien sûr. Nous sommes amis, non ?

— Mme Collinsworth est une intellectuelle passionnée de poésie. Je ne suis pas sûre qu'un flacon de parfum soit le cadeau idéal.

— Ah… » Karim avait du mal à imaginer qu'une femme puisse ne pas être ravie de se voir offrir du parfum.

« Me permettriez-vous de vous suggérer une autre idée ?

— Je vous en prie.

— Je pense à un recueil de poèmes d'un des grands auteurs arabes classiques dans une traduction anglaise ou française. Je suis persuadée que ça lui ferait plus plaisir que du parfum.

— Vous croyez ? » Karim n'était pas encore convaincu.

«Par exemple un ouvrage d'Al-Khansa.» Ce nom signifiait «gazelle». «Une des rares poétesses, à ma connaissance.

— Al-Khansa a écrit des élégies pour les morts, observa Karim d'un air sceptique. Ce n'est pas très gai pour un anniversaire.

— Mme Collinsworth sera heureuse que le Général sache qu'elle apprécie la poésie.»

Le visage de Karim se dérida. «Oui, bien sûr, je vois, c'est flatteur pour une femme. Plus qu'un parfum.

— Parfait.

— Je vous remercie, Tamara. Vous êtes tellement intelligente.» Il jeta un coup d'œil en direction du bar. «Puis-je vous offrir un verre? Un gin tonic?»

Elle hésita. Elle ne demandait qu'à consolider ses relations avec Karim, mais ne voulait pas faire attendre Tab. Et il n'était pas toujours inutile de se faire désirer. «Non, merci, dit-elle fermement. J'ai rendez-vous au restaurant avec un ami.

— Dans ce cas, nous pourrions peut-être prendre un café ensemble un de ces jours?

— Très volontiers, répondit Tamara ravie.

— Je peux vous appeler?

— Bien sûr. Vous avez mon numéro?

— La police secrète me le donnera.»

Tamara se demanda s'il plaisantait et décida que non. Elle lui sourit: «Alors à bientôt.

— Je me réjouis.»

Elle le quitta et se dirigea vers le restaurant Rive Gauche.

La salle à manger était moins bruyante que le bar. Les serveurs parlaient doucement, les nappes assourdissaient le cliquetis des couverts, et les clients étaient bien obligés d'interrompre leurs bavardages pour savourer leur repas.

Le maître d'hôtel était français, les serveurs arabes et les aides-serveurs africains. La discrimination raciale sévissait même ici, songea Tamara.

Elle repéra immédiatement Tab, assis à une table près d'une fenêtre voilée par un rideau. Il lui sourit et se leva lorsqu'elle s'approcha. Il était vêtu d'un costume bleu marine, d'une chemise d'un blanc immaculé et d'une cravate rayée. C'était une tenue conventionnelle, mais il la portait avec classe.

Il l'embrassa sur une joue, puis sur l'autre, et s'en tint là, se montrant ainsi moins familier que Karim. Ils s'assirent et il proposa : «Une coupe de champagne ?

— Volontiers.» Elle fit signe à un serveur et passa la commande. Elle tenait à montrer clairement à Tab et à tous les observateurs éventuels qu'il ne s'agissait pas d'un rendez-vous galant.

«Alors, dit Tab, nous avons remporté une sacrée manche !

— Notre ami aux cigarettes est un atout en or massif.»

Ils surveillaient leurs propos l'un comme l'autre, évitant de prononcer les noms d'Al-Bustan ou d'Abdul : un micro pouvait avoir été dissimulé dans le petit vase de freesias blancs disposé au milieu de la table.

Le champagne arriva et ils se turent en attendant que le serveur s'éloigne.

Tab lui demanda alors : «Pourra-t-il renouveler un tel exploit ?

— Je n'en sais rien. Il marche sur une corde raide à trente mètres du sol, sans filet. Le moindre faux pas lui serait fatal.

— Vous lui avez parlé ?

— Aujourd'hui même. Il a rencontré hier l'organisateur du voyage, s'est dit intéressé, s'est renseigné sur le prix et a mis au point sa couverture.

— Et ils l'ont cru.

— Il n'a apparemment éveillé aucun soupçon. Bien sûr, il n'est pas exclu qu'il s'agisse d'une feinte et qu'ils cherchent à l'attirer dans un piège. Nous n'en savons rien, et lui non plus.» Tamara leva son verre en disant : « Tout ce que nous pouvons faire, c'est lui souhaiter bonne chance.

— Que Dieu le protège», renchérit Tab d'un ton grave.

Un serveur apporta des menus qu'ils étudièrent en silence pendant quelques minutes.

L'hôtel servait de la cuisine internationale classique et quelques spécialités africaines. Tamara commanda un tagine aux fruits secs, Tab des rognons de veau à la moutarde, un plat français traditionnel.

« Voulez-vous du vin ? demanda Tab.

— Non merci.» Tamara buvait très peu d'alcool. Tout en appréciant le vin et les liqueurs, elle détestait s'enivrer. Elle aimait rester maîtresse de ses pensées. Devait-elle en conclure qu'elle voulait toujours tout régenter? Ce n'était pas impossible. «Mais je vous en prie.

— Non. Pour un Français, je suis remarquablement sobre.»

Elle avait envie de mieux le connaître. «Dites-moi quelque chose sur vous que je ne sache pas encore, suggéra-t-elle.

— Entendu.» Il sourit. «C'est un vaste sujet. Euh…» Il réfléchit longuement. «Je suis né dans une famille de femmes à poigne.

— Intéressant! Continuez.

— Il y a de longues années de cela, ma grand-mère a ouvert une épicerie à Clichy-sous-Bois, dans la banlieue parisienne. Elle la tient toujours. Le quartier a changé, et pas en mieux, mais elle refuse de déménager. Le plus surprenant est qu'elle ne se soit jamais fait braquer.

— Une femme coriace.

— Petite et sèche, avec des mains de travailleuse. Elle a envoyé mon père à l'université grâce à ce que lui rapportait son commerce. Il siège maintenant au conseil d'administration de Total, la société pétrolière française, et roule en Mercedes avec chauffeur.

— Une sacrée réussite.

— Mon autre grand-mère est devenue marquise de Travers en épousant mon grand-père, un aristocrate fauché, propriétaire d'une maison de champagne. Il n'est pas facile de perdre de l'argent en faisant du champagne, et pourtant, il a accompli cet exploit. Sa femme, ma grand-mère, a repris l'affaire et l'a remise sur les rails. Sa fille, autrement dit ma mère, a développé une branche bagages et bijoux. C'est la société qu'elle dirige toujours, d'une main de fer.

— La société Travers ?

— Oui. »

Tamara connaissait la marque, mais ses articles étaient beaucoup trop chers pour elle.

Elle aurait voulu en savoir davantage, mais leurs assiettes arrivèrent et pendant un moment, ils parlèrent très peu, dégustant leur repas.

« Comment sont les rognons ? demanda Tamara.

— Très bons.

— Je n'en ai jamais mangé.

— Vous voulez goûter ?

— Volontiers. » Elle lui tendit sa fourchette. Il piqua un morceau de viande dessus et la lui rendit. Le goût était puissant. « Oh là là ! s'écria-t-elle. Il y a beaucoup de moutarde.

— C'est comme ça que je les aime. Et le tagine ? Il est bon ?

— Oui. Vous en voulez un peu ?

— Pourquoi pas ? » Il lui passa à son tour sa fourchette qu'elle lui rendit chargée. « Pas mal », approuva-t-il.

125

Échanger de la nourriture était un geste intime, pensa-t-elle, plus coutumier lors d'un rendez-vous amoureux qu'à l'occasion d'une réunion entre collègues, puisque c'était ainsi qu'elle voyait cette soirée. Et Tab ?

Tamara commanda des figues fraîches pour le dessert tandis que Tab prit du fromage.

Le café fut servi dans des tasses minuscules et Tamara n'en but qu'une toute petite gorgée. Il était trop fort dans ce pays. Elle rêvait d'une grande tasse de café américain délavé.

Elle en revint au sujet passionnant de la famille de Tab. Sachant qu'il avait des origines algériennes, elle demanda : « Votre grand-mère est venue d'Algérie ?

— Non. Elle est née à Thierville-sur-Meuse, où se trouve une importante base militaire. Mon arrière-grand-père s'est battu pendant la Seconde Guerre mondiale dans la célèbre 3e division d'infanterie algérienne ; il a même obtenu une médaille, la croix de guerre. Il était encore dans l'armée quand ma grand-mère est née. Mais il est temps que vous me parliez un peu de vous.

— Je suis loin de pouvoir rivaliser avec vos origines fascinantes, répondit Tamara. Je suis née dans une famille juive de Chicago. Mon père est prof d'histoire, et il conduit une Toyota, pas une Mercedes. Ma mère est proviseure de lycée. » Elle les revit en esprit, son père en costume de tweed et en cravate de laine, sa mère en train de corriger des copies, ses lunettes posées sur le bout de son nez. « Je ne suis pas pratiquante, mais ils fréquentent une synagogue libérale. Mon frère, Simon, vit à Rome.

— C'est tout ? » demanda-t-il en souriant.

Elle hésitait à lui révéler trop de détails intimes et devait sans cesse se rappeler que ce n'était qu'un dîner de travail. Elle n'était pas encore prête à évoquer ses deux mariages. Plus tard, peut-être.

Elle secoua la tête. « Pas d'aristocrates, pas de médailles, pas de marques de luxe. Oh, attendez. Tout de même. Un des livres de mon père a été un best-seller. Il avait pour titre : *Épouses de pionniers : les femmes sur la frontière américaine.* Il s'est vendu à un million d'exemplaires. Nous avons été célèbres pendant presque un an.

— Et cette famille américaine prétendument ordinaire a produit… une femme comme vous. »

C'était un compliment, évidemment. Et pas une simple flatterie. Tab avait l'air sincère.

Ils avaient fini de dîner, mais il était encore trop tôt pour rentrer. Elle s'étonna elle-même en lui proposant : « Et si nous allions danser ? »

Une discothèque avait été aménagée dans le sous-sol de l'hôtel. Elle était très guindée par rapport aux établissements de Chicago ou même de Boston, mais c'était l'endroit le plus branché de N'Djamena.

« Volontiers, acquiesça Tab. Je suis un danseur épouvantable, mais j'adore ça.

— Épouvantable ? Comment ça ?

— Je ne sais pas. On m'a déjà dit que j'ai l'air complètement idiot quand je danse. »

Il était difficile d'imaginer que cet homme posé et élégant puisse avoir l'air idiot. Tamara avait très envie de voir ça.

Tab demanda l'addition et ils la partagèrent.

Ils descendirent par l'ascenseur. Avant même que les portes s'ouvrent, ils entendirent le bruit sourd et sismique des basses et d'une batterie, un son qui donnait toujours des fourmis dans les jambes à Tamara. La salle était bourrée de riches et jeunes Tchadiens en tenues très légères. La robe de Tamara paraissait presque ringarde à côté des jupes courtes des filles.

Tamara conduisit immédiatement Tab vers la piste

de danse, se déplaçant au rythme de la musique avant même qu'ils l'aient atteinte.

Tab était un danseur adorablement mauvais. Il remuait les bras et les jambes sans suivre la mesure, mais de toute évidence, il y prenait grand plaisir. Tamara était heureuse de danser avec lui. L'atmosphère nonchalamment sexy d'une discothèque la mettait d'humeur légèrement sentimentale.

Au bout d'une heure, ils allèrent chercher des Coca et firent une pause. S'allongeant sur un canapé dans un recoin, à l'écart de la piste, Tab demanda : « Vous avez déjà essayé le marc ?

— C'est une drogue ?

— Non. C'est un alcool fabriqué avec les peaux de raisin après que le jus a été extrait. À l'origine, c'était un succédané bon marché du cognac, mais c'est devenu un alcool raffiné à part entière. Il existe même du marc de champagne.

— Laissez-moi deviner. Vous en avez une bouteille chez vous.

— Vous avez le don de télépathie.

— Comme toutes les femmes.

— Vous avez donc compris que j'aimerais vous inviter à venir prendre un dernier verre chez moi. »

Elle était flattée. Il avait déjà décidé de dépasser le stade purement professionnel de leur relation.

En revanche, elle n'en était pas encore là. « Non, merci, refusa-t-elle. J'ai passé une excellente soirée, mais je ne veux pas me coucher trop tard.

— Très bien. »

Ils sortirent. Elle se sentit soudain toute triste et regretta d'avoir décliné son offre.

Il demanda au portier d'aller chercher sa voiture et proposa de la raccompagner. Elle refusa et appela la société de chauffeurs.

« J'ai pris grand plaisir à parler avec vous, dit-il pendant qu'ils attendaient. Accepteriez-vous de dîner à nouveau avec moi un de ces jours ? Avec ou sans marc de champagne ensuite ?

— Pourquoi pas ?

— La prochaine fois, nous pourrions choisir un endroit moins huppé. Un restaurant tchadien, peut-être.

— Excellente idée. Appelez-moi.

— Entendu. »

Sa voiture arriva et il lui tint la portière. Elle déposa un petit baiser sur sa joue. « Bonsoir.

— Dormez bien. »

La voiture la conduisit à l'ambassade et elle regagna son studio.

Elle l'aimait beaucoup, songea-t-elle en se déshabillant, avant de se rappeler qu'elle avait l'art de faire des choix désastreux en matière d'hommes.

Elle avait épousé Stephen quand elle était encore à l'université de Chicago. Ce ne fut qu'après la cérémonie qu'elle avait découvert qu'il ne voyait pas pourquoi ces vœux devraient l'empêcher de coucher avec toutes les filles qui lui plaisaient, et ils s'étaient séparés au bout de six mois. Elle ne lui avait plus parlé depuis, et ne voulait plus jamais le revoir.

Après Chicago, elle avait obtenu un master en relations internationales à Sciences Po Paris, en se spécialisant dans le Proche-Orient. Là, elle avait rencontré et épousé Jonathan, un Américain. Une nouvelle erreur, dans un autre genre. Il était gentil, intelligent et amusant. Le sexe avec lui manquait un peu de piment, mais ils avaient été heureux ensemble jusqu'au jour où ils avaient pris conscience que Jonathan était gay. Ils avaient divorcé à l'amiable et elle lui restait très attachée. Ils se téléphonaient trois ou quatre fois par an.

Beaucoup d'hommes étaient attirés par elle, ce qui

était une des causes de son problème. Elle était jolie, pétulante et sexy, elle le savait, et n'avait pas de mal à retenir le regard des hommes. En revanche, elle avait du mal à repérer les bons.

Elle se coucha et éteignit, mais Tab continuait à occuper ses pensées. Il était beau gosse, c'était indéniable. Elle ferma les yeux et se le représenta en esprit. Il était grand et mince, ses cheveux appelaient les caresses et il avait de profonds yeux bruns dans lesquels elle avait envie de plonger son regard. Ses vêtements semblaient épouser son corps amoureusement, qu'il fût en costume comme ce soir, ou habillé de façon plus décontractée. Tamara s'était demandé comment il pouvait se payer des costumes aussi bien coupés, mais il lui avait donné la réponse : sa famille était riche.

Tamara se méfiait des hommes séduisants. Stephen l'avait été. Ils étaient souvent vaniteux et égocentriques. Elle avait couché un jour avec un acteur qui lui avait ensuite posé cette question : « Tu m'as trouvé comment ? » Tab était peut-être comme lui, mais elle avait du mal à le croire.

Tab était-il aussi parfait qu'il le paraissait ou finirait-elle par découvrir qu'il n'était qu'une nouvelle erreur colossale ? Elle avait accepté de le revoir et ne pourrait pas faire comme si ce deuxième rendez-vous était d'ordre purement professionnel. On verra bien, se dit-elle. Sur ce, elle s'endormit.

5

Tamara alla nager dans la piscine de l'ambassade dès son réveil, profitant de ce que le soleil était encore bas et l'air frais et sans poussière. Elle était seule, comme d'ordinaire à ce moment de la journée. Pendant une demi-heure, elle put réfléchir à tout ce qui lui occupait l'esprit : le courage d'Abdul, l'hostilité de Dexter, l'affection de Karim et l'intérêt non dissimulé qu'elle inspirait à Tab. Ils s'étaient donné rendez-vous pour la deuxième fois le lendemain : un verre chez lui suivi d'un dîner dans son restaurant arabe préféré.

En sortant de l'eau, elle constata qu'installé sur une chaise longue au bord du bassin, Dexter la regardait. Elle en fut d'autant plus agacée qu'il avait les yeux rivés sur son maillot de bain mouillé.

Elle s'enveloppa dans une serviette et se sentit déjà moins vulnérable.

« J'ai un travail de vérification à vous confier, dit-il.

— Très bien.

— Vous connaissez le pont de N'Gueli, j'imagine.

— Oui, bien sûr. »

Ce pont franchissait la rivière Logone qui séparait le Tchad du Cameroun, ce qui en faisait un point de passage international. Il reliait N'Djamena à la ville camerounaise de Kousséri. Il y avait en réalité deux ponts, un viaduc destiné aux véhicules et un pont plus ancien, plus bas et plus étroit, qui n'était plus emprunté que par les piétons.

Tamara s'abrita les yeux et porta son regard vers le sud. «On le voit presque d'ici, il doit être à un kilomètre et demi à vol d'oiseau.

— C'est un poste frontière, mais les contrôles ne sont pas très sérieux, poursuivit Dexter. La plupart des véhicules ne sont même pas arrêtés. Quant aux piétons, ce sont tous, semble-t-il, des amis ou des parents des gardes-frontières. Ils ne retiennent que les Blancs, à qui ils réclament une taxe d'entrée ou de sortie qui n'a rien de légal et dont le montant dépend de la richesse apparente des voyageurs. Les gardes n'acceptent que du liquide. Inutile que je vous fasse un dessin, je suppose.

— En effet.» Tamara n'était pas surprise. La corruption du Tchad était notoire. Mais ce n'était pas le problème de la CIA. «Pourquoi nous y intéressons-nous?

— Un de mes informateurs m'a appris que les djihadistes sont en train de prendre le contrôle du pont piétonnier. Ils ont discrètement introduit des hommes armés sur place. Ils fichent la paix aux habitants du coin, mais ont repris l'entreprise de racket à leur compte. Ils ont augmenté les prix et partagent les profits avec les vrais gardes-frontières, qui ferment les yeux.

— Et nous là-dedans? En quoi est-ce que ça nous regarde? C'est le problème de la police locale, non?

— En quoi ça nous regarde? Mais c'est extrêmement préoccupant, si mon informateur a raison. Ce n'est pas le racket qui nous inquiète, mais la volonté de l'EIGS de prendre le contrôle d'un poste-frontière.»

Tamara restait sceptique. Pourquoi l'EIGS chercherait-il à faire ça? Elle n'y voyait aucun avantage pour les djihadistes. «Vous êtes sûr de votre informateur?

— Oui. Mais il faut évidemment vérifier ses propos.

C'est pourquoi je veux que vous alliez jeter un coup d'œil sur place.

— Entendu. Il va me falloir une escorte.

— Ça ne me paraît pas utile. Mais bon. Prenez deux soldats avec vous si ça peut vous rassurer.

— Je vais voir ça avec la colonelle Marcus. »

Elle retourna à son appartement, s'habilla puis ressortit dans la chaleur du matin. L'armée avait son propre bâtiment dans l'enceinte de l'ambassade. Tamara y entra et se dirigea vers le bureau de Susan Marcus. Une secrétaire l'invita à attendre la colonelle quelques instants.

Tamara regarda autour d'elle. Un mur était couvert de cartes qui, mises bout à bout, constituaient une représentation à grande échelle de toute l'Afrique du Nord. Une gommette collée au milieu du Niger indiquait « Al-Bustan ». Un grand écran occupait le mur opposé. La colonelle avait deux postes de travail informatique et un téléphone. Un organiseur de bureau en plastique bon marché contenait des crayons, du papier et des Post-it. Elle ne vit aucune photo de famille. La colonelle Marcus devait être une maniaque de l'ordre, se dit Tamara, ou bien ne rien vouloir révéler de personnel sur elle-même. Peut-être les deux ?

Elle appartenait à ce que l'armée appelait la Force opérationnelle interarmées combinée spéciale de niveau 2, ou, en abrégé, les Forces spéciales.

La colonelle Marcus arriva quelques minutes plus tard. Elle avait les cheveux courts et des manières brusques, comme tous les officiers que Tamara connaissait. Son uniforme kaki et sa casquette à visière lui prêtaient un aspect masculin, qui ne réussissait pas à cacher qu'elle était jolie. Tamara comprenait aussi bien l'allure qu'elle se donnait que le dépouillement fonctionnel de son bureau : Susan était obligée de s'imposer dans un univers d'hommes et la moindre trace de féminité pouvait jouer en sa défaveur.

Elle retira sa casquette et les deux femmes s'assirent. « Je viens de voir Dexter, annonça Tamara.

— Il doit être content du travail que vous avez fait avec Abdul. »

Tamara secoua la tête. « Il ne m'aime pas.

— C'est ce que j'ai entendu dire. Il vous reste encore à apprendre l'art de faire croire aux hommes que c'est à eux que nous devons tous nos succès. »

Tamara réprima un petit rire avant de remarquer : « Vous ne plaisantez même pas, si ?

— Pas le moins du monde ! Comment croyez-vous que je sois devenue colonelle ? En laissant systématiquement mon supérieur tirer la couverture à lui. Mais qu'est-ce que Dexter avait à vous raconter aujourd'hui ? »

Tamara lui expliqua ce qui se passait au pont de N'Gueli.

Quand elle eut fini, Susan fronça les sourcils, ouvrit la bouche pour parler, hésita, puis prit un crayon dans son organiseur et en tapota l'extrémité sur le plateau de son bureau.

« Qu'y a-t-il ? demanda Tamara.

— Je ne sais pas. L'informateur de Dexter est-il fiable ?

— Il prétend que oui, mais pas au point que nous puissions nous passer de vérifier son rapport. » Tamara était vaguement troublée par l'inquiétude manifeste de Susan. « Qu'est-ce qui vous tracasse ? Vous êtes une des personnes les plus intelligentes qui travaillent ici. Si cette affaire ne vous plaît pas, je veux savoir pourquoi.

— Très bien. Dexter prétend que les djihadistes extorquent des pots-de-vin aux touristes, ce qui ne représente que des clopinettes, et qu'ils en reversent la moitié aux gardes officiels, qui n'empochent donc que la moitié de clopinettes. Il faut donc croire que leur objectif réel est de prendre le contrôle d'un poste-frontière stratégique.

— Je comprends ce que vous voulez dire, acquiesça Tamara. Pourquoi estiment-ils que le jeu en vaut la chandelle ?

— Examinons quelques points. Primo : dès que la police locale aura compris ce qui se trame, elle dégagera les djihadistes du pont, sans aucun mal sans doute. »

Tamara n'y avait pas songé, mais elle hocha la tête pour marquer son assentiment : « L'EIGS n'en a le contrôle qu'aussi longtemps qu'il est toléré ; autrement dit, il ne contrôle rien du tout.

— Secundo, poursuivit Susan, ce pont n'a d'importance que si une bataille quelconque est imminente, par exemple un coup d'État du genre de la bataille de N'Djamena en 2008 ; or la faiblesse actuelle de l'opposition contre le Général rend un tel événement hautement improbable.

— L'Union des forces pour la démocratie et le développement n'est certainement pas en mesure de déclencher une révolution.

— Je ne vous le fais pas dire. Tertio : dans l'éventualité improbable où les djihadistes obtiendraient de pouvoir rester, et dans l'éventualité encore plus improbable où l'UFDD serait sur le point de provoquer un coup d'État contre le Général, ils contrôlent le mauvais pont. C'est le pont routier qui compte. Il permet à des chars, à des blindés et à des camions de transport de troupes d'un pays étranger de foncer droit sur la capitale. Le pont piétonnier ? Ce n'est rien du tout. »

L'analyse était parfaitement claire. Susan était décidément d'une intelligence diabolique. Tamara se demanda pourquoi elle-même n'avait pas pensé à tout cela. Elle suggéra, sans trop y croire : « C'est peut-être une question de prestige.

— Comme de toucher vos doigts de pied. Ça ne vous sert à rien, mais vous le faites juste pour vous prouver que vous y arrivez.

— En un sens, les djihadistes font toujours tout pour le prestige.

— Hum. » Susan n'était pas convaincue. « Quoi qu'il en soit, il vous faut une solide escorte.

— Dexter estime que c'est inutile, mais il a accepté que deux soldats m'accompagnent si ça peut me rassurer.

— Dexter dit des conneries. Ce sont des djihadistes. Il faut vous protéger. »

*

Ils quittèrent le complexe de l'ambassade le lendemain, au moment précis où le soleil passait au-dessus des briqueteries, à l'est de la ville. Susan avait insisté pour qu'ils soient tous équipés de gilets pare-balles légers. Tamara avait enfilé un blouson en jean ample au-dessus du sien : plus tard, elle aurait chaud.

Ils embarquèrent dans deux voitures. La CIA avait un break Peugeot brun clair de trois ans avec une aile enfoncée, qui ressemblait à beaucoup de voitures qui circulaient en ville et dont elle se servait pour les opérations discrètes. Tamara était au volant, Susan à côté d'elle. Le véhicule qui transportait les soldats était conduit par Peter Ackerman, l'effronté caporal de vingt ans qui avait proposé un jour à Tamara de sortir avec lui. Cette voiture, un SUV vert aux vitres teintées, était moins anonyme et risquait plus d'attirer les regards. Mais ils avaient retiré leurs casquettes et posé leurs fusils sur le plancher de sorte que si quelqu'un jetait un regard distrait à travers le pare-brise, il ne remarquerait pas forcément qu'il s'agissait de soldats.

Les rues étaient paisibles lorsque Tamara s'engagea le long de la rive nord du Chari avant de franchir un pont menant à Walia, la banlieue sud. D'ici, l'artère principale menait directement à la frontière.

Tamara n'était pas tranquille. La nuit précédente, les pensées qui se bousculaient dans sa tête l'avaient empêchée de dormir. Cela faisait maintenant plus de deux ans qu'elle était au Tchad à rassembler des informations sur l'EIGS, mais son travail s'était plus ou moins limité à examiner des photos satellite d'oasis lointaines pour essayer de repérer des signes de présence militaire. Elle n'avait pas encore été au contact d'hommes qui n'avaient d'autre but dans la vie que de tuer des gens comme elle.

Elle portait une arme, un joli petit semi-automatique Glock de calibre 9 mm dans un holster intégré à son gilet. Même à l'étranger, les agents de la CIA participaient rarement à des opérations armées. Tamara avait fini le cours de maniement d'armes à feu en tête de sa classe, mais elle n'avait jamais tiré une seule balle en dehors du stand de tir. Elle en serait volontiers restée là.

Les précautions pointilleuses de Susan ajoutaient encore à son inquiétude.

Les deux ponts sur la rivière Logone étaient à une cinquantaine de mètres d'écart, remarqua Tamara quand ils furent à portée de vue, et le pont routier était plus haut que l'autre. Elle quitta la route principale pour s'engager sur une piste poussiéreuse.

Une poignée de véhicules était garée à vingt mètres de l'entrée du pont piétonnier : un minibus qui attendait probablement de conduire des passagers au centre-ville, deux taxis présents pour la même raison ainsi qu'une demi-douzaine de tacots. Tamara se glissa entre les voitures et s'arrêta à un endroit d'où elle voyait distinctement les deux ponts. Elle laissa le moteur tourner au ralenti. La section militaire se gara à côté d'elle.

À première vue, la situation paraissait normale. Un flot régulier de piétons franchissait le pont depuis le Cameroun, alors qu'ils étaient très peu à faire le trajet dans l'autre sens. Elle savait que de nombreux habitants de Kousséri, la petite ville située sur l'autre rive, venaient travailler ou faire du commerce à N'Djamena. Certains étaient à bicyclette ou à dos d'âne, et Tamara aperçut même un dromadaire. Quelques-uns transportaient des légumes dans des corbeilles ou des charrettes à bras bricolées, se dirigeant sans doute vers les marchés du centre. Ils rentreraient dans la soirée, moment auquel le courant s'inverserait.

Elle songea alors à tous ceux du Loop, dans sa ville natale de Chicago, qui faisaient eux aussi la navette. En plus des vêtements, la différence majeure était qu'à Chicago tout le monde courait, alors qu'ici, les gens n'avaient pas l'air particulièrement pressés.

Personne n'interrogeait les passants, personne ne leur réclamait leur passeport. La présence de l'administration n'était pas très visible. Elle distingua un petit bâtiment peu élevé, qui servait sans doute de guérite. Elle crut tout d'abord qu'il n'y avait même pas de barrière, mais finit par repérer une longue pièce de bois, le fût d'un arbre gràcile, posée au sol à côté de deux tréteaux, et devina qu'on pouvait facilement la relever pour constituer un obstacle fragile.

Une petite vie tranquille, songea-t-elle. Qu'est-ce que je fabrique ici, avec un pistolet sous ma veste ?

Au bout d'un moment, elle se rendit compte que tous ne se déplaçaient pas vers une destination précise. Deux hommes vêtus d'uniformes militaires dépareillés étaient accoudés nonchalamment au garde-fou, à l'extrémité tchadienne du pont ; ils avaient tous deux une arme dans un étui à la ceinture. Ils portaient des pantalons de treillis avec des chemisettes de civil, l'une orange, l'autre bleue. L'homme en orange fumait, l'autre mangeait un rouleau de printemps en guise de petit déjeuner. Ils observaient les passants avec indifférence. Le fumeur jeta un coup d'œil aux véhicules garés sans manifester de réaction.

Tamara repéra enfin l'ennemi, et un frisson d'appréhension la parcourut. Quelques mètres plus loin, sur le pont, elle aperçut deux hommes qui avaient l'air moins inoffensifs. L'un d'eux avait à l'épaule une sangle d'où pendait un objet presque entièrement recouvert d'un foulard, mais dont l'extrémité saillante ressemblait à s'y méprendre à la bouche du canon d'un fusil.

L'autre avait les yeux rivés sur la voiture de Tamara.

Pour la première fois, elle se sentit réellement en danger.

Elle l'observa attentivement à travers le pare-brise. C'était un homme grand au visage émacié et au front dégarni. Peut-être n'était-ce que le fruit de son imagination, mais elle lui trouva une expression de détermination farouche. Il ne prêtait aux passants qui grouillaient autour de lui pas plus d'attention qu'à des insectes. Il portait, lui aussi, un fusil vaguement enveloppé d'une étoffe, qu'il cherchait à peine à dissimuler.

Sous les yeux de Tamara, il sortit un téléphone, composa un numéro et approcha l'appareil de son oreille.

« Il y a un type…, chuchota Tamara.

— J'ai vu, coupa Susan à côté d'elle.

— Il téléphone.

— Oui.

— Mais à qui ?

— Question à mille balles. »

Tamara avait l'impression d'être une cible. L'homme pouvait lui tirer dessus à travers le pare-brise. La distance n'était pas trop grande pour son arme. Elle était parfaitement visible et ne pouvait pas bouger, assise derrière son volant. «On ferait mieux de sortir, proposa-t-elle.

— Vous croyez?

— Je n'apprendrai rien en restant assise ici.

— D'accord.»

Elles descendirent toutes les deux de voiture.

Tamara entendait le bruit des véhicules qui passaient sur le pont supérieur, mais ne pouvait pas les voir.

Susan s'approcha de la voiture verte et discuta avec la section. Puis elle revint et expliqua à Tamara: «Je leur ai dit de rester là parce que nous tenons à agir discrètement, mais ils sortiront au moindre problème.»

Soudain, un cri retentit: «Al-Bustan!»

Tamara regarda autour d'elle, intriguée. D'où venait-il et pourquoi quelqu'un avait-il crié ces mots?

C'est alors que les premiers coups de feu furent tirés.

On entendit d'abord un *rat-tat-tat* qui évoquait la caisse claire d'un groupe de rock, puis un fracas de verre brisé, suivi d'un hurlement de douleur.

Sans réfléchir, Tamara se jeta sous la Peugeot.

Susan l'imita.

Des cris terrifiés s'élevèrent du pont. En tournant la tête dans cette direction, Tamara constata que tous les piétons cherchaient à rebrousser chemin. Pourtant, elle ne voyait personne tirer.

L'homme qu'elle avait observé ne s'était pas servi de son arme. Allongée sous la voiture, le cœur battant à tout rompre, Tamara demanda: «Mais merde, d'où est-ce qu'on a tiré?» L'incertitude attisait encore sa terreur.

Couchée à côté d'elle, Susan répondit : « D'en haut. Du pont routier. »

Susan voyait parfaitement le pont supérieur quand elle sortait la tête de son côté, tandis que Tamara distinguait le pont piétonnier sans avoir à bouger.

« Les coups de feu ont pulvérisé le pare-brise de l'autre voiture, poursuivit Susan. J'ai l'impression qu'un de nos gars a été touché.

— Oh, merde ! J'espère que ça va. »

Elles entendirent un nouveau cri de douleur, plus long.

« Il n'est pas mort, en tout cas. » Susan regarda sur la droite. « Les autres le tirent sous leur voiture. » Elle s'interrompit. « C'est le caporal Ackerman.

— Seigneur ! Dans quel état est-il ?

— Aucune idée. »

Les gémissements s'étaient tus, ce qui était sans doute de mauvais augure, songea Tamara.

Susan sortit la tête et regarda vers le haut, pistolet à la main. Elle tira une fois. « Trop loin, souffla-t-elle déçue. J'aperçois quelqu'un qui pointe un fusil au-dessus du garde-fou du pont routier, mais je ne peux pas l'atteindre à cette distance avec cette foutue arme. »

Il y eut une nouvelle rafale en provenance du pont, suivie d'une terrifiante cacophonie de cliquetis de métal et de verre fracassé lorsque les balles s'enfoncèrent dans le toit et les vitres de la Peugeot. Tamara s'entendit hurler. Elle posa les mains sur sa tête, sachant que c'était inutile, mais incapable de lutter contre cet instinct.

Quand les tirs cessèrent, elle était indemne, et Susan aussi.

« Il tire depuis le pont supérieur, dit alors Susan. Ça ne serait pas un mauvais moment pour sortir votre arme si vous êtes prête.

— Oh, merde ! Mon pistolet ! Je l'avais complètement oublié ! » Tamara tendit la main vers l'étui fixé à
son gilet, sous son bras gauche. Au même moment, les
soldats ripostèrent.

Tamara s'allongea à plat ventre, coudes au sol, tenant
son arme à deux mains, veillant à garder les pouces en
l'air pour qu'ils ne soient pas sur le trajet de la glis-
sière lorsqu'elle reculerait. Elle régla son Glock sur tir
unique pour ne pas être à court de munitions en quelques
secondes.

Les soldats cessèrent de tirer. Immédiatement, une
troisième rafale partit du pont mais, cette fois, les soldats
répliquèrent en moins d'une seconde.

Ne distinguant pas le pont supérieur de l'endroit où
elle était, Tamara se concentra sur le pont piétonnier. Une
sorte d'émeute avait éclaté, tandis que ceux qui fuyaient
désespérément l'extrémité tchadienne – celle de la fusillade – bousculaient les gens moins effrayés qui se trouvaient à l'autre bout et ne comprenaient sans doute pas la
raison de ces détonations. Les deux gardes-frontières en
pantalon de camouflage se tenaient à l'arrière de la foule,
visiblement aussi paniqués que les civils, et frappaient
ceux qui étaient devant eux pour fuir plus rapidement.
Tamara vit quelqu'un sauter dans la rivière et se mettre à
nager vers l'autre berge.

À l'entrée du pont, de son côté, elle remarqua que les
deux djihadistes descendaient vers le bord de l'eau. Au
moment où elle dirigeait doucement le viseur du Glock
vers eux, ils s'abritèrent sous le pont.

Les tirs s'interrompirent et Susan chuchota : « J'ai l'impression que nous l'avons eu. En tout cas, il a disparu.
Oh – oh – le revoilà ! – non, c'en est un autre, il n'a pas
le même turban. Putain, mais ils sont combien, là-haut ? »

Dans la brève parenthèse de silence, Tamara entendit
à nouveau crier : « Al-Bustan ! »

Susan attrapa sa radio pour réclamer de toute urgence des renforts et une ambulance pour Peter.

On assista à un nouvel échange de tirs entre les soldats et le pont supérieur, mais les deux camps s'étaient mis à l'abri et apparemment, personne ne fut touché.

Ils étaient piégés et impuissants. Je vais mourir ici, pensa Tamara. Si seulement j'avais rencontré Tab un peu plus tôt. Il y a cinq ans, par exemple.

Au niveau du pont piétonnier, le djihadiste au visage émacié réapparut sur la rive, là où le garde-fou s'achevait et où le ballast du pont se fondait dans le sol de pierre, à une vingtaine de mètres seulement. Au moment où elle déplaçait son viseur vers lui, il se coucha par terre et elle comprit qu'il allait rester allongé sur le ventre, viser soigneusement et tirer sur tous ceux qui s'abritaient sous les voitures, ce qu'il ferait, elle en était certaine, sans l'ombre d'un remords.

Elle n'avait que quelques secondes pour réagir. Le canon de son pistolet pointé sur sa tête, Tamara suivit la lente descente de l'homme lorsqu'il prit position au sol, se déplaçant rapidement mais sans hâte, car elle savait que seul un tir parfaitement calme aurait une chance de toucher sa cible. Finalement, l'homme saisit son fusil et releva le canon. Tamara appuya sur la détente de son Glock.

Le pistolet se releva, comme toujours. Posément, elle en abaissa la bouche et visa la tête une seconde fois. Elle constata qu'un nouveau tir était inutile – la tête de l'homme était fracassée –, mais elle pressa tout de même sur la détente, et sa cartouche s'enfonça dans un corps inerte.

Elle entendit Susan s'exclamer : « Joli tir ! »

Était-ce moi ? s'interrogea Tamara. Est-ce que je viens vraiment de tuer un homme ?

L'autre djihadiste apparut plus loin, sur la berge de la rivière. Il s'éloignait en courant, fusil à la main.

Tamara changea de position pour avoir le pont supérieur dans son champ de vision, mais il était impossible de savoir si les tireurs s'y trouvaient encore. Elle entendait le bruit de camions et de voitures qui circulaient toujours et le rugissement rauque d'une puissante moto lui perça les oreilles : si les tireurs n'étaient que deux, ils avaient pu prendre la fuite avec.

Susan s'était fait la même réflexion. Elle approcha sa radio de ses lèvres : « Avant de vous déployer sur le pont piétonnier, vérifiez qu'il ne reste pas de tireurs sur le pont routier. »

Puis elle s'adressa aux soldats dissimulés sous la voiture verte. « Restez où vous êtes, le temps de vérifier qu'ils sont tous partis. »

La plupart des piétons s'étaient réfugiés du côté camerounais. Tamara en aperçut quelques-uns qui s'étaient rassemblés autour d'une poignée de bâtiments et d'arbres et jetaient des coups d'œil furtifs aux alentours sans quitter leur abri, attendant la suite des événements. Les deux gardes-frontières en chemises vives apparurent au bout du pont, mais hésitèrent à le retraverser.

Tamara commençait à penser que c'était peut-être terminé, mais elle était prête à rester allongée là toute la journée, jusqu'à ce qu'elle soit certaine de pouvoir bouger en toute sécurité.

Une ambulance de l'armée américaine arriva sur les chapeaux de roues sur la piste de terre, et s'arrêta derrière la voiture verte.

« Toutes les armes pointées sur le garde-fou du pont supérieur, tout de suite ! » hurla Susan.

Les trois soldats encore indemnes roulèrent sur eux-mêmes pour sortir de leur abri et se dissimulèrent derrière d'autres véhicules, fusils braqués sur le pont supérieur.

144

Deux urgentistes bondirent de l'ambulance. « Sous la voiture verte ! cria Susan. Un blessé par balles. »

Il n'y eut aucun tir.

Les urgentistes sortirent une civière.

Tamara ne bougea pas. Elle suivait des yeux le djihadiste restant qui courait le long de la berge. Il était déjà presque hors de vue et elle se douta qu'il ne reviendrait pas. Les deux gardes-frontières entreprirent de retraverser le pont prudemment. Ils avaient sorti leurs pistolets, un peu tard. « Merci pour votre aide, les gars », murmura Tamara.

La radio de Susan grésilla et Tamara entendit une voix déformée : « Fin d'alerte sur le pont routier, colonelle. »

Tamara hésita. Allait-elle risquer sa vie sur la foi d'un message radio confus ?

Bien sûr que oui, se reprit-elle. Je suis une professionnelle.

Elle roula hors de son abri et se releva. Elle avait les jambes en coton et aurait préféré s'asseoir, mais ne voulait pas passer pour une mauviette aux yeux des soldats. Elle s'inclina un moment au-dessus de l'aile de la Peugeot, inspectant les impacts de balles. Elle savait que certaines munitions de fusil pouvaient transpercer une carrosserie de part en part. Elle avait eu de la chance.

Puis elle se rappela qu'elle était un agent de renseignement et que son travail consistait à recueillir toutes les informations qu'elle pouvait sur cet incident. Elle se tourna vers Susan : « Demandez s'il y a des corps sur le pont supérieur. »

Susan approcha la radio de ses lèvres et posa la question.

« Pas de corps, mais des traces de sang. »

Un ou plusieurs blessés ont été évacués, conclut Tamara.

Restait l'homme qu'elle avait tué.

Ses jambes étant plus solides, ce fut d'un pas déterminé qu'elle se dirigea vers le pont piétonnier. Elle s'approcha du corps. Le djihadiste était mort, cela ne faisait pas l'ombre d'un doute : sa tête était en bouillie. Elle retira l'arme de ses mains inertes. Elle était courte et étonnamment légère, un fusil de type bullpup à chargeur à clip banane. Elle repéra un numéro de série sur le côté gauche du canon, près du raccord avec le corps du fusil, qui lui apprit que cette arme avait été fabriquée par Norinco, la China North Industries Group Corporation, une entreprise appartenant au gouvernement chinois.

Elle pointa l'arme vers le sol, tira la sortie de chargeur vers l'arrière et dégagea le clip banane, avant d'ouvrir la culasse et d'extraire la cartouche chambrée. Fourrant le clip banane et l'unique cartouche dans les poches de son blouson, elle rapporta le fusil déchargé jusqu'à sa voiture mitraillée.

« On pourrait croire que vous portez un chien mort, observa Susan en la voyant.

— Je viens de lui arracher les dents », répondit Tamara.

Les urgentistes chargeaient la civière dans l'ambulance. Tamara songea soudain qu'elle n'avait même pas parlé à Peter. Elle courut vers eux.

Peter était d'une immobilité inquiétante. Elle s'arrêta et murmura : « Mon Dieu. »

Le visage du jeune soldat était blême, ses yeux révulsés.

Un urgentiste se tourna vers elle : « Je suis navré, mademoiselle.

— Il m'a proposé un rendez-vous un jour, murmura Tamara avant de fondre en larmes. Je lui ai répondu qu'il était trop jeune. » Elle s'essuya les joues avec sa manche, mais les larmes continuaient à couler. «Oh, Pete, dit-elle à son visage sans vie. Je suis désolée.»

*

Une standardiste annonça: «J'ai le père du caporal Ackerman en ligne, madame la Présidente. Monsieur Philip Ackerman.»

Pauline détestait ça. Chaque fois qu'elle avait à parler à un parent dont l'enfant était mort dans les forces armées, elle avait le cœur serré. Elle ne pouvait s'empêcher de penser à ce qu'elle éprouverait si Pippa mourait. C'était la partie la plus affreuse de son travail.

«Merci, passez-le-moi.»

Une voix masculine grave se présenta: «Ici Phil Ackerman.

— Monsieur Ackerman, je suis la présidente Green.

— Oui, madame la Présidente.

— Je vous présente mes plus sincères condoléances.

— Merci.

— Pete a donné sa vie à son pays, et vous lui avez donné votre fils. Je tiens à vous exprimer toute la reconnaissance des États-Unis pour votre sacrifice.

— Merci.

— On m'a dit que vous êtes pompier.

— C'est exact, madame.

— Dans ce cas, vous avez l'habitude de risquer votre vie pour une bonne cause.

— Oui.

— Je ne peux pas alléger votre peine, mais je peux vous dire que Pete a donné sa vie pour la défense de notre pays et pour celle de nos valeurs de liberté et de justice.

— J'en suis convaincu.» Sa voix se brisa.

La tâche de Pauline n'était pas encore terminée. «Puis-je parler à la maman de Pete?»

Son interlocuteur hésita. « Elle est extrêmement bouleversée.

— C'est à elle de décider.

— Elle me fait signe que oui.

— Très bien. »

Une voix féminine résonna à l'autre bout de la ligne : « Allô ?

— Madame Ackerman, ici la Présidente. Je vous présente toutes mes condoléances. »

Elle entendit des sanglots qui lui firent monter les larmes aux yeux.

À l'arrière-plan, le mari demanda : « Veux-tu me repasser le téléphone, chérie ?

— Madame Ackerman, reprit Pauline, votre fils a trouvé la mort dans une opération de la plus extrême importance.

— Il est mort en Afrique, balbutia Mme Ackerman.

— En effet. Notre armée sur place…

— En Afrique ! Pourquoi l'avez-vous envoyé mourir en Afrique ?

— Dans ce petit monde…

— Il est mort pour l'Afrique. Qu'est-ce qu'on en a à faire de l'Afrique ?

— Je comprends votre émotion, madame Ackerman. Je suis une maman, moi aussi…

— Je n'arrive pas croire que vous ayez fichu sa vie en l'air comme ça ! »

Pauline aurait voulu dire *Je n'arrive pas non plus à le croire, madame Ackerman, et j'en ai le cœur brisé.* Mais elle garda le silence.

Au bout d'un moment, Phil Ackerman reprit la communication. « Veuillez l'excuser.

— Je vous en prie, monsieur, c'est tout naturel. Votre épouse a subi une terrible perte. Dites-lui bien qu'elle a toute ma sympathie.

— Merci, madame.

— Au revoir, monsieur Ackerman.

— Au revoir, madame la Présidente. »

*

Le débriefing occupa le reste de la journée.

L'armée était d'avis que toute cette affaire avait été un piège : une fausse information les avait attirés vers le pont, où une embuscade avait été dressée. Susan Marcus en était absolument convaincue.

La CIA refusait cette interprétation, qui donnait une mauvaise image de Dexter, sous-entendant qu'il avait fait confiance à un informateur qui l'avait abusé. Dexter soutenait que c'était un renseignement parfaitement solide et que les djihadistes présents sur le pont piétonnier, paniqués en voyant l'armée arriver en force, avaient appelé des renforts.

À dix-huit heures, Tamara n'éprouvait plus aucun intérêt pour toutes ces explications oiseuses. Elle était mentalement meurtrie. De retour chez elle, elle envisagea de se mettre au lit immédiatement, mais elle savait qu'elle ne dormirait pas. L'image du corps sans vie de Peter lui revenait sans cesse à l'esprit, en même temps que celle du crâne fracassé de l'homme au visage émacié qu'elle avait tué.

Elle n'avait pas envie de rester seule et se rappela soudain qu'elle avait rendez-vous avec Tab. Il saurait quoi faire, elle le sentait instinctivement. Elle prit une douche et enfila des vêtements propres, un jean et un tee-shirt avec un foulard par souci des convenances. Puis elle fit venir une voiture.

Tab habitait un immeuble proche de l'ambassade de France. L'endroit n'était pas très cossu et elle devina qu'il aurait pu se payer mieux, mais était dans l'obligation d'occuper un logement de fonction agréé par les services diplomatiques.

Dès qu'il ouvrit la porte, il remarqua : « Vous avez l'air crevée. Entrez, asseyez-vous.

— Je viens de participer à une sorte de fusillade, expliqua-t-elle.

— Au pont de N'Gueli ? Nous en avons entendu parler. Vous y étiez ?

— Oui. Et Pete Ackerman est mort. »

Il lui prit le bras et la guida vers le canapé. « Je suis désolé pour lui. Et pour vous.

— En plus, j'ai tué un homme.

— Mon Dieu !

— C'était un djihadiste et il s'apprêtait à me tirer dessus. Je ne regrette rien. » Elle se rendit compte qu'elle était capable de confier à Tab des choses qu'elle n'avait pas réussi à dire au débriefing. « Mais c'était un être humain. Il était vivant, il bougeait, il pensait. Et puis, j'ai pressé sur la détente et il était mort, un cadavre ; je ne réussis pas à le chasser de mes pensées. »

Un seau à glace contenant une bouteille de vin blanc ouverte était posé sur la table basse. Il en versa dans un verre qu'il lui tendit. Après avoir bu une petite gorgée, elle le reposa. « Est-ce que vous m'en voudriez beaucoup si nous n'allions pas au restaurant ?

— Bien sûr que non. Je vais annuler ma réservation.

— Merci. »

Il sortit son téléphone. Pendant qu'il appelait, elle parcourut la pièce des yeux. L'appartement était modeste, mais luxueusement meublé, avec de profonds fauteuils moelleux et d'épais tapis. Elle remarqua un écran de télévision géant et une chaîne hi-fi sophistiquée avec de gros haut-parleurs posés au sol. Son verre à vin était en cristal.

Son regard fut ensuite attiré par deux photographies

dans des cadres d'argent posés sur une petite table. L'une représentait un homme au teint mat en costume chic, accompagné d'une élégante blonde d'âge moyen, les parents de Tab, de toute évidence. Sur l'autre, on voyait une petite femme arabe à l'air farouche, fièrement campée devant un magasin : certainement sa grand-mère de Clichy-sous-Bois.

Quand il rangea son téléphone, elle lui dit : « Changeons de sujet. Quel genre d'enfant étiez-vous ? »

Il sourit. « J'ai fréquenté un établissement scolaire bilingue, l'Ermitage International School. J'étais bon élève, sans être pourtant un garçon modèle, et de loin.

— Ah bon ? Qu'avez-vous fait comme bêtises ?

— Oh, rien que de très banal. Un jour, j'ai fumé un joint juste avant le cours de maths. Le prof ne comprenait pas pourquoi j'étais soudain devenu complètement idiot. Il a cru que je faisais le pitre exprès, pour attirer l'attention.

— Quoi d'autre ?

— J'ai fait partie d'un groupe de rock. On avait pris un nom américain, bien sûr : The Boogie Kings.

— Vous étiez bon ?

— Nul. J'ai été viré après notre premier concert. J'étais à peu près aussi bon batteur que danseur. »

Elle pouffa, pour la première fois depuis la fusillade.

« Le groupe s'est nettement amélioré après mon départ, ajouta-t-il.

— Vous aviez des petites amies ?

— C'était un établissement mixte, alors oui, évidemment. »

Elle remarqua que son regard se perdait dans le vide. « À qui pensez-vous ? »

Il eut l'air vaguement embarrassé. « Oh…

— Vous n'êtes pas obligé de me répondre. Je ne voudrais pas être indiscrète.

— Ce n'est pas ça, mais si je vous le dis, vous allez me prendre pour un frimeur.

— S'il vous plaît.

— C'était la prof d'anglais. »

Tamara s'étrangla de rire – pour la deuxième fois de la soirée. Elle commençait à se sentir mieux. « Elle était comment ?

— Vingt-cinq ans, par là. Jolie, blonde. On s'embrassait dans la réserve de fournitures scolaires.

— Vous vous embrassiez ? C'est tout ?

— Non.

— Oh, le vilain !

— J'étais fou d'elle. Je voulais m'enfuir de l'école, prendre l'avion pour Las Vegas et me marier.

— Et ça s'est terminé comment ?

— Elle a obtenu un poste dans un autre établissement et elle est sortie de ma vie. J'ai eu le cœur brisé. Mais les cœurs brisés se recollent vite quand on a dix-sept ans.

— Peut-être cela valait-il mieux pour vous, non ?

— Oui, sûrement. Elle était super mais vous savez, il faut tomber amoureux et rompre plusieurs fois avant de savoir ce qu'on cherche vraiment. »

Elle hocha la tête. Elle le jugeait très raisonnable. « Je comprends ce que vous voulez dire.

— C'est vrai ? »

Elle lâcha : « J'ai été mariée deux fois.

— Alors ça ! » Il sourit, effaçant ainsi ce que sa stupéfaction pouvait avoir de blessant. « Racontez-moi tout, si vous voulez bien. »

Elle ne demandait pas mieux, heureuse qu'on lui rappelle qu'il y avait autre chose dans la vie que les armes et les tueries. « Stephen était une erreur d'adolescence, rien de plus, commença-t-elle. Nous nous sommes mariés quand j'étais en première année de fac, et nous

nous sommes séparés avant les vacances d'été. Ça fait des années que je ne lui ai pas adressé la parole, et je ne sais même pas où il vit.

— Exit Stephen, dit-il. Si ça peut vous consoler, j'ai vécu quelque chose de comparable avec une certaine Anne-Marie. À cette différence près que je ne l'ai pas épousée. Mais parlez-moi du numéro deux.

— Avec Jonathan, c'était vraiment sérieux. Nous avons vécu quatre ans ensemble. Nous nous aimions profondément et, en un sens, nous nous aimons toujours. » Elle s'interrompit, plongée dans ses pensées.

Tab attendit quelques instants, avant de l'encourager doucement. « Que s'est-il passé ?

— Jonathan est gay.

— Oh, une situation délicate.

— Je ne le savais pas au début, bien sûr, et lui non plus, je crois, bien qu'il ait fini par admettre qu'il s'était toujours interrogé sur son orientation sexuelle.

— Mais vous vous êtes séparés en bons termes.

— On ne peut même pas vraiment parler de séparation. Nous sommes toujours proches, aussi proches qu'on puisse l'être évidemment quand on vit à plusieurs milliers de kilomètres de distance.

— Mais vous avez divorcé ? » insista-t-il.

Cela paraissait avoir de l'importance pour lui, pour quelque mystérieuse raison. « Oui, nous avons divorcé, répondit-elle d'une voix ferme. Et il s'est remarié, avec un homme. » Elle voulait en savoir plus long sur lui. « Et vous ? Avez-vous été marié ? Certainement, si vous avez… quoi ? trente-cinq ans ?

— Trente-quatre, et non, je ne me suis jamais marié.

— Ne me dites pas que vous n'avez pas eu au moins une relation sérieuse, après votre prof d'anglais.

— Si, bien sûr.

— Pourquoi ne vous êtes-vous pas marié ?

— Hum... Je pense que mon expérience a ressemblé à la vôtre, sauf que je n'ai jamais sauté le pas. J'ai eu des liaisons d'un soir, des aventures calamiteuses et de rares rencontres avec des femmes vraiment super avec lesquelles j'ai eu des relations qui ont duré longtemps... mais pas éternellement. »

Tamara reprit un peu de vin. Il était délicieux, remarqua-t-elle.

Tab commençait à lui ouvrir son cœur et elle espérait qu'il continuerait. Les morts du matin rôdaient encore au fond de son esprit comme autant de fantômes qui n'attendaient que le moment opportun pour lui sauter dessus, mais cette conversation lui apportait un vrai réconfort. « Parlez-moi d'une de ces femmes super, dit-elle. Je vous en prie.

— Si vous voulez. J'ai vécu avec Odette pendant trois ans à Paris. Elle est linguiste, elle parle plusieurs langues et gagne sa vie comme traductrice, essentiellement du russe vers le français. Elle est incroyablement intelligente.

— Et... ?

— Quand j'ai été envoyé ici, je lui ai demandé de m'épouser et de m'accompagner.

— Ah, c'était donc vraiment sérieux. » Tamara ne put se défendre d'un certain désarroi en apprenant qu'il était allé jusqu'à vouloir se marier. Quelle bécasse je fais, songea-t-elle.

« De mon côté en tout cas, oui. Et elle aurait parfaitement pu continuer son travail de traductrice ici, au Tchad. Tout se fait à distance dans ce métier, de toute façon. Mais elle a refusé. Alors j'ai dit ça ne fait rien, marions-nous quand même et je refuse cette affectation. C'est alors qu'elle m'a déclaré que, de toute façon, elle ne voulait pas se marier.

— Aïe. »

Il haussa les épaules avec une feinte indifférence. «J'étais plus épris qu'elle, et je l'ai appris à mes dépens.»

Sa désinvolture n'était pas très convaincante. Tamara voyait bien qu'il avait été blessé. Elle avait envie de le prendre dans ses bras.

Il esquissa un geste comme s'il voulait chasser tous ces souvenirs. «Assez ressassé ces misères anciennes. Vous n'avez pas envie de manger quelque chose?

— Si, volontiers, répondit-elle. Je n'ai rien avalé de la journée, cette affaire m'avait coupé l'appétit, mais maintenant, j'ai une faim de loup.

— Voyons ce que j'ai au frigo.»

Elle le suivit dans sa petite cuisine. Il ouvrit la porte du réfrigérateur et annonça: «Des œufs, des tomates, une grosse pomme de terre, et un demi-oignon.

— Vous préférez peut-être sortir?» Elle espérait qu'il dirait non: elle ne se sentait pas encore d'attaque pour aller au restaurant.

«Mais non, pensez-vous! Il y a de quoi préparer un festin.»

Il coupa la pomme de terre en dés et la mit à rissoler, prépara une salade de tomates aux oignons, puis battit les œufs pour faire une omelette. Ils se juchèrent sur des tabourets devant l'étroit comptoir de la cuisine pour manger. Tab leur resservit du vin blanc.

Il avait raison, c'était un festin.

Une fois rassasiée, elle se sentit redevenir humaine. «Je crois qu'il faut que j'y aille», dit-elle à contrecœur. Elle savait que quand elle se glisserait dans son lit, seule dans son appartement, les fantômes surgiraient et la trouveraient sans défense.

«Rien ne vous oblige à partir, remarqua-t-il.

— Je ne sais pas…

— Je comprends ce que vous pensez.

— Vraiment?

— Permettez-moi simplement de dire que quoi que vous décidiez, ce sera parfait pour moi.

— Je n'ai pas envie de dormir seule cette nuit.

— Alors dormez avec moi.

— Mais je n'ai pas non plus envie de sexe.

— Ce n'est pas un problème.

— Vous êtes sûr? Pas de baisers, ni rien? Vous accepteriez de me prendre dans vos bras et de me tenir contre vous le temps que je m'endorme?

— Je ne demande pas mieux. »

Et c'est ce qu'il fit.

6

Ce matin à Pékin, l'air était respirable. La présentatrice météo l'avait annoncé et comme il lui faisait confiance, Chang Kai enfila sa tenue de cycliste. Il put constater la justesse de cette prévision dès sa première inspiration au sortir de son immeuble. Il n'en mit pas moins un masque avant d'enfourcher son engin.

Il avait un vélo de route Fuji-ta à cadre en alliage d'aluminium ultraléger et à fourche avant en fibre de carbone. Lorsqu'il appuya sur les pédales, il eut l'impression que sa bicyclette n'était pas plus lourde qu'une paire de chaussures.

Aller au travail à vélo était la seule activité physique qui trouvait place dans l'emploi du temps chargé de Kai. En raison des monstrueux embouteillages de Pékin, il ne mettait pas plus de temps qu'en voiture et ne perdait donc pas une minute de sa journée de travail.

Il avait besoin d'exercice. Il avait quarante-cinq ans et sa femme, Tao Ting, n'en avait que trente. Grand et mince, il était encore en pleine forme, mais cette différence d'âge était pour lui un souci constant et il mettait un point d'honneur à être aussi fringant et dynamique que Ting.

La rue où il habitait était un boulevard passant où des voies cyclables dédiées séparaient les milliers de cyclistes des centaines de milliers d'automobilistes. Des gens de toutes sortes circulaient à vélo : des ouvriers, des écoliers, des coursiers en uniforme, et même d'élégantes employées de bureau en jupe. Pour s'engager dans une rue latérale à partir de cette artère, Kai dut franchir les voies réservées aux quatre roues, se faufilant entre les camions et les limousines, les taxis à flancs jaunes et les autobus à toit rouge.

Tout en poussant énergiquement sur les pédales, il pensait tendrement à Ting. C'était une actrice, belle et séduisante dont la moitié des hommes de Chine étaient amoureux. Kai et Ting étaient mariés depuis cinq ans et il était fou d'elle comme au premier jour.

Son père avait désapprouvé cette union. Hormis les hommes politiques chargés d'éclairer les masses, tous les gens qu'on voyait à la télévision étaient superficiels et frivoles aux yeux de Chang Jianjun. Il aurait préféré que Kai épouse une scientifique ou une ingénieure.

La mère de Kai était aussi conservatrice que son mari, mais moins dogmatique. « Le jour où tu la connaîtras assez bien pour ne plus ignorer aucun de ses défauts, aucun de ses travers, si tu l'adores toujours, tu pourras être sûr que c'est bien l'amour de ta vie, lui avait-elle dit. C'est ce que j'éprouve pour ton père. »

Il rejoignit le district de Haidian au nord-ouest de la ville et s'engagea sur un vaste site proche du palais d'Été, où était situé le siège du ministère de la Sécurité d'État, le Guojia Anquan Bu en mandarin, Guoanbu en abrégé. C'était le service d'espionnage responsable du renseignement intérieur et extérieur de la Chine.

Il rangea sa bicyclette dans le râtelier à vélos. Le souffle encore court et en nage après l'effort, il pénétra dans le plus grand des bâtiments du complexe. Malgré l'importance du ministère, son entrée était pitoyable, avec un mobilier anguleux qui avait été d'un modernisme exaltant du temps de Mao. Le portier inclina respectueusement la tête. Kai était vice-ministre du

158

Renseignement extérieur, chargé en tant que tel de la section étrangère des services secrets chinois. Le vice-ministre du Renseignement intérieur et lui occupaient des postes d'égale importance et étaient placés sous les ordres du ministre de la Sécurité.

Kai était jeune pour exercer une fonction aussi prestigieuse. C'était un homme d'une intelligence redoutable. Après des études d'histoire à l'université de Pékin – qui pouvait se flatter d'avoir le meilleur institut d'études historiques de toute la Chine –, il avait passé un doctorat d'histoire américaine à Princeton, aux États-Unis. Cependant, ses remarquables facultés intellectuelles ne suffisaient pas à expliquer sa rapide ascension. Ses origines familiales avaient joué un rôle tout aussi important. Son arrière-grand-père avait en effet participé à la légendaire Longue Marche de Mao Zedong, et sa grand-mère avait été ambassadrice de Chine à Cuba. Son père était actuellement vice-président de la commission de Sécurité nationale, le groupe qui prenait toutes les décisions essentielles en matière de politique extérieure et de sécurité.

En un mot, Kai appartenait à la famille royale communiste. Le langage courant possédait un mot pour désigner les gens comme lui, les enfants des puissants : il était un *tai zi dang*, un petit prince, une expression que l'on n'employait pas ouvertement mais que l'on prononçait tout bas, entre amis, la main devant la bouche.

C'était un terme désobligeant, mais Kai était bien décidé à utiliser sa position pour servir son pays, et il se rappelait ce vœu chaque fois qu'il entrait au siège du Guoanbu.

Les Chinois s'étaient crus en danger quand ils étaient pauvres et faibles. Ils s'étaient trompés. En ce temps-là, personne n'avait sérieusement songé à les éliminer. La Chine était désormais en passe de devenir le pays le plus riche et le plus puissant de la planète. Sa population était la plus nombreuse et la plus intelligente du monde et tout la destinait à s'imposer à la tête des nations, ce qui lui faisait courir un grave danger. Ceux qui gouvernaient le monde depuis des siècles – les Européens et les Américains – étaient terrifiés. Ils voyaient la domination mondiale leur échapper des mains, jour après jour. Ils étaient convaincus de devoir détruire la Chine s'ils ne voulaient pas être détruits par elle. Rien ne les arrêterait.

S'y ajoutait un terrible précédent. Les communistes russes, inspirés par la philosophie marxiste qui avait également été le moteur de la révolution chinoise, avaient tout fait pour que leur pays devienne le plus puissant du monde – et avaient été renversés par un véritable tremblement de terre. Kai, comme tous les représentants des instances supérieures du gouvernement, était obsédé par la chute de l'Union soviétique et redoutait que la Chine ne subisse le même sort.

Tel était le motif de l'ambition de Kai. Il voulait devenir président pour veiller à ce que la Chine soit à la hauteur de son destin.

Il n'estimait pas être l'homme le plus intelligent de son pays. Il avait croisé à l'université des mathématiciens et des scientifiques dont les capacités dépassaient largement les siennes. Néanmoins, personne n'était plus compétent que lui pour guider le pays vers la réalisation de ses objectifs. Il ne l'aurait jamais affirmé tout haut, même à Ting, de peur de se voir taxer d'arrogance. Cela ne l'empêchait pas d'en être secrètement convaincu, et d'être bien décidé à le prouver.

La seule méthode efficace pour aborder une tâche herculéenne était de la diviser en éléments traitables, et le petit défi que Kai devait relever ce jour-là était la résolution sur le commerce des armes présentée par les États-Unis aux Nations unies.

Des pays comme l'Allemagne et la Grande-Bretagne appuieraient le texte américain par tradition ; d'autres, comme la Corée du Nord et l'Iran, s'y opposeraient tout aussi automatiquement. Le résultat dépendrait donc de la décision des nombreux pays non alignés. Kai avait appris la veille que les ambassadeurs des États-Unis en poste dans plusieurs pays émergents étaient intervenus auprès de leurs gouvernements hôtes pour les convaincre de soutenir ce projet. Kai soupçonnait la présidente Green d'orchestrer en catimini une manœuvre diplomatique massive. Aussi avait-il donné ordre à toutes les équipes de renseignement du Guoanbu en mission dans des pays neutres d'établir immédiatement si leurs gouvernements avaient subi des pressions, et avec quel résultat.

Les conclusions de cette enquête devaient être sur son bureau.

Il sortit de l'ascenseur au quatrième étage, où se trouvaient trois cabinets, celui du ministre et ceux des deux vice-ministres. Leurs assistants occupaient des pièces adjacentes. Aux échelons inférieurs, l'organisation du siège était divisée en départements géographiques appelés bureaux – le bureau des États-Unis, le bureau du Japon – et en divisions techniques comme celle du renseignement d'origine électromagnétique, celle du renseignement par satellite ou celle de la cyberguerre.

Kai rejoignit son service, saluant les secrétaires et les assistants au passage. Si les bureaux et les sièges étaient purement fonctionnels, faits de contreplaqué mélaminé et de métal peint, en revanche, les ordinateurs et les téléphones étaient à la pointe de la technique. Il trouva sur son propre bureau une pile soigneusement ordonnée de messages émanant des chefs de poste du Guoanbu dans les ambassades du monde entier, réponses à sa demande de la veille.

Avant de les lire, il passa dans sa salle de bains privée, retira sa tenue de cycliste et prit une douche. Il conservait sur place un costume gris foncé, confectionné pour lui par un tailleur pékinois qui s'était formé à Naples et savait obtenir le look décontracté à la mode. Il avait apporté dans son sac à dos une chemise blanche et une cravate bordeaux. Il s'habilla rapidement et ressortit, prêt à entamer sa journée de travail.

Comme il le craignait, ces messages révélaient que le Département d'État américain avait mené discrètement une campagne de lobbying énergique et de grande envergure, avec un succès non négligeable. La conclusion inquiétante était que la résolution présentée par la présidente Green à l'ONU avait de bonnes chances d'être adoptée. Il se félicita d'avoir repéré la manœuvre à temps.

Les Nations unies n'avaient guère le pouvoir d'imposer leur volonté, mais ce texte avait valeur de symbole. S'il était voté, Washington s'en servirait dans le cadre de sa propagande antichinoise. À l'inverse, son rejet renforcerait la Chine.

Kai prit la pile de documents et longea le couloir jusqu'au service du ministre. Il traversa l'open space qui précédait le bureau de son assistante personnelle et demanda à celle-ci : « Le ministre est-il disponible pour une affaire urgente ? »

Elle prit son téléphone et posa la question. Au bout de quelques secondes, elle répondit : « Le vice-ministre Li Jiankang est avec lui, mais vous pouvez y aller. »

Kai se rembrunit. Il aurait préféré voir le ministre seul, mais ne pouvait pas reculer. Il remercia et entra.

Fu Chuyu, le ministre de la Sécurité, était un homme d'environ soixante-cinq ans, fidèle de longue date du

Parti communiste chinois. Son bureau était nu, à l'exception d'un paquet de cigarettes doré de la marque Double Bonheur, d'un briquet en plastique bon marché et d'un cendrier fait dans une douille d'obus. Le cendrier était déjà à moitié plein, et une cigarette allumée était posée au bord.

« Bonjour monsieur, dit Kai. Merci de me recevoir aussi rapidement. »

Son regard se posa ensuite sur l'autre occupant de la pièce, Li Jiankang. Kai n'émit aucun commentaire, mais son expression était éloquente : *Qu'est-ce qu'il vient faire ici, celui-là ?*

Fu prit sa cigarette, tira dessus, rejeta un nuage de fumée et répondit : « Nous étions en train de discuter, Li et moi. Mais dites-moi pourquoi vous vouliez me voir. »

Kai lui exposa la question de la résolution américaine.

Le visage de Fu se rembrunit. « C'est un problème, en effet », admit-il. Il ne remercia pas Kai.

« Par bonheur, j'ai éventé cette machination très tôt, remarqua Kai, soulignant qu'il avait donné l'alerte avant tout le monde. Je pense qu'il n'est pas trop tard pour redresser la situation.

— Nous devons en parler au ministre des Affaires étrangères. » Fu consulta sa montre. « Malheureusement, je dois prendre l'avion pour Shanghai dans quelques instants.

— Je serais heureux de m'en charger, monsieur. »

Fu hésita. Sans doute ne souhaitait-il pas que Kai parle directement à son homologue des Affaires étrangères : cela lui conférait une trop grande importance. L'inconvénient d'être un petit prince était que ce statut privilégié éveillait certains ressentiments. Fu préférait Li, un traditionaliste comme lui. Mais il lui était évidemment impossible d'annuler un déplacement à

Shanghai simplement pour empêcher Kai de s'entretenir avec le ministre des Affaires étrangères.

Fu acquiesça donc à contrecœur : « Très bien. »

Kai se retournait déjà pour s'éloigner, quand Fu le retint. « Avant que vous partiez…

— Monsieur ?

— Asseyez-vous. »

Kai obtempéra, pris d'un mauvais pressentiment.

Fu se tourna vers Li : « Peut-être serait-il bon de transmettre à Chang Kai l'information que vous venez de me communiquer. »

Li n'était pas beaucoup plus jeune que le ministre et il fumait, lui aussi. Les deux hommes avaient adopté la même coiffure que Mao, épais sur le dessus et sur les côtés, mais court. Ils portaient les costumes de coupe carrée et raide qu'affectionnaient les vieux communistes traditionnels. Kai savait pertinemment qu'ils le considéraient comme un dangereux jeune radical que des hommes plus âgés, plus expérimentés, devaient avoir à l'œil.

« Je viens de recevoir un rapport émanant des studios Beaux Films. »

Kai sentit une main glacée lui étreindre le cœur. Le travail de Li consistait à surveiller les citoyens chinois mécontents, et il en avait certainement repéré un sur le lieu de travail de Ting. Sans doute s'agissait-il de quelqu'un qui était proche de sa femme, voire de Ting elle-même. Elle n'avait rien d'un élément subversif et ne s'intéressait pas beaucoup à la politique. Mais elle était imprudente, et il lui arrivait de dire ce qui lui passait par la tête sans prendre le temps de réfléchir.

Li cherchait à atteindre Kai par l'intermédiaire de sa femme. D'autres hommes auraient eu honte d'attaquer quelqu'un en menaçant sa famille, mais les services secrets chinois ne s'étaient jamais embarrassés de tels scrupules. Et ces manœuvres étaient efficaces. Si Kai était capable de tenir tête à une attaque personnelle, il ne pouvait supporter que Ting souffre à cause de lui.

«On a surpris des propos critiques à l'égard du parti», poursuivit Li.

Kai chercha à dissimuler son désarroi. «Je vois, murmura-t-il d'un ton neutre.

— Je suis au regret de vous informer que votre épouse, Tao Ting, a participé à certaines de ces conversations.»

Kai jeta un regard de haine et de mépris à Li, qui n'éprouvait manifestement aucun regret. Bien au contraire : il était ravi de porter une accusation contre l'actrice.

L'affaire aurait pu être traitée différemment. S'il avait été mieux disposé à son égard, Li aurait informé Kai de ce problème discrètement, en privé. Mais il avait préféré s'adresser au ministre, afin de lui causer le plus de torts possible. C'était un acte d'hostilité pure et simple.

Kai songea qu'une tactique aussi fourbe était le fait d'un homme conscient d'être incapable de s'élever par le mérite. Mais la consolation était maigre. Il était écœuré.

«C'est grave, intervint Fu. Tao Ting n'est pas sans influence. Elle est sans doute plus célèbre que moi!»

C'est sûr, espèce d'idiot, songea Kai. C'est une vedette, et toi, tu n'es qu'un vieux bureaucrate coincé. Toutes les femmes veulent lui ressembler. Personne n'aurait envie d'être comme toi.

«Mon épouse ne manque aucun épisode d'*Idylle au palais*, reprit Fu. À croire que ça l'intéresse plus que les informations.» Il en était visiblement dépité.

Kai ne fut pas surpris. Sa mère regardait cette série, elle aussi, mais uniquement en l'absence de son père.

Il se ressaisit et serra les dents pour rester courtois

et impassible. «Merci, Li, dit-il. Je suis heureux que vous m'ayez informé de ces allégations.» Il appuya distinctement sur le terme d'*allégations*. Sans nier frontalement les accusations de Li, il rappelait à Fu que ce genre de rapports ne brillaient pas toujours par leur véracité.

Le sous-entendu parut agacer Li, qui garda pourtant le silence.

«Dites-moi, poursuivit Kai. Qui est à l'origine de ce rapport?

— Le responsable du parti communiste des studios», répondit Li sur-le-champ.

C'était une réponse évasive. Tous les rapports de ce genre émanaient de responsables du parti communiste. Kai aurait voulu connaître l'identité précise du délateur. Pourtant, il n'insista pas. Il se tourna vers Fu. «Souhaitez-vous que j'en parle à Ting discrètement, avant que le ministère n'intervienne officiellement?»

Li se hérissa. «Les enquêtes sur les affaires de subversion sont du ressort du ministère de l'Intérieur, et non des familles des accusés», observa-t-il d'un ton de dignité blessée.

Le ministre hésita. «Il est habituel de faire preuve d'une certaine souplesse dans ce genre de cas. Il ne s'agirait pas de compromettre à tort des personnalités en vue. Le parti n'a rien à y gagner.» Il se tourna vers Kai. «Voyez ce que vous pouvez apprendre sur cet incident.

— Merci.

— Mais faites vite. Je veux un rapport sous vingt-quatre heures.

— Vous l'aurez, monsieur le ministre.»

Kai se leva et se dirigea vers la porte d'un pas vif. Li ne le suivit pas. Il allait continuer à répandre son fiel dans l'oreille du ministre, c'était certain, et Kai n'y pouvait rien. Il sortit.

Il voulait parler à Ting le plus tôt possible, mais à son grand agacement, il dut la chasser provisoirement de son esprit. Il fallait d'abord régler le problème de l'ONU. De retour dans son service, il s'adressa à sa secrétaire en chef, Peng Yawen, une femme d'âge mûr guillerette, aux cheveux gris courts et à lunettes : « Appelez le bureau du ministre des Affaires étrangères, s'il vous plaît. Dites que j'aimerais voir le ministre pour lui transmettre une information urgente touchant la sécurité. Son heure sera la mienne.

— Bien, monsieur. »

Kai ne pouvait pas bouger avant que le rendez-vous soit fixé. Les studios Beaux Films n'étaient qu'à quelques pas du siège du Guoanbu, alors que le ministère des Affaires étrangères se trouvait à des kilomètres, dans le district de Chaoyang où étaient installées de nombreuses ambassades et entreprises étrangères. Si la circulation était dense, le trajet pouvait prendre une bonne heure.

Tracassé, il regarda par la fenêtre, au-delà des toits disparates coiffés de paraboles et d'antennes radio, jusqu'à la rocade qui contournait le complexe du Guoanbu. La circulation paraissait fluide, mais cela pouvait changer d'un instant à l'autre.

Heureusement, les Affaires étrangères répondirent rapidement à son message. « Le ministre vous recevra à midi », lui annonça Peng Yawen. Kai consulta sa montre. Il avait largement le temps. Yawen ajouta : « J'ai prévenu Moine. Il devrait être dehors à vous attendre. » Le chauffeur de Kai avait perdu ses cheveux précocement, ce qui lui avait valu le surnom de Heshang, Moine.

Kai rangea les messages des ambassades dans un classeur et prit l'ascenseur pour descendre.

Sa voiture se traîna à travers le centre de Pékin. Il

aurait été plus rapide à vélo. En chemin, il réfléchit au projet de résolution des Nations unies, mais son esprit en revenait toujours à ses inquiétudes au sujet de Ting. Qu'avait-elle dit exactement? Il s'obligea à se concentrer sur le problème créé par les Américains. Il fallait qu'il trouve une solution à proposer au ministre. Il finit par imaginer quelque chose, et à son arrivée au 2, Chaoyangmen Nandajie, son plan était prêt.

Le ministère des Affaires étrangères occupait un beau bâtiment élevé à la façade incurvée. Son entrée brillait de mille feux. Il s'agissait d'impressionner les visiteurs étrangers, contrairement au siège du Guoanbu, qui n'en recevait jamais aucun.

On conduisit Kai jusqu'à l'ascenseur et on l'escorta jusqu'au cabinet du ministre, encore plus somptueux peut-être que le hall d'entrée. Le bureau dont il se servait était un secrétaire de lettré de la dynastie Ming, et le vase en porcelaine bleu et blanc posé dessus devait dater de la même période. Il valait donc une fortune.

Wu Bai était un homme affable et bon vivant dont le principal objectif, en politique et dans la vie, était d'éviter les ennuis. Grand et séduisant, il portait un costume bleu à rayures tennis qui semblait venir de chez un faiseur londonien. Ses secrétaires l'adoraient, mais ses collègues le tenaient pour un homme sans envergure. Kai, pour sa part, considérait Wu Bai comme un atout pour son pays. Les dirigeants étrangers appréciaient son charme et s'entendaient bien avec lui, mieux qu'ils n'auraient jamais pu le faire avec un politicien chinois plus borné comme le ministre de la Sécurité Fu Chuyu.

«Entrez, Kai, dit Wu Bai aimablement. Quel plaisir de vous voir! Comment va votre mère? Vous ai-je déjà raconté que j'ai eu le béguin pour elle quand nous étions jeunes, avant qu'elle ne rencontre votre père?» Il arrivait à Wu Bai de tenir ce genre de propos à la mère de Kai et de la faire pouffer comme une collégienne.

« Elle va très bien, je vous remercie. Mon père également.

— Oh, je sais. Je le vois régulièrement, je siège avec lui à la commission de Sécurité nationale. Asseyez-vous. Qu'est-ce que c'est que cette histoire de Nations unies ?

— J'ai flairé quelque chose hier et j'en ai eu confirmation dans le courant de la nuit. Il m'a paru préférable de vous en informer sans tarder. » Il était toujours bon, Kai le savait, de signaler aux ministres qu'il leur communiquait les toutes dernières informations. Il répéta alors ce qu'il avait déjà appris au ministre de la Sécurité.

« On dirait que les Américains ont monté une sacrée magouille, remarqua Wu Bai avec un froncement de sourcils contrarié. Je m'étonne que mes hommes n'en aient pas eu vent.

— Pour être juste, ils n'ont pas les ressources dont nous disposons. Nous nous concentrons sur ce qui est secret, c'est notre boulot.

— Ces Américains ! s'écria Wu. Ils ne peuvent pas ignorer que nous détestons les terroristes musulmans autant qu'eux. Plus même.

— Beaucoup plus.

— Nos plus dangereux agitateurs sont les islamistes de la région du Xinjiang.

— Je ne vous le fais pas dire ! »

Wu Bai réprima son indignation. « Qu'allons-nous faire ? Voilà la question essentielle.

— Nous pourrions riposter à la campagne diplomatique américaine. Nos ambassadeurs pourraient essayer de convaincre les pays neutres de changer d'avis.

— Nous pouvons toujours essayer, bien sûr, fit Wu Bai sceptique. Mais les Présidents et les Premiers ministres n'aiment pas revenir sur leurs engagements, de crainte de donner une impression de faiblesse.

— Puis-je me permettre une suggestion ?

— Je vous en prie.

— Le gouvernement chinois opère des investissements massifs – des milliards de dollars au sens propre – dans un grand nombre des pays neutres dont le soutien nous est nécessaire. Nous pourrions les menacer de nous retirer de ces projets. Vous voulez votre nouvel aéroport, votre chemin de fer, votre usine pétrochimique ? Alors, votez avec nous – ou demandez à la présidente Green de vous financer. »

Wu Bai plissa le front. « Cette menace est impossible à appliquer. Nous n'allons tout de même pas pénaliser notre programme d'investissements à cause d'une satanée résolution de l'ONU.

— Non, bien sûr, mais l'intimidation pourrait suffire. Au besoin, nous pourrions nous retirer symboliquement d'un ou deux projets. Il sera toujours possible de les relancer par la suite. Apprendre que la construction d'un pont ou d'une école a été annulée inquiétera forcément ceux qui attendent une autoroute ou une raffinerie de pétrole. »

Wu Bai prit l'air pensif. « Ça pourrait marcher. De graves menaces, appuyées par un ou deux retraits de pure forme et réversibles. » Il consulta sa montre. « Je vois le Président cet après-midi. Je lui en parlerai. Je pense que l'idée devrait lui plaire. »

Kai était du même avis. Au cours des manœuvres précédant le choix d'un nouveau chef de l'État chinois – encore plus secrètes et plus byzantines que l'élection d'un pape –, le président Chen Haoran avait fait croire aux traditionalistes qu'il était dans leur camp. Cependant, depuis son accession au pouvoir, il avait, pour l'essentiel, pris des décisions pragmatiques.

« Merci, monsieur le ministre, dit Kai. Transmettez toutes mes amitiés à Mme Wu, s'il vous plaît.

— Je n'y manquerai pas. »

Kai sortit.

De retour dans l'entrée resplendissante, il appela Peng Yawen. Celle-ci lui transmit plusieurs messages, dont aucun n'exigeait son attention immédiate. Il estima avoir accompli une bonne matinée de travail pour la patrie et être libre de s'occuper à présent d'une affaire personnelle. Il sortit du bâtiment et demanda à Moine de le conduire aux studios Beaux Films.

C'était un long trajet à travers la ville, puisqu'il fallait presque revenir jusqu'au Guoanbu. En chemin, ses pensées se tournèrent vers Ting. S'il était passionnément amoureux d'elle, elle le déconcertait parfois et l'embarrassait même occasionnellement, comme en ce moment. Elle l'avait séduit en partie parce qu'il adorait la décontraction des gens de cinéma, leur ouverture d'esprit et leur manque d'inhibition. Ils plaisantaient beaucoup, notamment à propos de sexe. En même temps, il éprouvait une impulsion contraire, tout aussi puissante : le modèle des familles chinoises traditionnelles l'attirait. Il n'osait pas en parler à Ting, mais il aurait voulu qu'ils aient un enfant.

C'était un sujet qu'elle n'abordait jamais. Elle adorait être adorée. Elle aimait que des inconnus l'abordent pour lui réclamer un autographe. Elle s'abreuvait de leurs compliments et se nourrissait de l'excitation que suscitait sa simple apparition. Et puis, l'argent la grisait. Elle possédait une voiture de sport et toute une pièce remplie de luxueuses tenues, et avait une résidence secondaire sur l'île de Gulangyu à Xiamen, à deux mille kilomètres de la pollution de Pékin.

Elle n'avait nullement l'intention de prendre sa retraite pour devenir mère.

Pourtant, les aiguilles de l'horloge biologique tournaient. À partir de trente ans, elle aurait de plus en plus de mal à concevoir. Quand Kai y songeait, il était pris de panique.

Il n'en parlerait pas aujourd'hui. Un problème plus immédiat l'occupait.

Une petite foule d'admiratrices était massée devant l'entrée des studios, carnets d'autographes en main, lorsque la voiture de Kai approcha. Son chauffeur échangea quelques mots avec le gardien tandis que les femmes se pressaient contre les vitres, espérant apercevoir l'actrice ; reconnaissant Kai, elles eurent l'air déçues. Puis la barrière se leva et la voiture avança.

Moine savait s'orienter dans ce dédale d'affreux bâtiments industriels. En ce début d'après-midi, certains faisaient une pause déjeuner tardive : les gens de cinéma ne prenaient jamais leurs repas à heure fixe. Kai vit un superhéros en costume avaler des nouilles à même un bol en plastique, une princesse médiévale fumer une cigarette et quatre moines bouddhistes assis autour d'une table, en pleine partie de poker. La voiture passa devant plusieurs décors d'extérieur : un tronçon de la Grande Muraille, qui n'était qu'une construction en bois peint soutenue par un échafaudage d'acier moderne ; la façade d'un édifice de la Cité interdite et l'entrée d'un poste de police new-yorkais auquel ne manquait même pas la pancarte « 78e commissariat ». Ici, n'importe quel fantasme pouvait se réaliser. Kai adorait cet endroit.

Moine se gara devant un bâtiment qui avait tout d'un entrepôt, percé d'une petite porte identifiée par un écriteau manuscrit indiquant *Idylle au palais*. On n'aurait pu imaginer un lieu qui ressemblât moins à un palais. Kai entra.

Il connaissait bien le labyrinthe de couloirs ouvrant

sur des loges, des réserves de costumes, des studios de maquillage et de coiffure, et des magasins d'équipement électrique. Des techniciens en jean coiffés de casques le saluèrent aimablement : ils connaissaient tous l'heureux mari de la vedette.

Ayant appris que Ting était sur le plateau, il suivit une tresse entortillée de gros câbles qui passait derrière des décors pour rejoindre une porte au-dessus de laquelle une lumière rouge était allumée, interdisant l'entrée. Kai savait qu'il pouvait ignorer ce signal à condition de ne faire aucun bruit. Il se glissa à l'intérieur. Un calme feutré régnait dans la vaste salle.

La scène se déroulait au début du XVIIIe siècle, avant que la première guerre de l'opium ne sonne le glas de la dynastie Qing. Cette époque passait pour l'âge d'or de la civilisation chinoise traditionnelle, un temps où son érudition, son raffinement et sa richesse étaient incontestés, inspirant aux Chinois un sentiment voisin de la nostalgie de Versailles que pouvaient éprouver les Français ou de la mélancolie des Russes qui rêvaient encore des charmes de la Saint-Pétersbourg antérieure à la révolution.

Kai reconnut le décor, qui représentait la salle d'audience de l'empereur. Un trône se dressait sous un dais drapé, devant une fresque de paons et de végétation fantastique. Il en émanait une impression de fabuleuse richesse, jusqu'à ce qu'on y regarde de plus près et que l'on remarque l'étoffe bon marché et le bois nu que la caméra ne révélait pas.

La série était une saga familiale, qualifiée péjorativement d'« idol drama » par les esprits raffinés. Ting jouait le rôle de la concubine favorite de l'empereur. Elle était sur scène en cet instant précis, lourdement maquillée, le visage recouvert de poudre blanche et les lèvres écarlates. Ses cheveux, remontés en une coiffure complexe, étaient constellés de pierres précieuses, fausses, évidemment. Sa robe était censée être de soie ivoire luxueusement brodée de fleurs et d'oiseaux en vol, alors qu'elle n'était qu'en rayonne imprimée. Sa taille était d'une incroyable minceur, telle qu'elle était en réalité, mais sa finesse était encore accentuée par une vaste tournure.

Elle donnait l'impression d'une créature innocente et précieuse comme une porcelaine. L'intérêt du personnage était qu'elle n'était pas aussi pure ni aussi douce qu'elle le paraissait – et de loin. Elle pouvait être terriblement venimeuse, inconsidérément cruelle, et sexy comme une bombe. Les téléspectateurs l'adoraient.

Ting était la grande rivale de la première épouse de l'empereur, laquelle n'était pas sur scène. L'empereur, en revanche, était là, assis sur son trône, vêtu d'un manteau de soie orange aux manches très évasées qui recouvrait une longue robe multicolore. Il était coiffé d'un chapeau surmonté d'une petite pointe et une moustache tombante lui barrait le visage. Le personnage était incarné par Wen Jin, un acteur de haute taille, aux traits romantiques, la coqueluche de millions de Chinoises.

Très en colère, Ting tançait l'empereur, la tête rejetée en arrière, ses yeux lançant des éclairs de défi. Dans cette attitude, elle était incroyablement désirable. Kai ne comprenait pas tout ce qu'elle disait, parce que la salle était vaste et qu'elle parlait bas. Il savait, parce qu'elle le lui avait expliqué, que crier ne passait pas bien à la télévision et que les micros n'avaient aucun mal à capter ses vitupérations étouffées.

L'empereur se montrait tour à tour conciliant et cassant, mais il ne faisait que réagir aux propos de Ting, prenant rarement l'initiative, une retenue dont l'acteur qui jouait son rôle se plaignait fréquemment. Finalement, il l'embrassa. Le public attendait ces scènes avec impatience, car elles étaient rares : la télévision chinoise était plus pudibonde que l'américaine.

Le baiser fut tendre et prolongé, ce qui aurait pu éveiller la jalousie de Kai s'il n'avait pas su que Wen Jin était un homosexuel invétéré. L'étreinte se poursuivit pendant une durée peu réaliste, jusqu'à ce que la réalisatrice crie : «Coupez!» Tous se détendirent.

Ting et Jin s'écartèrent immédiatement l'un de l'autre. Ting se tapota les lèvres avec un mouchoir en papier qui était, Kai le savait, imprégné de désinfectant. Il se dirigea vers elle. Elle sourit, surprise, et se jeta dans ses bras.

Il n'avait jamais douté de l'amour de sa femme, mais si tel avait été le cas, son accueil l'aurait rassuré. Elle était manifestement ravie de le voir, même s'il ne s'était écoulé que quelques heures depuis qu'ils avaient pris le petit déjeuner ensemble.

«Pardon pour le baiser, chuchota-t-elle. Inutile de te dire que je n'y ai pris aucun plaisir.

— Il est pourtant bel homme, non?

— Jin n'est pas beau, il est mignon. Alors que toi, mon chéri, tu es beau.»

Kai éclata de rire. «Dans le genre taillé à la serpe, peut-être, et dans la pénombre.»

Elle fit écho à son rire et proposa : «Viens dans ma loge. J'ai une pause pendant qu'on installe le décor de la chambre à coucher.»

Elle passa devant lui, le tenant par la main. Une fois dans sa loge, elle ferma la porte. C'était une petite pièce ordinaire qu'elle avait égayée de quelques accessoires personnels : des affiches, une étagère de livres, une orchidée en pot, une photographie encadrée de sa mère.

175

Ting se défit rapidement de sa robe et s'assit dans ses sous-vêtements du XXIᵉ siècle. Kai ne put s'empêcher de sourire, charmé, devant cette apparition.

« Encore une scène et je pense qu'on va remballer pour la journée, lui annonça Ting. Cette réalisatrice ne perd pas son temps.

— Comment fait-elle pour être aussi efficace ?

— Elle sait ce qu'elle veut et elle a un plan. Avec elle, on ne chôme pas. Je serai contente de passer la soirée à la maison.

— Tu oublies, rectifia Kai avec regret, que nous dînons chez mes parents. »

Le sourire de Ting s'évanouit. « Flûte ! Tant pis.

— Je peux annuler si tu es trop fatiguée.

— Non. » Le visage de Ting changea et Kai comprit qu'elle endossait à présent le rôle de La Femme qui Affronte une Déception avec Courage. « Ta mère aura sûrement préparé un festin.

— Non, mais, franchement, ça m'est égal.

— Je sais, mais je tiens à être en bons termes avec tes parents. Je sais qu'ils comptent beaucoup pour toi, alors ils comptent aussi pour moi. Ne t'inquiète pas. Il n'est pas question d'annuler.

— Merci.

— Tu fais tant pour moi. Tu es un roc, et je sais que je peux toujours compter sur toi. La désapprobation de ton père n'est qu'un faible prix à payer.

— Je crois que, dans le fond, il t'aime bien. Il se croit obligé de jouer au puritain austère, c'est tout. Quant à maman, elle ne prétend même plus ne pas t'apprécier.

— Je finirai aussi par gagner le cœur de ton père. Mais qu'est-ce qui t'amène ici cet après-midi ? Vous ne croulez pas sous le travail, au Guoanbu ? Les Américains font preuve de compréhension et de bonne volonté à l'égard de la Chine ? La paix mondiale est imminente ?

176

— Si seulement ! Je suis venu à cause d'un petit problème. Quelqu'un soutient que tu critiques le parti communiste.

— Oh je t'en prie, quelle bêtise !

— Je m'en doute. Mais cette rumeur est arrivée aux oreilles de Li Jiankang et il s'est empressé de l'exploiter, pour me nuire. Quand le ministre prendra sa retraite, ce qui ne va pas tarder, Li veut lui succéder, alors que tous les autres souhaitent que ce poste me revienne.

— Oh, mon chéri ! Je suis navrée.

— Du coup, tu fais l'objet d'une enquête.

— Je sais qui m'a accusée. C'est Jin. Il est jaloux. Au début de la série, c'est lui qui était censé être la vedette. Maintenant, je suis plus populaire que lui et il m'a prise en grippe.

— Ces accusations sont-elles fondées ?

— Oh, qui saurait le dire ? Tu connais les gens de cinéma, ils passent leur temps à déblatérer, surtout au bar, en fin de tournage. Il n'est pas exclu que quelqu'un ait dit que la Chine n'est pas une démocratie et que j'aie acquiescé d'un signe de tête. »

Kai soupira. C'était parfaitement possible. Comme tous les services de sécurité, le Guoanbu était convaincu qu'il n'y avait pas de fumée sans feu. Des gens mal intentionnés pouvaient en profiter pour créer des ennuis à leurs ennemis. C'était un peu comme les procès en sorcellerie d'autrefois : une fois l'accusation lancée, il n'était pas difficile de trouver de prétendues preuves. Personne n'était jamais entièrement innocent.

Cependant, que Jin fût probablement à l'origine de cette rumeur donnait des arguments à Kai.

On frappa à la porte et Ting répondit : « Entrez ! »

Le chef de plateau, un jeune homme portant un maillot de foot de Manchester United, passa la tête dans l'embrasure de la porte : « Nous t'attendons, Ting. »

Pas plus Ting que lui ne semblaient conscients qu'elle était à moitié nue. C'était ainsi dans les studios : tout le monde était libre et sans complexe. Kai trouvait cela charmant.

Le chef de plateau repartit et Kai aida Ting à remettre son costume. Puis il l'embrassa. « On se voit à la maison », dit-il.

Ting s'éloigna et Kai se rendit au bâtiment de l'administration, qui abritait les bureaux du parti communiste.

Toutes les entreprises chinoises étaient surveillées par un groupe du parti chargé de contrôler ses activités ; et celles qui étaient liées de près ou de loin aux médias faisaient l'objet d'une attention particulière. Le parti lisait l'intégralité des scénarios et devait approuver toute la distribution. Les producteurs appréciaient les drames historiques parce que les événements du passé n'avaient pas beaucoup de répercussions actuelles, ce qui leur évitait de subir des ingérences trop pesantes.

Kai gagna le bureau de Wang Bowen, le secrétaire de la branche locale du parti.

La pièce était dominée par une grande photographie du président Chen, un homme en costume sombre et aux cheveux noirs soigneusement rabattus en arrière, semblable aux portraits d'un millier d'autres hauts responsables chinois. Sur le bureau trônait une autre photo de Chen, où on le voyait serrer la main de Wang.

Ce dernier était un homme insignifiant d'une trentaine d'années, aux poignets de chemise crasseux et au front dégarni. Les cadres chargés de la surveillance avaient tendance à être plus versés dans la politique que dans les affaires. Ils n'en étaient pas moins puissants et devaient être apaisés, comme des dieux courroucés. S'ils prenaient de mauvaises décisions, cela pouvait avoir des effets catastrophiques. Wang était arrogant avec les acteurs et les techniciens, à en croire Ting.

D'un autre côté, Kai était puissant lui aussi. C'était un petit prince. Les fonctionnaires communistes avaient beau se conduire fréquemment comme des brutes, ils n'en étaient pas moins subordonnés aux hauts cadres du parti. Wang commença par se répandre en salamalecs : «Entrez, entrez, Chang Kai, je vous en prie, asseyez-vous, quel plaisir de vous voir, j'espère que vous allez bien.

— Très bien, merci. Je suis passé voir Ting et j'ai eu envie d'en profiter pour venir vous parler. Entre nous, vous comprenez.

— Bien sûr», acquiesça Wang, visiblement ravi. Il était flatté que Kai souhaite se confier à lui.

Kai avait décidé de ne pas prendre la défense de Ting. On y verrait un aveu de culpabilité. Il adopta donc une autre approche. «Vous ne vous préoccupez certainement pas des potins de plateau, Wang Bowen», commença-t-il. En réalité, les potins étaient exactement ce qui intéressait Wang. «Mais peut-être vous serait-il utile d'apprendre que Wen Jin s'est pris d'une jalousie maladive à l'égard de Ting.

— J'ai entendu dire quelque chose de ce genre, répondit Wang, réticent à avouer son ignorance.

— Vous êtes fort bien informé. Vous n'ignorez donc pas que quand Jin a obtenu le rôle de l'empereur dans *Idylle au palais*, on lui avait promis qu'il tiendrait la vedette dans cette série. Or la popularité de Ting a désormais éclipsé la sienne, comme vous le savez.

— En effet.

— Si je vous en parle, c'est parce que l'enquête du Guoanbu a de bonnes chances de conclure que les accusations de Jin sont motivées par la rivalité personnelle et sont, dans l'ensemble, infondées. J'ai pensé que vous préféreriez peut-être en être averti.» C'était un mensonge. «Ting vous apprécie beaucoup.» C'était un nouveau mensonge, encore plus éhonté. « Nous ne voudrions pas que cela retombe sur vous. »

Wang eut l'air franchement inquiet. « Je ne pouvais que prendre ces dénonciations au sérieux, protesta-t-il.

— Bien sûr. C'est votre travail. Nous le comprenons fort bien, au Guoanbu. Je voulais simplement éviter que vous soyez pris par surprise. Peut-être voudrez-vous interroger à nouveau Jin et ajouter un bref complément à votre rapport, soulignant que l'animosité pourrait être à l'origine de ses propos.

— Ah, excellente idée ! Oui.

— Je ne voudrais surtout pas interférer, comprenez-moi bien. Mais *Idylle au palais* remporte un tel succès, les téléspectateurs apprécient tellement cette série qu'il serait vraiment dommage que des insinuations injusti-fiées viennent lui faire de l'ombre.

— Je suis bien de votre avis. »

Kai se leva. « Je ne peux pas m'attarder. Comme toujours, nous croulons sous le travail. J'imagine que vous aussi.

— En effet, renchérit Wang, parcourant des yeux la pièce qui ne contenait pas le moindre indice d'un travail acharné.

— Au revoir, camarade. J'ai été heureux de bavarder quelques instants avec vous. »

*

Les parents de Kai vivaient dans une sorte de villa, une maison spacieuse sur deux niveaux construite sur une petite parcelle d'un nouveau lotissement de ban-lieue densément peuplé destiné à des membres aisés de la classe moyenne supérieure. Ils avaient pour voisins de hauts fonctionnaires du gouvernement, des hommes d'affaires prospères, des officiers supérieurs de l'armée et des directeurs de grandes sociétés. Le père de Kai, Chang Jianjun, avait toujours soutenu qu'il n'aurait jamais besoin d'un logement plus vaste que l'appartement exigu de trois pièces où Kai avait grandi ; il avait pourtant fini par céder à son épouse, Fan Yu, ou peut-être prenait-il prétexte des désirs de celle-ci pour justifier son revirement.

Kai n'aurait pas aimé habiter un quartier aussi insipide. Son appartement possédait tout le confort voulu, et il n'avait pas à s'occuper d'un jardin. C'était en ville que tout se passait : le gouvernement, les affaires, la culture. Il n'y avait rien d'intéressant à faire en banlieue, et les trajets étaient encore plus longs.

Dans la voiture qui les conduisait chez ses parents, Kai annonça à Ting : « Demain matin, j'expliquerai au ministre de la Sécurité que les accusations portées contre toi étaient dues à un rival jaloux, et Wang confirmera mes dires. L'enquête sera classée.

— Merci, mon chéri. Je suis désolée de t'avoir donné tous ces soucis.

— Ce sont des choses qui arrivent, mais tu devrais peut-être à l'avenir te montrer plus prudente dans tes propos, et même dans tes attitudes.

— Je te le promets. »

Une délicieuse odeur d'épices embaumait la villa. Jianjun n'étant pas encore rentré, Kai et Ting prirent place sur des tabourets dans la cuisine moderne, pendant que Yu achevait ses préparatifs. La mère de Kai avait soixante-cinq ans. C'était une petite femme au visage ridé et aux cheveux noirs striés de mèches grises. Ils parlèrent de la série dans laquelle jouait Ting. « L'empereur aime sa première épouse, avança Yu, parce qu'elle minaude et qu'elle est tout sucre tout miel, mais dans le fond, c'est une méchante femme. »

Ting était habituée à ce que les gens parlent des

personnages de fiction comme s'ils étaient réels. « Il ne devrait pas lui faire confiance, renchérit-elle. Elle ne pense qu'à elle. »

Yu posa devant eux une assiette de boulettes de seiche, dont la pâte était fine comme du papier. « Pour vous, en attendant que ton père arrive », dit-elle et Kai commença à piocher dans le plat. Ting en prit une par politesse, car elle devait garder la taille suffisamment fine pour pouvoir porter les robes d'une concubine du XVIIIᵉ siècle.

Jianjun les rejoignit. Il était petit et musclé, à l'image d'un boxeur poids mouche. Ses dents étaient jaunies par la nicotine. Après avoir embrassé Yu et salué Kai et Ting, il sortit quatre petits verres et une bouteille de *baijiu*, une eau-de-vie de céréales très populaire en Chine. Kai aurait préféré un Jack Daniel's on the rocks, mais il se tut et son père ne lui en proposa pas.

Jianjun remplit les quatre verres qu'il distribua à la ronde. Brandissant le sien, il s'écria : « Bienvenue ! » Kai prit une petite gorgée. Sa mère effleura le verre de ses lèvres, faisant semblant de boire pour ne pas vexer son mari. Ting, qui aimait cet alcool, vida son verre.

Yu s'effaçait habituellement devant Jianjun, mais il lui arrivait de temps en temps de prononcer quelques mots acerbes d'un ton bien particulier, mouchant ainsi son mari. Ce petit jeu amusait beaucoup Ting.

Jianjun trinqua avec Ting en disant : « À nos petits-enfants. »

Kai poussa intérieurement un profond soupir. Ce serait donc le thème de la soirée. Jianjun voulait être grand-père et s'arrogeait le droit d'insister. Kai avait, lui aussi, envie que Ting ait un bébé, mais ce n'était pas le bon moyen d'aborder le sujet. Sa femme n'était pas du genre à se laisser houspiller par son beau-père ni par qui que ce soit. Kai décida de tout faire pour éviter une scène.

« Voyons, mon cœur, laisse donc ces pauvres enfants tranquilles », intervint Yu. Mais comme elle avait parlé de sa voix habituelle, Jianjun l'ignora. « Vous avez bien trente ans maintenant, non ? dit-il à Ting. N'attendez pas qu'il soit trop tard ! »

Ting sourit et resta muette.

« La Chine a grand besoin de garçons intelligents comme Kai, s'obstina Jianjun.

— Ou de filles intelligentes, père », suggéra Ting.

Mais c'était un petit-fils que voulait Jianjun. « Je suis sûr que Kai aimerait avoir un garçon. »

Yu sortit un cuit-vapeur du four, remplit une corbeille de *gua bao* et la tendit à son mari. « Pose ça sur la table, s'il te plaît. »

Elle prépara rapidement un plat de porc sauté aux poivrons verts, un autre de tofu maison et une jatte de riz. Jianjun se resservit de *baijiu* ; les autres déclinèrent. Ting, qui picorait comme un moineau, s'adressa à Yu : « Vous faites les meilleurs *gua bao* que j'aie jamais mangés, maman.

— Merci, ma chérie. »

Pour dissuader Jianjun de recommencer à parler descendance, Kai embraya sur la résolution que la présidente Green présentait aux Nations unies et sur l'offensive diplomatique pour obtenir des voix. « L'ONU peut décider ce qu'elle veut, ça ne change jamais rien », remarqua Jianjun avec un mépris non dissimulé. Les traditionalistes étaient convaincus qu'un conflit ne pouvait se régler que par les armes. Mao n'avait-il pas déclaré que le pouvoir sort du canon des fusils ?

« Il est bon que les jeunes soient idéalistes, ajouta Jianjun avec toute la condescendance qu'un père chinois estimait pouvoir se permettre.

— Je suis heureux de te l'entendre dire », répondit Kai.

Le sarcasme passa au-dessus de la tête de son père, qui reprit : « D'une manière ou d'une autre, il va bien falloir briser le cercle d'acier des Américains.

— Quel cercle d'acier, père ? interrogea Ting.

— Vous voyez bien que les Américains nous encerclent. Ils ont des troupes au Japon, en Corée du Sud, à Guam, à Singapour et en Australie. Sans compter que les Philippines et le Vietnam sont leurs amis. Ils ont fait la même chose avec l'Union soviétique, l'"endiguement", voilà comment ils appelaient cela. Et pour finir, ils ont étranglé la Révolution russe. Nous devons tout mettre en œuvre pour éviter de subir le sort des Soviétiques, mais ce n'est pas aux Nations unies que nous agirons. Tôt ou tard, nous devrons briser le cercle. »

Tout en approuvant l'analyse de son père, Kai penchait pour une autre solution. « Oui, tu as raison, Washington aimerait bien nous détruire, mais le monde ne se limite pas à l'Amérique, observa-t-il. Nous nouons des alliances et faisons des affaires à travers toute la planète. Les pays sont de plus en plus nombreux à considérer qu'il est de leur intérêt d'être nos amis, au risque de contrarier les États-Unis. Nous sommes en train de changer la dynamique. La rivalité entre les États-Unis et la Chine n'est pas condamnée à ressembler à un combat de gladiateurs, où le gagnant rafle la mise. Mieux vaut essayer de trouver le moyen de rendre la guerre inutile. Laisser le cercle d'acier rouiller et se déliter. »

Jianjun était inébranlable. « Chimères. La Chine pourra investir tout l'argent que tu voudras dans des pays émergents, les Américains ne changeront pas. Ils nous détestent et veulent nous éliminer.

— Éviter l'affrontement chaque fois qu'on le peut est pourtant une tradition chinoise, observa Kai, tentant une autre approche. Sun Tzu ne disait-il pas que l'art suprême de la guerre est de soumettre l'ennemi sans combattre ?

— Ha, ha, tu cherches à retourner mon amour de la tradition contre moi. Ça ne marche pas. Nous devons toujours être prêts à faire la guerre. »

Kai commençait à perdre patience. Ting, qui l'avait constaté, posa la main sur son bras pour l'inviter à la réserve. Il n'en tint aucun compte et lança avec mépris : « Parce que tu t'imagines, père, que nous pouvons vaincre la puissance écrasante des États-Unis ?

— Et si nous changions de sujet ? » suggéra Yu.

Jianjun l'ignora à nouveau. « Notre armée est dix fois plus puissante qu'avant. Les améliorations...

— Peux-tu me dire qui l'emporterait ? l'interrompit Kai.

— Nos nouveaux missiles sont équipés d'ogives multiples qui peuvent être orientées indépendamment...

— Mais qui l'emporterait ? »

Jianjun frappa du poing sur la table et la vaisselle trembla. « Nous avons une puissance nucléaire suffisante pour anéantir des villes américaines !

— Ah ! fit Kai en se calant contre son dossier. Nous en arrivons donc, très rapidement, à la guerre nucléaire.

— La Chine ne sera jamais la première à recourir à l'arme nucléaire, rétorqua Jianjun furieux. Mais s'il s'agit d'éviter la destruction complète de notre pays, nous n'aurons pas le choix !

— Et nous y gagnerions quoi ?

— De ne jamais revivre le siècle d'humiliation.

— En tant que vice-président de la commission de Sécurité nationale, dans quelles circonstances précises recommanderais-tu à notre Président de déclencher une attaque nucléaire contre les États-Unis, sachant que cela provoquerait très certainement notre propre anéantissement ?

— Dans deux cas. D'abord, si l'agression américaine menaçait l'existence, la souveraineté ou l'intégrité de la République populaire de Chine. Ensuite, si ni la diplomatie ni les armes conventionnelles n'étaient en mesure de parer la menace.

— Tu parles sérieusement.

— Oui. »

Yu se tourna vers Jianjun : « Tu as raison, mon chéri, j'en suis sûre. » Elle lui tendit la corbeille. « Reprends donc un *gua bao*. »

7

Kiah revenait des bords du lac, sa corbeille de lessive sur une hanche, Naji sur l'autre, quand une grosse Mercedes noire arriva au village.

La stupéfaction fut générale. Il pouvait s'écouler une année sans que l'on aperçoive un seul étranger, et voilà que l'on recevait deux visites en l'espace d'une semaine. Dévorées de curiosité, toutes les femmes sortirent de chez elles.

Le soleil se reflétait dans le pare-brise comme un disque incandescent. La voiture s'immobilisa et le conducteur adressa la parole à un villageois qui désherbait un carré d'oignons. Puis le véhicule redémarra avant de s'arrêter devant la maison d'Abdullah, le doyen des anciens. Abdullah sortit de chez lui, et le chauffeur lui ouvrit la portière arrière. Le visiteur faisait montre d'une bonne éducation en commençant par aller parler aux anciens. Quelques minutes plus tard, Abdullah redescendit de voiture, l'air satisfait, et rentra chez lui. Kiah supposa qu'il avait reçu de l'argent.

La Mercedes regagna le centre du village.

Le chauffeur, vêtu d'un pantalon à pli et d'une chemise immaculée, sortit et fit le tour de la voiture. Il ouvrit une des portes arrière coulissantes, révélant un éclat de garniture de cuir fauve.

La femme qui descendit du véhicule avait une cinquantaine d'années. Elle avait la peau foncée, mais portait des vêtements européens de prix : une robe qui mettait sa silhouette en valeur, des chaussures à talons, un chapeau à large bord pour protéger son visage et un sac à main. Personne au village n'avait jamais possédé de sac à main.

Le chauffeur appuya sur un bouton, et la portière se referma dans un ronronnement électrique.

Les vieilles observaient la scène de loin, mais les plus jeunes se massèrent autour de la visiteuse. Les adolescentes, pieds nus dans leurs vieilles robes, contemplaient sa mise avec envie.

La femme sortit de son sac à main un paquet de Cleopatra et un briquet. Elle glissa une cigarette entre ses lèvres rouge vif et l'alluma, avant d'inhaler profondément.

Elle était la sophistication incarnée.

Elle rejeta la fumée, puis tendit le doigt vers une jeune fille élancée au teint café au lait.

Les vieilles s'approchèrent pour ne rien perdre de leurs propos.

« Je m'appelle Fatima, dit la visiteuse en arabe. Et toi ?

— Zariah.

— Un joli nom pour une jolie fille. »

Les autres gloussèrent, mais c'était vrai : Zariah était d'une rare beauté.

« Sais-tu lire et écrire ?

— Je suis allée à l'école des sœurs, répondit fièrement Zariah.

— Ta mère est dans les parages ? »

La mère de Zariah, Noor, fit un pas en avant, un coq dans les bras. Elle élevait des poulets et avait probablement ramassé le précieux volatile pour le mettre à l'abri des roues de la voiture. L'animal était visiblement mécontent et indigné, à l'image de Noor. « Qu'est-ce que vous voulez à ma fille?» demanda-t-elle sèchement.

Ignorant son hostilité, Fatima reprit aimablement:
«Votre fille est superbe. Quel âge a-t-elle?

— Seize ans.

— Très bien.

— En quoi est-ce bien?

— J'ai un restaurant à N'Djamena, sur l'avenue Charles-de-Gaulle, et je cherche des serveuses.» Fatima avait adopté un ton vif, pragmatique. «Elles doivent être assez intelligentes pour prendre les commandes sans se tromper, et aussi être jeunes et jolies, parce que ça plaît aux clients.»

La foule était de plus en plus intéressée. Kiah et les autres mères s'approchèrent. Kiah remarqua que l'odeur avait changé autour d'elle; c'était comme si quelqu'un avait ouvert une boîte de bonbons et elle se rendit compte que ce doux parfum venait de Fatima. On aurait dit une créature de conte de fées, mais elle était venue proposer quelque chose de concret et de très prisé: un emploi.

«Et si les clients ne parlent pas arabe?» demanda Kiah.

Fatima lui jeta un regard dur, la jaugeant. «Puis-je savoir votre nom, jeune dame?

— Je m'appelle Kiah.

— Eh bien Kiah, j'ai constaté que les filles intelligentes ne mettent pas longtemps à apprendre les noms français et anglais des plats qu'elles servent.

— Bien sûr, acquiesça Kiah. Il ne doit pas y en avoir tant que ça.»

Fatima la dévisagea pensivement un moment, avant de se retourner vers Noor. «Je n'embaucherais jamais une jeune fille sans la permission de sa maman. Je suis mère moi-même, et même grand-mère.»

Noor eut l'air un peu moins revêche.

« Vous payez combien ? demanda encore Kiah.

— Les filles sont nourries, habillées et logées. Et elles peuvent gagner jusqu'à cinquante dollars américains de pourboires par semaine.

— Cinquante dollars ! » s'écria Noor. C'était trois fois plus que le salaire habituel. Le montant des pourboires était variable, tout le monde le savait, mais la moitié de cette somme aurait déjà été colossale pour un travail qui ne consistait qu'à porter des assiettes et des verres.

« Mais il n'y a pas de salaire fixe, c'est ça ? observa Kiah.

— En effet », convint Fatima, l'air agacé.

Kiah se demandait si l'on pouvait se fier à Fatima. C'était une femme, ce qui plaidait en sa faveur, sans être déterminant pour autant. Elle traçait incontestablement un tableau alléchant du travail qu'elle offrait, ce qui était assez naturel et ne faisait pas forcément d'elle une menteuse. Kiah aimait la franchise avec laquelle elle s'exprimait et son élégance ne la laissait pas indifférente ; pourtant, elle décelait derrière ces abords aimables une implacabilité qui la mettait mal à l'aise.

Cela ne l'empêchait pas d'envier les jeunes filles célibataires. On leur offrait la possibilité d'échapper à la vie à laquelle elles étaient condamnées au bord du lac pour envisager un autre avenir en ville. Elle regrettait de ne pas pouvoir en faire autant. Elle aurait fait une excellente serveuse. Et cela lui aurait évité l'épreuve déchirante de devoir choisir entre Hakim et la misère.

Mais elle avait un enfant. Elle ne pouvait même pas souhaiter une existence sans Naji. Elle l'aimait trop.

« Il y a un uniforme ? demanda Zariah avec curiosité. Il est comment ?

— Tenue occidentale, répondit Fatima. Une jupe

rouge, un corsage blanc et un foulard rouge à pois blancs autour du cou. » Les filles produisirent des sons approbateurs, et Fatima ajouta : « Il est vraiment très joli. »

Noor posa alors une question de mère. « Qui s'occupe de ces jeunes filles ? » Il allait de soi que des filles de seize ans devaient être surveillées.

« Elles logent dans une petite maison derrière le restaurant, et il y a une dame, Mme Amat al-Yasu, qui veille sur elles. »

C'était intéressant, songea Kiah. Celle qui servait de chaperon portait un nom arabe chrétien. « Êtes-vous chrétienne, Fatima ?

— Oui, mais mes employés sont de différentes religions. Aurais-tu envie de travailler pour moi, Kiah ?

— Je ne peux pas. » Elle posa les yeux sur Naji, qu'elle portait dans ses bras et qui dévisageait Fatima avec fascination. « Je ne peux pas laisser mon petit garçon.

— Il est magnifique. Comment s'appelle-t-il ?

— Naji.

— Il a quoi ? Deux ans ?

— Oui, c'est ça.

— Son père est-il aussi beau que lui ? »

Le visage de Salim revint à la mémoire de Kiah en un éclair : sa peau hâlée par le soleil, ses cheveux noirs mouillés par les embruns, les plis autour de ses yeux, ridés à force de scruter l'eau à la recherche des poissons. Ce souvenir inattendu l'emplit soudain d'une profonde tristesse. « Je suis veuve.

— Oh, quel malheur ! La vie n'est sans doute pas facile pour toi.

— C'est vrai.

— Mais cela ne doit pas t'empêcher de devenir serveuse. Deux de mes employées ont des bébés. »

191

Le cœur de Kiah tressaillit dans sa poitrine. «Mais comment font-elles?

— Elles passent toute la journée avec leurs enfants. Le restaurant n'ouvre que le soir et Mme Amat al-Yasu s'occupe des petits pendant que leurs mères travaillent.»

Kiah en resta bouche bée. Elle avait été persuadée de ne pas faire l'affaire. Et voici que, soudain, une nouvelle perspective s'ouvrait devant elle. Son cœur battait à tout rompre. Elle était en même temps excitée et intimidée. Elle pouvait compter sur les doigts d'une main les fois où elle était allée en ville, et voilà qu'on lui proposait de s'y installer. Les seuls restaurants dans lesquels elle avait mis les pieds étaient des gargotes comme celle des Trois Palmiers, et on lui offrait à présent un emploi dans un établissement qui devait être d'un luxe incroyable. Pourrait-elle supporter un changement aussi radical? Aurait-elle le courage nécessaire?

«Il faut que je réfléchisse», dit-elle.

Noor posa une autre question typiquement maternelle: «Ces filles qui ont des bébés, que font leurs pères?

— L'une est veuve, comme Kiah. L'autre, je regrette d'avoir à le dire, a fait la bêtise de se donner à un homme qui l'a abandonnée.»

Les mères eurent l'air de comprendre. Elles formaient une communauté conservatrice, mais avaient été, elles aussi, des jeunes filles évaporées.

«Réfléchissez, prenez votre temps, reprit Fatima. J'ai encore d'autres villages à aller voir. Je repasserai ici à mon retour. Zariah et Kiah, si vous avez envie de travailler pour moi, soyez prêtes en milieu d'après-midi.

— Il faut partir dès aujourd'hui?» s'affola Kiah. Elle avait espéré disposer d'une ou deux semaines pour peser le pour et le contre, et voilà qu'on lui annonçait qu'elle n'aurait que quelques heures pour se décider.

«Oui, aujourd'hui», confirma Fatima.

Un frisson d'angoisse parcourut Kiah.

Une autre fille demanda : «Et nous ?

— Quand vous serez plus grandes, peut-être», répondit Fatima.

Kiah savait qu'en vérité, elles n'étaient pas assez jolies.

Fatima regagna sa voiture et son chauffeur lui ouvrit la portière. Avant de monter, elle laissa tomber son mégot et l'écrasa. Toute la conversation n'avait duré que le temps qu'il lui avait fallu pour fumer sa cigarette. Elle s'assit dans la voiture et se cala confortablement contre le dossier. «Décidez-vous vite. Je vous retrouve tout à l'heure.» Le chauffeur referma la portière.

Les villageois regardèrent la Mercedes s'éloigner.

Kiah se tourna vers Zariah : «Qu'est-ce que tu en penses, toi ? Tu as l'intention de partir à N'Djamena avec Fatima ?

— Si maman veut bien, oui !» Les yeux de Zariah brillaient d'espoir et d'enthousiasme.

Kiah n'avait que quatre ans de plus qu'elle, mais avait l'impression d'être beaucoup plus âgée. Elle avait un enfant à charge et était plus consciente des risques.

Elle repensa à Hakim, à son tee-shirt crasseux et à ses grigris. L'alternative était simple : Fatima ou Hakim.

Y avait-il vraiment matière à réfléchir ?

«Et toi, Kiah ? demanda Zariah. Tu vas partir avec Fatima tout à l'heure ?»

L'hésitation de Kiah ne dura qu'une fraction de seconde. «Oui, répondit-elle avant d'ajouter : Bien sûr.»

*

Le restaurant portait un nom anglais, Bourbon Street, qui s'étalait sur sa façade en lettres de néon rouges. Kiah arriva dans la Mercedes de Fatima en fin d'après-midi, en compagnie de Zariah et de deux filles qu'elle ne connaissait pas. Elles pénétrèrent dans un vestibule au sol recouvert d'un épais tapis et aux murs peints d'une douce teinte d'orchidée blanche. Le cadre était encore plus luxueux que Kiah ne l'avait imaginé. Elle jugea cela rassurant.

Les filles poussèrent des petits cris de surprise et de délice et Fatima leur dit : « Profitez-en. C'est la dernière fois que vous passez par la grande entrée. Il y a une porte de service à l'arrière. »

Deux costauds en costumes noirs ordinaires traînaient dans le vestibule, désœuvrés, et Kiah devina qu'il s'agissait d'agents de sécurité.

La salle était immense. Tout un côté était occupé par un long bar où étaient exposées des bouteilles plus nombreuses que Kiah n'en avait jamais vu en un seul lieu. Que pouvaient-elles bien contenir ? Elle dénombra une bonne soixantaine de tables. Sur le mur opposé au bar se trouvait une scène fermée par des rideaux rouges. Kiah ne savait pas que les restaurants proposaient aussi des spectacles. Le sol de la salle était moquetté, à l'exception d'un petit cercle de parquet devant la scène, et Kiah devina qu'il devait servir de piste de danse.

Une dizaine d'hommes prenaient un verre, servis par deux filles, mais pour le reste la salle était vide et Kiah devina que le restaurant venait d'ouvrir. Les uniformes rouge et blanc étaient très élégants, mais elle fut choquée de constater que les jupes étaient terriblement courtes. Fatima présenta les nouvelles aux serveuses, qui s'extasièrent devant Naji, et au barman, qui se montra plutôt sec. À la cuisine, six cuisiniers nettoyaient et émincaient des légumes et préparaient des sauces. L'espace semblait exigu pour la préparation des repas destinés à toutes ces tables.

Au fond, s'ouvrait un couloir qui menait à une série de petites chambres, toutes meublées d'une table, de fauteuils et d'un long canapé. «Les clients paient un supplément pour les salons privés», leur annonça Fatima et Kiah se demanda qui pouvait souhaiter payer plus cher pour dîner secrètement.

Elle était impressionnée par les dimensions de l'établissement. Fatima devait être remarquablement intelligente pour pouvoir gérer une affaire aussi importante. Kiah se demanda si elle avait un mari pour la seconder.

Elles traversèrent une petite antichambre réservée au personnel et équipée de portemanteaux, avant de ressortir par la porte de service. De l'autre côté de la cour, elle découvrit un bâtiment en béton de deux étages, peint en blanc, avec des volets bleus. Une femme d'un certain âge était assise devant le seuil, profitant de la fraîcheur du soir. Elle se leva en voyant Fatima.

«Je vous présente Mme Amat al-Yasu, dit Fatima. Mais tout le monde l'appelle Jadda.» C'était le nom que l'on donnait couramment aux nounous. Cette petite femme rondelette avait dans le regard une lueur qui incita Kiah à penser qu'elle pouvait sans doute se montrer tout aussi implacable que Fatima.

Celle-ci lui présenta les nouvelles filles et les avertit: «Si vous obéissez à Jadda, tout se passera bien.»

La porte de la maison était une plaque de tôle ondulée clouée sur un cadre de bois, un modèle qui n'avait rien d'inhabituel à N'Djamena. Le bâtiment abritait une série de chambres exiguës avec des douches collectives. L'étage supérieur était la copie conforme du rez-de-chaussée. Chaque chambre contenait deux lits étroits séparés par un espace juste assez large pour qu'on puisse s'y tenir debout, et deux petites penderies. La plupart des occupantes étaient en train de se préparer pour leur soirée de travail. Elles se coiffaient

195

et enfilaient leurs tenues de serveuses. Jadda informa les nouvelles qu'elles étaient censées prendre au moins une douche par semaine, ce qui les étonna.

Kiah et Zariah partageaient la même chambre. Leurs uniformes étaient déjà suspendus, un par penderie, avec des sous-vêtements de style européen, soutien-gorge et culottes vaporeuses. Il n'y avait pas de berceau : Naji devrait partager le lit de sa mère.

Jadda leur demanda de se changer immédiatement car elles commençaient le soir même. Kiah réprima un élan de panique : déjà ! Visiblement, avec Fatima, tout se passait toujours plus vite que prévu. Zariah demanda à Jadda : « Comment saurons-nous ce qu'il faut faire ?

— Ce soir, vous serez en binôme avec une ancienne qui vous expliquera tout », répondit leur chaperon.

Kiah retira sa robe de dessus puis le fourreau très simple qu'elle portait au-dessous et alla prendre une douche. Elle enfila ensuite son uniforme et rejoignit Ameena, qui serait sa tutrice. Elles gagnèrent immédiatement le restaurant qui se remplissait rapidement. Un petit orchestre jouait et quelques personnes dansaient. Tout le monde avait beau s'exprimer en arabe ou en français, Kiah ne comprenait pas la moitié des mots. Sans doute était-il question de plats et de boissons dont elle n'avait jamais entendu parler. Elle avait l'impression d'être une étrangère dans son propre pays.

Heureusement, tout devint plus clair dans son esprit dès qu'Ameena commença à prendre les commandes. Elle demandait aux clients ce qu'ils souhaitaient et ils le lui indiquaient, pointant parfois du doigt une ligne sur une liste imprimée, ce qui avait l'avantage de ne laisser place à aucun doute. Ameena notait leurs choix sur un carnet, puis se rendait à la cuisine. Là, elle criait les commandes, déchirait le feuillet de son carnet et le posait sur le comptoir. Elle transmettait les choix de boissons au barman taciturne. Lorsque les plats étaient prêts, elle les apportait à table.

Après l'avoir observée pendant une demi-heure, Kiah prit sa première commande, sans faire d'erreur. Ameena ne lui donna qu'un conseil. « Mouille-toi les lèvres, dit-elle en passant la langue sur les siennes en guise de démonstration. Ça te donnera l'air plus sexy. »

Kiah haussa les épaules et se lécha les lèvres.

Elle prit rapidement confiance et estima qu'elle s'en sortait plutôt bien.

Au bout de quelques heures, d'autres serveuses les remplacèrent, leur permettant de faire une courte pause pour se reposer et grignoter quelque chose. Kiah courut jusqu'à la maison vérifier comment allait Naji, qu'elle trouva profondément endormi. C'était un enfant facile, pensa-t-elle avec soulagement ; les changements l'amusaient plus qu'ils ne l'effrayaient. Elle retourna travailler, rassurée.

Certains clients quittèrent le restaurant aussitôt après avoir dîné, alors que d'autres restèrent, bientôt rejoints par des nouveaux venus désireux de prendre un verre. Kiah fut stupéfaite par les quantités de bière, de vin et de whisky que buvaient les consommateurs. Elle-même n'aimait pas l'effet des boissons enivrantes. Salim avait apprécié un verre de bière, de temps en temps. L'alcool ne leur était pas interdit, ils étaient chrétiens, et non musulmans, mais il n'occupait guère de place dans leur vie.

L'atmosphère commença à changer. Les rires devinrent plus bruyants et Kiah remarqua qu'à présent la clientèle était essentiellement masculine. Parfois, à son grand désarroi, un homme posait la main sur son bras en commandant à boire, ou lui effleurait le dos en passant. L'un alla jusqu'à poser la main sur sa hanche, l'air de rien. Tout était bon enfant, sans sourires lubriques ni murmures salaces, mais elle n'avait pas l'habitude de ces façons d'agir. On ne se comportait pas ainsi au village.

Il était minuit quand elle découvrit à quoi servait la scène. L'orchestre entonna une mélodie arabe et les rideaux s'ouvrirent sur une danseuse du ventre égyptienne. Kiah avait entendu parler de ces attractions, mais elle n'en avait jamais vu. Cette femme portait une tenue outrageusement suggestive. À la fin de son numéro, elle retira d'un geste preste son minuscule haut à dos nu pour exhiber ses seins, et les rideaux se fermèrent presque instantanément. Le public applaudit frénétiquement.

Kiah ne savait pas grand-chose sur la vie urbaine, mais elle était certaine que tous les restaurants ne proposaient pas de divertissement de ce genre. Elle commença à se poser des questions.

Elle parcourut du regard les tables dont elle était responsable, et un client lui fit signe. Elle reconnut l'Européen râblé qui avait posé la main sur sa hanche. Il était vêtu d'un costume rayé sur une chemise blanche dont il avait déboutonné le col. Elle lui donna une cinquantaine d'années. «Une bouteille de champagne, chérie, commanda-t-il. Du Bollinger.» Il était un peu ivre.

«Oui, monsieur.

— Apporte-la dans ma chambre privée. Je serai au numéro 3.

— Bien, monsieur.

— Avec deux verres.

— Bien, monsieur.

— Appelle-moi donc Albert.

— Bien, monsieur Albert.»

Elle remplit de glace un seau argenté et demanda au barman une bouteille de champagne et deux verres. Elle les posa sur un plateau, et le barman ajouta un petit bol de *dukkah*, un mélange de graines et d'épices, ainsi qu'une assiette de bâtonnets de concombre à y tremper. Elle porta le plateau au fond de la salle. Un autre grand type en costume gardait la porte du couloir desservant les chambres privées. Kiah s'y engagea, trouva le numéro 3, frappa à la porte et entra.

Albert était assis sur le canapé. Il n'y avait personne d'autre. Kiah frémit d'inquiétude.

Elle posa le plateau sur la table.

« Tu peux ouvrir le champagne », dit Albert.

Kiah n'avait pas appris à déboucher les bouteilles. « Je ne sais pas comment on fait, monsieur, pardonnez-moi. C'est mon premier jour ici.

— Attends, je vais te montrer. »

Elle observa attentivement comment il retirait la coiffe en papier d'aluminium et détachait le muselet. Il empoigna ensuite le bouchon, le tourna légèrement, puis appuya dessus pour le laisser sortir tout doucement avec un bruit qui ressemblait à un souffle de vent. « Le soupir d'une femme comblée, commenta-t-il. Mais évidemment, tu n'as pas souvent l'occasion de l'entendre. » Il rit et, se doutant qu'il avait dit une plaisanterie, Kiah sourit, sans comprendre ce qu'il y avait de drôle.

Il remplit deux verres.

« Vous attendez quelqu'un ? demanda Kiah.

— Non, pas du tout. » Il prit un des verres et le lui tendit. « C'est pour toi.

— Oh, non merci.

— Ça ne te fera pas de mal, petite sotte. » Il tapota sa cuisse épaisse de sa main. « Viens t'asseoir ici.

— Non, monsieur, je ne peux pas, vraiment.

— Allons, vingt balles pour un baiser, fit-il l'air légèrement agacé.

— Non ! » Elle ignorait s'il parlait de dollars, d'euros ou d'une autre monnaie ; en tout état de cause, c'était un montant ridiculement élevé pour un simple baiser et elle sentit instinctivement qu'Albert ne s'arrêterait pas là. Elle craignait que malgré ses airs bonasses, il ne se fasse insistant et n'essaie de la forcer.

«Tu es dure en affaires, observa-t-il. Bon, très bien, cent pour tirer un coup.»

Se précipitant hors de la chambre, Kiah se heurta à Fatima.

«Que se passe-t-il? lui demanda-t-elle.

— Il veut coucher avec moi!

— Il t'a proposé de l'argent?»

Elle hocha la tête. «Oui, il a dit cent balles.

— Cent dollars.» Fatima prit Kiah par les épaules et se pencha vers elle dans un parfum de miel roussi. «Écoute-moi bien. Quelqu'un dans ta vie t'a-t-il déjà proposé cent dollars?

— Non.

— Et ça ne t'arrivera jamais si tu ne joues pas le jeu. Comment crois-tu qu'on se fait des pourboires ici? Tous nos clients ne sont pas aussi généreux qu'Albert. Retourne vite dans la chambre et retire ta culotte.» Elle sortit un petit paquet plat d'une poche. «N'oublie pas de lui faire mettre une capote.

— Je suis vraiment désolée, Fatima, murmura Kiah sans prendre les préservatifs. Je regrette de vous contrarier et j'ai vraiment envie d'être serveuse, mais je ne peux pas faire ce que vous me demandez, franchement, je ne peux pas, c'est tout.» Kiah était bien décidée à conserver sa dignité, mais ne put s'empêcher de fondre en larmes. «Je vous en prie, ne m'obligez pas», supplia-t-elle.

Le visage de Fatima se durcit et elle lança : «Ne compte pas bosser ici si tu ne donnes pas aux clients ce qu'ils attendent!»

Kiah pleurait trop pour pouvoir répondre.

L'agent de sécurité surgit et s'adressa à Fatima :
«Tout va bien, patronne?»

Kiah songea soudain que s'ils cherchaient à la forcer, le garde la maîtriserait sans difficulté. Son humeur changea alors du tout au tout. Elle ne pouvait rien faire de pire que se conduire comme une petite villageoise impuissante, ignorante, qu'on pouvait brutaliser impunément. Elle devait se défendre.

Elle recula d'un pas et releva le menton. «Je ne ferai pas ça, dit-elle fermement. Je suis navrée de vous décevoir, Fatima, mais c'est votre faute, vous m'avez trompée.» Parlant lentement et distinctement, elle poursuivit : «Il vaudrait mieux pour tout le monde que nous en restions là.

— Tu oses me menacer?» fulmina Fatima.

Kiah se tourna vers le garde. «Je ne peux évidemment pas lutter contre lui.» Elle éleva la voix. «Mais je peux faire un sacré tapage devant tous vos clients.»

À cet instant, un homme passa la tête par la porte d'une autre chambre privée en criant : «Hé, qu'on nous apporte encore à boire!

— Tout de suite, monsieur!» répondit Fatima. Elle parut se radoucir. «Va te coucher et laisse passer la nuit, proposa-t-elle à Kiah. Tu verras les choses différemment au matin. Tu pourras faire un nouvel essai demain soir.»

Kiah hocha la tête sans rien dire.

«Mais par pitié, évite que les clients te voient pleurnicher.»

Kiah s'éloigna sur-le-champ, sans laisser à Fatima le temps de changer d'avis.

Elle retrouva le chemin de la porte de service et traversa la cour jusqu'à la maison des serveuses. Jadda se tenait dans l'entrée, où elle regardait la télévision. «Tu rentres bien tôt, remarqua-t-elle d'un ton réprobateur.

201

— Je sais», acquiesça Kiah et elle gravit l'escalier sans un mot d'explication.

Naji dormait toujours à poings fermés.

Kiah se débarrassa de l'uniforme qu'elle considérait désormais comme une tenue de prostituée. Elle enfila sa sous-robe fourreau et s'allongea à côté de Naji. Il était minuit passé, et elle entendait encore l'orchestre et le brouhaha des conversations du club. Elle était épuisée, et pourtant le sommeil la fuyait.

Zariah revint vers trois heures du matin, les yeux brillants, une poignée de billets dans la main. «Je suis riche! s'exclama-t-elle.»

Kiah était trop lasse pour lui faire la leçon. Elle n'était même pas sûre que Zariah ait mal agi. «Combien d'hommes?

— Le premier m'a donné vingt dollars et l'autre, je l'ai fait à la main pour dix, répondit Zariah. Tu sais combien de temps il faut à ma mère pour gagner trente dollars?» Elle se déshabilla et se dirigea vers la salle de bains.

«Lave-toi bien», lui conseilla Kiah.

Zariah revint rapidement. Une minute après, elle était endormie.

Kiah resta éveillée jusqu'à ce que les premières lueurs de l'aube filtrent à travers les rideaux légers et que Naji remue. Elle l'allaita pour qu'il reste tranquille un peu plus longtemps, puis elle s'habilla et le prépara.

Quand ils sortirent de la chambre, la maison était plongée dans un complet silence.

Ils se glissèrent à l'extérieur.

L'avenue Charles-de-Gaulle était un large boulevard qui traversait le centre de la capitale. Malgré l'heure précoce, il y avait déjà du monde dans les rues. Kiah demanda à un passant la direction du marché aux poissons, le seul endroit de N'Djamena qu'elle connaissait.

Toutes les nuits, les pêcheurs du lac Tchad roulaient dans l'obscurité pour apporter en ville la prise de la veille, et Kiah avait accompagné Salim plusieurs fois.

Quand elle arriva, les hommes étaient en train de décharger leurs camions dans le demi-jour. L'odeur de poisson était envahissante, mais Kiah la trouva plus respirable que l'atmosphère du Bourbon Street. Les pêcheurs disposaient leurs poissons argentés sur les étalages, les aspergeant d'eau pour qu'ils restent frais. Ils auraient tout vendu avant midi et reprendraient la route pour rentrer chez eux dans l'après-midi.

Kiah fit le tour du marché jusqu'à ce qu'elle repère un visage connu. « Tu te souviens de moi, Melhem ? dit-elle. Je suis la veuve de Salim.

— Kiah ! s'écria-t-il. Bien sûr que je me souviens de toi. Mais qu'est-ce que tu fais ici, toute seule ?

— C'est une longue histoire », répondit Kiah.

8

Quatre jours après la fusillade du pont de N'Gueli, quatre nuits après que Tamara eut dormi dans le lit de Tab sans faire l'amour avec lui, l'ambassadeur des États-Unis donna une fête pour les trente ans de sa femme.

Tamara tenait à ce que cette réception soit réussie, car Shirley était sa meilleure amie au Tchad, mais aussi parce que Nick, le mari de Shirley, se donnait un mal de chien pour que tout soit parfait. Ce genre de tâches incombait habituellement à Shirley, cela faisait partie, après tout, des devoirs d'une épouse d'ambassadeur, mais Nick avait décrété qu'il n'était pas question qu'elle organise son propre anniversaire, et avait pris les choses en main.

Ce serait un grand événement. Tous les membres de l'ambassade y assisteraient, parmi lesquels les agents de la CIA qui feignaient d'être des diplomates comme les autres. Les attachés des ambassades alliées avaient également été invités, ainsi qu'une grande partie de l'élite tchadienne. On attendait environ deux cents personnes.

La salle de bal avait été réquisitionnée pour l'occasion. L'ambassade y organisait rarement de vraies soirées dansantes : les bals traditionnels à l'européenne, avec leur formalisme guindé et leur musique sautillante, étaient passés de mode. Mais cette salle accueillait de nombreuses réceptions. Shirley avait l'art de créer une atmosphère détendue et de faire en sorte que tout le monde passe un bon moment, même dans un cadre protocolaire.

Profitant de sa pause déjeuner pour rejoindre la salle de bal dans l'espoir d'être utile, Tamara constata que Nick ne savait plus où donner de la tête. Un énorme gâteau attendait à la cuisine d'être décoré, vingt serveurs erraient dans la salle comme des âmes en peine, attendant les ordres, tandis que les musiciens d'un orchestre de jazz malien appelé Desert Funk étaient assis dehors, sous les palmiers à raphia, en train de fumer du hachich.

Nick était un homme grand, affublé d'une grande tête, d'un grand nez, de grandes oreilles et d'un grand menton. Il était décontracté, affable et possédait une intelligence aiguë. Si ses compétences de diplomate étaient incontestables, c'était en revanche un piètre organisateur de fêtes. Il ne demandait qu'à bien faire et courait de-ci, de-là d'un air empressé, se demandant visiblement pourquoi rien ne se déroulait comme il fallait.

Tamara mobilisa trois cuisiniers pour glacer le gâteau, montra à l'orchestre où brancher ses amplificateurs et envoya deux employés de l'ambassade acheter des ballons et des serpentins. Elle commanda aux serveurs d'énormes bacs de glaçons et leur dit de mettre les bouteilles à rafraîchir. Elle passait d'une tâche à l'autre, à l'affût du moindre détail, bousculant le personnel. Elle ne retourna pas au bureau de la CIA de tout l'après-midi.

Et pendant ce temps-là, Tab occupait ses pensées. Que faisait-il en cet instant précis ? À quelle heure arriverait-il ? Où iraient-ils après la réception ? Passeraient-ils la nuit ensemble ?

Cet homme était-il trop beau pour être vrai ?

205

Elle eut juste le temps de courir à son studio pour enfiler sa tenue de fête, une robe de soie d'une couleur bleu roi populaire au Tchad, et fut de retour dans la salle de bal quelques minutes avant l'heure à laquelle on attendait les premiers invités.

Shirley arriva quelques instants plus tard. Quand elle vit les décorations, les serveurs déjà chargés de plateaux de canapés et de verres, et l'orchestre qui s'apprêtait à jouer, son visage exprima un bonheur absolu. Elle se jeta au cou de Nick et le remercia avec effusion. «Tu as fait un boulot du tonnerre! remarqua-t-elle sans dissimuler sa surprise.

— Je dois reconnaître que j'ai bénéficié d'une aide capitale», avoua-t-il.

Shirley se tourna vers Tamara: «C'est toi, évidemment.

— L'enthousiasme de Nick a été contagieux.

— Je suis tellement contente!»

Tamara savait que le bonheur de Shirley tenait moins au succès de l'organisation qu'au désir manifeste de Nick d'accomplir des prodiges pour elle. Pour sa part, il était ravi d'avoir réussi à lui faire plaisir. Voilà comment les choses doivent être, songea Tamara; voilà le genre de relations que j'aimerais avoir.

La première invitée arriva, une Tchadienne vêtue d'une robe à imprimé rouge et bleu vif. «Qu'elle est belle, murmura Tamara à Shirley. Moi, j'aurais l'air d'un canapé si je m'habillais comme ça.

— Mais sur elle, ces couleurs sont superbes!»

On servait toujours du champagne californien aux réceptions de l'ambassade. Les Français disaient poliment qu'il était très bon et reposaient leurs coupes encore pleines. Les Britanniques demandaient du gin tonic. Tamara trouva le champagne délicieux, mais elle était en tout état de cause d'humeur euphorique.

Shirley lui jeta un regard en biais. « Tu as les yeux drôlement brillants, ce soir.

— Je me suis beaucoup amusée à aider Nick.

— On pourrait croire que tu es amoureuse.

— De Nick ? Bien sûr. Qui ne le serait pas ?

— Hum, fit Shirley, à qui le faux-fuyant n'échappa pas. J'ai appris à lire ce que l'amour silencieux a écrit.

— Attends, laisse-moi deviner : Shakespeare ?

— Dix sur dix, et un point de plus pour avoir habilement éludé ma question. »

Comme d'autres invités arrivaient, Shirley et Nick se rapprochèrent de la porte pour les accueillir. Il allait leur falloir une bonne heure pour saluer tout le monde.

Tamara circula à travers la salle. C'était le genre d'événement mondain qui permettait aux agents du renseignement de s'informer discrètement des derniers ragots. Elle s'étonnait toujours de la rapidité avec laquelle les gens oubliaient toutes les consignes de confidentialité dès qu'ils pouvaient boire gratuitement.

Les Tchadiennes arboraient leurs couleurs les plus vives et leurs imprimés les plus éclatants. Les hommes portaient des teintes plus sombres, à l'exception de quelques jeunes gens à la mode, vêtus de vestes chics sur des tee-shirts.

Dans ce genre d'occasions, Tamara vivait parfois un moment fulgurant où la réalité la frappait de plein fouet. En cet instant précis, tout en sirotant du champagne et en échangeant de menus propos, elle repensa à Kiah, qui cherchait désespérément un moyen de nourrir son enfant et envisageait une traversée potentiellement mortelle du désert et de la mer, dans l'espoir de trouver un semblant de sécurité dans un pays lointain dont elle ignorait presque tout. Ce monde était décidément bien étrange.

Tab était en retard. Elle s'attendait à être un peu déstabilisée en le revoyant pour la première fois depuis la nuit qu'ils avaient passée ensemble. Ils s'étaient couchés dans son lit, lui en tee-shirt et en caleçon, elle en sweat-shirt et en culotte. Il l'avait prise dans ses bras, elle s'était blottie contre lui et s'était endormie en quelques secondes. Quand elle avait rouvert les yeux, il était assis au bord du lit, en costume, et lui tendait une tasse de café : « Je suis désolé de te réveiller, mais j'ai un avion à prendre et je ne voulais pas que tu sois seule à ton réveil. » Il était parti pour le Mali le matin même avec un de ses patrons de Paris, et devait revenir aujourd'hui. Comment leurs retrouvailles se passeraient-elles ? Il n'était pas son amant, mais il était indéniablement plus qu'un collègue.

Elle fut abordée par Bachir Fakhoury, un journaliste local qu'elle avait déjà rencontré. C'était un homme intelligent et pugnace, et elle fut immédiatement sur ses gardes. Quand elle lui demanda comment il allait, il répondit : « Je suis en train d'écrire un article de fond sur l'UFDD. » Il faisait allusion au principal groupe rebelle tchadien, qui avait pour ambition de renverser le Général. « Que pensez-vous de ces gens ? »

Rien ne lui interdisait d'essayer, elle aussi, de lui tirer les vers du nez, songea-t-elle. « Comment sont-ils financés, Bachir ? Vous le savez, vous ?

— En grande partie par le Soudan, notre sympathique voisin de l'est. À propos, quelle est votre position sur le Soudan ? Washington estime certainement qu'il n'a pas à intervenir au Tchad, ou bien ?

— Je ne suis pas censée commenter la politique locale, Bachir, vous le savez bien.

— Oh, ne vous inquiétez pas, ça restera strictement entre nous. En tant qu'Américaine, vous êtes forcément une farouche adepte de la démocratie. »

Rien ne restait jamais « strictement entre nous », Tamara en était consciente. « Je pense souvent au long et lent chemin de l'Amérique vers la démocratie, dit-elle. Nous avons dû mener une guerre pour nous libérer de la monarchie britannique, puis une autre pour abolir l'esclavage, et ensuite, il a fallu un siècle de revendications féministes pour que les femmes obtiennent de ne plus être des citoyennes de seconde zone. »

Ce n'était pas le genre de commentaires qu'il souhaitait. « Donc, selon vous, les démocrates tchadiens doivent être patients ?

— Ne me faites pas dire ce que je n'ai pas dit, Bachir. Nous bavardons, c'est tout. » Elle fit un signe de tête en direction d'un jeune Américain blond, sûr de lui, qui discutait en français avec plusieurs personnes. « Vous devriez parler à Drew Sandberg, c'est l'attaché de presse.

— C'est déjà fait. Il ne sait pas grand-chose. Ce que je veux, c'est l'avis de la CIA.

— La CIA ? C'est quoi, ça ? » demanda Tamara.

Bachir émit un petit rire déçu, et Tamara se détourna.

Ses yeux se posèrent immédiatement sur Tab. Il était près de la porte et échangeait une poignée de main avec Nick. Il portait pour l'occasion un costume noir sur une chemise d'un blanc immaculé avec des boutons de manchettes. Sa cravate violet foncé était ornée d'un motif discret. Il était irrésistible.

Tamara n'était pas la seule de cet avis. Elle remarqua que plusieurs autres femmes jetaient des regards furtifs dans sa direction. Bas les pattes, mesdames, il est à moi, songea-t-elle ; pourtant, non, il n'était pas à elle…

Il l'avait réconfortée parce qu'elle était angoissée. Il s'était montré charmant, prévenant et profondément compatissant, mais que devait-elle en conclure ? Qu'il était gentil, rien de plus. Il n'était pas exclu que, pendant son voyage au Mali, il ait paniqué à l'idée de s'engager : les hommes étaient coutumiers du fait. Il pouvait très bien l'envoyer promener avec une excuse bidon : ça a été très sympa mais restons-en là, je ne souhaite pas de relation en ce moment ou, pire encore, ce n'est pas toi qui es en cause, c'est moi.

En y pensant elle dut s'avouer qu'elle désirait sincèrement s'engager dans une vraie relation avec lui et qu'elle aurait du mal à se remettre d'une dérobade de sa part.

Tamara se retourna, et Tab était là. Son beau visage et son sourire éclatant l'étonnèrent : il rayonnait d'amour et de bonheur. Tous ses doutes et toutes ses craintes s'évanouirent. Elle réprima l'envie brûlante de se jeter à son cou. « Bonsoir, dit-elle d'un ton guindé.

— Quelle jolie robe ! » Comme il faisait mine de vouloir l'embrasser, elle lui tendit la main, et il la serra.

Mais son sourire était toujours ridiculement radieux.

« C'était comment, au Mali ?

— Tu m'as manqué.

— Merci. Mais arrête de me sourire comme ça. On ne doit pas se douter que nous sommes… proches. Tu es un agent de renseignement d'un autre pays. Dexter en ferait un foin d'enfer.

— C'est juste que je suis super content de te voir.

— Et moi, je t'adore, mais maintenant casse-toi, avant que les autres ne flairent quelque chose.

— Bien sûr. » Il éleva légèrement la voix. « Il faut que j'aille présenter mes vœux à Shirley pour son anniversaire. Veuillez m'excuser. » Il esquissa une petite courbette et s'éloigna.

Dès qu'il fut parti, Tamara se rappela qu'elle venait de lui dire « Je t'adore ». Merde, pensa-t-elle, c'est beaucoup trop tôt. Et il n'a pas rebondi. Je lui ai fait peur, c'est sûr.

Elle contempla le dos magnifiquement coupé de sa veste, craignant d'avoir tout gâché.

Karim s'approcha d'elle dans un nouveau costume gris perle rehaussé d'une cravate lavande. «J'ai entendu parler de votre aventure», lui dit-il. Il la regardait bizarrement, comme s'il ne l'avait encore jamais vue. Depuis la fusillade du pont, elle avait remarqué la même expression dans les yeux d'autres personnes. On croyait te connaître, disait-elle, mais maintenant, on se pose des questions.

«Qu'avez-vous entendu? interrogea Tamara.

— Qu'à un moment où l'armée américaine n'arrivait à rien, vous n'avez pas hésité à tirer sur un terroriste.

— La cible était facile.

— Que faisait votre victime à ce moment-là?

— Il pointait un fusil d'assaut sur moi à une distance de vingt mètres.

— Et vous n'avez pas perdu votre sang-froid.

— Il faut croire.

— Vous avez réussi à le blesser?

— Il est mort.

— Oh, la vache!»

Tamara prit conscience d'avoir été admise dans une sorte de cercle fermé. Karim était impressionné, mais elle ne trouvait pas cela gratifiant; elle voulait être respectée pour son intelligence, pas parce qu'elle était bonne tireuse. Elle changea de sujet. «Que raconte-t-on au palais présidentiel?

— Le Général ne décolère pas. Nos amis américains ont été attaqués. Les agresseurs se tenaient probablement en territoire camerounais au sens strict, ou dans une sorte de no man's land frontalier, mais les soldats américains sont nos hôtes. C'est pourquoi cet incident nous contrarie.»

Tamara releva que Karim insistait sur deux points. Primo, le Général prenait clairement ses distances avec

211

les agresseurs en déclarant qu'il était furieux. Secundo, il laissait entendre que ces hommes n'étaient pas forcément tchadiens. Il était toujours commode de rejeter la faute sur des étrangers. Karim suggérait même qu'ils ne se trouvaient pas en territoire tchadien. Tamara était consciente que cette allégation n'était pas exacte, mais elle était là pour recueillir des renseignements, pas pour discuter. « Je suis heureuse de l'apprendre.

— Vous savez évidemment que le Soudan est derrière cette attaque. »

Tamara n'en savait rien. « Les cris d'"Al-Bustan" feraient plutôt penser à l'EIGS. »

Karim leva légèrement la main. « Simple subterfuge pour nous entraîner sur une fausse piste.

— Dans ce cas, comment interprétez-vous cette attaque ? demanda-t-elle d'un ton neutre.

— Elle a été montée par l'UFDD avec le soutien du Soudan.

— Intéressant », murmura Tamara sans s'engager.

Karim se pencha vers elle. « J'imagine vous avez inspecté l'arme du terroriste que vous avez abattu.

— Bien sûr.

— Quel type ?

— Fusil bullpup.

— Marque Norinco ?

— En effet.

— Une arme chinoise ! s'écria Karim, l'air triomphant. Les forces armées soudanaises achètent toutes leurs armes à la Chine. »

L'EIGS était, lui aussi, équipé de fusils Norinco qu'il se procurait également auprès de l'armée soudanaise, mais Tamara s'abstint de le faire remarquer à Karim. Elle ne pensait pas que lui-même crût à ce qu'il disait. Telle était néanmoins la version que présenterait le gouvernement tchadien, et Tamara se contenta d'en prendre note. C'était un renseignement précieux. «Le Général va-t-il réagir?

— Il va révéler au monde entier le nom du responsable de cette attaque!

— Sous quelle forme?

— Il a l'intention de prononcer un grand discours pour dénoncer le rôle du gouvernement soudanais dans le mouvement de subversion ici, au Tchad.

— Un discours important.

— Oui.

— Quand?

— Bientôt.

— Vous devez déjà être en train de travailler sur le texte, vos collègues et vous.

— En effet.»

Tamara choisit soigneusement ses mots. «La Maison Blanche souhaitera éviter toute escalade. Il ne faut surtout pas déstabiliser la région.

— Bien sûr, bien sûr. Nous sommes parfaitement d'accord sur ce point, cela va sans dire.»

Tamara hésita à poursuivre. Aurait-elle le culot d'aller jusqu'au bout? Elle respira un grand coup: «Disposer du texte de ce discours à l'avance serait évidemment d'une grande utilité pour la présidente Green.»

Un long silence lui répondit.

Tamara devina que Karim était décontenancé par l'audace de cette requête, tout en sachant à quel point l'approbation des Américains pouvait leur être profitable.

Elle s'étonna qu'il aille jusqu'à envisager d'y donner suite.

«Je vais voir ce que je peux faire», dit-il enfin avant de s'éloigner.

Regardant autour d'elle, Tamara vit une explosion de

couleurs. Les tenues des femmes rivalisaient de teintes éclatantes dans la salle désormais bondée. Les portes-fenêtres étaient ouvertes pour permettre aux fumeurs de sortir. Desert Funk jouait une version africaine rythmée de cool jazz, mais le brouhaha des conversations en arabe, français et anglais couvrait la musique. La climatisation avait du mal à rafraîchir l'atmosphère. Tout le monde s'amusait.

Shirley surgit soudain à côté d'elle. « Tamara, tu n'as pas bavardé longtemps avec Tabdar. »

Cette femme était diablement perspicace. « Il était pressé d'aller te souhaiter un bon anniversaire.

— Il y a quelques semaines pourtant, à la réception de l'ambassade d'Italie, on aurait pu croire que tu le draguais. »

En y réfléchissant, Tamara dut convenir qu'elle avait longuement parlé à Tab ce soir-là, mais il avait essentiellement été question d'Abdul. Était-elle tombée amoureuse de lui à ce moment-là, à son insu ? « Je ne le draguais pas, protesta-t-elle. Nous parlions travail. »

Shirley haussa les épaules. « Comme tu veux. Il a dû faire quelque chose qui t'a blessée. Vous vous êtes disputés, c'est ça ? » Elle jeta un regard soupçonneux à Tamara avant de reprendre : « Mais non, attends, au contraire ! C'est du cinéma. Tu veux faire croire qu'il n'y a rien entre vous. » Elle baissa la voix. « Tu as couché avec lui ? »

Tamara ne sut que répondre. Elle aurait dû dire « Oui et non », ce qui l'aurait obligée à de plus amples explications.

Shirley eut l'air confuse, ce qui n'était pas dans ses habitudes. « Pardon, je suis affreusement indiscrète. Excuse-moi. »

Tamara réussit tout de même à prononcer une phrase cohérente. « Si c'était vrai, je resterais muette, parce que sinon je serais obligée de te demander de ne rien dire à Nick ni à Dexter, ce qui ne serait pas sympa pour toi. »

Shirley hocha la tête. « Je comprends. Merci. » Quelque chose attira son attention à l'entrée de la salle. « On m'appelle. » Tamara suivit son regard et remarqua que Nick lui faisait signe. Il était accompagné de deux hommes en costume sombre et lunettes noires : des gardes du corps, de toute évidence. Qui accompagnaient-ils donc ?

Tamara traversa la salle sur les talons de Shirley.

Nick parlait à un conseiller d'un ton pressant. Dès que Shirley l'eut rejoint, il la prit par la main et s'approcha de la porte.

Un instant plus tard, le Général faisait son entrée.

Tamara n'avait jamais vu le Président tchadien en chair et en os, mais elle le reconnut grâce à ses photographies. C'était un homme d'une soixantaine d'années, large d'épaules, le crâne rasé, la peau foncée, de type plus africain qu'arabe. Il portait un costume de style occidental et plusieurs grosses bagues en or. Un groupe d'hommes et de femmes le suivait.

Le Général était d'humeur affable. Souriant, il serra la main de Nick, refusa la coupe de champagne que lui offrait un serveur et tendit à Shirley un petit paquet emballé dans du papier cadeau. Puis il entonna, en anglais : « *Happy birthday to you…* »

Son entourage reprit en chœur : « *Happy birthday to you.* »

Il regarda autour de lui, comme s'il attendait quelque chose, et comprenant l'invitation, toute l'assistance se mit à chanter : « *Happy birthday dear Shirley…* » L'orchestre trouva la tonalité et assura l'accompagnement.

Pour finir, toute la salle chanta d'une même voix

« *Happy birthday to you* ! », avant d'éclater en applaudissements.

Eh bien, songea Tamara, c'est ce qui s'appelle réussir son entrée.

« Puis-je ouvrir mon cadeau ? demanda Shirley.

— Bien sûr, je vous en prie ! répondit le Général.
J'espère qu'il vous plaira. »

Si ce n'est pas le cas, elle ne va certainement pas le
lui dire, pensa Tamara.

Elle croisa le regard de Karim qui lui fit un clin d'œil
complice, et elle sut ce que contenait le paquet.

Shirley brandit un livre. « Oh, comme c'est gentil !
s'écria-t-elle. Les œuvres d'Al-Khansa dans une traduction anglaise ! J'adore ses poèmes ! Merci, monsieur le Président.

— Je sais que vous appréciez la poésie, déclara le
Général. Par ailleurs, Al-Khansa est l'une de nos rares
femmes poètes.

— Quelle délicate attention ! »

Le Général se rengorgea. « Tout de même, je la
trouve un peu trop mélancolique. La plupart de ses
poèmes sont des élégies aux morts.

— La grande poésie est souvent triste, ne pensez-
vous pas, monsieur le Président ?

— Vous avez raison. » Il prit Nick par le bras et
l'entraîna à l'écart du groupe. « Juste un mot en tête à
tête, si vous voulez bien, monsieur l'ambassadeur.

— Volontiers », dit Nick et les deux hommes se
mirent à discuter tout bas.

Shirley comprit l'allusion et se tourna vers le petit
groupe qui l'entourait, montrant le livre à chacun.
Tamara ne dit pas un mot de son rôle dans le choix du
présent. Peut-être le confierait-elle un jour à Shirley.

Le Général s'entretint avec Nick pendant cinq petites
minutes, puis il se retira. La fête devint encore plus

animée. Tout le monde était ravi que le Président ait pris la peine de venir.

Nick paraissait étrangement sérieux, songea Tamara, et elle s'interrogea sur ce que le Général avait bien pu lui confier.

Croisant Drew, elle lui parla de sa conversation avec Bachir. «Je ne lui ai rien dit qu'il n'ait déjà su, conclut-elle. Bien sûr, il a pu interpréter des choses, mais c'est une conséquence inévitable des réceptions d'ambassade.

— Merci de m'en avoir informé. Je ne crois pas qu'il y ait motif à nous inquiéter», la rassura Drew.

La fiancée de Drew, Annette Cecil, était à son côté. Elle appartenait à la petite mission britannique à N'Djamena. «On a prévu d'aller faire un tour au Bar Bisous après la réception. Tu viens avec nous?

— Volontiers, si j'arrive à m'échapper. Merci.»

Tamara croisa le regard de Shirley et lui trouva l'air abattu. Quelque difficulté imprévue serait-elle venue gâcher sa fête? Elle s'approcha d'elle: «Que se passe-t-il?

— Tu te rappelles que je t'ai dit que le Général avait accepté de soutenir la résolution que la présidente Green présentera aux Nations unies à propos des ventes d'armes?

— Oui, bien sûr. Tu m'as déclaré que Nick était très satisfait.

— Le Général est venu lui annoncer qu'il a changé d'avis.

— Merde. Et pourquoi?

— Nick lui a posé la question je ne sais combien de fois, mais le Général ne lui a donné que des réponses évasives.

— La présidente Green a-t-elle fait quelque chose qui aurait pu offenser le Général?

— C'est ce que nous essayons de savoir.»

Un autre invité s'approcha pour remercier Shirley de cette réception si réussie. Les gens commençaient à partir.

Karim aborda Tamara. « Votre suggestion de cadeau a été un grand succès ! Merci pour votre conseil.

— Je vous en prie. La présence du Général a été très appréciée de tous.

— Je vous verrai plus tard dans la semaine. N'oubliez pas que nous devons prendre un café ensemble. »

Comme il s'apprêtait à partir, elle le retint. « Karim, vous êtes au courant de tout ce qui se passe dans cette ville.

— Peut-être pas de tout…, protesta-t-il visiblement flatté.

— Le Général a décidé de ne pas voter la résolution de la présidente Green à l'ONU, et nous ne comprenons pas pourquoi. Il nous avait pourtant assurés de son soutien. Savez-vous ce qui l'a poussé à changer d'avis ?

— Oui, répondit Karim laconiquement.

— Nick serait très heureux de le savoir.

— Vous devriez poser la question à l'ambassadeur de Chine. »

C'était un indice. Karim avait un peu molli et Tamara décida d'enfoncer le fer. « Je peux concevoir que les Chinois soient hostiles à ce texte, évidemment. Mais quel genre de pressions la Chine est-elle en mesure d'exercer pour convaincre un de nos fidèles alliés de retourner ainsi sa veste ? »

Karim esquissa le geste international désignant l'argent en frottant le pouce de sa main droite contre l'extrémité de ses doigts.

« Ils l'ont acheté ? »

Karim secoua la tête.

« Alors quoi ? »

Karim ne pouvait plus se dérober sans donner

l'impression d'avoir fait semblant de connaître les dessous de l'affaire. « Depuis maintenant plus d'un an, dit-il tout bas, les Chinois travaillent sur un projet de canal reliant le fleuve Congo au lac Tchad. Ce sera la plus grande infrastructure de l'histoire mondiale.

— J'en ai entendu parler. Et… ?

— Si nous votons la résolution américaine, nous pouvons dire adieu à ce projet.

— Ah, soupira Tamara. Je commence à y voir plus clair.

— Le Général tient beaucoup à ce canal. »

On pouvait le comprendre, songea Tamara. Il sauverait des millions de vie et métamorphoserait le Tchad.

Ce type de projet pouvait évidemment s'accompagner de pressions politiques. Ce n'était ni franchement malhonnête, ni même inhabituel. D'autres pays, les États-Unis comme les autres, profitaient de leurs programmes d'aide et de leurs investissements à l'étranger pour renforcer leur influence : cela faisait partie du jeu.

Mais l'ambassadeur devait en être informé.

« Ne dites pas que c'est moi qui vous ai prévenue. » Karim adressa un clin d'œil à Tamara et s'éloigna.

Elle parcourut la salle du regard, cherchant Dexter ou un autre cadre de la CIA à qui faire son rapport, mais ils étaient déjà tous partis.

Tab s'approcha alors d'elle. « Merci pour cette charmante réception, lança-t-il tout haut avant de poursuivre plus bas : Tu te rappelles ce que tu m'as dit il y a une heure ?

— Non. Quoi donc ?

— "Je t'adore, mais maintenant casse-toi."

— Je m'excuse, fit-elle soudainement gênée. J'étais stressée à cause de la fête. » Et de toi, ajouta-t-elle in petto.

« Tu n'as pas à t'excuser. On dîne ensemble ?

— Je ne demande pas mieux, mais nous ne pouvons pas quitter la salle en même temps.

— Où est-ce qu'on pourrait se retrouver ?

— Tu veux bien passer me prendre au Bar Bisous ? Drew et Annette m'ont invitée à les accompagner.

— Bien sûr.

— N'entre pas. Téléphone-moi de l'extérieur et je partirai immédiatement.

— Bonne idée. Nous risquerons moins de nous faire surprendre », dit-il avant de s'éloigner en souriant.

Tamara devait absolument communiquer à ses supérieurs les informations que Karim lui avait confiées. Elle aurait pu se mettre à la recherche de Dexter, mais Nick lui sembla tellement accablé qu'elle préféra lui parler sans attendre.

Quand elle fut près de lui, il la remercia aimablement : « Votre aide a été plus que précieuse cet après-midi. Grâce à vous, cette fête a été une vraie réussite. » Il était sincère, mais Tamara voyait bien qu'il était préoccupé.

« Tant mieux, dit-elle rapidement avant de poursuivre : On vient de me transmettre une information qui vous intéressera peut-être.

— Allez-y.

— Je me suis demandé ce qui avait pu pousser le Général à changer d'avis au sujet de notre résolution aux Nations unies.

— Moi aussi. » Nick se passa la main dans les cheveux, les ébouriffant.

« Les Chinois ont fait miroiter aux Tchadiens la possibilité de construire un canal de plusieurs millions de dollars reliant le fleuve Congo au lac Tchad.

— Je sais, acquiesça Nick. Ah, j'ai pigé, ils se retireront du projet si le Tchad vote la résolution.

— C'est ce qu'on m'a laissé entendre.

— Ça tient la route. Eh bien, au moins, nous savons

à quoi nous en tenir. Mais je ne vois pas bien ce que nous pouvons faire. Ils nous mettent le dos au mur.» Il s'éloigna.

La salle se vidait et les serveurs débarrassaient. Tamara laissa Nick à ses ruminations. Elle estimait avoir fait du bon travail en livrant aussi rapidement des explications sur la volte-face du Général : y réagir n'était pas de son ressort, mais de celui de Nick et de la présidente Green.

Elle quitta la salle de bal et traversa le complexe de l'ambassade. Le soir était venu : le soleil s'était couché et l'air fraîchissait. Dans son studio, le téléphone sonna pendant qu'elle était sous la douche. Dexter laissa un message lui demandant de le rappeler. Sans doute voulait-il la féliciter. Cela pouvait attendre le lendemain : elle était impatiente de voir Tab. Elle ne rappela pas.

Elle mit des dessous propres et enfila un chemisier violet et un jean noir auxquels elle ajouta une courte veste de cuir pour avoir plus chaud. Puis elle appela une voiture.

Une poignée de gens attendaient déjà un véhicule. Elle reconnut Drew et Annette, Dexter et Daisy, l'adjoint de Dexter Michael Olson et deux jeunes agents de l'antenne de la CIA, Dean et Leila. Drew et Annette proposèrent à Tamara de partager une voiture, ce qu'elle accepta de bon cœur.

Le teint rougeaud de Dexter révélait qu'il avait un peu forcé sur le champagne. «Je vous ai laissé un message, lança-t-il d'un ton accusateur.

— J'allais justement vous rappeler», mentit-elle. Il n'avait pas franchement l'air de vouloir la féliciter.

«J'ai une question à vous poser, reprit-il.

— Oui.»

Il éleva la voix. «Pour qui vous prenez-vous, au juste?»

221

Elle fut tellement surprise qu'elle recula d'un pas. Elle sentit son cou s'empourprer. Ceux qui étaient près d'eux eurent l'air gênés. « Qu'est-ce que j'ai fait ? » interrogea-t-elle d'une voix douce, dans l'espoir qu'il baisse le ton.

Ce fut peine perdue. « Vous avez briefé l'ambassadeur ! fulmina-t-il. Ce n'est pas votre job. C'est à moi de le faire, et si je suis indisponible, Michael doit s'en charger. Vous êtes une vingtaine d'échelons plus bas dans la hiérarchie, merde ! »

Comment pouvait-il se conduire ainsi en présence d'un aussi grand nombre de ses collègues ? « Je n'ai pas briefé l'ambassadeur », protesta-t-elle, cependant à peine les mots eurent-ils franchi ses lèvres qu'elle se rendit compte qu'en réalité, c'était exactement ce qu'elle avait fait. « Oh, vous voulez parler du Général ! »

Agitant la tête et prenant une voix de bécasse, il se paya ostensiblement sa tête : « Eh oui, je veux parler de ce putain de Général.

— Dexter, je t'en prie, pas ici », murmura Daisy.

Il ignora sa femme. Les mains sur les hanches, il jeta un regard belliqueux à Tamara et demanda : « Alors ? »

Il n'avait pas vraiment tort, en effet, mais respecter le protocole leur aurait fait perdre un temps précieux. « Nick était désemparé et perplexe, et il se trouve que le hasard a voulu que j'apprenne ce qu'il souhaitait savoir, expliqua-t-elle. Il m'a paru normal de lui communiquer l'information immédiatement.

— Vous seriez en droit de prendre ce genre de décisions si vous étiez chef de poste, ce que vous n'êtes pas pour le moment et ce que vous ne serez jamais s'il ne tient qu'à moi. »

Il était exact qu'en principe, tous les renseignements devaient être évalués avant d'être communiqués aux responsables politiques. Les rapports non filtrés n'étaient pas toujours fiables et pouvaient même être fallacieux. Les cadres supérieurs de l'Agence évaluaient toutes les données qui arrivaient, vérifiaient la crédibilité passée de la source d'information, comparaient les différents rapports, replaçaient les éléments dans leur contexte et ensuite seulement communiquaient aux politiciens ce qu'ils en pensaient. Ils partageaient rarement des matériaux bruts s'ils pouvaient l'éviter.

D'un autre côté, il ne s'agissait pas d'une affaire compliquée. Nick était un diplomate chevronné qui n'avait pas besoin qu'on lui rappelle que les renseignements n'étaient pas toujours exacts. Elle n'avait causé de tort à personne.

Tamara se doutait que la colère de Dexter était nourrie par l'amertume : son département avait remporté un petit triomphe sans qu'aucun mérite lui en revienne. Mais il ne servait à rien de discuter avec lui. C'était lui le patron, et il avait le droit d'exiger le respect du protocole. Elle ne pouvait que plier l'échine.

La limousine de Dexter arriva et le chauffeur ouvrit la portière. Daisy prit place à l'arrière, l'air mortifié.

«Je vous demande pardon, dit Tamara. J'ai agi sans réfléchir. Cela ne se reproduira pas.

— Je l'espère bien», répondit Dexter et il monta dans la voiture.

*

Trois heures plus tard, Tamara avait oublié jusqu'à l'existence de Dexter.

Elle parcourut du bout des doigts le contour de la mâchoire de Tab, une gracieuse courbe, d'un lobe d'oreille à l'autre. Elle était contente qu'il ne porte pas de barbe.

Son appartement était faiblement éclairé par une

223

unique lampe. Le canapé était vaste et moelleux. Un quatuor avec piano jouait en sourdine ; Brahms, pensa-t-elle.

Il lui prit la main et l'embrassa, ses lèvres lui caressant doucement la peau, la goûtant, explorant les articulations, la partie charnue du bout des doigts, la paume, puis la plage douce du poignet, celle que tailladent ceux qui aspirent à la mort.

Elle retira ses chaussures d'un coup de pied, et il l'imita. Il ne portait pas de chaussettes. Il avait des pieds larges, bien proportionnés. Tout en lui paraissait élégant. Il doit bien avoir un défaut, songea-t-elle. Dans l'heure qui suivrait, elle le verrait entièrement nu. Peut-être avait-il un gros nombril affreux, ou… quelque chose.

Je devrais être un peu inquiète. La nuit serait peut-être décevante : il pouvait manquer d'égards, être trop pressé, avoir des désirs bizarres. Quand les choses ne se passaient pas bien au lit, il arrivait que l'homme se mette en colère et se montre grossier, reprochant ses défaillances à la femme. Elle avait vécu quelques mauvaises expériences, et les confidences de ses amies lui en avaient fait découvrir bien d'autres. Pourtant, elle était étrangement détendue. Son instinct lui disait qu'elle n'avait rien à craindre de Tab.

Elle déboutonna sa chemise, sentant le coton apprêté et la chaleur de son torse au-dessous. Il avait retiré sa cravate depuis plusieurs heures. Elle huma un parfum de bois de santal, d'eau de Cologne démodée. Elle lui embrassa la poitrine. Elle n'était pas très velue et n'était parcourue que de quelques longs poils noirs. Elle effleura ses tétons brun foncé. Le léger soupir de plaisir qu'il poussa l'invitait à les embrasser. Il lui caressa les cheveux.

Quand elle se redressa, il protesta doucement : « C'était délicieux. Pourquoi t'arrêtes-tu ? »

Elle commença à défaire son chemisier violet. « Parce que j'ai envie que tu m'en fasses autant, dit-elle. Tu veux bien ?

— Oh oui ! »

9

La présidente Green discutait des mauvaises nouvelles avec son Secrétaire d'État, Chester Jackson. Il ressemblait à un professeur d'université avec son costume à chevrons et sa cravate tricot, mais quand il prit place sur le canapé à côté de Pauline, elle remarqua quelque chose de blanc à son poignet gauche. «Qu'est-ce que c'est que cette montre, Chess?» lui demanda-t-elle. Il portait habituellement une étroite Longines à bracelet en croco marron.

Il remonta sa manche pour lui montrer une Swatch blanche avec une fenêtre de date et un bracelet en plastique. «Un cadeau de ma petite-fille, expliqua-t-il.

— Ce qui la rend infiniment plus précieuse que tout ce que vous pourriez trouver chez un bijoutier.

— Exactement.»

Elle rit. «J'aime les hommes qui ont les bonnes priorités dans la vie.»

Chess était un homme d'État pragmatique et avisé qui, en bon conservateur, avait tendance à préférer ne pas réveiller le chat qui dort. Avant d'entrer en politique, il avait été associé principal d'un cabinet d'avocats spécialisé dans le droit international à Washington. Pauline appréciait ses rapports secs et concis, sans un mot superflu.

«Nous risquons fort d'essuyer un revers à l'ONU aujourd'hui, annonça-t-il. Josh vous a déjà transmis les chiffres. » Joshua Woodward était l'ambassadeur des États-Unis aux Nations unies. « Nos soutiens se sont réduits comme peau de chagrin. La plupart des pays neutres qui nous avaient initialement promis leur appui ont tourné casaque et ont annoncé qu'ils s'abstiendraient ou voteraient contre la résolution. Je suis navré.

— Oh, mince », se lamenta Pauline. L'affaire avait commencé à paraître mal engagée dans le courant du week-end et elle était consternée de voir ses craintes se confirmer.

« Les Chinois ont gagné les voix de beaucoup de pays en menaçant d'annuler des investissements. »

Le vice-président Milton Lapierre, assis en face de Pauline, tripotait nerveusement l'écharpe violette qu'il portait à son arrivée. L'indignation rendait son accent du Sud encore plus prononcé : « Nous n'avons qu'à en faire autant, nous servir de notre programme d'aide à l'étranger pour faire pression sur ceux que nous assistons et les obliger à nous renvoyer l'ascenseur ! Sinon, qu'ils aillent au diable ! »

Chess secoua la tête et remarqua calmement : « Une grande partie de notre aide est conditionnée à des achats auprès d'industriels américains. Si nous retirons nos financements, nos chefs d'entreprise vont faire la grimace.

— Finalement, cette résolution n'était pas une idée aussi géniale que ça, observa Pauline.

— Nous étions pourtant tous persuadés que c'était une bonne initiative, releva Chess.

— Mieux vaudrait sans doute la retirer que de courir à l'échec.

— Suspendons-la provisoirement. Nous pouvons prétexter la nécessité d'examiner des amendements. La suspension pourra durer tout le temps qu'il faudra.

— D'accord, Chess, mais ça me brise le cœur de penser que le gosse d'une bonne famille américaine comme les Ackerman s'est fait descendre par un terroriste armé d'un fusil chinois. Je ne céderai pas. Je veux que les Chinois sachent que leurs agissements ont un coût. Ils ne s'en tireront pas comme ça.

— Vous pourriez émettre une protestation auprès de l'ambassadeur de Chine.

— Je ne vais pas m'en priver, soyez-en sûr.

— L'ambassadeur nous expliquera que les Chinois vendent des fusils aux forces armées soudanaises et que la Chine n'y est pour rien si les Soudanais les revendent à l'EIGS.

— Pendant que les Chinois et les Soudanais ferment les yeux. »

Chess hocha la tête. « Imaginez ce que la Chine dirait de nous si les officiers de l'armée afghane revendaient des armes américaines aux rebelles anti-Pékin qui évoluent de l'autre côté de la frontière, dans la province du Xinjiang.

— Le gouvernement chinois nous accuserait de chercher à provoquer sa chute.

— Madame la Présidente, si vous voulez pénaliser la Chine, pourquoi ne pas renforcer les sanctions contre la Corée du Nord ?

— Cela coûterait de l'argent à la Chine, c'est certain, mais pas énormément.

— Peut-être, mais cela aurait le mérite de montrer au monde que ce pays ne respecte pas les sanctions de l'ONU, ce qui le mettrait dans l'embarras. Et toutes ses protestations ne feront que prouver que nous avons raison.

— En effet, Chess, c'est très futé. Ça me plaît bien.

— Et nous n'aurions même pas besoin d'un vote aux Nations unies, puisqu'elles ont déjà imposé des restrictions commerciales à la Corée du Nord. Nous n'avons qu'à appliquer les règles existantes.

— Par exemple… ?

— Les documents d'import-export sont publiés sur Internet. En les examinant à la loupe, nous pouvons détecter les faux.

— Comment ?

— Je vais vous donner un exemple. La Corée du Nord fabrique des accordéons à touches piano de bonne qualité et bon marché. Elle les exportait autrefois dans le monde entier. Maintenant, elle ne peut plus le faire. Mais vous apprendrez que l'année dernière, une province chinoise a importé quatre cent trente-trois de ces instruments et que, la même année, la Chine a exporté vers l'Italie exactement quatre cent trente-trois accordéons à touches piano portant l'étiquette *Made in China.* »

Pauline éclata de rire.

« Ce n'est pas sorcier, un simple travail de détective, ajouta Chess.

— D'autres idées ?

— Autant que vous en voulez. Surveiller les transferts de navire à navire en mer, ce que nous pouvons faire par satellite. Compliquer l'accès de la Corée du Nord à ses réserves en devises à l'étranger. Mettre des bâtons dans les roues aux nations soupçonnées de contourner les sanctions.

— Parfait ! Allons-y ! s'écria Pauline.

— Merci, madame la Présidente. »

Lizzie ouvrit la porte : « Monsieur Chakraborty voudrait vous dire un mot.

— Entrez, Sandip », fit Pauline.

Sandip Chakraborty, le directeur de la communication, était un jeune Américain originaire du Bengale qui portait des baskets avec un costume, comme le voulait la mode parmi les membres les plus branchés du personnel de Washington. « James Moore doit prononcer un grand discours ce soir à Greenville, en Caroline du Sud, annonça-t-il. Il paraît qu'il a l'intention d'évoquer la résolution des Nations unies. Je me suis dit que ça pourrait vous intéresser.

— Mettez CNN s'il vous plaît », demanda Pauline.

Sandip alluma le téléviseur et Moore apparut à l'écran.

Âgé de soixante ans, soit dix de plus que Pauline, il avait des traits anguleux et ses cheveux blonds grisonnants étaient coupés en brosse. Il portait une veste de costume de style western, avec une broderie en forme de V sur les épaules et les revers de poche.

« Ce n'est pas parce qu'on vient du Sud qu'on est obligé de se fringuer comme un bouseux, commenta Milt sur un ton désobligeant.

— Il a fait fortune dans le pétrole, pas dans le bétail, remarqua Chess.

— Je parie qu'il a un canasson qui s'appelle Trigger, comme le cheval de Roy Rogers.

— Peut-être, intervint Pauline, mais les gens l'adorent ! Regardez ça ! »

Moore prenait un bain de foule dans une rue inondée de soleil. Les passants se pressaient autour de lui, enchaînant les selfies. « Par ici, Jimmy ! Regardez-moi ! Souriez, souriez ! » Les femmes se pâmaient littéralement.

« Comment allez-vous ? lançait-il. Quel plaisir de vous voir ! Bonjour. Merci pour votre soutien, je l'apprécie à sa juste valeur, vous pouvez en être sûrs. »

Une jeune femme lui fourra un micro sous le nez : « Dans votre discours de ce soir, condamnerez-vous la Chine parce qu'elle vend des armes aux terroristes ?

— J'ai bien l'intention de parler des ventes d'armes, m'dame.

— Pouvez-vous préciser ? »

Moore lui adressa un sourire canaille. « Ma foi, m'dame, si j'vous le disais maintenant, y aurait plus grand monde pour venir m'écouter ce soir, pas vrai ? »

« Vous pouvez éteindre », soupira Pauline.

L'écran redevint noir.

« C'est un sacré rigolo, remarqua Chess.

— Mais son numéro est très au point », commenta Milt.

Lizzie passa la tête dans l'embrasure de la porte et annonça : « Monsieur Green est là, madame. »

Pauline se leva, imitée par les autres. « Je n'en ai pas fini avec cette question, dit-elle. Retrouvons-nous demain matin dans la salle de réunion. En attendant, essayez de trouver des idées pour faire comprendre aux Chinois que nous ne baissons pas les bras. »

Tous sortirent, et Gerry entra. Il était habillé comme pour aller au travail, en costume bleu marine avec une cravate rayée. Ses apparitions dans le Bureau ovale étaient rares. « Quelque chose ne va pas ? s'inquiéta Pauline.

— En effet », répondit-il en s'asseyant en face d'elle. Comme Milt avait oublié son écharpe violette sur le siège, Gerry la prit et la drapa sur l'accoudoir du canapé. « La directrice du collège de Pippa est passée au cabinet cet après-midi. »

Gerry n'avait pas entièrement tiré un trait sur sa carrière de juriste. Son ancien cabinet lui avait laissé un bureau, petit mais luxueux, à l'étage des associés, qu'il utilisait théoriquement pour son travail humanitaire. Il lui arrivait néanmoins de donner des conseils, officieusement et gratuitement ; avoir le mari de la Présidente sous la main était évidemment un atout pour sa société. Si cet arrangement ne plaisait pas beaucoup à Pauline, elle avait pourtant décidé de ne pas lui chercher querelle à ce sujet.

« Mme Judd ? s'étonna-t-elle. Tu ne m'avais pas dit que tu devais la voir.

— Je n'en savais rien. Elle a pris rendez-vous sous son nom marital, Mme Jenks. »

Pauline trouva cela curieux, mais ce n'était pas le plus important.

« Pippa a encore des ennuis ?

— Il paraît qu'elle fume de la marijuana.

— À l'école ? demanda Pauline, incrédule.

— Non. Elle aurait été virée immédiatement. Ils ont une politique de tolérance zéro, qui ne souffre aucune exception. Ce n'est pas aussi grave. Elle l'a fait en dehors du collège et des heures de classe, le jour où elle est allée à l'anniversaire de Cindy Riley.

— J'imagine que c'est revenu aux oreilles de Mme Judd qui ne peut pas l'ignorer, même si concrètement, Pippa n'a enfreint aucune règle scolaire.

— Exactement.

— Merde ! Pourquoi les enfants ne peuvent-ils pas passer directement du stade de l'adorable bambin à celui de l'adulte responsable en évitant cette épouvantable étape intermédiaire ?

— Certains le font. »

À l'image de Gerry, probablement, pensa Pauline. « Et qu'est-ce que Mme Judd attend de nous ?

— Que nous nous débrouillions pour que Pippa arrête de fumer de l'herbe.

— Je vois », murmura Pauline tout en pensant : comment diable veut-elle que je m'y prenne ? Je ne réussis même pas à lui faire ramasser ses chaussettes pour les mettre dans le panier à linge.

La voix de Milt interrompit ses pensées : « Excusez-moi, j'ai oublié mon écharpe. »

Pauline sursauta et leva les yeux. Elle n'avait pas entendu la porte s'ouvrir.

Milton prit son écharpe.

Lizzie passa la tête par la porte. « Voulez-vous un café ou autre chose, monsieur Green ?

— Non, merci. »

Apercevant Milt, Lizzie fronça les sourcils. « Monsieur le vice-président ! Je ne vous ai pas vu revenir. » Elle était chargée de surveiller les allées et venues des visiteurs dans le Bureau ovale et était évidemment contrariée que quelqu'un ait réussi à s'y introduire à son insu. « Puis-je faire quelque chose pour vous ? »

Pauline se demanda quelle partie de sa conversation avec Gerry Milt avait surprise. Pas grand-chose, sans doute. De toute manière, il était trop tard.

Milt brandit son écharpe violette en guise d'explication. « Pardon de vous avoir interrompue, madame la Présidente », dit-il avant de se retirer immédiatement.

« Je suis désolée, madame la Présidente, bredouilla Lizzie, embarrassée.

— Vous n'y pouvez rien, Lizzie. Nous regagnons la résidence. Savez-vous où est Pippa ?

— Dans sa chambre, elle fait ses devoirs. » Le Secret Service savait toujours où se trouvait tout le monde et en tenait Lizzie informée.

Pauline et Gerry quittèrent le Bureau ovale ensemble et empruntèrent, dans le soleil du soir, le sentier sinueux qui traversait la roseraie. À la résidence, ils montèrent au deuxième étage et gagnèrent la chambre de Pippa.

Pauline remarqua que le poster d'ours blancs accroché au-dessus de la tête de lit avait été remplacé par le portrait d'un joli garçon qui jouait de la guitare, sans doute une star, mais son visage ne lui disait rien.

Pippa était assise en tailleur sur son lit en jean et sweat-shirt, un ordinateur ouvert devant elle. Elle releva la tête et demanda : « Qu'est-ce qu'il y a ? »

Pauline s'assit sur une chaise. « Mme Judd est allée voir ton père cet après-midi.

— Qu'est-ce qu'elle voulait encore, la mère Judas ? Faire du foin, j'imagine, à voir vos têtes.

— Elle prétend que tu as fumé de l'herbe.

— Comment elle peut savoir ça, putain ?

— Ne jure pas, je t'en prie. Il semblerait que ça se soit passé à l'anniversaire de Cindy Riley.

— Quel est le connard qui a cafeté ? »

Comment peut-on être aussi mignonne et aussi grossière ? s'interrogea Pauline.

« Pippa, tu ne poses pas les bonnes questions, intervint Gerry calmement. Peu importe comment Mme Judd l'a appris.

— Ma vie en dehors du collège ne la regarde pas.

— Elle ne voit pas les choses ainsi, et nous non plus. »

Pippa poussa un soupir théâtral et referma son ordinateur. « Qu'est-ce que vous voulez que je fasse ? »

Pauline repensa à la naissance de Pippa. Elle avait désiré ce bébé de tout son cœur, mais elle avait tellement souffert pendant l'accouchement. Elle aimait toujours son bébé, et elle souffrait toujours.

« Que tu cesses de fumer de la marijuana, répondit Gerry sans relever l'insolence de la question.

— Mais tout le monde fume, papa ! C'est légal à Washington et dans la moitié du monde.

— C'est mauvais pour toi.

— Moins mauvais que l'alcool, ce qui ne vous empêche pas de boire du vin.

— C'est vrai, reconnut Pauline. Mais ton collège l'interdit.

— Ils sont cons.

— Tu ne peux pas dire ça, et même si c'était vrai, ça n'y changerait rien. Ce sont eux qui font les règles.

234

Si Mme Judd estime que tu exerces une mauvaise influence sur d'autres élèves, elle a le droit de te mettre à la porte. Et c'est ce qui va se produire si tu ne changes pas d'attitude.

— Je m'en fous. »

Pauline se leva. « Moi aussi, en fait. Tu es trop grande pour qu'on te sermonne et je ne vais pas continuer éternellement à te protéger des conséquences de tes erreurs. »

Pippa eut l'air effrayée. La conversation prenait une tournure inattendue. « Qu'est-ce que tu veux dire ?

— Je veux dire que si tu te fais virer, il faudra que tu suives des cours à la maison. À quoi bon t'envoyer dans un autre établissement pour qu'il se passe la même chose ? » Pauline n'avait pas prévu cette mise au point, mais comprit alors qu'elle était indispensable. « Nous engagerons un professeur, deux peut-être, qui te feront cours ici et t'aideront à passer tes examens. Tes copains te manqueront, mais tant pis pour toi. Tu auras la permission de sortir le soir, sous surveillance, à condition que ton comportement et ton travail soient satisfaisants.

— C'est dégueu !

— Qui aime bien châtie bien. » Elle se tourna vers Gerry. « J'ai fini.

— Je vais encore rester un petit moment avec Pippa. »

Pauline le regarda fixement pendant quelques secondes, puis quitta la chambre.

Elle se rendit dans la chambre de Lincoln. C'était là qu'elle se réfugiait quand elle devait se coucher tard ou se lever tôt – ce qui était fréquent – et ne voulait pas troubler le sommeil de Gerry.

Pourquoi se sentait-elle trahie ? L'attitude frondeuse de Pippa l'avait obligée à lui parler fermement. Mais Gerry était resté, sans doute pour adoucir la brutalité de sa réprimande. Il n'approuvait pas son attitude. Était-ce nouveau ? Dans les premiers temps de leur union, l'harmonie de leurs pensées l'avait étonnée. À présent, quand elle songeait au passé, elle constatait qu'ils avaient souvent été en désaccord à propos de Pippa.

Cela avait commencé dès avant sa naissance. Pauline souhaitait un accouchement aussi naturel que possible. Gerry en revanche voulait que son enfant vienne au monde dans une maternité ultramoderne dotée d'un équipement médical de pointe. Pauline avait d'abord obtenu gain de cause, et Gerry avait semblé accepter qu'elle accouche à la maison ; cependant, quand les contractions étaient devenues si douloureuses que Pauline n'avait plus été en état de protester, il avait appelé une ambulance. Elle lui en avait voulu, mais toute à la joie et aux soucis de l'éducation d'un bébé, elle ne lui avait jamais avoué le fond de sa pensée.

Leurs différends s'étaient-ils multipliés ces derniers temps ? Sa tendance à lui reprocher tous les problèmes était incontestablement nouvelle.

Il la rejoignit quelques minutes plus tard. « Je me doutais que je te trouverais ici.

— Pourquoi as-tu fait ça ? demanda-t-elle immédiatement.

— Quoi ? Consoler Pippa ?

— Prendre le contrepied de ce que je venais de lui dire !

— Il m'a semblé qu'un minimum de compréhension et de sollicitude ne pouvait pas nuire.

— Écoute. Nous pouvons être stricts ou être indulgents, mais le pire, c'est d'être incohérents. Des messages contradictoires ne peuvent que la perturber et un enfant perturbé est un enfant malheureux.

— Dans ce cas, il faut que nous nous entendions à l'avance sur la manière dont nous comptons agir avec elle.

— C'est exactement ce que nous avons fait ! Tu m'as dit qu'il fallait qu'elle cesse de fumer de l'herbe, et j'ai acquiescé.

— Ça ne s'est pas passé comme ça, répliqua-t-il irrité. Je t'ai expliqué que Mme Judd voulait qu'elle arrête, et tu as décidé de tout faire pour qu'elle arrête. Tu ne m'as pas consulté.

— Parce que tu penses que nous aurions dû la laisser continuer ?

— J'aurais aimé en discuter avec elle au lieu de lui poser un ultimatum.

— Elle est trop grande pour nous obéir ou pour écouter nos conseils. Tout ce que nous pouvons faire, c'est l'avertir des conséquences de ses actes. Je n'ai pas fait autre chose.

— Tu lui as fait peur.

— Eh bien tant mieux ! »

De l'autre côté de la porte, une voix annonça : « Le dîner est servi, madame la Présidente. »

Ils longèrent le hall central jusqu'à la salle à manger, située à l'extrémité ouest du bâtiment, à côté de la cuisine. Une petite table ronde occupait le centre de la pièce, percée de deux hautes fenêtres donnant sur la pelouse nord avec sa fontaine. Pippa arriva juste après eux.

Alors que Pauline portait sa première bouchée de crevettes panées à sa bouche, son téléphone sonna. C'était Sandip Chakraborty. Elle se leva et s'éloigna de la table de quelques pas, tournant le dos à Gerry et Pippa. « Qu'y a-t-il, Sandip ?

— James Moore a eu vent du report de la résolution. Il est sur CNN en ce moment. Peut-être serait-il bon que vous y jetiez un coup d'œil. Il n'y va pas de main morte.

— Entendu. Restez en ligne. » Elle se tourna vers son mari et sa fille. « J'en ai pour une minute, excusez-moi. »

La salle à manger jouxtait une petite pièce appelée le salon de beauté, dans laquelle Pauline, qui n'en faisait pas l'usage prévu, avait fait installer un téléviseur. Elle entra et l'alluma.

Moore se trouvait sur un terrain de basket bondé de supporters. Chaussé de santiags, il occupait l'estrade, micro à la main et parlait sans notes, devant un décor de drapeaux américains.

« Combien y a-t-il ici de braves gens qui auraient pu dire à la présidente Green de ne pas faire confiance aux Nations unies ? » demandait-il à la foule.

La caméra fit un travelling arrière pour cadrer le public. Presque tous les spectateurs étaient en tenue décontractée, arborant des tee-shirts et des casquettes de base-ball au nom de Jimmy.

« Oh ! s'écria Moore. Je vois que vous avez tous levé la main. » L'assemblée éclata de rire. « Autrement dit, tout le monde ici aurait été capable de remettre Pauline sur le droit chemin ! » Il descendit de scène et balaya l'auditoire du regard. « Je vois ici, au premier rang, des enfants qui lèvent la main. » La caméra zooma immédiatement sur la première rangée. « Vous vous rendez compte ? Même des gamins auraient pu le lui dire. » Il ménageait des pauses aux moments opportuns avec toute la virtuosité d'un humoriste.

« Eh bien, si vous choisissez de m'élire président… » L'humilité du « si vous choisissez » fut accueillie par une salve d'applaudissements. « Je vais vous dire comment je parlerai au Président chinois. » Il s'interrompit. « Ne vous en faites pas, ça ne sera pas long. » Nouvelle pause pour laisser place aux rires de la foule.

« Je lui dirai : "Faites ce que vous voulez, monsieur le Président, mais la prochaine fois que vous me verrez approcher, vous ferez bien de vous barrer, et fissa !" »

Les acclamations furent assourdissantes.

Pauline coupa le son et parla dans son téléphone.
« Qu'est-ce que vous en pensez, Sandip ?

— Ce sont des conneries, mais il est foutrement bon.

— Devons-nous réagir ?

— Pas tout de suite. Tout ce que nous obtiendrions,
c'est que la vidéo tourne en boucle toute la journée de
demain. Attendons d'avoir de solides munitions.

— Merci, Sandip. Bonne nuit. » Pauline mit fin à
la conversation et regagna la salle à manger. L'entrée
avait été débarrassée et un plat de poulet frit trônait sur
la table. « Je suis désolée, dit Pauline à Gerry et Pippa.
Mais vous savez comment c'est.

— C'est ce cow-boy qui te tracasse ? demanda
Gerry.

— Ne t'en fais pas, je gère.

— Tant mieux. »

Après le dîner, le café fut servi dans le salon est et
ils reprirent leur discussion.

« Tu ne m'ôteras pas de l'idée que Pippa aurait
besoin d'une mère plus présente, attaqua Gerry.

— Tu sais à quel point j'aimerais que ce soit possible, rétorqua Pauline, lasse de ces récriminations, et
tu sais aussi très exactement pourquoi ça ne l'est pas.

— Dommage.

— Ça fait maintenant deux fois que tu mets le sujet
sur le tapis. »

Il haussa les épaules. « Parce que je pense que c'est
un vrai problème.

— Je ne peux que te demander pourquoi tu conti-
nues à me faire ces reproches, alors que tu sais parfaitement que c'est indépendant de ma volonté.

— Je serais surpris que tu n'aies pas une théorie à
ce sujet.

— En effet, tu cherches à me mettre tous les torts
sur le dos.

— Il n'est pas question de torts.

— J'ai du mal à distinguer un autre objectif.

— Pense ce que tu veux, mais je reste convaincu que Pippa aurait besoin de plus d'attention de la part de sa mère. »

Il termina son café et attrapa la télécommande du téléviseur.

Pauline regagna l'aile ouest pour aller travailler dans son studio. Elle était profondément contrariée. Une résolution de l'ONU n'était pas une grosse affaire, mais elle n'avait pas réussi à la faire passer. Elle espérait que le plan de renforcement des sanctions contre la Corée du Nord proposé par Chess serait efficace.

Elle devait examiner un résumé du projet de loi de dépenses du ministère de la Défense, mais seule dans cette petite pièce, tard dans la soirée, elle laissa son esprit divaguer. Peut-être n'était-ce pas Pippa, mais Gerry qui aurait eu besoin que Pauline soit plus présente. Il n'était pas exclu qu'il attribue à Pippa ses propres sentiments d'abandon. C'était le genre de choses qu'un psy aurait pu déceler.

Gerry donnait l'impression d'être parfaitement indépendant, mais Pauline savait qu'il pouvait être en manque d'affection. Peut-être ne lui donnait-elle pas tout ce qu'il aurait voulu en ce moment. Il ne s'agissait pas de sexe; peu après leur mariage, ils avaient établi une forme de routine, faisant l'amour environ une fois par semaine, généralement le dimanche matin, et selon toute apparence, cela lui suffisait largement. Pauline n'aurait pas été hostile à des relations plus fréquentes, mais de toute manière, elle n'avait pas beaucoup de temps. Gerry avait cependant d'autres exigences que le sexe. Il fallait le caresser mentalement dans le sens du poil. Il fallait lui dire qu'il était merveilleux. Je devrais le faire plus souvent, songea Pauline.

Elle soupira. Le monde entier réclamait davantage d'attention de sa part.

Elle regrettait que Gerry ne soit pas plus positif. Peut-être Pippa serait-elle un jour une amie et une alliée, mais ce moment-là lui paraissait encore très lointain.

C'est toujours à moi de soutenir les autres, songea-t-elle dans un bref instant d'auto-apitoiement.

Après tout, il ne peut pas en être autrement, c'est pour ça que je suis présidente.

Cesse de pleurnicher, Pauline, se sermonna-t-elle, et elle reporta son attention sur le budget de la défense.

10

Kiah savait que le Bourbon Street était sa dernière chance de gagner sa vie au Tchad. Mais elle avait échoué. Je ne suis pas faite pour la prostitution, se dit-elle. Devrais-je en avoir honte, ou en être fière ?

Elle aurait dû deviner ce que recouvrait réellement cet emploi. Fatima lui avait proposé de l'héberger, de la nourrir, de l'habiller, et même de s'occuper de son enfant : personne n'aurait accordé tout cela à une simple serveuse. Kiah avait été naïve.

Aurait-elle dû s'accrocher ? La jeune Zariah le faisait bien, et avait l'air satisfaite. Elle trouvait cela excitant, même glamour, et avait probablement gagné davantage le premier soir que durant toute sa vie jusque-là. Si Zariah en était capable, pourquoi pas moi ? se demandait Kiah. Elle avait déjà eu des relations sexuelles, souvent même, mais uniquement avec Salim. Ça ne faisait pas mal. Et il y avait des moyens d'éviter de tomber enceinte. Les prostituées étaient obligées de coucher avec des hommes déplaisants aussi bien qu'avec des hommes agréables, mais toutes les femmes étaient parfois contraintes de sourire et de se montrer charmantes avec des hommes laids ou grossiers. Avait-elle été trop prude, trop lâche ? Avait-elle ainsi laissé échapper l'occasion de subvenir à ses besoins et à ceux de son enfant ? Autant de questions vaines ; elle ne pouvait pas le faire et ne le pourrait jamais.

Aussi son seul espoir était-il Hakim et son bus.

Sa pudibonderie risquait de lui coûter la vie. Elle pourrait mourir pendant le voyage, bien avant d'atteindre la France, la destination de ses rêves. Hakim n'hésiterait certainement pas à abandonner tous ses passagers s'il pensait avoir une chance de filer avec leur argent. Même s'il était honnête, une simple panne pouvait être fatale dans le désert. Et on disait que, pour la traversée de la Méditerranée, les passeurs utilisaient parfois des petits bateaux dangereux.

Après tout, tant pis si elle mourait. Elle ne pouvait pas faire ce qui lui était impossible.

Elle partagea ses maigres possessions entre les autres femmes du village : matelas, batterie de cuisine, pots, coussins et tapis. Elle les invita toutes à venir chez elle, répartit les lots entre elles et leur annonça qu'elles pourraient en disposer dès qu'elle serait partie.

Cette nuit-là, elle resta éveillée à penser à tout ce qu'elle avait vécu dans cette maison. C'était là qu'elle avait fait l'amour avec Salim pour la première fois. Elle y avait donné naissance à Naji, là, sur ce sol, et tout le monde au village avait entendu ses cris de douleur. C'était là qu'ils avaient ramené le corps de Salim et l'avaient déposé avec délicatesse sur le tapis, là qu'elle s'était jetée sur lui et l'avait embrassé comme si son amour pouvait le ramener à la vie.

La veille du jour prévu pour le départ du bus, elle se réveilla avant l'aube. Elle fourra quelques vêtements dans un sac, avec du poisson fumé, des fruits secs et du mouton salé, des aliments qui se conserveraient. Elle parcourut la pièce du regard et dit adieu à sa maison.

Elle partit au lever du soleil, son sac dans une main et Naji sur la hanche, de l'autre côté. Parvenue à la limite du village encore plongé dans le silence, elle se retourna pour contempler les toits de palmes. C'était là qu'elle était née et qu'elle avait vécu pendant l'intégralité de ces vingt années, près du lac qui ne cessait de rétrécir. Dans la lumière argentée, sa surface était calme et immobile comme la mort. Elle ne le reverrait plus jamais.

Elle traversa le village de Yusuf et Azra sans s'arrêter.

Au bout d'une heure, Naji commença à être lourd et elle dut s'arrêter pour faire une halte. Après cela, elle s'arrêta souvent, ce qui ralentit sa progression.

Dans la chaleur du jour, elle fit une longue pause dans un autre village et s'assit à l'ombre d'un petit bosquet de palmiers-dattiers. Elle allaita Naji, but un peu d'eau et grignota une tranche de viande salée. Naji dormit pendant près d'une heure. Ils se remirent en marche dans l'après-midi qui allait fraîchissant.

Le soleil était bas sur l'horizon quand elle arriva aux Trois Palmiers. Elle passa devant la station-service près du café, espérant presque qu'Hakim aurait avancé son départ, la laissant en plan. Mais elle l'aperçut sur le seuil du garage. Il pérorait devant un groupe d'hommes chargés de bagages de toutes formes et de toutes tailles. Comme elle, ils étaient arrivés la veille du départ afin d'être prêts à partir à la première heure le lendemain matin.

Elle s'approcha lentement en essayant de les regarder attentivement sans en avoir l'air. Ces hommes allaient être ses compagnons pendant un voyage périlleux. Personne ne savait exactement combien de temps il durerait, mais il fallait sûrement s'attendre à deux ou trois semaines, voire le double. Les hommes étaient presque tous jeunes. Ils parlaient fort et avaient l'air excités. Les soldats qui partaient à la guerre devaient être comme ça, impatients de découvrir des endroits étranges et de faire de nouvelles expériences, sachant qu'ils risquaient leur vie et n'y croyant pas vraiment.

Il n'y avait pas trace du vendeur de cigarettes. Elle

espérait qu'il viendrait. Ce serait un soulagement pour elle de voyager en compagnie de quelqu'un qui ne lui était pas complètement étranger.

Il n'y avait pas d'hôtel aux Trois Palmiers. Kiah se rendit au couvent et discuta avec une religieuse.

« Vous ne connaîtriez pas une famille respectable qui pourrait nous donner un lit pour la nuit à mon enfant et moi ? demanda-t-elle. J'ai un peu d'argent, je pourrais payer. »

Comme elle l'espérait, on l'invita à loger au couvent. L'atmosphère, les odeurs de fumée des cierges, d'encens et des vieilles bibles la renvoyèrent immédiatement à son enfance. Elle avait adoré l'école. Elle aurait voulu continuer à découvrir les mystères des maths et du français, l'histoire et les pays lointains, mais elle avait arrêté ses études à treize ans.

Les religieuses furent aux petits soins pour Naji et servirent à Kiah un repas roboratif de mouton épicé accompagné de haricots, tout cela en échange d'un cantique et de quelques prières avant d'aller se coucher.

Cette nuit-là encore, elle eut du mal à s'endormir. Hakim occupait toutes ses pensées. Il avait exigé qu'elle verse la totalité du voyage à l'avance, et elle avait peur qu'il renouvelle sa demande le lendemain. Il n'était pas question qu'elle lui donne plus de la moitié, mais que ferait-elle s'il ne voulait pas l'emmener ? Et s'il refusait que Naji voyage gratuitement ?

Ma foi, elle ne pouvait rien y faire. Hakim n'était pas le seul passeur du Tchad. Au pire, elle n'aurait qu'à en chercher un autre. Cela vaudrait mieux que de commettre la bêtise de lui donner tout son argent.

D'un autre côté, si elle ne partait pas maintenant, elle risquait de ne plus jamais en avoir le courage.

Le lendemain matin, les religieuses lui donnèrent du café et du pain, et l'interrogèrent sur le but de son voyage. Elle mentit et répondit qu'elle allait voir une cousine à la ville voisine. Elle craignait que, si elle leur disait la vérité, elles passent des heures à essayer de la dissuader.

En traversant la ville, Naji trottinant à côté d'elle, elle se rendit compte que c'était probablement la dernière fois qu'elle voyait les Trois Palmiers, et qu'elle allait bientôt dire adieu au Tchad et à l'Afrique. Les émigrés écrivaient chez eux, mais ils revenaient rarement. Elle s'apprêtait à renoncer à tout ce qu'elle avait vécu jusque-là, à tirer un trait sur son passé pour se rendre dans un nouveau monde. C'était terrifiant. Elle se sentait perdue et déracinée avant même d'être partie.

Elle rejoignit la station-service avant le lever du soleil.

Plusieurs autres passagers étaient déjà là, certains accompagnés par de nombreux membres de leur famille, visiblement venus leur dire au revoir. Le café voisin était ouvert et tournait à plein en attendant Hakim. Kiah, qui avait déjà pris un café, demanda du riz sucré pour Naji.

Le propriétaire se montra hostile. « Qu'est-ce que vous faites là ? Ça ne fait pas bon effet, une femme seule dans mon café.

— Je prends le bus d'Hakim.

— Toute seule ? »

Elle inventa un mensonge. « J'attends ma cousine. Elle m'accompagne. »

L'homme s'éloigna sans répondre.

Son épouse lui apporta quand même du riz. Se rappelant que Kiah était déjà venue, elle lui dit de garder son argent puisque le riz était pour son enfant.

Il y avait de braves gens dans ce monde, pensa Kiah avec reconnaissance. Peut-être aurait-elle besoin de l'aide d'étrangers pendant ce voyage.

Une minute plus tard, une famille lui demanda si elle pouvait s'asseoir avec elle. Il y avait une jeune femme de l'âge de Kiah, appelée Esma, et ses beaux-parents, une femme qui avait l'air gentille et s'appelait Bushra et un homme plus âgé, Wahed, qui fumait une cigarette et toussait.

Esma se montra tout de suite aimable avec Kiah et lui demanda si son mari l'accompagnait. Kiah lui expliqua qu'elle était veuve.

« Oh, quel malheur ! dit Esma. J'ai un mari à Nice. C'est une ville de France.

— Il travaille, là-bas ? s'enquit Kiah intéressée. Que fait-il ?

— Il construit des murs dans les jardins des riches. Il est maçon. Il y a beaucoup de palais à Nice. Il n'arrête pas de travailler. Dès qu'il a fini un mur, il y en a un autre à monter.

— Il gagne bien sa vie ?

— Et comment ! Il m'a envoyé cinq mille dollars américains pour que je puisse le rejoindre. Comme il n'a pas de permis de séjour en France, je suis obligée de le rejoindre par ce moyen.

— Cinq mille dollars ? »

Bushra, la belle-mère, expliqua : « Normalement, cette somme était destinée à Esma. Il a dit qu'il enverrait plus d'argent, plus tard, pour son père et moi. Mais ma belle-fille est tellement gentille… Elle a tenu à nous emmener.

— J'ai négocié avec Hakim, précisa Esma. Cinq mille, pour nous trois. Nous n'aurons plus un sou de côté après, mais tant pis, puisque nous serons bientôt réunis.

— *Inch'Allah*, dit Kiah. Si Dieu le veut. »

*

Abdul passa la nuit chez Anand, l'homme qui lui avait acheté sa voiture. Abdul avait discuté le prix âprement, pour ne pas éveiller ses soupçons, mais l'acheteur avait tout de même réalisé une bonne affaire et Abdul avait ajouté en prime ses dernières cartouches de Cleopatra. Anand avait paru satisfait, et avait invité Abdul à dormir chez lui. Ses trois femmes avaient préparé un savoureux dîner.

Ce soir-là, deux amis d'Anand étaient passés, Fouzen et Haydar, et Anand avait proposé une partie de dés. Fouzen était un jeune homme aux allures de voyou, vêtu d'une chemise sale, et Haydar était petit, avec une tête de fouine et un œil à moitié fermé par une vieille blessure. Au mieux, pensa Abdul, Anand espérait récupérer une partie de la somme qu'il lui avait versée pour la voiture ; mais il était tenté de leur attribuer des intentions plus sinistres.

Abdul joua prudemment et gagna un peu.

Ils l'interrogèrent, et il expliqua qu'il avait vendu sa voiture pour payer son voyage en Europe avec Hakim. À la façon dont il parlait arabe, ils remarquèrent qu'il n'était pas tchadien. «Je suis libanais», dit-il, ce qui était vrai. D'ailleurs, son accent était parfaitement identifiable.

Comme ils lui demandaient pourquoi il voulait partir, il leur fit sa réponse habituelle : «Si vous étiez nés à Beyrouth, vous auriez envie de partir, vous aussi.»

Ils se renseignèrent sur l'heure de départ du bus et voulurent savoir quand exactement Abdul devait se rendre à la station-service d'Hakim, ce qui le conforta dans ses soupçons. Sans doute avaient-ils l'intention de le dépouiller. Il était étranger, sans attaches ; ils pensaient peut-être même pouvoir le tuer impunément. Il n'y avait pas de poste de police aux Trois Palmiers.

Abdul préférait éviter de se battre, bien sûr, mais

cette perspective ne l'inquiétait guère. Ces types étaient des amateurs. Abdul avait pratiqué la lutte au lycée, et avait participé à des compétitions d'arts martiaux mixtes pour gagner un peu d'argent à l'université. Il se rappelait un moment gênant au cours de sa formation à la CIA. On leur enseignait le combat à mains nues, et l'entraîneur, un homme tout en muscles, avait prononcé les paroles d'usage : « Allez, viens te battre.

— J'aimerais mieux pas, avait répondu Abdul, et toute la classe avait ri, pensant qu'il avait peur.

— Ah bon ? avait répliqué l'entraîneur avec un sourire mauvais. Parce que tu crois tout savoir du combat à mains nues ?

— Je ne crois pas tout savoir, sur aucun sujet, mais côté combat, je ne suis pas complètement nul, et j'évite de me battre dans la mesure du possible.

— Eh bien, c'est ce qu'on va voir. Vas-y.

— Demandez à quelqu'un d'autre, s'il vous plaît.

— Allons, c'est un ordre ! »

Ce type était obstiné. Il voulait impressionner ses étudiants par une démonstration de force. Abdul n'avait aucune envie de lui mettre des bâtons dans les roues, mais il n'avait pas le choix.

« Bien. Qu'est-ce que vous dites de ça ? » Il avait flanqué un bon coup dans le ventre de l'entraîneur, l'avait plaqué à terre et lui avait fait une prise d'étranglement. « Je suis navré. Mais vous avez insisté. »

Puis il avait relâché sa prise et s'était relevé.

L'entraîneur s'était remis debout péniblement. Il était indemne, hormis un nez en compote, et lui avait ordonné : « Fous le camp. »

D'un autre côté, il n'était pas impossible que Fouzen et Haydar aient des couteaux.

Ils partirent vers minuit, et Abdul alla se coucher sur une paillasse. Il se réveilla aux premières lueurs du jour, remercia Anand et ses femmes, et annonça qu'il partait tout de suite.

« Vous avez le temps de prendre le petit déjeuner, proposa Anand. Du café, un peu de pain avec du miel, des figues. Le garage d'Hakim n'est qu'à quelques minutes à pied. »

Devant l'insistance d'Anand, Abdul le soupçonna d'avoir l'intention de le voler ici même, sous son toit. On pourrait faire sortir les enfants, les femmes ne diraient rien et il n'y aurait pas d'autres témoins.

Il refusa fermement, ramassa son petit sac de cuir et se mit en route en espérant avoir déjoué leurs plans.

Il n'y avait pas un bruit dans les rues poussiéreuses de la petite ville. Bientôt les volets s'ouvriraient, la fumée des feux de cuisine emplirait les cours, les femmes sortiraient avec leurs cruches et leurs bouteilles en plastique pour aller chercher de l'eau. Les petites motos et les scooters vrombiraient, pétaradant de façon exaspérante. Mais pour le moment tout était calme, et Abdul entendit distinctement des pas derrière lui. Deux hommes l'avaient pris en chasse.

Il inspecta le sol à la recherche d'une arme. La rue était jonchée de paquets de cigarettes, d'épluchures de légumes, de cailloux et de bouts de bois. Le bord coupant d'une tuile tombée d'un toit aurait été parfait, mais la plupart des maisons étaient couvertes de palmes. Il envisagea de ramasser une bougie de voiture rouillée, mais elle était trop petite pour infliger de gros dégâts. Finalement, son choix se porta sur une pierre de la taille de son poing et il poursuivit son chemin.

Les hommes se rapprochaient. Abdul s'arrêta à un carrefour, où la nécessité de regarder dans les quatre directions pouvait les distraire. Il lâcha son sac et se retourna, face à eux. Il constata avec satisfaction qu'ils étaient chaussés de sandales ; lui-même était en rangers.

Ils étaient tous deux armés de couteaux avec des lames de quinze centimètres, assez petits pour pouvoir passer pour des ustensiles de cuisine, assez longs pour atteindre le cœur.

Ils s'avancèrent vers lui et s'arrêtèrent, hésitants. C'était bon signe. «Ce que vous vous apprêtez à faire s'appelle un suicide, leur dit-il. Vous ne savez pas que c'est un péché?»

Il aurait bien voulu qu'ils fassent demi-tour, pourtant ils ne se dégonflèrent pas et il comprit qu'il serait obligé de se battre.

Brandissant sa pierre, il se précipita sur Haydar, le plus petit, qui recula; il vit du coin de l'œil Fouzen se rapprocher et pivota sur ses talons avant de lancer la pierre vers lui d'un geste fort et précis, presque à bout touchant. Elle atteignit l'homme en plein visage. Il poussa un cri, porta une main à son œil et tomba à genoux.

Abdul pivota à nouveau et flanqua à Haydar un coup de pied dans les testicules avec son pied lourdement chaussé. Il avait appris à ses cours d'arts martiaux à frapper efficacement; plié en deux, Haydar hurla de douleur et recula en titubant.

S'il s'était écouté, Abdul se serait jeté sur les deux hommes et les aurait roués de coups de poing comme sur un ring, il aurait sauté sur son adversaire à terre et se serait acharné sur son visage et sur son corps jusqu'à ce que l'arbitre mette fin au combat. Mais il n'y avait pas d'arbitre, et il se retint.

Il les regarda fixement tour à tour, les mettant au défi de bouger; ils s'en gardèrent bien.

«Si je vous revois, je vous tue», leur dit-il.

Puis il ramassa son sac, se retourna et s'éloigna.

Il jubilait intérieurement et ce sentiment lui fit honte. C'était une émotion qu'il connaissait bien. Sur le ring, il avait éprouvé l'exultation profonde et secrète que procurent l'agressivité et la violence autorisées par le combat, et s'était toujours interrogé ensuite : Quel homme suis-je donc ? Il était comme un renard dans un poulailler, qui tuait toutes les volailles, plus qu'il ne pouvait en manger, plus qu'il ne pourrait jamais en rapporter dans son terrier, mordant et déchiquetant par pur plaisir.

Tout de même, je n'ai tué ni Fouzen ni Haydar ; et ce ne sont pas des poulets.

Le café à côté de la station-service était plein de monde. Il reconnut Kiah, la jeune femme qui lui avait posé des questions la dernière fois qu'il était venu. Elle avait son enfant avec elle. Elle est courageuse, se dit-il.

Hakim était invisible.

Kiah sourit à Abdul et lui fit signe, mais il se détourna et s'assit tout seul. Il ne voulait pas se lier d'amitié avec elle, ni avec qui que ce soit. Un agent secret n'avait pas d'amis.

Il commanda du café et du pain. Autour de lui, les hommes semblaient à la fois impatients et pleins d'appréhension. Certains parlaient très fort, peut-être pour masquer leur angoisse ; d'autres avaient la bougeotte, ou restaient assis à fumer, sans parler, la mine sombre. Les hommes plus âgés et les femmes en larmes devaient être des parents venus dire adieu à des êtres chers, dont ils savaient qu'ils ne les reverraient probablement jamais.

Hakim apparut enfin sans se presser, vêtu à l'occidentale, en jean et sweat-shirt crasseux. Ignorant la foule qui l'attendait, il déverrouilla la porte latérale du garage, entra et referma derrière lui. Quelques minutes plus tard, la porte basculante s'ouvrit et le bus en sortit.

Les deux djihadistes le suivaient, la démarche arrogante, le fusil d'assaut en bandoulière, regardant férocement les gens qui détournaient aussitôt les yeux. Abdul se demanda ce que les passagers pouvaient penser de ces deux hommes qui étaient manifestement des terroristes. Il était seul à savoir que le bus contenait pour plusieurs millions de dollars de cocaïne. Les autres croyaient-ils que les djihadistes étaient là pour les protéger ? Peut-être préféraient-ils ne pas élucider ce mystère.

Hakim descendit du bus, ouvrit la portière du côté passager, et la foule s'approcha.

Il hurla : « Il n'y a pas de place pour les bagages en dehors du filet au-dessus des sièges. Un sac par personne. Pas d'exceptions, pas de discussion. »

Des gémissements et des exclamations indignées se firent entendre, mais les gardes se postèrent de part et d'autre d'Hakim, et les protestations se turent.

« Maintenant, sortez votre argent, continua Hakim. Mille dollars, mille euros, ou l'équivalent. Quand vous m'aurez payé, vous pourrez monter. »

Quelques passagers jouèrent des coudes pour passer devant les autres. Abdul ne se joignit pas à la bousculade : il monterait en dernier. Certains voyageurs essayaient de fourrer le contenu de deux valises dans une seule. D'autres embrassaient et étreignaient leurs parents en pleurs. Abdul garda ses distances.

Une odeur de cannelle et de curcuma attira son attention. Kiah était à côté de lui. « Après vous avoir parlé, lui confia-t-elle, je suis allée voir Hakim et il a exigé que je lui verse la totalité de la somme avant de partir. Maintenant, il réclame la moitié à tout le monde, comme vous me l'aviez dit. Vous croyez qu'il va encore essayer de m'obliger à tout payer ? »

Abdul aurait aimé prononcer des paroles rassurantes, mais il serra les lèvres avec un haussement d'épaules indifférent.

« Je vais lui proposer mille », conclut-elle, et elle rejoignit la foule, son fils sur sa hanche.

Il la vit tendre l'argent à Hakim qui le prit, le compta,

l'empocha et lui fit signe de monter à bord, tout cela sans un mot, sans un regard. Il avait tenté le coup, visiblement, profitant de ce qu'elle était seule pour essayer de lui extorquer l'intégralité du prix du voyage, mais y avait vite renoncé en constatant qu'elle n'était pas si facile à intimider.

L'embarquement prit une heure. Abdul monta le dernier, son fourre-tout en cuir bon marché à la main.

Le bus comportait dix rangées de sièges, quatre sièges par rangée, deux de chaque côté de l'allée centrale. Bien que le véhicule fût bondé, la première rangée était libre, mais un sac était posé sur chaque paire de sièges. Un homme assis dans la deuxième rangée expliqua : «Ces places sont réservées aux gardes. Apparemment, ils ont besoin de deux sièges chacun.»

Abdul haussa les épaules et parcourut l'intérieur du bus du regard. Un siège était libre. À côté de Kiah.

Il devina que personne n'avait envie de s'asseoir à côté d'un bébé qui allait certainement s'agiter, pleurer et vomir tout le long de la route jusqu'à Tripoli.

Il plaça son sac dans le porte-bagages et prit place près de Kiah.

Hakim se mit au volant, les gardes montèrent dans le bus qui quitta la ville en direction du nord.

Le véhicule prenant de la vitesse, les vitres cassées laissèrent entrer une brise rafraîchissante. Au moins, les quarante passagers pourraient respirer, mais cette aération deviendrait très désagréable en cas de tempête de sable.

Au bout d'une heure, il aperçut au loin ce qui ressemblait à une petite ville américaine, une étendue de bâtiments disparates comprenant plusieurs tours, et il reconnut la raffinerie de Djermaya avec ses cheminées fumantes, ses colonnes de distillation et ses énormes réservoirs blancs. C'était la première raffinerie du

Tchad ; elle avait été construite par les Chinois dans le cadre d'un contrat d'exploitation pétrolière qui avait rapporté des milliards de redevances au gouvernement, une manne qui n'avait cependant pas bénéficié aux malheureux habitants des rives du lac Tchad.

Devant, s'étendait un paysage désertique.

L'essentiel de la population du Tchad vivait dans le Sud, autour du lac Tchad et de N'Djamena. Au bout du voyage, en Libye, la plupart des villes se concentraient dans le Nord, sur la côte méditerranéenne. Ces deux zones de peuplement étaient séparées par plus de deux mille kilomètres de désert. Il y avait quelques voies goudronnées, dont l'autoroute transsaharienne, mais ce bus avec son chargement de contrebande et ses migrants clandestins ne prendrait pas les grandes routes. Il emprunterait des pistes de sable peu fréquentées, roulant à une trentaine de kilomètres à l'heure, d'une petite oasis à la suivante, la plupart du temps sans croiser un seul autre véhicule de l'aube au crépuscule.

Le fils de Kiah était fasciné par Abdul. Il le dévisagea jusqu'à ce qu'Abdul lui rende son regard, ce qui l'incita à se cacher précipitamment le visage. Peu à peu, il conclut qu'Abdul était inoffensif, et s'amusa à le regarder puis à se cacher.

Abdul soupira. Il ne pouvait tout de même pas se réfugier dans un silence boudeur pendant près de trois mille kilomètres. Il céda et dit : « Salut Naji.

— Vous vous souvenez de son nom ! » fit Kiah en souriant.

Son sourire lui en rappela un autre.

*

Il travaillait à Langley, le quartier général de la CIA, à la périphérie de Washington. Il utilisait son second prénom, John, parce qu'il avait constaté que lorsqu'il se faisait appeler Abdul, il était obligé de raconter sa vie à tous les Blancs qu'il rencontrait.

Il était à l'Agence depuis un an et, en dehors de sa formation, il n'avait fait que lire des journaux arabes et rédiger des résumés en anglais de tous les articles concernant la politique étrangère, la défense ou l'espionnage. Au début, ses comptes rendus étaient trop longs, mais il avait vite compris ce que ses chefs attendaient de lui, et maintenant il s'ennuyait.

Il avait rencontré Annabelle Sorrentino à une soirée dans un appartement de Washington. Elle était grande, moins que lui tout de même, et sportive. Elle fréquentait une salle de sport et participait à des marathons. Elle était par ailleurs d'une beauté remarquable. Elle travaillait au Département d'État. Ils avaient parlé du monde arabe, qui les intéressait tous les deux, et Abdul avait été immédiatement frappé par son intelligence ; mais ce qui lui plaisait le plus chez elle, c'était son sourire.

Au moment où elle s'apprêtait à partir, il lui avait demandé son numéro de téléphone et elle le lui avait donné.

Ils s'étaient revus, ils avaient couché ensemble, et il avait découvert qu'au lit, elle était sans retenue. Quelques semaines plus tard, il savait qu'il voulait l'épouser.

Après avoir passé la plupart de leurs nuits ensemble pendant six mois, dans son studio à lui ou dans son appartement à elle, ils avaient décidé de s'installer dans un logement plus grand. Ils avaient trouvé un endroit magnifique, mais n'avaient pas de quoi payer le dépôt de garantie. Annabelle avait alors proposé d'emprunter la somme à ses parents. C'est ainsi qu'il avait appris que son père était un milliardaire, propriétaire de Sorrentino's, une petite chaîne d'épiceries fines spécialisées dans les grands vins, les marques d'alcool prestigieuses et les huiles d'olive sélectionnées.

Tony et Lena Sorrentino avaient manifesté le désir de rencontrer «John».

Ils habitaient un grand immeuble, dans un quartier sécurisé de Miami Beach. Annabelle et Abdul prirent l'avion un samedi et arrivèrent à temps pour le dîner. On leur donna des chambres séparées, mais Annabelle le rassura : «On pourra dormir ensemble – c'est pour le personnel, c'est tout.»

Lena Sorrentino parut choquée en voyant Abdul, et il comprit alors qu'Annabelle n'avait pas averti ses parents qu'il avait le teint aussi foncé.

«Eh bien, John, dit Tony tout en dégustant ses palourdes, parlez-nous un peu de vous.

— Je suis né à Beyrouth…

— Vous êtes donc un immigré.

— En effet, comme le premier M. Sorrentino, sans doute. Je suppose qu'il était originaire de Sorrente.»

Tony s'obligea à sourire. Il pensait manifestement *Ouais, mais nous, on est blancs.* «Dans ce pays, commenta-t-il, nous sommes tous plus ou moins des immigrés, évidemment. Pourquoi votre famille a-t-elle quitté Beyrouth ?

— Si vous étiez né à Beyrouth, vous auriez eu envie de partir, vous aussi.»

Ils répondirent par un rire forcé.

«Et votre religion ?» reprit Tony.

Autrement dit : «Êtes-vous musulman ?»

«Je viens d'une famille catholique, répondit Abdul. Ce n'est pas rare au Liban.

— Beyrouth se trouve au Liban ? intervint Lena.

— Oui.

— Alors ça, qui aurait pu s'en douter !»

Tony, qui était un peu mieux informé que son épouse,

poursuivit : « Si je ne me trompe, on y pratique une autre forme de catholicisme, non ?

— En effet. On nous appelle les maronites. Nous sommes en pleine communion avec l'Église romaine, mais nos messes sont célébrées en arabe.

— La maîtrise de l'arabe vous est sûrement utile dans votre travail.

— En effet. Comme celle du français, qui est la deuxième langue parlée au Liban. Mais j'aimerais bien en savoir plus long sur la famille Sorrentino. C'est vous qui avez créé l'affaire ?

— Mon père tenait une boutique de vins et spiritueux dans le Bronx, répondit Tony. Je l'ai vu tenir tête à des clochards et à des drogués pour gagner un dollar sur une bouteille de bière, et je dois avouer que ça ne m'a pas tenté. J'ai préféré ouvrir mon propre magasin à Greenwich Village, où je vendais des grands crus en faisant un bénéfice de vingt-cinq dollars par bouteille.

— Sa première publicité montrait un type bien habillé, un verre à la main, qui s'exclamait : "Quel bon vin ! On dirait une bouteille à cent dollars !" Et son copain répondait : "Pas vrai ? Figure-toi que je l'ai achetée chez Sorrentino où je l'ai payée deux fois moins cher." Nous avons passé cette publicité une fois par semaine pendant un an, renchérit Lena.

— C'était le temps où on pouvait trouver de bons vins pour cent dollars, précisa Tony, provoquant un éclat de rire général.

— Votre père a toujours sa boutique ? s'enquit Abdul.

— Mon père est décédé. Il s'est fait tirer dessus dans son magasin par un gars qui voulait voler la caisse. » Tony s'interrompit avant d'ajouter : « Un Afro-Américain.

— C'est vraiment navrant », répondit machinalement

Abdul, mais la précision le chiffonnait. *Un Afro-Américain.* Autrement dit : *Mon père a été tué par un Noir.* À croire que les Blancs n'assassinaient jamais personne. À croire que Tony n'avait jamais entendu parler de la mafia.

Annabelle détendit l'atmosphère en évoquant son propre travail, et Abdul se contenta d'écouter pendant presque tout le reste de la soirée. Cette nuit-là, Annabelle vint le rejoindre dans sa chambre en pyjama, et ils passèrent la nuit dans les bras l'un de l'autre ; mais ils ne firent pas l'amour.

Ils ne s'installèrent jamais ensemble dans un appartement. Tony refusa de leur prêter l'argent du dépôt de garantie, ce qui n'était que le premier épisode d'une campagne familiale visant à empêcher Annabelle d'épouser Abdul. Sa grand-mère ne lui adressa plus la parole. Son frère menaça de faire tabasser Abdul par des gens qu'il « connaissait », avant d'y renoncer en apprenant pour qui Abdul travaillait. Annabelle jura qu'elle ne leur céderait jamais, mais ces conflits empoisonnèrent leur amour. Leur idylle s'était transformée en guerre. Et quand elle ne put plus supporter cette situation, elle rompit.

Abdul annonça alors à l'Agence qu'il était partant pour une mission à l'étranger.

11

Tao Ting sortit de la salle de bains, une serviette éponge nouée autour du buste, une autre en turban. Chang Kai, assis dans le lit, leva les yeux du journal qu'il lisait sur sa tablette. Il la regarda ouvrir les portes des trois placards et rester devant à examiner ses vêtements. Au bout de quelques instants, elle laissa tomber les deux serviettes sur la moquette.

Il savoura le spectacle de sa femme dénudée et songea à la chance qu'il avait. Si des millions de téléspectateurs étaient amoureux d'elle, c'était pour une bonne raison. Elle était absolument parfaite, avec son corps mince, bien proportionné, de la couleur crémeuse de l'ivoire, et ses cheveux noirs et lustrés.

Et elle avait de l'humour.

Sans se retourner, elle lui dit : « Je sais ce que tu regardes.

— Je lis le *Quotidien du Peuple* en ligne, répondit-il avec un petit rire en faisant mine de protester.

— Menteur.

— Comment sais-tu que je mens ?

— Je lis dans ton esprit.

— C'est un super-pouvoir, ça.

— Je sais toujours ce que pensent les hommes.

— Comment fais-tu ?

— Ils pensent tous à la même chose. »

Elle enfila une culotte et un soutien-gorge, puis passa

encore un petit moment en contemplation devant les rangées de vêtements. Kai se sentait coupable de rester au lit à l'observer. Il avait tant de choses à faire, pour lui-même et pour son pays. Pourtant, il avait du mal à détacher son regard du corps de sa femme.

« Au fond, ce que tu mets n'a aucune importance, remarqua-t-il. Dès ton arrivée au studio, tu enfileras un costume incroyable. » Il était parfois pris du noir soupçon qu'elle s'habillait pour les jeunes acteurs avec lesquels elle travaillait. Elle avait tellement plus de choses en commun avec eux qu'avec lui.

« Ce que je porte est toujours important, répondit Ting. Je suis une célébrité. Les gens s'attendent à ce que je ne sois pas comme tout le monde. Les chauffeurs, les portiers, les agents d'entretien, les jardiniers, tous diront à leur famille et à leurs amis : "Vous ne devinerez jamais qui j'ai vu aujourd'hui : Tao Ting ! Oui, l'actrice d'*Idylle au palais* !" Je ne veux surtout pas qu'ils disent que je ne suis pas aussi jolie en vrai.

— Je comprends, bien sûr.

— De toute façon, je ne vais pas directement aux studios. Aujourd'hui, on filme un grand combat à l'épée. On n'aura pas besoin de moi avant deux heures.

— Qu'est-ce que tu vas faire de ta matinée de liberté ?

— Je vais faire du shopping avec maman.

— Ah, sympa. »

Ting était très proche de sa mère, Cao Anni, actrice, elle aussi. Elles se téléphonaient tous les jours. Le père de Ting était mort dans un accident de voiture quand elle avait treize ans. Sa mère, qui se trouvait dans le véhicule au moment du drame, boitait depuis ce jour, ce qui avait entravé sa carrière. Mais Anni s'était réorientée et faisait désormais du doublage.

Kai avait beaucoup d'affection pour sa belle-mère.

« Ne la fais pas trop marcher, conseilla-t-il à Ting. Elle ne se plaint jamais, mais sa jambe la fait encore souffrir.

— Je sais », répondit Ting avec un sourire.

Bien sûr, elle le savait. Elle était assez grande pour prendre soin de sa mère. Il s'efforçait de ne pas la traiter comme une enfant, mais ne pouvait pas toujours s'en empêcher.

« Désolé, dit-il.

— Ça me fait plaisir que tu te soucies d'elle. Elle t'aime bien, tu sais. Elle pense que tu t'occuperas de moi quand elle ne sera plus là.

— Et c'est effectivement ce que je ferai. »

Ting choisit finalement un Levi's délavé.

Sans détacher son regard de sa femme, Kai réfléchit à la journée qui l'attendait. Il avait rendez-vous avec un espion important.

À l'heure du déjeuner, il prenait l'avion pour Yanji, une ville de moyenne importance proche de la frontière avec la Corée du Nord. Bien qu'il fût maintenant à la tête du service de renseignement étranger, il dirigeait encore personnellement quelques-uns des espions les plus précieux pour son pays, pour la plupart des hommes qu'il avait recrutés avant son avancement. L'un d'eux était un général nord-coréen appelé Ham Ha-sun. Depuis plusieurs années, Ham était la meilleure source d'informations du Guoanbu pour tout ce qui se passait en Corée du Nord.

Et la Corée du Nord était le point faible de la Chine.

C'était son ventre mou, son talon d'Achille, sa kryptonite, ou toute autre image d'une faille fatale dans un corps apparemment solide. Les Coréens du Nord étaient des alliés majeurs, mais on ne pouvait absolument pas compter sur eux. Kai rencontrait régulièrement Ham et entre leurs entrevues programmées, ils pouvaient se contacter pour fixer un rendez-vous secret d'urgence. Leur réunion de ce jour-là était de pure routine, ce qui ne retirait rien à son importance.

Ting compléta sa tenue par un sweat-shirt bleu vif et des santiags. Kai jeta un coup d'œil au réveil posé sur la table de chevet et se leva.

Il fit une rapide toilette et enfila un des costumes qu'il mettait pour aller au bureau. Il était encore en train de s'habiller quand Ting l'embrassa et partit.

Une chape de brouillard pesait sur Pékin, et Kai prit un masque dans l'éventualité où il aurait à marcher. Son sac de voyage était déjà prêt. Il plia son gros manteau d'hiver sur son bras : il faisait froid à Yanji.

Il quitta l'appartement.

*

Yanji était une ville de quatre cent mille habitants, dont près de la moitié étaient coréens.

La ville avait poussé comme un champignon après la Seconde Guerre mondiale, et pendant la descente de l'avion, Kai regarda les rangées de constructions modernes serrées les unes contre les autres des deux côtés du Buerhatong, une large rivière. La Chine était le principal partenaire commercial de la Corée du Nord, et des milliers de gens franchissaient la frontière tous les jours dans les deux sens pour leur travail. Yanji était un important centre d'entrepôts.

Des centaines de milliers, peut-être des millions, de Coréens vivaient et travaillaient en Chine. Beaucoup étaient des immigrants légaux, d'autres des prostituées, auxquels s'ajoutaient un certain nombre d'ouvriers agricoles non payés et d'épouses achetées, que l'on n'appelait jamais des esclaves. La vie en Corée du Nord était tellement effroyable qu'être un esclave bien nourri en Chine pouvait passer pour un sort presque enviable, estimait Kai.

Yanji était la ville de Chine qui comptait le plus d'habitants coréens et elle possédait même deux chaînes de télévision en langue coréenne. L'une des résidentes coréennes de Yanji, Ham Hee-young, une jeune femme brillante et compétente, était la fille illégitime du général Ham, ce que personne ne savait en Corée du Nord, et très peu de gens en Chine. Responsable d'un grand magasin, elle touchait un confortable salaire ainsi qu'une commission sur les ventes.

L'avion de Kai se posa à Chaoyangchuan, l'aéroport domestique de Yanji, et il prit un taxi pour le centre-ville. Tous les panneaux routiers étaient écrits en deux langues, le coréen au-dessus du chinois. Dans les rues, on voyait des jeunes femmes vêtues dans le style chic, élégant, de la Corée du Sud, remarqua-t-il. Il descendit dans un hôtel d'une grande chaîne et ressortit aussitôt après avoir enfilé son gros manteau pour se protéger du froid mordant. Ignorant les taxis à l'arrêt devant l'entrée de l'hôtel, il en héla un autre quelques rues plus loin. Il donna au chauffeur l'adresse d'un supermarché Wumart de banlieue.

Le général Ham était en poste dans la base de missiles de Yeongjeo-dong, dans la partie septentrionale de la Corée du Nord, près de la frontière. Il était membre du comité de surveillance conjoint de la frontière, qui se réunissait régulièrement à Yanji, ce qui l'obligeait à passer en Chine au moins une fois par mois.

Il y avait des années qu'ayant perdu toute illusion sur le régime de Pyongyang, il s'était mis à espionner pour la Chine. Kai le rémunérait grassement, en faisant transiter l'argent par Hee-young, sa fille.

Le taxi conduisit Kai dans une banlieue en plein développement et le déposa au Wumart, à deux rues de sa véritable destination. Il rejoignit à pied un chantier où une grande maison était en construction. C'est à cela que Ham dépensait l'argent que lui versait le Guoanbu. Le terrain et la maison étaient au nom de Hee-young, et elle payait les travaux avec les sommes que Kai lui envoyait. Le général Ham, qui approchait de l'âge de la retraite, avait l'intention de fuir la Corée du Nord, de prendre une nouvelle identité grâce à Kai et de passer une retraite dorée avec sa fille et ses petits-enfants dans leur nouvelle et belle maison.

En approchant du chantier, Kai n'aperçut pas Ham, qui prenait soin de ne jamais être visible de la rue. Il était dans le garage à moitié construit et s'adressait en mandarin, qu'il parlait couramment et sans effort, à un ouvrier, probablement le chef de chantier. Il s'interrompit aussitôt : « Il faut que je discute avec mon comptable », et alla serrer la main de Kai.

Ham était un homme alerte d'une soixantaine d'années qui avait un doctorat de physique. « Je vais vous faire visiter le chantier », proposa-t-il avec enthousiasme.

La plomberie était complètement installée, et les menuisiers étaient en train de poser les portes, les fenêtres, les placards et les meubles de cuisine. Tandis qu'ils faisaient le tour du propriétaire, Kai constata qu'il enviait Ham. Il n'avait jamais vécu dans une aussi vaste demeure. Ham lui montra fièrement la suite parentale destinée à Hee-young et son mari, deux petites chambres pour leurs enfants, et un appartement indépendant pour lui-même. C'est nous qui avons payé tout ça, songea Kai. Mais il n'a pas volé son argent.

Quand ils eurent fini la visite, ils sortirent malgré le froid et restèrent dehors, sur l'arrière de la maison, où les passants ne risquaient pas de les voir et où les ouvriers ne pouvaient pas surprendre leur conversation.

Le vent était glacial, et Kai se félicita d'avoir pris son manteau.

« Alors, quelle est la situation en Corée du Nord ? demanda-t-il.

— Pire que tout ce que vous pouvez imaginer, répondit Ham du tac au tac. Vous savez déjà que nous sommes complètement dépendants de la Chine. Notre économie est en faillite. Le seul secteur industriel qui nous rapporte quelque chose est la fabrication et l'exportation d'armes. Notre agriculture est d'une inefficacité consternante et ne couvre que soixante-dix pour cent de nos besoins alimentaires. Nous titubons d'une crise à la suivante.

— À part ça, quoi de neuf ?

— Les Américains ont renforcé les sanctions. »

Kai ne le savait pas encore. « C'est-à-dire ?

— En fait, ils se sont contentés d'appliquer les dispositions existantes. Une cargaison de charbon nord-coréen destinée au Vietnam a été saisie à Manille. Le paiement de douze limousines Mercedes a été refusé par une banque allemande qui les soupçonnait d'être destinées à Pyongyang, alors que tous les documents mentionnaient Taïwan. Un navire russe a été intercepté en train de transférer de l'essence sur un bâtiment nord-coréen en pleine mer, juste au large de Vladivostok.

— Des incidents mineurs, pris isolément, mais qui dissuaderont tout le monde de faire des affaires avec nous, commenta Kai.

— On est d'accord. Mais ce dont votre gouvernement n'a peut-être pas conscience, c'est que nous n'avons que six semaines de réserves de vivres et d'autres produits de première nécessité. Nous sommes au bord de la famine.

— Six semaines ! releva Kai consterné.

— Nos gouvernants ne l'avouent à personne, mais

266

Pyongyang s'apprête à demander une aide économique d'urgence à Pékin.»

C'était une information utile. Kai pourrait prévenir Wu Bai. «De combien s'agirait-il?

— Ils ne veulent même pas d'argent. C'est de riz, de porc, d'essence, de fer et d'acier qu'ils ont besoin.»

La Chine leur donnerait probablement ce qu'ils voudraient, pensa Kai. Elle l'avait toujours fait jusqu'à présent. «Comment les responsables du parti réagissent-ils à ce nouveau fiasco?

— Certains grognent, comme toujours, mais ça n'ira pas plus loin tant que la Chine soutiendra le régime.

— L'incompétence peut être d'une redoutable stabilité.»

Ham émit un petit rire qui sonna comme un aboiement. «Vous l'avez dit.»

*

Kai avait plusieurs contacts américains, mais le plus sûr était Neil Davidson, un agent de la CIA en poste à l'ambassade américaine de Pékin. Ils se retrouvèrent pour le petit déjeuner au Soleil Levant, sur la rue de Chaoyang Park, près de l'ambassade des États-Unis, un lieu commode pour Neil. Kai ne fit pas appel à son chauffeur, Moine. Les voitures du gouvernement étaient facilement reconnaissables, or ses rencontres avec Neil devaient être discrètes; aussi prit-il un taxi.

Kai s'entendait bien avec Neil, alors qu'ils étaient ennemis. Ils faisaient comme si la paix était possible, même entre des rivaux tels que la Chine et les États-Unis, moyennant un minimum de compréhension mutuelle. Cela pourrait même être vrai.

Kai glanait souvent des informations que Neil n'avait pas eu l'intention de lui révéler. Ce dernier ne lui disait pas toujours la vérité, mais ses dérobades elles-mêmes lui livraient parfois des indices.

Le Soleil Levant était un restaurant abordable fréquenté par les Chinois et par les travailleurs étrangers du quartier commercial du centre. Il ne cherchait pas à attirer les touristes et les serveurs ne parlaient pas anglais. Kai commanda du thé et Neil arriva quelques minutes plus tard.

Neil était texan, mais ne ressemblait guère à un cowboy, son accent mis à part, perceptible même pour Kai. C'était un petit chauve. Il était allé à la salle de sport ce matin-là, il essayait de perdre quelques kilos, expliqua-t-il, et n'avait pas eu le temps de se changer. Il était en baskets usées et en haut de survêtement noir Nike. Et ma femme va travailler en blue-jean et en santiags, pensa Kai. Drôle de monde.

Neil parlait couramment mandarin, mais sa prononciation était abominable. Il commanda du *congee*, une bouillie de riz, avec un œuf mollet. Kai prit des nouilles à la sauce soja et des œufs au thé noir.

« Ce n'est pas en mangeant du *congee* que vous allez maigrir, observa Kai. La cuisine chinoise est très calorique.

— Moins que l'américaine, rétorqua Neil. Il y a du sucre même dans notre bacon. Bon, qu'est-ce qui vous tracasse ? »

C'était direct. Jamais un Chinois n'aurait été aussi abrupt. Mais Kai avait fini par apprécier la façon dont les Américains allaient droit au but. Il répliqua tout aussi carrément : « La Corée du Nord.

— Oui, répondit Neil sans s'engager.

— Vous imposez des sanctions.

— Il y a longtemps qu'elles ont été imposées. Par les Nations unies.

— La différence, c'est que maintenant les États-Unis

et leurs principaux alliés les appliquent sérieusement, ils interceptent des navires, confisquent des cargaisons et bloquent les transferts bancaires internationaux qui contreviennent à ces mesures.

— C'est possible.

— Neil, cessez de tourner autour du pot. Dites-moi pourquoi, c'est tout.

— Les armes en Afrique.»

— Vous voulez parlez du caporal Peter Ackerman? répliqua Kai feignant une légère indignation. Le tueur était un terroriste!

— Malheureusement, il était armé d'un fusil chinois.

— Vous n'avez pas pour habitude d'imputer le crime au fabricant de l'arme. Si tel était le cas, ajouta Kai avec un sourire, vous auriez fait fermer Smith & Wesson depuis des années.

— Peut-être.»

Neil s'obstinait à répondre évasivement, or Kai avait besoin de plus de franchise. «Vous savez quelle est, dans le monde d'aujourd'hui, la plus importante activité criminelle, économiquement parlant?

— Vous allez me dire que c'est le commerce d'armes illégales.

— En effet. Il rapporte plus que le trafic de drogue, acquiesça Kai. Plus que le trafic d'êtres humains.

— Ça ne m'étonne pas.

— Il est très facile de se procurer des armes américaines aussi bien que chinoises sur le marché parallèle international.

— On peut s'en procurer, c'est vrai, convint Neil. Facilement? C'est à voir. Le fusil qui a tué le caporal Ackerman n'a pas été acheté à la sauvette au marché noir, si? Et quand cette vente s'est faite, deux gouvernements ont détourné le regard: le soudanais et le chinois.

— Vous ne comprenez donc pas que nous détestons les terroristes musulmans autant que vous ?

— Évitons les généralisations douteuses. Vous détestez les terroristes musulmans chinois. Les terroristes musulmans africains ne vous préoccupent pas beaucoup. »

Neil était désagréablement proche de la vérité.

« Désolé, Neil, répondit Kai, mais le Soudan est un allié, et lui vendre des armes nous fait gagner beaucoup d'argent. Nous ne renoncerons pas à ce commerce. Après tout, le caporal Ackerman n'est qu'un homme.

— Il ne s'agit pas vraiment du malheureux caporal Ackerman. Il s'agit des mortiers. »

Kai en resta bouche bée. Il ne s'attendait pas à ça. Il se rappela alors un détail d'un rapport qu'il avait lu deux semaines auparavant. Les Américains, épaulés par d'autres forces, avaient lancé une opération contre un important repaire de l'EIGS appelé « Al-Bustan », qui disposait de pièces d'artillerie montées sur camions.

Voilà donc ce qui avait provoqué la résolution des Nations unies.

Leurs plats arrivèrent, ce qui donna à Kai le temps de réfléchir. Malgré son air amical et décontracté, il était tendu et mangea lentement ses nouilles sans grand appétit. Neil, à qui l'exercice avait donné faim, engloutit son *congee*. Quand ils eurent fini, Kai résuma : « Si j'ai bien compris, la présidente Green utilise les sanctions contre la Corée du Nord en guise de représailles contre la Chine, à cause de l'artillerie d'Al-Bustan.

— Ce n'est pas tout, Kai, reprit Neil. Elle veut que vous soyez plus scrupuleux quant aux destinataires ultimes des armes que vous vendez.

— Je ferai remonter cette information au plus haut niveau », promit Kai.

Cela ne voulait rien dire, mais Neil eut l'air satisfait

270

d'avoir fait passer le message. Il changea de sujet.
« Comment va la jolie Ting ?

— Très bien, merci. » Neil faisait partie des millions
d'hommes qui trouvaient Ting d'une beauté ravageuse.
Kai y était habitué. « Alors, vous avez trouvé un appartement ?

— Oui, enfin !

— Tant mieux. » Kai savait que Neil cherchait à
changer de logement. Il savait également qu'il en avait
trouvé un et avait déjà déménagé, et il connaissait même
son adresse et son numéro de téléphone, ainsi que
l'identité et les activités de tous les autres résidents de
l'immeuble. Le Guoanbu avait à l'œil les agents étrangers à Pékin, surtout les Américains.

Kai régla l'addition et les deux hommes quittèrent
le restaurant. Neil se dirigea vers l'ambassade à pied,
tandis que Kai héla un taxi.

*

La demande d'aide d'urgence de la Corée du Nord
fit l'objet d'une discussion lors d'une petite réunion à
haut niveau organisée par le département international
du Parti communiste chinois. Son quartier général, au
4, Fuxing Road, dans le district de Haidian, était plus
modeste et moins imposant que le ministère des Affaires
étrangères, ce qui ne l'empêchait pas d'être plus puissant. Le bureau du directeur donnait sur le musée militaire de la Révolution du peuple chinois, surmonté par
une gigantesque étoile rouge.

Le patron de Kai, Fu Chuyu, ministre de la Sécurité
de l'État, lui avait demandé de l'accompagner. Kai se
doutait que Fu aurait préféré se passer de lui, mais il
ne connaissait pas parfaitement tous les éléments de la
crise en Corée du Nord et craignait de se ridiculiser. Il

pourrait ainsi faire appel à Kai pour donner des détails, et lui faire porter le chapeau en cas de doute.

Il n'y avait que des hommes autour de la table, mais quelques femmes étaient assises parmi les assistants, le long des murs. Kai regrettait qu'il n'y ait pas plus de femmes dans les rangs de l'élite qui gouvernait la Chine. Son père était d'un avis contraire.

Le directeur, Hu Aiguo, demanda à Wu Bai, le ministre des Affaires étrangères, d'exposer le problème pour lequel ils étaient réunis.

«La Corée du Nord est en pleine crise économique, commença Wu.

— Comme d'habitude.» Le commentaire venait de Kong Zhao, un ami et allié politique de Kai. Interrompre ainsi le ministre des Affaires étrangères n'était pas très respectueux, mais Kong n'avait pas grand-chose à craindre. Au cours d'une brillante carrière militaire, il avait modernisé toute la technologie de communications de l'armée, et était désormais ministre de la Défense nationale.

Wu l'ignora et poursuivit: «Le gouvernement de Pyongyang demande une aide massive.

— Comme d'habitude», répéta Kong.

Kong était du même âge que Kai, mais faisait plus jeune. On aurait dit un étudiant précoce, avec ses cheveux soigneusement décoiffés et son sourire en coin. La plupart des politiciens chinois cultivaient un aspect conservateur, à l'image de Kai, alors que Kong se permettait de révéler ainsi ses idées libérales. Kai appréciait son culot.

«La requête nous est parvenue tard hier soir, continua Wu, mais j'avais été prévenu, grâce à des renseignements du Guoanbu.» Il se tourna vers Fu Chuyu qui, ravi de s'attribuer le crédit du travail de Kai, accueillit le compliment d'une inclinaison de la tête.

«Le message émane du Guide suprême Kang U-jung et est adressé à notre Président, Chen Haoran, conclut Wu. Notre mission d'aujourd'hui consiste à conseiller le président Chen sur la réponse à lui donner.»

Kai avait déjà réfléchi à cette réunion, et savait comment la discussion allait se dérouler. Il fallait s'attendre à un conflit entre la vieille garde communiste d'une part et les éléments progressistes de l'autre. Restait à savoir comment se réglerait le désaccord. Kai avait un plan.

Kong Zhao prit la parole en premier. «Avec votre permission, monsieur le directeur, dit-il courtoisement cherchant peut-être à rattraper son insolence antérieure et Hu acquiesça d'un hochement de tête. Au cours de l'année passée, voire plus tôt déjà, les Coréens du Nord ont défié le gouvernement chinois de façon flagrante. Ils ont provoqué le régime sud-coréen de Séoul en se livrant à des incursions mineures sur son territoire terrestre et son domaine maritime. Pis encore, ils ont continué à attiser l'hostilité internationale en effectuant des essais de missiles à longue portée et d'ogives nucléaires. C'est ce qui a poussé les Nations unies à leur imposer des sanctions commerciales… Sanctions, ajouta-t-il en levant l'index pour souligner son propos, qui sont l'une des principales causes de leurs sempiternelles crises économiques!»

Kai opina du chef. Kong ne faisait que rappeler la vérité. S'il était en difficulté, le Guide suprême n'avait à s'en prendre qu'à lui-même.

«Pyongyang a ignoré toutes nos protestations, poursuivit Kong. Nous sommes bien obligés de sanctionner les Nord-Coréens. Si nous ne le faisons pas, quelle conclusion en tireront-ils? Ils se diront qu'ils peuvent poursuivre impunément leur programme nucléaire et faire un pied de nez aux Nations unies et à ses sanctions, parce que Pékin interviendra toujours pour leur éviter d'avoir à subir les conséquences de leurs actes.

— Merci, Kong, pour ces propos typiquement incisifs », commenta Hu. De l'autre côté de la table, en face de Kong, le général Huang Ling pianotait sur la table cirée de ses petits doigts boudinés, impatient de prendre la parole. Le remarquant, Hu se tourna vers lui : « Général Huang ? »

Huang était un ami de Fu Chuyu et du père de Kai, Chang Jianjun. Tous trois étaient membres de la puissante commission de Sécurité nationale et considéraient les affaires internationales d'un même point de vue de faucons. « Permettez-moi de relever quelques points », commença Huang. Sa voix était un feulement agressif, et il parlait le mandarin avec l'accent rocailleux du nord de la Chine. « Premièrement, la Corée du Nord constitue une zone tampon vitale entre la Chine et la Corée du Sud, dominée par l'Amérique. Deuxièmement, si nous refusons notre aide à Pyongyang, le gouvernement du pays s'effondrera. Troisièmement, il faudra s'attendre à une campagne internationale immédiate en faveur d'une prétendue "réunification" des deux Corées. Quatrièmement, le mot de réunification n'est qu'un euphémisme désignant une mainmise par l'Ouest capitaliste. Rappelez-vous ce qui est arrivé à l'Allemagne de l'Est ! Cinquièmement, la Chine se retrouvera avec un ennemi implacable sur sa frontière. Sixièmement, cela s'inscrit dans le plan d'encerclement à long terme des Américains, dont l'objectif ultime est de détruire la République populaire de Chine, comme ils ont détruit l'Union soviétique. J'en conclus que nous ne pouvons pas refuser notre aide à la Corée du Nord. Merci, monsieur le directeur. »

Hu Aiguo parut quelque peu désarçonné. « Ces deux perspectives ne manquent pas de bon sens, remarqua-t-il. Pourtant, elles se contredisent.

— Monsieur le directeur, si je puis me permettre,

intervint alors Kai, je n'ai ni l'expérience ni la sagesse de mes aînés ici présents, mais il se trouve que je viens de m'entretenir, pas plus tard qu'hier, avec une source nord-coréenne de haut niveau.

— Je vous en prie, poursuivez.

— La Corée du Nord dispose de six semaines de réserves alimentaires et de produits de première nécessité. Quand elle les aura épuisés, le pays sera en proie à une famine généralisée qui provoquera une grave crise sociale, sans parler du risque de voir plusieurs millions de Coréens affamés traverser la frontière et faire appel à notre charité.

— Dans ce cas, il faut leur accorder cette aide ! conclut Huang.

— Mais il serait également judicieux de sanctionner la Corée pour son mauvais comportement en lui refusant notre aide.

— C'est indispensable si nous ne voulons pas perdre tout contrôle, ajouta Kong.

— Ma suggestion est simple, dit Kai. Refusons aujourd'hui à Pyongyang l'aide qu'il réclame, en guise de représailles. Mais accordons-la dans six semaines, juste à temps pour empêcher l'effondrement du gouvernement. »

Ils restèrent silencieux un moment, le temps d'assimiler ces propos.

Kong fut le premier à reprendre la parole. « C'est une amélioration de ma proposition, accorda-t-il généreusement.

— Sans doute, acquiesça le général Huang à contrecœur. Il conviendra de suivre la situation de près, jour après jour, pour pouvoir accélérer l'envoi de notre aide si la crise s'aggrave plus rapidement que prévu.

— Oui, c'est indispensable, approuva Hu. Merci, général. »

Kai comprit que son plan allait être accepté. C'était la bonne solution. Il avait décidément le vent en poupe.

Hu parcourut l'assistance du regard. « Si tout le monde est d'accord… ? »

Personne n'éleva d'objection.

« Eh bien, dans ce cas, nous allons soumettre cette proposition au président Chen. »

12

Tamara et Tab étaient tous les deux invités au mariage, mais leur relation étant encore secrète, ils s'y rendirent séparément, dans des voitures différentes. Drew Sandberg, le chef du bureau de presse de l'ambassade des États-Unis, épousait Annette Cecil, de la mission britannique.

L'union était célébrée dans la somptueuse demeure d'un magnat du pétrole britannique, membre de la famille d'Annette. Les invités étaient réunis dans une vaste salle climatisée aux fenêtres ombragées par des stores.

C'était une cérémonie humaniste. Tamara était intriguée : c'était la première fois qu'elle assistait à un mariage de ce genre. L'officiante, une femme d'âge mûr au physique agréable, qui s'appelait Claire, prononça quelques paroles pleines de bon sens sur les joies et les écueils du mariage. Annette et Drew avaient écrit leurs propres vœux et les prononcèrent avec tant de sentiment que Tamara en eut les larmes aux yeux. Ils passèrent l'une de ses vieilles chansons préférées, *Happy* de Pharrell Williams, et elle songea : Si je me remarie un jour, voilà comment je veux que ce soit.

Cette pensée ne lui aurait pas traversé l'esprit quatre semaines plus tôt.

Elle jeta un coup d'œil discret à Tab, à l'autre bout de la pièce. Avait-il apprécié la cérémonie ? Les vœux l'avaient-ils ému ? Pensait-il à son propre mariage ? Elle n'aurait su le dire.

Le magnat du pétrole avait également mis sa maison à la disposition des mariés pour la fête mais, craignant les dégâts que risquaient de causer ses amis un peu chahuteurs, Annette avait décliné la proposition. Après la cérémonie, les nouveaux époux allèrent enregistrer leur mariage, tandis que les invités étaient conviés à se retrouver dans un grand restaurant local privatisé pour l'occasion.

Il était tenu par des Tchadiens chrétiens qui faisaient de la cuisine nord-africaine et servaient de l'alcool. De bonnes odeurs d'épices planaient déjà dans la vaste salle à manger donnant sur une cour ombragée où murmurait une fontaine. Le buffet était alléchant : des beignets de patate douce dorés, croustillants, accompagnés de rondelles de citron vert odorant, du ragoût de chèvre avec des okras relevés de piments, des boulettes de millet frites appelées *aiyishas* et leur sauce aux arachides, et bien d'autres mets savoureux. Tamara apprécia particulièrement une salade de riz brun agrémentée de rondelles de concombre et de banane dans une sauce au miel piquante. Il y avait du vin marocain et de la bière Gala.

Les convives étaient surtout des jeunes représentants des milieux diplomatiques de N'Djamena. Tamara discuta un moment avec Layan, la secrétaire de Nick Collinsworth, une grande et élégante Tchadienne qui avait fait ses études à Paris, comme Tamara. Elle avait quelque chose de distant, mais Tamara l'aimait bien. Elles parlèrent de la cérémonie, qu'elles avaient toutes les deux appréciée.

Mais pendant ce temps, Tab occupait toutes les pensées de Tamara. Elle s'interdisait de le suivre des yeux à travers la pièce, et pourtant, elle savait à chaque

278

instant où il était. Elle ne lui avait pas encore parlé. De temps en temps, elle croisait son regard, et se détournait comme si elle ne l'avait pas vu. Elle avait l'impression de se déplacer dans une combinaison spatiale, incapable de le toucher ou de s'adresser à lui.

Annette et Drew reparurent. Ils s'étaient changés pour la soirée et avaient l'air éperdument heureux. Tamara les regarda avec envie.

Un orchestre se mit à jouer, et la fête commença pour de bon. Tamara se permit enfin d'aborder Tab. «Bon sang, murmura-t-elle tout bas. Ce n'est vraiment pas facile de faire semblant de n'être que des collègues.»

Il tenait une bouteille de bière à la main, pour faire comme tout le monde, mais il y avait à peine touché. «Moi aussi, je trouve ça dur.

— Au moins, tu souffres autant que moi, c'est une petite consolation.

— Regarde ces deux-là, dit-il avec un petit rire en indiquant les jeunes mariés d'un mouvement de tête. Drew n'arrive pas à lâcher Annette. Je comprends ce qu'il ressent.»

La plupart des invités dansaient maintenant au son de l'orchestre.

«Allons dans la cour, suggéra Tamara. Il y aura moins de monde.»

Ils sortirent et s'approchèrent de la fontaine. Une demi-douzaine de personnes s'y trouvaient déjà, et Tamara se prit à souhaiter qu'elles disparaissent.

«Il faut absolument que nous puissions passer un peu plus de temps ensemble, déclara Tab. On n'arrête pas de se rencontrer et de se séparer, de se rencontrer et de se séparer. Si seulement nous pouvions avoir un peu plus d'intimité.

— De l'intimité? releva-t-elle avec un sourire. Y

a-t-il une partie de moi que tu ne connaisses pas aussi bien que ton propre corps?»

Il lui jeta de ses yeux marron un de ses regards qui la faisaient frissonner. «Ce n'est pas à ça que je pensais.

— Je sais. Ça m'amusait de le dire, c'est tout.»

Mais il était sérieux. «Ce que je voudrais, c'est qu'on ait tout un week-end à nous, ailleurs, sans risquer d'être dérangés, sans avoir à faire tout le temps semblant à cause des autres.»

Tamara jugeait cette perspective exaltante, mais elle ne voyait pas comment s'y prendre. «Comme si on partait en vacances, c'est ça?

— Oui, je sais que c'est bientôt ton anniversaire.»

Elle ne se rappelait pas le lui avoir dit. Mais il n'avait pas dû avoir de mal à trouver la date. Il était espion, après tout.

«En effet, j'aurai trente ans dimanche. Je n'avais pas l'intention d'en faire tout un plat.

— J'aimerais bien t'emmener quelque part. Ce serait mon cadeau.»

Une vague brûlante de tendresse la traversa. Oh mon Dieu, que cet homme me plaît, pensa-t-elle. Les choses n'étaient malheureusement pas aussi simples. «Quelle excellente idée! Mais où pourrions-nous aller? Impossible de dénicher dans le coin une station balnéaire avec des hôtels où nous pourrions descendre incognito. Où que nous allions dans ce pays, en dehors de la capitale, nous nous ferions immédiatement repérer comme un couple de girafes en visite.

— Je connais un bon hôtel à Marrakech.

— Au Maroc? Tu es sérieux?

— Pourquoi pas?

— Il n'y a pas de vols directs depuis N'Djamena. Il faudrait passer par Paris, Casablanca, ou même les deux.

Le trajet prendrait déjà toute une journée. Impossible d'organiser ça pendant un week-end.

— Et si j'arrivais à régler ce problème ?

— Comment veux-tu faire ? Tu as l'intention de voyager en dromadaire à réaction ?

— Ma mère a un avion. »

Elle éclata de rire. « Tab ! Tu m'étonneras toujours. Ta mère a un avion ? Ma mère à moi n'a même jamais voyagé en classe affaires. »

« Tu vas avoir du mal à me croire, je sais, répondit-il avec un sourire mélancolique, mais ta famille m'intimide terriblement.

— Tu as raison, j'ai du mal à le croire.

— Mon père est un commerçant, brillant d'accord, mais ce n'est pas un intellectuel. Ton père est prof d'université et il écrit des bouquins d'histoire. Ma mère est très forte pour créer des montres et des sacs à main que des femmes riches payent des sommes folles. Ta mère est proviseure de lycée, elle est responsable de l'éducation de centaines, voire de milliers de jeunes. Je sais que tes parents ne roulent pas sur l'or, mais en un sens, ça les rend encore plus impressionnants. Ils me considéreront sans doute comme un gosse de riche affreusement gâté. »

Elle releva deux éléments dans ce petit discours ; d'abord, son humilité, plutôt inhabituelle chez les hommes de son milieu social. Ensuite, chose plus importante, qu'il envisageait de rencontrer ses parents. Il imaginait son avenir, et elle en faisait partie.

Évitant tout commentaire, elle se contenta de rebondir : « Tu crois vraiment que ce serait possible ?

— Il faut que je demande si l'avion est disponible.

— C'est tellement romantique ! Quel dommage qu'on ne puisse pas faire l'amour tout de suite, ici. »

Il haussa le sourcil. « Je ne vois pas ce qui nous en empêche.

— Dans la fontaine ?

— Pourquoi pas ? Mais tout de même, nous risque-rions de détourner les projecteurs du jeune couple. Ce serait manquer de courtoisie.

— Très bien, espèce de rabat-joie. Il ne nous reste qu'à aller chez toi.

— Je vais partir le premier. Je m'éclipserai sans dire au revoir. Tu n'auras qu'à prendre congé de Drew et Annette et me suivre quelques minutes plus tard.

— Entendu.

— Ça me laissera le temps de vérifier que mon appartement est à peu près propre et rangé. De vider le lave-vaisselle, de fourrer mes chaussettes dans le panier à linge sale et de sortir la poubelle.

— Tout ça rien que pour moi ?

— Je pourrais aussi me déshabiller et m'allonger sur le lit en attendant que tu arrives.

— Je préfère le plan B.

— Ça marche. »

*

Le lendemain matin, Tamara se réveilla dans son stu-dio de l'ambassade, consciente que quelque chose avait changé. Sa relation avec Tab avait franchi une étape. Il n'était plus un simple petit ami. Et il était plus qu'un amant. Ils formaient un couple, une entité. Ils allaient partir ensemble, tous les deux. Et ce n'était pas elle qui l'y avait poussé. C'était son idée à lui.

Elle resta au lit quelques minutes à savourer cette sensation.

Quand elle se leva, elle trouva un message sur son téléphone :

Apporte quatorze bananes à ta grand-mère, s'il te plaît. Merci. Haroun.

Elle revit le village à moitié abandonné sur la berge d'un lac de moins en moins étendu, et l'Arabe au regard intense, au teint foncé et à l'accent du New Jersey qui lui avait dit : « Le message mentionnera un chiffre – huit kilomètres, ou quinze dollars – et ce chiffre vous indiquera l'heure de votre rendez-vous. Votre première rencontre aura lieu au Grand Marché. »

Malgré son excitation, Tamara s'efforça de ne pas trop attendre de ce rendez-vous. Abdul ne savait pas grand-chose d'Haroun. Ce dernier avait peut-être accès à des informations secrètes, ou peut-être pas. Il n'était pas exclu que ce soit un escroc prêt à l'agresser pour la dévaliser. Mieux valait réfréner son optimisme.

Elle prit une douche, s'habilla, avala un bol de flocons d'avoine et mit le foulard qu'Abdul lui avait donné comme signe de reconnaissance, bleu avec des cercles orange, un motif voyant. Puis elle sortit dans l'air tiède du matin. C'était le moment qu'elle préférait au Tchad, avant que l'air du désert se charge de poussière et que la chaleur devienne étouffante.

Elle trouva Dexter à son bureau, en train de prendre un café. Il portait un costume en seersucker à rayures bleues et blanches. Dans ce pays où les vêtements arabes aux vives couleurs côtoyaient la mode française la plus élégante, sa tenue vestimentaire était américaine au point de frôler le cliché. Au mur était encadrée une photo de lui avec une équipe universitaire de base-ball brandissant fièrement un trophée.

« J'ai rendez-vous cet après-midi avec un informateur, lui annonça-t-elle. À deux heures, au Grand Marché.

— Qui est-ce ?

— Un terroriste désillusionné, d'après Abdul. Il se fait appeler Haroun et vit à Kousséri, de l'autre côté de la rivière.

— Il est fiable?

— On n'en sait rien.» Il fallait veiller à ne pas donner de trop grands espoirs à Dexter. Il avait du mal à pardonner les promesses non tenues. «Nous verrons bien ce qu'il a à à dire.

— Ça n'a pas l'air très prometteur.

— Je ne sais pas.

— Le Grand Marché est immense. Comment allez-vous vous retrouver?»

Elle porta la main au foulard noué autour de son cou. «C'est le sien.

— Ça ne coûte rien d'essayer», fit Dexter avec un haussement d'épaules.

Tamara tournait déjà les talons quand il reprit: «J'ai réfléchi à propos de Karim.»

Elle se retourna. Qu'y avait-il encore?

«Il s'était engagé à vous transmettre le texte du discours du Général.

— Il ne s'était engagé à rien du tout, rectifia fermement Tamara. Il a dit qu'il verrait ce qu'il pouvait faire.

— En tout cas…

— Je ne veux pas le harceler avec ça. S'il soupçonne à quel point ce texte est important pour nous, il risque de penser qu'il ferait mieux de le garder pour lui.

— S'il ne nous donne pas d'informations, il ne nous sert à rien, répliqua impatiemment Dexter.

— Je pourrais insister très délicatement, la prochaine fois que je le verrai.

— C'est un gros poisson», remarqua Dexter en fronçant les sourcils.

Tamara se demanda où il voulait en venir.

«Oui, c'est vrai, acquiesça-t-elle. Et je suis vraiment contente d'avoir gagné sa confiance.

— Ça fait combien de temps que vous travaillez à l'Agence, maintenant? Cinq ans?

— Oui.

— Et c'est votre première affectation à l'étranger. »

Commençant à comprendre ce qu'il avait en tête, Tamara sentit la moutarde lui monter au nez. « Et après, Dexter ? demanda-t-elle moins respectueusement qu'elle n'aurait dû. Allez-y, videz votre sac.

— Vous êtes jeune et naïve. » Le ton qu'elle avait employé lui donnait une excuse pour lui parler durement. « Vous n'avez pas assez d'expérience pour traiter une source aussi importante que Karim, un homme qui a accès à des informations de très haut niveau. »

Pauvre type, se dit Tamara. Mais elle répondit : « J'ai eu suffisamment d'expérience pour le recruter.

— Ce n'est pas la même chose, vous le savez parfaitement. »

Je n'aurais jamais dû me laisser entraîner dans une querelle avec lui, pensa-t-elle. On n'a jamais le dernier mot avec son chef.

« Très bien. Alors, qui va être le nouveau contact de Karim ?

— J'ai l'intention de m'en charger personnellement. »

Voilà, c'était donc ça. Tu vas t'attribuer tout le mérite de mon boulot. Comme un prof qui publie un article reprenant le fruit des recherches d'un de ses doctorants. Classique.

« Ses coordonnées figurent dans vos rapports écrits, sans doute, reprit Dexter.

— Vous trouverez tout ce qu'il vous faut dans les dossiers informatiques. »

En dehors de petits détails que je n'ai pas notés, comme le numéro de sa femme, dont il utilise le téléphone quand il veut être difficile à joindre. Mais tu peux aller te faire foutre, Dexter, ça, je ne te le donnerai pas.

« Bien, ce sera tout pour le moment. »

Ainsi congédiée, elle quitta le bureau de son patron et regagna le sien.

Plus tard dans la matinée, elle reçut un message sur son téléphone :

Le Marrakech Express part demain à l'aube. De retour à temps pour le boulot, lundi matin. D'accord ?

Le lendemain était un samedi. Ils disposeraient donc de quarante-huit heures. Elle répondit :

Et comment ! Plutôt deux fois qu'une !

Elle décida de voir Karim une dernière fois, par courtoisie, pour l'informer de la décision de Dexter. Elle préférait la lui annoncer elle-même. Elle lui donnerait une version édulcorée des faits, évidemment, et lui ferait croire qu'on lui confiait d'autres responsabilités.

Elle regarda l'heure. Bientôt midi. À cette heure-ci, Karim était souvent au Bar International de l'hôtel Lamy. Elle avait le temps de prendre un verre avec lui. Si elle se rendait directement de l'hôtel au marché, elle y serait à deux heures sans problème.

Elle commanda une voiture.

Elle aurait préféré y aller à vélo. Des milliers de bicyclettes, de toutes dimensions, circulaient sur les larges boulevards de N'Djamena, en même temps que des motos, des mobylettes et des scooters, et même parfois un bon vieux Solex parisien, un deux-roues équipé d'un petit moteur de 50 cc de la taille d'un concertina fixé à la roue avant. À Washington, elle avait conduit une Harley Fat Boy, avec sa selle surbaissée, son guidon haut et son gros bicylindre en V. Mais un tel engin était trop ostentatoire pour le Tchad. « Ne jamais attirer l'attention », telle était la règle de base du travail diplomatique et du renseignement. Elle l'avait donc vendue avant de venir s'installer ici. Peut-être en reprendrait-elle une un jour.

En chemin, elle fit arrêter la voiture devant une petite épicerie où elle acheta une boîte de céréales, une bouteille d'eau, un tube de dentifrice et un paquet de mouchoirs en papier, le tout emballé dans un sac en plastique. Arrivée, elle demanda au chauffeur de le mettre dans le coffre et de l'attendre à l'entrée de l'hôtel.

Le hall du Lamy était noir de monde. Les gens se rencontraient pour déjeuner sur place, ou partaient retrouver des amis dans d'autres restaurants. Tamara aurait pu se croire à Chicago ou à Paris. Ce quartier central était un îlot international dans une ville d'Afrique. Les gens qui passaient leur temps à voyager avaient envie que tous les lieux se ressemblent, songea-t-elle.

Elle se dirigea vers le Bar International. C'était l'heure de l'apéritif. Il y avait beaucoup de gens au bar, surtout des hommes, mais l'ambiance était moins animée, plus professionnelle qu'en soirée, à l'heure des cocktails. La plupart des clients étaient vêtus à l'occidentale, malgré la présence de quelques-uns en tenues traditionnelles. Elle repéra la colonelle Marcus, en civil. Malheureusement, Karim n'était pas là.

Contrairement à Tab.

Elle l'aperçut de profil, assis près d'une fenêtre, le regard fixé au-dehors. Il portait une veste bleu nuit, légère, avec une chemise bleu ciel. Elle savait maintenant que c'était sa tenue préférée. Elle esquissa un sourire d'étonnement et de plaisir, fit un pas vers lui, puis s'arrêta net. Il n'était pas seul.

Il était accompagné d'une femme presque aussi grande que lui. Elle devait avoir autour de quarante-cinq ans, une dizaine de plus que lui. Ses cheveux blonds mi-longs, sa coupe, ses mèches sentaient le coiffeur de luxe, et elle était maquillée légèrement, mais avec soin. Elle portait une simple robe fourreau en lin d'un bleu moyen très estival, qui mettait en valeur sa silhouette mince.

Assis à une table carrée, ils ne s'étaient pas installés face à face comme pour un rendez-vous d'affaires, mais côte à côte, ce qui suggérait une certaine intimité. Deux verres étaient posés sur la table, entre eux. Tamara savait qu'à cette heure de la journée, celui de Tab contenait du Perrier et une rondelle de citron vert. L'autre était un verre de martini.

La femme était penchée vers lui et parlait avec fougue, tout bas, en le regardant dans les yeux. Il ne disait pas grand-chose, se contentant de hocher la tête et de répondre par monosyllabes, mais son langage corporel ne trahissait ni gêne ni rejet. Elle menait la conversation, à laquelle il participait de bon gré. Elle posa sa main gauche sur la main droite de Tab, et Tamara remarqua qu'elle ne portait pas d'alliance. Ils restèrent ainsi un long moment, puis il tendit la main vers son verre, obligeant la femme à retirer la sienne.

Elle se détourna brièvement de lui et parcourut du regard les personnes présentes dans le bar, sans curiosité particulière. Lorsque ses yeux se posèrent sur Tamara, elle ne manifesta aucune réaction : elles ne s'étaient jamais rencontrées. Elle reporta son attention sur Tab. Personne d'autre ne l'intéressait.

Tamara éprouva un soudain embarras. Elle aurait été humiliée d'être surprise à les épier. Elle fit demi-tour et quitta le bar.

Dans le hall, elle s'arrêta et se demanda : Pourquoi suis-je gênée ? De quoi devrais-je avoir honte ?

Elle s'assit sur un canapé parmi une dizaine de personnes qui attendaient que des collègues arrivent, que leur chambre soit prête ou que le concierge réponde à leurs questions, et essaya de se ressaisir. Il y avait mille raisons pour lesquelles Tab pouvait prendre un verre avec quelqu'un. Cette femme était peut-être une amie, un contact, une collègue de la DGSE, une relation professionnelle, n'importe qui.

Mais elle avait de l'allure, elle était bien habillée, séduisante, et célibataire. Et elle avait posé sa main sur celle de Tab.

D'un autre côté, elle ne flirtait pas. Tamara fronça les sourcils et réfléchit : qu'est-ce qui me permet de l'affirmer ? La réponse lui vint immédiatement : parce qu'ils se connaissent trop bien pour ça.

La femme pouvait être un membre de sa famille, une tante, peut-être, la petite sœur de sa mère. Mais une tante ne se serait pas habillée aussi élégamment pour prendre un verre avec son neveu. En y repensant, Tamara se rappela lui avoir vu des clous d'oreilles en diamant, un foulard de soie chic, deux ou trois bracelets en or à un poignet, des chaussures à hauts talons.

Qui était cette femme ?

Je vais retourner au bar, se dit Tamara. Je vais me diriger vers leur table comme si de rien n'était et lancer : « Salut, Tab, je cherche Karim Aziz, l'auriez-vous vu ? » Et Tab sera bien obligé de faire les présentations.

Mais quelque chose dans ce scénario la retint. Elle se représenta Tab qui hésitait, la femme contrariée par cette interruption. Tamara se retrouverait dans le rôle de l'intruse malvenue.

Et puis zut, pensa-t-elle, et elle repartit vers le bar.

Sur le seuil, elle tomba sur la colonelle Susan Marcus qui en sortait. Elle s'arrêta et embrassa Tamara sur les deux joues, à la française. Ses manières habituellement sèches avaient laissé place à une chaleur presque affectueuse. Elles s'étaient trouvées ensemble dans une fusillade mortelle, elles s'en étaient tirées toutes les deux, ce qui avait créé un lien entre elles. « Comment allez-vous ? lui demanda Susan.

— Bien, merci. » Tamara ne voulait pas se montrer impolie, mais elle avait quelque chose de plus urgent en tête.

Susan insista : « Quelques semaines ont passé depuis notre… aventure. Il arrive que ce genre d'épisodes aient des effets psychologiques.

— Non, vraiment, je vous assure, je vais bien.

— Après une épreuve pareille, vous devriez consulter un thérapeute. C'est la procédure standard. »

Tamara s'obligea à reporter son attention sur elle. C'était gentil de sa part. Tamara n'avait pas pensé à faire appel à un psycho-traumatologue. Quand Susan parlait d'« une épreuve pareille », elle voulait dire « tuer un homme ». Personne à l'antenne de la CIA n'avait suggéré à Tamara de se faire aider. « Je n'en ressens pas le besoin. »

Susan posa une main légère sur son bras. « Vous n'êtes peut-être pas la meilleure juge. Allez-y une fois, au moins. »

Tamara hocha la tête. « Je vais suivre votre conseil. Merci.

— Il n'y a pas de quoi. »

Comme Susan s'apprêtait à repartir, Tamara l'arrêta. « À propos…

— Oui ?

— J'ai l'impression de connaître la femme assise à la table près de la fenêtre. Celle qui discute avec Tabdar Sadoul. Elle est de la DGSE ? »

Susan suivit son regard, repéra la femme et répondit avec un sourire : « Non, pas du tout, c'est Léonie Lanette. Elle a un gros poste chez Total, la compagnie pétrolière française.

— Ah, il s'agit sans doute d'une amie de son père. Il est au conseil d'administration de Total… si je me souviens bien.

— Peut-être, dit Susan soudain sérieuse. En tout cas, c'est une cougar. »

Tamara sentit un frisson glacé lui parcourir l'échine. « Vous croyez qu'elle le drague ?

— Oh, ils n'en sont plus là. Leur liaison dure depuis plusieurs mois déjà. J'avais cru comprendre que c'était fini, mais j'ai dû me tromper. »

Tamara eut l'impression d'avoir reçu un coup de poing. Pas question de pleurer, se dit-elle, et elle changea rapidement de sujet. « En fait, je cherchais Karim Aziz, mais je n'ai pas l'impression qu'il soit là.

— Je ne l'ai pas vu, en effet. »

Elles quittèrent l'hôtel ensemble. Susan monta dans un véhicule de l'armée, et Tamara retrouva son chauffeur. « Conduisez-moi au Grand Marché, s'il vous plaît. Vous me laisserez à quelques rues de l'entrée, et vous m'attendrez là. »

Puis elle se cala contre son dossier en luttant contre les larmes. Comment Tab pouvait-il lui faire ça ? La trompait-il depuis le début ? Elle avait peine à y croire, mais leur langage corporel était révélateur. Cette femme pensait avoir le droit de le toucher, et il ne l'avait pas repoussée.

Le marché était situé à l'extrémité ouest de la longue avenue Charles-de-Gaulle, dans le quartier qui regroupait la plupart des ambassades. Le chauffeur se gara et Tamara noua le foulard bleu et orange sur sa tête. Elle récupéra le sac en plastique dans le coffre. Elle ressemblait à présent à n'importe quelle femme venue faire ses courses.

Elle aurait dû être pleine d'espoir, impatiente de rencontrer Haroun et d'apprendre ce qu'il avait à lui confier. Avec un peu de chance, il s'agirait de renseignements importants, utiles à l'armée. Mais elle était incapable de chasser Tab de son esprit, Tab et cette femme, leurs deux têtes proches l'une de l'autre, la main de la femme sur celle de Tab, murmurant, tenant une conversation visiblement sentimentale.

Elle ne cessait de se répéter qu'il devait y avoir une explication innocente. Mais à présent, Tab et elle dormaient plus souvent ensemble que seuls et avaient appris beaucoup de choses l'un sur l'autre. Tamara connaissait même le nom du dogue allemand des parents de Tab, Flâneur. Pourtant, il ne lui avait jamais parlé de Léonie.

«J'ai cru que c'était sérieux, se dit-elle tristement en marchant dans la rue. J'ai cru que c'était l'amour.»

Arrivée au marché, elle serra les dents pour se concentrer sur sa mission. Il y avait un supermarché, et au moins une centaine d'étals. Les ruelles qui les séparaient étaient bondées de Tchadiens habillés de couleurs vives, et de quelques touristes en casquettes de base-ball et chaussures de marche confortables. Des marchands portant des plateaux ou un simple article à vendre se mêlaient à la foule, harponnant les acheteurs potentiels, et Tamara n'aurait pas été surprise de voir Abdul proposer des Cleopatra.

Quelque part au milieu de la foule, se trouvait un homme décidé à trahir un groupe terroriste.

Elle ne pouvait pas le chercher. Elle ne savait pas quelle tête il avait. Elle ne pouvait que rester aux aguets et attendre qu'il se manifeste.

Les éventaires étaient couverts de fruits et de légumes absolument superbes. On voyait aussi beaucoup de matériel électrique d'occasion : des câbles, des prises, des connecteurs, des interrupteurs. Un étalage de maillots d'équipes de football européennes lui arracha un sourire : Manchester United, l'AC Milan, le Bayern Munich, le Real Madrid, l'Olympique de Marseille.

Un homme l'aborda, tenant un coupon de coton de

couleurs vives. Il le tint devant son visage et lui dit en anglais : « Cela vous irait très bien.

— Non, merci. »

Il passa alors à l'arabe : « Je suis Haroun. »

Tamara l'observa attentivement. Sous un turban, un mince visage d'Arabe lui faisait face et deux yeux noirs la regardaient avec franchise. À sa moustache et à sa barbe clairsemées, elle estima que l'homme devait avoir une vingtaine d'années. Il portait le *galabeya* traditionnel, qui dissimulait mal un corps svelte, large d'épaules.

Elle prit un coin du tissu entre le pouce et l'index et feignit d'en apprécier la qualité. « Que pouvez-vous me dire ? demanda-t-elle tout bas en arabe.

— Vous êtes seule ?

— Bien sûr. »

Il déplia une plus grande longueur d'étoffe pour lui permettre de mieux admirer le motif imprimé, vert vif et fuchsia. « L'EIGS est très satisfait de ce qui s'est produit au pont de N'Gueli, commença-t-il.

— Satisfait ? répéta-t-elle surprise. Ils ont pourtant perdu la bataille.

— Deux de leurs hommes ont perdu la vie, c'est vrai. Mais les morts sont au paradis. Et ils ont tué un Américain. »

Telle était la logique tordue, et pourtant familière, de l'ennemi. La mort d'un Américain était une victoire, un terroriste mort était un martyr. Gagnant-gagnant. Tamara connaissait déjà tout cela par cœur. « Et que s'est-il passé depuis ?

— Un homme est venu nous féliciter. Un héros qui a combattu dans de nombreux pays, paraît-il. Il est resté cinq jours, et il est reparti. »

Tamara examinait toujours le tissu tout en parlant, donnant l'impression de marchander. « Vous connaissez son nom ?

— Ils l'appelaient l'Afghan. »

Tamara dressa immédiatement l'oreille. Il pouvait y avoir de nombreux Afghans en Afrique du Nord, mais la CIA ne s'intéressait qu'à un seul. « Décrivez-le-moi.

— Grand, les cheveux gris, la barbe noire.

— Un signe particulier ? Des blessures visibles, par exemple ? »

Elle ne voulait pas souffler sa réponse à Haroun, cependant il y avait un détail crucial dont elle devait s'assurer.

« Son pouce, oui. Il a été arraché. Par une balle américaine », affirma-t-il.

Al-Farabi, pensa-t-elle avec une exaltation croissante. La figure dominante de l'EIGS. L'Homme le Plus Recherché. Machinalement, elle quitta le coupon des yeux et tourna son regard vers le sud. Elle ne vit que des étals et des acheteurs, mais elle savait que le Cameroun se trouvait dans cette direction, à moins de deux kilomètres. Elle aurait pu le voir du minaret de la Grande Mosquée toute proche. Al-Farabi avait été si près…

« Ce n'est pas tout, reprit Haroun. Il y a quelque chose de plus… spirituel.

— Je vous écoute.

— C'est un homme consumé par la haine. Il veut tuer, il aspire à tuer, à tuer encore et encore. Certains hommes sont comme ça avec l'alcool, la cocaïne, les femmes ou le jeu. C'est une soif inextinguible. Il ne changera pas jusqu'à ce qu'il soit tué. Dieu fasse que ce jour arrive vite. »

Tamara resta longuement silencieuse, stupéfiée par les paroles d'Haroun, par la fièvre avec laquelle il les avait prononcées. Enfin, elle rompit le charme pour demander : « Qu'a-t-il fait pendant cinq jours, à part féliciter votre groupe ?

— Il nous a fait suivre un entraînement spécial. Nous nous retrouvions hors de la ville, parfois à plusieurs kilomètres, et il nous rejoignait avec ses compagnons.

— Qu'avez-vous appris ?

— À fabriquer des bombes d'accotement et des ceintures d'explosifs. Il nous a aussi tout expliqué sur les règles d'utilisation du téléphone, les messages codés et la sécurité. Comment couper la connexion dans tout un quartier. »

Même moi, je ne sais pas faire ça, pensa Tamara. « Quand il est parti, vous a-t-il dit où il allait ?

— Non.

— Aucun indice ?

— Notre chef lui a posé la question carrément, et il a répondu : "Là où Dieu me conduira." »

En d'autres termes, *Pas question que je te le dise.*

« Comment va le marchand de cigarettes ? » demanda alors Haroun.

Était-ce un intérêt amical, sincère, ou une tentative pour lui soutirer des renseignements ? Elle répondit : « Bien, aux dernières nouvelles.

— Il m'a raconté qu'il partait pour un long voyage.

— Il est souvent impossible à joindre pendant plusieurs jours.

— J'espère qu'il va bien. » Haroun regarda nerveusement autour de lui. « Il faut que vous achetiez ce tissu.

— Entendu. » Elle sortit quelques billets de sa poche.

Haroun avait l'air intelligent et honnête. Ce jugement ne reposait sur rien de solide, mais son instinct lui dictait de le revoir, au moins encore une fois. « Où nous retrouverons-nous la prochaine fois ? demanda-t-elle.

— Au Musée national. »

Tamara y était déjà allée. Il était petit mais intéressant. « D'accord, dit-elle en lui tendant l'argent.

— Devant le fameux crâne, précisa Haroun.

— Je le connais. » Le fleuron du musée était un fragment de crâne d'anthropoïde vieux de sept millions d'années, un possible ancêtre de l'espèce humaine.

Haroun replia le coupon de coton et le lui tendit. Elle le rangea dans le sac en plastique qui contenait ses courses. Il se détourna et disparut dans la foule.

Tamara retourna à la voiture, regagna l'ambassade et s'installa à son bureau. Elle devait cesser de penser à Tab jusqu'à ce qu'elle ait fini son rapport sur son entrevue avec Haroun.

Elle le rédigea avec sobriété, soulignant que c'était sa première rencontre avec lui et que l'Agence ne disposait d'aucun renseignement permettant de juger de sa fiabilité. Elle savait cependant que l'information concernant Al-Farabi était une nouvelle excitante et qu'elle serait immédiatement transmise à toutes les antennes de la CIA en Afrique du Nord et au Proche- et Moyen-Orient – avec la signature de Dexter au bas de la page, sans aucun doute.

Quand elle eut terminé, le personnel de la CIA commençait à quitter les bureaux. Elle rentra chez elle ; à présent, rien ne pouvait plus détourner ses pensées de Léonie Lanette.

Un message de Tab apparut sur son téléphone :

On se voit ce soir ? départ matinal demain.

Elle devait décider de la conduite à tenir. Il était exclu de partir en congé, fût-ce pour un simple week-end, avec un homme qu'elle soupçonnait d'infidélité. Elle devait lui parler de Léonie. Pourquoi hésitait-elle ? Elle n'avait rien à craindre, ou bien ?

Bien sûr que si. Elle avait peur qu'il la rejette, peur

d'être humiliée, peur de devoir admettre avec horreur qu'elle avait commis une erreur de jugement stupide.

Mais tout cela pouvait aussi n'être qu'un malentendu. Elle n'y croyait pas vraiment, mais il fallait qu'elle s'en assure.

Elle lui écrivit : *Où es-tu en ce moment ?*

Il répondit aussitôt : *Chez moi, je prépare mes affaires.*

J'arrive, annonça-t-elle.

Impossible désormais de faire marche arrière.

Elle gravit en tremblant l'escalier jusqu'à son appartement et frappa à la porte. Dans un instant de fantasme cauchemardesque, elle imagina que Léonie lui ouvrait en tenue d'intérieur impeccablement repassée.

Mais ce fut Tab qui l'accueillit, et elle avait beau lui en vouloir de sa trahison, elle ne put s'empêcher de remarquer combien il était séduisant pieds nus, en tee-shirt blanc et en jean délavé.

« Ma chérie ! dit-il. Entre vite. Il est grand temps que je te donne une clé. Mais où est ton sac ?

— Je n'ai rien préparé. Je ne pars pas. »

Elle entra dans la pièce.

Il blêmit. « Pour l'amour du ciel, que se passe-t-il ?

— Assieds-toi, je vais tout t'expliquer.

— Très bien. Tu veux de l'eau, un café, du vin ?

— Rien du tout. »

Il s'assit en face d'elle. « Qu'est-il arrivé ?

— Je suis passée au Bar International aujourd'hui, vers midi.

— J'y étais ! Je ne t'ai pas remarquée, ah… tu as dû me voir, avec Léonie.

— Elle est séduisante et célibataire, et il est clair que vous êtes intimes. Cela ne m'a pas échappé, et n'importe qui s'en serait rendu compte en vous voyant ensemble. Elle t'a même pris la main à un moment. »

Il hocha la tête sans répondre. D'une seconde à l'autre, pensa-t-elle, il va se lancer dans des protestations indignées.

Il n'en fit rien.

Elle poursuivit : « Il se trouve que j'étais avec une personne qui m'a appris qui est cette femme et qui m'a même confié que tu as une liaison avec elle depuis des mois. »

Il poussa un profond soupir. « C'est ma faute. J'aurais dû te parler d'elle.

— Pour me dire quoi, au juste ?

— J'ai effectivement eu une liaison avec Léonie pendant six mois. Je n'en ai pas honte. C'est une femme intelligente, charmante, que j'apprécie toujours beaucoup. Mais j'ai rompu avec elle un mois avant que toi et moi allions au lac Tchad.

— Un mois ! Tout un mois ! Qu'est-ce qui t'a fait attendre aussi longtemps ? »

Un sourire amer lui tordit les lèvres. « Je comprends que tu sois sarcastique. Je ne t'ai jamais menti, je ne t'ai jamais trompée, mais je ne t'ai pas tout dit, et on peut y voir une trahison, c'est sûr. La vérité est que j'étais gêné d'être tombé amoureux de toi aussi vite, et que notre relation soit devenue sérieuse aussi rapidement. Ça m'embarrasse encore. Ça donne de moi l'image d'une sorte de Casanova, ce que je ne suis pas. D'ailleurs, je n'éprouve que mépris pour les hommes de ma connaissance qui collectionnent les conquêtes comme des buts pendant la saison de football. Mais tout de même, j'aurais dû te l'avouer.

— Qui a rompu ? Elle ou toi ?

— Moi.

— Pourquoi ? Tu l'aimais bien et tu l'apprécies encore.

— Elle m'a menti et quand je l'ai appris, je me suis senti trahi.

— Que t'a-t-elle dit?

— Elle a prétendu être célibataire. Or elle est mariée, son mari est à Paris et ils ont deux garçons en pension, celle où je suis allé, l'Ermitage International School. Elle rentre chez elle en été pour les voir.

— Et c'est pour ça que tu as rompu, parce qu'elle est mariée?

— L'idée de coucher avec une femme mariée me déplaît. Je ne condamne pas les hommes qui le font, mais ce n'est pas mon genre. Les secrets honteux, très peu pour moi.»

Elle se rappela qu'il s'était assuré qu'elle avait bien divorcé de Jonathan la première fois où elle lui avait parlé de son passé.

Si tout son récit n'était qu'un mensonge élaboré, il n'en était pas moins très plausible.

«Donc, tu as rompu il y a deux mois, reprit-elle. Dans ce cas, pourquoi vous teniez-vous par la main aujourd'hui?» Elle regretta aussitôt sa question. C'était un coup bas, ils ne se tenaient pas vraiment par la main.

Mais Tab était un adulte responsable et n'ergota pas. «Léonie a demandé à me voir. Elle voulait qu'on parle.» Il haussa les épaules. «Refuser aurait été grossier de ma part.

— Que voulait-elle?

— Que nous nous remettions ensemble. J'ai refusé, évidemment. Mais j'ai essayé de faire ça en douceur.

— C'est donc ça que j'ai vu, toi en train d'agir en douceur…

— Je ne peux pas dire, honnêtement, que je le regrette. Mais tu ne peux pas savoir combien je regrette en revanche de ne pas t'avoir tout avoué plus tôt. Maintenant, c'est trop tard.

— Elle t'a dit qu'elle t'aimait?»

Il hésita. «Je suis prêt à tout te dire, mais es-tu sûre de vouloir vraiment que je réponde à cette question?

— Oh, bon sang! lança-t-elle. Tu es tellement comme il faut que je m'étonne que tu n'aies pas d'auréole.»

Il s'étrangla. «Même quand tu romps avec moi, tu réussis à me faire rire.

— Je ne romps pas avec toi, murmura-t-elle, tout en sentant des larmes brûlantes couler sur son visage. Je t'aime trop.»

Il tendit le bras vers elle et lui prit les mains. «Moi aussi, je t'aime. Au cas où tu ne l'aurais pas deviné. En fait...» Il s'interrompit un instant. «Écoute, toi et moi, nous avons déjà aimé avant de nous rencontrer. Mais je voudrais que tu saches que les sentiments que j'éprouve pour toi, je ne les ai encore jamais ressentis, pour personne. Jamais. Jamais.

— Tu veux bien venir là, tout près, et me serrer dans tes bras?»

Il fit ce qu'elle lui demandait et elle se cramponna à lui de toutes ses forces.

«Ne me fais plus jamais une peur pareille, tu veux bien? l'implora-t-elle.

— Je te le jure devant Dieu.

— Merci.»

13

Sans être un jour de repos pour la présidente des États-Unis, le samedi était différent du reste de la semaine. La Maison Blanche était un peu plus silencieuse que d'habitude, et le téléphone sonnait moins souvent. Pauline en profitait pour traiter des documents qui exigeaient du temps et de la concentration : les longs rapports internationaux du Département d'État, des pages et des pages de numéros d'identification fiscale du Trésor, les spécifications techniques des systèmes d'armement à plusieurs milliards de dollars du Pentagone. En fin d'après-midi, elle aimait travailler dans le salon des traités, une pièce traditionnelle et élégante de la résidence, beaucoup plus ancienne que le Bureau ovale. Elle s'asseyait à la lourde table du traité d'Ulysses Grant, le bruit du tic-tac de la grande horloge de parquet résonnant dans son dos, comme si l'esprit d'un Président du temps jadis lui rappelait qu'elle n'avait pas beaucoup de temps pour tout ce qu'elle avait à faire.

Mais elle ne restait jamais seule bien longtemps, et ce jour-là, sa tranquillité fut troublée par Jacqueline Brody, sa chef de cabinet. Jacqueline avait le rire facile, paraissait toujours décontractée, et pourtant, elle était solide comme un roc. Elle devait son corps mince et musclé à la discipline combinée d'un régime strict et d'un entraînement sérieux, régulier. Divorcée et ayant de grands enfants, elle donnait l'impression de ne pas avoir de vie sentimentale et, à vrai dire, pas de vie du tout en dehors de la Maison Blanche.

Jacqueline s'assit en face d'elle et annonça : « Ben Riley est venu me voir ce matin. »

Benedict Riley était le directeur du Secret Service, l'agence gouvernementale responsable de la sécurité du Président et d'autres personnalités susceptibles d'être menacées.

« Et qu'avait-il à vous dire ?

— Les agents de sécurité du vice-président lui ont signalé un problème. »

Pauline retira ses lunettes de lecture et les posa sur la table antique. Elle poussa un soupir. « Je vous écoute.

— Ils pensent que Milt a une liaison. »

Pauline esquissa un haussement d'épaules fataliste. « Il est célibataire, je suppose que c'est son droit. Je ne vois pas où est le problème. Avec qui couche-t-il ?

— C'est là qu'est le problème. Elle s'appelle Rita Cross, et elle a seize ans.

— Merde.

— Comme vous dites.

— Et quel âge a Milt ?

— Soixante-deux.

— Bon sang ! Il devrait tout de même savoir…

— L'âge du consentement est fixé à seize ans à Washington. Au moins, ce n'est pas un délit.

— Mais tout de même…

— Je sais. »

La déplaisante image du corps bedonnant de Milt sur celui d'une mince adolescente traversa l'esprit de Pauline. Elle secoua la tête pour la chasser. « Elle n'est pas… Milt ne la paye pas pour coucher avec lui, tout de même ?

— Pas exactement…

— Qu'est-ce que vous voulez dire ?

— Il lui offre des cadeaux.

— Quel genre?

— Il lui a acheté une bicyclette à dix mille dollars.

— Oh, ça, ce n'est pas malin. Je vois d'ici les titres de ce satané *New York Mail*. J'imagine que Milt n'acceptera pas de mettre fin à cette relation?

— C'est peu probable. Ses gardes du corps affirment qu'il est vraiment mordu. De toute façon, ça ne changerait probablement pas grand-chose. La petite finira par vendre son histoire un jour ou l'autre.

— Il faut donc s'attendre à un scandale.

— Qui pourrait éclater au début de l'année prochaine, pour le lancement des primaires.

— Il faut absolument prendre les devants.

— Je suis de votre avis.

— Autrement dit, je vais devoir virer Milt.

— Et le plus vite possible.»

Pauline remit ses lunettes, signe que l'entretien touchait à sa fin. «Trouvez-le-moi, s'il vous plaît, Jacqueline. Demandez-lui de venir me voir...» Pauline se retourna vers l'horloge de parquet. «... Demain matin, aussi tôt que possible.

— Je m'en occupe.» Jacqueline se leva.

«Et mettez Sandip au courant. Il va falloir publier un communiqué annonçant que Milt a démissionné pour raisons personnelles.

— Avec une petite phrase de vous, le remerciant de ses longues années de bons et loyaux services et de tout ce qu'il a fait pour le peuple des États-Unis et la présidence...

— Et il va falloir choisir un nouveau vice-président. Préparez-moi une liste de noms, s'il vous plaît.

— Vous pouvez compter sur moi.» Jacqueline sortit.

Pauline avait à peine eu le temps de lire encore quelques pages sur les problèmes des écoles des quartiers défavorisés quand elle entendit du bruit dans le couloir. Ses parents, qui étaient de passage à Washington et dormaient à la Maison Blanche, étaient arrivés, de toute évidence. La voix qui parvenait à ses oreilles était celle de sa mère, flûtée et geignarde, qui l'appelait : « Pauline ? Où es-tu ? »

Pauline se leva et quitta la pièce.

Sa mère était dans le hall central, un vaste espace inutile occupé par des meubles qui ne servaient jamais : un bureau octogonal, un piano à queue au couvercle verrouillé, des canapés et des fauteuils où personne ne s'asseyait jamais. Elle avait l'air perdue.

Christine Wagner avait soixante-quinze ans. Elle portait une jupe en tweed et un gilet rose. Pauline se rappelait la femme qu'elle avait été, une quarantaine d'années plus tôt : très compétente, elle préparait le petit déjeuner tout en repassant une chemise blanche, elle époussetait les épaules du costume de flanelle grise de papa qui s'apprêtait à sortir et retrouvait les devoirs que Pauline avait égarés, tout en guettant le klaxon du bus de l'école. Depuis quelques années, cette femme intelligente et volontaire était devenue timide et anxieuse. « Ah, te voilà ! » fit-elle comme si Pauline jouait à cache-cache.

Pauline l'embrassa. « Bonjour, maman. Bienvenue ! Je suis si contente de te voir. »

Son père apparut. Keith Wagner avait les cheveux blancs, mais sa moustache bien nette était encore noire. Cet homme d'affaires qui avait porté des costumes bleu marine ou gris pendant un demi-siècle s'était récemment mis au marron, dans toutes ses nuances. Sa tenue, veste de sport fauve et pantalon chocolat, avait l'air neuve. Ils s'installèrent dans le salon est où Gerry les rejoignit.

Ils parlèrent des occupations des parents de

Pauline. Keith siégeait au conseil d'administration du Commercial Club, un cercle de l'élite marchande de Chicago, et Christine était lectrice bénévole dans deux écoles de son quartier.

Pippa arriva et embrassa ses grands-parents.

« Alors Pauline, quelle crise mondiale as-tu résolue ces temps-ci ? demanda Keith.

— J'ai essayé de convaincre les Chinois d'être plus scrupuleux sur l'identité de ceux à qui ils vendent des armes. »

Pauline s'apprêtait à expliquer le problème, mais son père s'intéressait davantage à ses propres souvenirs. « Il m'est arrivé de faire des affaires avec les Chinois, autrefois. Je leur achetais des millions de sacs en polyéthylène que je revendais aux hôpitaux. Ils sont sacrément forts, ces Chinois. Quand ils décident quelque chose, ils le font. Les gouvernements autoritaires n'ont pas que de mauvais côtés.

— Avec eux au moins, les trains arrivent à l'heure, rétorqua Pauline.

— En réalité, reprit Gerry d'un ton pédant, c'est un mythe : Mussolini n'a jamais réussi à faire arriver les trains italiens à l'heure. »

Mais Keith ne l'écoutait pas. « Ils ne se croient pas obligés de plier l'échine devant tous les groupuscules qui s'opposent au progrès sous prétexte de protéger les aires de nidification de la mésange à pois ou de je ne sais quelle bestiole…

— Keith ! » coupa Christine tandis que Pippa riait sous cape. Keith poursuivit imperturbablement.

« … ou parce qu'ils pensent que la terre est sacrée et que les esprits de leurs ancêtres s'y retrouvent les nuits de pleine lune.

— L'autre truc génial avec les gouvernements autoritaires, c'est que s'ils ont envie d'assassiner six millions de Juifs, ni rien ni personne ne peut les en empêcher», intervint Pippa.

Pauline envisagea de faire taire sa fille, puis décida que son père l'avait bien cherché.

Il en aurait fallu davantage pour le troubler. «Tu me rappelles ta mère à quatorze ans, Pippa. Elle avait elle aussi tout un répertoire de répliques impertinentes.

— Ne fais pas attention à ton grand-père, remarqua Christine. Au cours des trois ou quatre prochaines années, tu vas faire des choses dont tu te souviendras avec embarras plus tard. Mais quand tu seras vieille, tu regretteras de ne pas avoir été encore plus loin.»

Pauline rit de bon cœur. Elle retrouvait enfin sa mère telle qu'elle était naguère, culottée et drôle.

«Des perles de sagesse émanant du service de gériatrie», bougonna Keith.

Constatant que la conversation prenait une tournure un peu trop belliqueuse, Pauline se leva. «Allons dîner», annonça-t-elle, et ils longèrent le hall central qui ouvrait sur la salle à manger.

Pauline ne considérait plus ses parents comme des gens sur qui elle pouvait compter. Elle s'était éloignée d'eux progressivement. Leur horizon s'était restreint, ils avaient perdu contact avec le monde moderne et leur jugement s'était atrophié. Un jour, Pippa pensera la même chose de moi, songea Pauline alors qu'ils s'installaient autour de la table. Combien de temps cela prendrait-il? Dix ans? Vingt ans? Elle trouvait cette idée déconcertante: Pippa dans le vaste monde, prenant des décisions toute seule, et Pauline mise sur la touche, rangée parmi les incapables.

Son père discutait affaires avec Gerry, et les trois femmes ne les interrompirent pas. Gerry avait été un jour le plus proche confident de Pauline. Quand cela avait-il cessé? Elle n'aurait su le dire avec précision.

Leur complicité s'était étiolée, mais pourquoi ? Était-ce uniquement à cause de Pippa ? Pauline savait, pour avoir observé d'autres parents, que les conflits conjugaux les plus âpres concernaient l'éducation des enfants. Celle-ci renvoyait aux convictions les plus profondes concernant la morale, la religion, les valeurs. C'était un impitoyable révélateur de la compatibilité des couples.

Pauline estimait que le rôle de la jeunesse était de contester les idées établies. C'était la seule façon de faire progresser le monde. Elle était conservatrice parce que, pour elle, le changement devait être abordé avec prudence et géré avec doigté, mais elle n'était pas de ceux qui pensaient que rien ne devait changer. Elle n'était pas non plus de ceux, encore plus dangereux, qui voyaient dans le passé un âge d'or où tout était tellement mieux. Elle n'avait pas la nostalgie du bon vieux temps.

Gerry n'était pas comme elle. Il affirmait qu'avant d'essayer de changer le monde, les jeunes devaient acquérir maturité et sagesse. Pauline était convaincue que le changement ne venait jamais de ceux qui attendaient un meilleur moment.

Ceux qui étaient comme Gerry.

Aïe.

Que pouvait-elle faire ? Gerry aurait voulu qu'elle consacre plus de temps à sa famille – c'est-à-dire à lui –, mais cela lui était impossible. Une présidente obtenait tout ce dont elle avait besoin, sauf du temps.

Elle s'était engagée dans le service public bien avant de l'épouser : il n'aurait pas dû être surpris. Et il avait été ravi qu'elle soit candidate à la présidence. Il lui avait clairement dit que ce serait avantageux pour sa carrière à lui, qu'elle gagne ou qu'elle perde. Si elle l'emportait, il se tiendrait en retrait pendant quatre ou huit ans, mais ensuite, il serait une superstar de la galaxie juridique. Pourtant, quand elle avait été élue, il avait commencé à lui reprocher de ne pas lui réserver suffisamment de temps. Peut-être avait-il imaginé qu'il participerait de plus près à son travail à elle, qu'en tant que Présidente elle le consulterait avant de prendre des décisions. Peut-être n'aurait-il pas dû renoncer à son travail d'avocat; peut-être…

Peut-être n'aurait-elle pas dû l'épouser.

Pourquoi ne regrettait-elle pas, comme Gerry, qu'ils ne passent pas plus de temps ensemble? Elle connaissait des couples très occupés qui s'arrangeaient pour passer régulièrement une soirée ensemble, et qui attendaient avec impatience de pouvoir se consacrer l'un à l'autre, de faire un dîner romantique, d'aller au cinéma ou d'écouter de la musique assis l'un à côté de l'autre sur le canapé.

Cette idée la déprimait.

En voyant Gerry approuver son père sur la question des syndicats, elle se rendit compte que le problème était que son mari était un peu ennuyeux.

Elle était sévère, elle devait en convenir. D'un autre côté, c'était vrai. Gerry était barbant. Elle ne le trouvait pas séduisant. Et il ne faisait pas grand-chose pour l'encourager.

Alors que restait-il?

Pauline regardait toujours la vérité en face.

Tout cela voulait-il dire qu'elle ne l'aimait plus?

Elle avait bien peur d'avoir mis le doigt sur la réalité.

*

Le lendemain matin, elle prit son petit déjeuner avec son père, comme lorsqu'il travaillait et qu'elle allait à l'université, à Chicago. Ils étaient des lève-tôt. Pauline se fit servir du muesli et un verre de lait, son père un toast avec du café. Ils ne parlèrent pas beaucoup:

comme à l'époque, il était plongé dans la lecture des pages économiques du journal. Mais c'était un silence convivial, détendu. Avec un pincement de regret, elle l'abandonna pour retourner dans l'aile ouest.

Milt avait proposé un rendez-vous de très bonne heure pour se rendre à la Maison Blanche avant d'aller à l'église. Pauline avait décidé de le recevoir dans le Bureau ovale, dont le côté officiel se prêtait bien à un congédiement.

Avec son costume trois pièces de tweed marron, Milt avait tout du gentleman farmer. «Eh bien, qu'a fait James Moore pour que cela nécessite un rendez-vous matinal le jour du Seigneur?

— Il ne s'agit pas de James Moore, répondit Pauline. Asseyez-vous.

— Alors qu'est-ce qui vous préoccupe?

— Rita Cross.»

Milt se redressa, releva le menton et la toisa d'un air hautain. «De quoi voulez-vous parler?»

Pauline ne supportait pas qu'on raconte n'importe quoi; la vie était trop courte pour ça. «Je vous en prie, ne faites pas semblant de ne pas comprendre.

— C'est une affaire qui ne regarde que moi, et moi seul.

— Quand le vice-président couche avec une gamine de seize ans, c'est l'affaire de tout le monde, Milt. Ne vous faites pas plus bête que vous n'êtes.

— Qui soutient que ce n'est pas une simple amie?

— Faites-moi grâce de ces salades.» Pauline sentait la colère la gagner. Elle avait pensé que Milt ferait preuve de plus de réalisme et de maturité et aurait l'élégance de se retirer en reconnaissant ses errements. Elle s'était trompée.

«Elle a l'âge légal, observa Milt de l'air d'un joueur de cartes qui abat un as.

— Vous raconterez ça aux médias quand ils vous demanderont des explications sur votre relation avec Rita Cross. Vous croyez qu'ils diront que, dans ce cas, tout va bien et qu'il n'y a pas de scandale ? Ou alors quoi ?

— Nous pourrions garder le secret sur cette affaire, répliqua Milt manifestement aux abois.

— Non, c'est impossible. Vos gardes du corps sont au courant, et ils ont tout raconté à Jacqueline, qui m'en a parlé et en a informé Sandip, tout cela au cours des dernières vingt-quatre heures. Et Rita ? Elle n'a pas des copines de seize ans ? Que pensent-elles qu'elle fabrique avec un vieux de soixante-deux ans qui lui a offert une bicyclette à dix mille dollars ? Qu'ils jouent au Scrabble ?

— Très bien, madame la Présidente. J'ai compris. » Milt se pencha en avant et poursuivit en baissant la voix, sur le ton de la confidence, comme s'ils devisaient entre collègues. « Laissez-moi régler ce problème, s'il vous plaît. Je trouverai une solution, je vous le promets. »

La proposition était effarante, et il aurait dû le savoir.

« Allez vous faire voir, Milt. Il n'est pas question de vous laisser régler quoi que ce soit. C'est un scandale qui risque d'éclabousser tous ceux qui se donnent un mal de chien, ici même, pour construire une Amérique meilleure. Le moins que je puisse faire est de limiter les dégâts, et à cette fin, c'est moi qui déciderai quand et comment la nouvelle sera divulguée. »

Milt sembla commencer à comprendre que tout espoir était perdu. Il demanda piteusement : « Qu'attendez-vous de moi ?

— Allez à l'église, confessez vos péchés et promettez à Dieu de ne pas recommencer. Rentrez chez vous, appelez Rita et dites-lui que tout est fini. Puis adressez-moi une lettre de démission en invoquant des raisons personnelles, ne mentez pas, n'inventez pas des problèmes de santé ou je ne sais quoi. Je veux que cette lettre soit sur ce bureau demain matin à neuf heures. »

Milt se leva. « Avec Rita, c'est du sérieux, vous savez, ajouta-t-il calmement. C'est l'amour de ma vie. »

Pauline le croyait. C'était ridicule, mais elle éprouva involontairement une pointe de compassion. « Si vous l'aimez vraiment, répondit-elle, rompez avec elle et laissez-la reprendre une vie d'adolescente normale. Maintenant, allez-y, et faites ce que vous avez à faire.

— Vous êtes une femme dure, Pauline, dit-il tristement.

— Sans doute. Mais mon boulot est dur. »

14

Le lundi matin, Tamara commença à soupçonner le Général de mijoter quelque chose. Ce n'était peut-être pas très important, mais elle avait un mauvais pressentiment.

À son retour de Marrakech, elle était trop euphorique pour regagner immédiatement son bureau et déposa son sac chez elle avant de faire un détour par la cantine. Elle prit une grande tasse de café allongé, à l'américaine, un toast, et *Le Progrès*, le quotidien en français subventionné par le gouvernement.

Au moment où elle tourna la page 3 du journal, un signal d'alarme retentit faiblement dans les profondeurs de son esprit. Il y avait une photo du Général, chauve et souriant, en tenue de sport, pantalon de jogging et haut de survêtement, posant dans le bidonville d'Atrone, au nord-est de N'Djamena. Les informations en provenance d'Atrone concernaient habituellement le retard pris par l'extension des systèmes d'adduction d'eau et d'assainissement. Ce jour-là pourtant, les nouvelles étaient bonnes. Le Général, représenté sur une toile de fond de taudis, était entouré par une meute d'enfants et d'adolescents radieux, à qui il distribuait gratuitement des baskets Nike.

Tout en réfléchissant à cet article, elle ne pouvait empêcher ses pensées de retourner vers Tab.

Elle avait voyagé en toute discrétion. Tab avait réservé des voitures à l'ambassade de France pour les conduire à l'aéroport puis les ramener. Ils avaient embarqué au terminal réservé aux avions privés sur un jet de la compagnie Travers. Tamara avait dûment rempli le formulaire signalant qu'elle quittait le pays, sans préciser qu'elle partait avec Tab. De toute façon, Dexter ne lisait jamais ce genre de paperasse.

Le week-end avait été une réussite complète. Pendant quarante-huit heures, ils ne s'étaient pas quittés sans s'ennuyer une seconde ni s'agacer mutuellement. Tamara savait que l'intimité domestique pouvait être cause de dispute. L'hygiène des hommes laissait souvent à désirer ; quant à eux, ils avaient tendance à trouver que les femmes étaient maniaques. Les gens avaient des habitudes bien ancrées et détestaient en changer. « On rangera tout ça demain matin », disaient les hommes, et ils ne le faisaient jamais. Mais Tab n'était pas comme les autres.

Elle se rappelait constamment le jugement négatif qu'elle avait porté sur le genre masculin avant de le rencontrer, et surtout sur ses deux représentants qu'elle avait épousés, Stephen tellement immature et Jonathan qui s'était révélé être gay. Sans doute avait-elle enfin tiré la leçon de ses échecs. Jonathan avait déjà été plus supportable que Stephen, et Tab était nettement mieux encore. Peut-être Tab était-il l'homme de sa vie.

Peut-être ? songea-t-elle. Tu parles ! C'est lui. J'en suis sûre.

En retournant en ville, le lundi matin, Tab lui avait dit : « Maintenant, il va falloir qu'on se prépare à faire semblant de ne pas être follement amoureux. »

Elle avait souri. Il était donc *follement* amoureux d'elle. C'était la première fois qu'il l'exprimait en ces termes. Et elle en était ravie.

Ils n'en avaient pas moins un problème. Si leurs pays étaient alliés, cela ne les empêchait pas d'avoir des secrets l'un pour l'autre. En principe, aucune règle de la CIA ne lui interdisait d'avoir une relation avec un agent de la DGSE, et vice versa. Dans la pratique, une telle liaison desservirait sa carrière, et probablement celle de Tab également. À moins que l'un d'eux ne change de boulot…

Relevant les yeux de son journal, elle vit la secrétaire de l'ambassadeur, Layan, un plateau dans les mains. «Joignez-vous à moi, proposa Tamara. Vous n'avez pas souvent le temps de prendre un petit déjeuner.

— Nick prend le sien à l'ambassade de Grande-Bretagne, expliqua Layan.

— Qu'est-ce qu'il complote avec les Anglais?

— Nous nous demandons si le Tchad ne ferait pas des affaires en douce avec la Corée du Nord, en lui vendant du pétrole au mépris des sanctions.» Layan versa du yaourt sur ses figues fraîches. «Nick voudrait que la Grande-Bretagne et les autres pays fassent pression sur le Général pour qu'il vende son pétrole ailleurs.

— Pyongyang lui en offre sans doute un meilleur prix.

— Probablement, oui.»

Tamara montra le journal à Layan. «Je me demande de quoi il retourne. Qu'en pensez-vous?»

Layan observa la photo pendant quelques instants. «C'est plutôt bien joué, non? Pour le prix de quelques centaines de paires de chaussures, le Général fait croire au pays qu'il est le Père Noël. Une façon peu coûteuse de soigner sa popularité.

— Je veux bien, mais que peut lui rapporter une telle publicité? Il n'a pas besoin d'être populaire, il a sa police secrète.

— Peut-être, mais tout de même: il est sans doute plus facile d'être un dictateur apprécié qu'un dictateur détesté.

— C'est possible, répondit Tamara sans grande

conviction. Il vaudrait mieux que j'aille bosser.» Elle se leva.

«Euh…»

Layan avait quelque chose en tête. Tamara attendit debout à côté de sa chaise.

«Tamara, ça vous dirait de venir dîner chez moi? Pour manger de la vraie cuisine tchadienne?»

Tamara était étonnée, mais enchantée. «J'en serais ravie.» C'était la première fois qu'elle était invitée dans une maison tchadienne à N'Djamena. «Ce serait un honneur pour moi.

— Oh, ne dites pas ça. Ça me ferait vraiment plaisir. Mercredi soir?

— Mercredi, c'est parfait.» J'irai chez Tab après, pensa-t-elle.

«Vous savez sans doute que nous ne mangeons pas à table. Nous nous asseyons par terre, sur un tapis.

— Ça me va, pas de problème.

— Je me réjouis tellement.

— Moi aussi!»

Tamara sortit de la cantine et se dirigea vers les bureaux de la CIA.

Elle se posait des questions à propos du Général. Pourquoi éprouvait-il soudain le besoin de soigner son image?

La corvée de lire toute la presse de N'Djamena et de regarder toutes les émissions d'information de la télévision, en français et en arabe, incombait aux deux plus jeunes agents du poste. Le francophone, Dean Jones, était un enfant blond de Boston, un garçon brillant; la jeune femme arabophone, Leila Morcos, était une New-Yorkaise futée aux cheveux noirs coupés au carré. Ils étaient assis face à face, les journaux du jour posés entre eux, sur le bureau. Tamara s'adressa aux deux:

315

« Avez-vous relevé des critiques contre le Général dans l'un ou l'autre des médias ? »

Dean secoua la tête et Leila répondit : « Non. Rien du tout.

— Même pas de vagues insinuations, des murmures, des reproches à demi-mot ? Du genre : "À la réflexion, cette affaire aurait pu être mieux gérée" ; ou "Il est regrettable que l'on n'ait pas anticipé ça" ? »

Ils réfléchirent encore quelques instants, avant de réitérer leur réponse précédente. Leila ajouta : « Mais puisque ça vous intéresse, nous allons rechercher plus attentivement ce type de commentaires.

— Merci. J'ai simplement l'impression que le Général est inquiet. »

Elle s'assit à sa table de travail. Quelques minutes plus tard, Dexter l'appela et elle le rejoignit dans son bureau. Il avait desserré sa cravate et déboutonné le col de sa chemise malgré la fraîcheur qui régnait dans la pièce grâce à la climatisation. Sans doute pensait-il ressembler ainsi à Frank Sinatra. « À propos de Karim Aziz, commença-t-il. Je crois que vous l'avez mal jugé. »

Elle ne comprenait absolument pas ce qu'il voulait dire. « Comment cela ?

— Il est loin d'être aussi important, ou d'avoir d'aussi bons contacts que vous ne l'avez imaginé.

— Mais... » Elle s'apprêtait à discuter, mais se retint. Elle ne savait pas encore où il voulait en venir. Mieux valait le laisser parler et recueillir autant d'indices que possible. « Oui ?

— Il ne m'a jamais remis le texte du fameux discours du Général. »

Karim n'avait donc pas donné à Dexter le projet de discours qu'il avait plus ou moins promis à Tamara. Elle se demanda pourquoi.

316

Dexter poursuivit : « De plus, le Général n'a prononcé aucun discours de ce genre. »

Il avait pu renoncer à cette idée, mais il était tout aussi possible qu'il attende le moment opportun. En tout état de cause, Tamara resta muette.

« Vous allez reprendre ce contact. Je vous le laisse », continua Dexter.

Tamara fronça les sourcils. Qu'avait-il en tête ?

Il réagit à son froncement de sourcils. « Karim ne mérite pas l'attention d'un officier de rang supérieur. Comme je vous le disais, vous l'avez surestimé. »

Tout de même, Karim travaille au palais présidentiel, pensa Tamara. Il a certainement accès à des informations utiles. Au palais, tout le monde, même un simple agent d'entretien, peut dénicher des secrets dans les corbeilles à papier. « D'accord, acquiesça-t-elle. Je vais l'appeler. »

Dexter hocha la tête. « C'est ça. » Il baissa les yeux sur le document placé sur son bureau. Prenant cela pour un congé, Tamara sortit.

Elle effectua des tâches de routine, mais elle s'inquiétait pour Abdul. Elle espérait qu'il reprendrait contact sans trop tarder. Il y avait onze jours qu'elle était sans nouvelles de lui. Sans être complètement inattendu, c'était un peu préoccupant. Sur les autoroutes américaines, pour un voyage deux fois moins long, de Chicago à Boston, par exemple, deux jours suffisaient. Tamara avait fait ce trajet en voiture, une fois, pour aller voir un petit copain à Harvard. Il lui était aussi arrivé de prendre le car : trente-six heures de route, cent neuf dollars, et le wifi gratuit. Le voyage d'Abdul était évidemment très différent. La vitesse n'était pas limitée, pour la bonne raison que c'était inutile : il était impossible de rouler à plus de trente kilomètres à l'heure sur les pistes du désert non goudronnées. Les crevaisons et autres pannes étaient fréquentes, et si le chauffeur était dans l'incapacité de réparer, on pouvait attendre les secours pendant plusieurs jours.

Et Abdul devrait affronter des aléas bien plus dangereux qu'un pneu crevé. Tout en se faisant passer pour un migrant désespéré, il devait parler aux autres voyageurs, surveiller Hakim, identifier les hommes que celui-ci contactait et essayer de découvrir où ils traînaient. Si on venait à le soupçonner... Tamara revit le cadavre d'Omar, le prédécesseur d'Abdul, elle se rappela, comme dans un cauchemar, comment elle s'était agenouillée dans le sable pour ramasser ses pieds et ses mains sectionnés.

Et elle ne pouvait qu'attendre qu'Abdul l'appelle.

Quelques minutes après midi, Tamara demanda une voiture pour se rendre à l'hôtel Lamy.

Karim était au bar, en costume de lin blanc. Il buvait ce qui ressemblait à un cocktail sans alcool, en discutant avec un homme que Tamara reconnut vaguement comme un membre de l'ambassade d'Allemagne. Elle commanda un Campari avec de la glace et de l'eau gazeuse, un cocktail si léger qu'elle aurait pu en boire quatre litres sans être grise. Karim prit congé de son interlocuteur et vint lui parler.

Elle voulait savoir pourquoi le Général distribuait des baskets et si sa popularité était en chute libre ; mais une question directe mettrait Karim sur ses gardes et il nierait tout. Elle aborda donc le sujet avec prudence. « Vous savez que les États-Unis soutiennent le Général, car il est le garant de la stabilité de ce pays.

— Oui, bien sûr.

— Les rumeurs de mécontentement nous inquiètent un peu. » Elle n'avait évidemment rien entendu de tel.

« Ne vous en faites pas pour ça, la rassura Karim, et Tamara releva qu'il ne l'avait pas contredite. Ce

318

n'est rien, ajouta-t-il, la renforçant ainsi dans l'idée qu'il y avait bien anguille sous roche. Nous nous en occupons. »

Tamara en prit note mentalement. Karim lui avait déjà confirmé ce qui n'avait été que pure spéculation de sa part. « Nous ne comprenons pas très bien pourquoi cela se produit maintenant, reprit-elle. Il ne s'est rien passé de… » Elle laissa la question en suspens.

« Hormis cet incident au pont de N'Gueli dans lequel vous avez été impliquée. »

C'était donc cela.

« Certaines personnes estiment que le Général aurait dû réagir rapidement et de façon décisive. »

Tamara était tout excitée. C'était un nouvel éclairage. Mais elle fronça les sourcils, comme si elle calculait des dates, et fit remarquer à Karim : « Tout de même, cela remonte à plus de deux semaines, maintenant.

— Les gens ne saisissent pas la complexité de ce genre de situations.

— C'est vrai, dit-elle acquiesçant à cette platitude d'un air indulgent.

— Mais nous allons riposter très fermement, et sans tarder.

— Je m'en réjouis. Vous m'aviez parlé d'un discours…

— En effet. Votre ami Dexter a manifesté une grande curiosité à ce sujet, dit Karim l'air offensé. C'est tout juste si je n'ai pas eu l'impression qu'il s'estimait en droit d'en approuver le texte.

— Je suis désolée. Dexter est parfois maladroit. Mais nous nous épaulons, vous et moi, n'est-ce pas ? C'est sur cette entraide que repose notre relation.

— Exactement.

— Dexter ne l'a peut-être pas compris.

319

— Vous avez sans doute raison, répondit Karim l'air un peu radouci.

— Quand pensez-vous que le Général prononcera son discours ?

— Très bientôt.

— Parfait. Cela devrait mettre fin aux récriminations.

— Je n'en doute pas, vous verrez. »

Tamara aurait donné cher pour lire le projet de discours, mais elle ne pouvait plus le lui demander, puisque la requête de Dexter avait été mal reçue. Pourrait-elle tout de même obtenir un indice ? « Pourquoi ce discours a pris un tel retard ?

— Nous procédons encore aux derniers préparatifs.

— Des préparatifs ?

— Oui. »

Tamara était sincèrement intriguée. « De quel ordre ?

— Ah…, fit Karim avec un sourire énigmatique.

— J'ai du mal à imaginer quels préparatifs pourraient être nécessaires, soupira Tamara, et suffisamment compliqués pour retarder un discours de plus de deux semaines.

— Je ne peux rien vous dire. Secret d'État.

— Oh, je comprends », fit Tamara.

*

Ce soir-là, avant de retrouver Tab pour dîner, Tamara appela Jonathan, son ex-mari. Intelligent et adorable, il était toujours son meilleur ami. Il était temps qu'elle lui parle de Tab.

Il y avait neuf heures de décalage horaire entre San Francisco et N'Djamena, et il serait donc probablement en train de prendre son petit déjeuner. Il décrocha immédiatement.

« Tamara, ma chérie ! Quel plaisir d'entendre ta voix ! Où es-tu ? Toujours en Afrique ?

— Oui. Au Tchad. Et toi ? Je ne te dérange pas au moins ?

— Je dois partir bosser dans quelques minutes, mais j'aurai toujours le temps de bavarder avec toi. Que t'arrive-t-il ? Tu es amoureuse ? »

Il avait toujours eu une remarquable intuition. « Oui, en effet.

— Félicitations ! Parle-moi de lui, dis-moi tout. Ou d'elle, mais si je te connais bien, il s'agit d'un homme.

— Tu me connais bien. » Tamara lui dressa un portrait dithyrambique de Tab, et lui raconta leur week-end à Marrakech.

« Petite veinarde, commenta Jonathan. Je vois bien que tu es folle de lui.

— Mais on sort ensemble depuis un mois à peine. Et je dois avouer que, par le passé, je suis tombée amoureuse d'hommes qui n'étaient pas faits pour moi.

— Moi aussi, ma chérie, moi aussi, mais il ne faut jamais se décourager.

— Je ne sais pas quoi faire.

— S'il ressemble tant soit peu à la description que tu en fais, je vais te le dire : enferme-le dans ta cave et fais de lui ton esclave sexuel. À ta place, je n'hésiterais pas un instant. »

Elle éclata de rire. « Non, mais sérieusement ?

— Sérieusement ?

— Oui.

— Très bien, je vais te le dire, et je suis on ne peut plus sérieux.

— Je t'écoute.

— Épouse-le, espèce d'idiote », répondit Jonathan.

*

Une heure plus tard, Tab lui demanda : « Tu serais d'accord pour rencontrer mon père ?

— Ça me ferait très plaisir », déclara-t-elle sur-le-champ.

Ils dînaient dans un restaurant arabe tranquille appelé « Al-Quds », qui signifie Jérusalem. L'endroit était devenu leur repaire préféré. Ils n'avaient pas à craindre qu'on les surprenne : comme on n'y servait pas d'alcool, les Européens et les Américains ne le fréquentaient pas.

« Il arrive que mon père se rende au Tchad pour affaires. Total est le plus gros client du Tchad.

— Quand doit-il venir ?

— Dans quelques semaines. »

Elle jeta un coup d'œil dans une vitre qui lui renvoyait son reflet et porta la main à sa tête. « Il faut que je me fasse couper les cheveux.

— Papa va t'adorer, ne t'en fais pas », répondit Tab en riant.

Elle se demanda s'il avait présenté toutes ses petites amies à ses parents et ne put se retenir : « Ton père a rencontré Léonie ? »

Tab grimaça.

« Pardon. C'est une question déplacée, murmura Tamara gênée.

— Ça ne me gêne pas, je t'aime comme tu es, directe. Non, papa n'a jamais rencontré Léonie. »

Tamara changea promptement de sujet. « Comment est-il ? » Sa curiosité était sincère. Le père de Tab était un Français d'origine algérienne, fils d'une commerçante, et était devenu cadre supérieur dans une multinationale.

« Je l'adore, et je suis certain que tu l'adoreras aussi. Il est intelligent, intéressant, et très gentil.

— Exactement comme toi.

— Pas exactement. Mais tu verras.

— Il va loger chez toi ?

— Oh non ! Il ira à l'hôtel. C'est plus pratique pour lui. Il a ses habitudes au Lamy.

— J'espère que je lui plairai.

— Comment pourrais-tu ne pas lui plaire ? Tu fais une première impression stupéfiante : tu es d'une beauté renversante, et en plus, tu as ce style chic et simple qui plaît aux Français. » Il esquissa un geste en direction de sa robe fourreau gris clair égayée d'une ceinture rouge, et elle dut convenir qu'elle avait de l'allure. « Et puis tu parles français, ce qui va achever de le séduire. Il parle anglais bien sûr, mais les Français détestent être obligés de ne parler qu'anglais.

— Et politiquement ? Comment se situe-t-il ?

— Au centre. Libéral sur le plan social, conservateur sur le plan financier. Il ne voterait jamais pour le parti socialiste, mais s'il était américain, il serait démocrate. »

Tamara comprenait : en Europe, le centre était un peu plus à gauche que son équivalent américain.

Rien de ce que Tab lui avait dit sur son père n'aurait dû l'inquiéter, ce qui ne l'empêcha pas d'avouer : « J'ai le trac.

— Ne t'en fais pas. Tu vas l'ensorceler.

— Comment peux-tu en être sûr ? »

Il rétorqua, avec un haussement d'épaules typiquement français. « C'est l'effet que tu me fais. »

*

Le plan du Général fut révélé l'après-midi suivant, par un communiqué de presse envoyé à toutes les ambassades en même temps qu'aux médias. Il

323

prononcerait un discours majeur dans un camp de réfugiés.

Une dizaine de camps de ce genre étaient établis dans l'est du Tchad. Les réfugiés venaient du Soudan. Certains étaient des opposants au régime soudanais, d'autres n'étaient que des dommages collatéraux, des familles fuyant la violence. Ces camps rendaient furieux le gouvernement de Khartoum, lequel accusait le Tchad d'héberger des insurgés et en tirait prétexte pour faire franchir la frontière à son armée à la poursuite des fugitifs.

Le gouvernement tchadien répondait par des accusations similaires. Les armes chinoises livrées à l'armée soudanaise se retrouvaient entre les mains des rebelles tchadiens de l'Union des forces pour la démocratie et le développement, ainsi que d'autres fauteurs de troubles nord-africains.

Ces attaques réciproques nourrissaient des relations conflictuelles et un danger constant d'affrontements sur la frontière.

Tous les agents se réunirent dans le bureau de Dexter pour commenter cette annonce. « L'ambassadeur voudra savoir de quoi il retourne, commença Dexter, et il comptera sur la CIA pour le lui indiquer. Or pour l'instant, nous n'avons qu'une certitude, c'est que le Général tient à faire la surprise du lieu de son discours. »

Leila Morcos fut la première à s'exprimer. Elle n'occupait qu'un rang subalterne, mais cela ne l'avait jamais empêchée de dire ce qu'elle pensait. « Tout donne à croire que ce discours sera une charge contre le gouvernement de Khartoum.

— Mais pourquoi maintenant ? objecta Dexter. Et pourquoi une telle mise en scène ?

— J'ai entendu hier une rumeur, intervint Tamara,

selon laquelle ce discours serait une réaction à la fusillade du pont de N'Gueli.

— Votre heure de gloire, répliqua Dexter d'un ton
condescendant. Mais le Soudan n'était pour rien dans
cet incident. »

Tamara haussa les épaules. Les fusils venaient du
Soudan, tout le monde le savait, mais elle préféra ne
pas enfoncer le clou.

Une secrétaire entra et tendit à Dexter une feuille
de papier.

« Un nouveau message du palais présidentiel », dit-
elle.

Dexter le parcourut rapidement, émit un grognement
de surprise, le relut plus attentivement et annonça : « Le
Général invite un certain nombre d'alliés privilégiés
à envoyer un représentant de chaque ambassade pour
accompagner les médias au camp de réfugiés afin d'assister à son discours.

— Quel camp ? demanda Michael Olson, l'adjoint
de Dexter.

— Ce n'est pas précisé », répondit Dexter en secouant la tête.

Olson était un type longiligne et nonchalant, doté
d'un œil acéré pour le détail. « Tous les camps sont à
mille kilomètres d'ici, rappela-t-il. Comment les gens
sont-ils censés s'y rendre ?

— Le message précise que l'armée organisera le
transport. Un avion les emmènera jusqu'à Abéché.

— C'est le seul aéroport de cette partie du pays,
commenta Olson, mais il est encore à plus de cent cinquante kilomètres de la frontière. »

Tamara se rappela qu'Abéché était la ville la plus
chaude du Tchad. Il y faisait une bonne trentaine de
degrés d'un bout de l'année à l'autre.

« À partir d'Abéché, reprit Dexter, l'armée se

chargera du transport par voie terrestre. Le voyage comprendra la tournée des camps de réfugiés et deux nuits d'hôtel. Deux nuits? répéta-t-il en fronçant les sourcils.

— L'aéroport ne fonctionne que de jour, expliqua Olson. J'imagine que cela complique la logistique.»

Sans doute s'agissait-il des longs préparatifs dont avait parlé Karim, songea Tamara. Un voyage de presse dans le désert exigeait une sacrée organisation. Mais tout de même, fallait-il vraiment près de trois semaines?

«Le groupe doit partir demain, annonça Dexter.

— Je suppose que nous serons représentés par Nick, fit Leila.

— Certainement pas, répondit Dexter en secouant la tête. Il serait obligé de se passer de toute protection. La règle d'une personne par ambassade sera appliquée strictement en raison des contraintes logistiques. Il n'y aura donc pas de place pour les gardes du corps.

— Dans ce cas, qui va y aller?

— Moi, j'imagine, et sans mon équipe de sécurité personnelle, répondit-il d'un air mécontent. Merci tout le monde. Je vais prévenir l'ambassadeur», conclut-il.

C'était la fin de l'après-midi. Tamara passa chez elle pour se doucher et se changer, puis elle prit une voiture pour se rendre chez Tab.

Elle avait sa clé de l'appartement, maintenant. Elle entra et lança: «C'est moi!

— Je suis dans la chambre.»

Il était en caleçon. Il était vraiment mignon, et elle pouffa. «Que fais-tu dans cette tenue légère?

— J'ai retiré mon costume et je ne me suis pas encore rhabillé.»

Elle vit qu'il préparait un petit sac de voyage, et son cœur se serra. «Où vas-tu?

— À Abéché.»

326

C'était bien ce qu'elle craignait. Elle déglutit difficilement. «J'aurais préféré qu'ils choisissent quelqu'un d'autre. C'est presque une zone de guerre.

— Tu exagères.

— En tout cas, une zone de combat.

— Nous avons accepté l'éventualité de courir certains risques en devenant agents de renseignement, pas vrai?

— C'était avant que je tombe amoureuse de toi.»

Il la prit dans ses bras et l'embrassa, visiblement heureux qu'elle lui rappelle qu'elle était tombée amoureuse de lui. Une minute plus tard, il interrompit leur étreinte : «Je serai prudent, je te le promets.

— Quand pars-tu?

— Demain.»

Elle ne put s'empêcher de penser que cette soirée serait peut-être la dernière qu'ils passeraient ensemble.

Elle se reprocha alors de sombrer dans le mélodrame. Il partait avec le Général. Il serait protégé par la moitié de l'armée du pays.

«Que veux-tu pour dîner? lui demanda-t-il. Ou tu préfères qu'on sorte?»

Elle eut soudain envie de le serrer dans ses bras. «D'abord, on va faire l'amour, répondit-elle. On dînera plus tard.

— J'approuve tes priorités», conclut Tab.

*

Le Général prononça son discours le lendemain. Les journaux télévisés de la fin de l'après-midi le montrèrent arborant toutes ses médailles, entouré de soldats armés jusqu'aux dents. Il haranguait une foule de journalistes, observés de loin par un petit groupe sinistre de réfugiés émaciés, aux cheveux gris de poussière.

C'était un discours incendiaire.

Le service de presse du gouvernement fit circuler le texte pendant que le Général parlait. Il était plus provocateur que quiconque ne l'avait anticipé, et Tamara regretta de ne pas avoir réussi à l'obtenir d'avance. Peut-être l'aurait-elle eu si Dexter ne s'en était pas mêlé.

Le Général commença par reprocher au Soudan l'assassinat du caporal Ackerman. Les médias gouvernementaux avaient déjà fait des allusions en ce sens, mais à présent, pour la première fois, l'accusation était explicite.

Il poursuivit en affirmant que cette attaque s'inscrivait dans une stratégie soudanaise de soutien au terrorisme dans l'ensemble du Sahel. Il ne faisait, là encore, que répéter clairement ce que beaucoup pensaient, y compris à la Maison Blanche.

«Voyez ce camp», dit le Général en balayant d'un ample geste du bras ce qui l'entourait, et la caméra fit docilement un panoramique sur un campement plus vaste que Tamara ne l'avait imaginé : il ne s'agissait pas de quelques dizaines de tentes, mais de plusieurs centaines d'abris de fortune avec, en son centre, un bouquet d'arbres rabougris qui marquait l'emplacement d'une mare ou d'un puits. «Ce camp, déclara le Général, abrite des réfugiés qui ont fui le régime implacable de Khartoum.»

Tamara se demanda jusqu'où il irait. La Maison Blanche tenait à éviter tout risque de déstabilisation du Tchad, un allié précieux dans la lutte contre l'EIGS. La présidente Green n'allait pas apprécier ce discours.

«Le Tchad a un devoir humanitaire envers ses voisins, poursuivait le Général, et Tamara sentit qu'il atteignait le point crucial de son intervention. Nous aidons ceux qui fuient la tyrannie et la brutalité. Nous devons les aider, nous le faisons, et nous continuerons à le faire. Nous ne nous laisserons pas intimider. »

Tamara se cala contre son dossier. C'était le cœur de son discours. Il venait d'inviter ouvertement les adversaires du gouvernement soudanais à établir leur quartier général dans les campements de réfugiés du Tchad. Elle marmonna : « Khartoum va être furieux. »

Leila Morcos l'entendit et renchérit : « Et pas qu'un peu. »

Le discours s'acheva. Il n'y avait pas eu d'incident, pas de violence. Tout allait bien pour Tab.

En partant, Tamara passa devant Layan qui lui dit : « Vers sept heures, ce soir ?

— Parfait », répondit Tamara.

*

Layan habitait au nord-est du centre de N'Djamena, dans un quartier appelé N'Djari. La rue où elle vivait était jonchée de détritus. Des deux côtés, les habitations étaient dissimulées derrière des murs de béton décrépits et de hauts portails de métal nu, rouillé. Tamara s'étonna de la pauvreté du quartier. Layan venait toujours au travail en tailleur chic, discrètement mais soigneusement maquillée, les cheveux élégamment relevés. Elle ne donnait pas du tout l'impression de sortir d'un taudis.

Comme la plupart des maisons de N'Djamena, le portail donnait sur une cour. Quand Tamara entra, Layan cuisinait sur un feu au milieu de l'espace dégagé, sous le regard d'une femme âgée qui lui ressemblait. Le bâtiment adjacent avait des murs en parpaing et un toit de tôle. Le scooter de Layan était garé dans un coin. À la grande surprise de Tamara, quatre enfants en bas âge jouaient dans la poussière. Layan n'en avait jamais parlé, et il n'y avait pas de photos sur son bureau, à l'Agence.

Elle vint à la rencontre de Tamara, lui présenta sa mère et, avec un geste vague en direction des enfants, débita quatre noms que Tamara oublia instantanément. « Ils sont tous à vous ? » Layan hocha la tête.

Il n'y avait aucun signe d'une présence masculine.

Tamara ne s'était pas du tout représenté ainsi la demeure de Layan.

La mère servit à Tamara un verre de boisson citronnée, rafraîchissante. « Le dîner est presque prêt », annonça Layan.

Elles s'assirent en tailleur sur un tapis dans la pièce principale de la maison, les bols de nourriture posés devant elles. Layan avait préparé un ragoût de légumes appelé *daraba*, agrémenté de pâte d'arachide, un plat de haricots rouges dans une sauce tomate épicée et un bol de riz aromatisé au citron. Les enfants s'assirent avec les adultes. Tout était délicieux, et Tamara se régala.

« Je sais pourquoi Dexter vous a rendu Karim, dit Layan, en français pour que sa mère et les enfants ne comprennent pas.

— Ah oui ? fit Tamara intriguée ; elle se posait encore la question.

— Dexter a été obligé d'en parler à l'ambassadeur, et c'est Nick qui me l'a rapporté.

— Qu'a-t-il dit ?

— Que Karim ne l'aimait pas et ne lui donnerait aucune information. »

C'était donc ça, songea Tamara en souriant. Cela ne l'étonnait pas. Elle s'était donné beaucoup de mal pour gagner la confiance de Karim. Dexter n'avait probablement même pas pris la peine d'être aimable et avait considéré la coopération de Karim comme acquise. « Et Karim a refusé de donner le texte du discours à Dexter.

— Karim a prétendu qu'il n'y avait pas de discours.

— Tiens, tiens…

— Dexter a déclaré à Nick que Karim ne voulait parler qu'à vous, parce qu'il fait une fixette sur les Blanches.

— Dexter est prêt à raconter n'importe quoi pour ne pas avoir à reconnaître qu'il a commis une erreur de jugement.

— C'est bien mon avis. »

La mère de Layan apporta le café et emmena les enfants, sans doute pour les mettre au lit.

« Je tenais à vous remercier pour votre sympathie à mon égard, dit alors Layan. Elle m'est très précieuse.

— Nous nous parlons, répondit Tamara. Ce n'est pas grand-chose.

— Mon mari m'a quittée il y a quatre ans. Il a tout pris, l'argent, la voiture. J'ai dû quitter notre maison parce que je ne pouvais plus payer le loyer. Mon petit dernier avait un an.

— C'est affreux.

— Le pire, c'est que j'ai cru que c'était ma faute, sans pouvoir comprendre ce que j'avais fait de mal. Je tenais bien sa maison, elle était toujours impeccable. Je faisais tout ce qu'il voulait au lit, et je lui avais donné quatre beaux enfants. Qu'est-ce que j'avais raté?

— Rien du tout.

— Je le sais, maintenant. Mais sur le coup… On cherche toujours des raisons.

— Alors, qu'avez-vous fait?

— Je me suis installée ici avec ma mère. C'était une veuve pauvre qui vivait seule. Elle était contente de nous avoir, mais elle n'avait pas de quoi nourrir et habiller six personnes. Alors il a fallu que je trouve un emploi. » Elle regarda Tamara bien en face et répéta en insistant : « Il fallait absolument que je trouve un emploi.

331

— Je comprends.

— Ça n'a pas été facile. Je suis allée à l'école, je sais lire et écrire en anglais, en français et en arabe. Mais les employeurs tchadiens n'aiment pas embaucher une divorcée. Ils se disent que ça doit être une femme de mauvaise vie, qui ne leur attirera que des ennuis. Par chance, mon mari était américain et il m'avait donné une chose qu'il ne pouvait pas me reprendre : la nationalité américaine. C'est comme ça que j'ai trouvé ce poste à l'ambassade. Un bon travail, avec un salaire américain, suffisant pour que j'envoie les enfants à l'école.

— C'est une sacrée histoire, commenta Tamara.

— Et qui finit bien », conclut Layan avec un sourire.

*

Le lendemain, une violente tempête de sable s'abattit sur Abéché. Ce genre d'intempéries pouvait ne durer que quelques minutes, mais celle-ci se prolongea. L'aéroport fut fermé, et la tournée des journalistes dans les camps de réfugiés dut être reportée.

Tamara avait rendez-vous avec Karim le jour suivant, mais elle suggéra qu'ils se rencontrent ailleurs qu'à l'hôtel Lamy. Elle craignait qu'on ne commence à remarquer qu'ils s'y retrouvaient souvent. Karim lui donna l'adresse du Café du Caire, à l'écart du centre-ville, où leur présence passerait inaperçue.

C'était un établissement propre mais très simple, que ne fréquentaient que des gens du coin. Les chaises étaient en plastique et les tables recouvertes de stratifié d'entretien facile. Les murs étaient ornés de posters de paysages égyptiens : le Nil, les pyramides, la mosquée Mohammed-Ali et la nécropole. Un serveur en tablier immaculé accueillit Tamara avec effusion et la conduisit tout au fond, à une table d'angle où l'attendait Karim.

Comme d'habitude, il portait un costume impeccable et une cravate coûteuse.

« Ce n'est pas le genre d'endroit où je m'attendais à vous voir, cher ami, fit Tamara avec un sourire tout en s'asseyant.

— J'en suis propriétaire, dit Karim.

— Alors tout s'explique. » Cela ne l'étonnait pas beaucoup car tout le monde, dans les hautes sphères de la politique tchadienne, avait de l'argent à investir. Elle entra aussitôt dans le vif du sujet. « Le discours du Général a été extrêmement intéressant. Vous vous attendez sans doute à des représailles du Soudan.

— Elles n'auraient rien pour nous surprendre », acquiesça Karim avec une certaine suffisance.

Tamara décela dans ses propos un sous-entendu vaguement dérangeant. « Il n'est pas exclu que l'armée soudanaise fasse une incursion de l'autre côté de la frontière, sous prétexte de poursuivre des éléments subversifs, insista-t-elle.

— Laissez-moi vous dire que s'ils viennent, nous leur réservons une sacrée surprise », répliqua-t-il et son expression devint arrogante.

Tamara s'efforça de dissimuler ses craintes derrière un sourire factice destiné à faire écho à la bonne humeur de son interlocuteur. « Une surprise, vraiment ? Vous voulez dire qu'ils rencontreront une résistance plus farouche qu'ils ne le prévoient ?

— Et comment. »

Désireuse d'en savoir davantage, elle continua à jouer les ingénues impressionnées. « Je me réjouis que le Général ait anticipé cette agression et que l'armée nationale du Tchad soit prête à la repousser. »

Par bonheur, Karim était d'humeur fanfaronne et aimait lâcher des allusions prétentieuses. « Avec une force écrasante.

— C'est très… stratégique.

— Absolument. »

Elle tâta le terrain. « Le Général a donc préparé une embuscade.

— Eh bien… » Il n'était pas tout à fait prêt à confirmer cette allégation. « Disons simplement qu'il a pris quelques précautions. »

Les pensées se bousculaient dans la tête de Tamara. Il était difficile de ne pas en conclure qu'un sérieux conflit se préparait. Et Tab était là-bas. Avec Dexter.

« Si des hostilités devaient être déclenchées, je me demande quand cela va se produire… », relança-t-elle en s'efforçant d'empêcher sa voix de frémir de crainte.

Karim sembla se rendre compte que sa vantardise l'avait déjà conduit à en révéler plus qu'il n'aurait voulu. « Bientôt, répondit-il avec un haussement d'épaules. Peut-être aujourd'hui. Peut-être la semaine prochaine. Tout dépend du degré de préparation, et d'exaspération, des Soudanais. »

Elle comprit qu'il n'en dirait pas plus. Il fallait maintenant qu'elle regagne l'ambassade et transmette ses informations. Elle se leva. « Karim, c'est toujours un plaisir de discuter avec vous.

— Tout le plaisir est pour moi.

— Et bonne chance à votre armée si elle doit livrer combat !

— Croyez-moi, elle n'aura pas besoin de chance. »

Elle fit un effort pour ne pas quitter le café à toutes jambes et s'engouffrer dans la voiture qui l'attendait. Pendant que le chauffeur démarrait, elle réfléchit. À qui devait-elle faire son rapport ? Il était évident que cette nouvelle devait parvenir à la CIA de toute urgence. Aux militaires aussi. En cas d'affrontement, l'armée américaine ne pourrait peut-être pas rester à l'écart.

Arrivée à l'ambassade, elle se rendit au bureau de la colonelle Marcus sur un coup de tête. Susan était là.

« Je viens d'avoir une conversation troublante avec Karim Aziz, commença Tamara en s'asseyant. Le gouvernement tchadien s'attend à ce que l'armée soudanaise lance une opération contre un campement de réfugiés, par représailles, à la suite du discours du Général. Les forces armées tchadiennes sont massées à la frontière où elles attendent les Soudanais de pied ferme.

— Alors ça ! lança Susan. Il est fiable, ce Karim ?

— Ce n'est pas une grande gueule. Nous ne pouvons évidemment pas être certains de ce que Khartoum fera, mais si les Soudanais attaquent, il faut s'attendre à une bataille. Et si cela se produit aujourd'hui, un groupe de civils, des diplomates et des journalistes, pourrait se retrouver au milieu des combats.

— Nous risquons de devoir intervenir.

— J'ai bien peur que nous n'ayons pas le choix, d'autant plus qu'un de ces civils est le chef de l'antenne locale de la CIA.

— Dexter ? Il est là-bas ?

— Oui. »

Susan se leva et s'approcha de sa carte murale. Elle indiqua un groupe de points rouges entre Abéché et la frontière avec le Soudan. « Ce sont les camps de réfugiés.

— Ils sont dispersés sur un vaste territoire, remarqua Tamara. Ça fait quoi ? Deux cent cinquante kilomètres carrés ?

— À peu près. » Susan se rassit à son bureau et tapota sur son clavier. « Voyons les dernières photos satellite. »

Tamara fixa son attention sur le grand écran mural.

« Pourvu que ce ne soit pas le seul jour de l'année

où une couverture nuageuse recouvre le Sahara oriental…, murmura Susan. Non, grâce au ciel.» Elle pianota encore un instant, et le satellite montra une ville flanquée d'une longue piste d'atterrissage sur sa limite nord. «Voici Abéché.» Elle changea d'image pour afficher un territoire jaunâtre. «Tous ces clichés ont été pris au cours des dernières vingt-quatre heures.»

Tamara avait l'habitude d'examiner des photos satellite et savait que cela pouvait être décevant. «Une armée entière pourrait se cacher dans ce désert.»

Susan enchaîna les changements d'image, cadrant différentes parties du paysage désertique. «Si elle est immobile, oui. Tout disparaît en un rien de temps sous le sable et la poussière. Mais si elle est en mouvement, elle sera plus facile à repérer.»

Tamara espérait presque qu'il n'y aurait pas trace de l'armée soudanaise. Tab rentrerait ainsi sain et sauf à Abéché dans l'après-midi et reprendrait l'avion pour N'Djamena le lendemain matin.

Susan bougonna tout bas.

Tamara remarqua quelque chose qui ressemblait à une colonne de fourmis sur le sable et lui rappela un documentaire qu'elle avait vu sur l'essaimage. Elle plissa les yeux. «Qu'est-ce que c'est?

— Bon sang! s'exclama Susan. Ils sont là.»

Tamara se souvint s'être dit mardi soir que c'était peut-être la dernière soirée qu'elle passait avec Tab. Non, pensa-t-elle. Je vous en prie, non.

Susan recopiait les coordonnées affichées sur l'écran. «Une armée de deux ou trois mille hommes, plus des véhicules, tout cela en camouflage de désert, commenta-t-elle. Sur une piste non goudronnée, apparemment, ce qui doit les ralentir.

— Les nôtres, ou les leurs?

— Impossible d'en être sûre, mais comme ils sont à

l'est des camps, du côté de la frontière, ce sont probablement des Soudanais.

— Vous les avez trouvés !

— C'est vous qui nous avez donné ce tuyau.

— Et l'armée tchadienne, où est-elle ?

— Il y a un moyen rapide de le savoir. » Susan décrocha le téléphone. « Passez-moi le général Touré, s'il vous plaît.

— Je dois prévenir la CIA, dit alors Tamara. Permettez-moi de relever ces coordonnées. »

Elle prit un stylo et arracha une feuille du carnet de Susan.

Cette dernière se mit à parler en français, sans doute avec le général Touré, qu'elle tutoyait. Elle lui communiqua les coordonnées de la position de l'armée soudanaise, attendit qu'il les ait notées et reprit, en l'appelant par son prénom : « Alors, César, où est ton armée ? »

Susan répéta les chiffres tout haut en les notant, et Tamara les inscrivit en même temps qu'elle.

« Et où as-tu conduit le groupe de presse ? » demanda Susan.

Quand Tamara eut recopié les trois séries de coordonnées, elle prit un bloc de Post-it sur le bureau de Susan et s'approcha de la carte murale. Elle plaça des stickers sur les positions des deux armées et du groupe de presse, puis regarda la carte. « Le groupe de civils se trouve entre les deux armées. Et merde. »

Tab courait un danger mortel. Ce n'était plus le fruit de son imagination morbide : c'étaient les faits, dans toute leur crudité.

Susan remercia le général tchadien, raccrocha et dit à Tamara : « Heureusement que vous nous avez prévenus !

— Nous devons nous porter au secours des civils, déclara Tamara qui pensait surtout à Tab.

— De toute évidence. Il me faudra l'autorisation du Pentagone, mais je l'obtiendrai sans problème.

— Je vous accompagne. »

C'était assez naturel, puisque c'était elle qui leur avait révélé l'information cruciale, et Susan acquiesça. « D'accord.

— Dites-moi quand vous pensez partir, et où je peux vous retrouver.

— Entendu. »

Tamara se dirigea vers la porte quand Susan la rappela : « Hé, Tamara.

— Oui ?

— N'oubliez pas de prendre une arme. »

15

Tamara enfila un gilet pare-balles et réquisitionna le Glock 9 mm qui lui avait sauvé la vie au pont de N'Gueli. En l'absence de Dexter, l'antenne de la CIA était dirigée par Michael Olson, lequel n'éleva pas le genre d'objections mesquines dans lesquelles Dexter se serait sûrement complu. Tamara se rendit en voiture avec Susan à la base militaire de l'aéroport de N'Djamena où elles rejoignirent une section de cinquante soldats et embarquèrent à bord d'un Sikorsky, un hélicoptère géant suffisamment vaste pour les accueillir tous avec leur équipement. On remit à Tamara une radio avec micro et casque pour qu'elle puisse discuter avec Susan malgré le bruit des rotors.

L'appareil était complet. « Comment ferons-nous pour emmener quarante civils de plus au retour ? s'enquit Tamara.

— Tout le monde restera debout, répondit Susan.

— L'hélico pourra supporter tout ce poids ? »

Susan sourit. « Sans problème. Il est prévu pour transporter de sacrées charges. Il a été conçu au départ pour récupérer les avions abattus au Vietnam. Il pourrait soulever un autre hélicoptère du même poids que lui fixé sous son ventre. »

Le survol du Sahara prit quatre heures. Curieusement, Tamara n'avait pas peur pour elle-même ; elle s'angoissait à l'idée de perdre Tab maintenant, aujourd'hui. Rien

339

que d'y penser, elle en avait la nausée, et l'espace d'un instant, elle craignit de vomir devant cinquante soldats aguerris. L'hélicoptère volait à cent soixante kilomètres à l'heure, mais donnait l'impression de faire presque du sur-place au-dessus d'un paysage immuable de sable et de rochers. Avant la fin du vol, Tamara avait pris conscience qu'elle voulait passer le restant de ses jours avec Tab. Elle ne voulait plus jamais être séparée de lui ainsi, plus jamais.

C'était un vrai tournant dans sa vie, et elle en calcula mentalement les conséquences. Elle était certaine que Tab éprouvait les mêmes sentiments qu'elle. Malgré ses deux mariages ratés avec des hommes qui n'étaient pas faits pour elle, elle estimait que, cette fois, elle ne commettait pas d'erreur. Elle ne s'en posait pas moins une centaine de questions encore sans réponse. Où vivraient-ils? Et de quoi? Tab voulait-il des enfants? Ils n'en avaient jamais parlé. Et elle, en voulait-elle? Elle n'y avait pas beaucoup réfléchi. Mais cette fois, les choses étaient claires dans son esprit: Oui, j'en veux. Avec les autres hommes, je n'étais pas très chaude, mais avec lui, oui.

Elle avait tant de choses en tête que le voyage lui parut trop court et qu'elle fut surprise lorsqu'ils amorcèrent la descente sur Abéché. L'hélicoptère était presque arrivé à la limite de son rayon d'action, et ils devaient refaire le plein avant de partir à la recherche du groupe de civils.

Abéché avait jadis été une ville importante, une halte sur la route transsaharienne que les marchands d'esclaves arabes avaient empruntée pendant des siècles. Tamara se représenta les caravanes de dromadaires qui traversaient inlassablement le vaste désert, les grandes mosquées avec leurs centaines de fidèles prosternés, les palais somptueux et leurs harems de beautés nonchalantes, la misère humaine des marchés d'esclaves grouillants. Après la colonisation française du Tchad, la population d'Abéché avait été décimée par la maladie. Ce n'était plus désormais qu'une ville modeste avec un marché aux bestiaux et quelques ateliers qui fabriquaient des couvertures en poil de chameau. Les empires naissaient, pensa-t-elle, et disparaissaient.

L'aéroport abritait une petite base de l'armée américaine occupée par roulements de six semaines, et l'équipe actuelle avait déjà avancé le camion-citerne sur la piste pour faire le plein de l'appareil. L'hélicoptère redécolla quelques minutes plus tard.

Il prit vers l'est, en direction de la dernière position connue du groupe de civils. Tamara se rapprochait enfin de Tab. Elle saurait bientôt s'il était en danger, et si elle pourrait l'aider.

Au bout d'un quart d'heure, ils aperçurent un campement sinistre : des rangées d'habitations de bric et de broc, des habitants poussiéreux, léthargiques, et des enfants crasseux qui jouaient avec des cailloux au milieu des ordures. Le pilote survola le site en long et en large, trois fois, sans repérer la moindre trace du groupe de civils.

Susan étudia sa carte, identifia le camp suivant et donna les instructions au copilote. L'appareil reprit rapidement de l'altitude et mit le cap au nord-est.

Quelques minutes plus tard, ils survolaient une importante force militaire qui faisait mouvement vers l'est. « Les troupes de l'armée nationale tchadienne, annonça Susan dans son casque. Cinq ou six mille hommes. Vos informations étaient exactes, Tamara. Ils sont deux fois plus nombreux que les Soudanais. »

En entendant cela, les soldats jetèrent à Tamara des regards chargés de respect. Des renseignements solides pouvaient leur sauver la vie, et ils estimaient grandement ceux qui les fournissaient.

341

Le camp suivant ressemblait beaucoup au premier, à cette différence près qu'il était situé dans un petit repli de terrain et encadré à l'est et à l'ouest par de faibles pentes. Tamara chercha des signes révélateurs de la présence de citadins : des tenues occidentales, des têtes nues, des lunettes noires et le reflet d'objectifs d'appareils photo. Elle repéra alors deux bus, dont la couleur disparaissait sous la poussière, garés l'un derrière l'autre au centre du campement. À côté, elle remarqua un corsage violet, une chemise bleue, puis une casquette de base-ball. « Je crois que nous y sommes.

— Je le pense aussi », confirma Susan.

Un petit hélicoptère que Tamara n'avait pas remarqué jusque-là s'éleva soudain du campement. Il s'inclina, s'écarta du Sikorsky et se dirigea vers l'ouest, très rapidement.

« Bon sang, mais qu'est-ce que c'est ? s'étonna Tamara.

— Je connais cet appareil, répondit Susan. C'est l'hélico personnel du Général. »

C'était mauvais signe, songea Tamara. « Je me demande pourquoi il s'en va.

— Remontez suffisamment pour nous permettre d'observer les environs », ordonna Susan au pilote.

L'appareil prit de la hauteur.

La journée était claire. À l'est, ils distinguaient une armée qui approchait, suivie d'un nuage de poussière : les Soudanais.

« Et merde ! s'exclama Susan.

— Ils sont à quelle distance ? Deux kilomètres ?

— Même pas.

— Et à quelle distance sont les forces tchadiennes qui arrivent dans l'autre sens ?

— Cinq kilomètres. Sur ces pistes, les transports se déplacent à environ quinze kilomètres à l'heure. Ils devraient être ici dans une vingtaine de minutes.

— Ce qui nous laisse vingt minutes pour évacuer les nôtres et convaincre les réfugiés de se mettre à l'abri.

— En effet.

— J'espérais que nous pourrions arriver et repartir avant que les Soudanais ne soient là.

— C'est ce que nous avions prévu. Nous devons passer au plan B. »

Susan donna l'ordre au pilote de se poser près des bus, et tandis que l'hélicoptère descendait, elle s'adressa aux soldats : « Sections 1 et 2, déployez-vous immédiatement vers la crête est. Faites feu dès que l'ennemi sera à portée. Tâchez de donner l'impression d'être dix fois plus nombreux que vous ne l'êtes. Section 3, allez dans le camp et dites aux civils de se rassembler près des bus, et aux réfugiés de fuir dans le désert. Attendez… » Elle demanda à Tamara comment on disait en arabe « Les Soudanais arrivent, fuyez ! » et Tamara prononça cette phrase au micro afin qu'ils l'entendent tous. Susan reprit : « Nous allons rester en vol stationnaire pour que je voie ce qui se passe. Je vous ferai savoir quand vous replier et où vous regrouper. »

L'hélicoptère se posa et une rampe fut abaissée à l'arrière.

« Allez, allez ! » cria Susan.

Les soldats descendirent la rampe en courant. Obéissant aux ordres, la plus grande partie des hommes se dirigèrent vers l'est en gravissant la pente et atteignirent rapidement la crête. Tandis que les autres se déployaient dans le camp, Tamara partit à la recherche de Tab.

En entendant le message des soldats, quelques réfugiés commencèrent à quitter le camp en ordre dispersé, apparemment peu convaincus de l'urgence de la situation.

La plupart des visiteurs déambulaient dans le camp

343

en interrogeant la population, et ils réagirent tout aussi mollement aux commandements. D'autres étaient massés autour d'une table où des membres du service de communication gouvernemental distribuaient des boissons tirées d'une glacière et des en-cas dans des emballages en plastique.

« Ça ne va pas tarder à barder! hurla Tamara aux gens du gouvernement. Nous sommes venus vous évacuer! Dites à tout le monde de se préparer à monter dans cet hélicoptère. »

Elle reconnut un des journalistes, Bachir Fakhoury, une bouteille de bière à la main. « Que se passe-t-il, Tamara? »

Elle n'avait pas le temps d'informer la presse. Ignorant sa question, elle lança : « Avez-vous vu Tabdar Sadoul?

— Une minute, rétorqua Bachir. Vous ne pouvez pas nous mener à la baguette sans nous expliquer ce qui se passe!

— Allez vous faire foutre, Bachir! » rétorqua Tamara, et elle repartit en courant.

Elle avait vu d'en haut que le campement était organisé autour de deux longues allées à peu près rectilignes, l'une plus ou moins orientée nord-sud, l'autre est-ouest, et elle estima que si elle voulait trouver Tab, le mieux était de les parcourir toutes les deux d'un bout à l'autre. Impossible de s'arrêter pour regarder à l'intérieur des constructions : cela prendrait trop de temps, et elle serait encore en train de le chercher au moment où les Soudanais arriveraient.

Elle courait vers l'est, vers les soldats qui occupaient la crête, quand elle entendit un coup de feu.

L'espace d'un instant, tout s'arrêta et un silence complet se fit, bientôt rompu par une rafale de tirs. Les soldats américains commençaient à faire feu. Puis des détonations plus lointaines annoncèrent à Tamara que les Soudanais, d'abord surpris, ripostaient. Elle continua à courir, terrifiée, le cœur battant la chamade.

Le bruit galvanisa les occupants du camp. Tout le monde sortit des tentes pour voir ce qui se passait. Le vacarme des tirs était plus efficace que les instructions verbales : les réfugiés se mirent à fuir à toutes jambes, beaucoup d'entre eux portant des enfants ou d'autres biens précieux – une chèvre, un chaudron, un fusil ou un sac de farine. Interrompant leurs interviews, les journalistes se précipitèrent vers les bus, cramponnés à leurs caméras, traînant derrière eux les câbles de leurs micros.

Tamara balaya tous les visages du regard sans apercevoir Tab.

C'est alors que les bombardements commencèrent.

Un obus de mortier explosa sur la gauche de Tamara, détruisant une case ; il fut rapidement suivi par plusieurs autres. L'artillerie soudanaise tirait par-dessus les têtes des soldats américains, à l'intérieur du camp. Elle entendit des cris de terreur et les hurlements de douleur des réfugiés blessés. Les infirmiers militaires américains déployèrent des civières et s'occupèrent des victimes. La fuite tournait à la débandade.

Du calme, se dit Tamara. Pas de panique. Cherche Tab.

Ce fut Dexter qu'elle trouva.

Elle faillit le manquer. Elle aperçut ce qui ressemblait à un tas de chiffons gisant à terre à l'entrée d'un taudis, mais un détail retint son attention et elle reconnut le costume en seersucker bleu et blanc de Dexter.

Elle s'agenouilla à côté de lui. Il respirait, mais à peine. Elle ne vit pas de plaies, hormis quelques égratignures ; pourtant, il était inconscient. Il devait donc être blessé.

Se relevant, elle cria : « Une civière ! Par ici ! »

Mais il n'y avait pas de brancardiers en vue et nul ne répondit à son appel. Elle courut sur une trentaine de mètres vers le centre du camp sans voir personne, puis retourna près de Dexter. Elle savait qu'il était risqué de déplacer un blessé, mais il était plus dangereux encore de le laisser là, à la merci des Soudanais. Ne faisant ni une ni deux, elle le roula sur le ventre, lui souleva le buste, se glissa dessous et se releva avec son corps inerte sur son épaule droite. Une fois debout, elle put supporter son poids plus facilement et se dirigea vers l'hélicoptère et les bus.

Elle avait parcouru une centaine de mètres quand elle aperçut deux infirmiers. «Hé! s'écria-t-elle. Occupez-vous de ce gars. Il est de l'ambassade.» Ils se chargèrent de Dexter toujours inconscient, le déposèrent sur un brancard, et Tamara poursuivit son chemin.

Elle remarqua que certains des journalistes filmaient ce qui se passait, et elle ne put qu'admirer leur courage.

Presque tous les réfugiés avaient maintenant pris la fuite. Une femme âgée aidait un homme qui boitait, une adolescente s'efforçait de porter deux petits enfants en pleurs, mais tous les autres avaient déjà quitté le camp et filaient à toutes jambes dans le désert, mettant le plus de distance possible entre les armes et eux.

Combien de temps une trentaine de soldats américains pourraient-ils tenir en respect une armée de deux mille hommes? Certainement très peu, songea Tamara.

L'hélicoptère redescendait. Susan était sur le point de faire monter tout le monde à bord. Mais où était Tab?

Enfin, elle le repéra. Il courait dans l'allée nord-sud, derrière les réfugiés en déroute, tenant un enfant déjà grand sous son bras gauche. C'était une fillette d'environ neuf ans qui hurlait à pleins poumons, probablement plus terrifiée par l'étranger qui s'était emparé d'elle que par les obus qui explosaient derrière eux.

L'hélicoptère se posa. Dans ses écouteurs, Tamara entendit Susan ordonner : « Section 3 ! Faites monter les civils à bord ! »

Tab arriva à la limite du camp, rattrapa les derniers réfugiés paniqués et reposa la fillette sur ses pieds. Elle fila aussitôt. Tab se retourna et revint sur ses pas.

Tamara courut à sa rencontre. Il la serra dans ses bras en souriant. « Pourquoi étais-je sûr que tu étais impliquée dans cette opération de sauvetage ? »

Elle ne pouvait qu'admirer le sang-froid qui lui permettait de plaisanter sur le champ de bataille. Elle était loin d'être aussi calme que lui. « Allons-y ! cria-t-elle. Il faut qu'on monte dans cet hélico ! » Et elle se remit à courir, Tab sur ses talons.

Dans son casque, la voix de Susan ordonna : « Deuxième section, repliez-vous et montez à bord ! »

Elle leva les yeux vers la crête et vit que la moitié des soldats qui l'occupaient reculaient en rampant, se relevaient et se repliaient vers le camp. Un homme transportait un camarade, blessé ou mort.

Comme ils atteignaient l'hélicoptère, Susan ordonna : « Première section, abandonnez votre position et montez à bord ! Courez comme si vous aviez le diable à vos trousses, les gars ! »

Ils obtempérèrent.

Tamara et Tab arrivèrent à l'hélico, et y montèrent juste avant la première section. Tous les autres avaient déjà embarqué. Une centaine de personnes, dont certaines sur des civières, s'entassaient dans l'espace réservé aux passagers.

Par la vitre de l'appareil, Tamara vit l'armée soudanaise franchir la crête. Les hommes croyaient déjà la victoire acquise, et la discipline commençait à fléchir. Ils faisaient feu, mais prenaient à peine le temps de viser, et leurs balles se perdaient sur les abris de fortune érigés entre eux et les Américains qui battaient en retraite.

Les portes se refermèrent et Tamara sentit soudain le plancher s'élever sous ses pieds. Jetant un coup d'œil au-dehors, elle constata que les Soudanais visaient maintenant l'hélicoptère.

Elle fut à deux doigts d'être submergée par la peur. Les balles ne pouvaient pas traverser la carcasse blindée de l'appareil, mais celui-ci pouvait être abattu par un mortier ou par un lance-roquettes portable. Les moteurs pouvaient être atteints, un tir pouvait toucher les rotors, et alors… Les pilotes, qui affectionnaient l'humour noir, disaient parfois : « Un hélicoptère, ça plane comme un piano à queue. » Elle sentit qu'elle tremblait de tout son corps tandis que la machine s'élevait et que les canons des fusils suivaient sa trajectoire ascendante. Malgré le bruit des moteurs et des rotors, elle crut entendre un crépitement de balles contre le blindage. Elle imagina l'énorme appareil contenant une centaine de passagers, qui s'écrasait au sol, explosait et s'embrasait…

Mais quelque chose détourna l'attention des Soudanais. Soudain, ils ne s'intéressèrent plus à l'hélicoptère et portèrent leurs regards ailleurs, vers la pente ouest où Tamara vit que l'armée tchadienne franchissait la crête. Au lieu de progresser en bon ordre, les hommes se ruaient au combat et faisaient feu tout en courant. Certains Soudanais ripostèrent, mais ils prirent rapidement conscience qu'ils étaient débordés, et ce fut la débandade.

Les passagers de l'hélicoptère applaudirent et poussèrent des hourras.

Le pilote mit le cap droit au nord, tournant le dos aux deux armées, et, en quelques secondes, l'hélicoptère fut hors de portée.

« Je crois que nous sommes tirés d'affaire, dit Tab.

— Oui », répondit Tamara. Elle prit sa main entre les siennes et la serra de toutes ses forces.

*

Le lendemain matin, ce fut l'effervescence à l'antenne de la CIA de N'Djamena. Pendant la nuit, le directeur de l'Agence à Washington avait envoyé une avalanche de questions : Qu'est-ce qui avait provoqué l'affrontement ? Combien de victimes y avait-il ? Des Américains avaient-ils été tués ? Qui l'avait emporté ? Qu'était-il arrivé à Dexter ? Au nom du ciel, où se situait Abéché ? Et, chose plus importante, à quelles conséquences fallait-il s'attendre ? Il avait besoin de réponses pour pouvoir informer la Présidente.

Tamara arriva de bonne heure au bureau et s'installa pour rédiger son rapport. Elle commença par sa rencontre de la veille avec Karim, qu'elle présenta comme « une source proche du Général ». Elle donnerait son nom si on lui posait la question, mais ne le mettrait pas par écrit si elle pouvait l'éviter.

Au fur et à mesure que les autres se présentaient, tous lui demandèrent ce qui était arrivé à Dexter. « Je ne sais pas, répondait-elle chaque fois. Je l'ai trouvé inanimé, mais je ne sais pas pourquoi il a perdu connaissance. Peut-être s'est-il évanoui de peur. »

Dexter avait été conduit à l'hôpital d'Abéché avec les autres victimes évacuées sur des civières quand l'hélicoptère s'était posé pour se ravitailler en carburant. Tamara suggéra à Mike Olson d'envoyer quelqu'un à Abéché par le prochain avion – un agent subalterne, Dean Jones, par exemple –, pour qu'il aille à l'hôpital demander un diagnostic directement au médecin, et Olson répondit : « Bonne idée. »

Sous la direction d'Olson, l'atmosphère était plus

349

détendue, et pourtant le travail se faisait tout aussi bien, sinon mieux.

Le Général figurait en ouverture des bulletins d'information du matin.

«Nous leur avons donné une bonne leçon! disait-il en se pavanant. Maintenant, ils réfléchiront à deux fois avant d'envoyer des terroristes sur le pont de N'Gueli.

— Monsieur le Président, intervint le journaliste, certains vous reprochent d'avoir réagi bien tardivement à cet incident.»

Le Général avait visiblement anticipé la question, et sa réponse fusa: «Connaissez-vous ce proverbe chinois: "La vengeance est un plat qui se mange froid"?»

Tamara savait que ce n'était pas un proverbe chinois mais une citation d'un roman français, ce qui n'empêchait pas le message d'être clair dans toutes les langues. Le Général avait soigneusement préparé son coup, et attendu le bon moment pour riposter. Et il était convaincu d'avoir agi avec une remarquable intelligence.

Tamara fit figurer tous les détails dans son rapport avant de se caler contre son dossier pour réfléchir à la portée de l'événement. Sa conversation avec Karim et le discours du Général allaient dans le même sens: il avait tendu une embuscade aux Soudanais en représailles de la fusillade du pont. Selon lui, il leur avait donné «une bonne leçon», ce que confirmait un rapport du général Touré que Susan avait transmis à Tamara, selon lequel les Soudanais avaient pris une déculottée.

Le gouvernement de Khartoum devait fulminer. Il allait s'efforcer de présenter l'issue du combat sous un jour moins défavorable, de minimiser la défaite, mais les dirigeants, et le monde entier, connaissaient la vérité. Les Soudanais ne pouvaient qu'être humiliés et voudraient prendre leur revanche.

Parfois, la politique internationale ressemblait à une

vendetta sicilienne, pensa Tamara. Les gens se vengeaient du mal qu'on leur avait fait, comme s'ils ne savaient pas que l'ennemi voudrait forcément rendre coup pour coup. Et ainsi de suite, œil pour œil, dent pour dent, l'escalade étant inévitable : toujours plus de colère, plus de ripostes, plus de violence.

C'était le point faible des dictateurs. Ils étaient tellement habitués à agir à leur guise qu'ils ne s'attendaient pas à ce que le monde extérieur leur résiste. Le Général avait déclenché un processus qui risquait d'échapper à son contrôle.

D'où l'importance de cette affaire pour la présidente Green. Elle tenait à la stabilité du Tchad. Les États-Unis avaient soutenu le Général, car ils le jugeaient capable de maintenir l'ordre, et voilà qu'il menaçait le statu quo.

Elle termina son rapport et l'envoya à Olson. Quelques minutes plus tard, celui-ci s'approcha de son bureau, le rapport imprimé à la main. « Merci pour cette lecture passionnante, dit-il.

— Un peu trop passionnante à mon goût, rétorqua-t-elle.

— En tout cas, votre texte contient à peu près tout ce que Langley a besoin de savoir, et je l'ai envoyé tel quel.

— Merci. » Dexter l'aurait réécrit, songea Tamara. Et transmis avec sa propre signature.

« Si vous voulez prendre le reste de votre journée, suggéra Mike, je crois que vous l'avez bien mérité.

— Très volontiers.

— Reposez-vous bien. »

Tamara rentra chez elle et appela Tab. Il avait également passé la matinée à son bureau, à rédiger son rapport pour la DGSE. Il l'avait presque fini et quitterait le bureau ensuite. Ils convinrent de se retrouver chez lui, et d'aller peut-être déjeuner quelque part.

Elle prit une voiture pour se rendre à l'appartement de Tab où elle arriva avant lui.

Elle entra avec sa clé. C'était la première fois qu'elle s'y trouvait sans lui. Elle fit le tour des pièces, savourant la sensation d'être chez elle, dans son monde à lui. Elle avait déjà tout vu, et il lui avait dit : « Tu peux regarder partout, je n'ai aucun secret pour toi », mais là, elle pouvait tout examiner en détail aussi longtemps qu'elle le voulait sans risquer qu'il lui demande : « Qu'y a-t-il de si intéressant dans mon armoire de toilette ? »

Elle ouvrit sa penderie et inspecta ses vêtements. Il avait douze chemises bleu ciel. Elle remarqua plusieurs paires de chaussures qu'elle n'avait jamais vues à ses pieds. Tout le placard sentait le bois de santal et elle finit par comprendre que ses cintres en bois et ses embauchoirs étaient imprégnés de cette odeur.

Sa petite armoire à pharmacie contenait du paracétamol, des pansements adhésifs, des remèdes contre le rhume et contre les brûlures d'estomac. Elle ne savait pas qu'il avait des problèmes de digestion. Sur une étagère de sa bibliothèque, elle vit une édition du XVIIIe siècle en six tomes des pièces de Molière, en français évidemment. Elle ouvrit un des volumes et une carte en tomba. Elle lut l'inscription : « Joyeux anniversaire, Tab. Ta maman qui t'aime », et trouva cela gentil.

Dans un tiroir était rangé un dossier contenant des papiers personnels : un extrait de naissance, des photocopies de ses deux diplômes et une vieille lettre de sa grand-mère, de l'écriture soignée d'une personne qui n'écrivait pas souvent, évidemment envoyée alors qu'il était tout jeune. Elle le félicitait d'avoir réussi ses examens. Tamara s'aperçut qu'elle en avait les larmes aux yeux, sans trop savoir pourquoi.

Lorsqu'il arriva quelques minutes plus tard, elle était assise en tailleur sur son lit et elle le regarda ôter son costume de travail, se passer le visage à l'eau et enfiler une tenue plus confortable. Il n'avait pas l'air pressé de ressortir. Il s'assit au bord du lit et l'observa longuement. Elle n'éprouvait aucune gêne sous son regard, au contraire.

Il finit par parler : «Quand les tirs ont commencé…

— Tu as ramassé cette petite fille.»

Il lui sourit. «Quelle petite chipie ! Elle m'a mordu, tu sais.» Il jeta un œil à sa main. «Pas jusqu'au sang, mais tu as vu ce bleu?»

Elle prit sa main et embrassa l'ecchymose. «Pauvre petit chou.

— Ce n'est rien, mais j'ai pensé que j'allais peut-être mourir. Et c'est alors que je me suis dit : "Quel dommage de ne pas avoir eu plus de temps avec Tamara."»

Elle le regarda. «En somme, ç'aurait été ta dernière pensée avant de mourir.

— Oui.

— Pendant ce long vol en hélicoptère au-dessus du désert, j'ai pensé à nous deux, et j'ai éprouvé le même sentiment. J'ai compris que je ne voulais plus jamais être séparée de toi.

— Nous ressentons la même chose.

— Je le savais.

— Alors, comment allons-nous faire ?

— C'est la grande question.

— J'y ai réfléchi. Tu es totalement investie dans ton travail à la CIA. Je suis moins attaché à la DGSE. J'ai adoré travailler dans le renseignement, et ma foi, j'y ai appris beaucoup de choses, mais je n'ai pas l'ambition de gravir les échelons jusqu'au sommet. J'ai servi mon pays pendant dix ans, et j'aimerais bien m'occuper maintenant de l'entreprise familiale et, pourquoi pas, en assumer la direction le jour où ma mère voudra prendre sa retraite. J'adore la mode, le luxe, et c'est un domaine où nous excellons, nous, les Français. Mais ça m'obligerait à vivre à Paris.

— C'est ce que je me disais.

— Si l'Agence acceptait de te transférer... Tu irais t'installer à Paris avec moi ?

— Oui, répondit Tamara. Sans hésiter une seconde. »

16

La température montait implacablement tandis que le bus se traînait dans le désert. Kiah n'avait pas eu conscience que les rives du lac Tchad où elle avait passé sa vie étaient l'une des régions les plus fraîches de son pays. Elle avait toujours cru que tout le Tchad était pareil et fut désagréablement surprise de constater qu'il faisait beaucoup plus chaud dans le nord, faiblement peuplé. Au début du voyage, elle avait été gênée par l'absence de vitres qui laissait entrer une brise poussiéreuse, irritante. Mais à présent, en nage et mal à l'aise avec Naji sur ses genoux, elle savourait le moindre souffle d'air, même chaud et plein de sable.

Naji était agité et grincheux. Il ne cessait de répéter « Veux *leben* », mais Kiah n'avait ni riz ni babeurre, et de toute façon aucun moyen de cuisiner quoi que ce soit. Elle avait beau lui donner la tétée, il était vite insatisfait. Elle soupçonnait son lait de ne plus être assez riche, parce qu'elle était elle-même affamée. Les repas promis par Hakim se limitaient trop souvent à de l'eau et du pain rassis, et encore, en quantités insuffisantes. Les « extras » pour lesquels il exigeait un supplément comprenaient des couvertures, du savon, et d'autres aliments que du pain et de la bouillie de millet. Était-il pire épreuve pour une mère que de ne pas pouvoir nourrir son enfant ?

Abdul jetait des coups d'œil obliques à Naji. Kiah

n'était plus très gênée qu'il voie sa poitrine. Après plus de deux semaines passées côte à côte vingt-quatre heures sur vingt-quatre, sept jours sur sept, une intimité lasse s'était établie entre eux.

Il s'adressa alors à Naji : « Il était une fois un homme qui s'appelait Samson. C'était l'homme le plus fort du monde. »

Naji cessa de pleurnicher et se calma.

« Un jour, Samson marchait dans le désert quand, soudain, il entendit un lion rugir tout près, vraiment tout près de lui. »

Naji suça son pouce et se colla plus étroitement contre Kiah, tout en regardant Abdul avec de grands yeux.

Kiah avait constaté qu'Abdul était l'ami de tout le monde. Tous les passagers l'appréciaient. Il les faisait souvent rire. Cela ne l'étonnait pas : elle avait d'abord vu en lui un vendeur de cigarettes qui plaisantait avec les hommes et flirtait avec les femmes, et s'était rappelé qu'on disait que les Libanais étaient de bons commerçants. Dans la première ville où le bus s'était arrêté pour la nuit, Abdul s'était rendu dans un bar en plein air. Kiah lui avait emboîté le pas, en compagnie d'Esma et de ses beaux-parents, juste pour changer de décor. Elle avait vu Abdul jouer aux cartes, sans perdre beaucoup, sans gagner beaucoup. Il tenait une bouteille de bière qu'il donnait l'impression de ne jamais finir. Il parlait surtout aux gens, de tout et de rien en apparence, mais elle avait remarqué qu'ensuite, il savait exactement combien tel homme avait de femmes, quel marchand n'était pas honnête et de qui ils avaient tous peur. Et les choses s'étaient passées à l'identique par la suite, dans chaque ville, dans chaque village.

Pourtant, elle était sûre qu'il ne faisait que jouer un rôle. Quand il ne devisait pas avec les autres, il lui arrivait de rentrer dans sa coquille, d'être distant, presque déprimé, comme un homme dont la vie est difficile et qui a eu des chagrins par le passé. Au début, elle avait cru qu'il ne l'aimait pas, avant de lui attribuer une double personnalité. Et voilà que s'y ajoutait encore un troisième Abdul, un homme qui prenait la peine d'apaiser Naji en lui racontant une histoire qu'un petit garçon de deux ans pouvait comprendre et apprécier.

Le bus empruntait des pistes à peine marquées et souvent invisibles pour Kiah. Le désert était pour l'essentiel du rocher plat et dur recouvert d'une fine couche de sable, une surface qui permettait de rouler à vitesse modérée. De temps en temps, une canette de Coca-Cola abandonnée ou un pneu crevé au sol confirmaient qu'ils étaient bien sur la route et ne s'étaient pas perdus en pleine nature.

Tous les villages étaient des oasis : sans eau, la vie était impossible. La population était tributaire de nappes d'eau souterraines, qui affleuraient souvent à la surface sous forme d'une petite mare ou d'un puits. Parfois, ils s'asséchaient, à l'image du lac Tchad, et les gens devaient aller s'installer ailleurs, comme Kiah.

Un soir où ils s'étaient arrêtés au milieu de nulle part, ils avaient tous dormi assis dans le bus et avaient été réveillés par le lever du soleil.

Au début du voyage, certains hommes avaient importuné Kiah. Cela se passait toujours le soir, quand il faisait nuit et que tous les passagers étaient couchés, par terre dans une maison ou une autre, ou dans une cour, sur des matelas, quand ils avaient de la chance. Une nuit, un des hommes s'était allongé sur elle. Elle avait essayé de le repousser sans faire de bruit, sachant que si elle criait ou si elle l'humiliait d'une façon ou d'une autre, ses amis se vengeraient sur elle et qu'on l'accuserait d'être une femme de mauvaise vie. Mais il était robuste et avait réussi à retirer sa couverture. Soudain pourtant, il s'était redressé, et elle s'était rendu compte que quelqu'un de plus fort l'avait écarté d'elle. À la lueur des étoiles, elle avait vu qu'Abdul avait cloué l'homme au sol en lui serrant le cou d'une main, l'empêchant de vociférer, peut-être même de respirer. Elle l'avait entendu chuchoter : « Tu lui fous la paix ou je te tue. Tu as compris ? Je te tue. » Et il était parti. L'homme était resté là pendant une minute, haletant, avant de prendre ses jambes à son cou. Elle ne savait même pas de qui il s'agissait.

Après cet épisode, elle avait commencé à mieux comprendre Abdul. Devinant qu'il ne voulait pas passer pour son ami, elle le traitait comme un étranger devant les autres ; elle ne bavardait pas avec lui, ne lui souriait pas et ne recherchait pas son aide quand elle se démenait pour effectuer des tâches quotidiennes avec un petit garçon de deux ans qui se tortillait dans ses bras. Mais quand elle était assise à côté de lui dans le bus, elle parlait. Tout bas, sans dramatiser, elle lui racontait son enfance, ses frères au Soudan, la vie au bord du lac qui s'asséchait, et la mort de Salim. Elle lui avait même confié l'histoire du Bourbon Street. Pour sa part, il ne lui disait rien de lui, et elle ne lui posait jamais de questions, parce qu'elle sentait qu'elle serait mal reçue. En revanche, il commentait fréquemment ce qu'elle lui racontait, et lui inspirait une sympathie grandissante.

Elle écoutait à présent sa voix douce, apaisante, avec son accent libanais. « Elle prit une boucle de ses cheveux entre son pouce et son index et il ne se réveilla pas, il continua à ronfler. Elle coupa la boucle avec les ciseaux, et il ne se réveilla toujours pas. Une boucle, et puis une autre. Snap, snap, faisaient les ciseaux, ronfle, ronfle, faisait Samson. »

Elle revit l'école des sœurs, où elle avait pour la première fois entendu les récits de la Bible, Jonas et la baleine, David et Goliath, Noé et son arche. Elle avait appris à lire et écrire, à faire des multiplications et des divisions, et à parler un peu français. Elle avait aussi découvert, auprès d'autres filles plus délurées qu'elle, le secret de certains mystères des adultes comme le sexe. C'étaient des temps heureux. En réalité, toute sa vie avait été heureuse jusqu'au terrible jour où on lui avait ramené le corps froid de Salim. Depuis, elle n'avait connu que souffrance et déception. Cela finirait-il un jour ? Le bonheur l'attendait-il quelque part ? Arriverait-elle en France ?

Soudain, le bus ralentit. Kiah regarda vers l'avant et vit de la vapeur s'élever du moteur. « Que se passe-t-il encore ? marmonna-t-elle.

— Et quand il se réveilla, au matin, continuait Abdul, il était presque chauve et ses longs et beaux cheveux étaient répandus sur l'oreiller, tout autour de lui. Et ce qui arriva ensuite, je te le raconterai demain.

— Non, tout de suite ! » protesta Naji mais Abdul ne céda pas.

Hakim arrêta le bus et éteignit le moteur. « Le radiateur chauffe », annonça-t-il.

Kiah s'inquiéta. Le bus était déjà tombé en panne deux fois, ce qui était la principale raison pour laquelle le trajet durait plus longtemps que prévu, et ce troisième incident n'était pas moins effrayant. Il n'y avait personne à proximité, les téléphones ne fonctionnaient pas, et ils n'avaient croisé que de très rares véhicules. Si le bus ne pouvait pas être réparé, ils devraient tous continuer à pied jusqu'à la prochaine oasis, à moins qu'ils ne meurent sur place avant.

Hakim attrapa une trousse à outils et descendit du bus. Il ouvrit le capot et inspecta le moteur. La plupart des passagers sortirent se dégourdir les jambes. Naji courait partout, heureux de pouvoir se défouler. Il venait d'apprendre à courir et était fier d'aller aussi vite.

Kiah, Abdul et plusieurs autres examinèrent par-dessus l'épaule d'Hakim le moteur fumant. La réparation des vieilles voitures et des motos était une activité importante dans les régions les plus pauvres du Tchad, et bien que ce fût une prérogative masculine, Kiah avait appris deux ou trois choses.

Il n'y avait aucun signe de fuite.

Hakim montra un bout de caoutchouc qui ressemblait à un serpent accroché à une poulie. «La courroie du ventilateur a cassé», dit-il. Il tendit prudemment la main dans le moteur brûlant et en sortit le morceau de caoutchouc, un ruban noir avec des taches brunâtres, usé et fendillé par endroits. Kiah voyait bien qu'il aurait dû être remplacé depuis longtemps.

Hakim retourna dans le bus chercher sous son siège la grande boîte en métal qu'il avait déjà sortie lors des précédentes pannes. Il la posa dans le sable, l'ouvrit et fouilla au milieu d'un assortiment de pièces détachées : des bougies, des fusibles, des joints de toutes sortes, un rouleau d'adhésif. Il fronça les sourcils, regarda encore. Et annonça : «Il n'y a pas de courroie de rechange.»

Kiah souffla à Abdul : «Ça, c'est la tuile.

— Pas vraiment, répondit-il tout aussi bas. Pas encore.

— Il va falloir improviser», déclara Hakim. Il regarda les passagers qui l'entouraient et son regard s'arrêta sur Abdul. «Donnez-moi votre ceinture, dit-il en désignant la bande de coton qu'Abdul portait autour de la taille.

— Non, répliqua Abdul.

— J'en ai besoin comme courroie de ventilateur provisoire.

— Ça ne marchera pas, objecta Abdul. Il faut quelque chose qui ait plus de prise.

— Une poulie à ressort sert de tenseur.

— Le coton glissera tout de même.

— C'est un ordre ! »

Un des gardes intervint. Ils s'appelaient Hamza et Tareq, et Tareq, le plus grand, s'adressa à Abdul d'un ton calme qui ne laissait place à aucune discussion. « Fais ce qu'il te dit. »

Kiah aurait été terrifiée, comme la plupart des hommes, mais Abdul ignora Tareq pour parler à Hakim : « La prise de votre ceinture serait bien meilleure. »

Le jean d'Hakim était retenu par une vieille ceinture de cuir marron.

« Elle est certainement assez longue, ajouta Abdul, ce qui fit rire tout le monde, parce que le tour de taille d'Hakim était considérable.

— Fais ce qu'il dit ! » ordonna une nouvelle fois Tareq, furieux.

Kiah n'en revenait pas qu'Abdul n'ait manifestement pas peur de l'homme au fusil d'assaut passé à l'épaule. « La ceinture d'Hakim ferait bien mieux l'affaire », répéta calmement Abdul.

L'espace d'un instant, on put croire que Tareq allait prendre son fusil et en menacer Abdul ; puis il sembla se raviser. Il se tourna vers Hakim. « Enlève ta ceinture », lui dit-il.

Hakim obtempéra.

Kiah se demanda pourquoi Abdul tenait tellement à sa ceinture en coton.

Hakim passa sa ceinture autour des poulies, la boucla puis la resserra. Il sortit du bus une bonbonne en plastique de cinq litres, remplit le radiateur, qui siffla, bouillonna et se tut. Il se remit au volant, démarra le moteur et retourna jeter un coup d'œil sous le capot.

Comme l'avait déjà constaté Kiah, la ceinture jouait parfaitement son rôle, faisant tourner le mécanisme de refroidissement.

Hakim claqua le capot, de fort méchante humeur.

Il retourna dans le bus en tenant son jean d'une main. Il reprit place au volant et fit rugir le moteur pour inciter les passagers à remonter à bord. Lorsque Wahed, le beau-père d'Esma, hésita avant de poser le pied sur les marches, Hakim fit soudain avancer le bus avant de freiner brutalement. « Allez, grouillez-vous ! » lança-t-il hargneusement.

Kiah était déjà à sa place, Naji sur ses genoux, Abdul à côté d'elle. « Hakim est furieux parce que vous avez eu le dessus, dit-elle.

— Je me suis fait un ennemi, répondit Abdul penaud.

— C'est un salaud. »

Le bus repartit.

Kiah entendit une vibration sourde. Abdul prit son téléphone, visiblement surpris. « On a du réseau ! annonça-t-il. Nous ne devons plus être très loin de Faya. Je ne savais pas qu'ils étaient connectés dans le coin. » Il avait l'air étrangement content.

Le téléphone était plus grand que dans son souvenir, et elle se demanda s'il n'en avait pas deux. « Vous allez pouvoir appeler vos petites amies, maintenant », dit-elle pour le taquiner.

Il la regarda un instant, sans sourire, et rétorqua : « Je n'en ai pas. »

Il s'affaira sur son téléphone et elle eut l'impression qu'il envoyait des messages déjà rédigés et sauvegardés. Puis, après un instant d'hésitation, il sembla prendre une décision et chargea des photos. Elle comprit qu'il avait photographié discrètement Hakim, Tareq, Hamza et quelques-unes des personnes qu'ils avaient rencontrées en cours de route. Elle le regarda du coin de l'œil tapoter l'écran pendant une ou deux minutes, en veillant à ce que personne d'autre qu'elle ne voie ses mains.

« Qu'est-ce que vous faites ? »

Il tapota encore un instant, éteignit son téléphone et le fit disparaître dans ses vêtements. « J'envoie des photos à une amie à N'Djamena avec ce message : "Si je me fais tuer, ces hommes en seront responsables."

— Vous n'avez pas peur qu'Hakim et les gardes découvrent que vous les avez envoyées ? murmura-t-elle.

— Au contraire. Ce serait dissuasif. »

Elle songea que ce n'était pas faux, mais en même temps elle était certaine qu'il ne lui disait pas toute la vérité. Aujourd'hui, elle avait constaté un autre fait surprenant à son sujet : de tous les passagers du bus, il était le seul à ne pas redouter Tareq et Hamza. Pourtant, même Hakim leur obéissait.

Abdul avait un secret, elle n'en doutait pas un instant. Mais lequel ?

Ils arrivèrent bientôt en vue de Faya. Elle demanda à Abdul s'il savait combien il y avait d'habitants – il savait souvent ce genre de choses –, et il lui répondit en effet : « Douze mille, environ. C'est la plus grande ville du nord du pays. »

L'agglomération ressemblait plutôt à un gros village. Kiah voyait beaucoup d'arbres et de champs irrigués. L'eau souterraine devait être abondante pour permettre toutes ces cultures. Le bus passa devant une piste d'atterrissage, mais elle n'aperçut pas d'avions, ni le moindre signe d'activité.

« Nous avons parcouru un peu moins de mille kilomètres en dix-sept jours, remarqua Abdul. Ça fait à peine une soixantaine de kilomètres par jour. C'est encore plus lent que je ne le pensais. »

Le bus s'arrêta au centre de la ville, devant une

demeure imposante. Les passagers furent conduits dans une vaste cour où on leur annonça qu'ils allaient y manger et dormir. Le soleil déclinait, et il y avait beaucoup d'ombre. Des jeunes femmes apparurent avec de l'eau fraîche pour qu'ils puissent se désaltérer.

Hakim et les gardes repartirent avec le bus, sans doute pour aller acheter une nouvelle courroie de ventilateur, plus une de rechange, espérait Kiah. Elle savait d'après leurs précédentes haltes qu'ils allaient se garer en lieu sûr, et que Tareq ou Hamza passerait la nuit dans le bus. Franchement, qui voudrait voler pareil tas de tôle ? Ils avaient pourtant l'air d'en faire grand cas. Après tout, peu lui importait pourvu qu'ils reviennent le lendemain matin pour reprendre la route.

Abdul quitta lui aussi la maison. Elle supposa qu'il se rendait dans un bar ou un café. Et il voulait sans doute également garder un œil sur Hakim et les gardes.

Dans un coin de la cour, un paravent dissimulait une douche alimentée par une pompe à main ; les hommes allaient pouvoir se laver. Kiah demanda à une des filles qui travaillaient là si les femmes et Naji ne pourraient pas faire leur toilette dans la maison. La fille rentra à l'intérieur, puis reparut et acquiesça d'un signe de tête. D'un geste, Kiah appela Esma et Bushra, les seules autres passagères, et elles la suivirent dans la demeure.

L'eau souterraine était très froide, mais Kiah en apprécia chaque goutte, ainsi que les serviettes et le savon généreusement mis à leur disposition par le propriétaire invisible des lieux, ou, plus probablement, par sa première épouse, devina-t-elle. Elle lava ses sous-vêtements, les habits de Naji, et se sentant mieux, retourna dans la cour.

À la nuit tombée, on alluma des torches, et les filles de service apportèrent du ragoût de mouton et du couscous. Hakim allait probablement essayer de leur faire payer tout cela le lendemain matin. Elle ne laissa pas ce doute gâcher son plaisir. Elle donna à Naji du couscous arrosé de sauce salée et quelques légumes écrasés en purée, et il mangea de bon appétit. Tout comme elle.

Quand Abdul revint, les torches venaient d'être éteintes. Il s'assit à quelques mètres de Kiah, dos au mur. Elle s'étendit avec Naji qui s'endormit aussitôt. Encore un jour de passé, songea-t-elle ; la France est plus proche de quelques kilomètres. Et nous sommes toujours en vie. Sur cette pensée, elle s'assoupit.

17

« Je suis donc la seule ici à m'inquiéter de la situation au Tchad ? » lança Pauline. Personne ne répondit à sa question, évidemment. « Tous les signes d'une escalade sont là, poursuivit-elle. Le Soudan vient de demander à son alliée l'Égypte d'envoyer des troupes pour l'aider à repousser l'agression tchadienne. »

C'était une réunion officielle du conseil de Sécurité nationale. Il était sept heures du matin. Pauline avait convoqué le conseiller à la Sécurité nationale, le Secrétaire d'État, sa chef de cabinet et quelques membres clés de son administration, ainsi que leurs assistants. Ils étaient réunis dans la salle du cabinet, une longue pièce haute de plafond dont les quatre portes-fenêtres en arcade donnaient sur la colonnade ouest. La grande table de conférence ovale, en acajou, était entourée de vingt chaises capitonnées de cuir, sur un tapis rouge orné d'étoiles dorées. Les assistants étaient assis le long des deux grands murs, sur des chaises plus petites. À une extrémité, se trouvait une cheminée que l'on n'allumait jamais. Par l'une des portes-fenêtres ouverte, Pauline entendait vaguement la circulation sur la 15e Rue, une rumeur qui rappelait le bruit du vent dans des arbres lointains.

« Les Égyptiens n'ont pas encore donné leur accord, fit remarquer Chester Jackson, le Secrétaire d'État. Ils en veulent aux Soudanais de ne pas les soutenir pour la construction du barrage.

— Ils finiront par accepter, reprit Pauline. Les querelles du barrage sont secondaires. Le gouvernement de Khartoum prétend avoir été envahi et explique sa défaite en parlant d'attaque furtive de l'autre côté de sa frontière. Ce n'est pas vrai, mais cela n'a aucune importance.

— La Présidente a raison, Chess, acquiesça Gus Blake, le conseiller à la Sécurité nationale. On a assisté hier à Khartoum à des manifestations nationalistes hystériques contre le Tchad.

— Probablement orchestrées par le gouvernement.

— En effet, mais ça montre bien vers quoi ils se dirigent.

— D'accord, convint Chess. Vous avez raison.

— Le Tchad a demandé à la France de doubler sa présence militaire dans le pays, rappela Pauline. Et ne venez pas me dire que la France ne l'aidera pas. Elle s'est engagée à protéger l'intégrité territoriale du Tchad et de ses autres alliés dans le Sahel. Ajoutons qu'il y a un milliard de barils de pétrole sous le sable du Tchad, dont une grande partie appartient à Total. La France ne veut pas de conflit avec l'Égypte, et n'a sans doute pas envie d'envoyer plus d'hommes au Tchad, mais à mon avis, elle n'aura pas le choix.

— Je comprends ce que vous voulez dire en parlant d'escalade, commenta Chess.

— D'ici peu, nous allons nous retrouver avec des soldats français et égyptiens face à face de part et d'autre de la frontière entre le Soudan et le Tchad, chacun défiant l'autre de tirer le premier.

— Ça en prend la tournure.

— Et la situation risque encore d'empirer. Le Soudan et l'Égypte pourraient demander des renforts à la Chine, et Pékin pourrait donner son accord ; les Chinois meurent d'envie de s'implanter en Afrique. La

France et le Tchad demanderont alors l'aide des États-Unis. La France est notre alliée au sein de l'OTAN et nous avons déjà des troupes au Tchad. Il nous serait difficile de rester à l'écart du conflit.

— Vous allez un peu loin, protesta Chess.

— Parce que vous pensez que j'ai tort?

— Non.

— Et à ce moment-là, nous serons au bord d'une guerre entre superpuissances.»

Un instant de silence s'ensuivit.

Le souvenir du pays des Munchkins surgit à l'esprit de Pauline comme un cauchemar qui persiste après le réveil du dormeur. Elle revit les rangées de lits de camp dans les baraquements, le réservoir d'eau de vingt mille mètres cubes et la salle de crise avec ses rangées de téléphones et d'écrans. Elle était hantée par la pensée d'avoir un jour à vivre dans ce bunker, en étant la seule encore en mesure de sauver l'espèce humaine. Et si l'apocalypse survenait, ce serait sa faute. À elle, la présidente des États-Unis d'Amérique. Elle seule serait à blâmer.

Et elle devait tout faire pour que cette terrible mission n'incombe jamais à James Moore. L'agressivité était son mode de fonctionnement inné. C'était d'ailleurs ce que certains appréciaient chez lui. Il soutenait que nul ne pourrait jamais s'opposer à l'Amérique, oubliant ainsi le Vietnam, Cuba, le Nicaragua. Il tenait des propos belliqueux qui permettaient à ses partisans de se croire plus forts qu'ils ne l'étaient. Mais les discours violents entraînaient des actions violentes sur la scène internationale comme dans les cours de récréation. Si un imbécile n'était qu'un imbécile, un imbécile à la Maison Blanche était l'être le plus dangereux au monde.

«Je vais essayer de calmer le jeu avant qu'il soit trop

tard, déclara-t-elle avant de se tourner vers sa chef de cabinet. Jacqueline, programmez un entretien téléphonique avec le président de la République française, dès qu'il sera disponible, mais en tout cas, avant la fin de la journée.

— Oui, madame.

— Il faudra aussi que je parle au Président égyptien, mais nous devons préparer le terrain avant. Chess, je voudrais que vous vous entreteniez avec l'ambassadeur d'Arabie saoudite. Le prince Fayçal, c'est ça ?

— Un des nombreux princes saoudiens qui s'appellent Fayçal, en effet.

— Demandez-lui de prendre contact avec les Égyptiens et de les convaincre d'écouter ce que j'ai à leur dire. Les Saoudiens sont des alliés de l'Égypte, ils devraient avoir une certaine influence sur eux.

— Oui, madame.

— Nous réussirons peut-être à régler cette affaire avant que les esprits ne s'échauffent trop. » Pauline se leva, aussitôt imitée par les autres. « Raccompagnez-moi à la résidence », demanda-t-elle à Gus.

Ils quittèrent la salle ensemble.

« Vous savez, commença-t-il comme ils longeaient la colonnade ouest, vous étiez la seule dans cette pièce à mesurer l'étendue du danger. Tous les autres n'y voyaient encore qu'un banal incident de frontière. »

Pauline acquiesça. Il avait raison. C'est pour cela qu'elle était aux commandes. « Merci de m'avoir envoyé ce témoignage sur les combats au camp de réfugiés. Une lecture passionnante.

— J'étais sûr que vous apprécieriez.

— Je connais la femme qui l'a rédigé, Tamara Levit. Elle vient de Chicago. C'était une des bénévoles de ma campagne pour le Congrès. » Quelques souvenirs lui revinrent en tête. « Une très jolie fille aux cheveux noirs, toujours bien habillée. Tous les garçons en pinçaient pour elle. En plus, elle était très compétente, et nous l'avions nommée organisatrice.

— Elle est maintenant agent de la CIA, au poste de N'Djamena.

— Et elle n'a pas froid aux yeux. Si j'ai bien compris, elle a transporté son patron inconscient sur son épaule pendant que des obus soudanais explosaient tout autour d'elle.

— J'aurais eu besoin de quelqu'un comme elle en Afghanistan.

— Je l'appellerai tout à l'heure. »

Ils arrivèrent à la résidence. Elle prit congé de Gus et monta l'escalier quatre à quatre vers l'étage familial où elle retrouva Gerry dans la salle à manger. Il était attablé devant des œufs brouillés et lisait le *Washington Post*. Pauline s'assit à côté de lui, déplia sa serviette et demanda une omelette au cuisinier.

Pippa apparut, l'air ensommeillé, mais Pauline s'abstint de tout commentaire : elle avait lu récemment que les adolescents avaient besoin de beaucoup de sommeil parce qu'ils grandissaient très vite. Il ne s'agissait donc pas de paresse. Pippa portait une chemise en flanelle trop grande pour elle et un jean délavé. Le collège de Foggy Bottom n'imposait pas d'uniforme, mais les élèves étaient censés être proprement et à peu près correctement habillés. Pippa frôlait la limite de ce qui était acceptable, mais Pauline se rappela qu'au même âge elle s'ingéniait à s'affubler de tenues propres à choquer les professeurs sans enfreindre tout à fait le règlement.

Pippa remplit un bol de Lucky Charms qu'elle arrosa de lait. Pauline songea à lui suggérer d'y ajouter des myrtilles, pour les vitamines, avant de se raviser. Sur ce point aussi, mieux valait se taire. Le régime de Pippa

370

était loin d'être idéal, cependant son système immunitaire ne semblait pas en pâtir.

Elle se contenta donc de demander : « Alors, ma puce, comment ça se passe au collège ?

— Je ne fume pas d'herbe, ne t'en fais pas, répondit-elle d'un ton renfrogné.

— Contente de te l'entendre dire, mais je pensais plutôt aux cours.

— Les jours se suivent, et c'est toujours la même merde. »

Est-ce que je mérite vraiment ça ? pensa Pauline.

« Dans moins de trois ans, reprit-elle, il faudra que tu commences à envoyer des dossiers de candidature aux universités. Tu sais déjà où tu voudrais aller, quelles études tu voudrais faire ?

— Je n'ai pas très envie d'aller à la fac. Je n'en vois pas l'intérêt. »

Pauline fut prise de court, pourtant elle se ressaisit rapidement. « En dehors du simple plaisir d'apprendre, il me semble que l'intérêt d'aller à la fac est de te permettre d'élargir ta palette de choix dans la vie. J'image mal quel emploi tu pourrais trouver à dix-huit ans avec un simple diplôme de fin d'études secondaires.

— J'aimerais bien être poète. J'adore la poésie.

— Rien ne t'empêche d'étudier la poésie à la fac.

— Ouais, sauf qu'ils tiennent à ce qu'on ait ce qu'ils appellent une vaste culture générale, ce qui m'obligerait à faire, genre, de la chimie, de la géographie et tout ce merdier.

— Quels sont tes poètes préférés ?

— Les modernes, ceux qui expérimentent. Je me fous des rimes, de la métrique et de tout ce bazar. »

J'aurais dû m'en douter, songea Pauline.

Elle fut tentée de demander à Pippa si elle s'imaginait vraiment gagner sa vie comme poétesse expérimentale de dix-huit ans, mais elle se mordit les lèvres une fois de plus. C'était trop évident. Pippa en prendrait conscience toute seule.

L'omelette de Pauline arriva, ce qui lui donna un prétexte pour mettre fin à cette conversation, et elle prit sa fourchette avec soulagement. Pippa avala rapidement ses céréales, attrapa son sac et lança : « À plus », avant de disparaître.

Pauline espérait que Gerry commenterait l'attitude de leur fille, or il ne dit pas un mot et se plongea dans les pages économiques du journal. À une certaine époque, Pauline et lui se seraient réconfortés mutuellement, mais c'était rare désormais.

Ils avaient toujours envisagé d'avoir deux enfants. Gerry en avait très envie. Mais après la naissance de Pippa, l'idée d'avoir un second enfant l'avait nettement moins enthousiasmé. Pauline ayant été élue au Congrès, Gerry devait parfois s'occuper de leur fille et semblait juger cela pesant. Ils avaient tout de même essayé, quand Pauline avait une bonne trentaine d'années. Elle était à nouveau tombée enceinte, mais avait fait une fausse couche, et Gerry avait ensuite renoncé à ce projet. Il se disait inquiet pour la santé de Pauline, mais elle le soupçonnait de vouloir éviter de nouvelles disputes pour savoir qui allait conduire le bébé chez le pédiatre. Elle avait eu du mal à digérer cette décision, mais n'avait pas insisté : avoir un enfant quand un des deux parents n'en voulait pas était toujours une erreur.

Elle remarqua qu'il était bien habillé et portait des bretelles sur une chemise chic et lui demanda : « Qu'est-ce que tu as de prévu, aujourd'hui ?

— Une réunion du conseil. La routine. Et toi ?

— Je vais essayer d'éviter une guerre en Afrique du Nord. La routine. »

Il éclata de rire, et l'espace d'un instant, elle se sentit à nouveau proche de lui. Puis il replia son journal et se leva. «Allez, il faut que j'aille mettre ma cravate.

— Amuse-toi bien à ta réunion.»

Il lui planta un baiser sur le front. «Bonne chance avec l'Afrique du Nord.» Et il sortit.

Pauline retourna dans l'aile ouest, mais au lieu de rejoindre le Bureau ovale, elle se dirigea vers le service de la communication. Une dizaine de personnes, pour la plupart assez jeunes, étaient assises à des postes de travail, à lire ou à pianoter sur des claviers. Les écrans de télévision muraux affichaient tous des émissions d'information différentes. Les journaux du matin étaient éparpillés un peu partout.

L'espace de travail de Sandip Chakraborty occupait le centre de la pièce. Il préférait cela à un bureau privé : il aimait être au cœur de l'action. Il se leva en voyant entrer Pauline. Il portait, comme à l'accoutumée, un costume avec des baskets.

«Les échauffourées au Tchad, commença-t-elle. La nouvelle a-t-elle suscité des réactions ?

— Jusqu'à ces dernières minutes, non, madame la Présidente, répondit Sandip. Mais James Moore vient de faire un commentaire sur NBC. Il a déclaré qu'il ne fallait pas que vous envoyiez de troupes américaines sur le terrain.

— Nous avons déjà une force de contre-terrorisme de plusieurs milliers d'hommes sur place.

— C'est le genre de choses qu'il ignore.

— Sur une échelle de un à dix ?

— Ça vient de passer de un à deux.»

Pauline hocha la tête. «J'aimerais que vous en discutiez avec Chester Jackson. Mettez-vous d'accord sur une brève déclaration rappelant que nous avons déjà des troupes au Tchad et dans d'autres pays d'Afrique du Nord pour combattre l'État islamique dans le Grand Sahara.

— Je pourrais peut-être souligner l'ignorance de Moore : "Monsieur Moore n'a pas l'air de savoir que…" ou quelque chose dans ce goût-là ? »

Pauline réfléchit un instant. Elle n'aimait pas beaucoup ce genre d'attaques en politique. « Non, je ne veux pas que Chess passe pour un cuistre. Optez plutôt pour le ton de celui qui expose gentiment et patiemment des faits.

— Pigé.

— Merci, Sandip.

— Merci, madame la Présidente. »

Elle se rendit ensuite dans le Bureau ovale.

Elle s'entretint avec le secrétaire au Trésor, passa une heure avec le Premier ministre norvégien en visite et reçut une délégation de producteurs laitiers. Elle se fit livrer son déjeuner sur un plateau dans le studio voisin du Bureau ovale : du saumon froid poché et une salade. Tout en mangeant, elle lut une note d'information sur la pénurie d'eau en Californie.

Elle eut ensuite une conversation téléphonique avec le président de la République française. Chess entra dans le Bureau ovale, s'assit avec elle et écouta avec une oreillette. Gus et plusieurs autres suivaient à distance. Il y avait également des interprètes des deux côtés de l'Atlantique, en cas de besoin, mais Pauline et le président Pelletier s'en passaient généralement.

Georges Pelletier était un homme calme, de nature accommodante mais, poussé dans ses retranchements, il chercherait à défendre les intérêts de la France et s'y emploierait implacablement. Rien ne garantissait donc que Pauline parviendrait à ses fins.

Pauline commença en français : « Bonjour, monsieur le Président. Comment allez-vous, cher ami ? »

Le Président français répondit dans un anglais impeccable : « Madame la Présidente, c'est très aimable à vous de vous exprimer en français, et vous savez combien nous apprécions cet effort, mais sans doute serait-il plus facile que nous parlions tous les deux anglais. »

Pauline rit. Pelletier savait être charmant, même quand il vous mouchait. « C'est toujours un plaisir de vous parler, dans quelque langue que ce soit.

— Plaisir partagé. »

Elle se le représenta à l'Élysée, dans son vaste bureau, le Salon doré, l'air d'y être né, élégant dans un costume en cachemire. « Il est une heure de l'après-midi à Washington, dit-elle. Il doit donc être dix-neuf heures à Paris. J'imagine que vous sablez le champagne.

— Mon premier verre de la journée, bien sûr.

— Eh bien, à votre santé.

— *Cheers*.

— Je vous appelle à propos du Tchad.

— Je m'en doutais. »

Pauline n'avait pas besoin de revenir sur les événements. Georges Pelletier était toujours bien informé. « Nous œuvrons de concert au Tchad, votre armée et la mienne, pour combattre l'EIGS, mais je ne pense pas que nous souhaitions nous impliquer dans une querelle avec le Soudan.

— En effet.

— Le danger, c'est que s'il y a des troupes de part et d'autre de la frontière, tôt ou tard, il y aura bien un imbécile pour tirer un coup de feu, et nous finirons par livrer une bataille dont personne ne veut.

— C'est exact.

— Une solution serait d'imposer une zone démilitarisée de vingt kilomètres de large le long de la frontière.

— Excellente idée.

— Il me semble que les Égyptiens et les Soudanais accepteront de maintenir leurs troupes à dix kilomètres de la frontière si vous et moi en faisons autant.»

Il y eut un moment de silence. Pelletier n'était pas du genre à se laisser marcher sur les pieds, et comme elle l'avait anticipé, il procédait à des calculs, froidement, sans sentiment. «À première vue, ça me paraît une bonne idée», répondit-il.

Pauline s'attendait à ce qu'il ajoute : «*Mais...*»

Or il ne le dit pas. Au lieu de quoi, il suggéra : «Je vais en parler à l'armée.

— Je suis convaincue que l'état-major approuvera, acquiesça Pauline. Il ne voudra pas d'une guerre inutile.

— Vous avez probablement raison.

— Encore une chose, reprit Pauline.

— Oui ?

— Il faut que nous agissions les premiers.

— Vous voulez dire, que nous nous imposions une limite *avant* que les Égyptiens acceptent d'en faire autant ?

— Je pense qu'ils nous donneront leur accord de principe, mais ne s'engageront pas pour de bon tant qu'ils ne nous auront pas vus passer aux actes.

— C'est le problème.

— Comme vos troupes ne sont pas proches de la frontière en ce moment, vous n'aurez qu'à annoncer que vous respecterez la zone démilitarisée comme preuve de bonne volonté, dans le ferme espoir que l'autre côté en fera autant. Cela vous permettra de vous présenter en homme raisonnable, en artisan de la paix, ce que vous êtes, bien entendu. Vous verrez ce qui se passe ensuite. Si l'autre partie ne joue pas le jeu, vous pourrez rapprocher vos troupes de la frontière quand vous voudrez.

— Ma chère Pauline, vous êtes très persuasive.

— Je ne voudrais pas gâcher votre soirée, Georges, mais pourriez-vous parler à l'armée tout de suite ? Peut-être même avant le dîner ? » C'était une requête audacieuse, mais elle détestait perdre du temps : une heure se transformait vite en une journée, une journée en une semaine, et les idées les plus brillantes mouraient asphyxiées. « Si vous pouviez me donner le feu vert avant de vous retirer pour la nuit, je pourrais avancer avec les Égyptiens, et vous vous réveilleriez peut-être dans un monde plus sûr demain matin. »

Il éclata de rire. « Je vous aime bien, Pauline. Vous avez du culot. En yiddish, on dirait la *chutzpah*.

— Je prends ça pour un compliment.

— C'en est un. Vous aurez de mes nouvelles ce soir.

— J'apprécie vraiment, Georges.

— Je vous en prie. »

Ils raccrochèrent.

« Je vais vous dire quelque chose, madame la Présidente, intervint alors Chess. Vous êtes vraiment forte. Incroyablement forte.

— Voyons si ça marche », tempéra Pauline.

*

Elle eut avec le Président égyptien une conversation dans la même veine. Moins chaleureuse, mais avec un résultat identique : une réponse favorable, sans accord formel.

Ce soir-là, Pauline devait prononcer un discours au bal des Diplomates, un grand événement annuel organisé par un comité d'ambassadeurs destiné à lever des fonds en faveur de la lutte contre l'illettrisme. Des responsables de grandes entreprises qui faisaient des affaires à l'étranger payaient leurs tables à prix d'or pour rencontrer des diplomates de premier plan.

La tenue de soirée était de rigueur. Les vêtements que Pauline avait déjà choisis avaient été préparés par le personnel de la résidence, une robe vert d'eau réchauffée par une étole de velours vert sombre. Pendant que Gerry enfilait ses boutons de manchettes, elle glissa autour de son cou un pendentif en émeraude en forme de larme et ajouta des boucles d'oreilles assorties.

Une bonne partie des conversations de la soirée ne serait que menus propos, mais l'assistance comprenait quelques personnalités influentes et Pauline comptait en profiter pour faire avancer son plan pour le Tchad et le Soudan. L'expérience lui avait appris que des soirées comme celle-ci étaient tout aussi propices à la prise de vraies décisions que les rencontres officielles, autour de tables de conférence. L'atmosphère détendue, l'alcool, les tenues séduisantes et les mets raffinés, tout concourait à mettre les gens à l'aise et à les rendre d'humeur réceptive.

Pendant les cocktails précédant le dîner, elle ferait le tour de la salle et discuterait avec le plus de gens possible avant de prononcer son discours et de s'éclipser avant le repas, fidèle à son principe de ne pas perdre de temps à dîner avec des inconnus.

Elle sortait quand Sandip l'aborda. « Il y a une chose que vous devez savoir avant d'aller à la soirée. James Moore a de nouveau parlé du Tchad. »

Pauline soupira. « On peut compter sur lui pour nous mettre des bâtons dans les roues. Qu'a-t-il dit ?

— Je suppose qu'il répondait à notre déclaration rappelant que nous avons déjà des hommes au Tchad. En tout cas, il a dit que nous devrions les retirer pour être sûrs qu'ils ne risquent pas d'être entraînés dans une guerre qui ne concerne en rien l'Amérique.

— Donc, nous ne participerions plus à la lutte contre l'EIGS ?

— Ce serait la conséquence, en effet, mais il n'a fait aucune allusion à l'EIGS.

— D'accord. Merci pour l'info, Sandip.

— Je vous en prie, madame la Présidente.»

Elle prit place dans la grosse voiture noire aux portières blindées et aux vitres pare-balles de deux centimètres d'épaisseur. Elle était précédée d'un véhicule identique occupé par les gardes du corps du Secret Service, et suivie par un autre, transportant ses collaborateurs de la Maison Blanche. Comme le convoi s'ébranlait, elle réprima son exaspération. Alors qu'elle faisait feu de tout bois pour imposer un plan de paix, Moore donnait aux Américains l'impression qu'elle s'engageait étourdiment dans une nouvelle aventure militaire à l'étranger. Une citation lui revint à l'esprit : Le temps que la vérité mette ses chaussures, le mensonge a déjà fait le tour de la Terre. Elle enrageait à l'idée que ses efforts puissent être aussi facilement compromis par cette grande gueule de Moore.

Des motards de la police arrêtaient la circulation à tous les carrefours pour laisser passer leur convoi, et il ne leur fallut donc que quelques minutes pour rejoindre Georgetown.

Alors qu'ils approchaient de l'entrée de l'hôtel, elle se tourna vers Gerry : «Séparons-nous rapidement, comme d'habitude, si tu veux bien.

— Bien sûr, répondit-il. Comme ça, si des gens sont déçus de ne pas pouvoir te parler, ils pourront toujours se rabattre sur moi.» Mais son sourire donnait l'impression que cela ne l'ennuyait pas vraiment.

Le directeur de l'hôtel l'accueillit à la porte pour l'accompagner. La Présidente était précédée et suivie par des membres de son escorte du Secret Service. Un brouhaha de conversations montait de la salle de bal. Elle aperçut avec plaisir la silhouette aux larges épaules de Gus qui l'attendait au pied de l'escalier. En smoking, il était d'une beauté ravageuse. « Juste pour information, murmura-t-il, James Moore est là.

— Merci. Si je tombe sur lui, j'en fais mon affaire. Et le prince Fayçal?

— Il est arrivé.

— Si vous le croisez, amenez-le-moi.

— Vous pouvez compter sur moi. »

Elle entra dans la salle de bal et refusa une coupe de champagne. Il régnait une odeur de corps chauds, de canapés au poisson et de bouteilles de vin vides. Elle fut accueillie par la présidente d'une association humanitaire, une femme de millionnaire en fourreau de soie turquoise et en talons d'une hauteur vertigineuse. Et le cirque mondain commença. Pauline posa des questions brillantes sur l'alphabétisation et prêta une oreille attentive aux réponses. On lui présenta le principal donateur de la soirée, le PDG d'une énorme usine de papier, et elle lui demanda comment marchaient les affaires. L'ambassadeur de Bosnie l'accosta et réclama son aide concernant des mines terrestres non explosées ; il en restait encore quatre-vingt mille dans son pays. Pauline lui témoigna sa sympathie, mais ces mines n'avaient pas été posées par les Américains et elle n'avait pas l'intention de dépenser l'argent des contribuables pour les enlever. Elle n'était pas républicaine pour rien.

Elle se montra charmante et attentive à tous, et réussit à dissimuler combien elle était impatiente de pouvoir retourner à ses tâches prioritaires.

L'ambassadrice de France, Giselle de Perrin, une femme mince d'une soixantaine d'années, en robe noire, s'approcha d'elle. Avait-elle reçu des nouvelles de Paris? Le président Pelletier avait le pouvoir de faire ou défaire cet accord.

« Madame la Présidente, je me suis entretenue avec

notre Président il y a une heure, dit Mme de Perrin en lui serrant la main. Il m'a priée de vous remettre ceci. » Elle sortit une feuille pliée de sa pochette. « Il pense que vous serez contente. »

Pauline s'empressa de déplier la feuille. C'était un communiqué de presse de l'Élysée, dont un paragraphe avait été surligné et traduit en anglais : « Préoccupé par les tensions à la frontière entre le Tchad et le Soudan, le gouvernement français a décidé d'envoyer dans les plus brefs délais mille hommes au Tchad pour renforcer sa mission déjà sur place. Dans un premier temps au moins, les forces françaises resteront au minimum à dix kilomètres de la frontière, en espérant que les forces de l'autre côté en feront autant, créant ainsi une séparation de vingt kilomètres entre les armées afin d'éviter toute provocation accidentelle. »

Pauline était aux anges. « Je vous remercie, madame l'ambassadrice, dit-elle. Ce concours nous sera très précieux.

— Je vous en prie. La France est toujours heureuse d'aider ses alliés américains. »

Ce n'était pas vrai, pensa Pauline sans cesser de sourire pour autant.

L'apparition de Milton Lapierre détourna son attention. Et merde, se dit-elle, je n'ai vraiment pas besoin de ça maintenant. Sa présence était inattendue et il n'avait aucune raison d'être là. Il avait démissionné, Pauline avait nommé un nouveau vice-président, et le processus d'approbation par les deux chambres du Congrès était en cours. Mais les médias n'ayant pas encore eu vent de sa liaison avec la jeune Rita Cross, elle devina qu'il essayait de faire comme si de rien n'était.

Milt n'avait pas l'air en forme. Il tenait un verre de whisky dont il avait déjà, semblait-il, bu une bonne partie. Son smoking avait dû coûter une fortune, mais sa large ceinture glissait et son nœud papillon était desserré.

Les gardes du corps de Pauline se rapprochèrent.

Pauline avait appris très tôt dans sa carrière à rester imperturbable en cas de rencontre gênante. «Bonsoir, Milt», dit-elle. Se rappelant qu'il avait pris la direction d'une société de lobbying, elle ajouta : «Félicitations pour votre nomination au conseil d'administration de Riley Hobcraft Partners.

— Merci, madame la Présidente. Vous avez fait de votre mieux pour me gâcher la vie, mais vous n'avez pas complètement réussi.»

Pauline fut surprise par l'intensité de sa haine. «Vous gâcher la vie? demanda-t-elle avec ce qu'elle espérait être un sourire amical. Des gens bien mieux que vous et moi ont été virés et ils s'en sont remis.

— Elle m'a quitté», murmura-t-il tout bas.

Pauline avait du mal à être navrée pour lui. «Tant mieux, répondit-elle. C'est préférable pour elle, et pour vous.

— Vous ne comprenez rien», lança-t-il hargneusement.

Gus s'avança et tendit un bras protecteur entre Pauline et Milt. «Je vous présente Son Excellence le prince Fayçal», annonça-t-il, et d'un léger contact, il la fit tourner pour qu'elle soit dos à Milt. Elle entendit un de ses gardes du corps distraire l'attention de ce dernier en lui disant aimablement : «Ravi de vous revoir, monsieur le vice-président. J'espère que vous allez bien.»

Pauline sourit au prince Fayçal, un homme d'âge mûr, à la barbe grise et à la mine réservée. «Bonsoir, Votre Altesse. J'ai parlé au Président égyptien, mais il n'a rien voulu promettre.

— C'est ce que nous avons appris. L'idée d'une

zone démilitarisée entre le Tchad et le Soudan plaît beaucoup à notre ministre des Affaires étrangères. Il a aussitôt appelé Le Caire, mais les Égyptiens se sont contentés de répondre qu'ils y réfléchiraient. »

Pauline tenait le message des Français à la main. « Nous venons de recevoir ceci, dit-elle en lui tendant la feuille.

— Voilà qui pourrait tout changer », déclara Fayçal après l'avoir parcourue.

Cette réaction lui remonta le moral. « Et si vous montriez ce communiqué à votre ami l'ambassadeur d'Égypte ?

— J'y pensais, justement.

— Je vous en serais très reconnaissante. »

Gus lui effleura le bras et la dirigea vers l'estrade. L'heure de son discours approchait. Une équipe de télévision avait été autorisée à filmer son intervention. Un texte sur l'alphabétisme serait affiché pour elle sur des écrans invisibles du public. Mais elle envisageait de s'écarter du texte, ou du moins d'y faire quelques ajouts, notamment certaines remarques sur le Tchad. Elle regrettait seulement de ne pas avoir de bonnes nouvelles concrètes à annoncer au lieu de simples lueurs d'espoir.

Elle parla brièvement à plusieurs personnes tandis que les hommes du Secret Service écartaient la foule pour la laisser passer. Elle n'était qu'à quelques pas de l'estrade lorsque James Moore la salua.

Elle s'adressa à lui poliment, prenant soin de garder un visage impassible. « Bonsoir, James. Je vous remercie de l'intérêt que vous portez au Tchad. » Elle sentait qu'elle frôlait la limite entre courtoisie et hypocrisie.

« La situation est très dangereuse, répondit Moore.

— En effet, et la dernière chose que nous souhaitons est que les troupes américaines soient impliquées.

« — Dans ce cas, faites-les rentrer au pays.

— Je crois, répliqua Pauline avec un léger sourire, que nous pouvons faire mieux.

— Faire mieux ? Comment ça ? » répéta Moore intrigué.

Il n'était pas assez intelligent pour envisager plusieurs solutions et peser le pour et le contre. Son agressivité naturelle le poussait à parler à tort et à travers.

Malheureusement, Pauline n'avait rien de plus concret à lui opposer qu'un simple espoir. « Vous verrez », affirma-t-elle avec plus de confiance qu'elle n'en éprouvait. Et elle poursuivit son chemin.

Au niveau des marches qui menaient à l'estrade, elle rencontra Lateef Salah, l'ambassadeur d'Égypte, un homme à peine plus grand qu'elle, aux yeux brillants et à la moustache noire. Avec son smoking, on aurait dit un merle sautillant. Elle appréciait son énergie. « Fayçal m'a montré le communiqué, commença-t-il sans préambule. C'est une démarche importante.

— Je suis de votre avis, convint Pauline.

— Il est très tard au Caire, mais j'ai encore pu joindre notre ministre des Affaires étrangères et je lui ai parlé il y a quelques instants, reprit-il l'air content de lui.

— Ah, très bien ! Et qu'a-t-il dit ?

— Nous donnerons notre accord à la zone démilitarisée. Nous attendons simplement confirmation de la France. »

Pauline dissimula sa joie. Elle l'aurait volontiers embrassé. « Quelle excellente nouvelle, monsieur l'ambassadeur ! Merci de m'en avoir informée aussi vite. J'aimerais mentionner cette annonce dans mon discours, si vous n'y voyez pas d'inconvénient.

— Nous en serions très heureux, madame la Présidente, et nous vous en remercions. »

L'épouse du millionnaire en robe turquoise retint son regard. Pauline lui indiqua d'un hochement de tête qu'elle était prête. La femme prononça quelques paroles d'entrée en matière, présenta Pauline qui s'approcha du pupitre sous les applaudissements de l'assistance. Elle sortit le texte de sa pochette et le déplia, non parce qu'elle en avait besoin, mais parce qu'elle prévoyait déjà de s'en servir plus tard pour faire un geste théâtral.

Elle parla des réussites des associations humanitaires qui luttaient contre l'illettrisme, et du travail qui les attendait encore, elles et le gouvernement fédéral, mais le Tchad occupait toutes ses pensées. Elle aurait voulu annoncer haut et fort ce qu'elle avait réussi à obtenir, reconnaître le rôle joué par les ambassadeurs et clouer le bec de James Moore sans paraître vindicative. Elle regrettait de ne pas avoir eu une heure pour peaufiner son discours, mais l'occasion était trop belle, et elle décida d'improviser.

Elle dit tout ce qu'on attendait d'elle sur l'alphabétisation, et évoqua le rôle des diplomates. Puis elle replia ostensiblement son discours et le rangea, afin que tout le monde sache qu'elle allait s'exprimer sans notes. Elle se pencha légèrement et tandis que le silence se faisait dans l'assistance, elle reprit d'une voix plus grave, sur un ton presque intime : « Je voudrais maintenant vous parler d'un événement important. Un accord qui sauvera des vies a été obtenu aujourd'hui par le corps diplomatique de Washington, et plus précisément par certaines personnes qui se trouvent ici même, dans cette salle. Vous avez sans doute appris que des tensions se sont produites à la frontière entre le Tchad et le Soudan, vous savez que nous avons déjà eu des pertes humaines à déplorer, vous êtes tous conscients du danger d'escalade et du risque que les armées d'autres pays se trouvent impliquées dans le conflit. Eh bien, aujourd'hui, nos amis français et égyptiens, avec l'aide et les encouragements des Saoudiens et de la Maison Blanche, ont accepté l'établissement d'une zone démilitarisée de vingt kilomètres de large le long de la frontière, en guise de premier pas vers l'apaisement et afin de minimiser le risque qu'il y ait d'autres victimes.»

Elle marqua une pause pour laisser son auditoire assimiler l'information et poursuivit : «Voilà comment nous œuvrons pour la paix dans le monde.» Et, se permettant une petite pointe d'humour, elle ajouta : «Les diplomates agissent en silence.» Quelques rires complices fusèrent. «Nos armes sont la prévoyance et la sincérité, et pour finir, je voudrais vous demander de remercier non seulement les merveilleuses associations qui luttent contre l'illettrisme, mais aussi les diplomates de Washington, les négociateurs silencieux qui sauvent des vies. Ils ont bien mérité nos applaudissements.»

Ses propos déclenchèrent une véritable ovation. Pauline frappa dans ses mains et le public l'imita. Elle parcourut la salle des yeux, prenant soin de croiser le regard de chaque ambassadeur et remerciant tout particulièrement Lateef, Giselle et Fayçal d'un signe de tête. Elle descendit ensuite de l'estrade et traversa la foule, escortée par les agents du Secret Service. Elle franchit la porte avant que les acclamations s'estompent.

Gus était juste derrière elle. «Vous avez été excellente, s'écria-t-il avec enthousiasme. Si vous êtes d'accord, je vais appeler Sandip et le mettre au courant afin qu'il prépare immédiatement un communiqué de presse.

— Parfait. Faites-le, je vous en prie.

— Il faut que j'y retourne, ajouta Gus à contrecœur. Seuls les privilégiés ont la chance de pouvoir éviter le saumon en gelée. Mais je ferai un saut au Bureau ovale plus tard, si cela vous convient?

386

— Évidemment. »

Quand elle monta en voiture, Gerry y était déjà. « Bravo ! Ça s'est bien passé.

— La zone démilitarisée devrait faire la une des journaux, demain.

— Et l'opinion publique comprendra que pendant que Moore parle à tort et à travers, toi, tu règles les problèmes.

— C'est peut-être trop demander », soupira-t-elle avec un sourire mélancolique.

À la Maison Blanche, ils gagnèrent immédiatement la salle à manger de la résidence. Pippa était déjà à table. Remarquant leurs tenues, elle lança : « Ce n'était pas la peine de vous mettre sur votre trente et un pour moi, même si j'apprécie l'attention. »

Pauline rit de bon cœur. C'était la Pippa qu'elle aimait, pas l'adolescente mordante et boudeuse, mais la fille piquante et drôle. Ils dînèrent – un steak accompagné d'une salade de roquette – en bavardant tranquillement. Puis Pippa retourna à ses devoirs, Gerry partit regarder le golf à la télévision et Pauline demanda qu'on lui serve le café dans le studio à côté du Bureau ovale.

C'était un lieu de travail plus intime, et personne n'y entrait sans y avoir été convié. Pendant deux heures, elle ne fut pour ainsi dire pas dérangée et vint à bout d'une pile de rapports et de mémorandums. Gus passa à dix heures et demie, après s'être échappé de la soirée. Il avait troqué son smoking contre une tenue plus décontractée, presque douillette, jean et pull en cachemire bleu marine. Elle mit ses rapports de côté avec soulagement, ravie d'avoir quelqu'un avec qui réfléchir aux événements de la journée. « Comment ça s'est passé après mon départ ?

— La vente aux enchères a été un succès, répondit

Gus. Quelqu'un a versé vingt-cinq mille dollars pour une bouteille de vin.

— Qui oserait la boire ? dit-elle avec un sourire.

— Votre discours a beaucoup plu. Il en a été question toute la soirée.

— Bien. » Pauline était satisfaite, mais elle avait prêché des convertis. Rares étaient ceux qui, à la soirée des Diplomates, voteraient pour James Moore. Ses partisans appartenaient à une autre couche de la société américaine. « On va voir ce qu'en disent les tabloïdes. » Elle alluma la télévision. « Dans quelques minutes, les chaînes d'info vont diffuser la revue de presse des premières éditions. » Elle coupa le son d'une émission sportive.

« Et pour vous, comment s'est déroulée la suite de la soirée ? demanda Gus.

— Pas mal. Pippa était de bonne humeur, pour une fois, et j'ai pu lire tranquillement pendant quelques heures. Avec toutes les informations que j'ai à assimiler, je regrette de ne pas avoir un plus gros cerveau.

— Je connais ce sentiment, fit Gus en riant. Le mien aurait bien besoin des mises à niveau de la mémoire vive disponibles sur les PC. »

La revue de presse commença, et Pauline augmenta le son.

La première page du *New York Mail* s'afficha à l'écran, et elle crut que son cœur allait cesser de battre.

La une disait :

PIPPA ET LES PÉTARDS

« Oh non ! Non ! » s'exclama Pauline.

Le présentateur déclara : « La fille de la Présidente, Pippa Green, quatorze ans, s'est attiré des ennuis pour avoir fumé un joint lors d'une soirée chez une camarade de son collège privé huppé. »

Pauline était consternée. Elle fixait l'écran, bouche bée, sidérée, les mains plaquées sur ses joues. Elle n'arrivait pas à y croire.

La page du journal remplissait l'écran. Il y avait un photomontage en couleurs sur lequel on voyait Pauline et Pippa ensemble : Pauline avait l'air furieuse ; Pippa portait un vieux tee-shirt et avait grand besoin d'un shampoing. On avait assemblé deux photos qui n'avaient rien à voir pour montrer une scène qui ne s'était jamais produite, où Pauline semblait faire la leçon à sa fille droguée.

Le choc laissa place à la colère. Pauline se leva et hurla en direction de la télé : « Espèce de salauds ! Ce n'est qu'une gamine ! »

La porte s'ouvrit et un agent du Secret Service jeta un coup d'œil alarmé dans la pièce. Gus lui fit signe de déguerpir.

Sur l'écran, le présentateur passa à d'autres journaux, mais tous les tabloïdes faisaient leur une sur Pippa.

Pauline était capable d'encaisser toutes les insultes et même d'en rire, mais elle ne pouvait supporter qu'on humilie sa fille. Elle était tellement furieuse qu'elle aurait voulu tuer quelqu'un : les journalistes, les rédacteurs en chef, les propriétaires des journaux et tous les lecteurs décérébrés de cette presse de caniveau. Elle avait les yeux brûlants de larmes de rage. Elle était possédée par l'instinct élémentaire de protéger son enfant, mais ne pouvait pas lui donner libre cours, et la frustration lui donnait envie de s'arracher les cheveux. « Ce n'est pas juste ! On préserve l'anonymat des enfants qui commettent un meurtre, mais ces ordures n'hésitent pas à crucifier ma fille parce qu'elle a fumé un joint ! »

Quant au conflit au Tchad et au succès de Pauline pour imposer une zone démilitarisée, le présentateur n'y fit même pas allusion…

« Je n'y crois pas », murmura Pauline.

La revue de presse laissa place aux critiques de films. Pauline éteignit la télévision et se tourna vers Gus. « Qu'est-ce que je vais faire, maintenant ? lui demanda-t-elle.

— À mon avis, c'est un coup de James Moore, répondit tranquillement Gus, pour empêcher votre zone démilitarisée de faire les gros titres.

— Je me fous de savoir d'où vient la fuite, lança Pauline d'une voix stridente même à ses propres oreilles. Il faut que je trouve un moyen de gérer ça avec Pippa. C'est le genre d'épreuve qui peut pousser une adolescente au suicide. » Ses larmes recommencèrent à couler, et c'étaient à présent des larmes de chagrin.

« Je sais. Mes filles avaient son âge il y a à peine une dizaine d'années. Les ados peuvent déprimer pendant une semaine parce qu'on leur a fait une réflexion sur leur vernis à ongles. Mais vous pouvez l'aider à s'en sortir. »

Pauline regarda sa montre. « Il est plus de onze heures. Elle doit dormir et n'aura pas entendu les nouvelles. J'irai la voir dès son réveil demain matin. Mais qu'est-ce que je vais pouvoir lui dire ?

— Vous lui direz que vous regrettez profondément toute cette affaire, mais que vous l'aimez, et que vous surmonterez ça ensemble. C'est moche, mais bon, personne n'est mort, personne n'a attrapé un virus mortel, et personne n'ira en prison. Et surtout, vous lui direz qu'elle n'y est pour rien. »

Elle le regarda fixement. Elle se sentait déjà plus calme. D'une voix un peu apaisée, elle demanda : « Où trouvez-vous ces trésors de sagesse, Gus ? »

Il prit le temps de réfléchir. « Essentiellement en vous écoutant, répondit-il tout bas. Vous êtes la personne la plus sage qu'il m'ait été donné de rencontrer. »

La ferveur inattendue de cette déclaration la dérouta et elle masqua sa gêne sous une boutade. «Comment se fait-il que des gens aussi supérieurement intelligents que nous se retrouvent dans un merdier pareil?»

Il prit la question au premier degré. «Tous ceux qui œuvrent pour le bien se font des ennemis. Rappelez-vous la haine qu'a pu inspirer Martin Luther King. Il y a une autre question qui me préoccupe, même si je crois connaître la réponse. Qui est allé raconter à James Moore que Pippa avait fumé de l'herbe?

— Vous pensez à Milt?

— Il vous déteste suffisamment, il l'a bien montré au début de la soirée. Je ne sais pas comment il l'a appris, mais on peut l'imaginer sans mal, il traînait tout le temps dans le coin.

— Je crois savoir très précisément quand et comment il l'a appris, murmura Pauline après réflexion. Cela remonte à environ trois semaines. Je discutais de la Corée du Nord avec Milt et Chess quand Gerry est entré. Milt et Chess sont partis, et c'est à ce moment-là que Gerry m'a confié qu'elle avait fumé un joint. Nous en parlions quand Milt est revenu chercher quelque chose qu'il avait oublié.» Elle se rappelait avoir levé les yeux, surprise, et avoir vu Milt récupérer son écharpe violette. «Je me suis demandé ce qu'il avait pu surprendre de notre conversation. Maintenant, nous le savons. En tout cas, il en a suffisamment entendu pour mettre le *Mail* sur cette histoire.

— Je suis presque certain que vous refuserez, mais je tiens tout de même à évoquer cette possibilité: si vous voulez lui rendre la monnaie de sa pièce, vous avez un excellent moyen de le faire.

— Vous voulez dire que je pourrais révéler le secret de sa liaison? Vous avez raison, je ne le ferai pas.

— Je savais que ce n'était pas votre style.

— Et n'oublions pas qu'une autre adolescente vulnérable risque d'être éclaboussée par cette affaire : Rita Cross.

— Vous avez raison. »

Son téléphone sonna. C'était Sandip. Sans s'embarrasser de préliminaires, il entra directement dans le vif du sujet : « Madame la Présidente, puis-je vous suggérer une façon de réagir à l'article du *New York Mail* de demain ?

— Il vaudrait mieux en dire le moins possible. Je n'ai pas l'intention de parler de ma fille avec ces chacals.

— Je suis bien d'accord avec vous et je vous propose la formule suivante : "Il s'agit d'une affaire privée sur laquelle la Maison Blanche n'a pas de commentaire à faire." Qu'en pensez-vous ?

— C'est parfait. Merci, Sandip. »

Elle vit que Gus rongeait son frein. Il n'avait pas explosé aussi brutalement qu'elle, il s'était contenté de frémir intérieurement, mais il était maintenant prêt à s'embraser. « Que veulent donc ces fils de pute à la fin ? » lança-t-il.

Elle sursauta. Dans la zone à haute tension de l'aile ouest, les grossièretés étaient monnaie courante, mais elle ne pensait pas l'avoir jamais entendu utiliser un tel vocabulaire.

« Vous faites un travail constructif, vous ne brassez pas du vent, poursuivit-il, et non seulement ils l'ignorent, mais ils s'en prennent à votre enfant. Il y a des moments où je me dis que nous mériterions d'avoir un connard comme Moore à la présidence. »

Pauline sourit. Sa colère la réconfortait. Qu'il lui donne libre cours lui permettait à elle de redevenir plus rationnelle. « La démocratie est le pire des régimes, pas vrai ? » soupira-t-elle.

Il connaissait cette citation, et répliqua comme il convenait : « À l'exception de tous les autres.

— Et si vous attendez de la reconnaissance, la politique n'est pas pour vous. » Pauline se sentit soudain épuisée. Elle se leva et se dirigea vers la porte.

Gus l'imita. « Ce que vous avez fait aujourd'hui était un petit chef-d'œuvre de diplomatie.

— Et j'en suis contente, quoi qu'en disent les médias.

— J'espère que vous savez combien je vous admire. Cela fait trois ans que je vous observe. Systématiquement, vous trouvez la bonne solution, l'approche la plus judicieuse, l'expression juste. Je me suis rendu compte il y a déjà un certain temps que j'avais le privilège de travailler avec un génie. »

Pauline s'arrêta, la main sur la poignée de la porte. « Je n'ai jamais rien accompli seule, répondit-elle. Nous formons une bonne équipe, Gus. J'ai beaucoup de chance de vous avoir à mes côtés, d'avoir votre intelligence, votre amitié pour me soutenir. »

Il n'en avait pas terminé. Une succession d'émotions se peignit sur son visage, si nombreuses qu'elle en perdit le fil. Il murmura enfin : « De mon côté, c'est un peu plus que de l'amitié. »

Que sous-entendait-il ? Elle le regarda, troublée. Un peu plus que de l'amitié, c'était quoi ? Une réponse affleura à sa conscience, mais elle était inacceptable.

« Excusez-moi. Je n'aurais pas dû dire ça, reprit Gus. N'y pensez plus, s'il vous plaît. »

Elle l'observa longuement, ne sachant que dire, que faire. Finalement, elle se contenta de répondre : « Très bien. »

Elle hésita encore un moment, puis elle sortit.

Elle retourna à la résidence d'un pas vif, escortée par les hommes du Secret Service, sans cesser de penser à

Gus. Ses propos avaient tout d'une déclaration d'amour. Mais c'était ridicule.

Gerry était allé se coucher, et la porte de la chambre étant fermée, elle se réfugia une fois de plus dans la chambre de Lincoln. Elle était heureuse d'être seule. Elle avait largement de quoi s'occuper l'esprit.

Elle se concentra sur la conversation qu'elle devait avoir avec Pippa tout en effectuant machinalement la multitude de petits gestes que l'on fait avant de se coucher, et qui n'exigent pas de réflexion : se brosser les dents, se démaquiller, ranger ses bijoux dans leur coffret. Elle suspendit sa robe à un cintre et fourra son collant dans le panier à linge.

Elle régla le réveil sur six heures, une bonne heure avant le moment où Pippa se levait. Elles prendraient tout le temps nécessaire pour parler. Après tout, si Pippa manquait les cours, ce ne serait pas un drame.

Pauline enfila sa chemise de nuit et s'approcha de la fenêtre, contemplant la pelouse sud qui s'étendait jusqu'au Washington Monument. Elle pensa à George Washington, le premier à avoir occupé le poste qui était maintenant le sien. La Maison Blanche n'existait pas au moment où il avait prêté serment. Il n'avait jamais eu d'enfants et, en tout état de cause, les journaux de l'époque ne s'intéressaient pas aux faits et gestes des rejetons des chefs de l'État : ils avaient des sujets plus importants à traiter.

Il pleuvait. Des gens s'apprêtaient à passer la nuit sur Constitution Avenue pour protester contre l'assassinat d'un Noir par un policier blanc. Les manifestants étaient debout sous l'averse avec des chapeaux et des parapluies. Gus était noir. Il avait des petits-enfants : un jour, quelqu'un aurait à leur dire d'être très prudents avec la police et de respecter strictement les règles s'ils voulaient éviter les ennuis, de ne jamais courir ni crier dans la rue, autant de règles qui ne s'appliquaient pas aux enfants blancs. Gus avait beau occuper un des postes les plus élevés du pays, il avait beau mettre toute son intelligence et toute sa sagesse au service de sa patrie, il n'en restait pas moins défini par la couleur de sa peau. Pauline se demanda combien de temps il faudrait pour que ce genre d'injustice disparaisse enfin d'Amérique.

Elle se glissa entre ses draps froids, éteignit la lumière, mais garda les yeux ouverts. Elle avait été doublement ébranlée au cours de la soirée. Elle commençait à avoir une certaine idée de ce qu'elle dirait à Pippa ; en revanche, elle ne voyait pas comment gérer la situation avec Gus.

Malheureusement, il y avait eu un précédent.

Au cours de sa campagne présidentielle, Gus avait été son conseiller de politique étrangère. Pendant un an, ils avaient parcouru les routes ensemble. Des journées de travail acharné et des nuits trop courtes les avaient rapprochés.

Ce n'était pas tout. L'incident était resté sans conséquences, mais elle ne l'avait pas oublié, et lui non plus, elle en était convaincue.

Cela s'était produit au point culminant de la campagne, à un moment où la victoire de Pauline commençait à se dessiner. Ils rentraient d'un meeting qui avait rencontré un succès phénoménal : des milliers de personnes poussaient des acclamations dans un stade de base-ball où elle avait prononcé un brillant discours. Encore enfiévrés, ils étaient montés dans l'ascenseur paresseux d'un grand hôtel et s'étaient retrouvés seuls. Il l'avait prise dans ses bras, elle avait relevé le visage et ils s'étaient embrassés passionnément à pleine bouche, se caressant avidement jusqu'à ce que l'ascenseur s'arrête, que les portes s'ouvrent et qu'ils prennent des directions différentes, chacun rejoignant sa chambre sans un mot.

Ils n'en avaient jamais reparlé.

Elle essaya de se rappeler la dernière fois que quelqu'un était tombé amoureux d'elle. Bien sûr, elle se souvenait de son histoire avec Gerry, mais leur relation avait tenu de l'amitié de plus en plus profonde davantage que de la grande passion. C'était souvent comme cela avec elle. Elle n'avait jamais été dans la séduction ni dans le flirt, elle avait toujours eu trop à faire. Les hommes ne succombaient pas à son charme au premier regard, malgré son physique attrayant. Non, quand ils s'éprenaient d'elle, c'était progressivement, lorsqu'ils apprenaient à mieux la connaître. Quelques hommes, tout de même, s'étaient jetés à ses pieds, et même une femme, à bien y réfléchir. Elle était sortie avec certains d'entre eux, avait couché avec quelques-uns, mais n'avait jamais réussi à être sur la même longueur d'onde qu'eux, à se sentir subjuguée, folle d'amour, désespérément en quête d'intimité. Elle n'avait jamais vécu de passion susceptible de changer sa vie, ou plutôt si, elle avait eu la volonté de faire un monde meilleur.

Et voilà que Gus lui avait déclaré sa flamme.

C'était sans issue, évidemment. Ils ne pourraient jamais garder le secret sur une liaison et si l'affaire venait à se savoir, ils pourraient, l'un comme l'autre, tirer un trait sur leur carrière. Sa petite famille ne s'en remettrait pas. Cela détruirait sa vie. C'était inenvisageable. Il n'y avait pas de décision à prendre, pas de choix à faire.

Cela ne lui interdisait cependant pas de s'interroger sur les sentiments réels que lui inspirait l'idée d'une idylle avec Gus.

Elle l'aimait beaucoup. Il était tout à la fois sensible et coriace, ce qui était presque un exploit. Il avait l'art de donner des conseils sans imposer son opinion. Et il était terriblement attirant. Elle se laissa aller à imaginer les premiers contacts hésitants, les baisers d'amour, les caresses dans les cheveux, la proximité des corps brûlants.

Tu aurais l'air complètement ridicule, se dit-elle. Il a une tête et demie de plus que toi.

Mais ce n'était pas ridicule. C'était autre chose. En évoquant ces images, elle sentait une étrange et délicieuse chaleur l'envahir.

Elle essaya de chasser ces pensées. Elle était la présidente des États-Unis, il n'était pas question qu'elle tombe amoureuse. Ce serait un séisme, une catastrophe ferroviaire, une explosion nucléaire.

Dieu merci, cela n'arriverait jamais.

18

Le bus quitta Faya en direction du nord-ouest, s'engageant dans une zone d'une centaine de kilomètres de large connue sous le nom de bande d'Aozou. Là, les voyageurs affrontèrent un nouveau danger : les mines terrestres.

Ce territoire avait été l'enjeu d'un conflit frontalier au cours duquel le Tchad avait infligé une défaite à sa voisine du nord, la Libye. Après la fin des combats, plusieurs milliers de mines étaient restées dans le secteur conquis par le Tchad. À certains endroits, elles étaient signalées par des rangées de pierres peintes en rouge et blanc le long de la route. Mais un grand nombre d'entre elles restaient cachées.

Hakim prétendait savoir où elles se trouvaient, mais il avait l'air de moins en moins rassuré au fur et à mesure que le bus avançait, et ralentissait nerveusement, vérifiant et revérifiant qu'il suivait bien la route, laquelle ne se distinguait pas toujours du désert environnant.

Ils étaient à présent dans le cœur brûlant du Sahara. L'air lui-même avait un léger goût de roussi. Tout le monde était mal à l'aise. Le petit Naji, tout nu, pleurnichait sans discontinuer ; Kiah ne cessait de lui faire boire quelques gorgées d'eau pour éviter qu'il se déshydrate. De hautes montagnes se dressaient au loin, offrant une fausse promesse de fraîcheur ; fausse, parce qu'elles étaient infranchissables par des véhicules à moteur ; il fallait donc les contourner et le bus ne pouvait fuir la fournaise du désert.

Abdul songea que les Arabes des temps anciens n'auraient jamais voyagé toute la journée. Ils auraient réveillé leurs dromadaires avant l'aube, harnaché les paniers d'ivoire et d'or à la lumière des étoiles, attaché les esclaves nus en longues files misérables afin de pouvoir partir dès les premières lueurs de l'aurore, et faire halte en milieu de journée, quand la chaleur était torride. Leurs descendants, avec leurs véhicules à essence, leurs précieux chargements de cocaïne et leurs migrants désespérés, n'avaient pas cette intelligence.

Alors que le bus s'approchait de la Libye, Abdul se demanda comment Hakim réglerait le problème des contrôles frontaliers. La plupart des migrants n'avaient pas de passeport, et encore moins de visas ou autres permis de voyage. De nombreux Tchadiens passaient toute leur vie sans le moindre papier d'identité. Comment franchiraient-ils l'obstacle des services d'immigration et de la douane ? Hakim avait certainement un système, qui reposait probablement sur la corruption, mais cela pouvait être dangereux. L'homme qui avait touché un pot-de-vin la fois précédente pourrait réclamer le double. Ou son chef pourrait être présent et surveiller chaque passage. Ou encore, il pourrait avoir été remplacé par un fanatique qui refuserait de se laisser soudoyer. Tout cela était imprévisible.

Le dernier village avant la frontière était l'endroit le plus primitif qu'Abdul ait jamais vu. Le principal matériau de construction consistait en de minces branches d'arbre, aussi blanches et sèches que les os décolorés par le soleil des animaux morts de soif dans le désert. Ces baguettes – car ce n'était pas autre chose – étaient fixées à des traverses pour constituer des murs précaires. Le toit était formé de bandes de coton ou de toile à sac. Il y avait peut-être une dizaine d'habitations un peu plus solides, de minuscules cahutes en parpaing d'une seule pièce.

Hakim arrêta le bus, coupa le moteur et annonça : «C'est ici que nous retrouvons notre guide toubou.»

Abdul connaissait les Toubous. C'étaient des éleveurs nomades établis autour des frontières entre le Tchad, la Libye et le Niger, déplaçant constamment leurs troupeaux et leur bétail à la recherche de maigres pâtures. Les gouvernements des trois pays les avaient longtemps considérés comme des sauvages primitifs, un mépris que les Toubous leur rendaient bien : ils ne reconnaissaient aucun gouvernement, n'obéissaient à aucune loi et ne respectaient aucune frontière. Nombre d'entre eux avaient découvert que le trafic de drogue et d'êtres humains était plus lucratif et moins fatigant que l'élevage du bétail. Les gouvernements nationaux étaient dans l'impossibilité de contrôler des gens qui n'arrêtaient pas de bouger, surtout quand leur territoire se trouvait à des centaines de kilomètres de désert du premier bâtiment administratif.

En attendant, leur guide toubou n'était pas là.

«Il va arriver», dit Hakim.

Au centre du village, un puits donnait une eau claire et fraîche, et tout le monde put se désaltérer.

Pendant ce temps, Hakim discuta longuement avec un homme âgé au regard intelligent, probablement un chef de village informel. Abdul n'entendit pas ce qu'ils se disaient.

Les voyageurs furent conduits vers un domaine entouré d'appentis. À l'odeur, Abdul devina qu'ils avaient hébergé des moutons, sans doute pour les abriter du soleil de midi. C'était la fin de l'après-midi et, de toute évidence, les passagers du bus allaient y passer la nuit.

Hakim réclama l'attention générale. «Fouad m'a transmis un message», annonça-t-il, et Abdul supposa que Fouad était le vieillard qui semblait être le chef du village. «Notre guide a doublé son prix, et ne viendra pas tant qu'on ne lui aura pas payé le supplément. Cela coûtera donc vingt dollars par personne.»

Des cris de protestation fusèrent. Les passagers déclarèrent ne pas pouvoir verser cette somme, et Hakim répliqua qu'il ne paierait pas pour eux. Suivit un nouvel épisode plus véhément encore d'une dispute qui avait déjà émaillé leur voyage, chaque fois qu'Hakim essayait de leur extorquer un supplément. Et finalement, les gens étaient obligés de payer.

Abdul se leva et quitta l'enceinte.

Il fit le tour du village et conclut que personne ici ne participait au trafic de drogue ou d'êtres humains : ils étaient tous bien trop misérables. Lors des haltes précédentes, il avait généralement réussi à repérer les criminels locaux parce qu'ils avaient de l'argent et des armes, en même temps que l'air crispé de ceux qui vivent en marge de la société, dans la violence, et sont toujours prêts à prendre la fuite. Il avait soigneusement noté leurs noms, leur signalement, leurs fréquentations, et avait envoyé, de Faya, un long rapport à Tamara. Il semblait n'y avoir personne de ce genre dans ce misérable hameau. L'allusion aux Toubous lui avait néanmoins livré un indice : dans cette région, c'étaient probablement eux les trafiquants.

Il s'assit par terre près du puits, adossé à l'ombre d'un acacia. De là, il voyait la majeure partie du village, mais un gros bosquet de tamaris le dissimulait à la vue de ceux qui venaient au puits : il ne voulait pas bavarder, mais observer. Il se demanda où était le guide, s'il n'était pas au village. Il n'y avait pas d'autres établissements à des kilomètres à la ronde. Les mystérieux membres de la tribu toubou se tenaient-ils juste derrière la colline, sous une tente, attendant qu'on leur annonce que les migrants avaient payé le supplément? Il était fort possible qu'ils ne l'aient même pas réclamé, et qu'il ne s'agisse que d'une nouvelle tentative d'extorsion de la part d'Hakim. Le guide était peut-être dans une des huttes du village, à manger un ragoût de chèvre avec du couscous, et à se reposer avant le voyage du lendemain.

Abdul vit Hakim quitter l'enceinte, l'air irrité. Il était suivi par Wahed, le beau-père d'Esma. Hakim s'arrêta et les deux hommes commencèrent à discuter, Wahed implorant et Hakim refusant. Abdul n'entendait pas leurs propos, mais il devina qu'ils se disputaient au sujet du supplément destiné au guide. Hakim esquissa un geste de mépris avant de s'éloigner, mais Wahed lui emboîta le pas, mains tendues dans une attitude de supplication. Hakim s'arrêta alors, se retourna et lui parla sur un ton agressif avant de repartir. Abdul ne put retenir une grimace de dégoût: Hakim était une brute, et le comportement de Wahed avilissant. Toute cette scène l'écœurait.

Hakim se dirigeait vers le puits en traînant les pieds sur le sol poussiéreux quand Esma sortit de l'enceinte et le rejoignit en courant.

Ils restèrent près du puits à parler, comme les gens le faisaient depuis des milliers d'années. Abdul ne les voyait pas, mais il entendait parfaitement leur conversation. Ils parlaient vite, mais il était habitué à l'arabe familier et comprenait tout.

«Mon beau-père est très contrarié, dit Esma.

— Qu'est-ce que ça peut me faire? rétorqua Hakim.

— Nous ne pouvons pas payer le supplément. Il nous

reste la somme que nous devons vous verser en arrivant en Libye, mais c'est tout.

— Eh bien, vous resterez ici, dans ce village, répondit Hakim d'un air indifférent.

— Mais ça n'a pas de sens ! » protesta-t-elle.

En effet, pensa Abdul. Que mijotait donc Hakim ?

« Dans quelques jours, poursuivit Esma, nous vous donnerons deux mille cinq cents dollars. Êtes-vous vraiment prêt à les perdre pour vingt dollars ?

— Soixante, rectifia-t-il. Vingt pour vous, vingt pour votre belle-mère et vingt pour le vieux. »

Pur pinaillage, songea Abdul.

« Nous ne les avons pas, insista Esma, mais nous pourrons nous les procurer à notre arrivée à Tripoli. Je demanderai à mon mari de nous envoyer de l'argent de Nice, je vous le promets.

— Je n'ai que faire de promesses. Les Toubous ne les acceptent pas en paiement.

— Dans ce cas, nous n'avons pas le choix, concédat-elle, à bout d'arguments. Nous resterons ici jusqu'à ce que nous trouvions quelqu'un qui accepte de nous reconduire au lac Tchad. Nous aurons gaspillé l'argent que mon mari a gagné à construire tous ces murs pour les riches Français. »

Elle avait l'air complètement désespérée.

« À moins que vous ne trouviez un autre moyen pour me payer, susurra Hakim. Une jolie petite chose comme vous…

— Que faites-vous ? Je vous interdis de me toucher ! »

Abdul se raidit. Son instinct le portait à intervenir, mais il réprima cette impulsion.

« Comme vous voudrez. J'essaie simplement de vous aider. Vous n'avez qu'à être gentille avec moi, c'est tout. »

Voilà donc ce qu'Hakim avait en tête depuis le début, pensa Abdul. Cela n'aurait pas dû l'étonner.

«Vous voulez dire que vous accepteriez une partie de jambes en l'air en échange du supplément?

— Je vous en prie, ne soyez pas aussi grossière.»

La pruderie du harceleur, pensa Abdul. Il n'appréciait pas qu'on appelle un chat un chat. Quelle sinistre hypocrisie!

«Alors?» insista Hakim.

Le silence s'éternisa.

Voilà ce qu'Hakim voulait en réalité, pensa Abdul. Les soixante dollars ne comptaient pas. Il ne les exigeait que pour obtenir qu'Esma lui cède.

Abdul se demanda à combien d'autres femmes il avait proposé cette affreuse alternative.

«Mon mari vous tuerait, murmura Esma.

— Ça m'étonnerait, répondit Hakim en riant. S'il tue quelqu'un, ce sera plutôt vous.

— D'accord, acquiesça enfin Esma. Mais seulement avec la main.

— On verra.

— Non! insista-t-elle. La main, c'est tout.

— Très bien.

— Pas maintenant. Plus tard. Quand il fera nuit.

— Dans ce cas, vous me suivrez quand je quitterai l'enceinte après le dîner.»

Avec l'accent du désespoir, Esma reprit: «Je pourrais vous donner le double en arrivant à Tripoli.

— Toujours des promesses.»

Abdul entendit les pas d'Esma qui s'éloignaient. Il ne bougea pas. Un peu plus tard, Hakim partit à son tour.

Il passa encore deux heures à observer le village sans rien remarquer d'intéressant. Les gens venaient au puits et repartaient, voilà tout.

Comme le ciel s'assombrissait, il retourna à l'enceinte. Certains habitants du village préparaient le repas du soir, sous la supervision de Fouad, et une délicieuse odeur de cumin planait dans l'air. Il s'assit par terre à côté de Kiah qui donnait le sein à Naji.

Kiah, qui n'avait pas les yeux dans sa poche, lui dit : « J'ai remarqué qu'Esma discutait avec Hakim.

— Oui, répondit Abdul.

— Vous les avez entendus ?

— Oui.

— Qu'est-ce qu'ils se sont dit ?

— Il lui a dit que si elle n'avait pas d'argent, elle pouvait le payer autrement.

— J'en étais sûre. Le porc. »

Discrètement, Abdul fouilla dans son *galabeya* et ouvrit sa ceinture. Elle contenait des billets de banque de différents pays, rangés de telle façon qu'il puisse les sortir sans regarder. En Afrique comme aux États-Unis, il aurait fallu être fou pour laisser voir qu'on transportait beaucoup d'argent.

Il préleva délicatement trois billets de vingt dollars américains. Les cachant derrière ses mains, il y jeta un coup d'œil pour vérifier et les replia pour en faire un tout petit paquet. Il le fit passer à Kiah en disant : « Pour Esma. »

Elle le rangea dans les replis de sa robe. « Dieu vous bénisse », murmura-t-elle.

Un peu plus tard, pendant qu'ils faisaient la queue pour se faire servir leur dîner, Abdul vit Kiah glisser quelque chose dans la main d'Esma. Puis Esma la prit dans ses bras et l'embrassa chaleureusement, avec reconnaissance.

Le repas consistait en une galette de pain et une soupe de légumes épaissie à la farine de millet. S'il y avait de la viande dedans, Abdul n'en vit pas la couleur.

Avant d'aller dormir, il ressortit de l'enceinte. Il se lava les mains et le visage à l'eau du puits. En revenant, il passa à côté du bus, où Hakim se tenait avec Tareq et Hamza. «Vous n'êtes pas de ce pays, hein?» l'interpella Hakim comme on lance un défi.

Abdul supposa qu'Hakim, qui comptait bien sur sa branlette, avait été déçu de recevoir soixante dollars à la place. Il avait probablement remarqué qu'Esma serrait Kiah dans ses bras et l'embrassait, et il avait deviné que c'était elle qui les lui avait donnés. Kiah aurait pu avoir une réserve secrète, bien sûr, mais si elle tenait ces billets de quelqu'un d'autre, c'était probablement d'Abdul, Hakim l'avait bien compris. Ces filous avaient parfois de la jugeote.

«Qu'est-ce que ça peut vous faire, le pays d'où je viens? rétorqua Abdul.

— Du Nigeria? demanda Hakim. Vous n'avez pourtant pas l'air nigérian. C'est quoi, cet accent?

— Je ne suis pas nigérian.»

Hamza sortit un paquet de cigarettes et en glissa une entre ses lèvres, un signe de nervosité, songea Abdul. Presque automatiquement, il attrapa le briquet en plastique rouge qu'il utilisait toujours avec ses clients et alluma la cigarette d'Hamza. Il n'avait plus besoin de ce briquet, mais il l'avait gardé en se disant vaguement qu'il pourrait lui être utile un jour. En retour, Hamza lui offrit une cigarette qu'Abdul refusa.

Hakim repassa à l'attaque. «D'où vient votre père?»

C'était une épreuve de force. Hakim défiait Abdul devant Hamza et Tareq. «De Beyrouth, répondit Abdul. Mon père était libanais. Il était cuisinier. Il faisait de très bons rouleaux au fromage de chèvre.»

Hakim lui jeta un regard méprisant.

«Il est mort, maintenant, continua Abdul. À Allah nous appartenons, et à Allah nous retournerons.» Ce pieux dicton était l'équivalent musulman de «Qu'il repose en paix». Abdul remarqua que Hamza et Tareq l'écoutaient avec approbation.

Il continua d'une voix grave et lente. «Vous devriez faire attention à ce que vous dites du père d'un homme, Hakim.»

Hamza souffla sa fumée et hocha la tête en signe d'acquiescement.

«Je dis ce que je veux», bredouilla Hakim. Il regarda les deux gardes. Il comptait sur eux pour le défendre, et voilà qu'Abdul ébranlait leur loyauté.

«J'ai été chauffeur dans l'armée, vous savez, poursuivit Abdul sur un ton anodin, en s'adressant aux gardes plutôt qu'à Hakim.

— Et alors?» releva celui-ci.

Abdul l'ignora ostensiblement. «J'ai d'abord conduit des véhicules blindés, et puis des porte-chars. Les porte-chars, ce n'était pas facile, sur les routes du désert.» Tout cela était pure invention. Il n'avait jamais conduit de porte-char, jamais servi dans l'armée nationale tchadienne, ni aucune autre armée, à vrai dire. «J'étais surtout dans l'Est, près de la frontière du Soudan.»

Hakim était perdu. «Pourquoi me racontez-vous tout ça? s'exclama-t-il d'une voix que l'exaspération poussait dans les aigus. Où voulez-vous en venir?»

Abdul pointa grossièrement un pouce vers Hakim. «S'il meurt, dit-il aux gardes, je pourrai conduire le bus.» La menace contre Hakim était à peine voilée. Hamza et Tareq réagiraient-ils?

Ils restèrent muets.

Hakim sembla se rappeler que le travail des gardes était de protéger la cocaïne, et non lui, et il comprit qu'il venait de perdre la face. Il répondit faiblement: «Foutez le camp, Abdul», et il tourna les talons.

Abdul sentit qu'il avait peut-être provoqué un subtil

changement de loyauté. Les hommes comme Hamza et Tareq respectaient la force. Leur allégeance à Hakim avait été compromise par sa tentative manquée de bousculer Abdul. Il avait eu fin nez de dire : « À Allah nous appartenons, et à Allah nous retournerons. » Djihadistes de l'État islamique dans le Grand Sahara, les deux gardes avaient dû murmurer fréquemment ces paroles sur les cadavres de camarades morts au combat.

Peut-être même commençaient-ils à considérer Abdul comme un des leurs. En tout cas, s'ils devaient choisir entre Hakim et lui, ils hésiteraient certainement.

Abdul n'en dit pas plus. Il regagna l'enceinte et s'allongea par terre. En attendant le sommeil, il réfléchit à sa journée. Il était encore vivant et accumulait de nouveaux renseignements inestimables pour la guerre contre l'EIGS. Il avait éludé les questions agressives d'Hakim. Mais sa position s'affaiblissait. Au début du voyage, il était un inconnu pour tous ces gens, un homme dont ils ne savaient rien et dont ils n'avaient rien à faire. Mais il n'avait pas joué ce rôle jusqu'au bout, il n'avait pas pu continuer en raison de la proximité que la durée du voyage avait instaurée entre tous les passagers. À leurs yeux, il était maintenant un individu, étranger et solitaire, certes, mais aussi un homme qui se portait au secours des femmes vulnérables et n'avait pas peur des brutes.

Il s'était fait une amie de Kiah et un ennemi d'Hakim. Pour un agent secret, c'était une double erreur.

*

Le lendemain matin, le guide toubou était là.

Il était arrivé de bonne heure, alors qu'il faisait encore frais et que les voyageurs prenaient leur petit déjeuner de pain et de thé léger. C'était un homme grand, au teint sombre, en *galabeya* et turban blancs, et son regard hautain rappela à Abdul celui des fiers Amérindiens. Sous ses vêtements, du côté gauche, entre les côtes et la hanche, une bosse trahissait la présence probable d'un revolver à canon long, peut-être un Magnum, dans un holster de fortune.

Hakim prit place à côté de lui au milieu de la cour et annonça : «Écoutez-moi tous ! Voici Issa, notre guide. Vous devrez faire tout ce qu'il vous dira. »

Issa prononça quelques paroles. L'arabe n'était à l'évidence pas sa langue maternelle, et Abdul se rappela que les Toubous parlaient une langue à eux appelée le teda. «Vous n'avez rien à faire. Je m'occupe de tout, déclara Issa en articulant soigneusement, d'une voix sans chaleur, froide et prosaïque. Si on vous interroge, vous direz que vous êtes des prospecteurs et que vous rejoignez les mines d'or de l'ouest de la Libye. Mais je ne pense pas qu'on vous posera de questions.

— Bien, vous savez ce que vous avez à faire, conclut Hakim. Remontez dans le bus et vite.

— Au moins, cet Issa a l'air digne de confiance, chuchota Kiah à Abdul. Plus qu'Hakim, en tout cas. »

Abdul en était moins sûr. «Il a l'air compétent, convint-il, mais je ne sais pas ce qu'il a au fond de lui-même. »

Cela laissa Kiah songeuse.

Issa fut le dernier à monter à bord, et Abdul le vit avec intérêt parcourir du regard l'intérieur du bus et constater qu'il n'y avait pas de place libre. Tareq et Hamza étaient comme d'habitude affalés sur deux sièges chacun. Semblant prendre une décision, Issa se planta devant Tareq. Il ne dit rien, resta absolument impassible, mais l'observa sans ciller.

Tareq lui rendit son regard comme s'il attendait que l'autre parle.

Hakim démarra.

Sans se retourner, Issa dit calmement. « Moteur, stop. »

Hakim le regarda.

Les yeux toujours rivés sur Tareq, Issa répéta : « Stop. »

Hakim tourna la clé de contact, coupant le moteur.

Tareq se redressa, prit son sac à dos sur le siège à côté de lui et se poussa pour lui faire de la place.

Issa se contenta d'indiquer l'autre double siège, celui qui était occupé par Hamza.

Tareq se leva, traversa l'allée, son sac à dos dans une main, son fusil d'assaut dans l'autre, et s'assit à côté de Hamza. Tous deux avaient désormais leur sac sur les genoux.

Issa regarda Hakim et dit : « Allez. »

Hakim redémarra.

Abdul ne tarda pas à comprendre que ce bras de fer n'avait pas eu pour seule fonction de définir le mâle alpha. Issa avait bel et bien besoin des deux sièges de devant. Il fixait la route avec une concentration sans faille, se déplaçant souvent vers la vitre pour regarder à l'extérieur avant de regagner le siège côté couloir, les yeux rivés vers l'avant. De temps en temps, il donnait à Hakim une indication ou une autre, communiquant surtout par gestes, lui disant où se trouvait la piste quand elle était difficile à distinguer, lui ordonnant de tourner d'un côté, le faisant ralentir quand la surface était jonchée de pierres, l'encourageant à accélérer quand la route était dégagée.

À un endroit, Issa lui fit même quitter la piste et s'engager sur le sol accidenté pour contourner largement un pick-up Toyota qui gisait retourné, incendié, sur le bord du chemin, sans doute détruit par une mine. La guerre entre le Tchad et la Libye était finie depuis longtemps,

410

mais les mines restaient efficaces, et là où il y en avait eu une, il pouvait y en avoir d'autres.

Ils s'arrêtaient toutes les deux ou trois heures. Les passagers descendaient pour se soulager, et quand ils remontaient à bord, Hakim leur distribuait du pain rassis et des bouteilles d'eau. Le bus continuait sa route dans la chaleur du jour : il n'y avait pas d'ombre dehors, et ils avaient moins chaud en roulant qu'en restant immobiles.

Alors que l'après-midi touchait à sa fin et que le bus approchait de la frontière, Abdul se surprit à penser qu'il s'apprêtait à commettre un délit pour la première fois de sa vie. Il n'avait jamais enfreint la loi dans tout ce qu'il avait fait jusque-là pour la CIA, pas plus que dans ses autres activités. Même quand il se faisait passer pour un vendeur de cigarettes de contrebande, tout son stock avait en réalité été payé rubis sur l'ongle. Mais il allait maintenant entrer illégalement dans un pays, en compagnie d'autres migrants en situation irrégulière, escortés par des hommes armés de fusils illégaux, et qui voyageaient avec pour plusieurs millions de dollars de cocaïne. Si les choses tournaient mal, il risquait de finir dans une prison libyenne.

Il se demanda combien de temps la CIA mettrait à l'en tirer.

Alors qu'à l'ouest, le soleil descendait dans la voûte céleste, Abdul regarda devant lui et aperçut un abri de fortune qui ressemblait à ceux du village précédent : un semblant de mur constitué de quelques branches surmontées d'un toit improvisé avec un vieux tapis usé. Il y avait aussi un petit camion-citerne dont Abdul devina qu'il devait contenir de l'eau. À côté de la route étaient entreposées des dizaines de barils de pétrole.

C'était un poste à essence improvisé.

Hakim ralentit.

Trois hommes en *galabeyas* blancs et jaunes apparurent, brandissant des fusils de gros calibre. Ils se mirent en rang, le visage de marbre, l'air menaçant.

Issa descendit du bus, et l'atmosphère changea immédiatement. Les hommes armés l'accueillirent comme un frère, l'étreignirent, l'embrassèrent sur les deux joues et lui serrèrent vigoureusement la main tout en bavardant dans une langue incompréhensible, probablement du teda.

Hakim le suivit et Issa le présenta aux hommes qui lui réservèrent un accueil moins démonstratif. C'était un collaborateur, mais il n'appartenait pas à leur tribu.

Tareq et Hamza les rejoignirent.

La citerne d'eau révélait qu'il n'y avait pas d'oasis à cet endroit. Comment expliquer dans ce cas la présence de ce poste à essence, ou même de quoi que ce soit au milieu de nulle part ?

Abdul murmura à Kiah : « Je crois que nous sommes à la frontière. »

Les passagers descendirent du bus ; c'était le soir, et ils avaient tous compris que c'était là qu'ils passeraient la nuit. Il n'y avait qu'un bâtiment, et il était à peine digne de ce nom.

L'un des Toubous commença à remplir le réservoir du bus avec l'essence contenue dans un baril.

Les voyageurs entrèrent dans l'abri et se mirent plus ou moins à l'aise pour la nuit. Abdul quant à lui était incapable de se détendre. Ils étaient entourés d'hommes lourdement armés, des criminels violents, capables de tout : de kidnapping, de viol, de meurtre. Ils étaient dans une zone de non-droit. Personne n'était en sécurité. Si ces hommes tuaient tous les passagers du bus, qui s'en soucierait ? Les migrants étaient des délinquants, eux aussi. Bon débarras, se diraient les gens.

Au bout d'un moment, deux adolescents leur servirent

un ragoût avec du pain. Abdul pensa que les garçons avaient probablement fait la cuisine eux-mêmes. Il soupçonna la viande caoutchouteuse d'être du dromadaire, mais évita de poser la question. Quand ils eurent fini de manger, les garçons débarrassèrent sommairement, laissant les déchets par terre. Sans femmes, les hommes n'étaient que des porcs, partout au monde.

Quand il fit noir, il jeta un coup d'œil furtif à l'appareil de tracking dissimulé dans la semelle de sa chaussure. Il le vérifiait au moins une fois par jour, afin de s'assurer que la cocaïne n'avait pas été retirée du bus et transférée ailleurs. Ce soir, comme d'habitude, le signal le rassura.

Lorsqu'ils s'enroulèrent tous dans leur couverture pour dormir, Abdul resta assis, les yeux grands ouverts, aux aguets. Il laissa son esprit errer, et pendant des heures, repensa à son enfance à Beyrouth, à son adolescence dans le New Jersey, à sa carrière universitaire de champion d'arts martiaux mixtes, et à sa malheureuse histoire d'amour avec Annabelle. Mais il pensait surtout à Nura, sa petite sœur morte bébé. Finalement, c'était à cause d'elle qu'il était là, dans le désert du Sahara, à veiller toute la nuit pour éviter de se faire assassiner.

Ceux qui avaient tué Nura étaient des hommes comme ceux-là. Les armées du monde civilisé essayaient de se débarrasser d'eux. Et il participait à cet effort, en première ligne. S'il s'en sortait, il permettrait aux armées des États-Unis et de leurs alliés d'infliger une terrible défaite aux forces du mal.

Avant l'aube, il vit un des Toubous sortir pour pisser. En revenant, l'homme s'arrêta devant Kiah endormie et la contempla pensivement. Abdul le fixa des yeux jusqu'à ce qu'il prenne conscience qu'il l'observait. Ils se regardèrent en chiens de faïence pendant un long moment. Abdul imaginait les calculs auxquels se livrait ce cerveau cruel. L'homme savait qu'il n'aurait pas de mal à maîtriser Kiah, et qu'avec un peu de chance elle ne crierait pas, car c'était toujours les femmes que l'on accusait et tous penseraient – ou feraient semblant de penser – qu'elle l'avait aguiché. Mais le Toubou comprit aussi qu'Abdul ne détournerait pas le regard. S'ils se battaient, il n'était pas sûr de gagner. Il pouvait évidemment aller chercher son fusil et l'abattre, mais cela réveillerait tout le monde.

Finalement, l'homme s'éloigna et retourna à sa couverture.

Peu après, Abdul décela un vague mouvement du coin de l'œil. Il se retourna. Le silence était absolu, et il mit un moment à repérer ce qu'il avait entrevu. Il n'y avait pas de lune, mais les étoiles répandaient une vive clarté, comme d'habitude dans le désert. Il aperçut une créature au pelage argenté se déplacer si furtivement qu'elle semblait glisser, et une terreur superstitieuse s'empara fugacement de lui. Il se rendit alors compte que ce n'était qu'un animal qui ressemblait à un chien, un chien au pelage clair, aux pattes et à la queue noires. Il passa silencieusement le long des dormeurs enroulés dans leur couverture. La bête était prudente mais sûre d'elle, comme si elle avait l'habitude de venir là, visiteuse de la nuit qui rôdait dans ce campement rudimentaire en plein désert. Il s'agissait sans doute d'une sorte de renard, et il remarqua alors qu'un petit suivait de près. La mère et l'enfant, pensa-t-il, et il sut qu'il avait été témoin d'un spectacle rare et spécial. Quand un des passagers du bus se mit soudain à ronfler bruyamment, la renarde tourna la tête en direction du bruit et dressa les oreilles, alertée. Des oreilles étonnamment longues et droites, presque comme celles d'un lapin. Et tout en l'observant, hypnotisé, Abdul reconnut une créature dont il avait entendu parler sans jamais la voir : une renarde à oreilles de chauve-souris. Elle se détendit, comprenant que le dormeur ne se réveillerait pas. Puis elle et son petit entreprirent de nettoyer le sol, avalant sans bruit les restes de nourriture et léchant les bols sales. Trois ou quatre minutes plus tard, ils repartirent aussi silencieusement qu'ils étaient venus.

Peu après, l'aube commença à poindre.

Les migrants se levèrent avec lassitude. C'était le premier jour de leur quatrième semaine de route, et chaque nuit avait été plus ou moins inconfortable. Ils roulèrent leurs couvertures, burent de l'eau et mangèrent du pain sec. Il n'y avait rien pour se laver. Aucun d'eux, à part Abdul, n'avait vécu dans une maison où l'on pouvait prendre des douches chaudes, mais ces gens étaient tout de même habitués à se laver régulièrement, et trouvaient tous déprimant d'être obligés de vivre dans la crasse.

Le moral d'Abdul remonta pourtant quand le bus s'éloigna de la station d'essence. Il se dit que les Toubous devaient être grassement rémunérés pour assurer le passage des drogues et des migrants. La somme devait être assez motivante pour qu'ils tiennent parole dans l'espoir d'une nouvelle cargaison prochaine, au lieu de tuer tous les voyageurs pour les piller.

Comme le soleil se levait, ils laissèrent les montagnes derrière eux et s'engagèrent dans une vaste plaine plate. Au bout d'une heure, Abdul se rendit compte qu'ils avaient toujours eu le soleil derrière eux. Il se leva et se dirigea vers l'avant du bus pour interroger Hakim. «Pourquoi allons-nous vers l'ouest? lui demanda-t-il.

— C'est la route pour Tripoli.

— Tripoli est au nord.

— C'est la route! répéta furieusement Hakim.

— Ah bon, répondit Abdul et il retourna s'asseoir.

— Que se passe-t-il? s'inquiéta Kiah.

— Rien.»

Sa mission n'était pas de se rendre à Tripoli, bien sûr. Il devait rester avec le bus où qu'il aille. Il était chargé d'identifier les responsables du trafic, de découvrir où ils se terraient et de transmettre cette information à l'Agence.

Aussi garda-t-il le silence. Il se rassit et attendit la suite des événements.

19

L'incident survenu en mer de Chine méridionale risque de se transformer en crise majeure s'il n'est pas géré avec doigté, se dit Chang Kai.

Sur son bureau, les photos satellite montraient un navire inconnu dans les parages des îles Xisha, appelées îles Paracels par les Occidentaux. La surveillance aérienne avait identifié un navire d'exploration pétrolière vietnamien, le *Vu Trong Phung*. Une situation explosive, mais on pouvait encore éviter d'allumer la mèche.

Le contexte n'était un secret pour personne, ni pour Kai, ni pour les membres du gouvernement chinois. Cela faisait des siècles que des bateaux chinois pêchaient dans ces eaux. Puis la Chine avait déversé des tonnes de terre et de sable sur un tas de rochers et de récifs inhabitables pour y construire des bases militaires. Si on était honnête, comment ne pas admettre que cela faisait de ces îles un territoire chinois ?

Personne ne s'en serait soucié si l'on n'avait pas découvert des gisements de pétrole sous les fonds marins de l'archipel. Tout le monde voulait sa part. Les Chinois, eux, considéraient que ce pétrole leur appartenait et n'avaient aucune intention d'en laisser profiter les autres. Voilà pourquoi la présence du *Vu Trong Phung* posait un problème.

Kai décida d'aller en informer lui-même le ministre

des Affaires étrangères. Son patron, le ministre de la Sécurité Fu Chuyu, était parti pour Urumqi, la capitale du Xinjiang, où des millions de musulmans s'accrochaient obstinément à leur religion malgré la répression impitoyable du gouvernement communiste. L'absence de Fu offrait à Kai l'occasion de discuter tranquillement avec le ministre Wu Bai et de convenir avec lui d'un plan d'action diplomatique à proposer au président Chen. À son arrivée au ministère, avenue Chaoyangmen Nandajie, il eut la désagréable surprise d'y trouver le général Huang.

Petit et corpulent, Huang Ling ressemblait à un pot à tabac dans son uniforme aux épaules carrées. Comme son ami Fu Chuyu avec qui il partageait une même arrogance, il appartenait à la vieille garde communiste et, comme lui, il fumait sans discontinuer.

Son appartenance au conseil de Sécurité nationale en faisait un homme puissant. En bon mâle alpha, il pouvait s'imposer où bon lui semblait et s'immiscer dans toutes les réunions du ministère. Mais comment avait-il eu vent de cette rencontre ? Peut-être avait-il un espion au ministère... un proche de Wu. Je tâcherai de m'en souvenir, songea Kai.

Malgré son agacement, Kai salua Huang avec tout le respect dû aux anciens. « C'est un privilège de pouvoir bénéficier de votre savoir et de votre expertise », lui dit-il sans en penser un mot. En réalité, Huang et lui étaient des adversaires dans la lutte acharnée entre la vieille école et les jeunes réformateurs.

Dès qu'ils furent assis, Huang passa à l'attaque. « Les Vietnamiens nous provoquent encore ! Ils savent pourtant qu'ils n'ont aucun droit sur notre pétrole. »

Huang était accompagné d'un conseiller et Wu assisté d'un collaborateur. La réunion ne requérait pas leur présence, mais Huang était un personnage trop important pour se déplacer sans escorte et Wu éprouvait sans doute le besoin d'avoir du renfort. Kai avait un peu perdu la face en venant seul. Après tout, qu'importe, se dit-il.

Il n'en était pas moins vrai que les Vietnamiens avaient déjà tenté par deux fois d'explorer les fonds marins à la recherche de pétrole. « Je suis d'accord avec le général Huang, déclara-t-il. Nous devons protester auprès du gouvernement d'Hanoi.

— Protester ? rétorqua Huang avec dédain. Nous avons déjà protesté !

— Et ils ont toujours fini par battre en retraite et par retirer leur navire, rappela Kai.

— Alors pourquoi recommencent-ils ? »

Kai réprima un soupir. Tout le monde savait pourquoi les Vietnamiens réitéraient leurs incursions. Se retirer lorsqu'on les menaçait signifiait seulement qu'ils cédaient aux intimidations, alors que cesser leurs tentatives aurait pu donner à penser qu'ils reconnaissaient n'avoir aucun droit sur ce pétrole. Et cela, ils ne le voulaient pas. « Pour marquer un point, énonça-t-il pour simplifier.

— Dans ce cas, nous devons marquer un point encore plus fermement ! » Huang se pencha pour faire tomber sa cendre de cigarette dans une coupelle en porcelaine rouge rubis ornée d'un motif de lotus double qui trônait sur le bureau de Wu. L'objet devait valoir dix millions de dollars.

Wu saisit délicatement la coupe antique fragile, jeta les cendres par terre et la reposa sans un mot à l'autre extrémité de son bureau, hors de portée de Huang, avant de demander : « Qu'aviez-vous en tête, mon général ? »

Huang répondit sans hésiter : « Il faut couler le *Vu Trong Phung*. Pour donner une leçon aux Vietnamiens. »

Huang voulait faire monter la pression, comme d'habitude.

« C'est un peu radical, observa Wu. Mais cela pourrait mettre un terme à ces intrusions répétées.

— Il y a un problème, intervint Kai. D'après les renseignements dont je dispose, l'industrie pétrolière des Vietnamiens bénéficie des conseils de géologues américains. Il n'est pas impossible que certains soient à bord du *Vu Trong Phung*.

— Et alors ? demanda Huang.

— La question est de savoir si nous voulons tuer des Américains.

— Vous avez raison, acquiesça Wu, si nous coulons un navire avec des Américains à bord, nous risquons l'escalade. »

Cette concession fit bondir Huang.

« Combien de temps encore allons-nous laisser ces fils de pute d'Américains nous dicter notre conduite chez nous ? » s'emporta-t-il.

C'était d'une extrême grossièreté. Les pires jurons chinois faisaient tous allusion aux mœurs de la mère de la personne insultée. De telles obscénités étaient généralement bannies des discussions de politique étrangère.

« D'autre part, reprit Kai sur un ton modéré, si nous envisageons de tuer des Américains, nous allons avoir d'autres soucis que le pétrole des fonds marins. Il faudra prévoir leur réaction à ces meurtres et nous y préparer.

— Des meurtres ? s'indigna Huang.

— C'est l'interprétation qu'en donnera la présidente Green. » Jugeant cependant opportun d'apaiser Huang, Kai poursuivit aussitôt : « Je n'écarte pas la possibilité de couler le *Vu Trong Phung*. Gardons cette option en tête. Mais il faudrait pouvoir dire que nous l'avons adoptée en dernier recours. Commençons par adresser une protestation à Hanoi… »

Huang émit un grognement désobligeant. «... puis un avertissement, puis une menace directe.

— En effet, approuva Wu. C'est ainsi qu'il faut procéder. Par étapes.

— De sorte que si nous coulons le bateau, on ne pourra pas nous reprocher de ne pas avoir tout fait pour aboutir à un règlement pacifique.»

Huang n'était pas content, mais il dut s'avouer vaincu. Ravalant sa colère, il répliqua : «Envoyons au moins un contre-torpilleur à proximité en position d'attaque.

— Excellente proposition, acquiesça Wu en se levant pour signaler la fin de la réunion. Je vais la transmettre au président Chen.»

Kai prit l'ascenseur avec Huang. Ils descendirent les sept étages en silence. À la sortie, Huang et son assistant montèrent dans une limousine noire Hongqi étincelante qui les attendait, tandis que Kai se glissait à bord d'une berline familiale Geely gris métallisé conduite par Moine.

Kai se demanda s'il devrait accorder plus d'attention à ces symboles de statut. Les signes extérieurs de richesse et de prestige avaient plus d'importance dans les pays communistes que dans l'Occident décadent, où un milliardaire pouvait se promener en veste de cuir râpée. À l'image des étudiants américains qu'il avait rencontrés à Princeton, Kai jugeait ces marques extérieures de standing futiles. Il venait d'ailleurs d'en avoir la preuve : le ministre des Affaires étrangères avait suivi son conseil et non celui de Huang. Peut-être la limousine et l'assistant ne revêtaient-ils pas une telle importance finalement.

Moine rejoignit le flot de la circulation et prit la direction des studios Beaux Films. On y donnait une réception pour fêter la sortie du centième épisode d'*Idylle au palais*. La série cartonnait. Elle drainait une immense audience et les interprètes des deux rôles principaux étaient des célébrités. Ting était nettement mieux payée que Kai, ce qui ne le dérangeait pas le moins du monde.

Kai ôta sa cravate pour avoir l'air moins guindé au milieu des acteurs. À son arrivée, la soirée commençait à peine sur le plateau environné de ses décors, de grandes salles et de petites pièces meublées et aménagées dans le style fastueux de la dynastie Qing.

Les acteurs, démaquillés et débarrassés de leurs tenues de scène, s'étaient répandus dans la salle telle une marée bariolée. Dans le monde de Kai, les hommes portaient des costumes pour avoir l'air sérieux et les rares femmes mettaient des tailleurs gris et bleu marine pour ressembler aux hommes. Ici, c'était différent. Acteurs et actrices arboraient des vêtements à la mode de toutes les couleurs.

Kai aperçut Ting, adorable en jean noir et sweat-shirt rose. Elle faisait du charme au producteur. Kai avait appris à ne pas être jaloux. La séduction était partie intégrante de son travail et, en tout état de cause, la moitié des hommes avec qui elle flirtait étaient gays.

Kai prit une bouteille de bière Yanjing. Les techniciens et les figurants profitaient de ce que l'alcool était gratuit pour en consommer le plus possible. Les acteurs étaient plus sobres, remarqua Kai. Le partenaire de Ting, Wen Jin, qui incarnait l'empereur, discutait gravement avec le directeur des studios. Une manière subtile de réaffirmer son rang. Jin était un bel homme, de haute taille et doté d'une grande prestance. Vaguement impressionné, le directeur le traitait comme s'il était vraiment le puissant monarque dont il ne faisait que jouer le rôle. Les autres acteurs riaient et bavardaient avec plus de désinvolture, tout en étant affables envers les producteurs et les réalisateurs dont dépendaient leurs emplois. Comme beaucoup de réceptions, celle-ci revêtait, pour un grand nombre des invités, un caractère professionnel.

En apercevant Kai, Ting se dirigea vers lui et l'embrassa longuement sur la bouche, sans doute pour bien montrer à tous qu'il était son mari et qu'elle l'aimait. Kai se laissa faire avec bonheur.

Mais il la connaissait suffisamment pour percevoir une autre émotion sous son large sourire de circonstance. Visiblement, quelque chose la chiffonnait. «Qu'est-ce qui ne va pas?» lui demanda-t-il.

À cet instant, le patron des studios, en costume sombre, monta sur une chaise pour prendre la parole. Tout le monde se tut. Ting murmura: «Je t'expliquerai après.»

«Félicitations à l'équipe la plus talentueuse avec laquelle il m'ait été donné de travailler! déclara le directeur, déclenchant une ovation générale. Nous avons filmé cent épisodes d'*Idylle au palais*, tous meilleurs les uns que les autres!» Kai savait que ce ton emphatique était la norme dans le milieu du showbiz. Sans être jamais allé à Los Angeles, il supposait qu'il en allait de même à Hollywood. «J'ai une super nouvelle à vous annoncer, continua l'orateur. Nous avons vendu la série à Netflix!»

C'était vraiment une excellente nouvelle et elle fut accueillie par un tonnerre d'applaudissements.

Cinquante millions de Chinois vivaient à l'étranger et beaucoup d'entre eux aimaient regarder les programmes de leur pays d'origine. Les meilleurs, diffusés en mandarin sous-titré dans la langue locale, rapportaient beaucoup d'argent aux producteurs. La circulation se faisait dans les deux sens, plus ou moins. La Chine diffusait quelques émissions étrangères pour aider les gens à apprendre l'anglais; mais le plus souvent, les studios chinois imitaient sans vergogne les programmes américains les plus populaires, sans verser la moindre redevance à leurs auteurs. Hollywood s'en plaignait amèrement. Kai en riait, comme la plupart de ses compatriotes. L'Occident ayant impitoyablement exploité la Chine pendant des siècles, les Chinois jugeaient ses protestations franchement comiques. Dès que le patron fut descendu de son perchoir, Ting s'adressa à Kai à voix basse.

« J'ai parlé à un des scénaristes.

— Et alors ?

— Mon personnage va tomber malade.

— De quoi ?

— D'un mal mystérieux, mais grave. »

Kai ne saisit pas tout de suite la portée de cette information. « Quel mélo ! Tes ennemis se réjouiront secrètement, tes amis seront en larmes, tes amants prostrés à ton chevet. L'occasion pour toi de donner toute la mesure de tes talents de tragédienne.

— Tu as appris beaucoup de choses sur les ressorts des séries, mais tu ne sais rien de la politique des studios, rétorqua-t-elle sur un ton légèrement irrité. C'est un des moyens qu'on utilise couramment quand on veut supprimer un personnage.

— Tu crois que ton personnage va mourir ?

— J'ai posé la question au scénariste. Il s'est montré très évasif. »

Une pensée peu avouable traversa Kai. Il se dit que si Ting quittait la série, elle se retirerait peut-être de la scène pour faire un bébé. Il écarta aussitôt cette idée. Elle adorait son métier et la gloire qui l'accompagnait et il était prêt à tout pour qu'elle puisse continuer à jouer. Si elle devait arrêter, il faudrait que ce soit sa décision.

« Tu es pourtant le personnage le plus populaire de la série, objecta-t-il.

— Je sais bien. Quand j'ai eu des problèmes le mois dernier, tu sais bien, au moment où on m'a accusée d'avoir approuvé des critiques contre le parti, j'ai immédiatement pensé que c'était Wen Jin qui m'avait dénoncée, par jalousie. Mais Jin n'a pas le pouvoir de me faire exclure. Il y a autre chose, et je ne sais pas quoi.

— Je crois savoir, moi, murmura Kai. Ce n'est probablement pas toi qui es visée. C'est moi. Mes adversaires cherchent à m'atteindre à travers toi.

— Quels adversaires ?

— Toujours les mêmes : mon patron, Fu Chuyu ; le général Huang, avec qui j'ai eu un différend aujourd'hui ; tous les vieux de la vieille, aux costumes aussi mal coupés que leurs cheveux. Je vais en toucher un mot à Wang Bowen. » Kai connaissait Wang, le fonctionnaire du parti communiste chargé de la surveillance des studios. Regardant autour de lui, il repéra son crâne dégarni dans la chambre de la première épouse de l'empereur. « Je vais voir ce que je peux en tirer. »

Ting posa la main sur son bras. « Merci. »

Kai se fraya un chemin à travers la foule. Dans le monde de Ting, les conflits étaient imaginaires. Ce n'était pas elle qui allait mourir, mais seulement le personnage qu'elle incarnait. C'était ce qu'il aimait dans le monde du spectacle. Dans son univers à lui, le débat au sujet du *Vu Trong Phung* risquait d'entraîner la mort d'êtres de chair et de sang.

Il aborda Wang Bowen.

Sa chemise était toute fripée et les rares cheveux qui lui restaient avaient grand besoin d'être coupés. Kai lui aurait volontiers fait remarquer qu'il représentait le plus grand parti communiste du monde et aurait pu soigner un peu sa tenue. Mais il n'était pas là pour cela. Après un échange de politesses, il lui dit : « Vous savez certainement que le personnage de Ting va tomber malade.

— Oui, bien sûr», répondit Wang d'un air méfiant.

C'était donc vrai. «Et peut-être en mourir, continua Kai.

— Je sais.»

Les craintes de Ting se confirmaient. «Je ne doute pas que vous avez pensé au problème politique que pourrait poser ce rebondissement», reprit Kai.

Wang parut interloqué et vaguement effrayé. «Je ne comprends pas très bien où vous voulez en venir.

— Au XVIIIe siècle, la médecine était rudimentaire.

— C'est exact. Presque barbare.

— Naturellement, le personnage de Ting pourrait guérir miraculeusement. Les miracles ne sont pas rares dans les idol dramas, ajouta Kai avec un sourire.

— Vous avez raison.

— Il faudra pourtant faire preuve d'une extrême prudence.

— Comme toujours, assura Wang, toujours aussi troublé et inquiet. Mais à quoi pensez-vous précisément?

— Au risque qu'on y voie une satire des soins médicaux de la Chine contemporaine.

— Oh, vous croyez?» Cette idée affola Wang. «Comment cela serait-il possible?»

Sa voix en tremblait. Il en fallait peu pour effrayer les hommes comme lui, toujours terrifiés à l'idée de pouvoir être accusés de s'écarter de la ligne du parti. «Ce scénario ne peut prendre que deux directions. Soit les médecins sont incompétents et elle meurt, soit ils sont incompétents mais elle survit par miracle. Dans un cas comme dans l'autre, les médecins sont incompétents.

— Forcément, les médecins étaient complètement ignorants au XVIIIe siècle!

— Quand bien même, je ne pense pas que le parti serait très heureux de voir aborder le sujet de l'incompétence des médecins dans une série télévisée populaire. » Dans les centres médicaux cantonaux, seuls dix pour cent des médecins avaient suivi des études en bonne et due forme. «Vous voyez ce que je veux dire, certainement.

— Oui, bien sûr. » Se trouvant désormais en terrain connu, Wang saisit aussitôt la nature de l'enjeu. «Quelqu'un risquerait de poster sur les réseaux sociaux : "J'ai déjà eu affaire à un médecin nul." Et un autre renchérira : "Moi aussi." En un rien de temps, tout le monde déballera ce qui lui est arrivé et nous aurons sur les bras un débat national sur la qualité de nos médecins.

— Vous êtes un homme très intelligent, Wang Bowen. Vous avez tout de suite compris le danger.

— En effet.

— La production compte sur vous pour l'éclairer sur ces questions et vous allez pouvoir l'aider. Le parti a bien de la chance de vous avoir.

— Il est toujours utile de parler avec vous, Chang Kai. Merci de votre concours. »

L'honneur était sauf. Wang avait sauvé la face. Kai rejoignit Ting. «Je pense qu'ils vont renoncer à ce scénario, lui annonça-t-il. Wang a compris qu'il comporte certains sous-entendus politiques fâcheux.

— Oh, merci, mon chéri. Tu crois qu'ils vont tenter autre chose ?

— J'espère que mes ennemis se diront qu'il est plus simple de s'attaquer directement à moi plutôt que de s'en prendre à toi. » Il n'y comptait pas trop. Menacer la famille de quelqu'un pour le maintenir dans le droit chemin était une tactique courante du parti communiste. C'était ainsi que le gouvernement s'assurait de la docilité des Chinois de l'étranger. Les menaces contre les individus directement concernés étaient beaucoup moins efficaces.

« Les gens commencent à partir, remarqua Ting. Esquivons-nous. »

Quittant les studios, ils montèrent en voiture et Moine démarra. « Nous allons acheter quelque chose de bon pour le dîner et passer une soirée tranquille, proposa Ting.

— Quelle bonne idée !

— Que dirais-tu d'oreilles de lapin grillées ? Je sais que tu adores ça.

— C'est mon plat préféré. » Le téléphone de Kai émit la sonnerie annonçant l'arrivée d'un texto. L'écran indiquait que le contact était non identifié. Il fronça les sourcils. Peu de gens connaissaient son numéro et ils étaient moins nombreux encore à être autorisés à le contacter anonymement. Il lut le message. Il ne contenait qu'un mot : IMMÉDIAT.

Il comprit aussitôt qu'il s'agissait de Ham, le général nord-coréen, qui souhaitait le rencontrer au plus vite.

Ham n'avait pas donné signe de vie depuis près de trois semaines. Il avait dû se produire quelque chose d'important. La crise économique de son pays n'ayant rien de nouveau, il y avait certainement un autre problème.

Les espions aimaient souvent exagérer la portée de leurs informations pour se donner de l'importance. Ce n'était pas le genre de Ham. Peut-être le Guide suprême Kang U-jung s'apprêtait-il à se livrer à un nouvel essai nucléaire, ce qui mettrait les Américains en colère. Peut-être avait-il l'intention de violer la zone démilitarisée entre la Corée du Nord et la Corée du Sud. Il ne manquait pas de moyens pour mener la vie dure au gouvernement chinois.

Trois vols quotidiens reliaient Pékin et Yanji. En cas d'urgence, Kai pouvait utiliser un appareil militaire. Il appela son bureau. Sa secrétaire en chef, Peng Yawen, était encore à son poste. « À quelle heure est le premier vol pour Yanji demain matin ? lui demanda-t-il.

— Très tôt… » Kai l'entendit pianoter sur son clavier. « Six heures quarante-cinq, et il est direct.

— Réservez-moi un siège, s'il vous plaît. Et il arrive à… ?

— Huit heures cinquante. Voulez-vous que je commande une voiture à votre arrivée à l'aéroport de Chaoyangchuan ?

— Non merci. » Kai préférait être discret. « Je prendrai un taxi.

— Passerez-vous la nuit sur place ?

— Pas si je peux l'éviter. Réservez-moi une place sur le premier vol de retour. Nous pourrons toujours changer au besoin.

— Bien, monsieur. »

Après avoir raccroché, Kai évalua mentalement le temps qu'il lui faudrait. Sauf disposition contraire, leurs rencontres avaient lieu sur le chantier de la maison de Ham. Kai devrait pouvoir y être vers neuf heures et demie. Il répondit au message de Ham de façon tout aussi concise : 9 h 30.

*

Le lendemain matin, une pluie drue et glaciale tombait sur l'aéroport de Yanji. L'avion de Kai dut tourner pendant un quart d'heure pour laisser atterrir un jet de l'armée. Les terminaux civil et militaire partageaient la même piste, mais l'armée était prioritaire… comme toujours en Chine.

On n'était encore qu'à la mi-octobre. Pourtant, quand il sortit du terminal pour attendre un taxi, Kai ne regretta pas d'avoir mis son manteau d'hiver. Comme d'habitude, il donna l'adresse du supermarché Wumart. Le chauffeur écoutait une station de radio coréanophone qui diffusait *Gangnam Style*, un grand classique de la pop coréenne. Kai s'enfonça dans son siège et savoura la musique.

Depuis le supermarché, il se rendit à pied à la maison de Ham. Sur le chantier inondé de boue, l'activité était réduite.

« Je risque ma vie en vous rencontrant, remarqua Ham. Mais de toute façon, je serai sans doute tué dans les prochains jours.

— Vous êtes sérieux ? » demanda Kai, alarmé par cette entrée en matière.

La question était superflue. Ham était toujours sérieux. « Rentrons. Allons nous abriter de la pluie », dit-il.

Ils pénétrèrent dans le bâtiment inachevé. Un peintre travaillait avec son apprenti dans les chambres des petits-enfants dont il recouvrait les murs de lumineuses couleurs pastel. La peinture fraîche répandait dans la maison son odeur caractéristique, âcre et piquante, prometteuse de nouveauté et de beauté.

Ham conduisit Kai dans la cuisine. Une bouilloire électrique, un bocal de feuilles de thé et quelques tasses occupaient le plan de travail. Ham brancha la bouilloire et ferma la porte pour qu'on ne les entende pas.

Il faisait froid et ils gardèrent leurs manteaux. Comme il n'y avait pas de chaises, ils s'appuyèrent contre les plans de travail flambant neufs.

« De quoi s'agit-il ? Qu'y a-t-il de si urgent ? demanda Kai impatiemment.

— La crise économique actuelle est la pire depuis la guerre entre le Nord et le Sud. »

Kai ne l'ignorait pas. Il en était en partie responsable. « Et alors… ?

— Le Guide suprême a diminué le budget de l'armée.

430

Comme les vice-maréchaux protestaient, il les a tous limogés. » Ham marqua une pause. « Il n'aurait pas dû faire ça.

— Donc l'armée est maintenant dirigée par une nouvelle génération d'officiers, plus jeunes. Et… ?

— L'armée possède depuis longtemps une importante faction réformiste ultranationaliste qui veut que la Corée du Nord soit indépendante de la Chine. C'est à nous de décider de notre destin, disent-ils ; il faut cesser d'être les laquais des Chinois. J'espère que je ne vous choque pas, cher ami.

— Pas le moins du monde, rassurez-vous.

— Pour obtenir l'indépendance, ils devront réformer l'agriculture et l'industrie en s'affranchissant du contrôle du parti communiste et de ses contraintes.

— Comme la Chine sous Deng Xiaoping.

— Ils n'ont jamais affirmé leurs opinions autrement qu'à voix basse, entre personnes de confiance. S'ils avaient critiqué ouvertement le Guide suprême, ils ne seraient pas restés officiers très longtemps. Du coup, le Guide suprême ne sait pas toujours qui sont ses ennemis. Et il se trouve que le nouveau groupe de chefs militaires compte dans ses rangs un grand nombre de membres de cette tendance ultranationaliste secrète. Ils sont convaincus que rien ne changera jamais sous Kang U-jung. »

Commençant à voir où il voulait en venir, Kai ne put se défendre d'une certaine inquiétude. « Qu'ont-ils l'intention de faire ?

— Ils parlent d'un coup d'État militaire.

— Aïe ! » s'exclama Kai, atterré. Le risque était autrement plus grave que la présence d'un navire vietnamien au voisinage des îles Paracels ou que la résolution des Nations unies sur les ventes d'armes. La stabilité de la Corée du Nord était une clé de voûte de la défense chinoise. Toute menace contre Pyongyang était une menace contre Pékin.

L'eau se mit à bouillir et la bouilloire s'éteignit automatiquement. Aucun des deux hommes n'avait la tête à préparer du thé. « Un coup d'État ? répéta Kai. Quand ? Comment ?

— Les meneurs sont mes collègues, les officiers de Yeongjeo-dong. Ils vont probablement prendre le contrôle de la base.

— Autrement dit, ils disposeront d'armes nucléaires.

— Pour eux, c'est un élément essentiel. »

De pire en pire. « Ont-ils des soutiens ailleurs ?

— Je ne sais pas. Je ne fais pas partie de la cellule centrale. Ils me considèrent comme un sympathisant, digne de confiance mais marginal. J'aurais pu être un fervent partisan, mais j'ai choisi ma propre voie il y a longtemps.

— Cependant, si leur démarche est sérieuse, ils doivent avoir une base de soutien relativement large.

— Je suppose qu'ils sont en contact avec des officiers qui partagent leurs idées sur d'autres bases de l'armée, mais je n'en ai aucune certitude.

— Dans ce cas, vous ne savez sans doute pas non plus quand ils ont l'intention de passer à l'action.

— Bientôt. L'armée commence à manquer de vivres et de carburant. Peut-être la semaine prochaine. Peut-être dès demain. »

Il fallait que Kai transmette au plus vite ces nouvelles au Président chinois. Il envisagea de joindre Pékin par téléphone, mais renonça aussitôt à cette idée. Il ne fallait pas céder à la panique. Ses communications avec le Guoanbu étaient cryptées, mais un code peut toujours être cassé. De toute manière, si le putsch était prévu pour le jour même, il était déjà trop tard. En revanche, même s'il devait avoir lieu dès le lendemain, il aurait le temps de donner l'alerte. Il allait repartir immédiatement pour Pékin et faire son rapport dans les prochaines heures.

« Il me faudrait des noms », reprit-il.

Ham resta un moment immobile, tête baissée vers le carrelage tout neuf, à regarder ses pieds. « Le gouvernement nord-coréen est violent et incompétent, finit-il par admettre, mais là n'est pas le problème. Le problème, c'est que nos dirigeants mentent. Tout ce qu'ils disent n'est que propagande, rien n'est vrai. On peut être loyal envers des dirigeants incapables, mais pas envers des dirigeants malhonnêtes. J'ai trahi les leaders de mon pays parce qu'ils m'ont menti. »

Kai était pressé et n'avait aucune envie d'entendre de longs discours. Toutefois, sentant que Ham avait besoin de parler, il l'écouta sans l'interrompre.

« Il y a longtemps, j'ai décidé de veiller sur ma famille et sur moi-même, poursuivit Ham sur le ton grave d'un homme vieillissant songeant aux décisions qui ont orienté le cours de sa vie. J'ai incité ma fille à venir s'installer ici, en Chine. Je me suis mis à espionner pour vous et à accumuler de l'argent. Puis j'ai entrepris de me faire construire une maison pour le jour où je prendrais ma retraite. À aucun moment je n'ai eu honte de tout cela. Mais aujourd'hui…

— Je comprends, assura Kai. Mais aujourd'hui, vous suivez votre destin. Vous l'avez dit vous-même, vous avez fait les choix décisifs il y a longtemps déjà. »

Ignorant sa remarque, Ham poursuivit : « Aujourd'hui, je suis sur le point de trahir mes frères d'armes, des hommes qui n'ont qu'une aspiration, l'indépendance de leur pays. » Il s'interrompit avant d'ajouter avec tristesse : « Des hommes qui ne m'ont jamais menti.

— Je sais ce que vous ressentez, mais il faut empêcher ce putsch. Nul ne sait comment cela finirait. Nous ne pouvons pas laisser la situation en Corée du Nord échapper à tout contrôle.»

Ham hésitait encore.

«Pourquoi m'avoir informé de cette conspiration si ce n'était pour y mettre le holà?

— Mes camarades seront exécutés.

— À votre avis, combien de personnes tueront-ils lors de leur soulèvement?

— Il y aura des victimes, c'est indéniable.

— Je ne vous le fais pas dire. Plusieurs milliers. À moins que nous agissions dès aujourd'hui, vous et moi, pour éviter cela.

— Vous avez raison. Nous sommes tous des soldats, nous nous sommes engagés pour nous battre. Ça doit être l'âge qui me ramollit.» Ham se redressa. «Le chef de la rébellion est le commandant de la base, mon supérieur immédiat, le général Pak Jae-jin.»

Kai nota le nom sur son téléphone. Ham lui livra six autres noms qu'il consigna également. Puis il demanda au général: «Vous retournez à Yeongjeo-dong aujourd'hui?

— Oui. Et je risque de ne pas pouvoir revenir en Chine avant quelques jours.

— Si vous avez des informations à me transmettre, nous pourrions être obligés de nous parler ouvertement par téléphone.

— Je prendrai des précautions.

— De quel genre?

— Je volerai le téléphone de quelqu'un d'autre.

— Et après m'avoir appelé?

— Je le jetterai dans le fleuve.

— Ça ira.» Il serra la main de Ham. «Faites attention à vous, mon ami. Réchappez à cette tourmente. Puis prenez votre retraite et revenez ici.» Il parcourut du regard la cuisine moderne rutilante. «Vous l'avez bien mérité.

— Merci.»

Kai s'éloigna en direction du supermarché et appela un taxi en chemin. Il avait enregistré dans son téléphone la liste de toutes les compagnies de taxi de Yanji pour éviter d'appeler le même deux fois de suite. Ainsi aucun chauffeur ne pourrait relever la fréquence et la destination de ses déplacements.

Il composa le numéro du Guoanbu et demanda à Peng Yawen : «Appelez le bureau du Président, s'il vous plaît.

— Bien, monsieur», répondit-elle sur un ton égal. Rien ne la troublait jamais. Elle aurait sans doute pu faire le travail de Kai.

«Dites-lui que je dois impérativement le voir aujourd'hui même. J'ai des informations capitales à lui transmettre que je ne peux pas lui communiquer par téléphone.

— Des informations capitales. Entendu.»

Kai imaginait son crayon en train de courir sur la page de son bloc-notes. «Ensuite, vous appellerez l'armée de l'air. Vous leur direz qu'il me faut immédiatement un vol pour Pékin. Je serai sur la base aérienne dans une demi-heure.

— Monsieur Chang, peut-être vaudrait-il mieux que je demande au bureau du Président un rendez-vous pour cet après-midi ou ce soir. Vous ne serez pas rentré avant.

— Vous avez raison.

— Merci, monsieur.

— Dès qu'on vous aura fixé l'heure à laquelle je peux rencontrer le Président, vous appellerez le ministère des Affaires étrangères pour faire savoir que j'aimerais que Wu Bai assiste à cette réunion.

— Bien, monsieur.

— Tenez-moi au courant.

— Je n'y manquerai pas.»

435

Kai raccrocha. Une minute plus tard, il arrivait au Wumart où un taxi l'attendait. Le chauffeur regardait un téléfilm sud-coréen sur son téléphone. Kai monta à l'arrière et annonça : « Base aérienne de Longjing, s'il vous plaît. »

*

Le siège du gouvernement chinois abritait un domaine de six cents hectares appelé Zhongnanhai. Situé dans le vieux centre de Pékin, juste à côté de la Cité interdite, ce lieu était autrefois occupé par le parc impérial. Moine, le chauffeur de Kai, s'y engagea par l'entrée sud, la porte de la Chine nouvelle. La vue sur l'intérieur était cachée aux regards indiscrets par un mur écran sur lequel s'étalait en caractères géants le slogan « Servir le peuple », dans l'élégante écriture cursive de Mao Zedong familière à un milliard de gens.

Zhongnanhai avait été ouvert au public pendant la brève période de relâchement de la révolution culturelle. Désormais, la sécurité y était impressionnante. Les forces déployées à la porte de la Chine nouvelle étaient assez imposantes pour contenir une invasion. Des gardes inspectèrent le dessous de la voiture à l'aide de miroirs, sous le regard menaçant de soldats casqués, armés de fusils bullpup. Ce n'était pas la première fois que Kai rendait visite au Président. Pourtant, ils examinèrent scrupuleusement sa carte du Guoanbu et vérifièrent par deux fois sa convocation. Quand ils furent enfin rassurés sur son identité, les herses anti-intrusion s'enfoncèrent dans la chaussée pour permettre à la voiture de passer.

Deux lacs occupaient plus de la moitié de la surface de Zhongnanhai. Le ciel gris se reflétait dans l'eau ténébreuse, dont la simple vue fit frissonner Kai. Elle gelait lors des hivers rigoureux. La voiture se dirigea vers le quart nord-ouest du parc, où se trouvait la plus vaste étendue de terre ferme, en contournant le lac sud dans le sens des aiguilles d'une montre. Les bâtiments étaient composés de palais chinois traditionnels et de pavillons d'été aux toits en pagode, évoquant le jardin d'agrément qu'avait été jadis ce lieu.

Ce complexe servait de résidence aux membres du comité permanent du Politburo, Président compris, mais ils n'étaient pas obligés d'y loger. Certains préféraient rester chez eux, hors du domaine. Les grandes salles de réception avaient été transformées en salles de réunion.

Moine rangea la voiture devant le Qinzheng, de l'autre côté du premier lac. Ce bâtiment neuf construit sur l'emplacement d'un ancien palais impérial abritait le bureau du Président. Il n'y avait pas ici de soldats casqués, mais Kai remarqua plusieurs jeunes gens costauds en costumes ordinaires, déformés par des armes mal dissimulées.

Dans l'entrée, Kai attendit devant un guichet que l'on comparât son visage à un portrait enregistré. Puis, il entra dans une cabine de sécurité où il fut passé au scanner pour vérifier qu'il ne portait pas d'armes.

En sortant, il croisa le chef de la Sécurité du Président, Wang Qingli, qui s'en allait. Wang était un ami de son père et ils s'étaient déjà rencontrés chez Chang Jianjun. Qingli appartenait à la vieille garde conservatrice, en plus subtil cependant, peut-être parce qu'il voyait souvent le Président. Les cheveux coiffés en arrière et séparés par une raie rectiligne, vêtu d'un costume bleu marine bien coupé à l'européenne, ce qui le rapprochait de l'homme dont il avait la garde, il était très soigné de sa personne. Il salua Kai d'un grand sourire et d'une poignée de main et l'escorta dans l'escalier. Il lui demanda des nouvelles de Ting, ajoutant que sa femme ne manquait jamais un épisode d'*Idylle au palais*. Kai l'avait entendu dire par des centaines d'hommes, mais cela ne le dérangeait pas. Il était heureux du succès de Ting.

Le bâtiment était meublé dans un style que Kai affectionnait. Des buffets et des paravents chinois traditionnels composaient un harmonieux mélange avec des sièges modernes confortables, chaque élément trouvant sa place. Cela changeait agréablement de tous les bâtiments encore encombrés de meubles aux pieds écartés et de tissus à motifs atomiques qui avaient été à la mode en leur temps et paraissaient désormais inconfortables et défraîchis.

Dans la salle d'attente du Président, Kai trouva le ministre des Affaires étrangères Wu Bai affalé sur un canapé avec un verre d'eau pétillante. Avec son costume à chevrons, sa chemise d'un blanc immaculé et sa cravate grise striée de fines rayures rouges, il était impeccable. « Je suis heureux de vous voir, déclara-t-il sur un ton ironique. Encore quelques minutes et j'aurais été obligé de demander au président Chen ce que je foutais là. »

Comme il était le supérieur de Kai, la correction aurait voulu que ce dernier arrivât avant lui. « Je reviens à l'instant de Yanji, se justifia Kai. Je vous prie de m'excuser de vous avoir fait attendre.

— Auriez-vous l'amabilité de me dire de quoi il retourne ? »

Kai s'assit et lui expliqua. À la fin de son exposé, l'attitude de Wu avait changé du tout au tout. « Nous devons agir immédiatement. Il faut que le Président appelle Pyongyang pour avertir le Guide suprême. Il est peut-être déjà trop tard. »

Un assistant surgit et les invita à le suivre dans le

bureau du Président. «Je parlerai le premier», annonça Wu en marchant. C'était conforme au protocole, le chef du renseignement étant au service des politiques. «J'informerai le Président qu'un coup d'État se prépare. Vous pourrez ensuite entrer dans les détails.

— Très bien, monsieur», acquiesça Kai conscient de la nécessité de manifester du respect à ses aînés. Tout autre comportement offenserait aussi bien Wu que le président Chen.

Ils entrèrent dans une vaste pièce éclairée par une fenêtre donnant sur le lac. Le Président en chair et en os était un peu différent des portraits officiels qui ornaient toutes les administrations. Il était petit, avec un ventre légèrement arrondi qui n'apparaissait pas sur les photographies. En revanche, il était plus chaleureux que ne le laissait supposer son image publique. «Monsieur le ministre, dit-il aimablement à Wu. Quel plaisir de vous voir! Comment va Mme Wu? J'ai appris qu'elle avait subi une petite intervention chirurgicale.

— L'opération s'est très bien passée et elle est complètement rétablie, monsieur le Président, merci.

— Chang Kai! Je vous ai connu enfant et chaque fois que je vous vois, j'ai envie de vous dire que vous avez bien grandi.»

Kai rit, bien que Chen eût déjà fait la même plaisanterie à leur précédente entrevue. Le Président veillait à se montrer affable. Il tenait à être en bons termes avec tout le monde. Kai se demanda s'il avait lu Machiavel, qui assurait qu'il vaut mieux être craint qu'aimé.

«Asseyez-vous, je vous prie. Lei va vous apporter du thé.» Kai n'avait pas remarqué la femme d'âge mûr qui se tenait discrètement à l'écart et versait du thé dans des tasses. «Alors, qu'est-ce qui vous amène?»

Comme convenu, Wu rapporta les faits dans leurs grandes lignes avant d'inviter Kai à développer. Chen écouta en silence, en notant quelque chose à deux reprises avec un stylo Travers en or. La femme qui répondait au nom de Lei déposa devant chacun d'eux une ravissante petite tasse de thé au jasmin odorant. «Et vous tenez cela d'une source en qui vous avez toute confiance, commenta Chen quand Kai eut terminé son récit.

— Il s'agit d'un général de l'armée populaire de Corée qui nous livre des informations fiables depuis des années, monsieur.»

Chen hocha la tête. «Ce genre de complot étant secret par nature, il ne faut pas espérer en obtenir confirmation. Mais cette information peut parfaitement être exacte, ce qui nous oblige à réagir. Votre source ne sait pas quelle est la force des rebelles ailleurs qu'à Yeongjeo-dong.

— Non. Nous pouvons cependant supposer que les meneurs comptent en tout cas sur de solides soutiens. Si tel n'était pas le cas, ils n'envisageraient pas de passer à l'action.

— Je suis de votre avis, acquiesça Chen avant de prendre quelques instants pour réfléchir. Si je me souviens bien, la Corée du Nord compte dix-huit bases militaires… c'est bien cela?» Kai se tourna vers Wu qui, manifestement, ne connaissait pas le chiffre sur le bout des doigts. «C'est exact, monsieur le Président, répondit alors Kai.

— Douze d'entre elles sont des bases de missiles et parmi celles-ci, deux sont équipées d'armes nucléaires.

— En effet.

— Ce sont les bases de missiles qui sont vraiment importantes. Quant aux bases nucléaires, elles sont primordiales.»

Chen avait immédiatement saisi le cœur du problème, remarqua Kai. Le Président jeta un regard à Wu, qui acquiesça d'un hochement de tête.

440

«Que recommandez-vous?

— Il faut à tout prix empêcher la déstabilisation du gouvernement nord-coréen, répondit Wu. Il me semble que nous devrions prévenir Pyongyang immédiatement. S'ils agissent tout de suite, ils pourront étouffer la rébellion dans l'œuf.

— Malgré notre grande envie de nous débarrasser du Guide suprême Kang, il est encore préférable au chaos, approuva Chen. Comme dit le proverbe, entre deux pommes gâtées, mieux vaut choisir la moins pourrie. Et la moins pourrie, c'est Kang.

— C'est ce que j'aurais tendance à conseiller», confirma Wu.

Chen saisit le téléphone. «Appelez Pyongyang. Je veux parler à Kang avant la fin de la journée. Dites-lui que c'est extrêmement urgent.» Il reposa le combiné et se leva. «Merci, camarades. Vous avez bien travaillé.»

Kai et Wu lui serrèrent la main et se retirèrent.

«Bravo, dit Wu dans l'escalier.

— Espérons qu'il n'est pas trop tard.»

*

Le lendemain, le téléphone de Kai sonna pendant qu'il se rasait. L'identité du correspondant s'afficha en coréen. Kai ne savait ni lire ni parler le coréen, mais devina de qui venait l'appel. Il se raidit. «Déjà!» s'exclama-t-il à haute voix tout en décrochant.

Il reconnut immédiatement la voix du général Ham. «C'est parti, lui annonça celui-ci.

— Que s'est-il passé?» Kai posa son rasoir électrique pour prendre un crayon.

Ham parlait tout bas, craignant manifestement d'être entendu. «La base de Yeongjeo-dong a été attaquée par les forces des Opérations spéciales juste avant l'aube.»

Il s'agissait de l'unité d'élite de l'Armée populaire de Corée. « Sans doute est-ce la réaction du Guide suprême aux informations transmises par Pékin.

— Bien. Kang a réagi promptement. Et… ?

— Elles ont tenté de prendre le contrôle de la base et d'arrêter les officiers supérieurs. »

Voilà qui ne plaisait guère à Kai. « Tenté, dites-vous ?

— Il y a eu des échanges de tirs. » Ham livrait son rapport avec calme et concision, ainsi qu'il avait été formé à le faire. « Les rebelles étaient en terrain connu et avaient accès à toutes les ressources de la base. Les attaquants sont arrivés en hélicoptère, ce qui les rendait vulnérables, et connaissaient mal les lieux. Je crois aussi qu'ils ont été surpris par le nombre et la force des rebelles. Toujours est-il que l'unité d'élite a été repoussée et que les rebelles sont à présent entièrement maîtres de cette base.

— Zut, nous sommes arrivés trop tard.

— La plupart des assaillants sont morts ou prisonniers, poursuivit Ham. Quelques-uns ont réussi à s'enfuir. J'ai pris ce téléphone sur un cadavre. Les officiers qui ne soutiennent pas le complot ont été emprisonnés.

— C'est une mauvaise nouvelle. Où en sommes-nous maintenant ?

— Des groupes rebelles se sont également constitués sur les deux bases de missiles les plus proches de la nôtre. Ils ont reçu l'ordre de passer à l'action et des renforts leur ont été envoyés. D'autres soulèvements se produisent peut-être dans d'autres lieux du pays ; nous ne le savons pas encore. Celui qui intéresse le plus les meneurs est l'autre site de missiles nucléaires, Sangnam-ni, mais rien n'en a filtré pour le moment.

— Appelez-moi dès que vous en saurez davantage.

— Je volerai un téléphone sur un autre mort. »

Kai raccrocha et regarda par la fenêtre. Il faisait jour

depuis une heure à peine et l'affaire était très mal engagée. La journée allait être longue.

Il laissa de brefs messages à l'attention du président Chen et du ministre Wu, leur expliquant ce qui s'était passé et promettant de donner plus de détails sous peu. Puis il appela son bureau.

Il joignit le responsable de permanence, Fan Yimu. « Il y a eu une tentative de coup d'État en Corée du Nord. Résultat incertain. Réunissez l'équipe au plus vite. Je serai là dans moins d'une heure. » On était dimanche. Ses collaborateurs devraient abandonner leurs projets de lessive et de nettoyage de voiture.

Il finit de se raser rapidement.

Ting entra dans la salle de bains, nue, en bâillant. Elle avait surpris une partie de la conversation. Elle dit en anglais : « *We've got a situation*, on a un problème. »

Cela fit sourire Kai. Elle avait dû entendre cette phrase dans un film quelconque. « Je vais devoir sauter le petit déjeuner », annonça-t-il en mandarin. Elle lui répondit par une autre réplique à l'américaine : « *Knock yourself out*, vas-y, casse-toi. »

Kai éclata de rire. Elle avait un vrai talent d'imitatrice. « Tu arrives à me faire rire même quand tout va mal.

— J'en suis sur les fesses », lança-t-elle en agitant les siennes avant d'entrer dans la douche.

Kai se hâta d'enfiler son costume. Le temps qu'il finisse de s'habiller, Ting se séchait les cheveux. Avant de partir, il l'embrassa.

« Je t'aime, dit-elle en mandarin. Appelle-moi plus tard. »

Kai sortit. Dehors, la qualité de l'air n'était pas fameuse. La circulation était déjà dense malgré l'heure matinale et il avait un goût de gaz d'échappement dans la bouche.

443

Dans la voiture, il songea à la journée qui l'attendait. Cette crise était la plus grave qu'il eût connue depuis qu'il était vice-ministre du Renseignement extérieur. Le gouvernement tout entier s'en remettrait à lui pour suivre les événements.

Après une demi-heure de réflexion, toujours coincé dans les embouteillages, il rappela son bureau. Peng Yawen était maintenant à son poste. « Trois choses, s'il vous plaît. Demandez à quelqu'un de recueillir les renseignements d'origine électromagnétique en provenance de Pyongyang. » Le Guoanbu avait depuis longtemps infiltré le système de communication sécurisé de la Corée du Nord, qui utilisait du matériel de fabrication chinoise. Même s'ils n'y avaient pas accès en totalité, tout ce qu'ils pourraient glaner était bon à prendre. « Deuxièmement, assurez-vous que quelqu'un écoute les nouvelles de la radio sud-coréenne. Ils sont souvent les premiers avertis de ce qui se passe au nord.

— Jin Chin-hwa s'en occupe déjà, monsieur.

— Parfait. Enfin, voyez s'il y a moyen que le personnel de notre ambassade à Pyongyang assiste à distance à notre réunion de travail.

— Bien, monsieur. »

Kai arriva enfin au Guoanbu. Il enleva son manteau dans l'ascenseur.

Il fut intercepté dans l'antichambre par Jin Chin-hwa, un citoyen chinois d'origine coréenne, jeune et enthousiaste, et surtout, qui parlait parfaitement coréen. En ce jour de week-end, il était en tenue décontractée, jean noir et sweat à capuche siglé *Iron Maiden*. Il avait un écouteur à l'oreille. « J'écoute KBS1, dit-il.

— Très bien. » C'était la principale chaîne d'information de la radio-télévision coréenne basée à Séoul, la capitale de Corée du Sud.

« Ils parlent d'un "incident" sur une base militaire de

444

Corée du Nord et évoquent des rumeurs non confirmées selon lesquelles un détachement des Forces spéciales aurait donné l'assaut à l'aube pour tenter d'arrêter un groupe de conspirateurs hostiles au gouvernement.

— Peut-on brancher les infos télévisées nord-coréennes dans la salle de réunion ? demanda Kai.

— La télévision nord-coréenne ne commence à diffuser que dans l'après-midi, monsieur.

— Ah, zut, j'avais oublié.

— Mais je capte aussi Pyongyang FM, la station de radio. Je zappe entre elle et KBS1.

— Entendu. On se retrouve dans la salle de réunion dans une demi-heure. Prévenez les autres.

— Oui, monsieur. »

Kai gagna son bureau et prit connaissance des informations arrivées en son absence. Les Nord-Coréens étant interdits d'Internet, il n'y avait rien sur les réseaux sociaux. Les renseignements électromagnétiques confirmaient ce qu'on savait ou soupçonnait déjà. L'ambassade de Pyongyang n'avait aucun élément.

Ting téléphona. « Je crois que j'ai fait une bourde, lui annonça-t-elle.

— Comment cela ?

— As-tu un ami qui s'appelle Wang Wei ? » Des centaines de milliers de Chinois s'appelaient ainsi, mais Kai n'avait pas d'ami de ce nom.

« Non, pourquoi ?

— C'est ce que je craignais. J'étais en train d'apprendre une longue tirade quand j'ai décroché. Il a demandé à te parler. Je lui ai répondu que tu étais au bureau. J'étais distraite, je n'ai pas réfléchi. Quand j'ai raccroché, je me suis rendu compte que je n'aurais rien dû lui dire. Je suis vraiment désolée.

— Il n'y a pas de mal. Ne recommence pas, mais ne t'en fais pas.

445

— Ouf! J'avais peur que tu sois fâché.

— À part ça, tout va bien?

— Oui. Je m'apprête à aller au marché. J'avais envie de préparer le dîner ce soir.

— Merveilleux! À plus tard.»

L'appel venait d'un espion, sans doute américain ou européen. Son numéro privé était secret, mais les espions perçaient les secrets, c'était leur métier. Le correspondant avait appris quelque chose en tout cas. Il savait désormais que Kai était à son bureau un dimanche matin. Il pouvait en déduire qu'une crise était en cours.

Kai se rendit à la salle de réunion, où il retrouva ses cinq principaux collaborateurs, ainsi que quatre spécialistes de la Corée du Nord, parmi lesquels Jin Chin-hwa. Le bureau du Guoanbu à Pyongyang assistait à l'entrevue à distance. Kai leur rendit compte des événements des dernières vingt-quatre heures et chacun fit part des informations qu'il avait pu glaner depuis une heure.

Kai reprit ensuite la parole. «Pour aujourd'hui et probablement au cours des prochains jours, nous devrons impérativement disposer d'informations en temps réel sur ce qui se passe en Corée du Nord. Notre Président et tout notre appareil de politique étrangère suivront les événements heure par heure pour déterminer si la Chine doit intervenir et, le cas échéant, sous quelle forme. C'est à nous de leur fournir des renseignements fiables.

«Nous devons exploiter toutes les sources d'information disponibles. La reconnaissance par satellite doit se concentrer sur les bases militaires, et le renseignement électromagnétique surveiller toutes les communications nord-coréennes auxquelles nous avons accès. La prolifération soudaine d'appels téléphoniques et d'échanges de messages peut signaler le déclenchement d'une attaque rebelle.

«Le poste du Guoanbu à l'ambassade de Chine à

Pyongyang travaillera vingt-quatre heures sur vingt-quatre sept jours sur sept, de même que notre consulat de Chongjin. Ils devraient être en mesure de nous livrer quelques informations. N'oubliez pas la diaspora. Plusieurs milliers de Chinois – hommes d'affaires, étudiants, sans oublier les conjoints de Coréens ou de Coréennes – sont établis en Corée du Nord. Il nous faut tous leurs numéros de téléphone. Le moment est venu pour eux de prouver leur patriotisme. Je veux que vous les appeliez tous.

— Pyongyang fait une annonce, l'interrompit Jin qui traduisit au fur et à mesure. Ils disent avoir arrêté des saboteurs et des traîtres à la solde des Américains sur une base ce matin… Ils ne précisent pas laquelle… Ni combien de personnes ont été arrêtées… Ils ne parlent pas de violence ni de fusillade… Voilà, c'est tout. L'annonce est terminée.

— C'est curieux, commenta Kai. D'habitude, ils mettent des heures, voire des jours, à réagir.

— Cette situation a rendu le gouvernement de Pyongyang nerveux.

— Nerveux ? Je crois qu'ils sont plus que nerveux. Ils ont peur. Et vous savez quoi ? Moi aussi. »

DEFCON 4

Préparation normale,
mais renseignements accrus
et niveau de sécurité renforcé

20

La présidente Green avait horreur du froid. Ayant grandi à Chicago, elle aurait dû y être habituée, mais ce n'était pas le cas. Enfant, elle adorait l'école mais détestait y aller en hiver. Un jour, elle s'était juré qu'elle irait vivre à Miami où l'on pouvait, disait-on, dormir sur la plage.

Elle n'avait jamais vécu à Miami.

Le dimanche matin à sept heures, elle enfila une grosse doudoune pour passer de la résidence à l'aile ouest. Tout en longeant la colonnade, elle songea à son mari. La veille au soir, Gerry avait été d'humeur badine. Pauline aimait bien cela, mais n'était plus très portée sur la chose depuis longtemps. Tout comme Gerry. Ils avaient toujours eu une vie sexuelle agréable, mais sans surprise. À l'image de leur relation en général d'ailleurs.

Les choses avaient pourtant changé, songea-t-elle avec tristesse.

Ses sentiments pour Gerry s'étaient altérés et elle pensait savoir pourquoi. Auparavant, elle avait toujours éprouvé la conviction rassurante de pouvoir compter sur lui. Il leur arrivait de ne pas être d'accord, mais ils ne se désolidarisaient jamais. Ils discutaient sans hargne parce que leurs différends n'étaient pas très profonds.

Jusqu'à présent.

C'était la faute de Pippa. Leur adorable petite fille était devenue une adolescente rebelle et ils ne parvenaient pas à s'entendre sur la conduite à tenir. C'était tellement banal : il devait y avoir un tas d'articles sur le sujet dans les magazines féminins que Pauline ne lisait jamais. Elle avait entendu dire que les querelles conjugales à propos de l'éducation des enfants étaient les pires.

Gerry ne se contentait pas de la contredire, il soutenait qu'elle était responsable du problème. Il lui répétait sans cesse « Pippa a besoin de voir sa mère plus souvent », alors qu'il savait parfaitement que c'était impossible. Le seul résultat était de la faire culpabiliser.

Jusqu'à ces derniers temps, ils avaient toujours affronté les difficultés et assumé les responsabilités ensemble. Elle était du côté de Gerry et il était du sien. Désormais, il donnait plutôt l'impression d'être contre elle. Et cette idée n'avait cessé de lui trotter dans la tête la veille pendant qu'il était allongé sur elle dans le lit à baldaquin de la chambre de la reine dans lequel Élisabeth II avait passé une nuit. Pauline n'avait éprouvé aucune affection, aucune émotion, aucun désir. Et si Gerry avait mis plus de temps que d'habitude, songeat-elle, c'était sans doute qu'il n'y mettait pas beaucoup de cœur non plus.

Pippa surmonterait cette phase, mais leur mariage y résisterait-il ? Cette question l'affligeait.

Elle entra dans le Bureau ovale en frissonnant. Sa chef de cabinet, Jacqueline Brody, l'y attendait. Elle avait l'air d'être debout depuis des heures. « Le conseiller à la Sécurité nationale, le Secrétaire d'État et la directrice du Renseignement national souhaitent vous parler de toute urgence, lui annonça Jacqueline. Ils sont accompagnés du directeur adjoint de la CIA chargé de l'analyse.

— Gus et Chess, le grand patron de la Sécurité nationale et la grosse tête de la CIA, aux aurores un dimanche matin ? Il doit se passer quelque chose de grave. » Pauline se débarrassa de sa doudoune. « Faites-les entrer tout de suite. » Elle s'installa à son bureau.

Gus portait un blazer noir et Chess une veste en tweed, leurs tenues dominicales. En pantalon noir et veste courte, la directrice du Renseignement national, Sophia Magliani, arborait une tenue plus stricte. Avec son caban, son pantalon de jogging et ses baskets usées, le représentant de la CIA avait l'air d'un clochard. Quand Sophia le présenta sous le nom de Michael Hare, Pauline se rappela avoir entendu parler de lui : il maîtrisait le russe et le mandarin et on le surnommait « Mickey deux cerveaux ». Elle lui serra la main en lui disant : « Merci d'être venu.

— 'jour », marmonna-t-il.

Pauline trouva qu'il avait l'air de n'avoir même pas un cerveau entier.

Remarquant la froideur de sa réaction, Sophia s'empressa de l'excuser : « Michael n'a pas dormi de la nuit. »

Pauline s'abstint de tout commentaire. « Asseyez-vous et dites-moi ce qui se passe.

— Peut-être vaudrait-il mieux que Michael vous l'explique, suggéra Sophia.

— Mon homologue à Pékin s'appelle Chang Kai, commença Hare. Il est vice-ministre du Renseignement extérieur au Guoanbu, le service secret chinois. »

Pauline n'avait pas de temps à perdre en digressions. « Pourriez-vous aller droit au but, monsieur Hare ?

— C'est ce que je fais », rétorqua-t-il sans dissimuler un certain agacement.

Pareille réplique à l'adresse de la présidente frôlait la grossièreté. Hare manquait singulièrement de charme, c'était le moins qu'on pût dire. Certains membres de

453

la communauté du renseignement prenaient tous les politiciens pour des imbéciles, surtout par rapport à eux-mêmes. Hare était apparemment du nombre.

«Madame la Présidente, intervint Gus de sa voix la plus suave, si je puis me permettre, je pense que ce que monsieur Hare a à nous confier vous intéressera.»

Si Gus le disait, c'était certainement vrai. «Entendu. Poursuivez, monsieur Hare.»

Hare reprit son exposé comme s'il avait à peine relevé l'interruption. «Hier, Chang s'est rendu à Yanji, une ville proche de la frontière de la Corée du Nord. Nous le savons parce que l'antenne de la CIA à Pékin a piraté le réseau informatique de l'aéroport.

— Il a voyagé sous son vrai nom? s'inquiéta Pauline.

— À l'aller, oui. Au retour en revanche, il a pris un faux nom ou un vol non régulier; quoi qu'il en soit, il n'apparaît plus dans le système informatique.

— Peut-être n'est-il pas revenu.

— Si. Ce matin à huit heures trente, un de nos agents sur place a téléphoné chez lui en se faisant passer pour un ami et l'épouse de Chang lui a répondu qu'il était au bureau.»

Malgré l'antipathie qu'il lui inspirait, Pauline écoutait Hare avec un vif intérêt. «En d'autres termes, résuma-t-elle, il a fait un déplacement a priori banal, mais qui a pris un caractère d'urgence ou de haute sécurité sinon les deux, et il est allé à son bureau ce matin, un dimanche. Pourquoi? Que savez-vous d'autre?

— J'y viens», répondit Hare du même ton irrité. On aurait dit un professeur de lycée exaspéré d'être interrompu par les questions stupides de ses élèves. Malgré son air gêné, Sophia se garda d'intervenir. «De bonne heure ce matin, poursuivit Hare, la radio sud-coréenne a annoncé que l'unité d'élite des Opérations spéciales nord-coréennes avait pris d'assaut une base militaire dont on ignore le nom, pour tenter de s'emparer des opposants au gouvernement. Plus tard, Pyongyang a déclaré que des traîtres à la solde des Américains avaient été arrêtés sur une base, toujours sans l'identifier.

— Nous en sommes partiellement responsables, reconnut Pauline.

— Parce que nous avons renforcé les sanctions contre la Corée du Nord quand la Chine a mis en échec notre résolution sur les ventes d'armes, expliqua Chess qui prenait la parole pour la première fois.

— Ce qui a porté préjudice à l'économie nord-coréenne.

— C'est l'objectif même des sanctions, se justifia Chess qui avait été à l'origine de cette décision.

— L'efficacité de cette mesure a dépassé nos espérances, nota Pauline. L'économie nord-coréenne était déjà en piteux état, à cause de nous, elle s'est effondrée.

— Si nous ne voulions pas en arriver là, il ne fallait pas prendre cette initiative.

— C'est moi qui l'ai prise, Chess, rappela Pauline qui ne voulait pas que son conseiller se sente personnellement mis en cause. Je ne prétends pas que c'était une erreur. Mais nous étions loin d'imaginer que cela déclencherait une révolte contre le gouvernement de Pyongyang... si c'est bien ce dont il s'agit.» Elle se retourna vers l'analyste de la CIA. «Continuez, je vous prie, monsieur Hare. Vous disiez que les rapports sont contradictoires et ne permettent pas de savoir s'il y a réellement eu des arrestations.

— Cette question a été élucidée il y a deux heures, en fin d'après-midi heure coréenne, un peu avant l'aube ici, répondit Hare. Un reporter de KBS1, la principale chaîne d'information de Corée du Sud, est en contact avec les prétendus traîtres, qui, soit dit en passant, ne sont pas à la solde des Américains.

— C'est bien dommage, glissa Gus.

— La chaîne a diffusé un entretien, retransmis en vidéo sur Internet, avec un officier de l'armée nord-coréenne qui affirme faire partie des rebelles. Son nom n'a pas été donné, mais nous l'avons identifié par la suite. C'est le général Pak Jae-jin. Il assure que personne n'a été arrêté, que les Forces spéciales ont été repoussées et que les rebelles contrôlent la base.

— Précise-t-on de quelle base il s'agit?

— Non. Et il n'y a pas d'images satellite de l'affrontement parce que c'est l'hiver et que la couverture nuageuse est dense sur toute la région. Mais Pak Jae-jin a été filmé à l'extérieur, devant des bâtiments que nous avons pu comparer avec des photos existantes et d'autres informations dont nous disposons sur les bases militaires nord-coréennes, ce qui nous a permis d'établir qu'il s'agit de la base de Sangnam-ni.

— Ce nom ne m'est pas inconnu. N'est-ce pas une base de missiles nucléaires? murmura Pauline avant de se rendre soudainement compte de la portée de ce qu'elle venait de dire. Mon Dieu, les rebelles possèdent l'arme nucléaire!

— Voilà pourquoi nous sommes ici », souligna Gus.

Pauline resta longuement silencieuse, le temps d'assimiler la nouvelle. «C'est terrible. Que faire? Il me semble que je devrais en discuter toutes affaires cessantes avec le président Chen.»

Tous acquiescèrent.

Elle consulta sa montre. «Il est moins de vingt heures à Pékin. Il n'est pas encore couché. Jacqueline, veuillez établir cette communication, je vous prie.» La chef de cabinet passa dans la pièce voisine.

«Qu'allez-vous dire à Chen? s'enquit Chess.

— C'est la grande question. Qu'en pensez-vous?

— Nous pourrions commencer par lui demander quelle est son analyse des risques.

— C'est incontournable. Il doit disposer de plus d'informations que nous. Il a dû s'entretenir au moins une fois avec le Guide suprême Kang au cours des douze dernières heures.

— Il n'en aura pas tiré grand-chose, observa Hare avec mépris. Les deux hommes se détestent. Cependant, les services de renseignement de Chen ont dû bosser toute la journée, comme nous cette nuit, et ils sont aussi malins que nous. Son vice-ministre Chang Kai lui aura certainement filé des tuyaux. Quant à savoir s'il acceptera de partager son analyse avec nous, c'est une autre question.»

Son commentaire n'appelant aucune réponse de sa part, Pauline poursuivit. «Quoi d'autre, Chess?

— Demandez-lui ce qu'il compte faire.

— Quelles sont ses options?

— Il peut proposer la formation d'une force d'intervention sino-nord-coréenne conjointe pour reprendre la base de Sangnam-ni au profit du gouvernement de Pyongyang grâce à une opération éclair.»

Hare intervint à nouveau sans y avoir été invité: «Kang n'acceptera jamais.»

Il a malheureusement raison, pensa Pauline. «Bien, monsieur Hare, selon vous, que peut faire le Président chinois?

— Rien.

— Qu'est-ce qui vous fait penser cela?

— Je ne le pense pas, je le sais. Une intervention chinoise provoquerait une escalade, un point c'est tout.

— Je vais tout de même lui demander si les États-Unis ou la communauté internationale peuvent faire quelque chose pour l'aider.

— À condition de commencer par lui dire "Je ne veux surtout pas m'ingérer dans les affaires intérieures d'un autre pays, mais…", l'avertit Hare. Les Chinois sont très pointilleux là-dessus. »

Pauline n'avait pas de leçons de diplomatie à recevoir de lui. « Monsieur Hare, je pense que nous pouvons vous libérer pour que vous puissiez dormir un peu.

— Ouais, ça marche. » Hare sortit en traînant les pieds.

« Je suis désolée de sa grossièreté, intervint Sophia. Personne ne l'apprécie, mais il est trop précieux pour qu'on se passe de lui. »

Pauline n'avait aucune envie de s'étendre sur le cas de Hare. « Bien. Nous devons décider s'il convient de mettre l'armée américaine en état d'alerte.

— Oui, madame, approuva Gus. Pour le moment, nous sommes au DEFCON 5, préparation normale.

— Je pense qu'il faut passer au DEFCON 4.

— Renseignements accrus et mesures de sécurité renforcées.

— Cela ne me plaît pas beaucoup car les médias ont toujours tendance à s'emballer, mais dans le cas présent je ne vois pas comment nous pourrions l'éviter.

— Je suis de votre avis. Il va peut-être même falloir passer la Corée du Sud au DEFCON 3. La dernière fois que nous l'avons fait aux États-Unis, c'était le 11 Septembre.

— Rafraîchissez-moi la mémoire. Quelle est la différence entre les niveaux 4 et 3 ?

— Il est important de noter qu'au DEFCON 3, les forces aériennes doivent être prêtes à être mobilisées en quinze minutes. »

Jacqueline revint. « Les traducteurs sont à leur poste et nous sommes en train de joindre Chen en visio.

— Vous avez fait vite, remarqua Pauline en regardant l'écran de son ordinateur.

— Je crois qu'il attendait votre appel.»

Pauline griffonna quelques notes sur un bloc : *Sangnam-ni, Forces spéciales, pas d'arrestations, stabilité régionale, stabilité internationale.* À cet instant, un tintement l'alerta et Chen apparut à l'écran. Il était assis devant une grande table, un drapeau chinois jaune et rouge au mur, au-dessus de son épaule, et une peinture de la grande muraille de Chine derrière lui.

«Bonjour, monsieur le Président, dit Pauline. Je vous remercie d'avoir pris mon appel.

— Je suis heureux d'avoir l'occasion de vous parler», répondit-il par la voix de son interprète.

Lors de situations moins officielles, Chen avait conversé en anglais avec Pauline sans difficulté. Dans le cas présent, ils avaient besoin d'être absolument sûrs de bien se faire comprendre.

«Que se passe-t-il à Sangnam-ni ? demanda Pauline.

— Je crains que les sanctions américaines n'aient provoqué une grave crise économique.»

Les sanctions avaient été imposées par les Nations unies et si le système économique communiste n'était pas aussi déplorable, il n'y aurait pas eu de crise, songea Pauline. Mais elle n'en dit rien.

«Pour y remédier, continua Chen, la Chine a décidé d'accorder une aide économique d'urgence à la Corée du Nord en lui envoyant du riz, du porc et de l'essence.»

En d'autres termes, nous sommes les méchants et vous les gentils, résuma Pauline intérieurement. Bien sûr, bien sûr. Mais passons aux choses sérieuses.

«D'après nos informations, les forces d'Opérations spéciales ont été repoussées sans avoir effectué d'arrestations. Faut-il en déduire que les rebelles ont mis la main sur des armes nucléaires ?

459

— Je ne saurais le confirmer.»

Ce qui veut dire oui, songea Pauline, le cœur serré. Chen aurait nié s'il l'avait pu. «Si cette information se vérifie, monsieur le Président, que ferez-vous?

— Il n'est pas question d'intervenir dans les affaires intérieures d'un autre pays, affirma Chen avec conviction. C'est un principe intangible de la politique étrangère chinoise.»

Une connerie intangible, oui! songea Pauline qui s'exprima cependant en des termes plus subtils. «Si une poignée de factieux s'emparent d'armes nucléaires, la stabilité de la région est forcément menacée, ce qui ne peut que vous inquiéter.

— Pour le moment, la stabilité de la région n'est pas menacée.»

Un mur.

Pauline lança une perche au hasard. «Et si l'insurrection s'étend à d'autres bases militaires de Corée du Nord? Sangnam-ni n'est pas la seule base nucléaire du pays.»

Chen hésita longuement avant de répondre. «Le Guide suprême Kang a pris des mesures rigoureuses pour empêcher un tel événement.»

En dépit de son formalisme empesé, cette déclaration contenait une précieuse information, mais Pauline maîtrisa sa fébrilité et décida de mettre un terme à la conversation. Malgré ses propos laconiques, Chen lui avait involontairement, comme il arrive souvent, livré l'indication dont elle avait besoin. «Merci de votre aide, monsieur le Président. Ces échanges avec vous sont toujours un agréable devoir. Restons en contact.

— Merci, madame la Présidente.»

L'écran s'obscurcit. Pauline se tourna vers Gus et Chess. Ils semblaient aussi excités l'un que l'autre. Ils étaient arrivés à la même conclusion qu'elle.

« Si la rébellion ne touchait qu'une base, il me l'aurait dit, remarqua-t-elle.

— Absolument, acquiesça Gus. Mais Kang a pris des mesures rigoureuses, ce qui signifie qu'elles étaient nécessaires parce que l'insurrection s'est étendue.

— Il a dû envoyer des troupes sur la base de Yongdoktong où sont stockées des ogives nucléaires, ajouta Chess. Et les rebelles ont riposté. Chen n'a pas dit que les forces gouvernementales l'avaient emporté, mais seulement que Kang avait pris des mesures. Ce qui laisse penser que le problème n'est pas réglé.

— Kang se concentre sur les bases les plus importantes, poursuivit Gus, mais ce sont celles que les rebelles ont eux aussi prises pour cible. »

Pauline jugea qu'il était temps de passer à autre chose. « J'aimerais avoir des compléments d'information. Sophia, assurez-vous que nos gens du renseignement électromagnétique analysent tout ce que nous pouvons capter en provenance de Corée du Nord. Gus, épluchez les dernières informations que nous avons concernant les armes nucléaires de Corée du Nord : nombre, taille, etc. Chess, contactez la ministre des Affaires étrangères de Corée du Sud. Elle sait peut-être des choses qui nous ont échappé. Et je vais devoir faire une annonce à ce sujet. Jacqueline, dites à Sandip de venir, s'il vous plaît. »

Ils se dispersèrent. Pauline se demanda comment présenter la situation au peuple américain. James Moore et sa clique ne manqueraient pas de déformer et de dénaturer ses propos dans les médias. Elle allait devoir être très claire.

Deux minutes plus tard, Sandip entrait dans la pièce de la démarche souple que lui donnaient ses baskets. Pauline le mit au courant des événements de Sangnam-ni.

« On ne peut pas tenir cette affaire sous le boisseau. Les médias sud-coréens sont trop forts. Ils vont tout divulguer.

— Je suis bien de votre avis. Il faut donc que je montre aux Américains que leur gouvernement maîtrise parfaitement la situation.

— Leur direz-vous que nous sommes prêts à faire face à une guerre nucléaire ?

— Non, ce serait trop alarmiste.

— James Moore vous posera la question.

— Je peux lui répondre que nous sommes prêts à faire face à toute éventualité.

— C'est nettement mieux. Mais dites-moi ce que vous avez vraiment l'intention de faire.

— Je me suis entretenue avec le Président chinois. Il est préoccupé mais, selon lui, il n'y a pas de risque de déstabilisation régionale.

— Quelle mesure prend-il ?

— Il envoie une aide à la Corée du Nord, aide alimentaire et en carburant, parce qu'il pense que le vrai problème est la crise économique.

— OK, des mesures pragmatiques, sans rien de spectaculaire.

— En tout cas, ça ne peut pas faire de mal.

— Et vous, que faites-vous d'autre ?

— Je ne pense pas qu'il y ait des conséquences immédiates pour les États-Unis, mais par précaution, je passe au niveau d'alerte DEFCON 4.

— Tout cela reste très mesuré.

— C'est ce que je veux.

— Quand comptez-vous vous adresser aux médias ? »

Elle consulta sa montre. « Que diriez-vous de dix heures ? Ou vous pensez que c'est trop tôt ? Je tiens à mener la course en tête dans cette affaire.

— Entendu pour dix heures.

— Parfait.

— Merci, madame la Présidente. »

*

Pauline aimait bien les conférences de presse. Les correspondants de la Maison Blanche étaient en général des journalistes intelligents qui comprenaient que la politique était une affaire souvent complexe. Ils lui posaient des questions pointues, auxquelles elle cherchait à répondre honnêtement. Elle appréciait les joutes du débat quand les interlocuteurs cherchaient à aborder les problèmes avec sincérité au lieu de se contenter de jeter de la poudre aux yeux.

Elle avait vu des photos de conférences de presse d'autrefois, un temps où les journalistes étaient tous des hommes en complet veston. Désormais, il y avait aussi des femmes et les tenues étaient plus décontractées, les équipes de télévision étant souvent en tee-shirt et baskets.

Pauline avait abordé sa toute première conférence de presse avec appréhension, il y avait vingt ans de cela. Elle était alors conseillère municipale à Chicago, une ville démocrate, où les élus républicains étaient presque inconnus. Elle s'était donc présentée comme candidate indépendante. En tant qu'ancienne championne de gymnastique, elle militait pour l'amélioration des installations sportives et en avait fait le thème de sa première conférence de presse. Sa nervosité s'était vite dissipée. Dès qu'elle avait commencé à discuter avec les journalistes, elle s'était détendue et n'avait pas tardé à les faire rire. Après cette première expérience, elle n'avait plus jamais eu le trac.

La conférence se déroula comme prévu. Sandip avait prévenu les correspondants que Pauline ne répondrait à aucune question concernant sa fille et que si quelqu'un l'interrogeait sur ce point, l'entretien serait aussitôt interrompu. Pauline s'attendait vaguement à ce que quelqu'un enfreigne la règle, mais il n'en fut rien.

Elle évoqua sa conversation avec Chen, parla du passage au DEFCON 4 et conclut par les mots qu'elle voulait qu'ils retiennent : « L'Amérique est prête à faire face à toute éventualité. »

Elle passa aux questions des correspondants principaux, puis, à deux minutes de la fin, donna la parole à Ricardo Alvarez du *New York Mail*, qui lui était généralement hostile.

« Interrogé sur la crise en Corée du Nord, James Moore a déclaré ce matin que, dans une telle situation, il faudrait un homme à la tête du pays. Que répondez-vous à cela, madame la Présidente ? »

On entendit quelques gloussements dans la salle, mais Pauline releva que les femmes ne riaient pas.

La question ne l'étonna pas. Sandip lui avait déjà rapporté une remarque misogyne de Moore. Elle lui avait rétorqué que ce genre de choses le priverait du soutien des femmes, ce à quoi Sandip avait répondu : « Ma mère pense qu'il a raison. » Les femmes n'étaient pas toutes féministes.

En tout état de cause, elle n'allait pas se laisser entraîner dans une discussion sur l'aptitude d'une femme à être un chef de guerre. Cela permettrait à Moore de définir les thèmes du débat. Elle devait ramener la discussion sur son terrain. Après avoir réfléchi un moment, elle eut une inspiration, un peu insolite peut-être, mais elle décida de suivre son intuition. Se penchant en avant, elle s'adressa aux journalistes sur un ton plus personnel. « Avez-vous remarqué que James Moore ne fait jamais ça ? demanda-t-elle tout en embrassant la salle d'un vaste geste de la main. J'ai réuni ici les chaînes publiques et câblées, les grands journaux et les tabloïdes, les médias libéraux et conservateurs. » Elle s'interrompit pour pointer du doigt celui qui venait de l'interpeller. « Je suis en train de répondre à monsieur Alvarez, dont le journal n'a jamais eu un mot aimable pour moi. Quel contraste avec monsieur Moore ! Pouvez-vous me dire quand il a donné une interview approfondie à la télévision ? Jamais. À ma connaissance, il ne s'est jamais prêté à la publication d'un portrait de lui dans le *Wall Street Journal*, le *New York Times*, ou n'importe quel autre grand organe de presse. Il ne répond qu'à ses amis et à ses partisans. Demandez-lui pourquoi. »

Elle se tut à nouveau. Elle avait envisagé de conclure sur une pique. Pouvait-elle se montrer agressive ? Elle décida que oui et reprit la parole avant qu'on ne l'interrompe. « Je vais vous dire ce que je pense. James Moore a peur. Il a peur d'être incapable de défendre sa politique face à un interlocuteur sérieux. Ce qui me ramène à votre question, monsieur Alvarez. » Et maintenant, prends ça dans les dents, Moore, se dit-elle. « Quand les choses se gâtent, voulez-vous vraiment que l'Amérique soit gouvernée par Jimmy la Trouille ? »

Elle ménagea encore une courte pause, avant de lancer : « Je vous remercie de votre attention. » Et elle quitta la salle.

*

Dans la soirée de ce même dimanche, Pauline dîna avec Gerry et Pippa à la résidence en contemplant les lumières de la ville, pendant qu'à Pékin et à Pyongyang, les gens se levaient dans l'obscurité d'un froid lundi hivernal.

Le cuisinier avait préparé du bœuf au curry, le nouveau plat préféré de Pippa. Pauline mangea le riz et la salade. Elle n'avait aucun goût particulier pour la nourriture ni pour l'alcool. Quoi qu'on lui servît, elle mangeait et buvait avec modération.

«Comment ça va avec Mme Judd en ce moment? demanda-t-elle à Pippa.

— La mère Judas? Cette vieille peau m'a un peu oubliée, Dieu merci.»

Si Pippa n'attirait plus l'attention de la principale du collège, c'était sans doute que son comportement s'était amélioré. Il en allait de même à la maison: les disputes avaient cessé. Pour Pauline, cette transformation était liée à la menace de cours à la maison. Malgré les tendances rebelles de Pippa, le collège était le cœur de sa vie sociale. En évoquant la possibilité d'un professeur particulier, Pauline lui avait remis les idées en place.

«Voyons Pauline, Amelia Judd n'a rien d'un Judas et elle n'est pas vieille. Elle n'a qu'une quarantaine d'années. C'est d'ailleurs une femme remarquablement compétente», lança Gerry d'un ton agacé.

Pauline lui jeta un regard surpris. Il réprimandait rarement Pippa et il était pour le moins curieux qu'il choisisse le sujet de Mme Judd pour le faire. Elle se demanda un instant s'il n'avait pas un petit béguin pour «Amelia». Cela n'aurait rien eu d'étonnant finalement. La principale occupait un poste d'autorité et assumait un rôle de pouvoir, comme Pauline, mais avec dix ans de moins. Une version plus récente du même modèle, songea-t-elle cyniquement.

«Tu l'apprécierais moins si tu l'avais sur le dos toute la journée, comme moi», répliqua Pippa.

On frappa à la porte et Sandip entra. Les membres du personnel n'avaient pas l'habitude de déranger la famille pendant ses repas. En réalité, cela leur était même interdit, sauf en cas d'urgence. «Que voulez-vous, Sandip? demanda Pauline.

— Je suis vraiment désolé de vous interrompre, madame la Présidente, mais deux événements se sont produits au cours des dernières minutes. CBS vient d'annoncer un long entretien avec James Moore en direct, à dix-neuf heures trente. » Pauline consulta sa montre. Il était dix-neuf heures passées de quelques minutes. « Il n'a encore jamais donné d'interview à la télévision.

— Ainsi que je l'ai fait remarquer ce matin.

— Pour CBS, c'est un scoop, c'est pourquoi ils ne perdent pas de temps.

— Vous pensez qu'il a pris la mouche parce que je l'ai appelé Jimmy la Trouille ?

— J'en suis certain. Beaucoup de journalistes reprennent ce surnom dans leurs comptes rendus de la conférence de presse. C'était très malin de votre part. Moore s'est senti obligé d'essayer de prouver que vous aviez tort, ce qui le force à mouiller sa chemise.

— Parfait.

— Il va sans doute se ridiculiser. Il suffit que CBS mette quelqu'un d'intelligent en face de lui. »

Pauline en était moins sûre. « Il peut nous surprendre. Il est fuyant. Si on cherche à le coincer, il vous glisse entre les doigts comme une anguille. »

Sandip acquiesça d'un hochement de tête. « En politique, une seule chose est sûre, c'est que rien n'est sûr. »

Pippa éclata de rire.

« Je vais regarder l'interview et je vous rejoins dans l'aile ouest, dit Pauline à Sandip. Vous vouliez me parler d'autre chose ?

— Les médias d'Asie de l'Est se sont réveillés et la télévision sud-coréenne rapporte que les rebelles de Corée du Nord ont maintenant pris le contrôle des deux bases nucléaires et de deux bases de missiles classiques, ainsi que d'un certain nombre de bases militaires.

— Ce n'est plus un simple incident, remarqua

Pauline que cette nouvelle inquiétait. C'est une véritable insurrection.

— Souhaitez-vous faire une déclaration à ce sujet?

— Non, répondit-elle après réflexion. J'ai relevé le niveau d'alerte et dit aux Américains que nous étions prêts à toute éventualité. Je ne vois pas la nécessité d'ajouter quoi que ce soit à ce message pour le moment.

— Je suis d'accord avec vous, mais il faudra peut-être en reparler après l'interview de Moore.

— Bien sûr.

— Merci, madame la Présidente. »

Sandip se retira. Gerry et Pippa avaient l'air songeurs. Ils entendaient souvent parler de situations politiques tendues, mais celle-ci semblait particulièrement grave. Le dîner s'acheva en silence.

Peu avant dix-neuf heures trente, Pauline rejoignit l'ancien salon de beauté et alluma le téléviseur. Pippa la suivit. Quant à Gerry, après avoir déclaré «Je ne tiens absolument pas à passer une demi-heure en compagnie de ce crétin de Moore», il disparut.

Pauline et Pippa s'installèrent sur le canapé. En attendant le début de l'émission, Pauline demanda à Pippa: «À quoi ressemble madame Judd?

— Petite, blonde, avec de gros nénés. »

Au temps pour les descriptions de genre non binaires, songea Pauline.

L'interview se tenait dans le studio de la télévision, sur un plateau aménagé en salon anonyme avec des tables basses, des lampes et des fleurs dans un vase. Moore n'avait pas l'air à son aise.

Il fut présenté par une journaliste chevronnée, Amanda Gosling. Cheveux blonds coiffés à la perfection, robe bleu-gris dévoilant des mollets bien galbés, elle était également futée et coriace. Elle ne serait pas tendre avec Moore.

Celui-ci avait choisi une tenue plus discrète que d'ordinaire. Si sa veste arborait toujours ses broderies style Far West, elle était accompagnée d'une chemise blanche et d'une cravate ordinaire.

Gosling commença sur un ton aimable. Elle l'interrogea sur sa carrière de champion de base-ball et sur son passé de chroniqueur puis d'animateur radio. «Mais on s'en fout de tout ça! s'impatienta Pippa.

— Elle cherche à l'amadouer, lui expliqua Pauline. Attends.»

Gosling aborda assez rapidement la question de l'avortement. «Certains de vos détracteurs affirment que votre politique en matière d'avortement obligera les femmes à avoir des enfants dont elles ne veulent pas. Cela vous paraît justifié?

— Personne n'oblige une femme à tomber enceinte.

— Quoi? Quoi?» s'insurgea Pippa.

C'était évidemment faux, mais Gosling ne releva pas. «Je tiens à ce que les téléspectateurs comprennent parfaitement votre point de vue sur la question, continua-t-elle d'une voix douce et posée.

— Bonne idée, se réjouit Pippa, comme ça, tout le monde verra que c'est un enfoiré.

— Selon vous, poursuivit Gosling, quand un mari réclame des relations sexuelles à sa femme, a-t-elle le droit de refuser?

— Les hommes ont des besoins, répondit Gosling du ton d'un vieux sage. Le mariage a été institué par Dieu pour qu'ils puissent satisfaire ce besoin.»

Cette fois, Gosling laissa transparaître son mépris. «Soyons clairs: si une femme tombe enceinte, est-ce la faute de Dieu ou celle de son mari?

— C'est évidemment la volonté de Dieu, madame, vous n'êtes pas de cet avis?»

Préférant ne pas s'engager dans un débat sur la

volonté divine, Gosling répliqua : « Quoi qu'il en soit, vous semblez estimer que la femme n'a pas son mot à dire en la matière.

— Je pense que les deux époux doivent discuter de ces questions dans l'amour et la bienveillance. »

Gosling ne comptait pas le laisser s'en tirer aussi facilement. « Mais si je vous comprends bien, en fin de compte, c'est l'homme qui décide.

— Eh bien ma foi, c'est écrit dans la Bible ! Lisez-vous la Bible, madame Gosling ? Moi oui.

— Dans quel siècle il vit, ce type ? grommela Pippa.

— Il dit ce que pensent beaucoup d'Américains. Si ce n'était pas le cas, il ne passerait pas à la télévision. »

Gosling aborda ensuite toute une série de questions épineuses, allant de l'immigration au mariage pour tous. Chaque fois, sans avoir l'air de le contredire, elle l'obligeait à développer ses formules à l'emporte-pièce et à exposer les opinions extrêmes qui étaient les siennes. Des millions de spectateurs se tortillaient de gêne et de dégoût sur leur canapé. Des millions d'autres, hélas, applaudissaient à tout rompre.

Gosling avait gardé la politique étrangère pour la fin. « Récemment, vous avez plaidé pour qu'on coule des bateaux chinois en mer de Chine méridionale. À votre avis, quelle serait la réaction du gouvernement chinois ? Quelles mesures prendrait-il en représailles ?

— Aucune, assura Moore avec aplomb. Les Chinois ne veulent surtout pas d'une guerre avec les États-Unis.

— Mais comment pourraient-ils laisser couler un de leurs bateaux sans réagir ?

— Que voulez-vous qu'ils fassent ? Si la Chine nous attaque, elle sera transformée en désert nucléaire en quelques heures.

— Et au cours de ces quelques heures, quels dommages subirions-nous ?

— Aucun, parce que cela n'arrivera pas. Si je suis président, ils ne nous attaqueront pas parce qu'ils savent parfaitement que je les anéantirai.

— C'est votre conviction ?

— Absolument.

— Et vous êtes prêt à jouer la vie de millions d'Américains sur la foi d'une conviction personnelle ?

— Tel est le rôle du Président. »

C'était presque incroyable. Pauline se souvint pourtant des paroles d'un de ses prédécesseurs : « Si nous avons des armes nucléaires, pourquoi ne pas les utiliser ? »

« Une dernière question, poursuivit la journaliste. Que feriez-vous aujourd'hui face aux insurgés coréens qui disposent d'armes nucléaires ?

— Il paraît que le Président chinois envoie du porc et du riz à la Corée du Nord. La présidente Green semble croire que cela suffira à régler le problème. Ça m'étonnerait.

— La Présidente a relevé le niveau d'alerte.

— De 5 à 4. C'est insuffisant.

— Alors, que feriez-vous ?

— Je prendrais une mesure simple et radicale. Une unique bombe nucléaire détruirait entièrement la base nord-coréenne et toutes les armes qui s'y trouvent. Et le monde entier nous applaudirait de l'avoir débarrassé de cette menace.

— Et selon vous, quelle serait la réaction du gouvernement nord-coréen ?

— Il me remercierait.

— Et s'il considérait ce bombardement comme une atteinte à sa souveraineté territoriale ?

— Que voulez-vous qu'il fasse ? J'aurais détruit toutes ses armes nucléaires.

— Ils peuvent avoir des installations souterraines dont nous ignorons l'existence.

— Ils savent que s'ils nous envoient des missiles, leur pays sera réduit à l'état de désert radioactif pour le siècle à venir. Ils ne prendront pas un tel risque.

— Vous en êtes sûr ?

— Sûr et certain.

— Peut-on résumer votre philosophie en matière de politique étrangère en disant qu'il suffit que l'Amérique brandisse la menace d'une guerre nucléaire pour pouvoir agir à sa guise en toute circonstance ?

— N'est-ce pas la fonction même de l'arme nucléaire ?

— James Moore, candidat aux primaires républicaines et à l'élection présidentielle de l'année prochaine, merci d'avoir répondu à nos questions. »

Pauline éteignit la télévision. Moore s'en était mieux tiré qu'elle ne l'aurait cru. Il n'avait jamais été désarçonné ni hésitant, malgré l'affligeante ineptie de ses propos.

« J'ai des devoirs à faire », annonça Pippa avant de se retirer.

Pauline regagna l'aile ouest. « Demandez à Sandip de me rejoindre, dit-elle à Lizzie. Je serai au studio.

— Bien, madame. »

Elle remit la télévision sur CNN pour écouter les commentaires sur l'intervention de Moore. Les spécialistes l'accablaient de leur mépris, non sans raison, mais Pauline estimait qu'ils auraient dû accorder plus d'attention à ses points forts.

Quand Sandip arriva, elle baissa le son. « Qu'en avez-vous pensé ? lui demanda-t-elle.

— Ce type est cinglé. Certains électeurs s'en seront aperçus, mais pas tous.

— Je suis d'accord avec vous.

— Alors ? Qu'est-ce qu'on fait ?

— Rien de plus pour aujourd'hui. Rentrez chez vous et dormez bien, ajouta Pauline avec un sourire.

— Merci, madame la Présidente. »

Comme à son habitude, Pauline employa ces heures de tranquillité à prendre connaissance de rapports qui réclamaient une concentration de plusieurs minutes sans interruption. Gus arriva peu après onze heures, vêtu du pull en cachemire bleu qu'elle affectionnait.

« L'affaire de Sangnam-ni a mis les Japonais hors d'eux. Ils sont hystériques, lui déclara-t-il.

— Cela ne me surprend pas. Ils ne sont pas loin.

— Trois heures de ferry entre Fukuoka et Busan. Un peu plus pour la Corée du Nord, mais ils restent à portée de ses bombes. »

Pauline quitta sa table et ils s'installèrent dans des fauteuils. Dans l'espace exigu de la pièce, leurs genoux se touchaient presque. « Le Japon et la Corée ont un passé agité, observa Pauline.

— Les Japonais détestent les Coréens. Les réseaux sociaux regorgent de propos racistes.

— Comme en Amérique.

— Autre couleur, mêmes insultes. »

Pauline se sentit plus détendue. Elle appréciait ses conversations tardives occasionnelles avec Gus. Ils abordaient les problèmes au hasard et comme ils ne pouvaient rien faire avant le lendemain matin, ils étaient affranchis de l'obligation de prendre des mesures immédiates. « Servez-vous à boire, proposa-t-elle. Vous savez où se trouvent les alcools.

— Merci. » Il alla prendre une bouteille et un verre dans un placard. « C'est un excellent bourbon, remarqua-t-il.

— Vous me l'apprenez. Je ne sais même pas qui l'a choisi.

— C'est moi », dit-il avec un sourire espiègle qui lui donna, l'espace d'un instant, l'air d'un garnement. Il s'assit et se servit.

«Que fait le gouvernement japonais? demanda Pauline.

— Le Premier ministre a convoqué le conseil de Sécurité nationale, qui va certainement placer l'armée en état d'alerte. On imagine aisément que cette situation puisse provoquer un conflit entre la Chine et le Japon. Les commentateurs s'inquiètent déjà du risque de guerre.

— La Chine est nettement plus puissante.

— Moins que vous ne le pensez. Le Japon a le cinquième plus gros budget militaire du monde.

— Mais il n'a pas l'arme nucléaire.

— Nous, si. Et nous avons conclu avec le Japon un traité militaire qui nous oblige à lui venir en aide en cas d'agression. Pour respecter cet engagement, nous avons cinquante mille hommes sur place, auxquels s'ajoutent la septième flotte, le troisième corps expéditionnaire des marines et cent trente avions de combat de l'USAF.

— Tandis qu'ici, chez nous, nous avons près de quatre mille ogives nucléaires.

— La moitié prêtes à servir, l'autre moitié en réserve.

— Et nous nous sommes engagés à défendre le Japon.

— Oui.»

Pauline savait évidemment déjà tout cela, mais n'en avait jamais perçu les conséquences aussi clairement. «Gus, nous sommes impliqués jusqu'au cou.

— Je ne vous le fais pas dire. Et ce n'est pas tout. Avez-vous entendu parler de ce que les Nord-Coréens appellent la résidence n° 55?

— Oui. C'est le domicile officiel du Guide suprême, dans les faubourgs de Pyongyang.

— Il s'agit en réalité d'un complexe qui s'étend sur plus de mille hectares. On y trouve toutes sortes d'infrastructures de loisirs, dont une piscine avec un

toboggan aquatique, un spa, un stand de tir et un hippodrome.

— Ces communistes ne se privent de rien. Pourquoi
n'ai-je pas d'hippodrome ?

— Madame la Présidente, vous n'avez pas besoin
d'installations de loisirs parce que vous n'avez pas de
loisirs.

— J'aurais dû être dictateur.

— Sans commentaire. »

Pauline pouffa. Elle savait qu'on plaisantait dans son
dos en la traitant de despote.

« Le Service de renseignement national de Corée du
Sud affirme que le régime de Pyongyang a repoussé une
attaque contre la résidence n° 55. C'est une forteresse
équipée d'un abri antiatomique souterrain, sans doute
le lieu le mieux protégé de toute la Corée du Nord. Le
seul fait que les rebelles aient tenté de s'en emparer
donne à penser qu'ils sont beaucoup plus forts que nous
ne l'imaginions.

— Peuvent-ils l'emporter ?

— Ça ne paraît pas impossible.

— Un coup d'État militaire !

— Exactement.

— Nous devrions nous renseigner un peu mieux sur
ces gens. Qui sont-ils, que veulent-ils ? J'aurai peut-être
affaire à eux dans quelques jours s'ils forment un nouveau gouvernement.

— J'ai posé toutes ces questions à la CIA. Ils vont
travailler toute la nuit à un rapport qu'ils devraient vous
remettre demain matin.

— Merci. Vous connaissez mes besoins mieux que
moi. »

Il baissa les yeux et elle se rendit compte avec embarras que sa phrase pouvait paraître ambiguë.

Il but une gorgée de bourbon.

«Gus, si on merde sur ce coup-là, que va-t-il se passer?

— La guerre nucléaire.

— Je vous en prie, expliquez-moi tout ça.

— Eh bien, les deux camps se défendront par des cyberattaques et en s'envoyant des missiles antimissiles, mais tout porte à croire que ces mesures n'auront qu'une efficacité partielle, dans le meilleur des cas. En revanche, quelques bombes nucléaires atteindront leurs cibles dans les deux pays en conflit.

— Quelles cibles?

— Les deux camps chercheront à détruire les bases de lancement de missiles de l'ennemi. Ils viseront également les grandes villes. La Chine bombardera au minimum New York, Chicago, Houston, Los Angeles, San Francisco et la ville où nous nous trouvons, Washington.»

À mesure qu'il énonçait les noms des villes, Pauline les visualisait mentalement: le Golden Gate de San Francisco, l'Astrodome de Houston, la Cinquième Avenue de New York, le Rodeo Drive de Los Angeles, la maison de ses parents à Chicago et le Washington Monument qu'elle voyait par la fenêtre.

«Mais il est plus probable qu'elle bombardera entre dix et vingt grandes villes, continua Gus.

— Rappelez-moi les effets d'une explosion.

— Au cours du premier millionième de seconde, il se forme une boule de feu de deux cents mètres de diamètre. Tous ceux qui se situent dans ce périmètre meurent instantanément.

— Ce sont peut-être les plus chanceux.

— La déflagration rase tous les bâtiments sur un kilomètre et demi à la ronde. Presque tous ceux qui sont dans cette zone meurent, tués par l'onde de choc ou par la chute de débris. La chaleur embrase tout ce qui peut brûler, humains compris, dans un rayon de cinq à dix kilomètres. Les accidents de la route se multiplient, les trains déraillent. Comme le souffle et la chaleur montent également, des avions tombent.

— Combien de victimes?

— À New York, environ deux cent cinquante mille personnes meurent plus ou moins sur le coup. Cinq cent mille de plus sont blessées. Le mal des rayons continue à faire de nombreuses victimes dans les heures et les jours qui suivent.

— Mon Dieu !

— Et encore, je ne vous parle que d'une bombe. Ils enverraient plusieurs missiles sur chaque ville, pour parer à tout dysfonctionnement éventuel. Or la Chine possède désormais des missiles à ogives multiples. Un seul d'entre eux peut transporter jusqu'à cinq bombes, dont chacune est guidée indépendamment. Personne ne sait quel serait l'effet de dix, vingt, cinquante explosions nucléaires dans une ville, car cela n'est encore jamais arrivé.

— C'est inimaginable.

— Et je ne vous parle que du court terme. Quand toutes les grandes villes de Chine et des États-Unis seront en feu, vous imaginez la quantité de suie qui sera rejetée dans l'atmosphère? Une quantité suffisante, selon certains chercheurs, pour voiler la lumière du soleil et faire baisser les températures à la surface de la terre, ce qui entraînerait une diminution des récoltes, une pénurie alimentaire et une famine dans de nombreux pays. On appelle cela l'hiver nucléaire.»

Pauline avait l'impression d'avoir avalé quelque chose de lourd et de glacé.

«Je suis désolé d'être aussi sinistre, s'excusa Gus.

— Je l'ai cherché.»

Elle se pencha en avant en tendant les deux mains. Gus les prit et les garda dans les siennes.

Après un long silence, elle murmura : « Cela ne doit jamais se réaliser.

— Que le ciel vous entende.

— Et vous savez à qui il incombe de l'éviter ? À vous et moi.

— Oui. Mais surtout à vous. »

21

Tamara craignait qu'ils n'aient perdu Abdul.

Cela faisait maintenant huit jours qu'il avait appelé pour signaler que le bus s'apprêtait à franchir la frontière de la Libye. Peut-être avait-il été arrêté par les Libyens, bien que dans ces régions livrées à l'anarchie, cela parût peu probable. Il avait aussi pu, chose plus vraisemblable, être enlevé ou assassiné par une tribu indépendante de tout gouvernement. S'il était encore en vie, ils recevraient peut-être bientôt une demande de rançon.

Mais peut-être Abdul avait-il disparu à jamais.

Tab proposa une réunion pour discuter des mesures à prendre. Ces rencontres avaient lieu alternativement à l'ambassade des États-Unis et à l'ambassade de France. Celle-ci aurait lieu à l'ambassade de France et se déroulerait en français, raison pour laquelle Dexter n'y assistait pas.

Elle était présidée par le patron de Tab, Marcel Lavenu, un homme de grande taille à la tête ronde et chauve qui s'élevait au-dessus de ses épaules tel un dôme d'église. «J'ai rencontré l'ambassadeur de Chine hier soir, annonça-t-il sur un ton détaché pendant que tous prenaient place. L'affaire de la Corée du Nord le rend fou de rage. Pourtant les Chinois n'ont aucun scrupule à armer des rebelles en Afrique du Nord. Imaginez la réaction si la base nucléaire de Sangnam-ni avait été prise par des insurgés armés de clairons.»

Devant l'incompréhension manifeste de Tamara, Tab lui expliqua : « Le clairon est le surnom donné au FAMAS, le fusil d'assaut bullpup fabriqué en France par la Manufacture d'armes de Saint-Étienne. »

Tout en parlant, Tab étalait une grande carte sur la table. Il portait une chemise blanche dont il avait retroussé les manches, dévoilant la peau brune de ses avant-bras recouverts d'un léger duvet. Penché sur la carte, un crayon à la main, une mèche tombant sur ses yeux, il était irrésistible. Tamara l'aurait volontiers entraîné dans son lit sur-le-champ.

Il était inconscient de l'effet qu'il produisait. Un jour, elle l'avait accusé en riant de choisir délibérément ses tenues dans le but de faire battre le cœur des femmes. Il lui avait souri, mais, à son air vague, elle s'était rendu compte qu'il ne comprenait pas du tout ce qu'elle voulait dire. Ce qui le rendait encore plus séduisant.

« Voici Faya, commença-t-il en désignant un lieu sur la carte de la pointe de son crayon. À mille kilomètres d'ici par la route. C'est de là qu'Abdul nous a appelés il y a huit jours pour nous donner une masse d'informations très précieuses. Je suppose que, depuis, il n'a plus eu de réseau. »

M. Lavenu était un homme intelligent, bien qu'un peu prétentieux. « Et le signal radio provenant de la cargaison ? demanda-t-il. Ne pouvons-nous pas le capter ?

— Pas d'ici, répondit Tab. Il n'a que cent cinquante kilomètres de portée.

— Ah oui. Continuez.

— L'armée préfère ne pas intervenir pour le moment contre les terroristes qu'Abdul a identifiés de crainte d'en alerter d'autres, peut-être plus importants, qui se trouveraient plus loin sur la route. Mais ce n'est que partie remise.

— Et dans quel état d'esprit était monsieur Abdul il y a huit jours ? demanda encore Lavenu.

— Il a parlé à notre collègue américaine », dit Tab en désignant Tamara.

Lavenu se tourna vers elle avec un regard interrogateur.

« Il avait bon moral, déclara Tamara. Un peu agacé par les pannes et les retards, naturellement, mais il apprenait énormément de choses sur l'EIGS. Il sait qu'il court de grands dangers, mais c'est un homme coriace et courageux.

— Son courage ne fait aucun doute. »

Tab reprit : « Nous pensons que le bus a pris la route du nord-ouest à partir de Faya, en direction de Zouarké, avant de remonter vers le nord, avec les montagnes à sa droite et la frontière du Niger à sa gauche. Il n'y a pas de route goudronnée dans cette région. Le bus a dû franchir la frontière quelque part au nord de Wour. Abdul est sans doute en Libye à l'heure qu'il est, mais nous n'avons aucun moyen de nous en assurer.

— C'est pour le moins regrettable, déplora Lavenu. Il n'est évidemment pas toujours possible d'éviter de perdre la trace d'un agent, mais faisons-nous tout ce que nous pouvons pour le retrouver ?

— Je ne vois pas bien ce que nous pourrions faire de plus, monsieur, remarqua poliment Tamara.

— Le signal radio de la cargaison ne pourrait-il pas être capté par un hélicoptère qui survolerait la route empruntée par le bus ?

— Si, probablement, admit Tab. La zone à couvrir serait immense, mais cela vaut sans doute la peine d'essayer. Nous pouvons supposer que le bus a pris le chemin le plus court pour rejoindre une route goudronnée, en roulant donc plus ou moins plein nord. Le problème est que les passagers du bus verront et entendront l'hélico et que les trafiquants comprendront qu'ils sont surveillés et prendront alors les mesures nécessaires pour nous échapper.

— Et avec un drone?

— Les drones sont plus silencieux que les hélicoptères et volent beaucoup plus haut, approuva Tab. Ils sont bien mieux adaptés à la surveillance clandestine.

— Dans ce cas, je vais demander à l'aviation française d'envoyer un de ses drones tenter de repérer le signal radio de la cargaison.

— Ce serait super!» s'écria Tamara. Quel soulagement elle éprouverait si on parvenait à localiser le bus d'Abdul!

La réunion s'acheva peu après et Tab raccompagna Tamara à sa voiture. L'ambassade française occupait un bâtiment moderne long et bas, éblouissant de blancheur à la lumière crue du soleil.

«Tu n'as pas oublié que mon père arrive aujourd'hui?» lui demanda Tab. Malgré son sourire, il semblait inhabituellement nerveux.

«Bien sûr que non. Je suis impatiente de faire sa connaissance.

— Petit changement de programme.»

Elle comprit que c'était la raison de sa nervosité.

«Ma mère l'accompagne.

— Oh, mon Dieu, elle vient voir à quoi je ressemble, c'est ça?

— Mais non.» Devant la moue sceptique de Tamara, il admit: «En fait, si.

— J'en étais sûre.

— Ça t'inquiète à ce point? Je leur ai parlé de toi et elle est curieuse, évidemment.

— Elle est déjà venue te voir ici?

— Non.»

Qu'avait bien pu raconter Tab pour inciter sa mère

à se rendre au Tchad pour la première fois de sa vie ? Il avait dû confier à ses parents que Tamara pourrait bientôt faire durablement partie de sa vie... et de la leur. Elle aurait dû en être heureuse et non angoissée.

« C'est quand même drôle, remarqua Tab. Dans ce pays en proie à l'anarchie, tu affrontes le danger tous les jours sans broncher, et voilà que tu as peur de ma mère.

— C'est vrai. » Elle se sentait ridicule, ce qui ne l'empêchait pas d'être anxieuse. Elle repensa à la photo qu'elle avait vue dans l'appartement de Tab. Sa mère était blonde et élégante, mais c'était tout ce dont elle se souvenait. « Tu ne m'as pas dit comment ils s'appellent. Je ne peux décemment pas les appeler papa et maman.

— Pas encore en tout cas. Mon père s'appelle Malik. Ma mère Marie-Anatole, mais on l'appelle toujours Anne parce que c'est un nom courant dans beaucoup de langues. »

Tamara avait noté le « pas encore », mais ne releva pas. « Quand arrivent-ils ?

— Leur avion atterrit vers midi. Nous pourrions dîner ensemble ce soir. »

Tamara secoua la tête. Les gens étaient souvent un peu grognons après un voyage en avion. Elle préférait les rencontrer après une bonne nuit de repos. « Il vaudrait mieux que tu passes la première soirée seul avec eux. Cela vous permettra d'échanger des nouvelles familiales, ajouta-t-elle pour ne pas lui laisser entendre qu'elle craignait leur mauvaise humeur.

— Peut-être...

— Pourquoi ne pas nous retrouver demain pour le déjeuner ?

— Tu as raison, c'est une excellente idée. Mais il ne faudrait pas qu'on nous voie ensemble en public,

483

tous les quatre, tu ne crois pas ? Je ne suis pas prêt à annoncer à mes supérieurs que je suis amoureux d'une espionne yankee.

— Je n'y avais pas pensé. Je ne peux pas non plus les inviter dans mon petit studio. Comment faire ?

— Il va falloir réserver une des salles à manger privées du Lamy. Ou déjeuner dans leur suite. Papa prend toujours une chambre ordinaire quand il est seul, mais maman aura certainement réservé la suite présidentielle. »

Dans ce cas, pas de problème, se dit Tamara, un peu perplexe. Elle ne s'était pas encore habituée à la fortune de la famille de Tab.

« À notre premier rendez-vous, reprit Tab, tu portais une robe rayée bleu marine et blanc avec un boléro et des chaussures bleues.

— Ouah, tu avais remarqué !

— Tu étais superbe.

— Ça me donnait un petit air sage, mais tu m'as vite percée à jour.

— Ce serait une tenue parfaite pour mardi. »

Elle en resta bouche bée. Jamais encore il ne s'était permis de lui donner des conseils vestimentaires. Ce n'était pas son genre. Sans doute fallait-il mettre cette recommandation sur le compte de l'appréhension, mais elle n'en était pas moins heurtée qu'il se préoccupe à ce point de l'impression qu'elle ferait sur sa mère. « C'est bon, Tabdar. » Elle n'employait son nom complet que pour le taquiner. « Je tâcherai de ne pas te faire honte. Ces derniers temps, je n'ai pas trop tendance à me soûler la tronche ni à pincer les fesses du serveur.

— Pardon, dit-il en riant. Papa est plutôt cool, mais maman peut être plus critique.

— Je compatis. Attends de rencontrer ma mère, la proviseure. Si tu la contraries, elle t'enverra au coin.

— Merci de ta compréhension. »

Elle lui plaqua un baiser sur la joue et monta dans la voiture qui attendait.

Elle repensa au « pas encore » de Tab. Il supposait donc qu'un jour viendrait où elle appellerait ses parents papa et maman, ce qui voudrait dire qu'ils seraient mariés. Elle savait qu'elle voulait passer sa vie avec lui, mais le mariage n'était pas une priorité pour elle. Elle s'était déjà mariée deux fois, avec un résultat systématiquement décevant. Elle n'était pas pressée de recommencer.

Il lui fallut moins de cinq minutes pour gagner le parc verdoyant de l'ambassade américaine. Dans son bureau, elle rédigea un compte rendu de la réunion à l'intention de Dexter, puis se rendit à la cantine pour déjeuner. Elle prit une salade Cobb et un Coca Light.

Susan Marcus la rejoignit, posa son plateau sur la table, retira sa casquette d'uniforme et secoua la tête pour ébouriffer sa courte chevelure. Elle s'assit, mais ne toucha pas à son steak. « Les renseignements que nous a fournis Abdul sont inestimables, déclara-t-elle. J'espère qu'il aura une médaille.

— Si on lui en donne une, nous ne le saurons peut-être jamais. À la CIA, les remises de décorations sont en général tenues secrètes. On appelle ces médailles des suspensoirs.

— Parce qu'on ne les voit pas et que les femmes n'en ont pas besoin, commenta Susan avec un sourire en coin.

— Vous avez tout compris.

— Écoutez, dit Susan reprenant son sérieux, j'aurais quelque chose à vous demander. »

Tamara avala une bouchée et reposa sa fourchette. « Je vous écoute.

— Comme vous le savez, une grande partie de notre

mission ici consiste à entraîner l'Armée nationale tchadienne.

— En effet.

— Mais ce que vous ne savez sans doute pas, c'est que nous avons appris à ses meilleurs éléments à se servir de drones.

— Je l'ignorais.

— Cela se fait évidemment sous contrôle étroit et les gars d'ici ne sont pas autorisés à manipuler les drones sans surveillance américaine.

— Bien.

— Il arrive que des appareils soient détruits en cours d'exercice. L'un d'eux, qui transportait une ogive, a explosé en atteignant sa cible, comme il est censé le faire. Un autre a été abattu : ça fait partie de l'entraînement. Nous tenons évidemment un compte précis du nombre d'appareils que nous avons.

— Bien entendu.

— Figurez-vous qu'il nous en manque un.

— Comment est-ce possible ? s'étonna Tamara.

— Beaucoup de drones s'écrasent. C'est encore une technologie nouvelle. Dans le langage officiel, on parle de "dysfonctionnement du système de guidage".

— Et vous ne réussissez pas à le retrouver ? Quelle taille a-t-il ?

— Les drones qui transportent des armes sur de longues distances sont de sacrés engins. Celui dont je vous parle a l'envergure d'un jet privé. Il lui faut une piste pour décoller. Mais le désert est vaste.

— Vous pensez qu'il aurait pu être volé ?

— En temps normal, le fonctionnement d'un drone est assuré par une équipe de trois hommes : un pilote, un opérateur des capteurs et un coordinateur du renseignement de la mission. Un seul homme pourrait à la rigueur le faire voler, mais il ne pourrait pas se passer de la station de contrôle.

— Et cette station, elle est grande comment ?

— C'est une fourgonnette. À l'arrière, le pilote est installé dans un cockpit virtuel équipé d'écrans affichant les images que capte le drone, de cartes et d'instruments de navigation. Il y a aussi une commande de gaz et un joystick classiques. Sur le toit, une antenne satellite communique avec le drone.

— Il faudrait donc que le voleur embarque aussi la fourgonnette.

— À moins qu'il ne puisse en acheter une au marché noir.

— Vous voulez que j'essaie de tirer ça au clair ?

— Oui, ça me rendrait un grand service.

— Peut-être le drone a-t-il été mis en vente. Peut-être aussi le Général le planque-t-il quelque part sur un terrain d'aviation isolé. Ou peut-être encore quelqu'un cherche-t-il en ce moment même à se procurer une station de contrôle au marché noir. Je vais essayer de me renseigner.

— Merci.

— Je peux manger ma salade maintenant ?

— Je vous en prie. »

*

Tamara avait rendez-vous avec Karim le mardi matin.

Comme elle devait aller déjeuner avec les parents de Tab immédiatement après son café avec Karim, elle s'habilla avec soin, sans suivre cependant les conseils de Tab. Il n'était pas question de lui obéir au doigt et à l'œil. Mais elle ne voulait pas non plus faire sa tête de mule et se présenter en jean déchiré. Tab lui avait dit un jour qu'elle avait l'élégance sobre que les Français appréciaient. C'était de toute façon le style qu'elle préférait. Elle choisit donc la tenue qu'elle portait quand il lui avait adressé ce compliment, une robe fourreau gris moyen avec une ceinture rouge.

Elle hésita sur le choix des bijoux. Marie-Anatole Sadoul était propriétaire et directrice de la société Travers qui fabriquait, entre autres, toutes sortes d'accessoires de luxe. Rien de ce qu'elle avait ne pouvait rivaliser avec les précieuses parures que porterait sûrement la mère de Tab. Elle décida donc de faire preuve d'anticonformisme et de porter une ancienne pointe de flèche touareg qu'elle avait elle-même montée en pendentif. Par endroits, le Sahara était jonché de vestiges de ce genre et ce bijou n'avait aucune valeur. En revanche, il était intéressant et original. C'était une pierre taillée, finement ciselée, aux bords acérés. Elle avait percé un trou dans la partie la plus large et y avait fait passer un mince lacet de cuir. Le gris sombre de la pierre s'accordait bien avec la couleur de sa robe.

Karim écarquilla les yeux d'un air admiratif en la voyant, mais il ne fit aucun commentaire. Tamara s'assit en face de lui, à une table qui était manifestement celle du propriétaire, et accepta une tasse de café amer. Ils parlèrent de la bataille qui avait eu lieu au camp de réfugiés onze jours plus tôt. «Nous sommes soulagés que la présidente Green n'ait pas cru les mensonges des Soudanais soutenant que nous avions envahi leur territoire, lui déclara Karim.

— La Présidente disposait du rapport d'un témoin oculaire.

— Vous? demanda Karim en haussant les sourcils.

— Elle m'a téléphoné personnellement pour me remercier.

— Bien joué! Vous la connaissez?

— J'ai travaillé avec elle il y a des années lorsqu'elle était candidate à un siège au Congrès.

— Je suis très impressionné ! »

Ses félicitations étaient pourtant en demi-teinte et Tamara comprit qu'il fallait faire preuve de tact. Karim était un personnage important parce qu'il connaissait le Général. L'idée que Tamara pût l'éclipser parce qu'elle connaissait la présidente des États-Unis ne l'enchantait peut-être pas. Aussi jugea-t-elle préférable de minimiser la chose. « Elle fait ça tout le temps. Elle appelle des gens ordinaires, un chauffeur, un flic, un journaliste de la presse locale, pour les remercier du travail accompli.

— Ça lui fait une bonne publicité !

— Exactement ! » Ayant ainsi fait profil bas, elle se décida à lui poser une question délicate. « Un de nos drones a disparu. Vous étiez au courant ? »

Karim n'aimait pas avouer son ignorance. Il avait tendance à toujours feindre d'être au courant de tout. S'il lui arrivait d'admettre ne pas savoir quelque chose, c'était en réalité pour cacher qu'il n'en ignorait rien. Aussi Tamara estimait-il que s'il lui répondait « Oui, j'en ai entendu parler », cela voudrait probablement dire qu'il ne savait rien, alors que s'il répondait « Non, je n'étais pas au courant », cela signifierait le contraire.

Il hésita une fraction de seconde avant de répondre : « Ah bon ? Un drone a disparu ? Je l'ignorais. »

Autrement dit, vous le saviez, conclut Tamara. Voyons, voyons. « Nous pensions que c'était peut-être le Général qui l'avait, ajouta-t-elle pour en avoir confirmation.

— Certainement pas ! s'exclama Karim affichant une indignation peu convaincante. Que voulez-vous que nous en fassions ?

— Je ne sais pas, moi. Il aurait pu simplement

souhaiter en avoir un, comme…» Elle désigna la grosse montre de plongée sophistiquée que Karim portait au poignet gauche. «Comme vous avez eu envie de cette montre.» Si Karim était sincère, il éclaterait de rire en plaisantant: «Oui, bien sûr, c'est sympa d'avoir un joli drone dans sa poche, même si on ne s'en sert jamais.»

Au lieu de quoi, il déclara d'un air solennel: «Le Général n'envisagerait jamais de posséder une arme aussi puissante sans l'approbation de ses alliés américains.»

Foutaises, songea Tamara, dont les soupçons se renforcèrent. Ayant obtenu l'information qu'elle voulait, elle changea de sujet. «Les forces armées surveillent-elles la zone démilitarisée le long de la frontière soudanaise? demanda-t-elle.

— Jusqu'à présent, oui.»

Pendant qu'ils parlaient du Soudan, Tamara réfléchissait à la question de Karim: que pourrait bien faire le Général d'un drone américain? Le garder comme un trophée inutile sans jamais s'en servir, à l'image de Karim qui, vivant dans un pays enclavé comme le Tchad, n'aurait jamais l'usage de sa montre étanche jusqu'à cent mètres? Mais le Général était un roublard, comme son embuscade l'avait démontré, et il avait peut-être de plus sinistres projets.

Ayant soutiré à Karim tous les renseignements qu'elle pouvait espérer ce jour-là, Tamara prit congé et regagna sa voiture. Elle ferait le compte rendu de cette conversation plus tard. Elle devait d'abord affronter l'épreuve de la rencontre avec les parents de Tab.

Elle s'exhorta à ne pas se montrer trop sensible. Ce n'était pas un examen, mais un simple déjeuner familial. Elle n'en était pas moins dans ses petits souliers.

En arrivant au Lamy, elle passa aux toilettes pour se refaire une beauté. Elle se recoiffa et retoucha son maquillage. Sa pointe de flèche rendait bien dans le miroir.

Elle avait reçu un message sur son téléphone lui indiquant le numéro de la chambre. Tab entra juste derrière elle dans l'ascenseur. Elle l'embrassa sur les deux joues, puis essuya les marques laissées par son rouge à lèvres. Il était très chic en costume et cravate à pois, avec une pochette blanche. « Laisse-moi deviner, lui dit-elle en français. Ta mère aime que ses hommes se mettent sur leur trente et un.

— Les hommes aussi aiment ça. Et tu es absolument ravissante. »

La porte de la chambre étant ouverte, ils entrèrent.

C'était la première fois que Tamara mettait les pieds dans une suite présidentielle. Ils passèrent par une petite entrée pour accéder à un vaste salon. Une porte latérale laissait entrevoir une salle à manger où un serveur disposait des serviettes sur la table. La porte à double battant qu'elle apercevait de l'autre côté de la pièce donnait probablement sur la chambre.

Les parents de Tab étaient installés sur un canapé recouvert de tissu rose. Son père se leva. Sa mère resta assise. Ils portaient tous les deux des lunettes, absentes sur la photo qu'avait vue Tamara. Malik avait un visage anguleux et la peau brune. Vêtu d'une veste de coton bleu marine et d'une cravate à rayures sur un pantalon blanc cassé, il arborait la tenue chic d'un Français imitant le style anglais, en plus élégant. Mince et pâle, Anne était une belle femme d'un certain âge en robe de lin crème à col droit et à manches évasées. Ils avaient l'air de ce qu'ils étaient, un couple aisé qui avait bon goût.

Tab fit les présentations, en français. Tamara prononça la phrase qu'elle avait préparée : « Je suis très heureuse de faire la connaissance des parents de cet homme merveilleux. » En guise de réponse, Anne se contenta de sourire, sans chaleur. N'importe quelle mère aurait dû être ravie d'entendre un tel compliment sur son fils, mais cela parut la laisser indifférente.

Ils s'assirent. Une bouteille de champagne dans un seau à glace et quatre verres trônaient sur la table basse. Le serveur vint remplir les coupes. Tamara remarqua que le champagne était un Travers millésimé. «Vous buvez toujours votre propre champagne? demanda-t-elle à Anne.

— Oui, souvent, pour vérifier comment il vieillit. Normalement, nous le goûtons dans les caves, comme les acheteurs et les négociants en vin qui viennent du monde entier visiter notre domaine, à Reims. Mais nos clients le boivent dans des conditions différentes. Leur vin a parfois parcouru des milliers de kilomètres et été conservé pendant des années dans des conditions qui ne sont pas toujours optimales.

— Quand je faisais mes études en Californie, l'interrompit Tab, je travaillais dans un restaurant qui conservait le vin dans un placard, à côté des fourneaux. Quand quelqu'un commandait du champagne, nous devions mettre la bouteille au congélateur pendant un quart d'heure», ajouta-t-il en riant.

Sa mère resta insensible au comique de la chose. «C'est pourquoi, voyez-vous, le champagne doit posséder une qualité qui ne se révèle pas quand on le déguste sur place: l'endurance. Notre champagne doit pouvoir résister aux mauvais traitements et continuer à être bon malgré des conditions qui sont parfois loin d'être idéales.»

Tamara ne s'attendait pas à une conférence sur le champagne, ce qui ne l'empêcha pas de trouver ces explications intéressantes. Et elle avait déjà appris que la mère de Tab était d'un sérieux inébranlable.

Anne goûta le champagne. «Pas trop mal.»

Tamara le trouva délicieux.

Pendant qu'ils bavardaient, elle observa les bijoux d'Anne. Les manches évasées de sa robe laissaient voir une jolie montre Travers à son poignet gauche et trois joncs d'or au droit. Tamara n'avait pas prévu de parler bijoux, mais ce fut Anne qui fit un commentaire sur son pendentif. « Je n'ai jamais rien vu de tel.

— Je l'ai fait moi-même. » Tamara lui expliqua ce qu'était une pointe de flèche touareg.

« Très original. »

Tamara connaissait des bourgeoises américaines qui pouvaient dire « Très original » en pensant « Quelle horreur ! ».

Tab interrogea son père sur le volet professionnel de son séjour. « Toutes les réunions importantes auront lieu ici, dans la capitale, dit Malik. Les hommes qui comptent dans ce pays sont tous ici, mais je suppose que je ne t'apprends rien. Il faudra tout de même que j'aille à Doba voir des puits de pétrole. » Il se tourna vers son épouse pour préciser : « Les champs pétrolifères se trouvent tous à l'extrême sud-ouest du pays.

— Que feras-tu exactement à Doba et N'Djamena ? demanda Tab.

— En Afrique, les affaires ont toujours un côté très personnel. Il est souvent plus important de forger des liens amicaux avec les gens que de leur accorder des conditions généreuses dans un contrat. Ma mission la plus concrète ici est de vérifier si les gens sont satisfaits et, s'ils ne le sont pas, de prendre les mesures nécessaires pour qu'ils nous restent fidèles. »

À la fin du déjeuner, Tamara s'était fait une image relativement nette du couple. C'étaient un homme et une femme d'affaires intelligents, compétents et déterminés. Malik était aimable et spontané, alors qu'Anne était séduisante mais froide, à l'image de son champagne.

Par un heureux hasard de la génétique, Tab avait hérité du caractère accommodant de son père et de la beauté de sa mère.

Tamara et Tab repartirent ensemble. «Ce sont des gens remarquables, lui dit Tamara en arrivant dans le hall.

— J'ai trouvé l'atmosphère terriblement guindée.»

Il n'avait pas tort, mais elle se garda de renchérir, préférant lui proposer une solution. «Emmenons-les au Al-Quds demain soir.» C'était leur restaurant préféré, un endroit calme tenu par des Arabes, où les Occidentaux n'allaient jamais. «Ils seront sûrement plus détendus.

— Bonne idéc.» Il fit la grimace. «On n'y sert pas d'alcool.

— C'est un problème pour tes parents?

— Pas pour maman. Mais papa sera peut-être déçu. On pourrait prendre une coupe de champagne chez moi avant d'aller au restaurant.

— Conseille à tes parents de s'habiller très simplement.

— J'essaierai!

— Et dis-moi, continua-t-elle avec un sourire amusé, tu as vraiment travaillé dans un resto en Californie?

— Oui.

— J'imaginais que tes parents t'auraient soutenu financièrement.

— C'est ce qu'ils ont fait, mais j'étais jeune et écervelé. Pendant un semestre, j'ai trop dépensé. Comme ça m'embêtait de leur demander une rallonge, j'ai pris un boulot. J'ai trouvé ça sympa, c'était une expérience nouvelle pour moi. Je n'avais encore jamais travaillé.»

Jeune, mais pas si écervelé que ça, songea Tamara. Il avait eu la force de caractère de régler son problème lui-même au lieu d'aller pleurnicher auprès de papa et maman. Elle appréciait. «Au revoir, dit-elle.

Serrons-nous la main. Si quelqu'un nous voit, nous aurons l'air de collègues et non d'amants. »

Ils se séparèrent. Une fois dans la voiture, Tamara put cesser de feindre. Ce déjeuner avait été atroce. Personne n'avait été à l'aise. Seul, Malik aurait peut-être été plus agréable et lui aurait peut-être même fait du charme. Mais les manières compassées d'Anne interdisaient toute légèreté.

Elle était néanmoins sûre d'une chose : sa relation avec Tab ne dépendait pas de l'approbation de sa mère. Anne avait un sacré caractère, mais n'était pas si redoutable. Toutefois, si elle prenait Tamara en grippe, cela risquait de créer des tensions, cause éventuelle de frictions au sein de leur couple pendant de longues années. Tamara était bien décidée à l'éviter.

Cette façade de froideur devait sûrement cacher une femme de chair et de sang. Anne était une aristocrate qui avait rompu avec son milieu en épousant le fils d'une épicière arabe ; pareil comportement ne pouvait être dicté que par le cœur et non par la raison. Tamara finirait par trouver le moyen de s'entendre avec la jeune fille qui était tombée folle amoureuse de Malik.

De retour à l'ambassade américaine, elle se rendit au bureau de Dexter, qui était assis, le bras en écharpe, un gros hématome au front. Il ne l'avait pas remerciée de l'avoir secouru au camp de réfugiés. « J'ai parlé à Karim du drone manquant, lui annonça-t-elle.

— Le drone manquant ? s'étonna Dexter, l'air contrarié. Qui vous a parlé du drone manquant ?

— Je n'étais pas censée être au courant ? demanda-t-elle, déconcertée.

— Qui vous en parlé ? » répéta-t-il.

Elle hésita. Mais Susan se moquerait pas mal de ce que Dexter saurait ou penserait.

« La colonelle Marcus.

— Ah, ces femmes, quelles pipelettes! lâcha-t-il avec mépris.

— Nous sommes tous dans le même camp, non?» lui rappela Tamara sans dissimuler son irritation. L'affaire du drone n'était pas un secret d'État. Le problème était que Dexter voulait contrôler toute la chaîne d'information. Tout devait passer par lui, à l'arrivée et à la sortie. C'était pénible. «Si vous ne voulez pas savoir ce qu'a dit Karim…

— Mais si, mais si, allez-y.

— Il prétend que le Général n'a pas le drone, mais je crois qu'il ment.

— Qu'est-ce qui vous fait croire ça?

— Une impression.

— La fameuse intuition féminine.

— Si vous voulez.

— Vous n'avez jamais été dans l'armée, n'est-ce pas?

— Non.»

Dexter avait servi dans la Marine américaine. «Alors, vous ne pouvez pas comprendre.»

Tamara garda le silence.

«On perd du matériel à longueur de temps. Personne ne peut suivre. Il y a trop de machins dans trop d'endroits différents et on les change tout le temps de place.»

Elle faillit lui demander comment, à son avis, faisaient les grandes compagnies aériennes internationales pour gérer leurs flottes, mais elle tint sa langue.

«Du matos manquant est du matos manquant, continua-t-il. Pas besoin d'invoquer une théorie du complot.

— Si vous le dites.

— Je le dis.»

*

Le lendemain soir, Anne et Malik étaient assis sur des tabourets, dans la petite cuisine de Tab. Celui-ci tartinait d'houmous des rondelles de concombre, tandis que Tamara assaisonnait des tortillas d'huile d'olive, de sel et de romarin avant de les passer au gril. En allant et venant dans cet espace exigu, ils se frôlaient souvent, comme toujours. Tout le monde bavardait, mais Tamara se savait observée, surtout par Anne. Cependant, quand elle croisait son regard, il lui semblait y lire de la satisfaction.

À un moment, Anne déclara : « Vous êtes heureux ensemble, tous les deux. »

C'était la première fois qu'elle se permettait un commentaire sur la relation de Tamara et de son fils, et il était positif. Tamara s'en réjouit. De plus, Anne mangea toutes les tortillas grillées.

Peut-être un jour seraient-elles même amies.

Tamara appréhendait un peu l'arrivée au Al-Quds avec Anne. Avec ses cheveux noirs et ses yeux marron, Tamara pouvait passer pour une jeune Arabe libérée, alors qu'Anne était une grande blonde. Mais c'était une femme d'une grande finesse ; elle avait enfilé un ample pantalon en lin et s'était couvert la tête d'un foulard pour ne pas se faire remarquer.

Le propriétaire, qui connaissait Tab et Tamara, les accueillit chaleureusement. Il eut l'air touché quand Tab lui présenta ses parents en lui expliquant qu'ils arrivaient de Paris. Le Al-Quds ne recevait pas souvent de clients venant de la capitale française.

Quand on les eut servis, Tab entonna le petit discours qu'il avait préparé. « Ma relation avec Tamara va poser un problème à nos patrons. Ils n'apprécient pas que nous soyons trop proches des services secrets d'autres puissances. Jusqu'à présent, nous avons été discrets, mais cela ne peut pas durer indéfiniment.

— Vous avez des projets ? » demanda Anne avec impatience.

Abandonnant son texte, Tab répondit : « Nous voulons vivre ensemble.

— Au bout d'un mois ?

— Cinq semaines. »

Malik éclata de rire et se tourna vers Anne. « Rappelle-toi comment nous étions, lui dit-il. Au bout d'une semaine, nous nous sommes mis au lit un vendredi et nous y sommes restés jusqu'au lundi matin.

— Malik ! Je t'en prie ! protesta Anne en rougissant.

— Ils sont comme nous, tu ne vois pas ? insista Malik sans se démonter. Quand on s'aime vraiment, c'est comme ça. »

Préférant ne pas s'engager dans un débat sur l'amour, Anne enchaîna : « Vous voulez des enfants ? »

Ils n'avaient pas encore abordé la question, mais Tamara répondit sans hésiter : « Oui.

— Oui, renchérit Tab.

— Je veux des enfants et je veux poursuivre ma carrière, reprit Tamara. Et pour réaliser ce projet, j'ai deux modèles merveilleux : ma mère et vous, Anne.

— Alors, comment allez-vous faire ?

— Je vais quitter la DGSE, répondit Tab, et, si tu es d'accord, maman, j'aimerais travailler avec toi dans l'entreprise.

— J'en serais ravie, assura Anne aussitôt. Et vous Tamara ?

— Je voudrais rester à la CIA si c'est possible. J'essaierai d'obtenir mon transfert à l'ambassade de Paris. Si ça ne marche pas, je réfléchirai à une autre solution. Mais pour moi, c'est clair, Tab passera toujours avant l'Agence. »

Il y eut un moment de silence. Puis Anne adressa à Tamara un sourire radieux, tel qu'elle ne lui en avait encore jamais vu. Elle tendit les mains au-dessus de la table et les posa sur celles de Tamara. « Vous l'aimez vraiment, n'est-ce pas ?

— Oui, murmura Tamara. Vraiment. »

*

Le lendemain, Tab l'appela pour lui dire que le drone français n'avait pas réussi à capter le signal radio de la cargaison et n'avait localisé aucun bus sur sa trajectoire.

Abdul avait disparu.

22

Le bus Mercedes resta cinq jours dans un village libyen sans nom à attendre qu'une nouvelle pompe à injection arrive de Tripoli. Les habitants parlaient un dialecte touareg inconnu des passagers du bus. Mais, en communiquant avec les femmes à l'aide de gestes et de sourires, Kiah et Esma se débrouillaient plutôt bien. Il fallait faire venir la nourriture des villages voisins car celui où ils se trouvaient ne pouvait en aucun cas subvenir aux besoins de trente-neuf personnes, quelles que fussent les sommes offertes.

Hakim leur réclama un supplément, prétendant qu'il n'avait pas prévu de budget pour ce cas de figure. Furieux, Abdul lui répondit qu'il n'avait plus d'argent et d'autres passagers l'imitèrent. Kiah savait qu'Abdul faisait semblant et qu'en réalité, il avait des billets dans sa ceinture.

Ils s'étaient tous habitués à Hakim et à ses gardes armés et ne craignaient pas de protester et de négocier avec lui. Le groupe avait déjà surmonté bien des épreuves. Kiah commençait à se sentir presque en sécurité. La traversée de la Méditerranée occupait désormais ses pensées, et c'était cette partie du voyage qui l'effrayait le plus à présent.

Curieusement, elle n'était pas malheureuse. Les privations et les périls quotidiens lui paraissaient maintenant presque normaux. Elle parlait beaucoup avec Esma, qui avait à peu près son âge. Mais c'était avec Abdul qu'elle passait le plus clair de son temps. Il s'était pris d'affection pour Naji et semblait fasciné par le développement mental d'un petit garçon de deux ans : ce qu'il comprenait, ce qui lui échappait encore, tout ce qu'il apprenait jour après jour. Kiah lui demanda s'il aurait lui aussi un fils un jour. «Cela fait bien longtemps que je n'y ai pas pensé», répondit-il. Elle se demanda ce qu'il voulait dire. Mais elle avait compris depuis longtemps qu'il ne répondait jamais aux questions sur son passé.

Un matin, ils se réveillèrent au milieu d'un épais brouillard qui recouvrait tout d'un film humide et glacé, un phénomène qui, bien que rare, se produisait parfois dans le désert. On ne voyait rien d'une maison à l'autre, tous les bruits étaient étouffés, les pas et les bribes de conversation leur parvenaient comme au travers d'un mur.

Craignant de ne jamais retrouver Naji s'il s'éloignait, Kiah l'attacha à elle à l'aide d'une bande de tissu. Elle resta avec Abdul toute la journée, sans guère voir les autres passagers. Elle lui demanda comment il gagnerait sa vie une fois arrivé en France. «Certains Européens sont prêts à payer des gens pour les aider à rester en forme. On appelle ces gens des coachs personnels. Ils peuvent se faire payer cent dollars de l'heure. Il faut avoir un physique d'athlète. À part ça, il suffit de leur dire quels exercices ils doivent faire.» Kiah n'en revenait pas. Elle ne comprenait pas que certaines personnes puissent dépenser autant d'argent pour rien. Elle avait tant de choses à apprendre sur les Européens.

«Et vous ? Que ferez-vous ?

— Quand je serai en France, j'accepterai n'importe quel emploi.

— Mais si vous pouviez choisir ?

— J'aimerais bien avoir une petite poissonnerie,

dit-elle en souriant. Je m'y connais en poissons. Ils ont sûrement des espèces différentes en France, mais j'apprendrai vite ce qu'il faut savoir. J'achèterai des poissons frais tous les jours et je fermerai ma boutique quand je les aurai tous vendus. Quand il sera grand, Naji pourra travailler avec moi et apprendre le métier, et il reprendra l'affaire quand je serai vieille. »

La pompe à injection arriva enfin le lendemain, livrée à dos de dromadaire par un homme qui aida Hakim à l'installer et s'assura qu'elle fonctionnait correctement.

Quand ils repartirent le matin suivant, ils firent à nouveau route vers l'ouest. Kiah se souvenait qu'Abdul avait déjà interrogé Hakim sur son itinéraire. Cette fois, il resta muet. Pourtant, il n'était pas le seul passager à savoir que ce n'était pas la direction de la Méditerranée. À l'étape suivante, deux hommes s'adressèrent à Hakim, exigeant des explications.

Kiah tendit l'oreille.

« C'est la bonne direction, s'énerva Hakim. Il n'y a qu'une route. » Comme les hommes insistaient, il précisa : « Nous allons vers l'ouest, puis vers le nord. C'est la seule solution si on ne voyage pas à dos de dromadaire. Si ça ne vous plaît pas, je vous en prie, prenez un dromadaire, ajouta-t-il sarcastique, et on verra qui arrivera le premier à Tripoli. »

Kiah murmura à l'oreille d'Abdul : « Vous le croyez ?

— C'est un menteur et un escroc, répondit Abdul avec un haussement d'épaules. Je ne crois pas un mot de ce qu'il dit. Mais c'est son bus, c'est lui qui conduit, et ses gardes sont armés. Nous sommes bien obligés de lui faire confiance. »

Ils parcoururent une longue distance ce jour-là. En regardant par la fenêtre sans vitre vers la fin de l'après-midi, Kiah aperçut des détritus, signes d'une présence humaine : des barils de pétrole cabossés, des cartons, un siège de voiture éventré. Elle discerna plus loin un groupe d'habitations qui ne ressemblait pas à un village touareg.

À mesure que le bus approchait, elle remarqua plus de détails. Le hameau était composé de quelques bâtiments en parpaing et d'un plus grand nombre de cases et d'abris constitués de branches et de morceaux dépareillés de toile et de tapis. Mais il y avait également des camions et d'autres véhicules, et certains espaces étaient délimités par de solides clôtures grillagées.

«Où sommes-nous? demanda Kiah.

— On dirait un camp minier.

— Une mine d'or?» Elle avait entendu parler, comme tout le monde, de la ruée vers l'or au centre du Sahara, mais n'avait jamais vu de mine de sa vie.

«Je suppose», répondit Abdul.

Depuis le bus qui se faufilait lentement entre les cases, Kiah fut étonnée par la saleté qui régnait ici. Le sol qui séparait les habitations était jonché de canettes, de restes de nourriture, de vieux paquets de cigarettes. «Les mines d'or sont toujours aussi crasseuses? demanda-t-elle à Abdul.

— Je crois que certaines disposent d'une licence accordée par le gouvernement libyen et sont soumises aux lois du travail, alors que d'autres sont des exploitations clandestines, sans statut officiel et n'obéissant à aucune règle. Le Sahara est tellement vaste que la police ne peut pas tout contrôler. Il s'agit certainement d'un site sauvage.»

Des hommes en haillons regardaient passer le bus avec indifférence. Il y avait parmi eux des jeunes barbus armés de fusils. Il doit falloir des gardes pour assurer la sécurité d'une mine d'or, se dit Kiah. Elle remarqua un camion-citerne entouré de gens chargés de pots et de bouteilles qu'un homme remplissait avec un tuyau. Les villages du désert étaient généralement construits autour d'une oasis, mais les camps miniers devaient s'installer là où l'on trouvait de l'or. Il fallait donc apporter l'eau par camion pour assurer la survie des mineurs.

Hakim arrêta le bus et se leva. «Nous passerons la nuit ici, annonça-t-il. Ils vont nous donner de quoi manger et un endroit pour dormir.»

Kiah n'était pas pressée de voir à quoi ressemblait un repas préparé dans un tel lieu.

«C'est une mine d'or et les règles de sécurité sont strictes, poursuivit Hakim. Ne vous approchez pas des gardes. Et surtout, ne cherchez pas à escalader les clôtures qui entourent les zones interdites. Vous risqueriez d'être abattus.»

Décidément, Kiah n'aimait pas cet endroit.

Hakim ouvrit la portière du bus. Hamza et Tareq descendirent et attendirent, armes à la main. «Nous sommes arrivés en Libye, reprit Hakim. Comme convenu, vous devez me verser la seconde moitié du prix du voyage avant de quitter le bus. Mille dollars américains par personne.»

Tous se mirent à fouiller dans les valises ou à fourrager sous leurs vêtements pour récupérer leur argent. Kiah donna le sien à regret, mais elle n'avait pas le choix. Hakim compta les billets un par un, en prenant son temps.

Quand ils furent tous sortis du bus, un garde s'approcha d'eux. Légèrement plus âgé que les autres, il devait avoir une bonne trentaine d'années et portait un pistolet dans un holster au lieu d'un fusil. Il jeta un regard méprisant aux passagers. Qu'est-ce qu'on t'a fait? se demanda Kiah.

«Voici Mohammed, annonça Hakim. Il va vous montrer l'endroit où vous dormirez.»

Hamza et Tareq remontèrent dans le bus et Hakim

partit le garer. Les deux djihadistes passaient souvent la nuit à bord du véhicule, peut-être pour éviter qu'il soit volé.

« Suivez-moi », lança Mohammed.

Il les précéda dans le dédale d'habitations de bric et de broc. Kiah marchait juste derrière lui avec Esma et sa famille. Le père d'Esma, Wahed, s'adressa à leur guide : « Tu es ici depuis longtemps, mon frère ?

— Ferme-la, vieil imbécile », répondit Mohammed.

Il les conduisit jusqu'à un abri ouvert sur un côté et couvert de plaques de tôle ondulée. En entrant, Kiah vit une gerbille tenant une croûte de pain entre les dents disparaître par un trou du mur, frétillant de la queue comme pour lui adresser un adieu insouciant.

Il n'y avait aucune lumière dans l'abri. Apparemment, il n'y avait pas d'électricité.

« On va vous apporter de quoi manger », promit Mohammed en s'éloignant. Qui ça, « on » ? s'interrogea Kiah.

Elle entreprit de s'installer, nettoyant une petite surface avec un morceau de carton en guise de balai. Elle déroula sa couverture et celle de Naji et les posa près de son sac pour délimiter son espace réservé.

« Je vais faire un tour, annonça Abdul.

— Je vous accompagne, dit-elle en prenant Naji par la main. Il y a peut-être un endroit où on peut se laver. »

C'était le soir, mais il faisait encore clair et ils suivirent un sentier qui traversait le camp plus ou moins en ligne droite. Kiah était heureuse de marcher à côté d'Abdul avec Naji dans ses bras, comme s'ils formaient une famille.

Une femme lui jeta un regard noir, puis un homme la fixa des yeux. « Cachez votre croix sous votre robe, lui conseilla Abdul. Je crois qu'il y a des extrémistes par ici. »

Elle ne s'était pas rendu compte que la petite croix qu'elle portait au bout d'une chaîne en argent était visible. Contrairement au Tchad, la Libye était majoritairement sunnite et les chrétiens n'y constituaient qu'une infime minorité. Elle dissimula aussitôt son bijou.

Les habitations de fortune étaient disséminées autour d'un grand bâtiment en parpaing, devant lequel se tenait une femme revêtue d'un niqab noir qui ne laissait apparaître que ses yeux. Elle s'affairait autour de plusieurs marmites posées sur un feu. Sa cuisine ne dégageait pas les arômes épicés de la cuisine africaine et Kiah supposa qu'elle préparait de la bouillie de millet. Les vivres devaient être entreposés à l'intérieur du bâtiment. À l'arrière de celui-ci, un grand tas d'épluchures et de boîtes de conserve vides répandait une puanteur âcre.

Pourtant, seul le secteur réservé aux migrants présentait cet aspect. Le reste se composait de trois grandes enceintes clôturées, propres et bien entretenues.

L'une d'elles était un parc automobile occupé par une bonne dizaine de véhicules. Kiah dénombra quatre pick-up, qui devaient servir à transporter l'or et à rapporter le ravitaillement, deux camions-citernes comme celui qu'elle avait vu distribuer de l'eau et deux SUV noirs rutilants appartenant sans doute à des gens importants, peut-être les propriétaires de la mine. Elle aperçut aussi un grand camion-citerne articulé pour le transport de l'essence. Sur le côté peint en jaune et gris s'étalaient un dragon noir à six pattes et les lettres *eni*, le nom de la grande compagnie pétrolière italienne. Il servait probablement à alimenter les autres véhicules en carburant. Elle remarqua également un tuyau de gonflage à air comprimé.

La large grille permettant l'accès des véhicules était fermée par une chaîne cadenassée. Devant la guérite dressée à l'intérieur de la clôture se tenait un homme armé qui tirait sur sa cigarette d'un air blasé. Kiah devina qu'il s'abriterait plus tard dans la guérite : les nuits étaient froides dans le désert.

« Nord-coréen, marmonna Abdul se parlant à lui-même.

— Lui ? demanda Kiah en regardant le garde. Non.

— Pas lui, son fusil.

— Ah. »

Abdul s'y connaissait en armes, et en beaucoup d'autres choses. « C'est peut-être une mine illégale, mais elle est drôlement bien équipée. Elle doit rapporter beaucoup d'argent.

— Évidemment, dit Kiah en riant. C'est une mine d'or.

— Exact, admit-il avec un sourire. Mais les ouvriers qui extraient l'or n'ont pas l'air d'en profiter beaucoup.

— C'est toujours comme ça, non ? Ce ne sont pas ceux qui travaillent qui gagnent beaucoup d'argent. » Elle s'étonnait qu'Abdul, qui savait tant de choses, ignore cette vérité élémentaire.

« Dans ce cas, pourquoi sont-ils venus ici ? »

C'était une bonne question. D'après ce que Kiah avait entendu dire des mines d'or sauvages qui s'ouvraient dans le désert, c'était chacun pour soi, chaque prospecteur prenant tout ce qu'il pouvait et assurant lui-même son approvisionnement en eau et en nourriture. La vie y était dure, mais on pouvait en tirer de bons profits. Ici, le travail ne semblait pas rapporter grand-chose.

Lorsqu'ils se remirent en marche, Kiah entendit le vrombissement agressif d'un marteau-piqueur. La deuxième enceinte s'étendait sur un peu plus d'un hectare. Une centaine d'hommes y travaillaient. Kiah et Abdul les observèrent à travers la clôture. Un homme fracturait le socle rocheux d'une fosse à ciel ouvert avec un marteau-piqueur. Quand il s'arrêta, une pelleteuse ramassa les débris pour les déposer sur une vaste dalle en béton. C'était là que la plupart des hommes trimaient, s'échinant à briser les pierres avec d'énormes marteaux. Un travail visiblement harassant sous le soleil impitoyable du désert.

« Où est l'or ? demanda Kiah.

— Dans la roche. Parfois sous forme de pépites de la taille d'un pouce, qu'il suffit de récupérer au milieu des éclats de roche. Le plus souvent sous forme de paillettes que l'on extrait à l'aide d'un procédé plus compliqué. C'est ce qu'on appelle l'or alluvionnaire.

— Qu'est-ce que vous fichez là ? » gronda une voix derrière eux.

Ils se retournèrent. C'était Mohammed. Kiah ne l'aimait pas, lui trouvant l'air mauvais.

« On se promène, répondit Abdul. C'est défendu, mon frère ?

— Circulez. »

Kiah remarqua que Mohammed n'avait plus d'incisives.

« Comme vous voulez », acquiesça Abdul.

Ils repartirent, laissant la clôture sur leur gauche. À un moment, Kiah se retourna. Mohammed avait disparu.

La troisième enceinte était encore différente. La clôture encerclait plusieurs bâtiments en parpaing à toit plat bien alignés, les quartiers des gardes sans doute. Au fond, on apercevait quatre masses, de la taille de semi-remorques, dissimulées sous des bâches de camouflage. Profitant de leur pause, plusieurs hommes assis en rond prenaient un café ou jouaient aux dés. À sa grande surprise, Kiah aperçut leur bus garé dans l'enceinte.

Restait une énigme : un bâtiment aveugle, dont l'unique porte était barricadée de l'extérieur. Cela ressemblait affreusement à une prison. Il était peint en bleu clair pour réfléchir la chaleur, une précaution indispensable si des gens y restaient enfermés des journées entières.

Ils regagnèrent leur abri. Leurs compagnons de voyage avaient fait comme Kiah et nettoyé les lieux. Esma et sa mère avaient trouvé une bassine d'eau et faisaient la lessive au-dehors. Les autres passagers discutaient à bâtons rompus comme d'ordinaire.

Trois femmes arrivèrent avec une pile d'assiettes en plastique et de grandes jattes de nourriture. C'était bien la bouillie de millet que Kiah avait vu préparer, mélangée à du poisson et des oignons.

La nuit tomba pendant qu'ils mangeaient et ils finirent leur repas à la lueur des étoiles. Kiah s'enveloppa dans ses couvertures avec Naji et se coucha sur le sol pour dormir.

Abdul s'allongea à proximité.

*

Abdul était intrigué. Hakim avait de toute évidence une idée derrière la tête en faisant ce détour, mais laquelle ? Qu'il choisisse pour y passer la nuit un camp où l'EIGS était présent n'aurait rien eu d'insolite, s'il y en avait eu un sur le trajet. Or ce n'était pas le cas.

Contrairement aux autres passagers, Abdul n'était pas pressé d'atteindre Tripoli. Sa mission consistait à recueillir des informations et ce camp l'intéressait tout particulièrement. C'étaient surtout les objets de la taille de camions aperçus dans l'enceinte des gardes qui éveillaient sa curiosité. Le dernier repaire de l'EIGS qu'il avait découvert, Al-Bustan, possédait trois obusiers chinois. Ces machines-là semblaient encore plus volumineuses.

Pendant qu'il s'enfonçait dans le sommeil, le mot

509

fosse tournait dans sa tête. Le minerai d'or était extrait d'une fosse. Qu'est-ce que cela signifiait?

À l'aube, il se réveilla en sursaut. Le mot fosse l'obsédait toujours.

En arabe, fosse se disait *hufra*, un mot qu'on traduisait le plus souvent par trou. Le trou, mais encore?

Quand la réponse s'imposa à lui, il fut tellement sidéré qu'il se redressa d'un coup.

Al-Faradi, «l'Afghan», le chef incontesté de l'EIGS, se terrait dans un lieu appelé «Hufra». Le Trou. La Fosse. La Mine.

C'était ici.

Il avait trouvé ce qu'il cherchait. Il lui fallait maintenant en informer Tamara et la CIA au plus vite. Mais il n'y avait pas de réseau ici. Il y avait de quoi devenir fou.

Combien de temps le bus mettrait-il à rejoindre la civilisation?

C'était une planque idéale pour l'EIGS: un coin perdu en plein désert, au sol gorgé d'or qui ne demandait qu'à être ramassé. Pas étonnant qu'Al-Faradi l'ait choisi pour y établir sa base principale. C'était une découverte d'une extrême importance pour les forces antiterroristes à condition, bien sûr, qu'Abdul puisse transmettre l'information.

Il se demanda si Al-Faradi était sur place en ce moment.

Les migrants commençaient à bouger. Ils se levèrent, plièrent leurs couvertures, firent leur toilette. Naji réclama du *leben* mais dut se contenter du lait de sa mère. Les femmes qui leur avaient servi de la bouillie de millet la veille leur apportèrent le petit déjeuner, constitué de galettes et de *domiati*, un fromage blanc en saumure. Puis la petite troupe s'assit pour attendre Hakim et le bus.

Hakim n'arriva pas.

Abdul fut pris d'un très mauvais pressentiment.

Au bout d'une heure, ils décidèrent de se mettre à sa recherche et se séparèrent en plusieurs groupes. Abdul se proposa pour aller explorer l'extrémité du camp, là où se trouvait le quartier des gardes. Kiah le suivit en portant Naji. Le soleil se levait, et la plupart des hommes étaient déjà au travail à la mine. Il ne restait au camp que quelques femmes et des enfants; Hakim aurait été facile à repérer. Hamza et Tareq encore plus. Aucun n'était en vue.

Arrivés devant l'enceinte des gardes, Abdul et Kiah regardèrent à travers la clôture. «La nuit dernière, le bus était garé ici», observa Abdul en tendant le doigt. Il n'y était plus. Ils apercevaient plusieurs hommes, mais Hakim, Tareq et Hamza n'étaient pas parmi eux.

Plein d'espoir, Abdul chercha un homme de haute taille aux cheveux gris et à la barbe noire, aux yeux perçants et à l'air autoritaire, susceptible d'être Al-Farabi. Il ne vit personne qui pût correspondre à cette description.

«Encore vous», grommela une voix derrière eux.

Se retournant, Abdul tomba nez à nez avec Mohammed.

«Je vous ai déjà dit de ne pas venir ici.» Ses dents manquantes le faisaient zézayer.

Il n'avait rien dit de tel, mais Abdul ne releva pas. «Où est passé le bus Mercedes qui était garé ici hier soir?» demanda-t-il.

Mohammed parut surpris d'être interpellé avec autant d'aplomb. Sans doute était-il plus habitué à inspirer la peur et le respect. Il se ressaisit aussitôt. «Je n'en sais rien et je m'en fiche. Éloignez-vous de la clôture.

— Trois hommes appelés Hakim, Tareq et Hamza ont passé la nuit dans cette enceinte, là où vous logez. Vous les avez forcément vus.

511

— Ne me pose pas de questions, répliqua Mohammed en posant la main sur le pistolet qu'il portait à la ceinture.

— À quelle heure sont-ils partis? Où sont-ils allés?»

Dégainant son arme, un pistolet semi-automatique de 9 mm, Mohammed en enfonça le canon dans le ventre d'Abdul. Celui-ci baissa les yeux. Mohammed tenait l'arme de biais et Abdul reconnut l'étoile à cinq branches entourée d'un cercle estampillée sur la crosse. C'était un Paektusan, une copie nord-coréenne du CZ-75 tchèque.

— Ferme-la, ordonna Mohammed.

— Abdul, je vous en prie, partons», le supplia Kiah.

Abdul aurait pu arracher son arme à Mohammed en un tournemain, mais il n'était pas de force à affronter seul un camp entier de gardes et, dans un cas comme dans l'autre, il n'obtiendrait aucune information de plus. Prenant Kiah par le bras, il s'éloigna.

Ils continuèrent de chercher Hakim.

«Où est le bus, à votre avis? demanda Kiah.

— Je n'en sais rien.

— Il va revenir?

— C'est toute la question.»

Abdul le saurait dès qu'il pourrait consulter le dispositif de tracking dissimulé dans la semelle de sa chaussure. Il décida de le faire lorsque Kiah et lui auraient rejoint les autres dans l'abri. Il s'éloignerait dans le désert en prétextant un besoin naturel et consulterait subrepticement son appareil.

Mais il dut renoncer à ses projets. En arrivant à l'abri, ils trouvèrent Mohammed assis sur une caisse retournée. Il désigna à Abdul un emplacement sur le sol, lui intimant l'ordre de s'asseoir. Abdul obtempéra sans discuter. Peut-être allaient-ils apprendre où était passé leur bus.

Les dernières équipes de recherche revinrent à leur tour et s'assirent par terre avec les autres. Mohammed les compta et dénombra trente-six personnes, sans compter Naji. Il prit alors la parole.

« Votre chauffeur est parti avec le bus. »

Wahed étant l'aîné du groupe de migrants, il se fit naturellement leur porte-parole. « Où est-il allé ?

— Comment voulez-vous que je le sache ?

— Mais il a pris notre argent ! Nous l'avons payé pour qu'il nous conduise en Europe.

— Pourquoi est-ce que vous me dites ça ? rétorqua Mohammed d'un air exaspéré. Vous ne m'avez pas payé, moi. »

Abdul s'interrogeait. Que se tramait-il ?

« Qu'est-ce que nous sommes censés faire ? demanda Wahed.

— Vous pouvez partir, répondit Mohammed, un sourire mauvais découvrant ses dents manquantes.

— Nous n'avons aucun moyen de transport !

— Il y a une oasis à cent trente kilomètres au nord. À pied, vous pouvez y arriver en quelques jours, si vous la trouvez. »

C'était impossible. Il n'y avait pas de route, à peine une piste qui s'effaçait et réapparaissait entre les dunes. Les Touaregs qui vivaient dans le désert savaient s'y orienter, mais les migrants n'avaient aucune chance. Ils erreraient dans les sables jusqu'à ce qu'ils soient morts de soif.

C'était une catastrophe. Abdul se demanda comment il réussirait à prendre contact avec Tamara pour faire son rapport.

« Vous ne pourriez pas nous conduire à l'oasis ? suggéra Wahed.

— Non. Ici, nous exploitons une mine, pas une compagnie d'autobus. » De toute évidence, il se délectait de la situation.

Abdul fut soudain pris d'une intuition. « Ce n'est pas

513

la première fois que ça se passe comme ça, n'est-ce pas ?
dit-il à Mohammed.

— Je ne sais pas de quoi tu parles.

— Si, vous le savez très bien. Vous n'êtes pas inquiet,
ni même surpris de la disparition d'Hakim. Vous avez
un discours tout prêt. Et vous répétez les mêmes phrases
tant de fois que ça vous ennuie.

— Toi, boucle-la ! »

Abdul venait de comprendre. C'était de l'escroquerie
organisée. Hakim conduisait les migrants jusqu'au camp,
achevait de les dépouiller et les abandonnait. Que leur
arrivait-il ensuite ? Mohammed prenait-il contact avec
leurs familles, exigeant de l'argent pour qu'ils puissent
poursuivre leur voyage ?

« Si j'ai bien entendu, nous n'avons plus qu'à attendre
que quelqu'un veuille bien nous emmener ? » insista
Wahed.

Si seulement, pensa Abdul, mais ce sera bien pire.

« Votre chauffeur nous a payés pour vous héberger
une nuit, reprit Mohammed. Le petit déjeuner de ce
matin était votre dernier repas gratuit. Nous ne vous
donnerons plus rien à manger.

— Vous êtes prêts à nous laisser mourir de faim ?

— Si vous voulez manger, il faudra travailler. »

C'était donc ça.

« Travailler ? Mais comment ? s'inquiéta Wahed.

— Les hommes travailleront à la mine. Les femmes
aideront Rahima. Vous l'avez vue hier. C'est elle qui
s'occupe de la cuisine. Nous manquons de femmes. Le
camp a grand besoin d'un peu de ménage.

— Combien serons-nous payés ?

— Qui vous parle d'argent ? Si vous travaillez, vous
mangez. Sinon, non. » Mohammed sourit à nouveau.
« Vous êtes tous libres de choisir. Mais vous ne serez
pas payés.

— C'est de l'esclavage ! s'insurgea Wahed.

— Il n'y a pas d'esclaves ici. Regardez autour de vous. Pas de murs, pas de serrures. Vous pouvez partir quand vous voulez. »

C'est tout de même de l'esclavage, se dit Abdul. Le désert est plus efficace qu'un mur.

La dernière pièce du puzzle venait de se mettre en place. Il s'était demandé ce qui attirait les gens en ce lieu. Il avait la réponse. On ne les attirait pas, on les capturait.

Combien touchait Hakim. Deux cents dollars par esclave peut-être ? Dans ce cas, il était parti avec sept mille deux cents dollars en poche, en conclut Abdul. Une broutille par rapport à ce que rapportait la cocaïne, mais la plus grosse part du profit devait revenir aux djihadistes, et Hakim se contentait probablement de sa rémunération de chauffeur. Cela pouvait aussi expliquer pourquoi il essayait constamment de soutirer de l'argent aux migrants en cours de route.

« Voici les règles, continua Mohammed. D'abord, les plus importantes : pas d'alcool, pas de jeu et pas d'ignobles comportements homosexuels. »

Abdul aurait bien demandé quelles étaient les sanctions, mais préféra ne pas attirer davantage l'attention. Il craignait d'être déjà dans le collimateur de Mohammed.

« Ceux qui veulent dîner ce soir commenceront à travailler immédiatement. Les femmes, allez trouver Rahima à la cuisine. Les hommes, venez avec moi. »

Mohammed se leva. Abdul et les autres hommes le suivirent.

Alors qu'ils se traînaient sur le sentier jonché de détritus, le vacarme du marteau-piqueur devint de plus en plus assourdissant. La plupart d'entre eux avaient entre vingt et trente ans ; ils souffriraient, mais arriveraient sans doute à accomplir le travail demandé. Wahed en serait évidemment incapable.

515

Un garde défit la chaîne qui fermait l'accès à la mine et ils pénétrèrent dans l'enceinte.

Les hommes qui y travaillaient avaient le regard mort de ceux qui ont renoncé à tout espoir. Ils étaient muets et apathiques, se contentant d'attaquer une roche et de passer à la suivante dès qu'elle s'était fracturée. Ils portaient tous les turbans et les *galabeyas* traditionnels, mais leurs vêtements étaient en lambeaux. Leur barbe était couverte de poussière. Ils s'arrêtaient à intervalles réguliers pour aller se rincer la bouche à un baril de pétrole rempli d'eau.

Ils étaient tous minces et musclés, ce qui surprit Abdul, jusqu'à ce qu'il comprenne que les moins solides étaient probablement morts.

Les contrôleurs étaient facilement identifiables à la meilleure qualité de leurs vêtements. Ils observaient attentivement les roches pendant que les hommes les réduisaient en morceaux.

Mohammed distribua aux nouveaux des marteaux, tous munis d'une lourde tête en métal au bout d'un long manche en bois. Abdul souleva le sien. Il semblait être en bon état et de bonne facture. Les djihadistes étaient des gens pragmatiques : des outils de mauvaise qualité auraient ralenti l'extraction de l'or.

Wahed avait été le seul à ne pas recevoir de marteau, constata Abdul avec soulagement, supposant que le vieil homme se verrait confier des tâches plus légères. Il se trompait. Mohammed le conduisit au bord de la fosse et, un sourire narquois aux lèvres, lui ordonna d'actionner le marteau-piqueur.

Tous les regards étaient posés sur lui.

Une portion de sol délimitée à la peinture blanche marquait la prochaine zone à concasser. Wahed ne parvint pas à soulever la pointerolle pour la mettre en position. Il réussissait à peine à tenir l'appareil debout, ce qui faisait beaucoup rire les jeunes contrôleurs. Abdul remarqua cependant l'air désapprobateur des plus âgés.

Wahed maintint l'engin à la verticale et se pencha sur lui, bandant ses muscles pour l'empêcher de tomber. Abdul avait beau ne s'être jamais servi d'un marteau-piqueur, il lui paraissait évident qu'il fallait se tenir derrière l'engin et au-dessus, en l'inclinant légèrement en arrière vers soi, pour que le burin s'écarte s'il venait à glisser. Wahed allait certainement se blesser.

Sans doute conscient du danger, il hésita à mettre l'outil en marche.

Mohammed lui montra la manette et la manœuvre à effectuer pour démarrer la machine.

Tout en sachant qu'il aurait des ennuis s'il intervenait, Abdul ne put s'en empêcher.

Il s'avança vers la fosse. Mohammed lui fit signe de s'éloigner d'un geste hargneux de la main, mais Abdul l'ignora. Il saisit les poignées du marteau-piqueur. Il devait peser trente ou quarante kilos. Wahed recula avec soulagement.

« Qu'est-ce que tu fous ? protesta Mohammed. Qui t'a permis ? »

Abdul fit celui qui n'entendait pas.

Les ouvriers qui manipulaient ces engins suivaient une formation, il le savait, et il allait devoir improviser. Sans se presser, il déplaça la pointerolle vers une petite arête de la roche mère et y logea le burin. Il recula d'un pas pour incliner la machine. Agrippé aux poignées, il enfonça le burin dans la roche tout en actionnant brièvement la manette qu'il relâcha aussitôt. La pointe mordit la roche en soulevant un petit nuage de poussière. Actionnant à nouveau la commande avec plus de confiance, il vit avec satisfaction le burin déchiqueter la pierre.

Mohammed était furieux.

Un inconnu surgit et Abdul l'observa avec curiosité.

517

L'homme venait visiblement d'Asie de l'Est, et devait être coréen, devina-t-il.

Il portait un épais pantalon de travail en moleskine et des chaussures de chantier, des lunettes noires et un casque en plastique jaune. Il tenait une bombe aérosol, du genre de celles qu'utilisent les graffeurs de New York. C'était probablement le géologue, qui avait marqué l'emplacement de la partie à creuser.

« Que les autres se mettent au travail, lança-t-il à Mohammed en arabe. Et toi, arrête de faire le mariole. » Puis il cria : « Akeem ! » en faisant signe à un grand costaud au crâne chauve couvert d'une casquette de base-ball.

L'homme s'approcha et prit le perforateur des mains d'Abdul. « Regarde Akeem et apprends », lui dit le géologue.

Les nouveaux se mirent au travail et la mine retrouva sa cadence habituelle.

Abdul entendit crier : « Pépite ! » Un des hommes munis d'un marteau leva la main. Le géologue examina les débris de roche. Avec un grommellement de satisfaction, il préleva un petit caillou jaune poussiéreux : de l'or. Cela ne devait pas arriver fréquemment, se dit Abdul. L'or alluvionnaire n'était généralement pas si facile à extraire. Les débris déposés sur la dalle de béton étaient régulièrement ramassés et versés dans une grande cuve contenant une solution de cyanure de sodium qui permettait de séparer les paillettes d'or de la poussière de roche.

Le travail reprit. Abdul observa la technique d'Akeem. Quand il déplaçait l'appareil, il l'appuyait sur sa cuisse pour soulager son dos et au lieu de s'attaquer directement à la roche en profondeur, il commençait par percer des petits trous, qui la fragilisaient et évitaient que la pointe se coince.

Le bruit était assourdissant et Abdul regretta de ne pas avoir de bouchons en mousse de caoutchouc comme ceux que distribuaient les hôtesses dans les avions. Tout cela paraissait si loin. Apportez-moi un verre de vin blanc bien frais et quelques cacahuètes, s'il vous plaît, et je prendrai un steak pour le dîner. Comment avait-il pu considérer les voyages en avion comme une épreuve ?

Revenant à la réalité, Abdul nota qu'Akeem avait quelque chose dans les oreilles. Après un instant de réflexion, il déchira deux petites bandes de tissu dans l'ourlet de son *galabeya*, les roula en boules et les enfonça dans ses oreilles. Sans être très efficace, c'était mieux que rien.

Au bout d'une demi-heure, Akeem rendit le marteau-piqueur à Abdul.

Abdul le manipula prudemment, sans hâte, en imitant la technique d'Akeem. Il fut bientôt relativement à l'aise avec la machine, mais il était conscient de travailler moins vite que lui. Cependant, il ne s'attendait pas à ce que ses muscles le trahissent aussi rapidement. S'il y avait une chose dont il n'avait jamais douté, c'était de sa force, or ses mains semblaient refuser de se serrer, ses épaules tremblaient, ses cuisses étaient si faibles qu'il craignit de tomber. S'il continuait, il finirait par lâcher ce satané engin.

Akeem s'en aperçut et lui reprit le marteau-piqueur en lui disant : « Tu seras bientôt plus costaud, tu verras. » Abdul se sentit humilié. La dernière fois qu'on lui avait dit avec condescendance qu'il deviendrait plus costaud, il avait onze ans et il n'avait pas apprécié.

Pourtant, ses forces lui revinrent et lorsque Akeem commença à fatiguer, il était prêt à prendre le relais. Cette fois encore, il ne tint pas aussi longtemps qu'il aurait voulu, mais il s'en sortit un peu mieux.

Pourquoi est-ce que je me soucie de faire un bon boulot pour ces tueurs fanatiques ? se demanda-t-il. Par orgueil, évidemment. Quels imbéciles nous sommes, nous, les hommes.

Peu avant midi, alors que la chaleur du soleil devenait insupportable, un coup de sifflet retentit et tout le monde s'arrêta de travailler. On ne les laissa pas sortir de l'enceinte, mais ils purent se reposer dans un abri largement couvert.

Une demi-douzaine de femmes leur apportèrent à manger. La nourriture était meilleure que celle qui avait été servie aux migrants la veille : un ragoût huileux avec de gros morceaux de viande, sans doute du dromadaire, une viande prisée en Libye, et de copieuses portions de riz. Quelqu'un avait compris que les esclaves seraient plus productifs s'ils étaient convenablement nourris. Abdul constata qu'il avait très faim et mangea avec voracité.

Après le déjeuner, ils s'allongèrent à l'ombre. Abdul était heureux de pouvoir reposer son dos et se surprit à redouter le moment où il devrait retourner travailler. Certains s'endormirent, mais Abdul et Akeem restèrent éveillés. Abdul songea que c'était une bonne occasion pour essayer d'en apprendre davantage. Il engagea la conversation, à voix basse pour ne pas attirer l'attention des gardes. « Où as-tu appris à manier un marteau-piqueur ?

— Ici. »

Malgré cette réponse laconique, Akeem ne paraissait pas hostile et Abdul insista : « Je n'avais jamais manié cet engin avant aujourd'hui.

— J'ai remarqué. C'était pareil pour moi quand je suis arrivé.

— C'était quand ?

— Il y a plus d'un an. Peut-être deux. J'ai l'impression

que je n'en repartirai jamais. Ce qui sera sans doute le cas.

— Tu veux dire que tu mourras ici ?

— La plupart de ceux qui sont arrivés en même temps que moi sont morts. C'est la seule façon de sortir d'ici.

— Personne n'essaye de s'évader ?

— J'en ai vu quelques-uns quitter la mine. Certains sont revenus à moitié morts. Peut-être d'autres ont-ils atteint l'oasis, mais ça m'étonnerait.

— Et les véhicules qui vont et viennent ?

— Tu peux demander à un conducteur de t'emmener. Il te répondra qu'il n'ose pas. Ils ont peur qu'on les abatte s'ils acceptent. Je suppose qu'ils savent de quoi ils parlent. »

Abdul s'en était douté, mais en avoir confirmation le démoralisa tout de même.

Akeem lui jeta un regard entendu. « Tu as l'intention de te faire la belle, j'en suis sûr. »

Abdul ne répondit pas. « Comment as-tu été capturé ? demanda-t-il.

— Je viens d'un grand village dont presque tous les habitants sont de foi bahaïe. »

Abdul en avait entendu parler. C'était une religion minoritaire pratiquée au Proche-Orient et en Afrique du Nord. Il en existait une toute petite communauté au Liban. « Une religion très tolérante, d'après ce que je sais.

— Nous pensons que toutes les religions se valent, parce qu'elles vénèrent le même dieu, même si elles lui donnent des noms différents.

— J'imagine que ça n'a pas plu aux djihadistes.

— Ils nous ont laissés tranquilles pendant des années, jusqu'au jour où nous avons créé une école au village. Les bahaïs estiment que les femmes doivent savoir lire

521

et écrire. L'école était donc ouverte aux filles comme aux garçons. C'est apparemment ce qui a provoqué la colère des islamistes.

— Que s'est-il passé ?

— Ils ont débarqué avec des fusils et des lance-flammes. Ils ont tué les personnes âgées et les enfants, même les bébés, et incendié les maisons. Mes parents ont été assassinés. Je me suis réjoui de ne pas être marié. Ils ont embarqué les jeunes, hommes et femmes, surtout les écolières.

— Et ils les ont conduits ici.

— Oui.

— Et les filles, qu'en ont-ils fait ?

— Ils les ont enfermées dans le bâtiment bleu ciel sans fenêtres qui se trouve dans l'enceinte des gardes. Ils l'appellent le *makhur*.

— Le bordel.

— Elles étaient allées à l'école, tu comprends, et ne pouvaient donc pas être de vraies musulmanes.

— Elles sont toujours dans ce bâtiment ?

— Certaines ont dû mourir : de malnutrition, d'infections qui n'ont pas été soignées ou simplement de désespoir. Peut-être une ou deux sont-elles encore en vie, les plus résistantes.

— J'avais pris ce bâtiment pour une prison.

— C'en est une. Une prison pour les impies. Ce n'est pas un péché de violer ces femmes, croient leurs geôliers. Ou font semblant de croire.»

Abdul pensa à Kiah et à sa petite croix d'argent.

Le sifflet retentit à nouveau, trop tôt à son goût. Il se leva péniblement, perclus de douleur. Combien de temps encore devrait-il manier ce marteau-piqueur ?

Akeem l'accompagna et ils descendirent ensemble dans la fosse. Akeem ramassa la machine. «Je prends le premier tour, dit-il.

— Merci ! » Abdul n'avait jamais prononcé ce mot avec autant de sincérité.

Glissant dans le ciel avec une lenteur désespérante, le soleil finit par descendre vers l'ouest et malgré le déclin de la chaleur, les souffrances d'Abdul viraient à la torture. Le géologue partit et Mohammed siffla la fin de la journée de travail. Abdul en fut tellement heureux qu'il en eut les larmes aux yeux.

« Demain, lui annonça Akeem, ils te donneront un autre boulot. Ordre du Coréen. Il préfère garder les plus robustes en vie. Mais après-demain, tu reprendras le marteau-piqueur. »

Abdul comprit qu'il devrait s'habituer à cette vie, à moins de réussir ce que personne n'avait fait avant lui : s'enfuir.

Alors qu'ils se dirigeaient d'un pas lourd vers la grille, une altercation éclata. Les gardes avaient empoigné un ouvrier, un petit homme au teint bistre, qu'ils maintenaient fermement par les bras pendant que Mohammed le sermonnait. Il semblait lui dire de cracher quelque chose.

Les autres gardes ordonnèrent aux travailleurs de se mettre en ligne et d'attendre, les menaçant de leurs armes pour les dissuader d'intervenir. Abdul eut la pénible impression qu'il allait assister à un châtiment.

Un quatrième garde se plaça derrière l'homme et le frappa à l'arrière du crâne avec la crosse de son fusil. Quelque chose s'échappa de sa bouche et tomba. Un garde le ramassa.

L'objet avait à peu près deux centimètres de côté et brillait d'un éclat jaune sale : de l'or.

L'ouvrier avait cherché à voler une pépite. Comment aurait-il pu la dépenser ? Il n'y avait rien à acheter dans ce trou perdu. Peut-être espérait-il s'en servir pour monnayer sa fuite.

Les gardes lui arrachèrent ses vêtements usés jusqu'à la corde et le jetèrent à terre, nu, sur le dos. Ils retournèrent tous leurs fusils pour les tenir par le canon. Mohammed lui assena un coup de crosse en pleine figure. Il hurla et se couvrit le visage de ses bras. Mohammed le frappa alors à l'entrejambe. Quand l'homme protégea ses organes génitaux, Mohammed le frappa à nouveau au visage. Il fit signe aux autres et tous se mirent à le rouer de coups à tour de rôle, levant leurs armes bien haut et dessinant une vaste courbe pour frapper plus fort. Le rythme était implacable ; ce n'était pas la première fois qu'ils faisaient ça.

Du sang jaillissait de la bouche de leur victime quand il criait. Les coups pleuvaient, sur la tête, le bas du ventre, les poignets, les genoux. Les os craquaient, le sang giclait et Abdul comprit que l'homme n'était pas censé se relever de cette correction. Il se recroquevilla en position foetale et ses cris se muèrent en plaintes animales. La raclée se poursuivait impitoyablement. Quand l'homme se tut et s'immobilisa, ils continuèrent, s'acharnant sur le corps inerte jusqu'à ce qu'il soit méconnaissable.

Ils finirent tout de même par se lasser. Leur victime avait apparemment cessé de respirer. Mohammed s'agenouilla, chercha un battement de cœur, prit son pouls.

Enfin, il se leva et s'adressa aux ouvriers qui regardaient. « Ramassez-le. Sortez-le. Enterrez-le. »

23

Tôt dans la matinée, un message s'afficha sur le téléphone de Tamara :

Les jeans coûtent quinze dollars.

Cela signifiait qu'elle devait retrouver Haroun, le transfuge de l'EIGS, le jour même à quinze heures. Ils avaient déjà fixé le lieu, le Musée national, près du fameux crâne de sept millions d'années.

Un frisson d'excitation la parcourut. Cette entrevue pouvait être importante. Elle n'avait encore rencontré Haroun qu'une fois et il lui avait livré de précieuses informations sur le tristement célèbre Al-Farabi. Qu'allait-il lui apprendre aujourd'hui ?

Peut-être avait-il des nouvelles d'Abdul. Le cas échéant, elles risquaient de ne pas être bonnes. Abdul avait peut-être été démasqué, fait prisonnier, voire tué.

Une session de formation sur la sensibilisation à la sécurité informatique était prévue ce jour-là à l'antenne de la CIA à N'Djamena. Mais Tamara pourrait certainement s'éclipser avant la fin pour rejoindre un informateur.

Elle regarda CNN sur Internet tout en avalant le yaourt et le melon de son petit déjeuner dans son studio. Elle était ravie que la présidente Green proteste énergiquement contre le fait que des armes de fabrication chinoise se retrouvent entre les mains de terroristes. Un des leurs avait pointé une carabine Norinco

525

sur Tamara depuis le pont de N'Gueli et les excuses chinoises la laissaient froide. D'ailleurs, les Chinois ne faisaient jamais rien sans avoir une idée derrière la tête. Ils avaient des projets en Afrique du Nord et quels qu'ils fussent, l'Amérique n'avait certainement rien à y gagner.

La grande nouvelle du jour était que des nationalistes japonais extrémistes exigeaient que les Forces aériennes d'autodéfense japonaises, qui comptaient plus de trois cents avions de combat, lancent une attaque préventive contre la Corée du Nord. Tamara ne pensait pas que le Japon prendrait le risque de provoquer une guerre avec la Chine, mais tout était possible, maintenant que l'équilibre était rompu.

Les parents de Tab étaient rentrés chez eux, ce qui était un soulagement. Tamara avait l'impression d'avoir réussi à entamer la carapace d'Anne, ce qui n'avait cependant pas été de tout repos. Si elle devait s'installer à Paris pour y vivre avec Tab, il faudrait qu'elle fasse un effort pour amadouer sa mère. Mais elle était confiante.

Comme elle traversait le domaine de l'ambassade dans l'air tiède du matin, elle tomba sur Susan Marcus. Celle-ci avait remplacé l'uniforme de service porté habituellement dans les bureaux par une tenue de combat, bottes comprises. Peut-être y avait-il une raison à cela, ou peut-être avait-elle cédé à un coup de tête.

« Avez-vous retrouvé votre drone ? lui demanda Tamara.

— Non. Et vous, avez-vous surpris quelques rumeurs ?

— Comme je vous l'ai dit, je soupçonne le Général de l'avoir, mais je n'ai pas pu en avoir confirmation.

— Moi non plus.

— Je crains que Dexter ne prenne pas le problème

très au sérieux, soupira Tamara. D'après lui, la disparition de matériel militaire est courante.

— Il n'a pas tort, mais ce n'est pas une raison pour fermer les yeux.

— Quoi qu'il en soit, c'est mon patron.

— Merci quand même.»

Elles partirent dans des directions opposées.

La CIA avait réquisitionné une salle de réunion pour sa session de formation. Les agents de la CIA étant, ou se croyant, plus branchés que le reste du personnel de l'ambassade, certains des plus jeunes s'étaient délibérément habillés décontracté pour l'occasion, arborant des tee-shirts à message et des jeans usés au lieu de la tenue temps chaud plus habituelle, pantalon léger et chemisette. Le tee-shirt de Leila Morcos proclamait: «Ne le prenez pas pour vous, je suis garce avec tout le monde.»

Dans le couloir, Tamara rencontra Dexter et son patron Phil Doyle, basé au Caire mais responsable de toute l'Afrique du Nord. Ils étaient tous deux en costume. «Des nouvelles d'Abdul? demanda Doyle à Tamara.

— Rien. Il est peut-être bloqué dans une oasis quelconque avec un bus en panne. Ou en train de sillonner les faubourgs de Tripoli en cet instant précis, pour essayer de trouver du réseau.

— Espérons-le.

— Le cours d'aujourd'hui m'intéresse beaucoup, mentit Tamara avant d'ajouter en se tournant vers Dexter: Mais je vais devoir partir en début d'après-midi.

— Il n'en est pas question. C'est une formation obligatoire.

— J'ai rendez-vous avec un informateur à trois heures. Je ne manquerai que la fin.

527

— Changez la date de votre rendez-vous.

— C'est peut-être important, plaida-t-elle en essayant de dissimuler son agacement.

— Qui est cet informateur ?

— Haroun », répondit-elle en baissant la voix.

Dexter éclata de rire. « On ne peut pas dire qu'il soit vraiment indispensable à notre opération, dit-il à Doyle. » Puis, s'adressant à Tamara : « Vous ne l'avez rencontré qu'une fois.

— Sans doute, mais il m'a fourni de précieux renseignements.

— Qui n'ont jamais été confirmés.

— Mon instinct me dit qu'il est fiable.

— Encore cette satanée intuition féminine. Désolé. Ça ne suffit pas. Repoussez votre rendez-vous. »

Dexter entraîna Doyle dans la salle de réunion.

Prenant son téléphone, Tamara envoya un unique mot à Haroun en guise de réponse : *Demain*.

Elle entra dans la salle et s'assit en attendant le début de la formation. Soudain son téléphone vibra, annonçant l'arrivée d'un message : *Votre jean coûte maintenant onze dollars*.

Onze heures demain, se dit-elle. Parfait.

*

Le musée se trouvait à environ cinq kilomètres au nord de l'ambassade. La circulation était fluide et Tamara arriva en avance. Le bâtiment moderne qui abritait les collections se dressait au milieu d'un jardin paysagé. La statue de *Madame Africa* trônait au milieu d'une fontaine, à sec.

Craignant qu'Haroun ne la reconnaisse pas, elle s'enveloppa la tête du foulard bleu aux cercles orange qu'elle noua sous son menton. Elle portait presque toujours un foulard : avec son pantalon et sa tunique habituels, elle ne se distinguait guère d'une centaine de milliers d'autres femmes de la ville.

Elle entra.

Elle se rendit immédiatement compte que le lieu était mal choisi pour un rendez-vous clandestin. Elle avait pensé qu'Haroun et elle pourraient se perdre dans la foule, mais il n'y avait pas de foule. Le musée était quasiment vide. Cependant, les quelques visiteurs ressemblaient tous à d'authentiques touristes de sorte que, avec un peu de chance, personne ne les reconnaîtrait.

Elle monta à l'étage où était conservé le crâne de Toumaï. On aurait dit un morceau de vieux bois, presque informe, dans lequel on reconnaissait à peine une tête. Il ne fallait peut-être pas s'en étonner, puisqu'il avait sept millions d'années. Comment avait-il pu se conserver si longtemps ? Elle s'interrogeait encore quand Haroun arriva.

Ce jour-là, il était habillé à l'occidentale, pantalon kaki et tee-shirt blanc. Elle fut frappée par l'intensité de son regard noir posé sur elle. Il risquait sa vie, une fois de plus. Sans doute avait-il l'habitude des situations extrêmes. Après avoir été djihadiste, il était devenu un traître ; pour lui, il n'y aurait jamais de demi-mesure.

« Vous auriez dû venir hier, lui fit-il remarquer.

— Je n'ai pas pu. C'est urgent ?

— Depuis le traquenard du camp de réfugiés, nos amis au Soudan ont soif de vengeance. »

Cela ne finira jamais, se dit Tamara. Chaque acte de vengeance appelle la vengeance. « Que veulent-ils ?

— Ils savent que cette embuscade a été organisée personnellement par le Général. Ils veulent que nous l'assassinions. »

Cela n'avait rien de surprenant, songea Tamara. Mais c'était plus facile à dire qu'à faire. Le Général était entouré d'un appareil de sécurité redoutable. Rien n'était pourtant impossible. Et si l'attentat réussissait, le Tchad s'enfoncerait dans le chaos. Elle devait donner l'alerte au plus vite.

«Comment? demanda-t-elle.

— Je vous l'ai dit, l'Afghan nous a appris à fabriquer des ceintures d'explosifs.»

Oh, mon Dieu! s'affola Tamara.

Deux touristes entrèrent dans la salle, un homme et une femme d'âge moyen qui portaient chapeau et baskets et parlaient français. Tamara et Haroun s'exprimaient en arabe, une langue que les visiteurs ne comprenaient certainement pas. Ces derniers s'approchèrent cependant de la vitrine contenant le crâne, près de laquelle se tenaient Haroun et Tamara. Celle-ci leur adressa un sourire et un petit signe de tête avant de dire à Haroun : «Allons ailleurs.»

La salle voisine était déserte. «Continuez. Comment comptent-ils s'y prendre?

— Nous connaissons la voiture du Général.»

Tamara acquiesça. Tout le monde la connaissait. C'était une longue limousine Citroën semblable à celle du Président français. Il n'en existait qu'une dans tout le pays et, comme pour la rendre encore plus identifiable, une des ailes était ornée d'un petit fanion tricolore à bandes verticales bleu, or et rouge, les couleurs du Tchad.

«Ils l'attendront dans la rue près du palais présidentiel, poursuivit Haroun, et quand la voiture sortira, ils se jetteront dessus en déclenchant leurs engins explosifs et iront ainsi, croient-ils, tout droit au paradis.

— Merde.» Cela pouvait marcher. Même si le domaine présidentiel était puissamment gardé, le Général était bien obligé d'en sortir de temps en temps. Sa voiture était blindée, mais ne résisterait sans doute pas à des bombes, surtout si les ceintures étaient lourdement chargées en explosifs.

Heureusement, maintenant qu'elle était informée de ce projet, la CIA préviendrait les services de sécurité du Général, qui prendraient les mesures nécessaires.
« Quand est-ce prévu ?

— Aujourd'hui.

— Merde de merde.

— Voilà pourquoi je vous ai demandé de venir hier. »

Elle prit son téléphone et réfléchit un moment. De quels autres renseignements avait-elle besoin ? « Combien de terroristes y aura-t-il ?

— Trois.

— Vous pouvez me les décrire ? »

Haroun secoua la tête. « On ne m'a pas dit qui avait été choisi, seulement que je n'en faisais pas partie.

— Des hommes ?

— Peut-être y a-t-il une femme parmi eux.

— Comment seront-ils habillés ?

— En tenue traditionnelle, je suppose. Une ceinture d'explosifs se dissimule facilement sous un *galabeya*. Mais je n'en suis pas certain.

— À part ces trois-là, y a-t-il d'autres personnes impliquées d'une façon ou d'une autre ?

— Non. Trop de monde ne fait qu'accroître les risques.

— À quelle heure ont-ils l'intention d'aller au palais ?

— Ils doivent déjà y être. »

Tamara appela l'antenne de la CIA à l'ambassade, sans succès.

« L'Afghan nous a aussi appris à mettre temporairement le réseau téléphonique d'une ville hors d'usage, expliqua Haroun.

531

— Vous voulez-dire que l'EIGS a désactivé tous les téléphones ?

— Jusqu'au moment où quelqu'un découvrira le moyen de réparer la panne.

— Il faut que j'y aille. » Elle sortit précipitamment, dévala l'escalier et courut jusqu'au parking. Sa voiture l'attendait, moteur allumé. Elle sauta à l'arrière : « Reconduisez-moi à l'ambassade, vite, s'il vous plaît. »

Pendant que la voiture s'éloignait, elle reconsidéra la situation. À l'ambassade, elle pourrait informer directement les gens de la CIA, mais que pourraient-ils faire sans téléphone ? Mieux valait se rendre tout de suite au palais présidentiel ; malheureusement, elle n'était pas assez connue pour qu'on la laisse entrer sans délai. Et les gardes en faction à la grille croiraient-ils une jeune femme prétendant que le Général était en danger de mort ?

Elle songea alors à Karim. Il n'aurait aucun mal à se faire admettre au palais et pourrait joindre rapidement le chef de la Sécurité. Mais où le trouver ? Il n'était pas encore midi : peut-être était-il encore au Café du Caire, à deux pas du musée. Elle pouvait commencer par là et, si elle ne l'y trouvait pas, aller à l'hôtel Lamy, au centre-ville.

Elle pria pour que le Général ne quitte pas le palais dans les prochaines minutes.

Elle donna de nouvelles instructions au chauffeur. Ils gagnèrent le café en quelques minutes et elle se précipita à l'intérieur. À son grand soulagement, elle aperçut Karim. Elle arrivait juste à temps : il enfilait déjà sa veste pour partir. Elle se fit intempestivement la réflexion qu'il avait grossi.

« Quelle chance de vous trouver ! s'écria-t-elle. L'EIGS a coupé les connexions téléphoniques.

— Quoi ? » Finissant de s'habiller, il sortit son

téléphone de sa poche et regarda l'écran. «C'est vrai. Je ne pensais pas qu'ils en étaient capables.

— Je viens de parler à un informateur. Ils ont l'intention d'assassiner le Général.»

Karim en resta bouche bée. «Maintenant?

— Je me suis dit que vous étiez le mieux placé pour donner l'alerte.

— Bien sûr. Comment ont-ils prévu de s'y prendre?

— Trois personnes armées de ceintures d'explosifs attendront la voiture présidentielle devant les grilles du palais.

— Pas bête. Un passage obligé, un moment où la voiture roule lentement… et où le Général est le plus vulnérable.» Il hésita. «L'information est solide?

— Karim, aucun informateur n'est sûr à cent pour cent, ce sont des mystificateurs dans l'âme, mais à mon avis ce tuyau est bon. Il faut absolument que le Général prenne des précautions exceptionnelles.

— Vous avez raison, approuva Karim. Il n'est pas question d'ignorer cet avertissement. Je file. J'ai ma voiture sur l'arrière.

— Parfait.»

Il se retourna alors qu'il s'éloignait déjà. «Merci.

— Je vous en prie.»

Tamara regagna sa voiture par la porte de devant.

Elle faillit demander au chauffeur de la conduire à l'ambassade avant de se rappeler que personne, là-bas, ne pourrait rien faire. Le manuel d'opérations ne contenait pas de protocole en cas de tentative d'assassinat accompagné d'une coupure générale des connexions téléphoniques. Elle envisagea un instant de demander à Susan Marcus d'envoyer une escouade dans le quartier du palais pour traquer les terroristes. Mais les Américains ne pouvaient pas agir sans l'aval de l'armée et de la police locales, car il en résulterait une terrible

533

confusion. Et s'ils respectaient la chaîne de commandement, il serait trop tard.

Elle décida de se rendre elle-même au palais. Elle
pourrait au moins effectuer une reconnaissance sur le
terrain et tenter de repérer les djihadistes.

Elle demanda au chauffeur de prendre la rocade sud,
puis de tourner à droite sur l'avenue Charles-de-Gaulle.
Comme il était interdit de s'arrêter à proximité du palais,
elle descendit à deux cents mètres de l'entrée et dit au
chauffeur de l'attendre.

Elle vérifia son téléphone. Toujours aucun signal.

Elle observa le long boulevard qui s'étendait devant
elle. La grande grille du palais, surveillée par les soldats
armés de la Garde nationale en tenue de camouflage
désert vert, noir et beige, se situait sur la droite. En face
se dressait la cathédrale, flanquée d'un jardin du souvenir. L'interdiction de stationnement dans ce secteur
étant très stricte, les djihadistes ne pourraient être qu'à
pied.

Une Mercedes noire freina devant la grille qui s'ouvrit aussitôt. Tamara espéra que c'était Karim.

Elle songea pour la première fois au danger qu'elle
courait. Une bombe pouvait exploser à tout moment, à
n'importe quel endroit de la rue, et la tuer si elle était
à proximité.

Elle ne voulait pas mourir, pas maintenant, alors
qu'elle venait de trouver Tab.

La mort n'était pas le pire qui pût lui arriver. Elle
pouvait être estropiée, aveugle, paralysée.

Elle resserra le foulard sous son menton en murmurant pour elle-même : « Je suis complètement folle. »
Puis elle remonta le boulevard d'un pas vif.

Il n'y avait que les gardes sur le trottoir côté palais :
les passants préféraient éviter les hommes armés. En
face, une centaine de personnes au moins se promenaient

dans le parc ; des touristes admiraient les sculptures monumentales, tandis que des citadins flânaient ou mangeaient leur déjeuner. Il faut que j'essaie d'identifier les djihadistes, se dit-elle, et vite !

Un contingent de policiers armés, commandé par un sergent à moustache, observait la foule. Ils portaient une tenue de camouflage aux motifs légèrement différents de ceux de la Garde nationale. Tamara savait que leur mission essentielle était de faire respecter l'interdiction de photographier le palais et doutait qu'ils soient capables de repérer un vrai terroriste au premier coup d'œil.

S'efforçant de garder son calme, elle examina attentivement les gens qui déambulaient dans le parc, écartant les plus âgés : les djihadistes étaient toujours jeunes. Elle élimina également ceux qui portaient des vêtements modernes près du corps, jean et chemise par exemple, sous lesquels il était impossible de dissimuler une ceinture d'explosifs. Elle se concentra sur les promeneurs de vingt à trente ans, les hommes vêtus de *galabeyas* et les femmes dissimulées sous un niqab.

Elle dressa mentalement la liste des suspects possibles. Un jeune homme en longue tunique ample et casquette blanches lisait l'hebdomadaire *Alwihda*, assis sur le socle d'une statue. Il avait l'air trop détendu pour être un terroriste, mais Tamara ne pouvait en être sûre. Le niqab noir d'une femme d'un âge incertain présentait des bosses dans le dos, mais peut-être souffrait-elle d'une difformité physique. Un adolescent en *galabeya* et turban orange, accroupi au bord de la chaussée, réparait sa Vespa, dont la roue avant gisait sur le sol poussiéreux au milieu d'un éparpillement d'écrous et de boulons.

Elle remarqua alors, d'un côté du parc, un jeune barbu qui transpirait, debout à l'ombre d'un arbre. Il portait une longue robe, appelée *thobe*, *galabeya* ou *dishdasha* selon les pays, sous une large veste informe en coton boutonnée jusqu'au cou. Posté près de la voie transversale attenante au jardin, il jetait des coups d'œil incessants vers cette rue étroite, où il n'y avait rien à voir. Il fumait nerveusement, tirant fébrilement sur sa cigarette, qui se consumait rapidement.

Lorsqu'elle sortirait de l'enceinte du palais, la voiture présidentielle tournerait probablement à gauche ou à droite dans l'avenue Charles-de-Gaulle, mais elle pourrait également s'engager tout droit dans la rue transversale qui descendait vers le fleuve. En toute logique, les terroristes se placeraient de part et d'autre de l'entrée, le troisième se postant à proximité de la petite rue.

Tamara traversa celle-ci en direction de la cathédrale.

Arrivée au niveau de l'entrée du palais, elle observa la grille. Elle distinguait la longue allée majestueuse menant au bâtiment, qui ressemblait davantage à un immeuble de bureaux qu'à un palais. À l'intérieur de l'enceinte, cinq ou six autres soldats allaient et venaient en bavardant et en fumant. Tamara fut déçue : si Karim avait donné l'alerte, une brigade serait certainement en train de se former pour faire évacuer les lieux et protéger la population en cas d'explosion. Or la rue grouillait de monde, les voitures et les scooters continuaient de rouler dans les deux sens. Si une bombe explosait, elle ferait des centaines de victimes innocentes. Avait-on ignoré l'avertissement de Karim ? Ou se préoccupait-on davantage de la sécurité du Général que de celle du public ?

La cathédrale Notre-Dame-de-la-Paix était une église moderne spectaculaire. Mais le site était clôturé et les portes fermées. L'endroit était désert, à l'exception d'un jardinier en *galabeya* et en turban noir, qui plantait un petit arbre du côté ouest, près de la clôture, à quelques mètres à peine de Tamara. De là où il était, il avait une vue parfaite sur la grille et sur la longue allée menant au palais et il pouvait franchir en un rien de temps la clôture le séparant de la rue latérale. Pouvait-il s'agir d'un imposteur? Le cas échéant, il prenait un risque : un prêtre pouvait très bien s'étonner de sa présence et l'interroger : « Qui vous a demandé de planter un arbre ? » Toutefois, il ne semblait pas y avoir de prêtres dans les parages.

Elle regagna le jardin commémoratif.

C'était une question de probabilités, bien sûr, mais elle estima que les assassins étaient le garçon qui réparait son scooter, l'homme qui transpirait sous un arbre et le jardinier de la cathédrale. Ils correspondaient tous au profil et pouvaient tous dissimuler des explosifs sous leurs vêtements.

Était-il possible de les arrêter ? Certaines ceintures d'explosifs étaient équipées d'un système homme mort, un dispositif déclenchant l'explosion si le terroriste lâche un cordon, par exemple parce qu'il est abattu. Mais ses trois suspects se servaient de leurs deux mains, l'un pour réparer son scooter, le deuxième pour allumer ses cigarettes, le troisième pour planter un arbre. Ils n'avaient donc pas cet accessoire.

Il faudrait néanmoins les appréhender avec prudence. Les immobiliser avant qu'ils puissent actionner le détonateur. Ce serait l'affaire d'une ou deux secondes.

Elle consulta encore son téléphone. Toujours pas de connexion.

Que faire ? Rien, sans doute. Karim veillerait à ce que le Général ne coure aucun danger. Tôt ou tard, la police bouclerait le jardin du souvenir et évacuerait l'avenue. Les assassins se fondraient dans la foule.

Ce qui ne les empêcherait pas de retenter le coup le lendemain.

Elle se dit que ce n'était pas son problème. Elle avait transmis l'information. Elle avait fait son travail. À l'armée et à la police locale de prendre les décisions nécessaires.

Elle ferait probablement mieux de partir.

Levant les yeux, elle vit alors la limousine du Général descendre lentement l'allée en direction de la grille.

Elle devait agir.

Sortant sa carte de la CIA, elle aborda le sergent à moustache. «Je travaille pour l'armée américaine», lui dit-elle en arabe en lui montrant sa carte. Elle désigna l'homme qui fumait sous l'arbre. «Je crois que cet homme cache quelque chose de suspect sous sa veste. Vous feriez sans doute bien d'aller vérifier. Je vous conseille de lui tenir les mains avant de lui adresser la parole. Il pourrait être armé.»

Le sergent la considéra d'un air soupçonneux. Il n'avait pas d'ordre à recevoir d'une inconnue, même munie d'une carte d'identité en plastique, manifestement officielle, avec sa photo dessus.

Tamara lutta contre la panique qui l'envahissait et insista, d'une voix aussi calme que possible. «Il faut agir vite, car le Général arrive.»

Le sergent se tourna vers la grille. Voyant la limousine s'avancer dans l'allée, il prit une décision. Il aboya des ordres à deux de ses hommes, qui traversèrent le parc vers le fumeur.

Tamara remercia le ciel.

Les gardes du palais sortirent dans l'avenue pour arrêter la circulation.

Le garçon au scooter se leva.

De l'autre côté de la rue latérale, le jardinier de la cathédrale laissa tomber sa pelle.

La grille du palais s'ouvrit.

Tamara s'approcha du garçon au scooter. Il était tellement concentré sur la limousine qu'il la remarqua à peine. Elle lui sourit et posa les mains fermement

538

sur sa poitrine. Sous le coton de son *galabeya* orange, elle sentit avec effroi un objet dur relié à des câbles. Elle s'obligea à laisser ses mains sur le torse du jeune homme et identifia trois cylindres contenant probablement des charges d'explosif C4, du plastic inséré dans des petites billes d'acier, avec des câbles connectant les cylindres entre eux ainsi qu'à un boîtier, le détonateur.

Elle n'avait jamais été aussi près de la mort.

Surpris et déconcerté par son intervention inattendue, le garçon la repoussa maladroitement et recula. Profitant de la fraction de seconde qu'il lui fallut pour comprendre ce qui se passait, elle le faucha d'un croc-en-jambe.

Il tomba sur le dos. Elle se jeta sur lui, à genoux sur son ventre, lui coupant le souffle. Saisissant sa tunique par le col, elle la déchira, révélant le métal et le plastique noir du dispositif attaché à son torse. Un câble qui aboutissait à un simple interrupteur en plastique vert pendait du détonateur. Quatre dollars quatre-vingt-dix-neuf chez le quincaillier du coin, se dit-elle bêtement.

Elle entendit une femme crier tout près d'elle.

S'il posait la main sur cet interrupteur, il se tuerait, entraînant Tamara et quantité d'autres personnes dans la mort.

Elle parvint à lui saisir les poignets et à clouer ses bras au sol en se penchant en avant pour appuyer de tout son poids. Il se débattit pour se dégager. Les policiers qui se trouvaient à proximité assistaient à la scène, pétrifiés. « Tenez-lui les bras et les jambes avant qu'il nous fasse tous sauter ! » hurla-t-elle.

Revenant de leur surprise, ils se précipitèrent. En temps normal, ils n'auraient pas obéi à ses ordres, mais ils avaient aperçu, et identifié, le dispositif. Ils se mirent à quatre pour empoigner les membres du terroriste et les maintenir fermement.

Tamara se releva. Autour d'elle, les passants s'écartaient, certains s'éloignaient en courant. À l'autre extrémité du jardin commémoratif, on menottait le fumeur nerveux.

La limousine franchit les grilles.

Près de la cathédrale, le jardinier courut vers la clôture.

La voiture traversa l'avenue, prit de la vitesse, et s'engagea dans la rue latérale.

Le jardinier sauta par-dessus la barrière. Il fouilla sous son *galabeya* et en sortit une commande en plastique vert.

« Non ! » cria vainement Tamara.

Il s'élança dans la rue et se précipita sur la voiture. En l'apercevant, le chauffeur écrasa le frein, trop tard. Le terroriste heurta le pare-brise, rebondit, il y eut un éclair et une terrible déflagration. Le pare-brise vola en éclats et le terroriste fut projeté sur la chaussée. La voiture poursuivit sa course, laissant le cadavre au milieu de la rue. Elle vira à droite avant de s'écraser contre la clôture de la cathédrale. Celle-ci fut renversée, mais la voiture s'immobilisa.

Personne n'en sortit.

Tamara courut vers le véhicule accidenté. D'autres l'imitèrent et s'élancèrent derrière elle. Elle ouvrit grand la portière arrière et regarda à l'intérieur.

Il n'y avait personne sur la banquette.

Une odeur de sang frais lui envahit les narines. À l'avant, il n'y avait qu'un homme, le chauffeur, affaissé, immobile. Son visage était trop abîmé et ensanglanté pour être identifiable, mais l'homme avait les cheveux gris, il était petit et maigre. Ce n'était donc pas le Général, qui était imposant et chauve.

Le Général n'était pas dans la voiture.

Tamara resta perplexe un instant. Puis elle en déduisit que le chauffeur était peut-être simplement sorti faire le plein. Une possibilité plus sinistre était qu'on l'avait envoyé en guise de leurre, pour vérifier si la menace était réelle, autrement dit qu'on l'avait sacrifié. Révoltant, mais pas impossible.

Il y avait des trous dans la carrosserie et des billes d'acier jonchaient le plancher.

Tamara en avait suffisamment vu. Elle se détourna et repartit en direction du parc. J'ai sauvé la vie du Général, pensa-t-elle. Mais surtout, j'ai sauvé la stabilité de la région. J'ai failli perdre la vie. Cela en valait-il la peine ? Comment le savoir ?

Cependant, sa tâche n'était pas terminée. Haroun lui avait confié que cet attentat était commandité par le gouvernement soudanais. Si c'était vrai, il s'agissait d'une information importante dont elle devait avoir confirmation.

Le garçon au scooter avait été débarrassé de sa ceinture d'explosifs. Tamara aurait préféré qu'on attende l'équipe de déminage, mais on ne lui avait pas demandé son avis. Les policiers étaient en train de lui mettre des menottes et des entraves.

Tamara s'approcha. « Qu'est-ce que vous faites là ? lança un policier.

— C'est moi qui ai donné l'alerte, répliqua-t-elle durement. Je vous ai sauvé la vie.

— C'est vrai », approuva un autre flic.

Le premier haussa les épaules, ce qu'elle décida de prendre pour une autorisation.

Elle s'approcha du djihadiste. Il avait les yeux noisette et un duvet naissant ombrait ses joues : il était terriblement jeune. La proximité de Tamara lui adressait un message contradictoire, intime et menaçant à la fois, qui le troubla.

« Ton ami est mort, celui qui était dans le jardin de la cathédrale », lui dit-elle à voix basse.

541

Le jeune homme lui jeta un regard qu'il détourna aussitôt. « Il est au paradis.

— Tu as fait cela pour Dieu.

— Dieu est grand.

— Mais on t'a aidé. » Elle s'interrompit, les yeux fixés sur lui pour tenter de capter son regard et d'établir avec lui un lien d'humanité. « Quelqu'un t'a montré comment fabriquer ces bombes. »

Il se décida enfin à la regarder. « Vous ne savez rien.

— Je sais que c'est l'Afghan qui t'a appris tout ça. »

Ses yeux trahirent la surprise et elle poussa son avantage. « Je sais que ce sont vos amis du Soudan qui vous ont fourni le matériel. »

Elle n'en était pas certaine, mais le soupçonnait fortement. Le garçon avait toujours le même air étonné, ébahi par tout ce qu'elle savait.

« Et ce sont vos amis soudanais qui vous ont dit de tuer le Général. »

Elle retint son souffle. C'était ce point qu'elle tenait à vérifier.

Il parla enfin. La stupéfaction qui perçait dans sa voix était assurément sincère. « Comment vous savez ça ? »

Il n'en fallait pas plus à Tamara et elle s'éloigna.

*

À l'ambassade, elle regagna directement son studio. Se sentant soudain complètement vidée, elle s'allongea sur son lit et dormit quelques minutes. La sonnerie de son téléphone la réveilla.

Le réseau avait été rétabli.

Elle répondit. « Où diable êtes-vous ? » demanda Dexter. Elle faillit raccrocher et ferma les yeux pour s'armer de patience. « Vous êtes là ? insista-t-il.

— Je suis dans ma chambre.

— Mais qu'est-ce que vous faites ? »

Elle n'avait pas l'intention de lui dire qu'elle se remettait d'une rude épreuve. Elle avait appris depuis longtemps à ne jamais reconnaître la moindre faiblesse devant un collègue masculin. Il ne se priverait pas de vous le rappeler à tout bout de champ. « Un brin de toilette.

— Venez immédiatement. »

Elle raccrocha sans répondre. Elle avait frôlé la mort et ne pouvait plus prendre Dexter au sérieux. Elle traversa le domaine sans se presser pour rejoindre le poste de la CIA.

Elle trouva Dexter à son bureau, en compagnie de Phil Doyle. Dexter avait appris ce qui s'était passé. « Il paraît qu'une femme de la CIA a arrêté un suspect ! déclara-t-il. C'était vous ?

— Oui.

— Qu'est-ce qui vous prend d'arrêter les gens comme ça ? Vous avez perdu la tête, ou quoi ? »

Elle s'assit sans y avoir été invitée. « Vous voulez que je vous raconte ce qui s'est passé ou vous préférez continuer à hurler ? »

Dexter se hérissa mais hésita pourtant. Il ne pouvait nier qu'il avait crié. Or son patron était là. Même à la CIA, un homme risquait d'être accusé de harcèlement moral. « Très bien. Plaidez votre cause, je vous écoute.

— Que je plaide ma cause ? S'agit-il donc d'un procès ? Si c'est le cas, autant faire les choses dans les règles. Je veux un avocat.

— Ne prenez pas les choses comme ça, répliqua Doyle d'un ton apaisant. Dites-nous simplement ce qui s'est passé. »

Elle leur raconta toute l'histoire et ils l'écoutèrent sans l'interrompre.

Quand elle eut fini, Dexter lui demanda : « Pourquoi

êtes-vous allée prévenir Karim ? C'est à moi que vous auriez dû en parler ! »

Il était furieux d'avoir été tenu à l'écart de cet épisode. Malgré l'épuisement dû à la tension, Tamara s'efforça de mobiliser ses cellules grises et de reconstituer l'enchaînement de réflexions qui l'avait conduite à agir ainsi. « Mon informateur m'a prévenue que l'attentat était imminent. Mais il n'y avait plus de liaisons téléphoniques. Il fallait que je trouve le moyen le plus rapide d'avertir le Général. Si j'étais allée moi-même au palais, on ne m'aurait sans doute pas laissée entrer. Karim, si.

— J'aurais pu y aller, moi. »

Pourquoi ne réussissait-il pas à comprendre ? « Même vous, vous n'auriez pas été admis immédiatement, expliqua-t-elle d'un ton las. On vous aurait posé des questions, on vous aurait fait attendre. Karim voit le Général quand il veut. Il était en mesure de donner l'alerte plus rapidement que les gens de l'ambassade, plus rapidement en fait que n'importe qui.

— D'accord. Mais pourquoi ne pas m'avoir averti juste après avoir vu Karim ?

— Je n'ai pas eu le temps. Il aurait fallu que je vous explique tout, du début à la fin. Vous auriez mis en doute tout ce que je vous disais et nous nous serions engagés dans une conversation aussi interminable que celle-ci. Vous auriez fini par me croire, mais il vous aurait fallu un bon moment pour constituer une équipe et la mettre au parfum ; et alors seulement, vous vous seriez mis en route pour le palais. Il valait évidemment mieux que j'aille immédiatement sur place pour essayer de repérer les terroristes. Ce que j'ai fait. Avec succès.

— J'aurais pu en faire autant sinon mieux avec une équipe.

— Mais vous seriez arrivé après l'explosion. L'attentat a eu lieu quelques minutes à peine après mon

544

arrivée. Et pendant ces quelques minutes, j'ai réussi à identifier les trois terroristes. Deux d'entre eux sont actuellement en prison, le troisième est mort. »

Dexter changea d'angle d'attaque. « Tout cela pour rien, en réalité, puisque le Général n'était pas dans la voiture. » Il était bien décidé à minimiser son exploit.

Tamara haussa les épaules. Elle se moquait de ce que pensait Dexter. Elle commençait à comprendre qu'elle ne pouvait plus travailler sous ses ordres. « S'il n'était pas dans la voiture, c'est vraisemblablement parce que Karim l'avait averti.

— Nous n'en savons rien.

— C'est exact. » Elle était trop fatiguée pour argumenter.

Mais Dexter n'en avait pas fini. « Dommage que votre informateur ne nous ait pas prévenus plus tôt.

— C'est votre faute. »

Dexter sursauta. « Qu'est-ce que vous racontez ?

— Il voulait me voir hier. Je vous ai dit qu'il fallait que je quitte la formation avant la fin. Vous m'avez donné l'ordre de repousser mon rendez-vous. »

N'ayant manifestement pas fait le lien entre les deux événements, Dexter était ennuyé et mit un moment à répondre. « Non, non, reprit-il enfin, les choses ne se sont pas déroulées comme ça. Nous avons eu une discussion…

— Foutaises », lâcha-t-elle lui coupant la parole. Elle n'était pas prête à avaler cela. « Il n'y a pas eu de discussion. Vous m'avez interdit d'aller au rendez-vous qu'il m'avait fixé.

— Vous faites erreur. »

Tamara jeta un regard sévère à Doyle. Il était présent lors de cet échange. Il savait ce qui s'était passé et avait l'air mal à l'aise. Sans doute était-il tenté de mentir pour ne pas discréditer Dexter. S'il le faisait, Tamara décida qu'elle démissionnerait sur-le-champ. Elle garda les yeux rivés sur lui, sans rien dire, attendant qu'il parle.

« Je crois que c'est vous qui faites erreur, Dexter, déclara-t-il enfin. Dans mon souvenir, l'échange a été bref et vous avez donné un ordre. »

Rouge, le souffle court, Dexter semblait sur le point d'exploser. Luttant pour contenir sa colère, il rétorqua : « Il me semble, Phil, que nous devrons accepter certaines divergences de vues…

— Non, non, protesta Phil fermement, il ne s'agit pas de divergences de vues. » Il avait visiblement choisi d'imposer la discipline et ne semblait pas disposé à éluder la question. « Vous avez pris une décision qui s'est révélée être une erreur d'appréciation. Ne vous inquiétez pas, ce n'est pas un crime capital. » Il se tourna vers Tamara. « Vous pouvez nous laisser. »

Elle se leva.

« Vous avez fait du bon boulot. Merci.

— Merci, monsieur. » Et elle s'éclipsa.

*

« Le Général veut vous décerner une médaille », annonça Karim à Tamara le lendemain matin au café du Caire.

Il avait l'air content de lui. Son intervention lui avait certainement valu la reconnaissance éternelle du Général. Sous une dictature, c'était plus utile que l'argent.

« Je suis flattée. Mais je serai sans doute obligée de refuser. La CIA ne veut pas de publicité autour de ses agents. »

Il sourit et elle devina que son refus ne le contrariait guère. Cela lui permettrait de monopoliser le feu des projecteurs. « Il est vrai que vous êtes censés être des agents *secrets*, observa-t-il.

— En tout cas, je suis heureuse de savoir que le Général a apprécié notre intervention.

— Les deux terroristes survivants ont été interrogés. »

Je n'en doute pas, se dit Tamara. On a dû les garder éveillés toute la nuit, les priver d'eau et de nourriture, pendant que des équipes se relayaient pour les questionner, et probablement les torturer. « Nous communiquerez-vous le rapport complet des interrogatoires ?

— Ce serait la moindre des choses, me semble-t-il ».

Ce n'était pas un oui, releva Tamara. Karim n'avait sans doute pas le pouvoir de lui donner de réponse ferme et définitive.

« Mon ami le Général est furieux de cette tentative d'assassinat, reprit Karim. Il prend cette affaire de façon très personnelle. Quand il a vu le cadavre du chauffeur, il a dit : "Cela aurait pu être moi." »

Tamara préféra ne pas lui demander si le chauffeur avait été sacrifié. « J'espère que le Général ne prendra pas de mesures précipitées », avança-t-elle. Elle songeait à l'embuscade complexe qu'il avait tendue au camp de réfugiés en représailles d'une escarmouche mineure sur le pont de N'Gueli.

« Moi aussi. Mais il se vengera, soyez-en sûre.

— Je me demande ce qu'il va faire.

— Si je le savais, je ne pourrais pas vous le dire… mais il se trouve que je n'en sais rien. »

Tamara était convaincue que, cette fois, il disait la vérité, ce qui ne l'inquiétait que davantage. Quelle raison le Général pouvait-il avoir de dissimuler ses intentions à l'un de ses plus proches collaborateurs, lequel venait, qui plus est, de lui sauver la vie ? « Rien d'assez grave pour déstabiliser la région, j'espère.

— C'est peu probable.

— Je me pose la question. La Chine est très impliquée au Soudan. Nous ne voudrions pas qu'elle s'engage dans une démonstration de force.

— Les Chinois sont nos amis. »

Les Chinois n'avaient pas d'amis. Ils avaient des clients et des débiteurs. Mais elle ne voulait pas discuter avec Karim. C'était un vieil homme conservateur qui n'avait que faire des opinions d'une jeune femme. « Il faut s'en réjouir, déclara-t-elle en s'efforçant de paraître sincère. Et je suis sûre que vous plaiderez la prudence. »

Il prit un air suffisant. « Comme toujours. Ne vous inquiétez pas. Tout ira bien.

— *Inch'Allah* », conclut Tamara.

*

Le lendemain, en fin d'après-midi, CNN annonça qu'un violent incendie s'était déclaré à Port-Soudan, nom peu imaginatif du principal port du Soudan. D'après la chaîne de télévision, des navires croisant en mer Rouge avaient été les premiers à donner l'alerte. Elle diffusa l'interview crachotante d'un capitaine de pétrolier qui avait préféré rester au large en se demandant s'il était prudent de s'engager dans le port. Il y avait un énorme nuage de fumée gris-bleu, expliquait-il.

La quasi-totalité du pétrole soudanais était exportée à partir de Port-Soudan. La plus grande partie y était acheminée par un pipeline de mille six cents kilomètres, exploité par la China National Petroleum Corporation, la compagnie pétrolière nationale chinoise, qui possédait une participation majoritaire. Les Chinois avaient également construit une raffinerie et lancé un projet de construction d'un dock pétrolier d'un coût de plusieurs milliards de dollars.

Le reportage de CNN était suivi d'un communiqué du

gouvernement soudanais assurant que le sinistre serait bientôt sous contrôle – ce qui signifiait qu'il ne l'était pas – et qu'une enquête approfondie aurait lieu – ce qui signifiait qu'il n'avait pas la moindre idée de son origine. Tamara était travaillée par un sinistre soupçon, qu'elle préféra provisoirement garder pour elle.

Elle entreprit de surveiller les sites Internet djihadistes, ceux qui célébraient les décapitations et les enlèvements. À sa première consultation, tout était calme sur le Net.

Elle appela la colonelle Marcus. « Avez-vous des photos satellite de Port-Soudan juste avant l'incendie ? lui demanda-t-elle.

— Probablement. La couverture nuageuse n'est jamais très épaisse dans cette partie du globe. Quelle tranche horaire ?

— CNN en a parlé vers seize heures trente et il y avait déjà beaucoup de fumée…

— Quinze heures trente ou avant, dans ce cas. Je vais voir. Que soupçonnez-vous ?

— Je ne sais pas vraiment. Quelque chose.

— Très bien. »

Tamara appela ensuite Tab à l'ambassade de France. « Que sais-tu au sujet de l'incendie de Port-Soudan ?

— Rien de plus que ce qu'en dit la télévision. À propos, moi aussi, je t'aime. »

Elle étouffa un rire. « Arrête, lui murmura-t-elle. Je suis dans un open space.

— Désolé.

— Je t'ai expliqué hier soir ce que je crains.

— La théorie de la vengeance ?

— Oui.

— Tu penses que ça pourrait être ça ?

— Exactement.

— Il va y avoir du grabuge.

— Je ne te le fais pas dire ! » Elle raccrocha.

Tamara était la seule à se préoccuper de cette affaire et les bureaux commencèrent à se vider vers dix-sept heures.

Peu après, le gouvernement de Khartoum, la capitale du Soudan, compléta son communiqué initial en annonçant qu'une vingtaine de personnes avaient été sauvées des flammes. Parmi elles, quatre ingénieurs chinois qui travaillaient à la construction du nouveau dock. Quelques femmes et enfants chinois, les familles des ingénieurs, faisaient également partie des rescapés. CNN expliquait que ce quai, financé par la Chine, était construit grâce au savoir-faire chinois et qu'une centaine d'ingénieurs chinois étaient employés sur place. Tamara se posa des questions sur tous ceux qui n'avaient *pas* été sauvés.

Comme il n'était toujours pas question de sabotage, Tamara commença à espérer que l'incendie était finalement d'origine purement accidentelle, sans implications politiques.

Reprenant sa navigation sur Internet, elle tomba cette fois sur un site administré par un groupe qui se faisait appeler Djihad Salafi au Soudan. Elle n'en avait jamais entendu parler. Le groupe condamnait la dérive du gouvernement soudanais, symbolisée notamment par la corruption entourant le projet de quai pétrolier géré par la Chine. Il félicitait les valeureux combattants du DSS, responsables de l'attaque du jour.

Tamara appela Susan. « Putain, c'était mon drone, lui annonça celle-ci. Celui qui avait disparu.

— Merde.

— Il a largué des bombes sur la raffinerie et sur le quai en cours de construction avant de s'écraser.

— C'étaient des ingénieurs chinois qui construisaient ce dock.

— Ils ont frappé à treize heures trente et une.

— Des ingénieurs chinois tués par un drone américain. On va le payer cher ! »

Après avoir raccroché, Tamara envoya à Dexter, puis à Tab, le lien du site du DSS.

Elle se cala ensuite contre son dossier et réfléchit. Comment les Chinois allaient-ils réagir ?

24

Le téléphone de Chang Kai sonnait mais, à son grand désarroi, il était incapable de mettre la main dessus. Il se réveilla et s'aperçut qu'il était en train de rêver. Cependant, le téléphone sonnait toujours. Il le trouva sur sa table de chevet. L'appel venait de Fan Yimu, qui assurait la permanence de nuit au Guoanbu. «Je suis désolé de vous réveiller en pleine nuit, monsieur.

— Oh, non! Ne me dites pas que la Corée du Nord est à feu et à sang.

— Non, c'est tout autre chose.»

Kai poussa un soupir de soulagement. Le statu quo régnait depuis dix jours entre le régime et les rebelles et il espérait que la crise se réglerait sans guerre civile. «Dieu merci.»

Ting se blottit contre lui sans ouvrir les yeux. Il l'entoura de son bras et lui caressa les cheveux. «Alors, de quoi s'agit-il? demanda-t-il à Fan.

— Une centaine de Chinois ont été tués par un drone à Port-Soudan.

— Où nous construisons un dock pétrolier pour plusieurs milliards de dollars, si je me souviens bien.

— Exactement. Des ingénieurs chinois travaillent sur ce site. Les victimes sont principalement des hommes, mais il y a aussi des femmes et des enfants appartenant aux familles des ingénieurs.

— Qui est responsable? Qui a envoyé ce drone?

— Monsieur, la nouvelle vient de tomber. J'ai préféré vous en informer avant même de chercher à en savoir davantage.

— Envoyez-moi une voiture.

— C'est fait. Moine devrait être chez vous dans quelques minutes.

— Très bien. Je vous rejoins dès que possible. » Kai raccrocha.

« Tu veux qu'on fasse ça, vite fait ? marmonna Ting.

— Rendors-toi, ma chérie. »

Kai fit une toilette rapide et enfila un costume et une chemise blanche. Il fourra une cravate dans une poche et son rasoir électrique dans l'autre. En regardant par la fenêtre, il vit une berline Geely gris métallisé garée le long du trottoir, tous feux allumés. Il attrapa son manteau et sortit.

Il faisait un froid de canard, accentué par un vent glacial. Il monta dans la voiture et commença à se raser pendant que Moine conduisait. Il rappela Fan pour lui demander de convoquer quelques collaborateurs indispensables : sa secrétaire, Peng Yawen ; Yang Yong, spécialiste de l'interprétation des images de surveillance ; Zhou Meiling, une jeune spécialiste d'Internet ; et Shi Xiang, chef de la division Afrique du Nord, qui parlait arabe couramment. Chacun d'eux ferait appel à des assistants.

Il se demanda qui avait bien pu commettre l'attentat de Port-Soudan.

Les Américains étaient toujours les premiers suspectés. La campagne chinoise visant à tisser des réseaux commerciaux à travers le monde, ce qu'on appelait l'initiative « la ceinture et la route » ou la nouvelle route de la soie, représentait une menace pour eux ; et ils n'ignoraient pas que la Chine avait des visées sur le pétrole africain et sur d'autres ressources naturelles du continent. Mais iraient-ils jusqu'à tuer délibérément une centaine de ressortissants chinois?

Les Saoudiens possédaient des drones, qui leur avaient été vendus par les Américains, et ils n'étaient qu'à deux cents kilomètres de Port-Soudan, de l'autre côté de la mer Rouge. Mais l'Arabie saoudite et le Soudan étaient des alliés. Il pouvait s'agir d'un accident, ce qui paraissait pourtant peu probable. Les drones étaient équipés de systèmes de radiogoniométrie. Il s'agissait d'un attentat délibéré.

Restaient les terroristes. Mais lesquels?

À lui de le découvrir. Le président Chen exigerait des réponses dans la matinée.

Au siège du Guoanbu, il trouva certains membres de son équipe déjà sur place; les autres se présentèrent quelques instants plus tard. Il leur demanda de se rendre dans la salle de réunion. Comme des millions de Chinois, il avait adopté depuis peu l'habitude de boire du café, et en emporta une tasse.

Sur un des écrans qui tapissaient les murs de la pièce, la chaîne Al Jazeera diffusait un reportage en direct sur l'incendie de Port-Soudan, apparemment filmé depuis un bateau. La nuit était tombée en Afrique de l'Est, mais les flammes illuminaient le nuage de fumée.

Kai s'assit en bout de table. «Voyons ce que nous savons. Je suppose qu'il y a quelques éléments du Guoanbu parmi les ingénieurs?» Toutes les entreprises qui opéraient à l'étranger étaient surveillées de près par des agents de Kai.

Shi Xiang lui répondit. «Ils étaient deux, mais l'un d'eux a été tué dans le bombardement.» Shi était un homme d'âge mûr, au visage barré d'une moustache grise. Lors de sa première affectation à l'étranger, il avait épousé une Africaine, dont il avait une fille, étudiante à l'université. «J'ai eu un rapport de l'agent survivant, Tan

Yuxuan. Parmi les morts, on compte quatre-vingt-dix-sept hommes et quatre femmes qui étaient tous sur le quai au moment du bombardement. Cela s'est produit pendant les heures les plus chaudes de la journée, au moment où les gens, dans cette région du monde, font une longue pause. Ils étaient tous en train de déjeuner ou de faire la sieste dans un préfabriqué climatisé.

— C'est affreux, murmura Kai.

— Le drone a largué deux missiles air-sol qui ont gravement endommagé le quai déjà partiellement construit et ont mis le feu aux réservoirs de pétrole. Des enfants ont également été tués. En règle générale, nous n'autorisons pas les gens qui travaillent à l'étranger à emmener leurs enfants, mais on avait fait une exception pour l'ingénieur en chef, et il se trouve qu'hier, malheureusement, il avait emmené ses jumeaux pour leur montrer le projet.

— Que dit le gouvernement de Khartoum ?

— Rien de précis. Ils ont publié un communiqué il y a deux heures affirmant qu'ils étaient en train de maîtriser l'incendie et qu'ils ouvriraient une enquête pour en déterminer la cause. Le type même de déclaration visant à gagner du temps.

— Une réaction de la Maison Blanche ?

— Pas encore. C'est le début de l'après-midi à Washington. Ils se manifesteront peut-être avant la fin de la journée. »

Kai se tourna vers Yang Yong, un homme âgé au visage ridé, rompu à la lecture des images satellite. « Nous avons une photo du drone », annonça Yang en tapotant le clavier de son ordinateur. Une image apparut sur un des écrans muraux.

Kai se pencha, cherchant à comprendre ce qu'il avait sous les yeux. « Je ne vois rien », dit-il.

Yang était un spécialiste qui avait sans doute commencé à observer des photos aériennes bien avant l'âge

555

de l'imagerie satellite. À l'aide d'un pointeur laser, il fit apparaître un point rouge sur l'écran et Kai parvint à distinguer une forme, qu'il aurait pu prendre pour une mouette.

«Il survole une autoroute», précisa Yang. Il déplaça le point rouge. «Cette tache, là, est un camion.

— Peut-on savoir de quel type de drone il s'agit? demanda Kai.

— Il est grand. Je dirais que c'est un MQ-9 Reaper, fabriqué par General Atomics aux États-Unis, mais vendu à une bonne dizaine de pays, parmi lesquels Taïwan et la République dominicaine.

— Et probablement disponible au marché noir.

— C'est bien possible.»

Yang afficha une autre image. La mouette survolait désormais une ville, sans doute Port-Soudan.

«Les Soudanais ont-ils réagi? interrogea Kai.

— L'engin a dû être aperçu par le contrôle aérien, qui aura suspendu les décollages et les atterrissages pendant un certain temps… je vérifierai.

— Leur aviation militaire aurait pu l'abattre.

— Ils ne l'ont sans doute pas jugé hostile. Il pouvait s'agir d'un drone civil, ou bien d'un drone saoudien égaré au-dessus de la mer Rouge.»

Yang changea encore d'image. «Cette photo a été prise juste avant que le drone largue ses missiles. J'ai zoomé. Vous pouvez distinguer le quai. L'appareil vole très bas.» Il pianota sur son clavier. «Et ça, c'est juste après l'explosion.»

Kai discerna la maçonnerie qui s'effondrait et l'énorme nuage de fumée en formation. La mouette s'était inclinée, comme bousculée par une rafale de vent. «Le drone volait tellement bas qu'il a été soufflé par la déflagration, expliqua Yang. Pareille erreur donne à penser que le pilote manquait d'expérience.

— Nous pouvons supposer que les satellites des Américains leur auront transmis les mêmes images.

— Certainement», confirma Yang.

Kai interrogea Zhou Meiling du regard. C'était une jeune femme timide, qui prenait cependant de l'aplomb dès qu'elle abordait sa spécialité. «Qu'avez-vous découvert, Meiling?

— L'attentat a été revendiqué par un groupe qui se fait appeler le Djihad Salafi au Soudan. Nous ne savons pas grand-chose à son sujet, si peu même que c'en est suspect. Le site n'existe que depuis quelques jours.

— Un nouveau groupe dont personne n'a jamais entendu parler, résuma Kai. Constitué exprès pour cet attentat. À moins d'une imposture, évidemment.

— Je suis en train de vérifier.

— D'autres commentaires sur d'autres sites?

— Les discours de haine habituels... à l'exception des Ouïghours de Chine. Comme vous le savez, monsieur, plusieurs sites illégaux prétendent représenter les musulmans ouïghours du Xinjiang. Il est vrai que certains, voire tous, sont peut-être faux. Il n'empêche que la plupart de ces sites se félicitent de l'assassinat de communistes chinois oppresseurs des minorités par des musulmans africains avides de liberté.

— Les Ouïghours n'ont qu'à aller vivre au Soudan, ironisa Kai. Ils regretteraient vite la Chine autoritaire.» Il était furieux parce qu'il craignait que la liesse des Ouïghours ne provoque des réactions excessives de la vieille garde communiste. Les hommes de la génération de son père exigeraient des représailles.

«Très bien, reprit-il après un instant de silence. Meiling, voyez ce que vous pouvez trouver d'autre sur ce Djihad Salafi au Soudan. Yang, examinez les images satellite antérieures pour tâcher de repérer d'où est parti ce drone. Shi, demandez à notre homme au Soudan de jeter un coup d'œil à l'épave du drone pour essayer d'en identifier l'origine. Vous tous, gardez l'œil sur les chaînes d'information arabes et américaines pour guetter les réactions des gouvernements. Comme il faudra que je présente mon rapport au ministre des Affaires étrangères en tout début de matinée et au Président avant la fin de la journée, je compte sur vous pour me fournir tous les renseignements nécessaires.»

La réunion prit fin et Kai regagna son bureau.

Peng Yawen, sa secrétaire, lui apporta du thé. Elle était contre le café, qu'elle considérait comme une lubie de jeunes. Sur le plateau était posée une assiette de *lai wong bao*, des brioches cuites à la vapeur fourrées d'une crème aux œufs. «Où avez-vous trouvé ces pâtisseries à une heure pareille? s'étonna Kai.

— C'est ma mère qui les prépare. Sachant que j'allais travailler toute la nuit, elle m'en a fait livrer par taxi.»

Comme Yawen avait une cinquantaine d'années, sa mère devait en avoir un peu plus de soixante-dix. Kai mordit dans une brioche. La pâte était légère et croustillante et la crème savoureuse. «Votre mère est un bienfait du ciel, dit-il.

— Je sais.»

Il prit une deuxième brioche. Yang Yong apparut dans l'embrasure de la porte, tenant une grande feuille de papier à la main. Kai l'invita à entrer.

Yawen s'éclipsa. Yang contourna le bureau de Kai et déploya une carte de l'Afrique du Nord-Est. «Le drone a été lancé depuis une zone inhabitée du désert située à une centaine de kilomètres de Khartoum.» Il posa le doigt sur un point de la carte, à l'ouest du Nil. Kai remarqua le réseau de veines saillantes sur le dos de ses mains.

«Vous avez fait drôlement vite, s'étonna-t-il.

— De nos jours, toutes les tâches de localisation sont assurées par des ordinateurs.

— À quelle distance de la frontière du Tchad se trouve ce lieu ?

— Plus de mille kilomètres.

— Ce qui confirme l'hypothèse que l'attentat aurait été perpétré par des insurgés soudanais locaux et non par des terroristes islamistes.

— Ils peuvent être les deux. »

Histoire de compliquer les choses, se dit Kai. « Pouvez-vous remonter encore plus loin dans les origines de ce drone ?

— Je peux essayer. Il a peut-être été transporté en pièces détachées, ce qui m'empêcherait de remonter sa piste. Si ce n'est pas le cas, il a dû arriver de façon autonome, par voie aérienne. Mais nous ne savons pas quand. Je vais voir ce que je parviens à dénicher, mais ne vous faites pas trop d'illusions. »

Quelques minutes plus tard, ce fut Zhou Meiling qui surgit, les yeux brillants d'excitation. « Le Djihad Salafi au Soudan existe vraiment, déclara-t-elle. C'est un nouveau nom, mais ils ont posté sur Internet des photos de leurs membres, des héros, comme ils disent. Certains sont des extrémistes connus que nous avons déjà vus.

— S'agit-il de rebelles soudanais ou de terroristes islamistes ?

— D'après leur rhétorique, les deux. En tout état de cause, il est difficile d'imaginer comment ils ont pu mettre la main sur un MQ-9 Reaper. Ces engins coûtent trente-deux millions de dollars.

— Y a-t-il moyen de savoir où est basé le groupe ?

— Le site est hébergé en Russie, mais ce n'est évidemment pas là que réside le DSS. Ils ne peuvent pas non plus être dans un camp de réfugiés, car ils n'auraient pas de réseau. Ils se terrent peut-être dans une ville, Khartoum ou Port-Soudan.

— Continuez à chercher. »

Une nouvelle heure s'écoula avant que Shi Xiang ne vienne faire son rapport, mais c'était lui qui détenait l'information la plus importante. Il entra, chargé d'un ordinateur. « Nous venons de recevoir une photo envoyée de Port-Soudan par Tan Yuxuan, annonça-t-il avec enthousiasme. C'est un fragment de l'épave. »

Kai regarda l'écran. La photo avait été prise de nuit, au flash, mais elle était parfaitement nette. Au milieu des débris de tôle ondulée et de plaques de plâtre, on distinguait un fragment, calciné et tordu, d'un composite de type Kevlar, le genre de matériau ultraléger dont étaient constitués les drones. On distinguait clairement une étoile blanche dans un rond bleu, prolongé de part et d'autre par une bande rouge, blanc, bleu : l'insigne de l'US Air Force.

« Merde alors ! s'exclama Kai. C'étaient ces enfoirés d'Américains !

— On dirait, en effet.

— Imprimez-moi cette photo en vingt exemplaires haute définition, s'il vous plaît.

— Tout de suite. » Shi se retira.

Kai se cala contre son dossier. Il avait maintenant suffisamment de matière pour informer les politiciens. Mais les nouvelles étaient loin d'être bonnes. Les Américains étaient impliqués dans le massacre de plus de cent Chinois innocents. C'était un incident international majeur. L'onde de choc du bombardement de Port-Soudan allait se propager dans le monde entier.

Il fallait absolument qu'il sache ce que les Américains avaient à dire sur cette affaire.

Il appela Neil Davidson, son contact à la CIA. Celui-ci décrocha immédiatement. « Ici Neil. » Malgré son accent traînant du Texas, il avait l'air parfaitement réveillé, ce qui étonna Kai.

«Ici Kai.

— Comment avez-vous eu le numéro de mon domicile?

— À votre avis?» Le Guoanbu connaissait évidemment les numéros privés de tous les étrangers de Pékin.

«Pardon. Question idiote.

— Je pensais que vous dormiez à cette heure-ci.

— Je suis réveillé pour la même raison que vous, j'imagine.

— Parce que cent trois citoyens chinois ont été tués au Soudan par un drone américain.

— Ce n'est pas nous qui l'avons envoyé.

— L'épave porte l'emblème de l'US Air Force.»

Neil garda le silence. Apparemment, il ignorait ce détail.

«Une étoile blanche dans un rond bleu avec une bande rayée de chaque côté, insista Kai.

— Je ne peux faire aucun commentaire, mais je vous dis et vous répète que nous n'avons pas envoyé de drone bombarder Port-Soudan.

— Vous n'en êtes pas moins responsables de votre matériel.

— Ah oui? Vous vous souvenez du caporal Ackerman? Il a été tué par une arme chinoise, ce qui ne vous a pas empêchés de nier toute responsabilité.»

Il avait raison, mais Kai n'était pas prêt à l'admettre.

«Ce n'était qu'un fusil. Combien y en a-t-il qui se baladent à travers le monde? Personne ne sait d'où ils viennent, de Chine, des États-Unis ou d'ailleurs. Un drone, c'est différent.

— Il n'en reste pas moins que ce ne sont pas les États-Unis qui ont envoyé ce drone.

— Qui alors?

« — L'attentat a été revendiqué…

— Je sais qui revendique l'attentat, Neil. Je vous demande qui a lancé ce machin. Vous devriez le savoir, merde, c'est votre drone !

— Calmez-vous, Kai.

— Parce que vous seriez calme, vous, si un drone chinois avait tué une centaine d'Américains ? Vous croyez que la présidente Green prendrait les choses sereinement, sans s'énerver ?

— J'entends bien. Malgré tout, il ne sert à rien de nous écharper au téléphone à cinq heures du matin. »

Kai dut reconnaître que Neil n'avait pas tort. Je suis officier de renseignement, se dit-il ; mon rôle consiste à recueillir des informations, pas à monter sur mes grands chevaux. « D'accord, acquiesça-t-il. Si nous admettons, de façon purement hypothétique, que vous n'avez pas lancé ce drone, comment expliquez-vous ce qui s'est passé au Soudan ?

— Je vais vous faire un aveu à titre confidentiel. Si vous le répétez publiquement, nous nierons…

— Je sais ce que veut dire "à titre confidentiel". »

Après une hésitation, Neil se décida : « Entre vous et moi, Kai, on nous a piqué ce drone. »

Kai se redressa sur son siège. « Quoi ? Où ça ?

— Désolé, je ne peux pas vous en dire plus.

— Je suppose qu'il a été volé aux forces américaines présentes en Afrique du Nord dans le cadre de votre lutte contre l'EIGS.

— N'insistez pas. Tout ce que je peux faire, c'est vous orienter dans la bonne direction. Je vous dis que quelqu'un nous a barboté ce drone.

— Je vous crois, Neil. » En réalité, il n'en était pas si sûr. « Mais personne ici ne gobera cette histoire si vous ne nous donnez pas un minimum de détails.

— Allons, Kai, réfléchissez. Pourquoi la Maison

Blanche voudrait-elle assassiner une centaine d'ingénieurs chinois ? Sans parler de leurs familles.

— Je ne sais pas, mais j'ai du mal à croire que les États-Unis n'aient rien à voir là-dedans.

— Très bien, soupira Neil sur un ton résigné. Si vous tenez à déclencher une Troisième Guerre mondiale à cause de cet incident, je ne peux pas vous en empêcher. »

Neil venait d'exprimer tout haut une angoisse qui taraudait également Kai. Elle était tapie au fond de son esprit tel un dragon endormi, une menace latente. Même s'il n'était pas prêt à l'admettre, il redoutait autant que Neil une réaction outrancière du gouvernement chinois au bombardement de Port-Soudan et les terribles conséquences qui s'ensuivraient. Ce fut pourtant d'une voix normale qu'il lui dit : « Merci, Neil. On reste en contact.

— Ça marche. »

Ils raccrochèrent.

Kai passa l'heure suivante à rédiger un rapport résumant tout ce qu'il avait appris depuis que la sonnerie de son téléphone l'avait réveillé. Il le rangea dans un fichier sous le nom de code Vautour avant de consulter sa montre : six heures du matin.

Il décida d'appeler directement le ministre des Affaires étrangères. Il aurait dû s'adresser d'abord au ministre de la Sécurité, Fu Chuyu, or celui-ci n'était pas encore au bureau. C'était une piètre excuse, mais tant pis. Il composa le numéro privé de Wu Bai.

Wu était réveillé et levé. « Oui ? » dit-il en décrochant. Kai entendit un bourdonnement en fond sonore et devina que Wu avait un rasoir électrique en main.

« Ici Chang Kai. Je vous prie de m'excuser de vous appeler à une heure aussi matinale, mais cent trois Chinois ont été tués au Soudan par un drone américain.

563

— Oh, merde », lâcha Wu. Le bourdonnement cessa. « Ça va provoquer un sacré bordel.

— En effet.

— Qui d'autre est au courant ?

— Pour le moment, personne en Chine, à part le Guoanbu. Les journaux télévisés parlent uniquement d'un incendie au dock de Port-Soudan.

— Tant mieux.

— Mais je vais évidemment devoir informer l'armée dès que je vous aurai fait mon rapport. Voulez-vous que je passe chez vous ?

— Pourquoi pas ? Cela nous fera gagner du temps.

— Je peux être là dans une demi-heure si cela vous convient.

— À tout de suite, alors. »

Kai imprima plusieurs exemplaires du dossier Vautour, qu'il rangea dans une serviette avec quelques-unes des photos de Shi montrant l'insigne de l'US Air Force sur l'épave du drone. Puis il descendit rejoindre la voiture qui l'attendait. Il donna à Moine l'adresse du domicile de Wu et sortit sa cravate de sa poche pour la nouer pendant le trajet.

Wu habitait le parc de Chaoyang, le quartier le plus huppé de Pékin. Son immeuble donnait sur le terrain de golf. Dans le hall d'entrée rutilant, Kai dut présenter ses papiers d'identité et passer sous un détecteur de métal avant de prendre l'ascenseur.

Wu lui ouvrit en chemise gris clair et pantalon de costume rayé. Son eau de Cologne dégageait des effluves de vanille. L'appartement respirait le luxe, sans être aussi grandiose que certaines résidences que Kai avait vues aux États-Unis. Wu le conduisit dans une salle à manger où un petit déjeuner était servi dans de l'argenterie sur une nappe blanche. Des raviolis chinois fumants, de la bouillie de riz agrémentée de crevettes, des beignets allongés et des crêpes ultrafines nappées de coulis de prunes étaient présentés dans des plats en porcelaine à la cendre d'os. Wu ne se refusait rien.

Kai prit un peu de thé et exposa la situation pendant que Wu mangeait son riz aux crevettes. Il évoqua le projet de construction d'un dock pétrolier, le bombardement, le drone, la revendication du DSS et finit par la théorie du larcin présentée par les Américains. Il montra à Wu la photo de l'épave du drone et lui remit un exemplaire du rapport Vautour. Pendant qu'il parlait, les arômes épicés des plats lui mettaient l'eau à la bouche. Lorsqu'il eut fini son exposé, Wu l'invita à se servir. Kai prit des raviolis, qu'il mangea avec joie en essayant de ne pas se montrer trop vorace.

«Nous ne pouvons pas laisser passer ça», déclara Wu.

Kai s'attendait à cette réaction. Sachant qu'il serait inutile de plaider contre des représailles, il commença par approuver. «Quand un seul Américain est tué, la Maison Blanche réagit comme s'il y avait eu un holocauste, remarqua-t-il. Les vies chinoises sont tout aussi précieuses.

— Mais quelle forme doit prendre notre riposte, selon vous?

— Nos représailles doivent préserver l'équilibre entre le yin et le yang, répondit Kai, se préparant à prôner la modération. Nous devons être forts, sans être téméraires. Faire preuve de retenue, mais jamais de faiblesse. Le maître mot doit être riposte, et non escalade.

— Parfait», acquiesça Wu, dont la pondération était dictée par la paresse plus que par la conviction.

La porte s'ouvrit sur une petite femme replète d'âge mûr. Quand elle embrassa Wu, Kai comprit que c'était sa femme. Il ne l'avait jamais rencontrée et fut surpris par son apparence ordinaire. « Bonjour, Bai, dit-elle à son mari. Le petit déjeuner est bon ?

— Excellent, merci. Je te présente mon collaborateur, Chang Kai. »

Kai se leva et s'inclina. « Je suis enchanté de faire votre connaissance.

— J'espère que vous avez mangé quelque chose, dit-elle avec un sourire aimable.

— Je vous remercie, les raviolis sont délicieux. »

Elle se tourna à nouveau vers Wu. « Ta voiture est en bas, mon chéri. » Elle s'éclipsa.

Elle était à l'opposé de Wu, songea Kai, mais ils formaient de toute évidence un couple uni.

« Resservez-vous, je vous en prie, pendant que je vais mettre ma cravate », lui suggéra Wu avant de sortir.

Kai prit son téléphone pour appeler sa secrétaire. « Vous trouverez un fichier intitulé "Vautour" dans mon dossier Afrique, lui dit-il. Envoyez-le immédiatement à Fu Chuyu, avec la liste 3 en copie, celle où figurent tous les ministres, les généraux et les cadres du parti communiste. Joignez une photo de l'épave du drone. Et faites-le immédiatement, s'il vous plaît. Je veux que tous ces gens-là apprennent la nouvelle par moi et non par quelqu'un d'autre.

— Le fichier Vautour, répéta Peng Yawen.

— Oui.

— La photo du drone.

— C'est cela. »

Elle se tut. Kai l'entendit taper sur son clavier.

« À Fu Chuyu, avec la liste 3 en copie.

— Exact.

— C'est fait, monsieur. »

Kai sourit. Il aimait que le personnel soit efficace. « Merci. » Il raccrocha.

Wu revint en veste et cravate, un mince porte-document au bout du bras. Kai prit l'ascenseur avec lui. Les deux voitures officielles attendaient au pied de l'immeuble. «Quand comptez-vous annoncer la nouvelle aux autres? demanda Wu.

— Je l'ai fait pendant que vous vous prépariez.

— Bien. Je vous verrai sans doute plus tard. Nous en avons sûrement pour toute la journée avec ce merdier.

— Je le crains», sourit Kai.

Wu hésita, cherchant manifestement ses mots. Son expression changea. Son masque de bon vivant s'effaça et Kai eut soudain devant lui un homme préoccupé. «Nous ne pouvons pas les laisser massacrer des Chinois impunément, déclara-t-il. Ce n'est pas une option envisageable.» Kai se contenta de hocher la tête. «En revanche, il faut empêcher les faucons des deux camps de transformer cet incident en un bain de sang.» Il monta en voiture.

«Je ne vous le fais pas dire», murmura Kai pendant que le véhicule s'éloignait.

Il était sept heures et demie. Kai avait grand besoin de prendre une douche et de se changer. D'enfiler son plus beau costume, son armure des luttes politiques. S'il voulait passer chez lui, c'était le moment ou jamais. Il demanda à Moine de le reconduire à son appartement. Pendant le trajet, il appela le bureau.

Shi Xiang voulait lui parler. «J'ai appris un détail intéressant de mes gens au Tchad, lui annonça le chef de la division Afrique du Nord. Il semblerait que les forces américaines présentes dans le pays aient perdu un drone. Tout le monde pense qu'il a été volé par l'Armée nationale tchadienne.»

Peut-être Neil avait-il dit la vérité après tout. «Cela semble affreusement plausible, en effet.

— Mes hommes supposent que le président du

Tchad, on l'appelle le Général, a remis ce drone à un groupe de rebelles soudanais en sachant qu'ils l'utiliseraient contre leur gouvernement.

— Pourquoi ferait-il une chose pareille ?

— Si j'en crois mes contacts, le Général aurait voulu se venger d'une récente tentative d'assassinat contre lui perpétrée par des terroristes liés au Soudan.

— Un idol drama à la sauce saharienne, murmura Kai. Je parie que c'est vrai.

— Je le pense aussi.

— La Maison Blanche n'a pas encore fait de commentaire, mais un de mes contacts à la CIA m'a confié que le drone avait été volé.

— Dans ce cas, c'est probablement la vérité.

— Ou alors, c'est une couverture bien alambiquée. Tenez-moi au courant. Je rentre chez moi me rafraîchir un peu. »

Il faillit arriver chez lui. Il n'était qu'à quelques minutes de son appartement quand Peng Yawen l'appela. « Le président Chen a lu le rapport Vautour. Vous êtes attendu dans la salle de crise de Zhongnanhai. La réunion commence à neuf heures. »

La circulation était telle que le trajet pouvait prendre une heure. S'il ne voulait pas risquer d'être en retard, il n'avait pas le temps de repasser chez lui. Il demanda donc à Moine de faire demi-tour.

La fatigue l'accabla soudain. Il avait déjà abattu l'équivalent d'une journée de travail. À l'heure où les gens normaux se levaient et se préparaient pour aller travailler, il n'avait qu'une envie : retourner se coucher. Mais il n'en était pas question. Il s'apprêtait à conseiller le Président dans un moment de crise. Il tenait à le convaincre d'adopter une position conciliante. Il devait avoir les idées parfaitement claires.

Rien ne l'empêchait cependant de prendre quelques

minutes de repos. Il ferma les yeux. Sans doute s'endormit-il car lorsqu'il les rouvrit, la voiture franchissait la porte de la Chine nouvelle et pénétrait dans l'enceinte de Zhongnanhai.

À l'entrée du Qinzheng, le pavillon présidentiel, le fringant chef de la Sécurité du Président, Wang Qingli, dirigeait les opérations. Il accueillit Kai aimablement. Dans l'entrée, le rasoir électrique qu'il avait toujours dans sa poche fit sonner le détecteur de métal et il dut le laisser aux agents de sécurité. En revanche, son nom figurait sur la liste des personnes autorisées à garder leur téléphone.

La salle de crise était située dans un bunker souterrain à l'épreuve des bombes. Dans une pièce vaste comme un gymnase, une table de conférence disposée sur une estrade surélevée était entourée d'une cinquantaine de bureaux en contrebas, tous équipés de plusieurs écrans. Les murs étaient entièrement couverts d'écrans géants. Plusieurs d'entre eux montraient l'incendie de Port-Soudan, où il faisait encore nuit.

Sortant son téléphone, Kai constata que la connexion était excellente. Il appela Peng Yawen au Guoanbu : « Demandez à tout le monde de me transmettre les nouveaux éléments par e-mail. Je tiens à être informé en temps réel.

— Bien, monsieur. »

Traversant la pièce, il monta sur l'estrade centrale. Son patron, le ministre de la Sécurité Fu Chuyu, était déjà là, en train de bavarder avec le général Huang Ling en grand uniforme. Chefs de file de la vieille garde, ils étaient partisans de mesures énergiques et audacieuses. Fu tourna ostensiblement le dos à Kai, furieux sans doute qu'il ait pris la liberté d'aller voir Wu Bai.

En revanche, le président Chen l'accueillit chaleureusement. « Comment allez-vous, jeune homme ?

Merci pour votre rapport. Vous avez dû travailler toute la nuit.

— Je ne suis pas le seul, monsieur le Président.

— Bien, vous aurez sûrement l'occasion de faire un petit somme pendant que je parlerai.»

Devant cette plaisanterie pleine d'autodérision, il eût été tout aussi impoli d'approuver que de désapprouver, aussi Kai se contenta-t-il de rire sans répondre. Chen cherchait volontiers à mettre les gens à l'aise par des traits d'humour, mais ses saillies tombaient souvent à plat.

Kai salua Wu Bai d'un signe de tête. «Notre deuxième réunion du jour, monsieur le ministre, et il n'est même pas neuf heures.

— La nourriture est moins bonne ici», remarqua Wu. Au milieu de la table de conférence, en plus des bouteilles d'eau et des plateaux de verres habituels, trônaient des plats de sashimi et de galettes de haricots qui semblaient dater de plusieurs jours.

Le père de Kai, Chang Jianjun, eut droit à une vigoureuse poignée de main du président Chen. Jianjun l'avait aidé à accéder au pouvoir suprême, mais depuis, Chen les avait déçus, ses amis et lui, par sa prudence et sa modération sur la scène internationale.

Jianjun sourit à Kai, qui inclina la tête, et ils en restèrent là. Ils trouvaient l'un et l'autre les manifestations d'affection familiale déplacées lorsqu'ils se croisaient dans un cadre professionnel. Jianjun s'assit près de Huang Ling et de Fu Chuyu et ils allumèrent tous les trois des cigarettes.

Les assistants et fonctionnaires subalternes s'installèrent devant les bureaux du niveau inférieur, dont la plupart restèrent cependant inoccupés. Cette grande salle ne se remplissait sans doute jamais, sauf en cas de guerre.

Le jeune ministre de la Défense nationale, Kong Zhao,

fit son entrée, les cheveux savamment décoiffés comme toujours. Wu Bai et lui prirent place en face de la vieille garde. La ligne de front était en train de se dessiner, constata Kai, à qui cela rappela le face-à-face de soldats armés d'épées et de mousquets sur les champs de bataille des guerres de l'Opium.

Le commandant des Forces navales de l'Armée de libération du peuple, l'amiral Liu Hua, faisait partie, lui aussi, de la vieille garde. Après avoir présenté ses respects au Président, il alla s'asseoir à côté de Chang Jianjun.

Le stylo en or Travers du président Chen l'attendait sur un bloc-notes relié en cuir à une extrémité de la table ovale. Kai prit place à l'autre extrémité, loin du Président, mais à égale distance des factions rivales. Il appartenait au bloc libéral mais feignait d'être neutre.

Le Président gagna son siège. L'instant périlleux approchait. Kai n'avait pas oublié la phrase qu'avait prononcée Wu deux heures auparavant, lorsqu'ils s'étaient séparés : «Il faut empêcher les faucons des deux camps de transformer cet incident en un bain de sang.»

Chen brandit un document que Kai reconnut : son dossier Vautour. «Vous avez tous lu ce rapport aussi concis qu'excellent que nous a transmis le Guoanbu.» Il se tourna vers le ministre de la Sécurité. «Nous vous en remercions, Fu. Avez-vous quelque chose à ajouter?»

Fu se garda de préciser qu'il n'était pour rien dans la préparation du rapport Vautour et qu'en réalité, il dormait à poings fermés pendant que d'autres travaillaient. «Rien à ajouter, monsieur le Président.»

Kai prit alors la parole. «Il y a quelques minutes, une nouvelle nous est parvenue, une simple rumeur sans doute, mais qui présente un certain intérêt.»

Fu le foudroya du regard. Kai venait de démontrer qu'il était mieux informé que lui de l'évolution de la crise. Ça lui apprendra à utiliser ma femme pour me nuire, pensa Kai avec une certaine satisfaction. Puis, s'exhortant à la prudence, il se reprit : attention, Kai, ne pousse pas le bouchon trop loin.

« Il y a des gens au Tchad, poursuivit-il, qui pensent que leur armée a volé le drone et l'a remis au Djihad Salafi au Soudan pour se venger d'une tentative d'assassinat du Président. Il n'est pas impossible que cette rumeur soit fondée.

— Une rumeur ? grommela le général Huang. Pour moi, cela n'est qu'une piètre justification des Américains. » Son accent mandarin du Nord avait des consonances particulièrement rudes avec ses « w » transformés en « v », ses « r » ajoutés à la fin des mots, et ses « ng » nasillards. « Ils ont commis un crime et ils cherchent maintenant à se dérober à leurs responsabilités.

— Peut-être, dit Kai. Mais…

— Ils ont fait la même chose en 1999, quand l'OTAN a bombardé notre ambassade à Belgrade, insista Huang. Ils ont soutenu que c'était un accident. Ils ont eu le culot de prétexter que la CIA s'était trompée d'adresse ! »

Les tenants de la vieille garde hochaient la tête. « Ils estiment que nos vies ne valent rien, observa le père de Kai d'un air outré. Ils n'ont aucun scrupule à tuer une centaine de Chinois. Ils sont comme les Japonais qui ont massacré trois cent mille d'entre nous à Nankin en 1937. » Kai réprima un soupir. La génération paranoïaque de son père ne cessait de rappeler le massacre de Nankin. « Mais la vie des Chinois est précieuse et nous devons leur montrer qu'ils ne peuvent pas nous assassiner sans s'exposer à de graves conséquences. »

Jusqu'à quelle date allons-nous remonter le cours de l'Histoire ? se demanda Kai.

Le ministre de la Défense Kong Zhao tenta de les

ramener au XXIᵉ siècle. «Les Américains sont visiblement très ennuyés par cette affaire, déclara-t-il en écartant une mèche de cheveux de ses yeux. Qu'il s'agisse d'un acte prémédité qui a dépassé leurs intentions ou d'un accident qu'ils n'ont jamais souhaité, ils sont indéniablement sur la défensive. Nous devrions nous demander comment en profiter. Nous pourrions en tirer avantage.»

Kai savait qu'il ne tiendrait pas ces propos s'il n'avait pas déjà un plan.

Le président Chen fronça les sourcils. «En tirer avantage? Je vois mal comment.»

Kong saisit la perche. «Le rapport du Guoanbu indique que les jumeaux de l'ingénieur en chef ont été tués. Il existe sûrement une photo de ces deux petits garçons quelque part. Il suffit de la transmettre aux médias. D'adorables petits jumeaux. Je peux vous garantir que leur portrait fera la une de la presse et des journaux télévisés du monde entier: les enfants tués par un drone américain.»

C'était malin, se dit Kai. L'effet de propagande serait considérable. Il suffirait d'accompagner la photo d'un article faisant état du refus de la Maison Blanche de reconnaître sa responsabilité, lequel, comme tout démenti, sous-entendrait qu'elle était coupable.

Cette idée risquait pourtant de ne pas plaire aux hommes assis autour de la table. La plupart étaient de vieux briscards.

Le général Huang émit un grognement méprisant: «La politique internationale est une lutte de pouvoir, pas un concours de popularité. On ne gagne pas avec des photos d'enfants, aussi mignons soient-ils.»

Fu Chuyu prit alors la parole pour la première fois. «Nous devons riposter, lança-t-il. Toute autre attitude serait un aveu de faiblesse.»

Tout le monde sembla lui donner raison. Ainsi que Wu Bai l'avait prévu, il était impossible de s'abstenir de toutes représailles et le président Chen sembla l'admettre. « Dans ce cas, la question, dit-il, est de savoir quelle forme doit prendre notre riposte.

— Rappelons-nous notre philosophie chinoise, reprit Wu Bai. Il faut préserver l'équilibre entre le yin et le yang. Nous devons être forts, sans être téméraires. Faire preuve de retenue, mais jamais de faiblesse. Le maître mot doit être riposte et non escalade. »

Kai réprima un sourire en l'entendant répéter les propos qu'il lui avait tenus deux heures plus tôt.

Le père de Kai était d'humeur belliqueuse. « Je vais vous dire ce que nous devrions faire : couler un navire américain en mer de Chine méridionale. De toute façon, nous n'avons que trop tardé. Le droit de la mer ne nous oblige pas à accepter que des contre-torpilleurs menacent nos côtes. Nous leur avons répété à maintes et maintes reprises que leur présence est illégale. »

L'amiral Liu était du même avis. Fils de pêcheur, il avait passé une grande partie de sa vie en mer et sa peau burinée avait les tons ivoire de vieilles touches de piano. « Coulons une frégate plutôt qu'un contre-torpilleur, conseilla-t-il. Il ne faut pas en faire trop. »

Kai faillit éclater de rire. Contre-torpilleur, frégate ou canot, les Américains verraient rouge.

Son père soutint pourtant la suggestion de Liu. « Couler une frégate ferait probablement à peu près autant de morts que le drone de Port-Soudan.

— Il y a environ deux cents personnes sur une frégate américaine, précisa l'amiral. Mais l'ordre de grandeur est le même. »

Kai n'en croyait pas ses oreilles. Ne se rendaient-ils pas compte qu'une telle action avait toutes les chances de déclencher une guerre ? Comment pouvaient-ils

574

envisager aussi sereinement de provoquer l'apocalypse ?

Heureusement, il n'était pas le seul à le penser. «Non,
protesta fermement le président Chen. Il n'est pas question de provoquer une guerre avec les États-Unis, même
s'ils ont tué une centaine de nos compatriotes.»

Si cette déclaration rassura Kai, elle en irrita d'autres.
«Nous devons riposter si nous ne voulons pas passer
pour faibles, répéta Fu Chuyu.

— Vous nous l'avez déjà dit, rappela Chen avec
impatience et Kai dissimula un sourire de satisfaction à
voir Fu ainsi humilié. La question est la suivante : comment riposter sans risquer l'escalade ?» continua Chen.

Il y eut un moment de silence. Kai se souvint alors
d'une discussion qui avait eu lieu au ministère des
Affaires étrangères deux semaines auparavant et au
cours de laquelle le général Huang avait proposé de
couler un navire d'exploration pétrolière vietnamien
qui croisait en mer de Chine méridionale. Wu Bai avait
refusé. Mais cela lui donna une idée. «Nous pourrions
couler le *Vu Trong Phung*», suggéra-t-il.

Tous les regards se tournèrent vers lui, la plupart ne
sachant pas à quoi il faisait allusion.

«Nous avons protesté auprès du gouvernement vietnamien au sujet d'un de leurs bateaux qui se livre à
des activités de prospection pétrolière près des îles
Paracels, expliqua Wu Bai. Nous avons envisagé de le
couler, mais avons décidé d'emprunter d'abord la voie
diplomatique, sachant que des géologues américains se
trouvent probablement à bord.

— Je me souviens, confirma le président Chen. Les
Vietnamiens ont-ils répondu à notre protestation ?

— En partie. Le navire s'est éloigné des îles, mais
prospecte actuellement dans un autre secteur, toujours
à l'intérieur de notre zone économique exclusive.

— Ils jouent avec nous, s'échauffa Jianjun. Ils nous provoquent, se retirent, reviennent nous provoquer. C'est exaspérant. Nous sommes une superpuissance tout de même !

— Il est temps de mettre un terme à ces agissements, approuva le général Huang.

— Réfléchissez, intervint Kai. Officiellement, si nous coulons le *Vu Trong Phung*, l'opération n'aura rien à voir avec les événements de Port-Soudan. Nous aurons tué quelques Américains, mais ce ne seront que des dommages collatéraux. Personne ne pourra nous accuser d'escalade.

— C'est une proposition subtile », commenta Chen d'un air songeur.

Et beaucoup moins agressive que l'attaque d'une frégate américaine, compléta Kai mentalement. « Officieusement, les Américains comprendront que c'est une riposte au bombardement de leur drone ; mais il s'agira d'une riposte modérée : deux ou trois vies américaines contre plus de cent vies chinoises.

— C'est une réaction timorée », protesta Huang, sans grande conviction toutefois car il sentait que l'humeur générale était au compromis.

Chen s'adressa alors à l'amiral Liu. « Savons-nous où se trouve le *Vu Trong Phung* en ce moment ?

— Bien sûr, monsieur le Président. » Liu manipula les touches de son téléphone et le porta à son oreille. « Le *Vu Trong Phung* », dit-il. Tous les regards étaient posés sur lui. « Le navire vietnamien s'est replié à quatre-vingts kilomètres au sud, toujours dans nos eaux territoriales, annonça-t-il. Il est suivi par le *Jiangnan*, un bâtiment de l'Armée de libération du peuple. Nous avons des vidéos prises depuis notre navire. » Balayant du regard le niveau inférieur de la salle, il demanda d'une voix forte : « Où est le technicien chargé d'afficher les images sur les écrans géants ?» Un jeune homme aux cheveux en épis leva la main. «Prenez mon téléphone et parlez avec mes hommes. Envoyez la vidéo du *Jiangnan* sur nos écrans.»

Le garçon aux cheveux hérissés s'installa à son poste de travail, le téléphone de Liu coincé entre son épaule et sa mâchoire. «Oui… oui… OK, dit-il, ses doigts volant sur son clavier pendant tout l'échange.

— Le *Jiangnan* est une frégate multi-missions de quatre mille tonneaux et de cent trente mètres de long, avec un équipage de soixante-cinq personnes et un rayon d'action de plus de huit milles nautiques», expliqua Liu.

La proue grise d'un navire fendant les flots apparut sur les grands écrans. C'était la saison de la mousson du Nord-Est, et le bateau s'enfonçait et se cabrait au milieu des vagues, tandis que l'horizon montait et descendait sur l'écran au point que Kai avait le mal de mer. Pour le reste, la visibilité était bonne, le soleil brillant dans un ciel clair.

«Ces images ont été prises depuis le *Jiangnan*, précisa Liu, à qui un assistant rendit son téléphone. Vous pouvez apercevoir le bateau vietnamien à l'horizon, mais il est à cinq ou six kilomètres.»

En plissant les yeux, Kai crut distinguer une tache grise sur la mer grise, mais c'était peut-être le fruit de son imagination.

«Oui, montrez-nous les images satellite», dit Liu dans son téléphone.

Une photo aérienne s'afficha sur certains écrans. L'opérateur zooma. On discernait tout juste deux navires. «Le bateau vietnamien se trouve en bas de l'écran», expliqua Liu.

Kai tourna les yeux vers la vidéo du *Jiangnan*. Il s'était rapproché de sa cible et Kai identifiait mieux le bateau vietnamien. Une tour de forage se dressait au milieu du navire. «Y a-t-il des armes à bord du *Vu Trong Phung*? demanda-t-il.

— Nous n'en avons pas vu», répondit Liu.

Prenant conscience qu'ils prévoyaient de couler un navire sans défense, Kai eut un pincement au cœur. Combien d'hommes et de femmes finiraient-ils noyés dans cette eau froide? C'était lui qui en avait eu l'idée, mais il cherchait seulement à éviter un drame encore plus terrifiant.

«Le *Jiangnan* est armé de missiles de croisière anti-navires, guidés par radar et dont chacun est équipé d'une tête à fragmentation hautement explosive, précisa Liu avant de se tourner vers le Président. Faut-il donner ordre à l'équipage de se préparer à faire feu?»

Chen interrogea les participants du regard. Plusieurs acquiescèrent.

«N'est-ce pas un peu précipité? intervint Kong Zhao.

— Voici maintenant plus de vingt-quatre heures que le drone a tué nos ressortissants, lui répondit Chen. Pourquoi attendre?»

Kong haussa les épaules.

«Je crois que nous sommes tous d'accord», poursuivit Chen d'une voix lugubre. Personne ne protesta. «Parés à tirer, dit-il en s'adressant à Liu.

— Parés à tirer», transmit Liu au téléphone.

Un lourd silence tomba sur la salle.

Au bout d'un moment, Liu annonça: «Parés à tirer, monsieur le Président.

— Feu, ordonna Chen.

— Feu», répéta Liu au téléphone.

Ils se tournèrent tous vers les écrans.

Le missile jaillit au-dessus de la proue du *Jiangnan*. Long de six mètres, il laissait derrière lui une épaisse traînée de fumée blanche, s'éloignant de la frégate chinoise à une vitesse ahurissante.

« Voici une vidéo de la caméra embarquée du missile », informa Liu. Une nouvelle image apparut. Le missile survolait les vagues à une allure étourdissante. Le navire vietnamien grandissait à vue d'œil.

Kai reporta son regard sur le *Jiangnan*. Une seconde plus tard, le missile toucha le *Vu Trong Phung*.

Les écrans devinrent blancs, mais cela ne dura qu'un instant. Quand l'image revint, Kai vit un gigantesque brasier blanc, jaune et rouge s'élever du centre du bateau. Des volutes de fumée noires et grises et des pluies de débris se mêlaient aux flammes. Le bruit de l'explosion, capté par le micro de la caméra, leur parvint un instant plus tard, une détonation suivie du rugissement du feu. Les flammes retombèrent, laissant la fumée s'épanouir. Elle monta haut dans le ciel, en même temps que des fragments de la coque et des superstructures, de lourds éclats d'acier volant comme les feuilles d'un arbre secoué par la tempête.

Une grande partie du bateau était encore visible au-dessus de l'eau. Sa partie centrale avait été fracassée et la tour de forage sombrait lentement, mais la poupe et la proue paraissaient intactes. Kai pensa que certains à bord auraient pu être encore en vie, pour le moment. Auraient-ils le temps de trouver des gilets de sauvetage et de mettre des canots à l'eau avant que le navire soit englouti ?

« Donnez l'ordre au *Jiangnan* de secourir les survivants, commanda le président Chen.

— Préparez la descente des canots », dit Liu. Presque aussitôt, le navire chinois prit de la vitesse et s'élança à travers les vagues. « Sa vitesse maximale est de vingt-sept nœuds. Il y sera dans cinq minutes. »

Le *Vu Trong Phung* se maintenait miraculeusement à flot. Il s'enfonçait, mais lentement. Kai se demanda ce qu'il aurait fait s'il avait été à bord et avait survécu à l'explosion. La meilleure solution aurait sans doute été d'enfiler un gilet de sauvetage et d'abandonner le navire, en canot ou en plongeant dans la mer. Le bateau finirait par couler tôt ou tard, entraînant avec lui tous ceux qui étaient encore à bord.

Le *Jiangnan* décrivit une courbe pour aborder le *Vu Trong Phung* sur une trajectoire parallèle, mais en conservant une distance de sécurité. La caméra montra un unique canot de sauvetage et les têtes de plusieurs personnes ballottées par la houle. La plupart d'entre elles ayant des gilets de sauvetage, il était difficile de savoir si elles étaient mortes ou vivantes.

Une minute plus tard, les canots du *Jiangnan* apparurent, se portant au secours des malheureux.

Kai examina plus attentivement les têtes qui flottaient à la surface de l'eau. Elles étaient toutes foncées, sauf une, qui avait de longs cheveux blonds.

25

La présidente Green marchait de long en large dans le Bureau ovale, furieuse. « Je ne tolérerai pas ça, s'écria-t-elle. Le caporal Ackerman, c'était une chose, il s'agissait de terrorisme, même si ces types avaient des fusils chinois. Mais ça ? C'est un meurtre. Deux Américains sont morts et une autre est à l'hôpital parce que les Chinois ont délibérément coulé un navire. Je ne peux pas accepter ça sans réagir.

— Vous risquez pourtant de devoir le faire, objecta Chester Jackson, le Secrétaire d'État.

— Je dois protéger la vie de nos compatriotes. Si je n'en suis pas capable, je ne suis pas digne d'être présidente.

— Aucun Président ne peut protéger tout le monde. »

La nouvelle du naufrage du *Vu Trong Phung* venait de tomber. C'était le deuxième événement tragique de la journée. Plus tôt, une réunion avait eu lieu dans la salle de crise au sujet du drone qui avait bombardé Port-Soudan. Pauline avait donné l'ordre au Département d'État d'assurer aux gouvernements du Soudan et de la Chine qu'il ne s'agissait pas d'une attaque américaine. Les Chinois avaient refusé de le croire. Tout comme les Russes, qui commerçaient avec le Soudan et leur vendaient des armes coûteuses ; le Kremlin avait émis de bruyantes protestations.

Pauline avait compris que le drone avait «disparu» lors d'un exercice militaire au Tchad, mais il aurait été trop embarrassant de l'admettre publiquement. Aussi le service de communication de la Maison Blanche avait-il annoncé que l'armée menait une enquête.

Et voilà qu'un navire était sabordé. Pauline arrêta de faire les cent pas et s'assit sur le bord de son bureau, un meuble ancien: «Dites-moi ce que nous savons.»

Chess répondit: «Les trois Américains qui se trouvaient à bord du *Vu Trong Phung* étaient des employés d'entreprises américaines liées à PetroVietnam, la compagnie pétrolière nationale du Vietnam, dans le cadre d'un projet du Département d'État visant à aider les pays émergents à développer leurs propres ressources naturelles.

— La générosité américaine, lança Pauline avec colère. Voyez comment on nous en récompense.»

Chess était beaucoup moins ému qu'elle. «Aucune bonne action ne reste jamais impunie», remarqua-t-il calmement. Il jeta un coup d'œil à la feuille qu'il tenait à la main. «On pense que le Pr Fred Phillips et le Dr Hiran Sharma sont morts noyés, leurs corps n'ont pas été retrouvés. Le troisième géologue, le Dr Joan Lafayette, a été secouru. Il paraît qu'elle est à l'hôpital, en observation.

— Mais merde! Pourquoi les Chinois ont-ils fait ça? Le navire vietnamien n'était pas armé, si?

— Non. À première vue, rien n'explique cette action. Bien sûr, les Chinois n'apprécient pas que les Vietnamiens fassent de la prospection pétrolière en mer de Chine méridionale; ils protestent depuis des années. Mais nous ne savons pas pourquoi ils ont décidé de prendre des mesures aussi radicales maintenant.

— Je vais poser la question au président Chen.»

Elle se tourna vers sa chef de cabinet. « Mettez-moi en relation avec lui, s'il vous plaît. »

Jacqueline décrocha le téléphone posé sur le bureau : « Madame la Présidente souhaite parler au Président chinois. Programmez l'appel aussi rapidement que possible, s'il vous plaît.

— Je devine pourquoi ils ont fait ça, intervint Gus Blake.

— Ah oui ? Alors, dites-le-nous.

— Ce sont des représailles.

— Contre quoi ?

— Port-Soudan.

— Ah, bon sang ! Je n'y ai pas pensé un seul instant », rétorqua Pauline en se frappant le front de la main. Se tournant vers Gus, elle songea qu'une fois encore il s'avérait être la personne la plus intelligente de l'assistance.

« C'est bien possible, acquiesça Chess. Ils soutiendront qu'ils n'ont jamais eu l'intention de tuer des géologues américains, tout comme nous affirmons n'avoir jamais voulu que notre drone soit utilisé pour tuer des ingénieurs chinois. Nous objecterons que ce n'est pas la même chose, et ils objecteront que ce qui vaut pour l'un vaut pour l'autre. Les pays neutres hausseront les épaules et affirmeront que ces foutues superpuissances sont toutes les mêmes. »

C'était vrai, mais Pauline n'en était pas moins irritée. « Ce sont des êtres humains, pas des arguments. Et leurs familles sont en deuil.

— Je sais. Mais comme on dit dans la mafia, et maintenant, vous allez faire quoi ? »

Pauline serra les poings. « Je n'en sais rien. »

Sur son poste de travail, une tonalité indiqua un appel vidéo. Pauline s'assit à son bureau, regarda l'écran et cliqua sur la souris. Chen apparut. Bien qu'il fût toujours aussi élégant dans son habituel costume bleu, il paraissait fatigué. Il était minuit en Chine, et il avait probablement une longue journée derrière lui.

Mais elle n'était pas d'humeur à lui demander comment il allait. «Monsieur le Président, commença-t-elle, l'action de la marine chinoise qui a coulé le navire vietnamien *Vu Trong Phung…*»

À sa grande surprise, il l'interrompit brutalement et, haussant le ton, poursuivit en anglais. «Madame la Présidente, je proteste, avec la plus grande virulence, contre les activités criminelles des Américains en mer de Chine méridionale.

— *Vous* protestez? s'étonna Pauline. Mais vous venez de tuer deux Américains!

— Il est illégal que des pays étrangers se livrent à des forages pétroliers dans les eaux chinoises. Nous n'effectuons pas de forages dans le golfe du Mexique sans autorisation : pourquoi n'avons-nous pas droit à la même considération?

— Il n'est pas contraire au droit international de faire de la prospection pétrolière en mer de Chine méridionale.

— C'est contraire au droit chinois.

— Vous ne pouvez pas adapter le droit international à votre convenance.

— Et pourquoi? Les pays occidentaux l'ont bien fait pendant des siècles. Quand nous avons interdit le commerce de l'opium, les Britanniques nous ont déclaré la guerre!» Chen sourit d'un air mauvais. «Maintenant, les rôles sont inversés.

— C'est de l'histoire ancienne.

— Que vous préféreriez sans doute oublier, mais nous, les Chinois, nous avons la mémoire longue.»

Pauline prit une profonde inspiration pour essayer

de garder son calme. «Les activités des Vietnamiens n'étaient pas criminelles, et même si elles l'avaient été, couler ce navire, et tuer ceux qui se trouvaient à bord, n'était pas justifié.

— Le navire de forage illégal a refusé de se rendre. Une intervention militaire était donc nécessaire. Certains membres de l'équipage ont été arrêtés. Le navire a été endommagé et certaines des personnes qui étaient à bord se sont malheureusement noyées.

— Foutaises. Nous avons les relevés radar. Vous avez coulé le navire avec un missile de croisière tiré à cinq kilomètres de distance.

— Nous avons appliqué la loi.

— Ce n'est pas parce que des gens se livrent à des activités illégales qu'on est en droit de les tuer. C'est comme ça en tout cas dans les pays civilisés.

— Dans le pays *civilisé* que sont les États-Unis, que font les policiers lorsqu'un délinquant refuse de se rendre? Ils le tuent, surtout s'il n'est pas blanc.

— Autrement dit, la prochaine fois qu'une touriste chinoise sera surprise en train de voler des collants chez Macy's, vous ne verrez aucun inconvénient à ce que l'agent de sécurité l'abatte.

— Si c'est une voleuse, il ne sera pas question qu'elle rentre en Chine.»

Cette conversation était pour le moins surprenante, et Pauline se tut un instant. Les politiciens chinois savaient généralement manier l'agressivité avec une extrême courtoisie, mais Chen semblait avoir perdu tout son flegme. Elle décida de garder le sien.

«Nous ne tirons pas sur les voleurs à l'étalage, et vous non plus, reprit-elle enfin. Mais nous ne coulons pas de navires non armés, même s'ils violent nos règlements, et il est inadmissible que vous vous permettiez de tels agissements.

585

— Il s'agit des affaires intérieures de la Chine, et vous n'avez pas à vous y immiscer.»

Jacqueline tendit à Pauline une feuille de papier portant ces mots : DEMANDEZ DES NOUVELLES DU Dr LAFAYETTE.

«Nous devrions peut-être parler de l'Américaine rescapée, le Dr Joan Lafayette, dit alors Pauline. Vous devez l'autoriser à rentrer chez elle.

— Je regrette, répondit Chen, mais je crains que ce ne soit pas possible pour le moment. Au revoir, madame la Présidente.» Au grand étonnement de Pauline, il raccrocha. L'écran s'éteignit et le téléphone devint silencieux.

Pauline se tourna vers les autres. «J'ai complètement foiré, non ? fit-elle remarquer.

— On peut dire ça, oui», approuva Gus.

*

Pauline quitta le Bureau ovale afin de se rendre à la résidence et dire au revoir à sa fille et à son mari.

Pippa partait pour un voyage scolaire de trois jours à Boston ; deux nuits avaient été réservées dans un hôtel bon marché. Les élèves visiteraient le musée Kennedy dans le cadre de leur programme d'histoire. Et d'anciens élèves de Foggy Bottom, désormais étudiants, leur feraient visiter l'université de Harvard et le MIT, l'Institut de technologie du Massachusetts. Les parents des élèves de Foggy Bottom ne juraient que par les universités d'élite.

Le collège avait demandé que deux parents accompagnent les élèves pour assister les enseignants, et Gerry s'était porté volontaire. Pippa et lui seraient escortés par une équipe du Secret Service, comme toujours. L'école était habituée à la présence de gardes du corps : plusieurs élèves avaient des parents célèbres.

Gerry n'avait préparé qu'une petite valise. Il porterait le même costume en tweed pendant trois jours et ne changerait que de chemise et de sous-vêtements. En revanche, Pippa avait prévu au moins deux tenues par jour et emportait deux valises plus un bagage à main bourré à craquer. Pauline ne fit aucun commentaire. Elle n'était pas surprise. Un voyage scolaire était un événement social excitant et tout le monde voulait avoir l'air cool. Des idylles se noueraient et se dénoueraient tout aussi vite. Les garçons apporteraient une bouteille de vodka, et une fille au moins finirait par se ridiculiser. Une autre essayerait de fumer des cigarettes et vomirait. Pauline espérait simplement que personne ne serait arrêté.

« Combien d'adultes seront du voyage ? demanda Pauline à Pippa qui traînait ses bagages dans le hall central de la Maison Blanche.

— Quatre, répondit Pippa. Le prof que je déteste le plus, M. Newbegin, et sa femme complètement transparente, qui vient en tant que parent accompagnateur. Plus Mme Je-sais-tout, la mère Judas, et papa. »

Pauline jeta un coup d'œil à Gerry, qui fixait une sangle autour de sa valise. Il allait donc passer deux nuits à l'hôtel avec Mme Judd, dont tout ce qu'elle avait pu apprendre de Pippa était qu'elle était petite et blonde, avec de gros nichons.

Pauline lança d'un ton aussi désinvolte que possible : « Et le mari de Mme Judd ? Il fait quoi ? Les profs se marient souvent entre eux. Je parie que M. Judd est enseignant, lui aussi. »

Sans regarder Pauline, Gerry bougonna : « Aucune idée.

— Je crois qu'elle est divorcée, intervint Pippa. En tout cas, elle n'a pas d'alliance. »

Tiens donc, pensa Pauline.

Était-ce pour cette raison que Gerry avait changé, parce qu'il était tombé amoureux d'une autre ? À moins que ce ne fût l'inverse ? S'était-il éloigné de Pauline avant de s'intéresser à Amelia Judd ? Sans doute ces deux phénomènes s'étaient-ils renforcés mutuellement, sa désaffection à l'égard de Pauline aggravée par son attirance accrue pour Mme Judd.

Un porteur de la Maison Blanche se chargea des bagages. En serrant Pippa dans ses bras, Pauline eut un pincement au cœur. C'était la première fois que Pippa partait en voyage en dehors des vacances familiales. Bientôt, elle voudrait passer l'été à parcourir l'Europe en train avec des filles de son âge. Ensuite, elle irait à l'université et vivrait sur un campus ; puis, pour sa deuxième année d'études, elle voudrait prendre un appartement en colocation hors de la fac avant d'emménager avec un garçon. Son enfance était passée trop vite. Pauline aurait voulu revivre ces années-là et en profiter davantage.

« Fais bon voyage et sois sage, dit-elle à sa fille.

— Mon papa sera là pour me surveiller, rétorqua Pippa. Et pendant que les autres joueront au strip-poker et snifferont de la coke, je devrai boire du lait chaud et lire un bouquin de ce foutu Scott Fitzgerald. »

Pauline ne put s'empêcher de rire. Pippa pouvait être casse-pieds, mais elle ne manquait pas d'humour.

Elle s'approcha alors de Gerry et leva la tête vers lui pour l'embrasser. Il se contenta d'effleurer ses lèvres comme s'il était pressé. « Au revoir. En notre absence, débrouille-toi pour assurer la sécurité dans le monde. »

Ils partirent et Pauline se retira dans sa chambre pour apprécier quelques minutes de calme. Assise à sa coiffeuse, elle se demanda si elle pensait vraiment que Gerry avait une liaison. Ce bon vieux Gerry, si barbant ? Le cas échéant, elle ne tarderait pas à le savoir. Les

amants adultères avaient tendance à se croire d'une discrétion sans faille, mais rien n'échappait à une femme
observatrice.

Pauline n'avait jamais rencontré Mme Judd, mais elle
lui avait parlé au téléphone et l'avait trouvée intelligente
et réfléchie. Elle avait peine à croire qu'elle puisse coucher avec le mari d'une autre. Pourtant, des femmes, des
millions de femmes, le faisaient tous les jours.

On frappa à la porte et elle reconnut la voix de Cyrus,
le majordome, membre de longue date du personnel de
la Maison Blanche. «Madame la Présidente, le conseiller à la Sécurité nationale et le Secrétaire d'État viennent
d'arriver pour le déjeuner.

— J'en ai pour une minute.»

Ses deux conseillers les plus importants avaient passé
les deux dernières heures à essayer d'en savoir davantage sur les intentions des Chinois, et tous trois étaient
convenus de se retrouver à déjeuner pour décider de
la suite à donner à ces événements. Pauline sortit de
sa chambre et traversa le hall central jusqu'à la salle à
manger.

Elle prit place devant une assiette de fruits de mer à la
crème avec du riz. «Qu'avons-nous appris? demanda-
t-elle.

— Les Chinois refusent de parler aux Vietnamiens,
répondit Chess. J'ai eu en ligne le ministre vietnamien
des Affaires étrangères presque en larmes qui m'a
annoncé que Wu Bai ne répondait pas à ses appels. Les
Britanniques ont proposé une résolution du Conseil de
sécurité des Nations unies condamnant le naufrage du
Vu Trong Phung, et les Chinois sont furieux que l'ONU
n'ait pas réagi à l'attaque du drone.»

Pauline hocha la tête et se tourna vers Gus.

Celui-ci prit alors la parole : «L'antenne de la CIA
à Pékin entretient des relations relativement cordiales

avec Chang Kai, le chef du Guoanbu, le service de renseignement chinois.

— J'ai déjà entendu ce nom.

— Chang nous a confié que Joan Lafayette va bien et qu'elle n'a pas réellement besoin de soins hospitaliers. Quand elle a été interrogée sur les raisons de sa présence en mer de Chine méridionale, elle a répondu franchement et, officieusement, ils ne la prennent pas pour une espionne. De toute évidence, elle est très forte dans le domaine de la prospection pétrolière mais la politique internationale n'est pas sa tasse de thé.

— Nous aurions pu le deviner.

— Oui. Tout ceci n'a rien d'officiel, bien sûr. Le gouvernement chinois peut très bien soutenir publiquement le contraire.

— Il adopte une ligne de conduite agressive, ajouta Chess. Le ministère des Affaires étrangères refuse de discuter du retour du Dr Lafayette ou de tout autre détail la concernant tant que nous n'aurons pas admis le caractère illégal des activités du *Vu Trong Phung*.

— Eh bien, c'est hors de question, même pour sauver une citoyenne américaine, répliqua Pauline sans ambages. Cela reviendrait à affirmer que la mer de Chine méridionale ne fait pas partie des eaux internationales. Ce serait contraire à tous les accords maritimes et affaiblirait nos alliés.

— Je suis bien d'accord avec vous. Mais les Chinois refuseront de discuter du cas du Dr Lafayette tant que nous ne céderons pas. »

Pauline posa sa fourchette. « Autrement dit, on est acculés.

— Oui, madame.

— D'autres options ?

— Nous pourrions accroître notre présence en mer de Chine méridionale, proposa Chess. Nous effectuons déjà des FONOPs, des opérations pour la liberté de navigation, en y envoyant des cuirassés et en survolant ces eaux. Nous pourrions tout simplement doubler nos FONOPs.

— L'équivalent diplomatique du gorille qui se frappe la poitrine avant d'arracher la végétation autour de lui, observa Pauline.

— Si on veut.

— Ce qui nous permettrait de nous sentir un peu mieux, sans nous mener nulle part. Gus ?

— Nous pourrions arrêter un citoyen chinois ici aux États-Unis, le FBI les surveille tous, et il y en aura bien un pour enfreindre la loi. Nous pourrions alors proposer un échange.

— C'est ce qu'ils feraient en pareilles circonstances, mais ce n'est pas notre genre. »

Gus secoua la tête. « Et nous risquerions de provoquer une escalade diplomatique. Si nous arrêtons un visiteur chinois, ils pourraient arrêter deux Américains en Chine.

— Mais nous devons récupérer Joan Lafayette.

— Pardonnez-moi d'être prosaïque, mais la ramener au pays vous ferait également un excellent coup de pub.

— Ne vous excusez pas, Gus, nous sommes une démocratie, ce qui signifie que nous ne devons jamais cesser de penser à l'opinion publique.

— Et en matière de diplomatie internationale, quand on profère "On n'a qu'à leur balancer une bonne bombe atomique sur la tronche", comme le fait James Moore, les gens applaudissent à tout rompre. Votre remarque sur Jimmy la Trouille n'a pas eu le même effet.

— Je ne devrais jamais m'abaisser à insulter les gens, ce n'est pas dans ma nature.

— Bon, enchaîna Chess, j'ai comme l'impression que cette pauvre Joan Lafayette va passer les prochaines années en Chine.

— Attendez, dit Pauline. Peut-être n'avons-nous pas assez réfléchi à tout ça. »

Les deux autres furent intrigués, se demandant évidemment ce qu'elle avait en tête.

« Nous ne pouvons pas nous plier à leurs exigences expliqua-t-elle, mais ils le savent forcément. Les Chinois ne sont pas idiots. Bien au contraire. Ils ont exigé en toute connaissance de cause une chose que nous ne pouvons pas leur accorder. Ils ne s'attendent pas à ce que nous cédions.

— Vous avez sans doute raison, murmura Chess.

— Alors que veulent-ils vraiment, selon vous ?

— Marquer un point, répondit Chess.

— C'est tout ?

— Je ne sais pas.

— Gus ?

— Nous n'avons qu'à leur poser la question.

— Il y a une possibilité, reprit Pauline en réfléchissant à voix haute. Ils ne s'attendent pas à ce que nous soutenions leur revendication sur le monopole de la mer de Chine méridionale, mais peut-être veulent-ils simplement nous museler.

— Expliquez-vous, dit Gus.

— Ils recherchent peut-être un compromis : que nous refusions d'admettre que le *Vu Trong Phung* se livrait à des activités illégales mais, pour autant, que nous n'accusions pas non plus le gouvernement chinois de meurtre. Que nous nous contentions de la fermer.

— Notre consentement silencieux en échange de la liberté de Joan Lafayette, résuma Gus.

— Exactement.

— Ça va me rester en travers de la gorge.

— À moi aussi.

— Mais c'est ce que vous allez faire.

— Je ne sais pas. Voyons si votre supposition est juste. Chess, renseignez-vous auprès de l'ambassadeur chinois, officieusement, pour savoir si Pékin pourrait envisager un compromis.

— Très bien.

— Gus, demandez à la CIA de voir avec le Guoanbu ce que les Chinois veulent vraiment.

— Tout de suite.

— Nous verrons ce qu'ils répondent», conclut Pauline, avant de reprendre sa fourchette.

*

Pauline avait raison. Les Chinois se contentèrent de sa promesse de ne pas les accuser de meurtre. Cette accusation était le cadet de leurs soucis, mais ils tenaient à ce qu'elle s'abstienne d'insinuer qu'ils n'exerçaient pas la souveraineté sur la mer de Chine méridionale. Dans ce conflit diplomatique qui ne datait pas d'hier, ils considéreraient le silence américain comme une victoire significative.

Le cœur lourd, Pauline leur accorda ce qu'ils voulaient.

Rien ne fut consigné par écrit. Pourtant, Pauline devrait tenir sa promesse. Faute de quoi, elle savait que les Chinois arrêteraient une autre Américaine à Pékin et qu'il faudrait tout recommencer.

Le lendemain, Joan Lafayette fut rapatriée à New York dans un avion de la compagnie China Eastern au départ de Shanghai. Arrivée à New York, on la fit monter dans un appareil militaire où elle fut débriefée avant son atterrissage sur la base aérienne d'Andrews près de Washington où Pauline la rejoignit.

Le Dr Lafayette était une femme athlétique d'âge moyen, aux cheveux gris et portant des lunettes. Pauline fut surprise de la trouver en pleine forme, dans une tenue impeccable, après quinze heures de vol. Les Chinois lui avaient offert des vêtements neufs et élégants et avaient mis à sa disposition une suite privée dans l'avion, expliqua-t-elle. C'était malin, pensa Pauline, car l'apparence du Dr Lafayette ne laissait guère deviner qu'elle avait pu souffrir de sa détention.

À l'aéroport, Pauline et le Dr Lafayette se prêtèrent à une séance photo dans une salle de réunion bourrée de journalistes armés de caméras de télévision et d'appareils photo. Ayant consenti un désagréable sacrifice diplomatique, Pauline tenait à obtenir les éloges de la presse pour avoir fait libérer la prisonnière. Elle avait besoin d'une couverture médiatique positive : sur les réseaux sociaux, les partisans de James Moore la descendaient en flammes quotidiennement.

Le consul américain à Shanghai avait expliqué au Dr Lafayette qu'à son retour aux États-Unis, les médias seraient moins enclins à la poursuivre et à la harceler si elle leur accordait les images qu'ils voulaient dès son atterrissage, et elle avait accepté avec reconnaissance.

Sandip Chakraborty avait annoncé à l'avance que les deux femmes autoriseraient toutes les photos mais ne répondraient pas aux questions, et que les microphones seraient interdits dans la salle de réunion. Elles se serrèrent la main, sourirent devant les objectifs et, impulsivement, le Dr Lafayette prit Pauline dans ses bras.

Alors qu'elles quittaient la salle, un journaliste audacieux, qui prenait des photos avec son téléphone, cria : « Et maintenant, madame la Présidente, quelle sera votre politique en mer de Chine méridionale ? »

Pauline avait prévu cette question et en avait discuté avec Chess et Gus. Ils étaient alors convenus d'une réponse qui ne romprait pas la promesse faite aux Chinois. Elle garda un visage parfaitement impassible : « Les États-Unis continuent de soutenir la position des Nations unies sur la liberté de navigation. »

Il retenta sa chance alors que Pauline quittait déjà la salle. « Pensez-vous que le naufrage du *Vu Trong Phung* était un acte de représailles à la suite du bombardement de Port-Soudan ? »

Pauline ne répondit pas, mais quand la porte se referma derrière elles, le Dr Lafayette demanda :

« Pourquoi parle-t-il du Soudan ?

— Vous n'avez peut-être pas suivi l'actualité, lui expliqua Pauline. Une attaque de drone sur Port-Soudan a tué une centaine de Chinois, des ingénieurs qui construisaient un nouveau dock et quelques membres de leurs familles. Les responsables étaient des terroristes qui, sans que nous sachions comment, ont mis la main sur un drone de l'US Air Force.

— Et les Chinois accusent les Américains ?

— Ils disent que nous n'aurions pas dû laisser notre drone tomber entre les mains de terroristes.

— Et c'est pour ça qu'ils ont tué Fred et Hiran ?

— Ils le nient.

— C'est diabolique !

— Ils estiment probablement faire preuve de modération en prenant deux vies américaines en échange de cent trois vies chinoises.

— C'est sous cet angle que les politiques voient ce genre de choses ? »

Pauline craignit d'avoir été trop franche. « Moi, je ne vois pas les choses comme ça, et aucun membre de mon équipe non plus. Pour moi, chaque vie américaine est extrêmement précieuse.

595

— Et voilà pourquoi vous m'avez fait rapatrier. Je ne pourrai jamais assez vous remercier. »

Pauline sourit : « C'est mon boulot. »

*

Ce soir-là, elle regarda les informations avec Gus dans l'ancien salon de beauté de la résidence. Joan Lafayette faisait l'ouverture du journal télévisé, et les photos prises avec Pauline à l'aéroport Kennedy rendaient bien. Mais l'autre sujet majeur du bulletin était une conférence de presse donnée par James Moore.

« Il est bien décidé à vous voler la vedette, fit remarquer Gus.

— Je me demande ce qu'il a à dire. »

Moore n'utilisait pas de pupitre dont le côté formel convenait mal à son style populiste. Il était assis sur un tabouret face à une foule de journalistes et de caméras. « J'ai vérifié qui donne de l'argent à la présidente Green, commença-t-il sur un ton intime et complice. Son plus gros comité d'action politique est dirigé par un type qui possède une société appelée "As If". »

C'était vrai. As If était une application pour smartphone très populaire auprès des adolescents du monde entier. Son créateur, Bahman Stephen McBride, un Américain d'origine iranienne, petit-fils d'immigrants, était un important collecteur de fonds pour la campagne de réélection de Pauline.

Moore continua : « Bon, je me suis demandé pourquoi notre Présidente n'était pas plus ferme avec la Chine. Les Chinois ont tué deux Américains et failli en tuer une troisième, mais Pauline Green ne leur est pas vraiment tombée dessus. Alors je me suis demandé s'ils n'avaient pas une sorte d'emprise sur elle. »

« Bon sang, où veut-il en venir ? murmura Pauline.

— Et j'ai découvert que As If appartient en partie à la Chine, poursuivit Moore. Intéressant, non ?

— Vous pouvez vérifier ce qu'il raconte ? »

Gus avait déjà sorti son téléphone. « Je m'en occupe… »

« Shanghai Data Group est l'une des plus grandes sociétés chinoises, ajouta Moore. Bien sûr, ils clament que c'est une entreprise indépendante, mais nous savons que toutes les entreprises chinoises sont à la botte du tout-puissant président Chen. »

« Shanghai Data a une participation de deux pour cent dans As If, intervint alors Gus, et pas de directeur au conseil d'administration.

— Deux pour cent ! Pas plus ?

— Moore n'a pas donné les chiffres, si ?

— Non, et il ne le fera pas. Ça gâcherait sa campagne de dénigrement.

— La plupart de ses partisans n'ont aucune idée du fonctionnement des actions et des obligations. Beaucoup d'entre eux vont croire que vous êtes à la solde de Chen. »

Passant sa tête grisonnante dans l'embrasure de la porte, Cyrus, le majordome, annonça : « Madame la Présidente, le dîner est servi.

— Merci, Cy. » Sur une impulsion, elle proposa à Gus : « Nous pourrions poursuivre cette discussion pendant le dîner si vous êtes libre.

— Je n'ai rien de prévu. »

Elle se tourna vers le majordome. « Avons-nous assez pour deux ?

— Je crois que oui, répondit-il. Vous avez commandé une omelette et une salade, et je suis certain que nous avons suffisamment d'œufs et de laitue.

— Bien. Ouvrez une bouteille de vin blanc pour M. Blake, s'il vous plaît.

— Oui, madame. »

Ils rejoignirent la salle à manger et s'assirent l'un en face de l'autre à la table ronde. « Nous pourrions publier une déclaration très sobre tôt demain matin pour préciser le taux de participation de Shanghai Data, suggéra Pauline.

— Je vais en parler à Sandip.

— Tout ce qu'il rédigera devra être approuvé par McBride.

— D'accord.

— Cette affaire se tassera rapidement.

— Sans doute, mais il trouvera autre chose. Ce qu'il nous faudrait, c'est une stratégie de communication qui vous présente comme celle qui comprend les problèmes et les résout intelligemment à la différence de la grande gueule qui se contente de dire ce qu'il croit que les gens ont envie d'entendre.

— C'est une bonne façon de présenter les choses. »

Ils poursuivirent leurs réflexions pendant le dîner, puis gagnèrent le salon est. Cyrus leur apporta le café : « Le personnel va se retirer maintenant, madame la Présidente, si vous le permettez.

— Bien sûr, Cy. Merci.

— Si vous avez besoin de quoi que ce soit plus tard, vous n'aurez qu'à m'appeler.

— Je vous remercie. »

Cy parti, Gus s'assit sur le canapé à côté de Pauline. Ils étaient seuls. Le personnel ne reviendrait pas, à moins d'être convoqué. Les membres du Secret Service et le capitaine chargé de la mallette appelée le football nucléaire se trouvaient à l'étage inférieur. Personne ne monterait sauf en cas d'urgence.

L'idée folle qu'elle pourrait mettre Gus dans son lit sans que personne le sache lui traversa l'esprit.

Heureusement, cela n'arrivera jamais, pensa-t-elle.

Il la dévisagea, fronça les sourcils et demanda : « Oui ?
— Gus… »
Son téléphone sonna.
« Ne répondez pas, murmura Gus.
— La Présidente est obligée de répondre.
— Bien sûr. Pardonnez-moi. »
Elle s'écarta de Gus pour répondre à l'appel. C'était Gerry.

Elle se ressaisit. « Salut, alors, comment ça se passe ? » Elle se leva et s'éloigna de quelques pas, tournant le dos à Gus.

« Plutôt bien, répondit Gerry. Personne n'a été hospitalisé, personne n'a été arrêté, ni kidnappé… autrement dit, tout baigne.
— Je m'en réjouis. Est-ce que Pippa en profite ?
— Elle s'amuse bien, oui. »

Gerry avait l'air tout excité. Il passait un bon moment lui aussi, devina Pauline. « A-t-elle préféré Harvard ou le MIT ?
— Je dirais qu'elle va avoir du mal à choisir. Elle a adoré les deux.
— Dans ce cas, elle ferait bien de se focaliser sur ses notes. Et les autres accompagnateurs ? Comment sont-ils ?
— M. et Mme Newbegin sont des râleurs. Rien ne leur plaît jamais. Mais Amelia est sympa. »

Tu m'étonnes, songea Pauline avec amertume.

Gerry demanda : « Et toi, ça va ?
— Bien sûr, pourquoi ?
— Oh, je ne sais pas, tu parais… tendue. Après tout, c'est normal. Le pays est en crise.
— Le pays est constamment en crise. Et mon boulot est stressant. Mais j'ai l'intention de me coucher tôt.
— Dans ce cas, dors bien.
— Toi aussi. Bonne nuit.
— Bonne nuit. »

En raccrochant, elle se sentit étrangement essoufflée.

« Alors ça, fit-elle en se retournant. C'était bizarre. »

Mais Gus n'était plus là.

*

Sandip appela Pauline à six heures du matin. Elle crut qu'il allait lui parler de Shanghai Data, mais elle se trompait.

« Le Dr Lafayette a donné une interview à l'hebdomadaire de sa ville, dans le New Jersey, annonça-t-il. Le rédacteur en chef est son cousin, semble-t-il.

— Qu'est-ce qu'elle a dit ?

— Vous auriez déclaré, selon elle, que deux vies américaines contre cent trois vies chinoises était une bonne affaire.

— Mais j'ai dit…

— Je sais ce que vous avez dit, j'étais là, j'ai entendu votre conversation. Vous évoquiez la façon dont le gouvernement communiste chinois pourrait envisager la question.

— Exactement.

— Le journal est très fier de cette exclusivité et fait la promotion de son numéro sur les réseaux sociaux. Malheureusement, l'équipe de James Moore est tombée dessus.

— Et merde.

— Il a tweeté : "Pauline pense donc que le meurtre de deux Américains commis par des Chinois est une bonne affaire. Pas moi."

— Quel connard.

— Mon communiqué de presse commence par ces mots : "Si les journaux des petites villes commettent parfois des erreurs, un candidat à la présidence devrait faire preuve d'un minimum de bon sens."

— Bon début.

— Vous voulez entendre la suite ?

— Je n'en peux plus, Sandip. C'est bon, envoyez-le à la presse. »

Pauline regarda les informations en buvant sa première tasse de café. Les images de l'arrivée de Joan Lafayette à l'aéroport Kennedy étaient toujours en une, mais l'histoire de « la bonne affaire » de James Moore n'était pas en reste et ternissait le triomphe de Pauline.

Elle ne parvenait pas à chasser la soirée de la veille de son esprit et trembla en se rappelant avoir pensé que si elle entraînait Gus dans son lit, personne ne le saurait. Elle savait parfaitement qu'il serait impossible de garder le secret sur une telle liaison à la Maison Blanche. Gus aurait en effet dû la quitter en pleine nuit, longer les couloirs et les allées pour rejoindre sa voiture avant de franchir les grilles et aurait certainement été vu par une demi-douzaine d'agents de sécurité et de membres du Secret Service, sans parler du personnel responsable du nettoyage et des agents d'entretien. Chacun d'entre eux se serait demandé avec qui il était resté, et ce qu'il avait fait à une heure pareille.

Même son départ à vingt et une heures en avait probablement fait sourciller plus d'un parmi ceux qui savaient que Gerry et Pippa étaient en voyage.

Elle chercha à reporter son attention sur la sécurité du pays.

Elle consacra sa matinée à des réunions avec sa chef de cabinet, le secrétaire au Trésor, le président du comité des chefs d'état-major interarmées et le chef de la majorité de la Chambre des représentants. Elle adressa ensuite un discours à des chefs de petites entreprises à l'occasion d'un déjeuner organisé pour lever des fonds et, comme d'habitude, partit avant le repas.

Elle avala un sandwich en compagnie de Chester

Jackson, qui lui apprit que le gouvernement vietnamien avait annoncé que tous les navires d'exploration pétrolière seraient désormais escortés par des bâtiments de la Marine populaire vietnamienne équipés de missiles antinavires de fabrication russe, qui recevraient l'ordre de riposter.

Chess lui signala aussi que le Guide suprême de la Corée du Nord affirmait que l'ordre avait été rétabli après les troubles fomentés par les Américains sur des bases militaires. En réalité, rectifia Chess, les rebelles contrôlaient toujours la moitié de l'armée et toutes les armes nucléaires. Selon lui, la paix apparente était illusoire.

Dans l'après-midi, Pauline participa à une séance photo avec un groupe d'élèves venus de Chicago et eut un entretien avec le ministre de la Justice sur le crime organisé.

En fin d'après-midi, elle passa en revue les événements de la journée avec Gus et Sandip. L'accusation de James Moore monopolisait l'ensemble des réseaux sociaux. Sur Internet, tous les trolls reprenaient l'accusation à leur compte, affirmant que Pauline estimait que la mort de deux Américains était une bonne affaire.

Un nouveau sondage d'opinion révélait que les cotes de popularité de Pauline et Moore étaient à égalité. Ce qui donnait envie à Pauline de baisser les bras.

Lizzie lui annonça que Gerry et Pippa étaient de retour, et elle rejoignit la résidence pour leur souhaiter la bienvenue. Elle les trouva dans le hall central, où ils défaisaient leurs bagages avec l'aide de Cyrus.

Pippa avait beaucoup de choses à raconter à sa mère. Les photos du président Kennedy et de Jackie à Dallas l'avaient fait pleurer. Un des garçons de Harvard avait demandé à Lindy Faber de sortir avec lui pendant les vacances de Noël. Wendy Bonita avait vomi deux fois dans le bus. Mme Newbegin avait été plus que pénible.

« Et la mère Judas ?

— Plus sympa que prévu, dit Pippa. Elle et papa ont été super, en fait. »

Pauline jeta un coup d'œil à Gerry. Il avait l'air heureux. D'une voix faussement désinvolte, elle lui demanda : « Et toi ? Tu t'es bien amusé aussi ?

— Ouais. » Gerry tendit un sac de linge à Cyrus. « Les enfants se sont parfaitement conduits, à ma grande surprise.

— Et Mme Judd ?

— Je me suis plutôt bien entendu avec elle. »

Il mentait, Pauline en était sûre. Sa voix, son maintien et l'expression sur son visage le trahissaient. Il avait couché avec Amelia Judd, dans un hôtel bon marché de Boston, où logeait également sa fille. Même si Pauline avait songé à cette éventualité, la confirmation intuitive de ses soupçons l'ébranla. Elle frissonna. Gerry lui jeta un regard surpris. « J'ai senti un courant d'air froid, expliqua-t-elle. Quelqu'un a dû laisser une fenêtre ouverte.

— Je n'ai rien remarqué. »

Sans trop savoir pourquoi, Pauline préférait cacher à Gerry qu'elle avait tout compris.

« Tu as donc passé un bon moment, conclut-elle d'une voix joyeuse.

— Oui.

— J'en suis ravie. »

Gerry emporta sa valise dans leur chambre. Pauline s'accroupit sur le parquet ciré pour aider Pippa à trier ses vêtements, mais elle avait l'esprit ailleurs. L'aventure de Gerry avec Mme Judd pouvait évidemment n'être que passagère, un simple coup de tête. Elle ne s'en demandait pas moins si elle n'en était pas responsable.

Dernièrement, elle avait dormi dans la chambre de Lincoln plus souvent que d'habitude. Ne s'intéressait-elle plus au sexe? Pourtant, Gerry lui-même n'avait jamais été porté sur la chose. Ce n'était sûrement pas le problème.

Cy revint, un tube de rouge à lèvres à la main. «J'ai trouvé ça dans le linge du Premier Monsieur, dit-il. Il a dû tomber dans son sac.» Il le tendit à Pippa.

«Je n'utilise pas ces machins-là», répondit Pippa.

Pauline fixait le petit tube doré comme s'il s'agissait d'une grenade dégoupillée.

C'était une teinte qu'elle ne portait jamais et une marque qu'elle n'achetait pas.

Elle finit par se ressaisir. Pippa ne devait se douter de rien. Elle prit le tube de rouge à lèvres que tendait Cyrus. «Oh, merci», dit-elle.

Et elle le glissa prestement dans la poche de sa veste.

26

Les hommes ne faisaient pas de vieux os dans le camp minier. N'ayant pas à travailler dans la fosse, les femmes résistaient mieux mais, presque tous les jours, un homme mourait. Certains décédaient d'un coup, victimes de la chaleur et du labeur harassant. D'autres étaient abattus pour avoir enfreint les règles. Sans compter les accidents : une pierre qui tombait sur un pied chaussé d'une simple sandale, un marteau qui glissait d'une main moite, un éclat de pierre tranchant qui se détachait, volait dans les airs et entaillait la chair. Deux des femmes avaient une petite expérience d'infirmières, mais comme elles ne disposaient ni de médicaments ni de pansements stériles, ni même d'un bandage, toute blessure autre que mineure pouvait être fatale.

Les cadavres restaient sur place jusqu'à la fin de la journée de travail, après quoi la pelleteuse était conduite dans une zone de sable pierreux pour creuser une tombe, à côté de nombreuses autres. Les hommes étaient libres d'accomplir certains rites funéraires s'ils le souhaitaient, ou de laisser la sépulture anonyme, et le mort oublié.

Les gardes restaient indifférents. Abdul supposait qu'ils savaient parfaitement que d'autres esclaves arriveraient bientôt pour remplacer les morts.

Il devait s'évader s'il ne voulait pas finir ses jours dans ce cimetière perdu dans le désert.

Il n'avait pas fallu à Abdul plus de vingt-quatre heures pour se convaincre que la mine était dirigée par l'État islamique. Si elle était manifestement clandestine, elle n'en était pas moins parfaitement organisée. Les hommes qui administraient ce site étaient des esclavagistes et des meurtriers, mais ils étaient également remarquablement compétents. Il n'y avait en Afrique du Nord qu'une entreprise criminelle à pouvoir atteindre ce niveau d'organisation, et c'était l'EIGS.

Abdul était prêt à tout pour fuir, mais il passa plusieurs jours à rassembler des données essentielles. Il calcula d'abord les effectifs de djihadistes qui vivaient dans l'enceinte du camp, estima le nombre de fusils qu'ils avaient et essaya de se faire une idée des autres armes qu'ils pouvaient posséder ; les véhicules camouflés dans l'enceinte du camp pouvaient fort bien être des lance-missiles, lui sembla-t-il.

Il prit discrètement des photos avec son téléphone, ne se servant pas de l'appareil bon marché qu'il gardait dans sa poche mais de celui, très sophistiqué, qui était dissimulé dans la semelle de sa Rangers, et dont la batterie n'était pas encore déchargée. Il consigna tous les chiffres dans un document prêt à être envoyé à Tamara dès qu'il rejoindrait un lieu où il pourrait se connecter.

Il réfléchit longuement aux moyens de s'enfuir.

Tout d'abord, il décida de ne pas emmener Kiah et Naji. Ils lui feraient perdre du temps, ce qui risquait de leur être fatal à tous les trois. Seul, son évasion serait déjà assez difficile. Si on le rattrapait, il serait tué, et ils le seraient aussi s'ils l'accompagnaient. Il était préférable qu'ils attendent ici l'équipe de secours que Tamara enverrait dès qu'elle aurait reçu le message d'Abdul.

Ce n'était pas seulement un désir personnel de liberté

qui l'animait. Ce qu'il souhaitait avant tout, c'était que ce lieu de malheur soit détruit, que les gardes soient arrêtés, les armes confisquées et les bâtiments rasés jusqu'à ce que toute cette zone soit rendue au désert.

À maintes et maintes reprises, il envisagea de partir tout simplement à pied, et à maintes et maintes reprises, il rejeta cette idée. Il pouvait certes s'orienter grâce au soleil et aux étoiles, et donc se diriger vers le nord et éviter de tourner en rond, mais il ne savait pas où se trouvait l'oasis la plus proche. Le voyage dans le bus d'Hakim lui avait appris qu'il n'était même pas toujours facile de distinguer la piste. Il n'avait pas de carte ; sans doute n'en existait-il d'ailleurs aucune sur laquelle figuraient les petits villages d'oasis qui sauvaient la vie des voyageurs à pied ou à dos de dromadaire. De plus, il serait obligé de porter un lourd récipient d'eau sous le soleil du désert. Ses chances de survie étaient tout bonnement trop faibles.

Il étudia attentivement les véhicules qui entraient et sortaient du camp. L'observation n'était pas facile, car il travaillait dans la fosse douze heures par jour, et s'il posait le regard trop longtemps sur un véhicule, les gardes ne manqueraient pas de le remarquer. Mais il était capable d'identifier ceux qui venaient régulièrement. Des camions-citernes apportaient de l'eau et de l'essence, des camions frigorifiques approvisionnaient les cuisines, des pick-up partaient avec l'or – toujours accompagnés de deux gardes armés de fusils – et revenaient avec toutes sortes de marchandises : des couvertures, du savon, et du gaz pour la cuisine.

En fin d'après-midi, il avait parfois la chance de pouvoir observer la fouille des véhicules au moment de leur départ. Les gardes ne ménageaient pas leur peine. Ils regardaient à l'intérieur des réservoirs vides et sous les bâches. Ils vérifiaient le dessous des sièges. Ils se glissaient sous les véhicules pour vérifier que personne ne s'y accrochait. Un homme qu'ils avaient surpris caché dans un camion frigorifique avait été battu si violemment qu'il était mort dès le lendemain. Ils savaient qu'un unique fugitif pouvait provoquer l'anéantissement de tout le camp, ce qui était exactement l'objectif d'Abdul.

Pour s'évader, Abdul jeta son dévolu sur la camionnette de friandises. Yakub, un marchand ingénieux, se livrait à un petit commerce florissant en parcourant la région d'oasis en oasis pour vendre des articles que les villageois ne pouvaient ni fabriquer eux-mêmes ni acheter dans un rayon de moins de cent cinquante kilomètres. Il proposait les friandises arabes les plus prisées, sucettes en forme de pied et tubes de chocolat en pâte comme du dentifrice, ainsi que des bandes dessinées mettant en scène des superhéros musulmans – l'Homme du Destin, l'Homme Impossible et Buraaq – sans compter des cigarettes Cleopatra, des stylos à bille Bic, des piles et de l'aspirine. Ses marchandises étaient conservées à l'arrière de son vieux pick-up dans des boîtes en acier solidement fermées qu'il n'ouvrait qu'au moment de la vente. Ses principaux acheteurs étaient les gardes, car la plupart des travailleurs n'avaient que peu ou pas d'argent. Ses prix étaient bas et ses profits devaient se compter en centimes.

Le véhicule de friandises était inspecté aussi soigneusement que les autres lorsqu'il repartait, mais Abdul avait imaginé un moyen d'éviter la fouille.

Yakub venait toujours le samedi après-midi et repartait de bonne heure le dimanche matin.

Un dimanche, Abdul quitta le camp aux premières lueurs du jour, avant le petit déjeuner, sans rien dire à Kiah. Elle serait bouleversée quand elle comprendrait qu'il était parti, mais il ne pouvait pas prendre le risque de la prévenir. Il n'emporta qu'une grande bouteille d'eau en plastique. Les hommes ne commenceraient pas à travailler à la fosse avant une bonne heure, moment auquel sa disparition serait remarquée.

Il espéra que Yakub ne déciderait pas de partir plus tard que d'habitude.

Avant même d'avoir parcouru plus de quelques mètres, il entendit une voix l'interpeler : « Hé, toi ! Viens par ici. »

Remarquant le léger zézaiement, il reconnut Mohammed, qui n'avait plus de dents de devant. Il gémit intérieurement et revint sur ses pas : « Quoi ?

— Où tu vas ?

— Chier un coup.

— Pourquoi tu as besoin d'une bouteille d'eau ?

— Pour me laver les mains. »

Mohammed grommela et fit demi-tour.

Abdul se dirigea vers les latrines des hommes mais, dès qu'il fut hors de vue du camp, il changea de direction. Il suivit la piste jusqu'à un croisement, marqué par un tas de pierres à peine visible. En regardant attentivement, on pouvait distinguer une piste rectiligne qui suivait le trajet qu'avait emprunté le bus d'Hakim, jusqu'à la frontière et jusqu'au Tchad. Abdul discerna une deuxième piste, sur la gauche, qui se dirigeait vers le nord, à travers la Libye. Il savait, pour avoir étudié les cartes, qu'elle devait déboucher sur une route asphaltée qui rejoignait Tripoli. Il n'y avait que peu de villages à l'est, et Abdul était presque sûr que Yakub suivrait la piste du nord.

Il partit donc dans cette direction, à la recherche d'une élévation de terrain. Dans la montée, le pick-up poussif de Yakub serait encore plus lent. Abdul avait l'intention de lui courir après pendant qu'il roulerait encore à petite vitesse et de sauter à l'arrière. Puis il se couvrirait la tête de son foulard et s'installerait pour un long trajet inconfortable.

Si Yakub regardait dans son rétroviseur au mauvais moment, arrêtait le camion et demandait des explications à Abdul, celui-ci lui donnerait le choix : cent dollars pour continuer jusqu'à la prochaine oasis, ou la mort. Toutefois, quand on roulait dans le désert, on n'avait guère de raison de regarder dans son rétroviseur.

Abdul atteignit la première butte à quelques kilomètres du camp et trouva un endroit où se cacher près du sommet. Le soleil était encore bas et il put se mettre à l'ombre derrière un rocher. Il but un peu d'eau et s'apprêta à attendre.

Ne connaissant pas la destination de Yakub, il ne pouvait pas faire de projets précis, mais il mit son attente à profit en envisageant différentes possibilités. Il essaierait de sauter de la camionnette dès que l'oasis serait en vue pour pouvoir entrer dans le village comme s'il n'avait aucun lien avec Yakub. Il faudrait qu'il invente une histoire pour expliquer qui il était. Il pourrait raconter qu'il voyageait avec un groupe qui avait été attaqué par des djihadistes et qu'il avait été le seul à pouvoir s'échapper, ou que le dromadaire sur lequel il voyageait seul était mort ou encore qu'il était un chercheur d'or et s'était fait voler sa moto et ses outils. Personne ne remarquerait son accent libanais : les habitants du désert parlaient leurs propres langues tribales, et ceux dont l'arabe était la deuxième langue ne reconnaissaient pas les différents accents. Il aborderait alors Yakub et lui demanderait de l'emmener. Comme il ne lui avait jamais rien acheté, ni même parlé, il était sûr de ne pas être reconnu.

Avant midi, les djihadistes auraient organisé des recherches, envoyant une équipe vers l'est en direction du Tchad, une autre vers le nord. Il aurait alors pris une bonne avance sur eux mais, pour ne pas la perdre, il lui faudrait une voiture. Il en achèterait une dès que possible. Ensuite, il serait soumis aux risques de crevaison et autres défaillances mécaniques.

L'affaire était loin d'être gagnée.

Il entendit un véhicule et leva les yeux, mais c'était une Toyota récente comme le prouvait le bruit régulier du moteur, et certainement pas le tacot de Yakub. Abdul replongea dans le sable et s'emmitoufla dans son *galabeya* gris-brun. Alors que la Toyota passait sous ses yeux, il vit deux gardes assis à l'arrière, tous deux armés de fusils. Ils escortent un transport d'or, se dit-il.

Il se demanda où allait l'or. Il y avait forcément un intermédiaire, peut-être à Tripoli, quelqu'un qui transformait l'or en argent versé sur des comptes bancaires numérotés que l'EIGS pouvait utiliser pour acheter des armes, des véhicules et tout ce dont il avait besoin pour réaliser ses projets insensés de conquête du monde. Si seulement je connaissais le nom et l'adresse de ce type, songea Abdul. Je lui parlerais de l'endroit d'où vient son argent. Puis je lui arracherais sa putain de tête.

*

Pendant qu'elle lavait Naji, une tâche qu'elle effectuait machinalement, Kiah discutait dans sa tête avec le fantôme de sa mère, qu'elle appelait Umi.

« Où est passé ce bel étranger ? demanda Umi.

— Ce n'est pas un étranger, il est arabe, répondit Kiah agacée.

— Quel genre d'Arabe ?

— Libanais.

— Bon, au moins, il est chrétien.

— Et je ne sais absolument pas où il est.

— Il s'est peut-être enfui en t'abandonnant.

— Tu dois avoir raison, Umi.

— Tu es amoureuse de lui ?

— Non. Et il n'est certainement pas amoureux de moi. »

Umi posa ses mains sur ses hanches dans une posture combative caractéristique. Dans l'imagination de Kiah, Umi venait de faire la cuisine, et laissait des traces de farine sur sa robe noire, comme elle en avait l'habitude avant de devenir un fantôme. Elle demanda à sa fille d'un ton provocateur : « Alors dis-moi, pourquoi est-il aussi gentil avec toi ?

— Il lui arrive d'être froid et plutôt hostile.

— Ah oui ? Est-ce qu'il est froid quand il te protège contre les brutes et raconte des histoires à ton fils ?

— Il est gentil. Et fort.

— Il a l'air d'aimer beaucoup Naji. »

Kiah sécha doucement son fils avec un chiffon. « Tout le monde aime Naji.

— Abdul est un Arabe catholique qui a beaucoup d'argent, exactement le genre d'homme que tu devrais épouser.

— Il n'a pas l'intention de m'épouser.

— Ha ha ! Ce qui veut dire que tu y as pensé.

— Il vient d'un autre monde. Et je suppose qu'il y est retourné.

— Quel monde ?

— Je ne sais pas vraiment. Mais je ne crois pas qu'il ait jamais été vraiment un vendeur de cigarettes.

— Alors quoi ?

— Je me demande si ce n'est pas une sorte de policier. »

Umi émit un bruit méprisant. « Les policiers ne vous protègent pas contre les brutes. Ce sont eux les brutes.

— Tu as réponse à tout.

— Tu seras pareille quand tu auras mon âge. »

*

Une heure plus tard environ, Abdul aperçut le pick-up de Yakub. Le moteur hoquetait, tandis que le véhicule montait difficilement la pente, laissant dans son sillage un nuage de poussière qui pourrait permettre à Abdul de se cacher quand il sauterait à l'arrière.

Il resta immobile, attendant le moment opportun.

À travers le pare-brise, il distinguait le visage de Yakub concentré sur la piste qui s'étendait devant lui. Quand le véhicule parvint à sa hauteur, Abdul disparut dans le nuage de poussière avant de se lever d'un bond.

C'est alors qu'il entendit un autre véhicule.

Il jura.

Il pouvait deviner, au bruit du moteur, qu'il s'agissait d'un véhicule plus récent et plus puissant, probablement un des SUV Mercedes noirs qu'il avait vus dans l'enceinte sécurisée. Il roulait vite et son conducteur avait manifestement l'intention de dépasser Yakub.

Abdul ne pouvait pas prendre le risque de se faire voir. La poussière lui servirait peut-être d'écran, mais il n'en était pas certain. Et si on le repérait, il n'aurait plus qu'à dire adieu à sa tentative de fuite, et à la vie.

Il se laissa retomber dans le sable, se couvrit le visage et se fondit dans le désert tandis que la Mercedes passait en trombe.

Les deux véhicules franchirent le sommet de la butte et disparurent de l'autre côté, laissant derrière eux un brouillard fauve. Abdul reprit sa marche, en sens inverse.

Il pourrait au moins réessayer. Son plan restait valable. Il avait simplement joué de malchance. Il était rare que deux véhicules quittent le camp en même temps.

L'occasion se représenterait une semaine plus tard. S'il était encore en vie.

*

Il fut obligé de travailler pendant la pause de midi en guise de punition parce qu'il s'était présenté en retard à la mine. Il savait que la sanction aurait été pire s'il n'avait pas été un travailleur aussi vigoureux, aussi dur à la tâche.

Ce soir-là, il était fatigué et découragé. Encore une semaine d'enfer, songea-t-il. Il s'assit sur le sol à l'extérieur de leur abri, en attendant le dîner. Dès qu'il serait rassasié, il dormirait.

C'est alors qu'il entendit le bruit d'un moteur puissant. Une Mercedes traversait le camp lentement. La peinture noire du véhicule était ternie par la poussière. Dans l'enceinte sécurisée où étaient garés tous les autres véhicules, en face du campement des esclaves, le garde retira la lourde chaîne qui fermait la grille dans un fracas métallique.

La voiture pénétra dans l'enceinte et s'arrêta ; deux gardes armés de fusils en descendirent, suivis de deux autres individus. L'un d'eux était grand et portait une *dishdasha* noire et une *taqiyya*, une petite calotte blanche en crochet. Le pouls d'Abdul s'accéléra lorsqu'il aperçut des cheveux gris et une barbe noire. L'homme se retourna lentement, parcourant le campement d'un regard froid, indifférent aux femmes en haillons, aux hommes épuisés ou aux abris délabrés dans lesquels ils vivaient ; il aurait pu tout aussi bien regarder des moutons hirsutes dans un paysage aride.

Son compagnon était originaire d'Asie de l'Est.

Abdul attrapa son bon téléphone et prit subrepticement une photo.

Mohammed arriva en courant, un air de surprise ravie sur le visage. «Bienvenue, monsieur Park! dit-il. Quel plaisir de vous revoir!»

Abdul releva le nom coréen et prit une nouvelle photo.

M. Park était bien habillé, avec un blazer en lin noir, un pantalon de toile beige et des rangers à semelles crantées. Il portait des lunettes de soleil. Il avait des cheveux épais et noirs, mais son visage rond était marqué, et Abdul lui donna une soixantaine d'années.

Tout le monde traitait le Coréen avec déférence, même son compagnon arabe, plus grand que lui. Mohammed continuait à sourire et à s'incliner. Le Coréen l'ignora.

Ils se dirigèrent vers le quartier des gardes par le chemin jonché de détritus. Le grand Arabe passa le bras autour des épaules de Mohammed, et Abdul put apercevoir sa main gauche. Le pouce n'était plus qu'un moignon à la peau fripée. On aurait dit une blessure de guerre qui n'aurait pas été correctement soignée.

Il n'y avait plus de doute. C'était Al-Farabi, l'Afghan, le terroriste le plus en vue d'Afrique du Nord. Et ce camp minier était le Trou, Hufra, son quartier général. Il semblait pourtant s'en remettre à un supérieur coréen. Le géologue était coréen, lui aussi. À n'en pas douter, les Coréens exploitaient cette mine d'or. Ils étaient manifestement plus impliqués dans le terrorisme africain qu'on ne le soupçonnait en Occident.

Abdul devait absolument communiquer cette information avant d'être tué.

En regardant le groupe s'éloigner, il remarqua qu'Al-Farabi était le plus grand, et que sa calotte lui accordait encore un ou deux centimètres de plus : il n'ignorait rien du pouvoir symbolique que conférait la taille.

Puis il vit arriver Kiah, chargée d'une bonbonne d'eau sur l'épaule, une hanche déjetée pour préserver son équilibre. Elle était jeune et, malgré neuf jours dans un camp d'esclaves, son corps paraissait souple et vigoureux. Elle portait son fardeau sans effort apparent. Elle jeta un coup d'œil à Al-Farabi, vit les deux hommes armés de fusils et fit un large détour pour les éviter. Comme tous les esclaves, elle savait qu'un face-à-face avec les gardes ne se terminait jamais bien.

Al-Farabi la regarda fixement.

Elle fit comme si de rien n'était et accéléra le pas. Elle ne pouvait s'empêcher d'être séduisante, car elle devait marcher la tête haute et les épaules rejetées en arrière pour supporter sa lourde charge, et l'on devinait les muscles de ses cuisses sous la fine étoffe de coton de sa robe.

Al-Farabi continua d'avancer mais il tourna la tête et, par-dessus son épaule, la suivit de ses yeux noirs très enfoncés, tandis qu'elle s'éloignait rapidement, sans aucun doute tout aussi attirante de dos que de face. Ce regard troubla Abdul. Il y avait de la cruauté dans les yeux d'Al-Farabi. Abdul avait vu cette expression sur le visage de certains hommes qui examinaient des armes. Oh, bon sang, pensa-t-il, pourvu qu'il n'y ait pas d'embrouille.

Enfin, Al-Farabi se retourna pour regarder devant lui. Il dit alors quelque chose à Mohammed, qui rit et hocha la tête.

Parvenue au campement, Kiah posa le lourd récipient d'eau. Elle se redressa et demanda nerveusement : « Qui était-ce ?

— Deux visiteurs, d'égale importance apparemment, répondit Abdul.

— Je déteste la façon dont le grand Arabe m'a regardée.

— Si vous pouvez, évitez de le croiser.

— Évidemment. »

Ce soir-là, les gardes s'astreignirent à une discipline plus rigoureuse que d'habitude. Ils faisaient le tour du camp d'un pas vif, fusil à la main, sans fumer, manger, ni plaisanter. Les véhicules étaient fouillés à l'entrée comme à la sortie. Les sandales et les baskets avaient disparu, tous étaient en rangers.

Kiah enroula son foulard autour de son visage, ne laissant apparaître que ses yeux. Comme plusieurs femmes du camp se couvraient le visage pour des raisons religieuses, elle passerait inaperçue.

Cela ne servit à rien.

*

Kiah redoutait que le grand homme la fasse chercher, et qu'elle soit enfermée dans une pièce avec lui, obligée de faire tout ce qu'il voudrait. Mais elle ne pouvait se réfugier nulle part. Il était impossible de se cacher dans le camp. Elle ne pouvait même pas quitter son abri car, si elle s'absentait trop longtemps, Naji la réclamerait en pleurant. Le soleil se coucha et la température fraîchit ; elle s'assit tout au fond de leur abri, aux aguets, effrayée. Esma prit Naji sur ses genoux et lui raconta une histoire, à voix basse pour ne pas déranger les autres. Il suffirait de quelques minutes pour qu'il s'endorme.

C'est alors que Mohammed entra, suivi de quatre gardes, dont deux armés de fusils. Kiah entendit Abdul émettre un grognement d'inquiétude.

Mohammed jeta un coup d'œil autour de lui et son regard se posa sur Kiah. Il tendit le doigt vers elle, sans parler. Elle se leva et se plaqua contre le mur. Sentant sa peur, Naji se mit à pleurer.

Abdul ne chercha pas à protéger Kiah. Il n'aurait pas

eu le dessus face à cinq hommes : ils l'auraient abattu sans hésiter, Kiah le savait. Il resta donc assis, observant ce qui se passait d'un air impassible.

Deux gardes attrapèrent Kiah, chacun par un bras. Leurs mains lui faisaient mal, et elle cria. Mais l'humiliation était pire que la douleur.

Esma hurla : « Laissez-la tranquille ! »

Ils l'ignorèrent.

Tout le monde s'écarta précipitamment, préférant ne pas s'en mêler.

Quand les gardes se furent fermement emparés de Kiah, Mohammed s'approcha d'elle et tira violemment sur son décolleté. Sa tête fut projetée en avant, elle poussa un cri, et le tissu déchiré révéla la chaînette suspendue autour de son cou et la petite croix en argent.

« Une infidèle », dit Mohammed.

Il parcourut les lieux du regard jusqu'à ce qu'il aperçoive Abdul. « Nous l'emmenons au *makhur* », annonça-t-il, guettant sa réaction.

Tous les yeux étaient fixés sur Abdul. Tout le monde savait qu'il s'était lié d'amitié avec Kiah, et l'avait vu tenir tête à Hakim et à ses hommes armés dans le bus. Finalement, Wahed, le père d'Esma, lui chuchota : « Qu'est-ce que vous allez faire ? »

Abdul répondit : « Rien. »

Mohammed semblait attendre une réaction de sa part. « Alors, qu'est-ce que tu en dis ? railla-t-il.

— Une femme n'est qu'une femme », répondit Abdul en détournant le regard.

Mohammed n'insista pas. Il fit signe aux gardes qui entraînèrent alors Kiah hors de l'abri. Elle entendit Naji pleurer.

Elle ne se débattit pas. Ils n'auraient fait que resserrer leur étreinte. Elle savait qu'elle ne pouvait pas s'échapper. Ils s'arrêtèrent devant l'enceinte des gardes. La sentinelle leur ouvrit la grille et la referma immédiatement derrière eux. Ils la conduisirent jusqu'au bâtiment bleu clair qu'ils appelaient le *makhur*, le bordel.

Kiah fondit en larmes.

La porte était barrée de l'extérieur. Ils l'ouvrirent et poussèrent Kiah à l'intérieur avant de repartir.

S'essuyant les yeux, elle regarda autour d'elle.

La pièce était meublée de six lits, chacun avec des rideaux que l'on pouvait tirer pour ménager un semblant d'intimité. Trois femmes étaient là, presque nues, en lingerie de style occidental. Elles étaient jeunes et jolies, mais elles avaient l'air honteuses et malheureuses. La pièce avait beau être éclairée par des bougies, elle n'avait rien de romantique.

«Que va-t-il m'arriver? demanda Kiah.

— Qu'est-ce que tu t'imagines? lui répondit une des femmes. Ils vont venir te baiser. C'est à ça que sert cet endroit. Ne t'inquiète pas, on n'en meurt pas. »

Kiah pensa à Salim. Au début, il s'était montré un peu maladroit et brutal, mais en un sens elle ne lui en avait pas voulu, car sa gaucherie lui prouvait qu'il n'avait pas couché avec d'autres femmes, en tout cas pas souvent. Et il avait été attentionné et prévenant: pendant leur nuit de noces, il lui avait demandé à deux reprises si elle avait mal. Les deux fois, elle avait répondu non, même si ce n'était pas tout à fait vrai. Et elle avait rapidement découvert la joie de donner et de prendre du plaisir avec un homme qui l'aimait autant qu'elle l'aimait.

Maintenant, elle allait devoir faire ça avec un étranger aux yeux cruels.

Celle qui venait de parler fut réprimandée par une autre femme: «Ne sois pas méchante, Nyla. Toi aussi, tu étais toute bouleversée quand ils t'ont traînée ici. Tu as pleuré pendant des jours. » Elle se tourna vers Kiah. «Je m'appelle Sabah. Et toi, ma belle?

— Kiah. » Elle se remit à sangloter. Elle avait été séparée de son enfant, son chevalier servant n'avait pas pu la protéger, et maintenant, elle allait se faire violer. Elle était désespérée.

« Viens t'asseoir près de moi, proposa Sabah, et nous te dirons ce que tu dois savoir.

— Tout ce que je veux savoir, c'est comment sortir d'ici. »

Il y eut un moment de silence, puis Nyla, la femme qui lui avait parlé la première, rétorqua : « À ma connaissance, il n'y a qu'une façon de sortir d'ici. Les pieds devant. »

27

L'esprit d'Abdul était en ébullition. Il devait sauver Kiah et s'évader du camp, sans plus attendre. Or comment faire ?

Il divisa le problème en trois étapes.

Premièrement, il devait libérer Kiah du *makhur*.

Deuxièmement, il devait voler une voiture.

Troisièmement, il devait empêcher les djihadistes de le poursuivre et de le rattraper.

Présenté ainsi, le défi paraissait triplement impossible.

Il se creusa la tête. Les autres se dirigèrent vers la cuisine pour aller chercher leurs assiettes de semoule et de ragoût de mouton. Abdul ne mangea rien et ne parla à personne. Il resta allongé, immobile, fourbissant des plans.

Les trois enceintes adjacentes qui couvraient la moitié du camp étaient toutes clôturées par de solides panneaux à armature métallique en treillis galvanisé, matériau couramment utilisé pour les barrières de sécurité. La clôture de la mine était également surmontée de barbelés, afin de décourager à la fois les esclaves et les djihadistes qui pourraient être tentés de voler l'or. Mais Abdul n'avait pas besoin d'y accéder : Kiah se trouvait dans l'enceinte des gardes, et les voitures étaient garées dans le parc des véhicules.

Celui-ci était gardé par un homme armé. À l'intérieur

de la clôture se dressait une petite cabane en bois où il passait l'essentiel de la nuit pour se protéger du froid. C'était probablement là qu'étaient accrochées les clés de tous les véhicules. Les voitures étaient ravitaillées en carburant à partir d'un camion-citerne installé à côté de la cabane : quand le camion-citerne était presque vide, un autre arrivait.

Un plan commençait lentement à prendre forme dans l'esprit d'Abdul. Il pouvait échouer. Lui-même serait probablement tué. Mais il essaierait tout de même.

La première chose à faire était d'attendre, ce qui ne serait pas facile. Personne, pas plus les esclaves que les gardes, ne dormait encore. Al-Farabi était probablement avec ses hommes, à bavarder en buvant du café et en fumant. Pour Abdul, le meilleur moment serait le milieu de la nuit, quand tout le monde serait endormi. Le plus douloureux était de savoir que Kiah allait devoir passer plusieurs heures au bordel. Il ne pouvait rien y faire. Il espérait seulement que, fatigué par son voyage, Al-Farabi se retirerait de bonne heure et reporterait sa visite à Kiah au lendemain. Sinon, elle aurait à subir ses attentions. Abdul s'efforça de ne pas y penser.

Allongé à sa place dans l'abri, il peaufina son plan, anticipant les embûches, patientant. Ses compagnons se couchèrent à leur tour. Naji ne cessait de vouloir sortir pour chercher sa mère, et Esma était obligée de l'en empêcher. Inconsolable, il pleurait, mais finit par s'écrouler, étendu entre Esma et Bushra. La nuit était froide et tous s'enveloppèrent dans des couvertures. Les esclaves épuisés s'endormirent rapidement. Les djihadistes, quant à eux, demeureraient probablement éveillés plus longtemps, pensa Abdul, mais ils finiraient eux aussi par aller se coucher, et quelques-uns seulement resteraient pour les surveiller.

Ce soir-là, et pour la première fois de sa vie, Abdul risquait de devoir tuer des gens. Que cette perspective ne le consternât pas davantage l'étonna. Il avait appris le nom de la plupart des gardes du camp, simplement en écoutant leurs conversations, pour autant, il n'éprouvait d'empathie pour aucun. C'étaient des esclavagistes brutaux, des meurtriers et des violeurs. Ils ne méritaient aucune pitié. Il s'inquiétait davantage des effets qu'un tel geste pouvait avoir sur lui. Il avait livré de nombreux combats, sans jamais infliger de coup fatal. Il sentait qu'un gouffre séparait un homme qui avait tué de celui qui ne l'avait jamais fait. Franchir cette ligne serait une épreuve pour lui.

La phase de sommeil profond, durant laquelle il est difficile de réveiller le dormeur, se produit généralement, il le savait, dans la première moitié de la nuit. Au cours de sa formation, il avait appris que le meilleur moment pour se livrer à une activité clandestine se situait vers une ou deux heures du matin. Il resta donc éveillé jusqu'à ce que sa montre indique une heure du matin, puis il se leva discrètement.

Il fut aussi silencieux que possible. En tout état de cause, il y avait toujours du bruit dans l'abri : des ronflements, des grognements, des phrases incompréhensibles murmurées en rêve. Il ne s'attendait pas à réveiller qui que ce soit. Cependant, lorsqu'il jeta un coup d'œil à Wahed, il remarqua que le vieil homme ne dormait pas ; les yeux grands ouverts, couché sur le côté, il le regardait, son paquet de cigarettes posé par terre près de lui, comme toujours. Abdul lui adressa un signe de tête, auquel Wahed répondit, puis Abdul se détourna.

Il scruta l'extérieur. La lune était à moitié pleine et le camp était bien éclairé. La fenêtre de la cabane située dans le parc des véhicules laissait filtrer une lueur jaune. Le garde lui-même n'était pas en vue, il devait être à l'intérieur.

Abdul s'enfonça dans le campement des esclaves, avant de bifurquer, longeant la clôture, mais protégé des regards par les abris. Il marchait doucement, inspectant le sol à la recherche d'obstacles qui pourraient le faire trébucher bruyamment.

Il était à l'affût des gardes. En examinant la clôture au-delà des abris, il aperçut l'éclat d'une torche électrique et se figea. Un garde consciencieux patrouillait dans son secteur, éclairant les zones sombres. Son collègue en poste à l'intérieur de l'enceinte de la mine s'approcha de la clôture pour parler à son camarade. Abdul les observait, silencieux et immobile. Les deux hommes s'éloignèrent sans avoir jeté un seul coup d'œil au quartier des esclaves.

Abdul reprit sa marche. Il tomba sur un homme aux cheveux gris qui urinait, les yeux mi-clos, et poursuivit son chemin sans rien dire. Que les autres esclaves le voient ne l'inquiétait pas. Aucun d'entre eux n'interviendrait, même s'ils devinaient qu'il avait l'intention de s'évader. Aucun esclave n'avait de contact avec les gardes quand il pouvait l'éviter. Ces derniers étaient des hommes violents qui s'ennuyaient, une combinaison dangereuse.

Il arriva au niveau de l'enceinte des gardes. Environ trois cents mètres plus loin se trouvaient deux grilles, l'une plus large pour les véhicules, la seconde de dimensions normales pour les piétons. Les deux étaient fermées par une chaîne et un garde se tenait juste à l'intérieur. De là où était Abdul, à moitié caché par une tente, l'homme n'était qu'une silhouette obscure, droite mais immobile.

Le *makhur* était situé à l'intérieur de la clôture entre Abdul et les grilles, mais plus proche des grilles. Éclairé par la lune, il paraissait blanc, plutôt que bleu pâle.

À partir de là, Abdul devait commencer à prendre de vrais risques.

Il se dirigea à grands pas vers la clôture et, sans hésiter, escalada le grillage et le franchit, avant d'atterrir à pieds joints de l'autre côté et de s'allonger immédiatement sur le sol sablonneux.

S'il était repéré maintenant, il serait tué, pourtant ce n'était pas la pire de ses craintes. Si cette tentative échouait, Kiah passerait le restant de ses jours comme esclave sexuelle des djihadistes. Une éventualité qu'Abdul était incapable d'envisager.

Il tendit l'oreille à l'affût d'un bruit, d'un cri de surprise ou d'alerte. Parfaitement immobile, il lui semblait entendre les battements de son cœur. Le gardien avait-il perçu un mouvement ? Regardait-il maintenant dans sa direction, intrigué par la tache sombre qui se dessinait sur le sol, de la taille d'un homme ? Levait-il son arme au cas où ?

Au bout de quelques instants, Abdul releva prudemment la tête et regarda en direction des grilles. La silhouette sombre du garde était immobile. L'homme n'avait rien vu. Peut-être était-il à moitié endormi.

Abdul roula sur le sol jusqu'à ce qu'il soit hors de portée de son regard, caché par le *makhur*. Alors il se releva, avança en direction du mur aveugle du bâtiment et jeta un coup d'œil de l'autre côté.

À son grand étonnement, il vit une femme s'approcher de la grille depuis l'extérieur. Il jura entre ses dents. Elle dit quelques mots au gardien qui la laissa passer. Elle se dirigeait vers le *makhur*. Merde alors, se demanda Abdul, que se passe-t-il ?

Elle se déplaçait comme une femme âgée et portait quelque chose sur ses avant-bras, mais la faible lumière de la lune ne permit pas à Abdul de deviner ce que c'était. Peut-être une pile de serviettes propres. Il n'avait jamais mis les pieds dans un bordel, dans aucun des pays où il avait vécu, mais imaginait que de tels établissements avaient besoin d'une grande quantité de serviettes. Son rythme cardiaque s'apaisa.

Toujours caché, il écouta, tandis que la femme avançait jusqu'à la porte du *makhur*, l'ouvrait et entrait. Il entendit des voix lorsqu'elle échangea quelques mots avec les jeunes femmes à l'intérieur. Apparemment, aucun homme n'était là. La vieille femme ressortit les mains vides et regagna la grille. Le garde la laissa partir.

Abdul commença à se tranquilliser. Puisqu'il n'y avait pas d'hommes à l'intérieur, ni de serviettes sales à emporter, peut-être Kiah avait-elle eu de la chance ce soir-là.

Le garde posa son fusil contre la clôture et regarda à l'extérieur de l'enceinte, vers le quartier des esclaves.

Il n'y avait aucune cachette possible entre le *makhur* et la grille. Abdul serait parfaitement visible sur une centaine de mètres. Le garde avait toujours les yeux tournés vers l'extérieur de l'enceinte. Apercevrait-il Abdul, ou se retournerait-il par hasard ? Le cas échéant, Abdul lui demanderait : « Tu n'aurais pas une cigarette pour moi, mon frère ? » Le garde supposerait qu'un homme qui se trouvait à l'intérieur de l'enceinte était forcément un djihadiste et il lui faudrait quelques instants, qui lui seraient fatals, pour remarquer qu'Abdul portait la tenue des esclaves et était un intrus.

Mais il pouvait aussi donner immédiatement l'alarme.

Ou tirer sur Abdul.

C'était le deuxième risque majeur.

La bande d'étoffe qu'Abdul avait demandée à Tamara était nouée autour de sa taille depuis près de six semaines. Abdul la détacha alors et la déroula, laissant apparaître un fil de titane d'un mètre de long muni d'une poignée à chaque extrémité. Ce qu'il tenait entre ses mains était un garrot, l'arme ancestrale de l'assassin silencieux. Il enroula la corde et la serra dans sa main gauche. Puis il regarda sa montre : une heure quinze.

Il consacra quelques instants à mobiliser son corps et son cerveau sur le combat à venir, comme il le faisait toujours avant un tournoi d'arts martiaux : vigilance et concentration maximales, émotion minimale, ardente envie de se battre.

Puis il sortit de l'ombre du *makhur* et s'avança en terrain découvert au clair de lune.

Il se dirigea vers la grille, d'un pas silencieux, mais l'air dégagé, sans quitter le garde des yeux. Au fond de lui, il savait que sa vie était en jeu, mais sa démarche ne trahissait aucune peur. En s'approchant du garde, il se rendit compte que l'homme dormait debout. Abdul décrivit un cercle pour arriver derrière lui.

Quand il y fut presque, il déroula silencieusement le fil de titane, attrapa les deux poignées et fit une boucle. Au dernier moment, le garde sembla sentir sa présence, car il émit un grognement de surprise et fit mine de se retourner. Abdul aperçut une joue lisse et une moustache clairsemée et reconnut un jeune homme appelé Tahaan. Mais Tahaan avait réagi trop tard. Abdul avait déjà passé la boucle par-dessus la tête du jeune homme ; il tendit immédiatement la corde et tira de toutes ses forces sur les deux poignées en bois.

Le fil s'enfonça dans le cou de Tahaan, lui écrasant la gorge. Il essaya de crier mais aucun son ne sortit de sa trachée comprimée. Il porta la main à son cou, cherchant à arracher le garrot qui était déjà trop enfoncé dans sa chair et le sang commença à couler ; ses doigts ne trouvèrent pas de prise.

Abdul tira plus fort encore sur les poignées, espérant

couper la circulation du sang irriguant le cerveau en même temps qu'il empêchait l'air de parvenir aux poumons, pour que Tahaan s'évanouisse.

Le garde tomba à genoux, mais continua à lutter. Il battait l'air de ses mains derrière lui, essayant d'attraper Abdul qui l'évita facilement. Ses mouvements étaient de plus en plus faibles. Abdul se risqua à jeter un coup d'œil par-dessus son épaule, de l'autre côté de l'enceinte en direction des dortoirs, mais rien ne bougeait. Les djihadistes dormaient.

Tahaan perdit connaissance et devint un poids mort. Sans relâcher la tension de la corde, Abdul le laissa doucement s'affaisser sur le sol et s'agenouilla sur son dos.

Il réussit à tourner le poignet pour regarder sa montre : une heure dix-huit. Les instructeurs de la CIA lui avaient expliqué que si l'on voulait être sûr que la victime était morte, la strangulation ne devait pas durer moins de cinq minutes. Abdul pouvait facilement continuer à tirer sur la corde pendant deux minutes de plus, mais il craignait que quelqu'un ne vienne tout gâcher.

Le camp était silencieux. Il regarda autour de lui. Rien ne bougeait. Encore quelques minutes, c'est tout ce dont j'ai besoin. Il leva les yeux. La lune brillait encore mais se coucherait environ une heure plus tard. Il consulta à nouveau sa montre : encore une minute.

Il posa les yeux sur sa victime. Je ne m'attendais pas à un visage aussi juvénile, pensa-t-il. Les jeunes gens étaient capables de brutalité, bien sûr, et Tahaan avait choisi un métier cruel et violent ; malgré tout, Abdul aurait préféré ne pas avoir à mettre fin à une vie qui venait à peine de commencer.

Une demi-minute. Quinze secondes. Dix, cinq, zéro. Abdul relâcha sa prise et Tahaan tomba sans vie sur le sol.

Abdul enroula le fil autour de sa taille avec un nœud lâche maintenu en place par les poignées en bois. Il prit le fusil de Tahaan et l'enfila en bandoulière. Puis il s'agenouilla, souleva le corps pour le charger sur son épaule, et se releva.

Il se dirigea à grands pas de l'autre côté du *makhur* et déposa le cadavre sur le sol, contre le mur du bâtiment. Il n'y avait aucun moyen de le dissimuler, mais au moins il serait moins visible ici.

Il laissa tomber l'arme près du corps. Elle ne lui serait d'aucune utilité : un seul coup de feu réveillerait les djihadistes et mettrait fin à sa tentative d'évasion.

Il repéra la porte du *makhur*. La barre était en place, confirmant qu'il n'y avait pas de djihadistes à l'intérieur, mais seulement des esclaves. Heureusement. Il voulait à tout prix éviter une altercation bruyante. Il devait emmener Kiah sans alerter les gardes, car il avait encore du pain sur la planche avant qu'ils puissent s'enfuir.

Il tendit l'oreille. Les voix qu'il avait entendues auparavant s'étaient tues. Il souleva la barre sans bruit, ouvrit la porte et entra.

Une odeur de saleté et de promiscuité lui parvint aux narines. La pièce n'avait pas de fenêtre et était faiblement éclairée par une unique bougie. Elle était meublée de six lits défaits, dont quatre étaient occupés par des femmes. Elles étaient réveillées et assises. Il devina qu'elles avaient l'habitude de s'endormir tard. Quatre visages malheureux le regardaient avec appréhension. Les femmes croyaient certainement que le nouvel arrivant était un garde venu satisfaire ses appétits sexuels. Puis l'une d'elles murmura : « Abdul ? »

Dans la pénombre, il reconnut le visage de Kiah. Il s'adressa à elle en français, espérant que les autres femmes ne comprendraient pas. « Venez, lui dit-il. Vite,

vite. » Il voulait la faire sortir avant que les autres ne comprennent ce qui se passait, de crainte qu'elles ne veuillent les suivre.

Sautant du lit, elle traversa la pièce en un clin d'œil. Elle portait ses vêtements, comme tout le monde le faisait pour se prémunir du froid des nuits sahariennes.

Une des femmes se leva et demanda : « Qui êtes-vous ? Que se passe-t-il ? »

Abdul jeta un coup d'œil au-dehors, s'assura que personne ne bougeait et fit signe à Kiah de sortir. C'est alors que l'une des autres femmes l'implora : « Emmenez-moi aussi ! » Et une autre lança : « Partons toutes ! »

Il referma rapidement la porte et la barra. Il aurait aimé pouvoir laisser les autres femmes s'enfuir, mais elles risquaient de réveiller les gardes, compromettant tout son plan. La porte cliqueta quand elles la secouèrent pour essayer de l'ouvrir, mais c'était trop tard. Il entendit des cris de désespoir et ne put qu'espérer qu'ils ne seraient pas assez sonores pour réveiller quelqu'un.

Tout était calme dans l'enceinte des gardes. Il parcourut la zone minière du regard. Aucune lampe de poche n'était allumée, mais il distingua la lueur d'une cigarette. Le garde semblait être assis. Abdul n'aurait su dire dans quelle direction il regardait. Quoi qu'il en fût, la situation ne serait jamais moins périlleuse. « Suivez-moi », chuchota-t-il à Kiah.

Il s'avança rapidement jusqu'à la clôture grillagée et l'escalada. Arrivé au sommet, il se retourna pour voir si Kiah avait besoin d'aide. L'ascension était difficile, car les mailles du grillage ne mesuraient que quelques centimètres carrés, et il n'était pas sûr de pouvoir s'agripper assez longtemps pour réussir à la hisser jusqu'en haut. Cependant son inquiétude était injustifiée. Agile et musclée, elle franchit la clôture plus vite que lui et sauta à pieds joints de l'autre côté. Il la rejoignit au bas du grillage.

Il la guida jusqu'au quartier des esclaves, où ils risquaient moins d'être repérés par les gardes et foncèrent pour rejoindre leur abri.

Abdul tenait à savoir ce qui lui était arrivé au *makhur*. Ce n'était certes pas le moment de poser des questions et ils devaient faire le moins de bruit possible, mais il avait besoin de savoir. Il murmura : « Le grand homme est-il venu vous voir ?

— Non, répondit-elle. Dieu merci. »

Cette réponse ne le satisfit pas. « Est-ce que quelqu'un… ?

— Personne n'est venu, sauf la femme aux serviettes. Les autres filles m'ont dit que ça se produisait parfois. Quand aucun garde ne vient, elles appellent ça "un vendredi", comme si c'était un jour de congé. »

Abdul sentit son cœur s'alléger.

Une minute plus tard, ils atteignaient leur abri.

Abdul lui dit tout bas : « Prenez des couvertures et de l'eau, et allez chercher Naji. Gardez-le dans vos bras pour qu'il continue à dormir. Puis attendez-moi, mais soyez prête à courir.

— Oui. » Elle ne manifestait aucun signe de désarroi ni d'anxiété. Elle était calme et résolue. Quelle femme ! songea-t-il.

Il entendit quelqu'un parler à Kiah. La voix était celle d'une jeune femme, sans doute Esma. Kiah la fit taire et lui répondit en chuchotant. Les autres dormaient toujours, inconscients de ce qui se passait autour d'eux.

Abdul sortit et parcourut les environs du regard. Il ne vit personne. Il se dirigea vers l'enceinte où étaient garés tous les véhicules et regarda à travers la clôture. Il n'aperçut aucun mouvement, aucun signe du garde, qui était sans doute dans la cabane. Il escalada la clôture.

Lorsqu'il retomba de l'autre côté, son pied gauche atterrit sur un objet qu'il n'avait pas repéré et qui émit un bruit métallique. En s'agenouillant, il vit qu'il s'agissait d'un bidon d'huile vide. Le métal avait claqué en se déformant sous son poids.

Il s'accroupit, ignorant si le bruit avait pu être entendu à l'intérieur de la cabane. Il resta immobile. Tout semblait parfaitement calme. Il attendit une minute avant de se relever.

Il devait s'approcher du garde le plus discrètement possible, comme il l'avait fait avec Tahaan, et le réduire au silence avant qu'il puisse donner l'alarme ; cette fois, ce serait plus difficile. L'homme était à l'intérieur de la cabane, et il n'y avait pas moyen de se glisser derrière lui.

La cabane serait peut-être même fermée de l'intérieur. Mais il préféra ne pas penser à cette éventualité. À quoi bon ?

Il traversa l'enceinte en silence, zigzaguant entre les véhicules. L'unique pièce de la cabane était percée d'une fenêtre, ce qui permettait au garde de surveiller les voitures sans sortir. Toutefois, en s'approchant, Abdul ne vit pas de visage aux aguets derrière la vitre.

De plus près, il repéra sur un des murs un casier avec des clés étiquetées : une bonne organisation, comme il l'avait prévu. Il vit également que la pièce était meublée d'une table sur laquelle étaient posés une bouteille d'eau, quelques gobelets en verre, ainsi qu'un cendrier plein, à côté de l'arme du garde, un fusil d'assaut nord-coréen de Type 68, une copie de la célèbre kalachnikov russe.

Tout en restant à quelques mètres de distance de la cabane, il se déplaça latéralement pour élargir son champ de vision. Il aperçut immédiatement le garde, et son cœur bondit dans sa poitrine. L'homme était assis sur une chaise rembourrée, la tête rejetée en arrière, la bouche ouverte. Il dormait.

Il avait une barbe touffue et un turban : Abdul le reconnut. Il s'appelait Nasir.

Abdul sortit son garrot, le déroula et fit une boucle. Il calcula qu'il devait pouvoir ouvrir la porte, entrer et maîtriser Nasir sans lui laisser le temps de s'emparer de son arme, à moins que ce dernier ne fût très rapide.

Abdul était sur le point de s'approcher de la porte quand Nasir se réveilla et croisa son regard.

Il se leva en poussant un cri de surprise.

Abdul resta d'abord paralysé, puis il improvisa. «Réveille-toi, mon frère !» lança-t-il en arabe avant de se précipiter vers la porte.

Elle n'était pas fermée à clé.

Il l'ouvrit en disant : «L'Afghan veut une voiture», et il entra.

Nasir se tenait debout, son fusil à la main, les yeux rivés sur Abdul, momentanément désorienté.

«En pleine nuit ?» demanda-t-il la bouche pâteuse. Personne de sensé ne conduisait de nuit dans le désert.

«Dépêche-toi, Nasir, insista Abdul, tu sais qu'il déteste attendre. Est-ce que le réservoir de la Mercedes est plein ?

— Je te connais ?»

Abdul lui répondit par un coup de pied.

Il bondit en l'air en décochant un coup de pied fouetté, tout en se retournant pour retomber à quatre pattes. Lors de ses combats d'arts martiaux, son coup de pied fouetté lui avait permis de remporter plusieurs compétitions. Nasir avait reculé mais il était trop lent et n'avait pas assez de place pour esquiver le coup. Le talon d'Abdul s'écrasa sur son nez et sur sa bouche.

Sous le choc, il poussa un cri de douleur et tomba en arrière, lâchant son fusil. Abdul, toujours à quatre pattes, pivota et s'empara de l'arme.

Il ne voulait pas tirer. Il ne savait pas à quelle distance un coup de feu risquait d'être entendu et ne voulait surtout pas réveiller les djihadistes. Comme Nasir cherchait à se lever, Abdul retourna l'arme, l'attrapa par le canon et balança la crosse vers lui, le touchant au visage, avant de la soulever au-dessus de lui et de l'abattre de toutes ses forces sur la tête du garde. Nasir s'effondra, inconscient.

Abdul avait laissé tomber le garrot en décochant le coup de pied à Nasir. Il le ramassa, le passa autour du cou du garde et l'étrangla.

Il tendit l'oreille en attendant que Nasir, désormais silencieux, meure. L'homme avait crié ; mais quelqu'un l'avait-il entendu ? Peu importait qu'un ou deux esclaves aient été réveillés : ils ne broncheraient pas, sachant qu'il était préférable de ne rien faire qui puisse attirer l'attention des djihadistes. Le seul autre homme présent dans les parages était le garde de la zone minière, et Abdul se rassura : il ne pouvait pas avoir entendu. En revanche, un garde en patrouille aurait pu, par malchance, être à portée de voix. Cependant, l'alarme n'avait pas été donnée. Pas encore.

Nasir ne reprit pas connaissance.

Abdul maintint la pression pendant cinq bonnes minutes, puis retira le garrot et l'attacha une fois de plus autour de sa taille.

Il jeta un coup d'œil au casier avec les clés.

Les terroristes avaient étiqueté chacune d'elles et chaque crochet, ce qui permettait de trouver facilement celle dont on avait besoin. Abdul repéra en premier celle de la grille. Il s'en empara, enjamba le cadavre de Nasir et sortit de la cabane.

Afin de rester le plus invisible possible, il s'efforça de se glisser jusqu'à la grille en avançant à l'abri des gros camions. Il ouvrit le cadenas, avant de retirer la chaîne en faisant aussi peu de bruit qu'il pouvait.

Puis il inspecta tous les véhicules.

Certains étaient mal garés, ce qui empêchait de les sortir sans déplacer d'abord ceux qui les bloquaient. Il y avait quatre SUV, dont l'un stationnait à un emplacement d'où il était facile de partir. La voiture, couverte de poussière, devait être celle dans laquelle Al-Farabi était arrivé quelques heures plus tôt. Abdul vérifia la plaque d'immatriculation.

Il retourna à la cabane et raccrocha la clé dans le casier.

Les clés des SUV étaient facilement identifiables car elles étaient toutes attachées à des anneaux Mercedes. Chacune avait une étiquette portant le numéro d'immatriculation de la voiture. Abdul choisit la bonne et ressortit.

Tout était calme. Personne n'avait entendu Nasir crier et personne n'avait encore remarqué le corps de Tahaan appuyé contre le mur arrière du *makhur*.

Abdul monta dans la Mercedes. Les lumières intérieures s'allumèrent automatiquement, éclairant l'habitacle et rendant Abdul parfaitement visible de l'extérieur. Il ne savait pas où était l'interrupteur et n'avait pas le temps de le chercher. Il démarra le moteur, provoquant un bruit inattendu au milieu de la nuit, mais qui ne pouvait pas être perçu depuis l'enceinte des djihadistes située à plus de huit cents mètres. Et le garde de la mine ? L'entendrait-il ? Le cas échéant, prendrait-il la peine d'aller voir ce qui se passait ?

Abdul ne pouvait qu'espérer le contraire.

Il regarda la jauge du carburant. Le réservoir était presque vide. Il jura.

Il conduisit la voiture jusqu'au camion-citerne et éteignit le moteur.

Il inspecta le tableau de bord et trouva la commande qui déverrouillait le bouchon du réservoir. Puis il descendit du véhicule. Les lumières intérieures se rallumèrent.

Le camion-citerne était équipé d'un tuyau et d'un pistolet du même type que ceux d'une station-service ordinaire. Abdul enfonça le pistolet dans le réservoir de la voiture et appuya sur la poignée.

Rien ne se produisit.

Il recommença plusieurs fois, sans plus de résultat. Il devina qu'il fallait que le moteur du camion tourne pour que l'arrivée d'essence se fasse.

«Merde», murmura-t-il.

Il enregistra mentalement le numéro d'immatriculation du camion-citerne, retourna à la cabane, trouva les clés et revint. Il monta alors dans la cabine dont les lumières intérieures s'allumèrent également. Il actionna le démarreur et le moteur pétarada.

C'en était fini de ses efforts de discrétion. Le bruit du gros moteur porterait probablement jusqu'à l'enceinte des djihadistes. Un brouhaha certes lointain, qui ne réveillerait peut-être pas les hommes profondément endormis, mais quelqu'un finirait certainement par s'en rendre compte. C'était une question de secondes, ou de quelques minutes.

La première réaction serait la perplexité : qui démarrait un véhicule en pleine nuit ? Quelqu'un s'apprêtait à quitter le camp, mais pourquoi à une heure pareille ? Un des hommes pourrait alors en réveiller un autre en lui demandant : «Tu entends ça ?» Ils n'en déduiraient pas pour autant qu'un esclave tentait de fuir, c'était trop improbable, et peut-être même ne prendraient-ils pas la mesure de l'urgence, mais ils voudraient savoir ce qui se passait et, après une brève discussion, décideraient de remonter jusqu'à la source du bruit.

Abdul descendit du camion, retourna à la Mercedes, enfonça le pistolet dans le réservoir et appuya. L'essence commença à couler.

Il ne cessait de regarder autour de lui, balayant les environs à trois cent soixante degrés. Il tendit l'oreille à l'affût du remue-ménage qui pourrait éclater si les djihadistes étaient alertés. À tout moment, il risquait d'entendre des cris et d'apercevoir des lumières.

Lorsque le réservoir fut plein, la pompe s'arrêta automatiquement.

Abdul replaça le bouchon du réservoir, raccrocha le pistolet sur son support et approcha la voiture de la grille. Personne n'avait encore réagi.

Il retourna au camion-citerne et reprit le pistolet. Il détacha le garrot qui lui ceignait la taille et enroula le fil de titane autour de la poignée, afin de la maintenir appuyée de sorte que la pompe fonctionne en continu et que le carburant s'écoule sur le sol.

Il lâcha le pistolet. L'essence ruissela sous les véhicules, se répandit à gauche, à droite et en direction de la clôture. Il repartit alors en courant jusqu'à la voiture.

Il était impossible d'ouvrir la grille silencieusement : tout était rouillé, et elle grinça en tournant sur des gonds qui n'avaient pas dû voir une goutte d'huile depuis longtemps. Mais Abdul n'avait plus besoin que de quelques secondes.

Une mare d'essence se répandait dans tout le parc de véhicules, et l'odeur emplissait l'air.

Il sortit de l'enceinte avec la voiture. Devant lui, éclairée par la lune, il pouvait voir la piste qui s'enfonçait dans le désert.

Laissant le moteur tourner, il courut vers leur abri. Kiah attendait, Naji profondément endormi dans ses bras. Elle avait préparé une bonbonne d'eau et trois couvertures, ainsi que le grand sac de toile qu'elle transportait avec elle depuis leur départ des Trois Palmiers. Il contenait tout ce dont Naji avait besoin.

Abdul prit l'eau et les couvertures et regagna la voiture en courant, suivi par Kiah.

Il jeta tout à l'arrière de la Mercedes, où Kiah installa Naji toujours enveloppé dans sa couverture. L'enfant se retourna et enfonça son pouce dans sa bouche sans ouvrir les yeux.

Abdul courut jusqu'au parc de véhicules, à présent inondé d'essence. Mais il n'était pas encore certain de pouvoir provoquer un incendie suffisant. Il devait être sûr que les djihadistes ne pourraient pas les poursuivre, et donc qu'aucun véhicule ne serait utilisable. Il prit le tuyau d'essence et entreprit de tout arroser – les SUV, les pick-up et même le camion-citerne.

Il vit Kiah sortir de la voiture et s'approcher. L'essence se répandait maintenant sous la clôture et sur le chemin, et elle marchait prudemment pour l'éviter. D'une voix basse et pressante, elle demanda : « Qu'est-ce qu'on attend ?

— Encore une minute. » Abdul inonda d'essence la cabane en bois du garde afin de détruire les clés.

Une voix masculine cria soudain : « C'est quoi cette odeur ? »

C'était le garde de la zone minière. Il s'était approché de la clôture et braquait sa lampe de poche sur les véhicules. Dans une minute, l'alerte serait donnée. Abdul lâcha le tuyau. L'essence continua à gicler.

La voix cria : « Hé, on dirait qu'il y a une fuite d'essence ! »

Abdul se baissa pour arracher un morceau de l'ourlet de son *galabeya*, le trempa dans l'essence, puis recula de plusieurs mètres. Il sortit son briquet en plastique

rouge et tint le morceau de tissu imbibé d'essence au-
dessus.

«Nasir, qu'est-ce qui se passe? demanda le garde
de la mine.

— T'inquiète pas. Je m'en occupe», répondit Abdul
avant d'actionner la molette de son briquet.

En vain.

«Mais qui es-tu, bon sang?

— Nasir, espèce d'idiot.» Abdul essaya à nouveau d'allumer son briquet, encore, et encore. Aucune
flamme n'en sortait. Il comprit alors qu'il était à sec.

Il n'avait pas d'allumettes.

Kiah, à l'extérieur de l'enceinte, pouvait atteindre le
campement plus rapidement que lui. Il lui cria: «Vite,
courez chercher des allumettes. Wahed en a toujours.
Faites attention de ne pas marcher dans l'essence. Mais
dépêchez-vous!»

Elle s'éloigna en courant.

«Tu mens, lança alors le garde. Nasir est mon cousin.
Je connais sa voix. Tu n'es pas Nasir.

— Calme-toi. Je ne peux pas parler normalement
avec toutes ces vapeurs d'essence.

— Je vais donner l'alarme.»

Une autre voix s'éleva: «C'est quoi ce bordel?»
À son léger zézaiement, Abdul reconnut Mohammed.
C'était logique: les esclaves étaient sous sa responsabi-
lité, et quelqu'un l'avait envoyé voir ce qui se passait.
Il s'était glissé discrètement jusqu'à eux.

Se retournant, Abdul vit que Mohammed avait
dégainé son arme. C'était un pistolet 9 mm et il le
tenait à deux mains, comme un tireur professionnel.
«Heureusement que tu es là, lança Abdul. J'ai entendu
un bruit de bagarre et je suis venu voir. La grille était
ouverte et il y a de l'essence partout.» Du coin de
l'œil, il aperçut Kiah qui revenait. Il fit quelques

pas sur la droite, pour la mettre à l'abri du regard de Mohammed.

« Ne bouge pas, ordonna Mohammed. Où est le garde du parc ? »

Kiah arriva au niveau de la clôture, juste derrière Mohammed. Abdul la vit se pencher pour ramasser ce qui ressemblait à un paquet de cigarettes Cleopatra qui traînait par terre.

« Nasir ? Il est dans la cabane, mais je crois qu'il est blessé. Je ne sais pas vraiment, je viens juste d'arriver. »

Kiah craqua une allumette et mit le feu au paquet de cigarettes.

Le garde de la mine cria : « Mohammed, fais gaffe derrière toi ! »

Mohammed se retourna, son arme pivotant avec lui. Abdul bondit sur lui et Mohammed tomba dans une flaque d'essence.

Kiah s'accroupit et jeta le paquet de cigarettes dans l'essence qui s'enflamma à une vitesse terrifiante. Abdul recula promptement. Mohammed roula sur lui-même pour qu'Abdul soit dans sa ligne de mire mais, déséquilibré et ne tirant que d'une main, il le manqua. Il s'efforça de se relever mais les flammes le rattrapèrent. Ses vêtements imbibés d'essence s'embrasèrent immédiatement. Il hurla de douleur et d'angoisse, tandis qu'il se transformait en torche humaine.

Abdul prit ses jambes à son cou. Il sentait la chaleur des flammes et craignit de ne pouvoir échapper au brasier. Il entendit un coup de feu, et devina que le garde de la mine tirait sur lui. Il se faufila entre les voitures pour se mettre à l'abri, et courut jusqu'aux grilles. Il réussit à atteindre la Mercedes et bondit derrière le volant.

Kiah était déjà à l'intérieur.

Il mit le moteur en route et démarra.

Alors qu'il prenait de la vitesse, il regarda dans le rétroviseur. Le parc de véhicules était en flammes. Toutes les voitures seraient-elles immobilisées ? Au minimum, tous les pneus seraient brûlés. Et les clés auraient fondu dans la cabane incendiée.

Il alluma les phares, qui, renforçant la lueur de la lune, lui permirent de localiser la piste. Il aperçut le tas de pierres qui marquait le carrefour, et prit vers le nord. Après avoir parcouru cinq kilomètres, il parvint à la butte où il avait espéré sauter à l'arrière du camion de Yakub. Il s'arrêta au sommet. Kiah et lui se retournèrent.

Le brasier était impressionnant.

Il sortit son téléphone mais, comme il s'y attendait, il n'y avait pas de réseau. Il retira du talon de son autre botte le dispositif de tracking, mais le véhicule d'Hakim et la cocaïne étaient hors de portée de l'appareil.

Il ouvrit la boîte à gants et y trouva, comme il l'espérait, un chargeur de téléphone auquel il brancha son appareil le plus performant.

Kiah le regardait. Elle n'avait encore jamais vu les compartiments spéciaux dissimulés dans la semelle de ses rangers ni les appareils qui y étaient cachés. Lui jetant un regard calme et intelligent, elle lui demanda : « Qui êtes-vous ? »

Il se retourna vers le camp. Au même moment, ils entendirent une formidable déflagration et une immense torche s'éleva dans les airs. Il supposa que le camion-citerne avait explosé et espéra qu'aucun des esclaves n'avait été assez stupide pour s'approcher de l'incendie.

Il redémarra et alluma le chauffage. Ne craignant plus d'être poursuivi, il pouvait se permettre de rouler lentement et prendre garde à ne pas s'éloigner de la piste.

«Pardon de vous avoir posé cette question, reprit alors Kiah. Peu importe qui vous êtes. Vous m'avez sauvé la vie.

— Vous aussi, vous m'avez sauvé. Sans vous, Mohammed m'aurait abattu.»

Mais il ne pouvait s'empêcher de penser à la question de Kiah. Qu'allait-il lui dire? Qu'allait-il faire d'elle et de son enfant? Il devait envoyer son rapport à Tamara dès qu'il aurait un signal téléphonique mais, maintenant qu'il avait perdu la trace de la cargaison de cocaïne, ses projets s'arrêtaient là. Et, elle, que voudrait-elle faire? Elle avait payé son passage en France mais elle en était encore loin et n'avait plus d'argent.

Il décida tout de même de voir le bon côté des choses. Pour l'instant, Kiah et Naji étaient un atout pour lui. Les tribus hostiles, les patrouilles de l'armée soupçonneuses et les policiers officiels les prendraient pour une famille. Tant qu'il serait avec eux, personne n'imaginerait qu'il était un agent de la CIA.

Une antenne de la DGSE, le groupe de Tab, à peine déguisée sous l'aspect d'une société commerciale appelée Entremettier & Cie, était installée à Tripoli. Abdul pourrait y déposer Kiah et Naji, et confier ainsi le problème à quelqu'un d'autre. La DGSE les renverrait alors au Tchad ou, si elle était d'humeur généreuse, les ferait passer en France. Il savait quelle solution Kiah préférerait et décida alors d'aller jusqu'à Tripoli.

À plus de mille kilomètres.

La lune ne tarda pas à se coucher, mais les puissants phares de la voiture éclairaient la piste devant lui. La tension qui pesait sur Abdul commença à se relâcher quand une ligne plus claire apparut sur l'horizon à sa droite. Le jour se levait sur le désert. Il put augmenter un peu sa vitesse.

Peu après, ils arrivèrent à une oasis où un magasin de

fortune proposait de l'essence en bidons, mais Abdul préféra ne pas s'y arrêter. Le réservoir était encore aux trois quarts plein. Il roulait doucement et la consommation de carburant était donc faible.

Naji se réveilla, et Kiah lui donna à boire et du pain qu'elle avait glissé dans son grand sac de toile.

Le petit garçon fut bientôt plein de vie et Abdul trouva la commande qui activait la sécurité enfants, empêchant les portières arrière de s'ouvrir et le bouton des vitres arrière de fonctionner. Ainsi, Kiah pouvait laisser Naji s'ébattre sans danger sur la spacieuse banquette. Elle lui donna son jouet préféré, un petit camion en plastique jaune, avec lequel il s'amusa joyeusement.

Lorsque le soleil fut plus haut dans le ciel, la climatisation de la voiture se mit automatiquement en marche, et ils purent continuer à rouler jusqu'à la tombée de la nuit sans souffrir de la chaleur. À l'oasis suivante, ils achetèrent de la nourriture et Abdul fit le plein d'essence. Il vérifia de nouveau son téléphone, mais il n'y avait toujours pas de signal. Ils mangèrent tous les trois du pain plat, des figues et du yaourt tout en continuant à rouler. Naji était redevenu silencieux, et quand Abdul jeta un coup d'œil par-dessus son épaule, il vit le petit garçon allongé sur la banquette, endormi.

Abdul espérait qu'ils atteindraient une vraie route et trouveraient un endroit avec des lits pour passer la nuit, mais le soleil commençait déjà à décliner et il se résolut à dormir dans le désert. Ils arrivèrent à une plaine où l'activité géologique avait révélé des formations rocheuses déchiquetées. Une fois encore, Abdul vérifia son téléphone et, cette fois, il constata qu'il y avait du réseau.

Il envoya immédiatement à Tamara les rapports et les photos qu'il avait archivés pendant les dix jours qu'il avait passés au camp minier. Puis il lui téléphona, mais elle ne décrocha pas. Il laissa donc un message pour

643

compléter ses rapports, expliquant qu'il avait mis hors service tous les moyens de transport des djihadistes, ce qui ne les empêcherait évidemment pas de se procurer de nouveaux véhicules tôt ou tard; il fallait donc que l'armée donne l'assaut dans les prochaines quarante-huit heures.

Quittant la piste, il roula prudemment jusqu'à un relief rocheux et se gara derrière, pour dissimuler leur voiture aux regards.

«Nous ne pouvons pas faire fonctionner le chauffage toute la nuit, annonça-t-il. Nous devrons donc dormir tous ensemble à l'arrière pour nous tenir chaud.»

Abdul et Kiah s'installèrent sur la banquette arrière avec Naji, qui suçait son pouce. Kiah déplia les couvertures sous lesquelles ils se blottirent tous les trois.

N'ayant pas dormi depuis trente-six heures et ayant passé la moitié de ce temps au volant, Abdul était épuisé. Il allait probablement devoir conduire toute la journée du lendemain. Il éteignit son téléphone.

Il se détendit, la couverture sur les genoux, et ferma les yeux. Pendant un moment, il eut l'impression de continuer à scruter la piste devant lui, essayant d'en discerner les bords, tout en étant à l'affût de tout affleurement rocheux susceptible d'entraîner une crevaison. Mais lorsque le soleil disparut et que le désert s'assombrit, il s'endormit profondément.

Il rêva d'Annabelle. C'était la période heureuse, avant que la famille, à l'esprit étroit, de la jeune femme n'empoisonne leur relation. Ils étaient dans un parc, allongés sur une pelouse luxuriante. Il était sur le dos, et Annabelle, à ses côtés, appuyée sur un coude, se penchait vers lui, pour lui embrasser le visage. Ses lèvres le caressaient doucement: son front, ses joues, son nez, son menton, sa bouche. Il se délectait de ces baisers et de l'amour qu'ils exprimaient.

Puis il commença à comprendre qu'il rêvait. Il ne voulait pas se réveiller; c'était trop délicieux. Il finit tout de même par émerger du sommeil, tandis qu'Annabelle et l'herbe verte s'estompaient. Pourtant, lorsque le rêve s'évanouit, les baisers continuèrent. Il se souvint alors qu'il était dans une voiture en plein désert de Lybie; il estima avoir dormi une douzaine d'heures, avant de deviner qui l'embrassait. Il ouvrit les yeux. Il était tôt et la lumière du jour était encore pâle, mais il vit clairement le visage de Kiah.

Elle avait l'air inquiète. « Vous êtes fâché ? »

Dans un coin reculé de son esprit, il attendait ce moment depuis des semaines. « Fâché ? Pas du tout », répondit-il en l'embrassant à son tour, longuement. Il avait envie de l'explorer, de la connaître de toutes les manières possibles, et il sentait qu'elle éprouvait le même sentiment. Il songea que personne ne l'avait encore jamais embrassé comme cela.

Elle éloigna ses lèvres, le souffle court.

« Où est Naji ? » lui demanda Abdul.

Elle fit un geste en direction du siège avant sur lequel Naji, enveloppé dans une couverture, dormait profondément. « Il va dormir pendant une petite heure encore », chuchota-t-elle.

Ils s'embrassèrent à nouveau, puis Abdul dit : « J'ai quelque chose à te demander.

— Je t'en prie.

— Que veux-tu ? Je veux dire ici et maintenant. Que veux-tu qu'on fasse ?

— Tout, répondit-elle. Tout. »

28

Le mardi en fin d'après-midi, un flash spécial diffusé par CCTV-13, la chaîne d'information en continu de la télévision chinoise, alarma Chang Kai.

Il se trouvait dans son bureau du Guoanbu quand son jeune spécialiste de la Corée, Jin Chin-hwa, entra et lui suggéra d'allumer le téléviseur. Kai vit le Guide suprême de la Corée du Nord, resplendissant dans un uniforme militaire et posant devant des avions de chasse sur une base aérienne. Il prononçait un discours, manifestement aidé d'un prompteur. Kai fut surpris : il était inhabituel que Kang U-jung s'exprime en direct à la télévision. L'heure devait être grave, songea-t-il.

La situation en Corée du Nord le préoccupait depuis des années. Le gouvernement était versatile et imprévisible, ce qui était dangereux pour un allié stratégiquement important. La Chine faisait ce qu'elle pouvait pour stabiliser un régime qui paraissait toujours au bord de la crise. Depuis la révolte des ultranationalistes, une vingtaine de jours auparavant, le calme régnait, et Kai avait cédé à l'optimisme, pensant que cette rébellion allait sans doute échouer.

Cependant, le Guide suprême était un homme terriblement têtu. Malgré son visage rond et ses grands sourires, il appartenait à une dynastie qui régnait par la terreur depuis des générations. Il ne se contenterait pas de voir l'insurrection s'éteindre d'elle-même. Tout le monde devait savoir que c'était lui qui l'avait écrasée. Il tenait à terrifier ceux qui pourraient nourrir de telles idées.

La bande-son coréenne était sous-titrée en mandarin. Kang lut tout haut : « Les troupes vaillantes et loyales de l'Armée populaire de Corée ont combattu une insurrection fomentée par les autorités sud-coréennes de mèche avec les États-Unis. Les attaques meurtrières des traîtres inspirés par les Américains ont été déjouées, et leurs responsables sont en état d'arrestation. Ils auront à répondre de leurs agissements devant la justice. En attendant, une vaste opération de purge est en cours, tandis que la situation revient à la normale. »

Kai coupa le son. L'accusation contre les États-Unis relevait de la propagande courante, il le savait. Comme les Chinois, les Américains appréciaient la stabilité et détestaient toute agitation aux conséquences imprévisibles, même dans les pays ennemis. C'était surtout le reste de la déclaration qui le préoccupait.

Il se tourna vers Jin, étonnamment chic ce jour-là avec son costume noir et sa cravate fine. « C'est faux, n'est-ce pas ?

— Vraisemblablement. »

Jin était un citoyen chinois d'origine coréenne. Des gens stupides doutaient de la loyauté des personnes comme lui et estimaient qu'il ne fallait pas les autoriser à travailler pour les services secrets. Kai pensait le contraire. Les descendants d'immigrés éprouvaient souvent un attachement passionné pour leur pays d'adoption et estimaient même parfois n'avoir pas le droit d'être en désaccord avec les autorités. Leur loyauté était généralement plus fervente que celle de la majorité des Chinois Han ; par ailleurs, le système de sélection extrêmement rigoureux du Guoanbu éliminait rapidement les éventuelles exceptions. Jin avait confié à Kai que la Chine lui permettait d'être lui-même, un sentiment qu'étaient loin de partager tous les citoyens chinois.

« Si la rébellion avait réellement pris fin, poursuivit Jin, Kang ferait comme si elle n'avait jamais eu lieu. Qu'il affirme que l'affaire est réglée me laisse subodorer que ce n'est pas le cas. Peut-être cherche-t-il au contraire à dissimuler son impuissance à reprendre la situation en main.

— C'est bien ce que je pensais. »

Kai le remercia d'un signe de tête, et Jin se retira.

Il réfléchissait à la nouvelle quand son téléphone personnel sonna. Il répondit : « Ici Kai.

— C'est moi. »

Kai reconnut la voix du général Ham Ha-sun, qui se trouvait probablement en Corée du Nord. « Je suis heureux que vous m'appeliez », dit Kai. Il était sincère. Ham devait savoir ce qui se passait réellement dans son pays.

Ham alla droit au but. « L'annonce de Pyongyang est du pipeau.

— Ils n'ont pas écrasé l'insurrection ?

— Bien au contraire. Les insurgés ont consolidé leurs positions et contrôlent maintenant tout le nord-est du pays, y compris trois installations de missiles balistiques ainsi que la base nucléaire.

— Le Guide suprême a donc menti. » Ainsi que l'avaient deviné Kai et Jin.

« Ce n'est plus un soulèvement, ajouta Ham. C'est une guerre civile, et nul ne peut prédire qui va l'emporter. »

La situation était donc encore pire que ne l'avait estimé Kai. La Corée du Nord était à nouveau en ébullition. « C'est un tuyau de toute première importance. Merci. »

Sachant que chaque seconde ajoutait au danger que

courait Ham, Kai avait l'intention de clore la conversation au plus vite. Mais le général n'avait pas terminé. Il avait son propre ordre du jour et ajouta : « Vous savez que je reste ici dans votre intérêt. »

Kai en doutait légèrement, mais il aurait été malvenu d'en discuter. « Oui, répondit-il.

— Quand cette affaire sera terminée, il faudra que vous me sortiez de là.

— Je ferai de mon mieux…

— Je ne vous demande pas de faire de votre mieux. Je veux une promesse. Si le régime l'emporte, ils m'exécuteront pour trahison. Et si les rebelles me soupçonnent de vous parler, ils m'abattront comme un chien. »

Il avait raison, Kai le savait.

« Je vous le promets, déclara-t-il.

— Le moment venu, vous devrez peut-être envoyer des hélicos avec une équipe des forces spéciales de l'autre côté de la frontière pour m'exfiltrer. »

Kai aurait sûrement du mal à obtenir l'organisation d'une telle opération au profit d'un agent secret dont on n'avait plus besoin, mais ce n'était pas le moment d'avouer ses doutes. « Si nous devons en arriver là, nous le ferons », affirma-t-il en essayant d'avoir l'air sincère.

« Il me semble que vous me devez bien ça.

— C'est un fait. » Kai le pensait, et espérait être en mesure de s'acquitter de sa dette.

« Merci. » Ham raccrocha.

La conclusion que Kai et Jin avaient tirée du discours du Guide suprême venait d'être confirmée par l'espion le plus fiable que Kai ait jamais eu. Il devait transmettre l'information.

Il s'était réjoui à l'idée de passer une soirée tranquille à la maison avec Ting. Tous deux travaillaient dur et, à la fin de la journée, ni l'un ni l'autre n'avait envie de se mettre sur son trente et un pour fréquenter les lieux à la mode où ils verraient et seraient vus. Ils adoraient les soirées paisibles. Un nouveau restaurant venait d'ouvrir dans leur quartier : la Trattoria Reggio. Kai avait été impatient d'aller y manger des *penne all'arrabbiata*. Mais le devoir l'appelait.

Il devait informer au plus vite le vice-président de la commission de Sécurité nationale, qui n'était autre que son père, Chang Jianjun.

Comme celui-ci ne répondait pas sur son téléphone personnel, Kai se dit qu'il devait être déjà rentré chez lui. Il composa le numéro de ses parents et sa mère décrocha. Kai passa quelques instants à répondre patiemment à ses questions : non, il n'avait pas de maux de tête causés par des sinusites, et d'ailleurs, il n'en souffrait plus depuis quelques années ; oui, Ting avait été vaccinée comme tous les ans contre la grippe et n'avait souffert d'aucun effet secondaire ; la mère de Ting se portait très bien pour son âge et ne souffrait pas plus que d'habitude de sa vieille blessure à la jambe ; et enfin, il lui affirma que non, il ne savait pas ce qui allait se passer dans les prochains épisodes d'*Idylle au palais*. Alors seulement, il lui demanda de lui passer son père.

« Il est allé au restaurant Délices d'Épices pour manger des pieds de porc avec ses camarades, lui apprit-elle, et il puera l'ail en rentrant.

— Merci. Je vais le retrouver là-bas. »

Il aurait pu téléphoner au restaurant, mais le vieil homme n'apprécierait peut-être pas de devoir répondre à un appel pendant qu'il dînait avec de vieux compagnons. Comme le restaurant n'était pas très éloigné du siège du Guoanbu, Kai décida de s'y rendre directement. De toute façon, il était toujours préférable de parler à son père personnellement plutôt qu'au téléphone. Il demanda à Peng Yawen de prévenir Moine.

Avant de partir, il confia à Jin ce que le général Ham

650

lui avait appris. «Je vais en informer Chang Jianjun, précisa-t-il. Appelez-moi s'il y a du nouveau.

— Entendu, monsieur.»

Délices d'Épices était un grand restaurant qui disposait de plusieurs salles privées. Kai trouva son père en train de dîner dans l'une d'elles avec le général Huang Ling et son propre patron, Fu Chuyu, le ministre de la Sécurité de l'État. De chauds parfums de piment, d'ail et de gingembre embaumaient la pièce. Les trois hommes, membres de la commission de Sécurité nationale, formaient un puissant groupe conservateur. Ils avaient l'air austères et sérieux, et l'arrivée de Kai parut les agacer. Peut-être n'était-ce pas une simple soirée entre amis. Kai se demanda de quoi ils pouvaient bien discuter qui nécessitât qu'ils s'isolent des autres clients.

«J'ai reçu des nouvelles de Corée du Nord qui ne peuvent pas attendre demain matin», leur annonça-t-il.

Il s'attendait à ce qu'ils l'invitent à s'asseoir, mais sans doute jugeaient-ils une telle courtoisie superflue à l'égard d'un homme plus jeune qu'eux. «Continuez, lui dit Fu Chuyu.

— Tout semble indiquer que le régime de Kang U-jung est en train de perdre le contrôle du pays. Les ultras contrôlent désormais le nord-est en plus du nord-ouest, soit la moitié du pays. Un informateur fiable parle de guerre civile.

— Voilà qui change la donne», remarqua Fu.

Le général Huang avait l'air sceptique. «À condition que ce soit vrai.

— C'est l'éternel problème du renseignement, répliqua Kai. Mais je ne vous aurais pas transmis cette information si je doutais de son sérieux.

— Si elle est exacte, que faut-il faire?» demanda Chang Jianjun.

Huang était agressif, comme toujours. «Bombarder

les traîtres. Il ne nous faudrait qu'une demi-heure pour raser toutes les bases dont ils se sont emparés et les tuer tous. Qu'est-ce qui nous en empêche ? »

Kai connaissait la réponse, mais il se tut, et son père répliqua, avec une pointe d'impatience, que durant cette même demi-heure ils pourraient envoyer des missiles nucléaires contre les villes chinoises.

« Aurions-nous peur d'une bande de mutins coréens ? se hérissa Huang.

— Non, répondit Jianjun. Nous avons peur des bombes nucléaires. Toute personne saine d'esprit a peur des bombes nucléaires. »

Ce genre de discours qui donnait à penser que la Chine était faible rendait Huang furieux : « Autrement dit, n'importe qui n'a qu'à voler quelques bombes nucléaires pour pouvoir faire ce qu'il veut sans que la Chine soit en mesure de s'y opposer !

— Bien sûr que non, rétorqua Jianjun d'un ton sec. Mais bombarder ne peut pas être notre première action. » Puis il ajouta pensivement : « Bien que ça puisse être la dernière. »

Huang changea de ton. « Je doute que la situation soit aussi grave que ça. Les espions gonflent toujours leurs rapports pour se faire mousser.

— Vous avez certainement raison », acquiesça Fu.

Kai avait rempli son devoir et n'avait pas l'intention d'argumenter avec eux. « Excusez-moi, je vous prie, dit-il. Si vous le permettez, je vais vous laisser discuter de cette affaire entre vieux sages. Bonne nuit. »

Il quittait la salle quand son téléphone sonna. Le nom de Jin s'afficha sur son écran, et il s'arrêta sur le seuil pour lui répondre. « Vous m'avez demandé de vous tenir informé de l'évolution de la situation, dit Jin.

— Oui. Que s'est-il passé ?

— KBS News de Corée du Sud annonce que les

rebelles nord-coréens ont pris le contrôle de la base militaire de Hamhung, à quelques centaines de kilomètres au sud de leur base initiale de Yeongjeo-dong. Ils ont donc progressé davantage que nous l'avions imaginé. »

Kai visualisa mentalement la carte de la Corée du Nord. «Oh là là! Ça veut dire qu'ils contrôlent désormais plus de la moitié du pays.

— Le gain est également symbolique.

— Parce que Hamhung est la deuxième ville la plus importante de Corée du Nord.

— Oui. »

C'était très préoccupant.

«Merci de m'avoir prévenu.

— Je vous en prie, monsieur. »

Kai raccrocha et retourna dans la salle privée. Les trois hommes, surpris, levèrent les yeux vers lui.

«À en croire la télévision sud-coréenne, les ultras ont pris Hamhung. »

Il vit son père pâlir. «Bien, murmura-t-il. Il faut prévenir le Président. »

Fu Chuyu sortit son téléphone. «Je l'appelle immédiatement. »

29

Les hélicoptères survolèrent le Sahara de nuit pour arriver à la mine d'or à l'aube, un peu plus de trente-six heures après l'envoi du rapport d'Abdul. Tamara et Tab, en tant que principaux agents du renseignement, avaient pris place dans l'hélicoptère de commandement avec la colonelle Marcus. Alors qu'ils étaient encore en vol, l'aube s'était levée sur un paysage désolé de roche et de sable, sans végétation ni aucune trace humaine. On aurait dit une autre planète, inhabitée, Mars peut-être.

Tab demanda à Tamara : « Ça va ? »

C'était loin d'être le cas. Elle avait peur. Elle avait mal au ventre et devait tenir ses mains serrées l'une contre l'autre pour les empêcher de trembler. Elle faisait tout son possible pour le cacher aux autres passagers de l'hélicoptère, mais elle pouvait l'avouer à Tab. « Je suis terrifiée, reconnut-elle. Ce sera pourtant ma troisième fusillade en sept semaines. Je devrais commencer à m'habituer, non ?

— Toujours le mot pour rire », observa-t-il, mais il posa discrètement la main sur son bras en un geste de sympathie.

« Ça va aller, ajouta-t-elle.

— J'en suis sûr. »

D'un autre côté, elle n'aurait pas voulu manquer ça. C'était le point culminant de la mission d'Abdul. Son rapport avait galvanisé les forces qui combattaient l'EIGS en Afrique du Nord. Abdul avait découvert Hufra et, mieux encore, Al-Farabi s'y trouvait. Il avait révélé le rôle de la Corée du Nord dans l'armement des terroristes africains. Il avait aussi signalé l'existence d'une mine d'or, qui devait être une source majeure de revenus pour les djihadistes, et un camp de travail où des hommes étaient réduits à l'esclavage.

Tamara en avait rapidement confirmé l'emplacement exact. Dans cette zone, les images satellite avaient montré de nombreux camps miniers, qui paraissaient tous identiques à plus de huit mille kilomètres d'altitude, mais Tab avait fait survoler le secteur par un Falcon 50 de l'armée de l'air française, à huit cents kilomètres d'altitude au lieu de huit mille, et Hufra avait été facile à repérer grâce à la large tache noire qui marquait le terrain incendié à l'essence par Abdul. Ils avaient compris à présent pourquoi la recherche du bus par drone avait échoué : ils avaient supposé que le véhicule se dirigerait vers le nord, l'itinéraire le plus rapide pour atteindre une route asphaltée, alors qu'il avait pris la direction de l'ouest pour rejoindre la mine.

Alerter tout le monde et coordonner les opérations avec les forces armées américaines et françaises en aussi peu de temps n'avait pas été une mince affaire. Et à certains moments, Susan Marcus, généralement imperturbable, avait presque paru perdre ses moyens ; mais elle avait réussi, ils étaient partis avant l'aube et s'étaient donné rendez-vous dans le désert sous un ciel étoilé une heure plus tôt.

Il s'agissait de la plus vaste opération jamais menée par la force multinationale. La règle de base des opérations offensives était d'envoyer trois attaquants par défenseur, et Abdul ayant estimé à une centaine le nombre de djihadistes présents dans le camp minier, la colonelle Marcus avait rassemblé trois cents hommes.

L'infanterie était déjà en place, hors de vue. Les soldats étaient accompagnés d'une unité d'appui de feu et de liaison aéroportée du corps des Marines américains, chargée de coordonner les attaques aériennes et terrestres afin que personne ne tire sur son propre camp. L'assaut aérien était mené par des hélicoptères d'attaque Apache, armés de canons automatiques de calibre 30 mm, de roquettes et de missiles air-sol Hellfire. Leur mission était d'écraser toute tentative de résistance des djihadistes afin de minimiser les pertes au sein de la force d'attaque et parmi les civils du quartier des esclaves.

Le dernier appareil de la flotte aérienne était un hélicoptère Osprey transportant du personnel médical et du matériel, ainsi que des travailleurs sociaux parlant couramment arabe. Ils occuperaient le terrain dès que les combats seraient terminés. Les esclaves devraient être pris en charge, la plupart d'entre eux ayant probablement des problèmes de santé qui n'avaient pas été traités. Certains souffriraient de malnutrition. Et il faudrait les reconduire tous chez eux.

À l'horizon, Tamara aperçut une tache qui se transforma rapidement en lieu habité. L'absence de verdure révélait qu'il ne s'agissait pas d'un habituel village d'oasis mais d'un camp minier. Alors que la flotte aérienne approchait, elle distingua un fouillis de tentes et d'abris de fortune qui contrastait vivement avec les trois enceintes solidement clôturées, l'une contenant des carcasses de voitures et de camions calcinés, une autre dont le centre était occupé par une fosse, la mine d'or de toute évidence, et la troisième remplie de bâtiments en parpaing et de ce qui aurait pu être des lance-missiles recouverts de bâches de camouflage.

Susan se tourna vers Tamara : « Vous avez bien dit que les djihadistes ne reculent devant rien pour empêcher les esclaves d'entrer dans les zones clôturées ?

— Oui. Abdul m'a affirmé qu'ils risquent d'être abattus s'ils escaladent les clôtures.

— Donc, tous ceux qui se trouvent à l'intérieur des zones clôturées sont des djihadistes.

— Sauf dans le bâtiment bleu clair. Ce sont les jeunes filles qu'ils ont enlevées.

— Voilà une info très utile.» Susan appuya sur un bouton pour parler à l'ensemble de la Force : «Tous ceux qui sont dans les zones clôturées sont des soldats ennemis, sauf dans le bâtiment bleu clair où se trouvent des prisonnières. Ne tirez pas sur le bâtiment bleu clair. Tous ceux qui sont à l'extérieur des zones clôturées sont nos amis.» Elle coupa le son.

Le spectacle qu'offrait le quartier des esclaves était consternant. La plupart des abris semblaient à peine suffisants pour protéger leurs occupants du soleil. Les sentiers étaient jonchés de détritus et de déchets en tout genre. Il était encore très tôt, et l'on voyait peu de monde : une poignée d'hommes en haillons qui allaient chercher de l'eau, et un petit groupe qui se soulageait dans ce qui était manifestement les latrines situées à une courte distance du campement.

Mais le bruit des hélicoptères attira de plus en plus d'esclaves hors des abris.

L'avion de tête était équipé d'un puissant système de sonorisation, et une voix s'adressa alors en arabe à toute la population du campement : «Avancez dans le désert, les mains sur la tête. Si vous n'êtes pas armés, vous ne courez aucun danger. Avancez dans le désert, les mains sur la tête.»

Les occupants du quartier des esclaves se précipitèrent dans le désert, trop pressés pour mettre leurs mains sur la tête, mais de toute évidence, ils n'étaient pas armés.

La situation était bien différente dans la troisième

enceinte. Des hommes sortirent en masse des bâtiments en parpaing. La plupart avaient des fusils d'assaut et certains étaient chargés de lance-missiles portatifs.

Tous les hélicoptères prirent rapidement de l'altitude avant de s'éloigner. Les tirs des Apache étaient précis jusqu'à huit kilomètres de hauteur. L'enceinte fut criblée d'explosions et certains bâtiments furent détruits.

Le gros de l'infanterie arrivait depuis le désert pour éloigner les tirs du quartier des esclaves. Les soldats étaient largement à découvert, mais une escouade installa une batterie de mortiers dans la fosse de la mine et entreprit d'envoyer des obus dans l'enceinte des djihadistes. Quelqu'un devait les guider depuis les airs, car leur visée devint rapidement d'une précision dévastatrice.

Tamara observait la scène de loin, une distance qui ne lui paraissait cependant pas suffisante pour la mettre hors de danger en raison des systèmes de ciblage sophistiqués des missiles d'épaule. Cependant, elle voyait bien que les djihadistes n'avaient aucune chance de l'emporter. Non seulement ils étaient largement éclipsés numériquement, mais ils étaient enfermés dans un espace clos, sans aucune possibilité de se mettre à l'abri, et le carnage était effroyable.

Un de leurs missiles toucha sa cible, et un Apache explosa en vol, retombant au sol en morceaux. Tamara poussa un cri de consternation et Tab jura. Les forces d'attaque semblèrent redoubler d'efforts.

L'enceinte se transformait en abattoir. Le sol était couvert de morts et de blessés, souvent enchevêtrés. Les hommes encore indemnes commencèrent à déposer les armes et à sortir de l'enceinte, les mains sur la tête en signe de reddition.

À l'insu de Tamara, une section d'infanterie s'était approchée en passant par le quartier des esclaves et s'était mise à couvert près de la grille ; les soldats pointaient leurs armes sur les hommes qui se rendaient et leur ordonnaient de s'allonger, face contre terre, sur le sentier.

Les tirs de riposte cessèrent et l'infanterie déferla dans l'enceinte. Tous les soldats de la mission avaient vu la photographie en couleurs, prise par Abdul, d'Al-Farabi en compagnie du Nord-Coréen en blazer de lin noir, et tous savaient qu'il fallait s'emparer d'eux vivants dans toute la mesure du possible. Tamara ne leur donnait pourtant pas beaucoup de chances de réussir : il restait peu de djihadistes en vie.

Les hélicoptères s'éloignèrent pour se poser plus loin dans le désert, et Tamara en descendit, accompagnée de Tab. La fusillade était terminée. Tamara se sentait bien, et se rendit compte que sa peur s'était évanouie dès que les combats avaient commencé.

Revenant à travers le camp, elle s'extasia devant ce qu'Abdul avait accompli : il avait repéré cet endroit, il s'était évadé, il lui avait transmis toutes les informations nécessaires, et en mettant le feu au parc de véhicules, il avait empêché les djihadistes de fuir.

Le temps qu'elle se rende sur place, ils avaient mis la main sur Al-Farabi et sur le Nord-Coréen. Ces deux prisonniers d'une valeur inestimable étaient gardés par un jeune lieutenant américain fier comme un paon. « Ils sont à vous, madame, dit-il à Tamara en anglais. Un autre Coréen est mort, mais ce n'est pas celui de la photo. » Il avait séparé ces deux-là des autres prisonniers à qui on était en train d'attacher les mains derrière le dos et d'entraver les pieds pour qu'ils puissent marcher mais pas courir.

Tamara fut momentanément distraite par le spectacle de trois jeunes femmes vêtues de lingerie en dentelle ridicule, qui donnait l'impression qu'elles participaient au casting d'un film porno de bas étage ; elle comprit ensuite qu'il devait s'agir des prisonnières du bâtiment bleu clair. L'équipe des travailleurs sociaux aurait sûrement des vêtements corrects à leur donner, ainsi qu'aux autres esclaves dont la plupart étaient en haillons.

Elle reporta son attention sur les captifs. « Tu es Al-Farabi, l'Afghan », dit-elle en arabe.

L'homme ne répondit pas.

Elle se tourna vers le Coréen. « Comment vous appelez-vous ?

— Park Jung-hoon.

— Installez de quoi faire un peu d'ombre, demanda-t-elle au lieutenant, et essayez de trouver des chaises. Nous allons interroger ces deux hommes.

— Oui, madame. »

Al-Farabi comprenait manifestement l'anglais, car il intervint alors : « Je refuse de me soumettre à un interrogatoire.

— Vous feriez mieux de vous y habituer, répliqua-t-elle. Vous en avez pour des années. »

30

Kai reçut un message de Neil Davidson, son contact à l'antenne de la CIA à Pékin, lui demandant un rendez-vous d'urgence.

Par souci de discrétion, ils changeaient systématiquement de lieu de rencontre. Cette fois, Kai pria Peng Yawen d'appeler le directeur général du Cadillac Center et de lui expliquer que le ministère de la Sécurité de l'État avait besoin de deux places pour le match de basket de l'après-midi entre les Beijing Ducks et les Xinjiang Flying Tigers. Un coursier à vélo livra les billets une heure plus tard, et Yawen en fit porter un à l'ambassade américaine à l'intention de Neil.

Kai pensait que Neil voulait lui parler de la crise qui se dessinait en Corée du Nord. Un incident inquiétant avait eu lieu le matin même : une collision en mer Jaune, au large de la côte ouest de la Corée. Le ciel étant parfaitement dégagé, les photos satellite étaient de bonne qualité.

Comme toujours, Kai eut besoin d'aide pour interpréter les images. Leur sillage constituait presque le seul signe de la présence des bateaux, mais il apparaissait clairement que le plus grand avait heurté le plus petit. Yang Yong, l'expert, lui expliqua que le plus gros bâtiment était un navire de guerre et l'autre un chalutier de pêche. Quant à leur nationalité, elle ne faisait guère de doute. « Dans cette zone, le navire de guerre est certainement nord-coréen, précisa-t-il. On dirait qu'il a enfoncé le chalutier qui, lui, est probablement sud-coréen. »

Kai était du même avis que lui. La frontière maritime entre la Corée du Nord et la Corée du Sud était depuis longtemps un sujet de litige. Le tracé imposé par les Nations unies en 1953 n'avait jamais été accepté par le Nord qui, en 1999, l'avait modifié pour exploiter une plus grande superficie d'une zone de pêche particulièrement riche. C'était une querelle territoriale classique qui menait à des affrontements fréquents.

À midi, la télévision sud-coréenne diffusa une vidéo réalisée par l'un des marins du chalutier. On y voyait clairement le drapeau rouge-blanc-bleu de la marine nord-coréenne flotter au vent sur un navire qui se dirigeait droit vers la caméra. En le voyant approcher sans virer de bord, l'équipage du chalutier avait poussé des cris d'effroi, suivis d'un énorme fracas, lui-même suivi de nouveaux hurlements, avant le silence. La scène était spectaculaire et effrayante et, en quelques minutes, cette vidéo était devenue virale.

Deux marins sud-coréens ont été tués, déclara le présentateur : l'un s'est noyé, l'autre a été mortellement blessé par des débris volants.

Kai partit pour le Cadillac Center peu après. Dans la voiture, il enleva sa veste et sa cravate pour enfiler un blouson noir Nike, afin de se fondre dans la masse des spectateurs.

La foule qui occupait le stade était principalement chinoise, bien qu'on y observât de nombreux échantillons d'ethnies différentes. Lorsque Kai arriva à sa place, avec deux canettes de bière Yanjing à la main, Neil était déjà là, vêtu d'un caban et coiffé d'un bonnet noir tricoté qu'il portait bas sur le front. Ils ressemblaient tous les deux à n'importe quels autres spectateurs.

«Merci, dit Neil en acceptant une canette. Vous avez pu avoir de bonnes places.»

Kai haussa les épaules. «C'est la moindre des choses pour la police secrète.» Il ouvrit sa canette et but.

Les Ducks portaient leurs maillots blancs, les Tigers étaient en bleu ciel. «C'est tout à fait comme un match aux États-Unis, observa Neil. Vous avez même des joueurs noirs.

— Ils sont nigérians.

— Je ne savais pas que les Nigérians jouaient au basket.

— Si, si. Ils sont même excellents.»

Le match commença, et la foule devint trop bruyante pour qu'ils puissent poursuivre leur conversation.

Les Ducks prirent l'avantage dans le premier quart-temps, et, à la mi-temps, ils menaient 58-43.

Au cours de cette pause, Kai et Neil se penchèrent l'un vers l'autre. «C'est quoi ce putain de cirque en Corée du Nord?» demanda Neil.

Kai réfléchit un instant avant de répondre. Il devait veiller à ne divulguer aucun secret. Il n'en pensait pas moins que la Chine avait tout intérêt à ce que les Américains soient correctement informés. Les malentendus menaient trop souvent à des crises.

«Ce qui se passe, c'est une guerre civile, répondit-il. Et les rebelles sont en train de gagner.

— C'est ce que je pensais.

— Voilà pourquoi le Guide suprême fait des trucs stupides comme d'éperonner un bateau de pêche sud-coréen. Il est prêt à tout pour dissimuler sa faiblesse.

— Franchement, Kai, nous ne comprenons pas pourquoi vous ne faites rien pour résoudre ce problème.

— Quoi par exemple?

— Je ne sais pas, moi, envoyer votre propre armée écraser les rebelles, ce genre de choses.

663

— Ce serait possible, mais pendant ce temps, ils seraient capables de balancer des armes nucléaires sur des villes chinoises. C'est un risque que nous ne pouvons pas prendre.

— Envoyez votre armée à Pyongyang et débarrassez-vous du Guide suprême.

— Même problème. Nous serions alors en guerre contre les rebelles et leurs armes nucléaires.

— Laissez les rebelles former un nouveau gouvernement.

— Nous pensons que c'est probablement ce qui se produira sans que nous ayons à intervenir.

— Ne rien faire peut également être dangereux.

— Nous ne l'ignorons pas.

— Ce n'est pas tout. Saviez-vous que les Nord-Coréens soutiennent les terroristes de l'EIGS en Afrique du Nord ?

— Comment ça ? » Kai comprenait parfaitement ce que Neil voulait dire, mais il devait être prudent.

« Nous avons lancé un raid contre une planque de terroristes appelée Hufra, en Libye, près de la frontière du Niger. Elle contenait une mine d'or exploitée par des esclaves.

— Bien joué.

— Nous avons arrêté Al-Farabi, l'homme que nous pensons être le chef de l'État islamique dans le Grand Sahara. Il était accompagné d'un Coréen qui prétend s'appeler Park Jung-hoon.

— Il doit y avoir des milliers de Coréens qui s'appellent Park Jung-hoon. C'est un peu comme John Smith aux États-Unis.

— Nous avons aussi trouvé trois camions équipés de missiles balistiques Hwasong-5 à courte portée. »

Kai en resta bouche bée. Il savait que les Nord-Coréens vendaient des fusils aux terroristes, mais des missiles balistiques, c'était une autre affaire. Dissimulant sa surprise, il commenta : « L'armement est leur seule industrie d'exportation profitable.

— Quand même…

— Je suis d'accord. Ils sont malades de vendre des missiles à ces cinglés.

— Autrement dit, ils le font sans l'approbation de Pékin ?

— Bon sang, évidemment ! »

Les équipes regagnaient le terrain. Lorsque la partie reprit, Kai cria : « Allez, les Ducks ! » en mandarin.

Neil lui demanda en anglais : « Vous voulez une autre canette de Yanjing ?

— Volontiers », répondit Kai.

*

Ce soir-là, un dîner était organisé en l'honneur du Président zambien en visite en Chine dans la salle de banquet du palais de l'Assemblée du peuple sur la place Tiananmen. La Chine avait investi des millions dans les mines de cuivre zambiennes et la Zambie soutenait la Chine à l'ONU.

Kai n'était pas convié au dîner, seulement à l'apéritif. Un verre de Chandon Me, contrefaçon chinoise du champagne français, à la main, il s'entretint avec le ministre des Affaires étrangères Wu Bai qui, en costume bleu nuit, était un modèle d'élégance.

« Les Sud-Coréens vont sûrement riposter à l'attaque de leur bateau de pêche, affirma Wu.

— Et la Corée du Nord exercera des représailles pour répondre à leurs représailles. »

Wu baissa la voix. « Nous pouvons certainement nous féliciter que le Guide suprême ait perdu le contrôle des armes nucléaires. Il serait tenté de les utiliser contre la

Corée du Sud. Et les Américains se trouveraient entraînés dans une guerre nucléaire.

— Mieux vaut ne pas y penser, approuva Kai. Mais ne l'oubliez pas, Kang U-jung possède d'autres armes presque aussi redoutables que la bombe nucléaire. »

Wu fronça les sourcils. « C'est-à-dire ?

— La Corée du Nord a deux mille cinq cents tonnes d'armes chimiques – gaz neurotoxiques, agents vésicants et émétiques – sans oublier des armes biologiques – anthrax, choléra et variole.

— Merde, je n'y avais pas songé, souffla Wu visiblement affolé. Je l'ai su, mais ça m'était sorti de l'esprit.

— Nous pouvons difficilement rester bras croisés.

— Oui. Il faut commencer par leur dire de ne pas utiliser ces armes.

— Et préciser que, s'ils le font, nous ne pourrons que... quoi ? Que ferons-nous ? » Kai essayait de guider Wu vers la conclusion qui s'imposait.

« Cesser de leur apporter de l'aide, peut-être, compléta Wu. Pas seulement l'aide d'urgence, tout le reste aussi.

— Cette menace les obligerait à nous prendre au sérieux, acquiesça Kai.

— Sans notre aide, le régime de Pyongyang s'effondrerait en quelques jours. »

C'était vrai, se dit Kai, mais le Guide suprême ne croirait probablement pas à cette menace. Il savait que la Corée du Nord était un atout stratégique de première importance pour la Chine et douterait que, le moment venu, les Chinois décident d'abandonner leur voisin. Et il aurait peut-être raison.

Kai garda pourtant cette réflexion pour lui et ajouta d'une voix neutre : « Il ne serait certainement pas inutile de faire pression sur Pyongyang.

— Je vais en parler au président Chen, acquiesça

Wu sans remarquer le manque d'enthousiasme de son interlocuteur, mais je pense qu'il sera d'accord.

— L'ambassadeur nord-coréen, Bak Nam, est ici ce soir.

— Un mauvais coucheur.

— Je sais. Dois-je informer l'ambassadeur Bak que vous souhaitez lui parler?

— Oui. Dites-lui de venir me voir demain. En attendant, j'essaierai de m'entretenir rapidement avec Chen dès ce soir.

— Bien. » Kai quitta Wu Bai et parcourut la salle du regard. Près d'un millier de personnes y étaient réunies, et il lui fallut quelques minutes pour repérer le groupe nord-coréen. L'ambassadeur Bak était un homme au visage fin, vêtu d'un costume qui avait fait son temps. Il tenait son verre dans une main et une cigarette dans l'autre. Kai l'avait déjà rencontré à plusieurs reprises. Bak n'eut pas l'air ravi de le revoir.

« Monsieur l'ambassadeur, j'espère que nos livraisons de riz et de charbon arrivent sans encombre? »

Bak lui répondit dans un mandarin parfait et sur un ton hostile. « Monsieur Chang, nous savons que c'est vous qui avez imposé ce retard. »

Qui lui avait confié cela? Dans les discussions politiques, le « qui a dit quoi » était toujours confidentiel. La révélation d'opinions contraires pouvait compromettre la décision finale.

Quelqu'un avait enfreint cette règle, sans doute pour nuire à Kai.

Il mit provisoirement cette question de côté. « Je suis porteur d'un message du ministre des Affaires étrangères, reprit-il. Il souhaite vous parler. Auriez-vous l'amabilité de prendre rendez-vous pour aller le voir demain? »

Kai était poli. Aucun ambassadeur n'était en mesure

de refuser ce genre de demande d'un ministre des Affaires étrangères. Pourtant, Bak n'accepta pas immédiatement. Il lança d'un ton dédaigneux : « Et de quoi veut-il discuter ?

— Du stock d'armes chimiques et biologiques de la Corée du Nord.

— Nous n'en avons pas. »

Kai réprima un soupir. Le ton d'un gouvernement était donné par ses dirigeants, et Bak ne faisait qu'imiter le style du Guide suprême, qui avait l'obstination vertueuse d'un bigot. Dis simplement oui, enfoiré, pensa-t-il avec lassitude, mais il ajouta : « Dans ce cas, la discussion sera probablement courte.

— Peut-être pas. J'étais sur le point de demander un entretien avec M. Wu sur un autre sujet.

— Lequel, si je puis me permettre ?

— Nous pourrions avoir besoin de votre aide pour réprimer l'insurrection qu'ont organisée les Américains à Yeongjeo-dong. »

Kai ne réagit pas à l'évocation des États-Unis. C'était une grosse ficelle de propagande et Bak n'y croyait pas plus que lui. « À quel genre d'aide pensiez-vous ?

— J'en discuterai avec le ministre.

— Sans doute pensez-vous à une aide militaire. »

Bak l'ignora. « J'appellerai le ministre demain.

— Je lui en ferai part. »

Kai retrouva Wu au moment où les convives étaient invités à rejoindre leur place pour le dîner.

« Le président Chen approuve ma suggestion, lui confia Wu. Si la Corée du Nord utilise des armes chimiques ou biologiques, elle pourra faire une croix sur notre aide, sous quelque forme que ce soit.

— Bien, répondit Kai. Sachez que quand vous rencontrerez l'ambassadeur Bak demain pour l'en informer, il réclamera une aide militaire contre les rebelles. »

Wu secoua la tête. «Chen n'enverra pas de troupes chinoises se battre en Corée du Nord. N'oubliez pas que les rebelles ont des armes nucléaires. Et même la Corée du Nord ne vaut pas une guerre nucléaire.»

Kai ne souhaitait pas que Wu repousse catégoriquement la requête de Bak. «Nous pourrions leur proposer une aide limitée, suggéra-t-il. Des armes et des munitions, ainsi que le soutien de nos services de renseignement, mais pas d'hommes sur le terrain.

— Tout ce qu'ils veulent, à condition que ce soit à courte portée, concéda Wu, rien qui puisse être utilisé contre la Corée du Sud.

— En fait, poursuivit Kai réfléchissant tout haut, nous pourrions offrir notre aide à condition que la Corée du Nord mette fin à ses incursions provocatrices dans des eaux territoriales contestées.

— Excellente idée. Une aide limitée, et à condition qu'ils respectent les règles.

— C'est ça.

— Je vais en parler à Chen.»

Kai parcourut la salle de banquet du regard. Une centaine de serveurs apportaient déjà le premier plat. «Bon appétit, dit-il.

— Vous ne restez pas?

— Le gouvernement de Zambie ne considère pas ma présence comme essentielle.»

Wu sourit tristement. «Vous avez de la chance», conclut-il.

*

Ils se retrouvèrent le lendemain matin au ministère des Affaires étrangères. Kai arriva le premier, suivi de l'ambassadeur Bak accompagné de quatre assistants. Tous s'assirent autour d'une table où le thé avait été servi dans des tasses munies de couvercles en porcelaine pour qu'il reste chaud. Ils échangèrent quelques formules de politesse mais l'atmosphère demeurait tendue. Wu engagea la discussion : « Je voudrais vous parler des armes chimiques et biologiques nord-coréennes. »

Bak l'interrompit immédiatement, répétant ce qu'il avait dit à Kai la veille au soir.

« Nous n'en avons pas.

— À votre connaissance, fit Wu lui offrant ainsi une porte de sortie.

— Je sais de quoi je parle », insista Bak.

Wu avait une réponse toute prête. « Dans l'éventualité où vous vous en porteriez acquéreurs dans le futur, et dans l'éventualité où l'armée posséderait de telles armes à votre insu, le président Chen tient à ce que vous compreniez parfaitement son point de vue.

— Nous connaissons bien le point de vue du Président. Je suis moi-même… »

Wu haussa la voix pour couvrir celle de Bak. « Il m'a prié de m'en assurer ! » tonna-t-il, laissant transparaître sa colère.

Bak se tut.

« La Corée du Nord ne doit jamais utiliser de telles armes contre la Corée du Sud. » Wu leva la main pour empêcher Bak de l'interrompre à nouveau. « Si vous deviez braver cette interdiction, la négliger, voire l'enfreindre accidentellement, les conséquences seraient immédiates et irrévocables. Sans autre discussion ni sommation, la Chine supprimera son aide, de quelque nature qu'elle soit, à la Corée du Nord, et ce, de façon définitive. Fini. Terminé. »

Bak afficha un air bravache, mais son sourire méprisant cachait mal sa consternation. Il s'efforça d'adopter un ton sceptique en disant : « Si vous deviez affaiblir fatalement la Corée du Nord, les Américains chercheraient à en prendre le contrôle, et je suis convaincu que vous ne souhaitez pas les avoir pour voisins.

— Je ne vous ai pas convoqué ici pour une discussion, répliqua fermement Wu qui avait abandonné sa courtoisie habituelle. Je vous expose les faits. Pensez ce que vous voulez, mais laissez ces armes effroyables et incontrôlables là où elles sont cachées, et n'envisagez même pas de les utiliser. »

Bak avait retrouvé son sang-froid. « C'est un message très clair, monsieur le ministre des Affaires étrangères, et je vous en remercie.

— Bien. Vous disiez avoir vous-même une communication à me faire ?

— En effet. L'insurrection qui a éclaté à Yeongjeodong s'avère plus difficile à réprimer que ce que mon gouvernement a admis publiquement jusqu'à présent.

— J'apprécie votre franchise, dit Wu redevenu charmant.

— Nous pensons que le moyen le plus rapide et le plus efficace de mettre fin à cette situation serait de lancer une opération conjointe des armées nord-coréenne et chinoise. Pareil déploiement de force prouverait aux traîtres qu'ils font face à une opposition écrasante.

— Je comprends la logique de votre raisonnement, approuva Wu.

— Et leurs partisans en Corée du Sud et aux États-Unis comprendraient que la Corée du Nord a, elle aussi, des amis puissants. »

Peut-être, mais pas des tas, pensa Kai.

« Je transmettrai ce message au président Chen, répondit Wu, mais je peux d'ores et déjà vous affirmer qu'il n'enverra pas de troupes chinoises en Corée du Nord à cette fin.

— Vous m'en voyez très déçu, rétorqua sèchement Bak.

— Mais ne désespérez pas, reprit Wu. Nous pourrions être en mesure de vous livrer des armes et des munitions, et de vous faire bénéficier de toutes les informations sur les rebelles recueillies par notre service de renseignement. »

L'offre était manifestement loin de contenter Bak, lequel était néanmoins trop malin pour la rejeter en bloc. « Toute aide serait la bienvenue, évidemment, dit-il, mais celle que vous proposez ne serait en aucun cas suffisante.

— Je dois ajouter qu'elle vous serait accordée sous conditions.

— Lesquelles ?

— Que la Corée du Nord cesse ses incursions dans les eaux territoriales contestées.

— Nous n'acceptons pas la prétendue Ligne de limite du Nord imposée unilatéralement…

— Nous non plus, mais la question n'est pas là, l'interrompit Wu. Nous pensons simplement que vous choisissez fort mal votre moment pour essayer de faire valoir votre point de vue en éperonnant des barques de pêche.

— C'était un chalutier.

— Le président Chen souhaite que vous écrasiez la rébellion, mais il juge contre-productives les actions provocatrices contre la Corée du Sud.

— La République populaire démocratique de Corée, déclara Bak utilisant pompeusement le nom officiel complet de la Corée du Nord, ne cédera pas à l'intimidation.

— Et ce n'est pas ce que nous vous demandons, mais vous devriez vous attaquer à un problème à la fois. Vous auriez alors de meilleures chances de résoudre les deux. » Il se leva pour signifier que l'entrevue était terminée.

Bak comprit l'allusion. «Je vais transmettre votre message. Au nom de notre Guide suprême, je vous remercie de m'avoir reçu.

— Je vous en prie.»

Les Coréens quittèrent la pièce. Quand la porte se fut refermée, Kai demanda à Wu : «Pensez-vous qu'ils seront suffisamment sensés pour faire ce que nous demandons ?

— Ça m'étonnerait», répondit Wu.

DEFCON 3

Accroissement de la préparation
des forces au-dessus de la préparation normale.
L'Air Force est prête à être mobilisée
en quinze minutes.
(Les forces armées américaines sont passées
au niveau DEFCON 3 le 11 septembre 2001.)

31

Gus entra dans le Bureau ovale une carte à la main. « Il y a eu une explosion dans le détroit de Corée », annonça-t-il.

Pauline était allée en Corée quand elle était membre du Congrès et les photos de son voyage l'avaient rendue populaire auprès des quarante-cinq mille habitants de Chicago d'origine coréenne. « Rappelez-moi où se situe exactement le détroit de Corée », demanda-t-elle.

Il contourna le bureau et posa la carte devant elle. Elle respira le parfum si caractéristique de Gus – feu de bois, lavande et musc –, mais résista à la tentation de le toucher.

Quant à lui, il était tout à son travail : « Il s'agit du bras de mer qui sépare la Corée du Sud du Japon, expliqua-t-il en lui montrant l'emplacement sur la carte. L'explosion s'est produite à l'extrémité ouest du détroit, près d'une grande île appelée Jeju. C'est un lieu touristique avec des plages, mais qui abrite également une base navale de taille moyenne.

— Des soldats américains sur cette base ?

— Non.

— Bien. » Lors de son passage en Corée, elle avait parlé à quelques-uns des vingt-huit mille cinq cents soldats américains en poste là-bas, dont certains originaires de sa circonscription, et leur avait demandé ce qu'ils pensaient de l'existence qu'ils menaient à l'autre bout du monde. Ils appréciaient la vie nocturne animée de Séoul, lui avaient-ils confié, mais les Coréennes étaient timides.

Elle était responsable de ces jeunes gens.

L'index de Gus se posa sur la carte juste au sud de l'île. « L'explosion a eu lieu tout près de la base navale. Rien à voir avec un tremblement de terre ou une bombe nucléaire, mais elle a été enregistrée par les sismographes installés à proximité.

— Par quoi a-t-elle été provoquée ?

— Tout phénomène naturel est exclu. Il pourrait s'agir d'une ancienne bombe non explosée, une torpille peut-être ou une grenade sous-marine, mais les spécialistes pensent à quelque chose de plus important. Ils penchent en faveur de l'explosion d'un sous-marin.

— Des infos de la part du renseignement ? »

Le téléphone de Gus sonna. « Ça ne devrait pas tarder », dit-il en le sortant de sa poche. Il regarda l'écran. « C'est la CIA. Je réponds ?

— Je vous en prie. »

Il décrocha. « Gus Blake », dit-il avant d'écouter son interlocuteur.

Pauline le regarda. Le cœur d'une femme peut être une bombe prête à exploser, songea-t-elle. Manipule-moi délicatement, Gus. Il suffirait d'un contact entre deux fils pour que tu me fasses sauter, détruisant ma famille, mes espoirs de réélection et ta propre carrière.

Ce genre de pensées inconvenantes lui venaient de plus en plus souvent à l'esprit.

Il raccrocha : « La CIA a parlé au Service national de renseignement de Corée du Sud. »

Pauline fit la grimace. Le NIS était un organe de canailles, avec un long passé de corruption, d'ingérence électorale et autres activités illégales.

« Je sais, dit Gus lisant dans ses pensées. Pas vraiment

des amis, mais il faut faire avec. Ils soutiennent qu'un navire sous-marin a été détecté dans les eaux sud-coréennes et identifié comme un sous-marin de classe Romeo, certainement de fabrication chinoise et appartenant à la marine populaire de Corée. De tels sous-marins seraient armés de trois missiles balistiques, mais nous n'en sommes pas certains. Quand il a commencé de s'approcher de la base de Jeju, la marine a envoyé une frégate.

— La frégate a-t-elle essayé de prévenir le sous-marin ?

— Comme les transmissions radio normales ne sont pas possibles sous l'eau, la frégate a largué une grenade sous-marine à distance de sécurité du sous-marin, ce qui est à peu près le seul moyen de communiquer dans de telles circonstances. Mais le sous-marin ayant continué à avancer vers la base, on a jugé qu'il était en mission d'attaque. La frégate a reçu l'ordre de tirer un de ses missiles anti-sous-marins Red Shark. Il a touché sa cible de plein fouet et le sous-marin a été détruit. Il n'y a pas de survivants.

— L'explication n'est pas très convaincante.

— Et je n'y crois pas vraiment. Il me paraît plus probable que le sous-marin se soit égaré par accident dans les eaux sud-coréennes et que la Corée du Sud ait décidé de prouver qu'elle pouvait être aussi intransigeante que la Corée du Nord.

— Le Nord attaque un chalutier de pêche, soupira Pauline. Le Sud détruit un sous-marin du Nord. Un prêté pour un rendu. Il faut mettre un terme à tout ça avant que la situation ne devienne incontrôlable. Toutes les catastrophes commencent par un problème insignifiant qui n'a pas été réglé. » Ce genre de choses l'effrayait. « Dites à Chess d'appeler Wu Bai et de suggérer que les Chinois essaient de calmer les Nord-Coréens.

— Ils n'y parviendront peut-être pas.

— Ils peuvent tout de même essayer. Mais vous avez raison, le Guide suprême ne les écoutera probablement pas. Le problème des tyrans est que leur position est très fragile. Impossible de relâcher leur emprise ne serait-ce qu'un instant. Au moindre signe de faiblesse, les chacals flairent l'odeur du sang et accourent. Machiavel disait qu'il valait mieux être craint qu'aimé, mais il avait tort. Un dirigeant populaire peut commettre des erreurs et s'en tirer quand même, plus ou moins. C'est impossible à un tyran.

— Peut-être pourrions-nous calmer les esprits en Corée du Sud.

— Chess pourrait leur parler, oui. Les persuader de donner un gage de réconciliation au Guide suprême.

— La présidente No n'est pas commode.

— C'est vrai. » No Do-hui était une femme orgueil-leuse, convaincue de son propre génie et de sa capacité à surmonter tous les problèmes. Politicienne populiste, elle avait été élue en promettant la réunification de la Corée du Nord et du Sud. Et quand on lui avait demandé quand cette réunification se ferait, elle avait répondu : « Avant ma mort ». Les jeunes Sud-Coréens branchés avaient alors commencé à porter des tee-shirts sur les-quels on pouvait lire : « Avant ma mort », et la formule était restée.

Pauline savait que la réunification ne pourrait jamais être aussi simple : le coût serait astronomique en dollars et incommensurable en perturbations sociales, lorsque vingt-cinq millions de Nord-Coréens affamés compren-draient que tout ce en quoi ils avaient cru n'était que mensonges. No le savait probablement. Elle s'attendait sûrement à ce que les Américains règlent la facture et à ce que l'élan de son triomphe renverse tous les autres obstacles.

680

La chef de cabinet Jacqueline Brody entra et annonça : « Le secrétaire à la Défense voudrait vous parler.

— Appelle-t-il directement du Pentagone ? demanda Pauline.

— Non, madame, il est ici, il se rend à la salle de crise.

— Faites-le entrer. »

Luis Rivera avait été le plus jeune amiral de la marine américaine. Bien qu'il portât le costume bleu foncé de rigueur à Washington, il gardait une allure martiale : cheveux noirs coupés ras, cravate parfaitement nouée et chaussures impeccablement cirées. Il salua Pauline et Gus rapidement mais avec courtoisie avant de déclarer : « La 8ᵉ armée des États-Unis en Corée a subi une cyberattaque majeure. »

La 8ᵉ armée était le plus gros contingent de l'armée américaine en Corée du Sud.

« Quel genre d'attaque ? demanda Pauline.

— DDoS. »

Il la mettait à l'épreuve, Pauline le savait. Il utilisait délibérément du jargon pour voir si elle comprendrait. Mais elle connaissait cet acronyme. « Déni de service distribué », dit-elle, sur le ton de l'affirmation plus que de la question.

Rivera acquiesça d'un signe de tête : elle avait réussi le test. « Oui, madame. De bonne heure ce matin, nos pare-feux ont été violés et des millions de requêtes artificielles provenant de sources multiples ont inondé nos serveurs. Les postes de travail fonctionnent au ralenti et notre Intranet a été mis hors d'usage. Toutes les communications électroniques ont cessé.

— Qu'avez-vous fait ?

— Nous avons bloqué tout le trafic entrant. Nous sommes en train de restaurer les serveurs et de développer des filtres. Nous espérons rétablir les communications dans l'heure qui vient. Je précise que le commandement et le contrôle des armes, mis hors d'accès dans un autre système, n'ont pas été affectés.

— Heureusement. Qui est responsable de cette attaque ?

— Le flux entrant provenait de plusieurs serveurs un peu partout dans le monde, mais surtout de Russie. Mais la véritable origine était presque certainement la Corée du Nord. Apparemment, il y a une signature détectable. Je vous avouerais que mes compétences s'arrêtent là. Je ne fais que vous rapporter les conclusions des spécialistes du Pentagone.

— Qui ont encore du lait derrière les oreilles, probablement », ajouta Pauline, et Gus gloussa. « Mais pourquoi maintenant ? Cela fait des décennies que la Corée du Nord nous est hostile. Et elle décide soudain qu'il est temps d'attaquer nos systèmes informatiques. Qu'est-ce qu'ils ont derrière la tête ?

— Tous les stratèges s'accordent à considérer la cyberguerre comme un prélude majeur aux choses sérieuses, répondit Luis.

— Ce qui signifie que le Guide suprême pense que la Corée du Nord sera bientôt en guerre avec les États-Unis.

— Je dirais plutôt que les Nord-Coréens pensent qu'ils *pourraient* bientôt être en guerre, plus probablement avec la Corée du Sud, mais qu'en raison de l'alliance étroite entre les États-Unis et la Corée du Sud, ils préféreraient nous affaiblir préventivement. »

Pauline se tourna vers Gus, qui ajouta : « Je suis d'accord avec Luis.

— Moi aussi, acquiesça-t-elle. Prévoyons-nous de riposter en lançant notre propre cyberattaque, Luis ?

— Le commandant sur place y réfléchit, et je n'ai pas cherché à peser sur sa décision. Nous avons des ressources massives en matière de cyberguerre, mais il hésite à abattre ses cartes.

— Lorsque nous déploierons nos cyberarmes, intervint Gus, nous voulons que ce soit un choc épouvantable pour l'ennemi, quelque chose qui le prenne vraiment de court.

— Je comprends, fit Pauline. Mais le gouvernement de Séoul risque d'être moins modéré.

— En effet, approuva Luis. En fait, je me demande s'ils n'ont pas déjà riposté. Pourquoi ce sous-marin nord-coréen s'est-il approché de la base navale de Jeju? Peut-être s'est-il égaré à la suite d'une panne de son système de navigation.»

Pauline murmura tristement: «Et tous ces hommes sont morts pour rien.» Puis elle ajouta, en relevant la tête: «Très bien, Luis, merci.

— Je vous en prie, madame la Présidente.

— Voulez-vous parler à Chester avant qu'il appelle Pékin et Séoul? reprit Gus une fois Luis sorti.

— Oui. Merci de me le rappeler.

— Je vais le prier de venir nous rejoindre.»

Pauline regarda Gus pendant qu'il était au téléphone. Elle repensa à ce qui s'était passé pendant le voyage de Gerry et Pippa. Gerry avait couché avec Amelia Judd et Pauline avait envisagé de coucher avec Gus. Son couple pouvait être sauvé, elle le savait, et elle ferait son possible pour cela – il le fallait, pour le bien de Pippa –, mais, dans son cœur, elle désirait autre chose.

Gus raccrocha en disant: «Chess est en face, dans le bâtiment Eisenhower. Il sera là dans cinq minutes.»

C'était toujours ainsi à la Maison Blanche. Le travail pouvait être intense pendant des heures et la concentration de Pauline était alors sans faille: et puis soudain, à l'occasion d'une pause, le reste de sa vie revenait la frapper de plein fouet.

«Dans cinq ans, vous aurez quitté ce bureau, dit Gus à voix basse.

— Peut-être même dans un an, rétorqua-t-elle.

— Mais plus probablement cinq.»

Elle scruta le visage de Gus et vit un homme fort qui s'efforçait d'exprimer une émotion profonde. Où voulait-il en venir? Elle était déstabilisée, ce qui l'étonna : cela ne lui arrivait jamais.

«Dans cinq ans, Pippa sera à l'université», reprit-il.

Elle hocha la tête, et se demanda : De quoi ai-je peur?

Il poursuivit alors : «Et vous serez libre.

— Libre…», répéta-t-elle, songeuse.

Elle commençait à deviner ce qu'il insinuait, et sentit un frisson d'excitation et d'appréhension la parcourir.

Gus ferma les yeux, cherchant à se ressaisir, puis les rouvrit et dit : «Je suis tombé amoureux de Tamira quand j'avais vingt ans.»

Tamira était son ex-femme. Pauline la revit en esprit : une grande femme noire d'une quarantaine d'années, musclée sans être mince, sûre d'elle, bien habillée. Ancienne championne de sprint, elle était devenue une célèbre manager de sportifs de haut niveau. Belle et intelligente, elle se désintéressait complètement de la politique.

«Nous sommes restés ensemble longtemps, continua Gus, mais nous nous sommes lentement éloignés l'un de l'autre. Je vis seul depuis dix ans maintenant.» Il y avait une note de regret dans sa voix, et Pauline en conclut que la vie de célibataire n'avait jamais été l'idéal de Gus. «Je n'ai évidemment pas vécu comme un moine, j'ai eu des liaisons. J'ai rencontré une ou deux femmes formidables.» Pauline ne décela aucune trace de vantardise dans cette déclaration. Il énonçait les faits, tout simplement. Dans un souci de divulgation intégrale, pensa-t-elle ; son propre jargon juridique la fit sourire intérieurement. «Plus jeunes, plus âgées, des milieux politiques ou non, surtout des Noires, quelques Blanches. Des femmes intelligentes et sexy. Mais je ne suis pas tombé amoureux. Pas une seule fois. Jusqu'à ce que je vous connaisse.

— Que dites-vous ?

— Je dis que je vous ai attendue pendant dix ans. » Il sourit. « Et que, s'il le faut, j'attendrai encore cinq ans. »

Pauline se sentit submergée par l'émotion. Sa gorge se noua et elle fut incapable de parler. Les larmes lui montèrent aux yeux. Elle aurait voulu le serrer dans ses bras, poser sa tête sur sa poitrine et pleurer. Mais son secrétaire d'État, Chester Jackson, entra, et elle n'eut qu'une seconde pour se ressaisir.

Elle ouvrit un tiroir de son bureau, en sortit une poignée de mouchoirs et se détourna pour se moucher. Elle regarda par la fenêtre, au-delà de la pelouse sud vers le National Mall, où des milliers d'ormes et de cerisiers arboraient leurs couleurs automnales, des rouges, orange et jaunes flamboyants, lui rappelant que, malgré l'arrivée de l'hiver, la joie était encore possible.

« J'espère que je ne suis pas en train d'attraper un rhume d'automne », murmura-t-elle en essuyant subrepticement ses larmes. Puis elle se retourna et s'assit face aux deux hommes, embarrassée mais heureuse. « Passons aux choses sérieuses », dit-elle.

*

Ce soir-là, à la fin du dîner, Pippa demanda : « Maman, je peux te poser une question ?

— Bien sûr, ma puce.

— Est-ce que tu serais prête à utiliser l'arme nucléaire ? »

Bien que prise au dépourvu, Pauline répondit sans hésiter : « Oui, bien sûr. Pourquoi cette question ?

— On en a parlé en classe, et Cindy Riley a dit :
"C'est ta mère qui devra appuyer sur le bouton." Tu le
ferais vraiment ?

— Oui. On ne peut pas être président si on n'y est
pas prêt. Ça fait partie de mon travail. »

Pippa se tourna pour regarder Pauline en face. « Mais
tu as vu les photos d'Hiroshima, forcément tu les as
vues. »

Pauline avait du travail, comme tous les soirs, mais
cette conversation était importante et elle décida d'y
consacrer le temps qu'il faudrait. Pippa était inquiète.
Pauline songea avec nostalgie au temps où sa fille posait
des questions faciles, comme : où va la lune quand on
ne peut pas la voir ? Elle répondit : « Oui, j'ai regardé
ces photos.

— Tout est, comme… effacé… et par une seule
bombe !

— Oui.

— Et tous ces gens tués… quatre-vingt mille.

— Je sais.

— Et pour les survivants, c'était encore pire… d'horribles brûlures, et cet affreux syndrome d'irradiation
aiguë.

— La partie la plus importante de mon travail
consiste à veiller à ce que ça ne se reproduise jamais.

— Mais tu viens de dire que tu serais prête à utiliser
l'arme nucléaire.

— Écoute. Depuis 1945, les États-Unis ont participé
à de nombreuses guerres, grandes et petites, dont certaines ont impliqué une autre puissance nucléaire, pourtant, plus personne n'a recouru aux armes nucléaires.

— Ce qui prouve bien que nous n'en avons pas
besoin, tu ne crois pas ?

— Non, ça prouve que la dissuasion fonctionne. Les
autres pays ont peur de lancer une attaque nucléaire

contre les États-Unis parce qu'ils savent que nous riposterons et qu'ils ne peuvent pas gagner. »

Pippa commençait à s'énerver. Sa voix monta dans les aigus. « Mais si ça arrive et que tu appuies sur le bouton, nous serons tous tués !

— Pas forcément tous. » Pauline savait que c'était le point faible de son argumentation.

« Et si tu te contentais de dire que tu vas presser sur le bouton, en croisant les doigts derrière ton dos par exemple ?

— Je ne crois pas à la simulation. Ça ne marche pas. Les gens finissent par vous démasquer. De toute façon, je n'ai pas besoin de simuler. Je suis sérieuse. »

Pippa avait les larmes aux yeux. « Mais maman, la guerre nucléaire pourrait faire disparaître toute l'espèce humaine.

— Je sais. Le changement climatique aussi. Tout comme une comète, ou le prochain virus. Ce sont les problèmes que nous devons affronter pour survivre.

— Mais quand appuierais-tu sur le bouton ? Je veux dire, dans quelles circonstances ? Qu'est-ce qui pourrait te pousser à prendre le risque de provoquer la fin du monde ?

— J'y ai beaucoup réfléchi, depuis de nombreuses années, comme tu peux l'imaginer. Je vois trois conditions. Premièrement, quel que soit le problème, que nous ayons d'abord cherché à le résoudre par tous les moyens pacifiques dont nous disposons, que nous ayons épuisé toutes les voies diplomatiques, sans succès.

— Bon, d'accord, ouais… évidemment.

— Sois patiente, ma puce, parce que tout cela est très important. Deuxièmement, que le problème ne puisse pas être réglé en utilisant notre vaste arsenal d'armes conventionnelles.

— Difficile à imaginer. »

Ce n'était pas difficile du tout, mais Pauline ne s'engagea pas dans ce chemin de traverse. « Troisièmement, et dernièrement, que des Américains aient été tués, ou soient sur le point de l'être, par des actions ennemies. Tu vois, la guerre nucléaire est le dernier recours, quand tout le reste a échoué. C'est sur ce point que je ne suis pas d'accord avec des gens comme James Moore qui considèrent les armes nucléaires comme une première option ; ensuite, on n'a plus rien en réserve.

— Mais si toutes tes conditions étaient remplies, tu risquerais d'effacer toute trace de l'espèce humaine. »

Pauline ne pensait pas que le risque fût aussi extrême, mais il n'en était pas moins terrible et elle n'avait pas l'intention d'ergoter. « Oui, je le ferais. Et si je ne pouvais pas répondre affirmativement à cette question, je ne pourrais pas être présidente.

— La vache, fit Pippa. C'est horrible. » Mais elle n'était pas paniquée. Connaître les faits l'aidait à anticiper ce cauchemar.

Pauline se leva. « Et maintenant, je dois retourner au Bureau ovale et faire en sorte que ça ne se réalise pas.

— Bonne chance, maman.

— Merci, ma puce. »

Dehors, la température avait baissé. Elle s'en était déjà rendu compte avant le dîner et décida de rejoindre l'aile ouest par le tunnel que le président Reagan avait fait construire. Elle descendit au sous-sol, ouvrit la porte d'un placard, s'engagea dans le tunnel et avança d'un pas vif sur la moquette brun foncé. Elle se demanda si Reagan s'était imaginé qu'il serait à l'abri d'une attaque nucléaire en se terrant dans ce sous-sol. Plus probablement, il n'aimait pas avoir froid quand il se rendait à l'aile ouest.

La monotonie des murs était rompue par des photos encadrées de légendes du jazz américain, probablement choisies par les Obama. Je doute que les Reagan aient aimé Wynton Marsalis, pensa-t-elle. Le tunnel suivait le tracé de la colonnade ouest au-dessus, en bifurquant à angle droit à mi-chemin. Il débouchait sur un escalier menant à une porte dérobée juste à côté du Bureau ovale.

Mais Pauline passa devant le Bureau ovale pour entrer dans le confortable studio adjacent, un lieu de travail moins cérémonieux. Elle lut le rapport complet du raid sur Hufra dans le désert du Sahara, et nota la réapparition de deux femmes remarquables, Susan Marcus et Tamara Levit. Les armes nord-coréennes trouvées dans le camp et le mystérieux individu qui se faisait appeler Park Junghoon la plongèrent dans de profondes réflexions.

Repensant à sa conversation avec Pippa, elle se dit qu'elle ne changerait pas un mot de son explication. Avoir à se justifier devant une adolescente était un excellent moyen de clarifier ses idées, songea-t-elle.

Ce qui ne l'empêcha pas d'être submergée par un profond sentiment de solitude.

Elle n'aurait probablement jamais à prendre la décision qui inquiétait tant Pippa, le ciel l'en préserve, mais elle affrontait tous les jours des questions lourdes de conséquences. Ses choix apportaient aux gens richesse ou pauvreté, justice ou injustice, vie ou mort. Elle faisait de son mieux mais n'était jamais sûre à cent pour cent d'avoir raison.

Et nul ne pouvait partager son fardeau.

*

Cette nuit-là, le téléphone réveilla Pauline. Le réveil posé sur sa table de chevet indiquait une heure du matin. Elle dormait seule dans la chambre de Lincoln, une fois encore. Elle décrocha et reconnut la voix de Gus.

« Il semblerait que la Corée du Nord soit sur le point d'attaquer la Corée du Sud.

— Merde, lança Pauline.

— Peu après minuit, heure de Washington, le renseignement d'origine électromagnétique a relevé une intense activité de communication autour des forces aériennes et antiaériennes de l'armée populaire coréenne, à Chunghwa, en Corée du Nord. Les hauts responsables militaires et politiques ont été avertis et vous attendent dans la salle de crise.

— J'arrive. »

La sonnerie du téléphone l'avait tirée d'un profond sommeil et elle n'avait pas les idées très claires. Elle enfila un jean et un sweat-shirt et se chaussa de mocassins. Elle avait les cheveux décoiffés et les fourra sous une casquette de base-ball, avant de foncer au sous-sol de l'aile ouest. Le temps qu'elle y arrive, elle était parfaitement alerte.

Lorsque la salle de crise était utilisée, elle était généralement pleine ; toutes les chaises entourant la longue table étaient occupées, et les assistants prenaient place le long des murs, sous les écrans. Cette fois pourtant, seules quelques personnes étaient là : Gus, Chess, Luis, la chef de cabinet Jacqueline Brody, et Sophia Magliani, la directrice du Renseignement national, accompagnés d'une poignée d'assistants. Les autres n'avaient pas eu le temps de les rejoindre.

Chaque place était équipée d'un poste de travail informatique et d'un casque téléphonique. Luis avait déjà branché le sien et, dès que Pauline entra, il commença à parler, sans préambule. « Madame la Présidente, il y a deux minutes, un de nos satellites d'alerte précoce à infrarouges a détecté le lancement de six missiles depuis Sino-ri, une base militaire de la Corée du Nord. »

Pauline resta debout et demanda : « Où sont maintenant ces missiles ? »

Gus posa une tasse de café devant elle – noir avec un peu de lait, comme elle l'aimait. « Merci », murmura-t-elle. Elle le but à petites gorgées, reconnaissante, pendant que Luis continuait.

« Un missile a eu un problème technique et est tombé au bout de quelques secondes. Les cinq autres se sont dirigés vers la Corée du Sud. Un autre s'est désintégré en vol.

— Sait-on pourquoi ?

— Non, mais les défaillances de missiles ne sont pas inhabituelles.

— D'accord, continuez.

— Nous avons d'abord cru qu'ils visaient Séoul, la capitale semblant être une cible logique, mais ils sont passés au-dessus de la ville et s'approchent maintenant de la côte sud. » Il tendit le doigt vers un écran mural. « Ce graphique, établi à partir du radar et d'autres données, indique l'endroit où se trouvent les missiles. »

Pauline vit quatre arcs rouges superposés sur une carte de la Corée du Sud. Chaque arc avait une pointe de flèche qui se déplaçait lentement vers le sud. « Je vois deux cibles probables, dit-elle, Busan et Jeju. » Busan, sur la côte sud, était la deuxième ville la plus importante de Corée du Sud ; elle comptait trois millions et demi d'habitants et possédait une énorme base navale abritant des forces coréennes et américaines. Cependant, la base coréenne, beaucoup plus modeste, de l'île touristique de Jeju pouvait avoir une importance symbolique, car c'était là que le sous-marin nord-coréen avait été détruit la veille.

« Je suis d'accord, approuva Luis, et nous n'allons pas tarder à savoir quelle est leur vraie cible. » Il leva la main, demandant à tout le monde de patienter pendant qu'il écoutait les informations qui lui parvenaient dans son casque. «Le Pentagone affirme, reprit-il, que les missiles ont déjà traversé plus de la moitié de la Corée du Sud et qu'ils devraient atteindre le littoral dans deux minutes.»

La vitesse à laquelle les missiles parcouraient une centaine de kilomètres était époustouflante, songea Pauline.

Chess intervint : «Il y a une troisième possibilité, celle qu'ils n'aient aucune cible.

— Comment ça ? s'étonna Pauline.

— Les missiles pourraient n'être destinés qu'à effrayer la Corée du Sud. Dans ce cas, ils pourraient survoler tout le pays avant de s'abîmer en mer.

— Ce serait inespéré, mais je doute que ce soit le style du Guide suprême, objecta Pauline. Luis, s'agit-il de missiles balistiques ou de missiles de croisière ?

— Nous pensons qu'il s'agit de missiles balistiques de moyenne portée.

— Des missiles à ogives explosives conventionnelles ou nucléaires ?

— Conventionnelles. Ces missiles sont partis de Sino-ri, qui est sous contrôle du Guide suprême. Il n'a pas d'armes nucléaires à sa disposition, elles se trouvent toutes dans les bases aux mains des rebelles ultras.

— Pourquoi ces missiles sont encore en l'air ? La Corée du Sud a bien des missiles antimissiles, non ?

— Les missiles balistiques ne peuvent pas être abattus en plein vol : ils sont trop hauts et trop rapides. Le système sol-air Cheolmae 4 HL des Sud-Coréens cherchera à les neutraliser dans leur phase de descente, lorsqu'ils seront plus près de leur cible et ralentiront. Le système n'a pas pu les atteindre lorsqu'ils sont passés au-dessus de Séoul.

— Cela devrait être possible maintenant.

— D'une seconde à l'autre.

— Espérons-le. » Elle se tourna vers Chess. « Qu'avons-nous fait pour contrecarrer cette opération ?

— J'ai appelé le ministre des Affaires étrangères chinois, Wu Bai, dès que nous avons reçu l'alerte du renseignement électromagnétique. Il m'a raconté des conneries mais de toute évidence, il n'avait aucune idée des intentions du Guide suprême.

— Avez-vous parlé à quelqu'un d'autre ?

— Les Sud-Coréens ne comprennent pas pourquoi ils sont attaqués. Le représentant de la Corée du Nord à l'ONU ne m'a pas rappelé. »

Elle se tourna vers Sophia. « Rien de la CIA ?

— Rien de Langley. » Sophia était toujours très élégante mais, cette nuit-là, elle s'était habillée à la hâte : ses longs cheveux bouclés étaient tirés en arrière et noués en chignon, et elle avait enfilé une veste de survêtement jaune et un pantalon de jogging vert. Mais son cerveau fonctionnait à plein régime. « Leur meilleur agent à Pékin, Davidson, essaie désespérément de s'entretenir avec le chef du Guoanbu, qu'il connaît bien, mais il n'a pas encore réussi à le joindre. »

Pauline hocha la tête. « Chang Kai. J'ai entendu parler de lui. Si quelqu'un à Pékin est au courant de ce qui se passe, ce sera lui. »

Luis écoutait à nouveau son casque. « Le Pentagone est maintenant certain que la cible est Jeju, déclara-t-il.

— Nous voilà donc fixés, dit Pauline. Il s'agit de représailles. Le Guide suprême attaque la base navale qui a détruit son sous-marin. On aurait pu croire qu'il avait d'autres chats à fouetter avec ce qui se passe chez lui.

— Il n'a pas réussi à écraser la rébellion, remarqua Gus, ce qui donne une impression de faiblesse, et l'attaque du sous-marin a pour le moins empiré les choses.

Il doit absolument prendre une mesure qui montre qu'il ne se laisse pas faire.

— Nous avons eu accès à la vidéo de la base, intervint Luis. C'est une vidéo officieuse, ils ont dû la pirater.» Une photo apparut sur un écran mural, et Luis expliqua : «C'est une télévision en circuit fermé, des images de vidéosurveillance du service de sécurité.»

Ils virent un port entouré d'une digue artificielle. À l'intérieur de la digue se trouvaient un contre-torpilleur, cinq frégates et un sous-marin. L'image changea, sans doute transmise par une autre caméra de vidéosurveillance, et ils virent des marins sur le pont d'un navire. Quelqu'un dans un bureau quelconque devait regarder plusieurs circuits et sélectionner ceux qui étaient les plus instructifs, car l'image changea à nouveau, et ils aperçurent des routes bordées de petits immeubles de bureaux et d'habitation. L'image révélait aussi une agitation fébrile : des hommes couraient, des voitures fonçaient, des officiers criaient dans des téléphones.

«La batterie antimissile a tiré, annonça Luis.

— Combien de missiles? demanda Pauline.

— Le lanceur en tire huit à la fois. Attendez...» Après un instant de silence, Luis reprit : «Un des huit missiles s'est écrasé quelques secondes après le tir. Les sept autres sont en vol.»

Une minute plus tard, sept nouveaux arcs apparurent sur le graphique radar, dessinant une trajectoire d'interception avec les missiles entrants.

«Trente secondes avant contact», précisa Luis.

Sur l'écran, les arcs se rapprochaient.

«Si les missiles explosent au-dessus d'une zone habitée..., murmura Pauline

— Le missile antimissile n'a pas d'ogive, expliqua Luis. Il détruit la munition ciblée simplement sous l'effet de l'impact. Mais l'ogive en approche peut exploser en touchant le sol. » Il marqua une nouvelle pause. « Dix secondes. »

Un silence absolu régnait dans la salle. Tout le monde fixait le graphique. Les points se rapprochèrent.

« Contact », annonça Luis.

Le graphique se figea.

« Le ciel est rempli de débris, poursuivit Luis. Le radar est flou. Nous avons des impacts, mais nous ne savons pas combien.

— Ne devrions-nous pas les avoir tous, avec sept intercepteurs chargés de détruire seulement quatre missiles ? demanda Pauline.

— En effet, confirma Luis, mais les missiles ne sont jamais parfaits. On y est… Merde, seulement deux impacts. Deux missiles filent toujours vers Jeju.

— Putain de Dieu, jura Chess, mais pourquoi la batterie n'a-t-elle pas tiré tous ses missiles ?

— Que feraient-ils alors si les Nord-Coréens en envoyaient six autres ? » répondit Pauline.

Chess avait une autre question à poser. « Qu'est-il arrivé aux cinq missiles antimissiles qui n'ont pas atteint leur cible ? Peuvent-ils faire un nouvel essai ?

— À cette vitesse, tout demi-tour est impossible. Ils vont finir par ralentir et par tomber, dans la mer, avec un peu de chance.

— Trente secondes », annonça Luis.

Tous les yeux étaient rivés sur les images télévisées de la base navale ciblée.

Sans doute les gens qui s'y trouvaient ne distingueraient-ils pas les missiles, trop rapides pour l'œil humain, pensa Pauline. Mais de toute évidence, nul n'ignorait qu'ils étaient attaqués : tout le monde courait, certains avec agilité et détermination, d'autres dans une panique aveugle.

«Dix secondes.»

Pauline avait envie de détourner le regard. Elle ne voulait pas voir des gens mourir. Mais elle savait qu'elle ne devait pas flancher. Elle devait être capable de dire qu'elle avait vu ce qui s'était passé.

Elle regardait une rangée de petits immeubles quand plusieurs éclairs apparurent à l'écran, cinq ou six en même temps. Elle eut à peine le temps de comprendre que les missiles devaient être munis de plusieurs ogives, puis un mur s'effondra, un bureau et un homme furent projetés dans les airs, un camion percuta une voiture en stationnement et la scène disparut dans une épaisse fumée grise.

Une autre image montra le port et elle vit que les navires avaient été criblés d'impacts de sous-munitions larguées par l'autre missile. C'était une chance, pensa-t-elle : les missiles balistiques n'étaient pas très précis. Elle vit des flammes, de la fumée, du métal tordu et un marin qui se jetait à l'eau.

L'écran redevint blanc.

Il y eut un long moment de silence stupéfait.

Finalement, Luis dit : «Nous avons perdu le flux vidéo. Le système a dû être détruit, ce qui n'est pas surprenant.

— Nous en avons vu suffisamment pour savoir qu'il y aura des dizaines de morts et de blessés et pour plusieurs millions de dollars de dégâts, commenta Pauline. Mais les choses vont-elles s'arrêter là ? Je suppose que si d'autres missiles avaient été lancés ailleurs en Corée, nous le saurions.»

Luis posa la question à ses interlocuteurs du Pentagone, attendit la réponse et dit : «Non, il n'y a pas d'autres missiles.»

Pour la première fois depuis le début de la réunion, Pauline s'assit, prenant la chaise en bout de table.

«Mesdames et messieurs, ce n'est pas le début d'une guerre. »

Il leur fallut un moment pour assimiler ses propos. Gus prit ensuite la parole : «Je suis de votre avis, madame la Présidente, mais pourriez-vous nous exposer votre raisonnement ?

— Bien sûr. Primo : il s'agissait d'une frappe limitée – six missiles, une cible – et non d'une tentative pour conquérir ou détruire la Corée du Sud. Secundo : ils ont veillé à ne pas tuer d'Américains, en frappant une base navale qui n'est pas utilisée par nos navires. En résumé : tout dans cette attaque suggère la retenue. » Elle jeta un coup d'œil autour d'elle et ajouta : « Paradoxalement. »

Gus hocha la tête pensivement. « Ils ont riposté en attaquant la base qui a détruit leur sous-marin, c'est tout. Ils veulent que cette riposte soit considérée comme une réaction proportionnée.

— Ils veulent la paix, renchérit Pauline. Ils ont du mal à gagner une guerre civile, et n'ont pas envie de devoir combattre la Corée du Sud en plus des ultras.

— Alors, que fait-on ? » demanda Chess.

Les pensées se bousculaient dans la tête de Pauline, mais elle avait quelques longueurs d'avance sur les autres.

« Nous devons empêcher la Corée du Sud de riposter. Ça ne leur plaira pas, mais il faudra qu'ils prennent sur eux. Ils ont conclu un accord avec nous, le traité de défense mutuelle de 1953. L'article 3 les oblige à nous consulter lorsqu'ils sont menacés par une attaque armée de l'extérieur. Ils doivent nous en référer.

— En théorie, nuança Luis, visiblement sceptique.

— Exact. Une loi fondamentale des relations internationales veut que les gouvernements ne remplissent leurs obligations découlant des traités que lorsque cela leur convient. Dans le cas contraire, ils trouvent des excuses. Ce que nous devons faire maintenant, c'est mettre un coup d'arrêt à cette histoire.

— Bonne idée, approuva Chess. Mais comment ?

— Je vais proposer un cessez-le-feu et une conférence de paix : la Corée du Nord, la Corée du Sud, la Chine et nous. Elle sera accueillie par un pays asiatique, dans un lieu plus ou moins neutre. Le Sri Lanka pourrait convenir. »

Chess hocha la tête. « Les Philippines, peut-être. Ou le Laos, si les Chinois préfèrent une dictature communiste.

— Peu importe. » Pauline se leva. « Établissez des rendez-vous téléphoniques avec le président Chen et la présidente No, s'il vous plaît. Continuez à essayer de joindre le représentant nord-coréen à l'ONU, mais je demanderai aussi à Chen d'appeler le Guide suprême.

— Oui, madame, acquiesça Chess.

— Il faut évacuer les familles de notre personnel militaire en Corée du Sud, ajouta Luis.

— En effet. Il y a également cent mille civils américains là-bas. Nous devrions leur conseiller de partir.

— Une dernière chose, madame la Présidente. Je pense que nous devrions élever le niveau d'alerte au DEFCON 3. »

Pauline hésita. Ce serait reconnaître publiquement que le monde était devenu plus dangereux. Pareille résolution ne se prenait jamais à la légère.

La décision concernant les niveaux d'alerte incombait au Président et au secrétaire à la Défense. Si Pauline et Luis se mettaient d'accord, l'annonce serait faite par le président du comité des chefs d'état-major interarmées, Bill Schneider.

Jacqueline Brody prit la parole pour la première fois. « Ça risque d'inquiéter l'opinion publique. »

Les discussions sur l'opinion publique agaçaient Luis. Ce n'était pas un démocrate dans l'âme. «Il faut que nos forces soient prêtes !

— Mais il est inutile d'affoler les Américains», remarqua Jacqueline.

Pauline régla la question. «Luis a raison, affirma-t-elle. Relevez le DEFCON et que Bill l'annonce demain matin à la conférence de presse.

— Merci, madame la Présidente, dit Luis.

— Mais Jacqueline a raison, elle aussi, reprit Pauline. Nous devons expliquer qu'il s'agit d'une simple précaution et que les États-Unis ne sont pas en danger. Gus, je pense que vous devriez être au côté de Bill pour rassurer les gens.

— Bien, madame la Présidente.

— Maintenant, je vais prendre une douche, alors programmez les appels téléphoniques pour un peu plus tard. Mais je veux que ce soit fait avant que la nuit tombe en Asie de l'Est. Je n'irai pas me recoucher.»

*

James Moore fut interviewé lors d'une matinale sur une chaîne de télévision qui ne cherchait même pas à paraître objective. Il était interrogé par Caryl Cole, qui se présentait elle-même comme une mère de famille conservatrice, mais qui n'était en fait qu'une réac. Pauline quitta la table et gagna l'ancien salon de beauté pour suivre l'émission. Une minute plus tard, Pippa entra, sac au dos, prête à partir pour le collège, et s'attarda pour regarder.

Pauline s'attendait, à juste titre, à ce que Caryl ne bouscule pas Moore.

«L'Extrême-Orient est un coin peu recommandable, dit-il, prenant les téléspectateurs dans le sens du poil comme toujours. Il est dirigé par une bande de Chinois qui pensent pouvoir n'en faire qu'à leur tête.

— Et la Corée ? » demanda Caryl.

« On ne peut pas dire qu'elle le pousse dans ses retranchements », commenta Pauline.

« Les Coréens du Sud sont nos amis, répondit Moore, et il est bon d'avoir des amis quand on vit dans un quartier chaud.

— Et la Corée du Nord ?

— Le Guide suprême est un type dangereux, mais il ne fait pas cavalier seul. Il appartient à un gang et reçoit ses ordres de Pékin. »

« Désespérément simpliste, soupira Pauline, mais remarquablement facile à comprendre et à retenir. »

« Les Sud-Coréens sont de notre côté, poursuivit Moore et nous devons les protéger. Voilà pourquoi nous avons des soldats là-bas... » Il hésita avant d'ajouter : « ... quelques milliers d'hommes. »

Pauline s'adressa à l'écran du téléviseur : « Le chiffre que tu cherches est vingt-huit mille cinq cents. »

« Et si nos gars n'étaient pas là, la Corée entière serait envahie par les Chinois.

— Ce qui donne à réfléchir, intervint Caryl.

— Alors voilà, reprit Moore. Figurez-vous que la nuit dernière, les Nord-Coréens ont attaqué nos amis. Ils ont bombardé une base navale et tué beaucoup de gens.

— La présidente Green a réclamé une conférence de paix, fit remarquer Caryl.

— Qu'est-ce qu'on en a à foutre ? s'exclama Moore. Quand quelqu'un vous balance un coup de poing dans la gueule, on ne réclame pas une conférence de paix, on riposte.

— Et comment riposteriez-vous aux agissements de la Corée du Nord, si vous étiez président ?

— Par un bombardement massif qui détruirait toutes leurs bases militaires.

— Vous parlez de bombes nucléaires ?

— À quoi bon avoir des armes nucléaires si ce n'est pas pour s'en servir ? »

« J'ai bien entendu ? réagit Pippa.

— Oui, confirma Pauline. Et tu sais quoi ? Il le pense vraiment. N'est-ce pas terrifiant ?

— C'est surtout stupide.

— C'est peut-être la chose la plus stupide que quelqu'un ait dite de toute l'histoire de l'humanité.

— Ça ne va pas lui faire du tort ?

— J'espère que si. Si une bêtise pareille ne fait pas dérailler sa campagne présidentielle, rien ne le fera. »

Elle répéta plus tard cette remarque à Sandip Chakraborty, qui lui demanda s'il pouvait l'intégrer dans le communiqué de presse au sujet de la conférence de paix. « Pourquoi pas ? » répondit Pauline.

Au cours de cette journée, tous les journaux d'information télévisés reprirent deux citations :

« À quoi bon avoir des armes nucléaires si ce n'est pas pour s'en servir ? »

et :

« C'est peut-être la chose la plus stupide que quelqu'un ait dite de toute l'histoire de l'humanité. »

32

La ville d'oasis de Ghadamès en Libye ressemblait au château enchanté d'un conte de fées. Dans l'ancien centre déserté, les maisons blanches, faites de torchis renforcé de troncs de palmier, étaient toutes reliées entre elles comme un unique grand édifice. Au rez-de-chaussée, des arcades ombragées avaient été construites entre les habitations, et les toits, traditionnellement réservés aux femmes, communiquaient par de petites passerelles. Dans les intérieurs blancs, les embrasures de fenêtres et les arches étaient gaiement décorées de motifs complexes peints en rouge. Naji courait partout, ravi.

Cette atmosphère s'accordait à l'humeur d'Abdul et de Kiah. Depuis presque une semaine, personne ne leur disait plus ce qu'ils devaient faire, personne ne cherchait à leur extorquer de l'argent, personne ne pointait une arme sur leur tête. Ils poursuivaient tranquillement leur périple. Ils n'étaient pas pressés d'arriver à Tripoli.

Ils commençaient enfin à croire que leur cauchemar était terminé. Abdul était tout de même vigilant, vérifiant dans son rétroviseur que personne ne les suivait et s'assurant qu'aucune voiture ne s'arrêtait à proximité quand il se garait ; mais il n'avait encore rien remarqué de suspect.

L'EIGS avait probablement fait passer le mot à des amis et associés pour traquer les fugitifs ; mais ils n'étaient qu'un jeune couple arabe avec un enfant de deux ans, comme il en existait des milliers. Malgré tout, Abdul restait sur ses gardes, à l'affût du profil type du djihadiste aux traits endurcis par le combat. Il n'avait encore vu personne de louche.

Ils dormaient dans la voiture, ou par terre dans une maison accueillante. Ils se faisaient passer pour une famille. Ils racontaient que le frère de Kiah était mort à Tripoli, où il n'avait pas de parents, et qu'ils avaient dû régler ses affaires, vendre la maison et la voiture, et rapporter l'argent à la mère de Kiah à N'Djamena. Les gens compatissaient et ne doutaient jamais de la véracité de leur récit. Naji était un atout : personne n'aurait eu l'idée de soupçonner un couple avec un enfant.

La chaleur était torride à Ghadamès ; les précipitations dépassaient rarement trente millimètres par an. La plupart des habitants ne parlaient pas arabe, mais leur propre langue, une langue berbère. La ville possédait des hôtels, les premiers qu'Abdul et Kiah voyaient depuis leur départ du Tchad. Après avoir fait le tour du vieux centre magique, ils avaient pris une chambre avec un grand lit pour eux et un petit lit pour Naji dans un hôtel de la nouvelle ville moderne. Abdul paya en liquide et présenta son passeport tchadien, ce qui suffit ; heureusement, car Kiah n'avait aucune pièce d'identité.

Abdul fut ravi de découvrir que la chambre était équipée d'une douche, rudimentaire et avec de l'eau froide seulement, mais c'était le summum du luxe après ce qu'il avait vécu. Il resta longtemps sous le jet. Puis il ressortit pour chercher une serviette.

Quand Kiah le vit nu, elle sursauta, choquée, et détourna le regard.

Il lui sourit et lui demanda doucement : « Qu'est-ce qui ne va pas ? »

Elle se tourna légèrement vers lui, la main sur les yeux, puis elle pouffa, et Abdul se détendit.

Ils dînèrent au café accolé à l'hôtel. L'établissement avait un téléviseur, le premier qu'Abdul voyait depuis des semaines. On diffusait un match de football italien.

De retour à l'hôtel, ils mirent Naji au lit et firent l'amour dès qu'il fut endormi. Et ils recommencèrent le matin avant son réveil. Abdul avait quelques préservatifs mais, à ce rythme-là, il serait bientôt à court. Ce genre d'articles ne se trouvaient pas facilement dans cette région du monde.

Il était amoureux de Kiah, cela ne faisait aucun doute. La beauté, le courage et la vivacité d'esprit de la jeune femme avaient conquis son cœur. Et il était certain qu'elle l'aimait en retour. Il se méfiait pourtant de leurs émotions. Peut-être ces sentiments n'étaient-ils que le fruit des épreuves partagées. Au cours des sept longues semaines qui venaient de s'écouler, ils s'étaient entraidés dans l'inconfort et les dangers extrêmes, jour et nuit. Il n'avait pas oublié qu'elle avait mis le feu au parc de véhicules du camp minier, sans crainte apparente pour elle-même. Elle lui avait sauvé la vie en tuant Mohammed. Depuis, elle n'avait manifesté aucun remords. Il admirait son courage. Mais était-ce suffisant ? Leur amour résisterait-il au retour à la civilisation ?

Le fossé culturel qui les séparait était aussi large que le Grand Canyon. Elle était née et avait grandi sur les rives du lac Tchad et, jusqu'à une date récente, n'était jamais allée plus loin que N'Djamena. Elle ne connaissait que les mœurs étriquées et répressives de cette pauvre société rurale. Pour sa part, il avait vécu à Beyrouth, à Newark et dans la banlieue de Washington. Au lycée et à l'université, il s'était familiarisé avec la moralité permissive de son pays d'adoption. Ainsi, alors même qu'ils couchaient ensemble, elle avait été choquée de le voir faire quelque chose d'aussi anodin pour lui que de se promener nu dans une chambre d'hôtel.

De plus, il lui avait menti. Elle l'avait pris pour un vendeur de cigarettes libanais, tout en se doutant désormais que ce n'était qu'un travestissement. Tôt ou tard, il devrait lui avouer qu'il était citoyen américain et travaillait pour la CIA ; comment le prendrait-elle ?

Ils étaient allongés l'un en face de l'autre dans cette chambre toute simple, Naji toujours endormi dans son lit d'enfant, les volets fermés pour garder un peu de fraîcheur. La courbe que dessinait le nez de Kiah, la couleur de ses yeux bruns et celle de sa peau d'une tendre nuance beige le ravissaient. Tout en la caressant, il joua avec ses poils pubiens, et elle tressaillit. « Qu'est-ce que tu fais ? lui demanda-t-elle.

— Rien. Je te touche, c'est tout.

— Mais c'est irrespectueux.

— Comment ça ? C'est un geste affectueux.

— C'est le genre de choses qu'on fait aux prostituées.

— Ah bon ? Je n'ai jamais rencontré de prostituée. »

C'était un autre fossé qui les séparait. Kiah aimait le sexe, il l'avait su depuis la toute première fois, lorsqu'elle avait pris l'initiative, mais elle avait été éduquée avec une idée de la décence radicalement différente de celle d'une personne élevée dans une ville américaine. S'adapterait-elle ? Et lui ?

Naji remua dans son petit lit, et ils comprirent qu'il était temps de passer à autre chose. Ils firent la toilette de l'enfant et l'habillèrent puis retournèrent au café pour le petit déjeuner. C'est là qu'ils virent les infos télévisées.

Abdul s'apprêtait à s'asseoir quand son regard fut attiré par des images vidéo montrant des missiles qui décollaient. Il pensa d'abord qu'il s'agissait d'essais, mais ils étaient trop nombreux – plusieurs dizaines – et le simple coût d'une telle opération réfutait l'hypothèse d'un exercice militaire. Cette scène fut suivie de prises de vue depuis le sol de missiles en vol, essentiellement identifiables à leurs traînées blanches. Abdul comprit alors que c'étaient des missiles de croisière, car les missiles balistiques volaient trop vite et trop haut pour pouvoir être filmés de la sorte.

« Tu ne veux pas t'asseoir ? » lui demanda Kiah.

Pétrifié, il restait debout, les yeux fixés sur l'écran de télévision.

Le journaliste parlait une langue qu'il ne connaissait pas, mais qui lui parut originaire d'Asie orientale. Les commentaires laissèrent place à une traduction en arabe, qui lui apprit que les missiles avaient été tirés par l'armée sud-coréenne, laquelle avait filmé ces images, et que cette action avait été menée en représailles d'une attaque de missiles nord-coréens contre une de leurs bases navales.

« Qu'est-ce que tu prends ? interrogea Kiah.

— Chut », lui dit Abdul.

Ces images furent suivies de la vidéo d'une base militaire, présentant le réseau caractéristique de routes rectilignes reliant des bâtiments peu élevés. Les inscriptions étaient formées de signes qu'il ne pouvait pas lire, mais la traduction arabe indiquait qu'il s'agissait de la base de Sino-ri en Corée du Nord. On remarquait une activité fébrile autour de ce qui ressemblait à des lanceurs de missiles sol-air. Les clichés pouvaient avoir été pris par un avion de surveillance ou par un drone. Soudain, les images montrèrent des explosions, des gerbes de flammes suivies de nuages de fumée. D'autres déflagrations se produisaient près de la caméra : les forces terrestres ripostaient. Mais les dégâts au sol étaient considérables. De toute évidence, cet assaut était destiné à anéantir intégralement la cible.

Abdul était horrifié. S'il avait bien compris, la Corée du Sud bombardait la Corée du Nord avec des missiles de croisière pour se venger d'un incident antérieur. Que s'était-il passé pour provoquer pareille catastrophe?

«Veux *leben*, dit Naji.

— Tais-toi, fit Kiah, papa écoute les infos.»

Une partie de l'esprit d'Abdul prit conscience qu'elle venait de l'appeler «papa».

La suite du commentaire ajouta un détail crucial: Sino-ri était la base de lancement des missiles qui avaient bombardé les installations navales sud-coréennes de Jeju.

Pendant qu'il était perdu au fond du désert, il avait manqué tous les précédents épisodes de ce cycle de représailles. Mais ce film bien réalisé montrait que la Corée du Sud voulait que le monde entier sache qu'elle avait riposté.

Comment les Américains et les Chinois avaient-ils pu laisser faire une chose pareille?

Bon sang, que se passait-il?

Et où tout cela allait-il mener?

33

Chang Kai suggéra à Ting de quitter la ville.

Il avait réussi à s'éclipser du bureau du Guoanbu et de son atmosphère survoltée pour retrouver Ting et sa mère, Anni, à la salle de sport où elles se rendaient dès que Ting avait un jour de libre. Anni faisait des exercices de physiothérapie pour soulager sa vieille blessure à la jambe, tandis que Ting courait sur le tapis roulant. Quand elles sortirent des vestiaires, il les attendait à la cafétéria avec du thé et des petits pains à la pâte de graines de lotus. Dès qu'elles furent assises et commencèrent à boire leur thé, il leur dit : « Il faut que je vous parle.

— Oh, non ! s'exclama Ting. Tu es amoureux d'une autre. Tu me quittes.

— Ne sois pas bête, répondit-il en souriant. Je ne te quitterai jamais. En revanche, je veux que tu quittes la ville.

— Pourquoi ?

— Ta vie est en danger. J'ai peur que nous ne soyons au bord de la guerre et, si c'est le cas, Pékin sera bombardé.

— On en parle beaucoup sur Internet, intervint Anni. Il suffit de savoir où chercher. »

Kai n'était pas surpris. Beaucoup de Chinois savaient comment contourner le pare-feu gouvernemental et accéder aux informations en provenance de l'Ouest.

«C'est vraiment aussi grave que ça?» s'alarma Ting.

Ça l'était. Le bombardement sud-coréen de Sino-ri avait pris Kai par surprise, lui qui était censé tout savoir. La présidente No était tenue de consulter les Américains avant de prendre de telles mesures. La Maison Blanche avait-elle approuvé cette attaque? Ou bien la présidente No avait-elle simplement décidé de ne pas leur en parler? Kai aurait dû le savoir, or il n'en savait rien.

Cependant, il avait la nette impression que No Dohui n'était pas du genre à se laisser dicter sa conduite. Il l'avait rencontrée, et il se souvenait d'une femme mince, au visage dur et aux cheveux gris acier. Elle avait survécu à une tentative d'assassinat fomentée par le régime de Corée du Nord. Son conseiller principal, qui était également son amant, comme le savaient Kai et un petit nombre d'initiés, avait été tué. Ce qui avait sans aucun doute contribué à attiser sa haine à l'égard du Guide suprême.

Sino-ri avait été rasé et la présidente No avait annoncé triomphalement que plus aucun missile ne serait tiré de cette base nord-coréenne. Elle faisait comme si ce bombardement avait définitivement réglé le problème, ce qui était évidemment loin d'être le cas.

Si les capacités de riposte du Guide suprême Kang étaient limitées, cela ne faisait, en un sens, qu'aggraver la situation. Une moitié de l'armée nord-coréenne était déjà sous contrôle des rebelles, et l'autre avait encore été affaiblie par la destruction de Sino-ri. Deux ou trois frappes de ce genre laisseraient le Guide suprême presque impuissant face à la Corée du Sud. Il avait téléphoné au président Chen et réclamé des renforts militaires, mais au lieu de lui donner satisfaction, Chen lui avait vivement conseillé d'assister à la conférence de paix de la présidente Green. Kang était aux abois, et les hommes aux abois étaient dangereux.

709

Les dirigeants mondiaux avaient peur. Au Conseil de sécurité de l'ONU, la Russie et le Royaume-Uni, habituellement dans des camps opposés, avaient plaidé d'une même voix en faveur d'un cessez-le-feu. La France les avait soutenus.

Il restait une chance infime que le Guide suprême accepte la proposition de la présidente Green, qu'il s'abstienne de riposter et assiste à la conférence de paix, mais Kai était pessimiste. Un tyran avait toujours du mal à reculer, car cela trahissait sa faiblesse.

Quand Kai envisageait une guerre totale, sa pire crainte était qu'il n'arrive quelque chose à Ting. Il était responsable de la sécurité de près d'un milliard et demi de Chinois, mais se souciait avant tout d'une seule personne.

«La Chine et les États-Unis ont perdu le contrôle de la situation, dit-il alors.

— Où veux-tu que j'aille? lui demanda Ting.

— Dans notre maison de Xiamen. C'est à plus de mille six cents kilomètres d'ici. Tu auras au moins une chance de survivre.» Il se tourna vers Anni. «Vous devriez partir toutes les deux.

— C'est hors de question, protesta Ting. Tu le sais parfaitement. J'ai un travail, une carrière.»

Il s'était attendu à ce qu'elle résiste. «Dis que tu es malade, lui conseilla-t-il. Rentre à la maison et fais tes bagages. Prends la route demain matin dans ta belle voiture de sport. Arrête-toi quelque part pour la nuit. Considère ça comme des vacances.

— Je ne peux pas me mettre en arrêt maladie. Tu connais suffisamment mon métier pour le savoir. Il n'y a pas d'excuses dans le monde du spectacle. Si tu n'es pas là, ils prennent quelqu'un d'autre.

— Tu es la vedette de la série!

— C'est moins important que tu ne le penses. Je ne

710

resterai pas longtemps la vedette si je n'apparais pas à l'écran.

— C'est mieux que de mourir.

— D'accord», acquiesça-t-elle.

Il fut surpris. Il ne s'attendait pas à ce qu'elle cède aussi vite.

Mais ce n'était qu'une feinte. «Je veux bien partir, à condition que tu viennes avec moi, ajouta-t-elle.

— Vas-y, et je te rejoindrai dès que je pourrai.

— Non, non. Je veux que nous partions ensemble.»

Ce qui n'était pas possible, elle le savait pertinemment. «Je ne peux pas, soupira-t-il.

— Mais si. Démissionne. Nous avons assez d'argent. Nous avons de quoi vivre pendant un an ou deux sans nous priver, et plus longtemps encore si nous faisons un peu attention. Nous pourrons rentrer à Pékin dès que tu estimeras que le danger est passé.

— Je dois tout faire pour éviter cette guerre. Si j'y arrive, ce sera la meilleure façon de protéger ma famille et mon pays. Et puis tu sais, ce n'est pas seulement un travail, c'est toute ma vie. Et je ne peux pas être ailleurs qu'ici.

— Et moi, je dois rester parce que je t'aime.

— Mais le danger…

— Si nous devons mourir parce qu'il y a la guerre, au moins, mourons ensemble.»

Il ouvrit la bouche pour protester, mais constata qu'il n'avait rien à dire. Elle avait raison. Si la guerre devait éclater, ils devraient l'affronter ensemble.

«Tu veux un peu plus de thé?» lui demanda-t-il.

*

À son retour au bureau, il trouva sur son écran un message de son patron, le ministre de la Sécurité de l'État, Fu Chuyu, annonçant sa démission. Il partait dans un mois.

Pourquoi ce départ? Fu avait une soixantaine d'années, ce qui, pour un haut responsable du gouvernement chinois, n'était pas en soi une raison suffisante pour prendre sa retraite. «Avez-vous vu le message du ministre? demanda Kai à Yawen, sa secrétaire.

— Nous l'avons tous reçu», répondit-elle.

C'était un camouflet pour Kai qui, étant un des deux adjoints de Fu, aurait été en droit d'être mis dans la confidence. Au lieu de quoi, il en avait été informé en même temps que les secrétaires.

«Je me demande pourquoi il part, reprit Kai.

— Sa secrétaire me l'a dit. Il a un cancer.

— Ah.» Kai pensa au cendrier de Fu, fait dans une douille d'obus, et à sa marque de cigarettes favorite Double Bonheur.

«Il savait depuis longtemps qu'il avait un cancer de la prostate, mais il a refusé de se soigner et n'en a parlé qu'à très peu de gens. Maintenant, il a des métastases aux poumons et doit être hospitalisé.»

Cela expliquait beaucoup de choses, notamment la campagne de diffamation contre Ting et, par association, contre Kai lui-même. Quelqu'un qui briguait le poste de Fu savait qu'il était malade et avait cherché à discréditer le candidat le mieux placé à sa succession. Le scélérat était probablement le vice-ministre du Renseignement intérieur, Li Jiankang.

Fu était un représentant typique de la vieille garde communiste, pensa Kai. Bien que mourant, il continuait à comploter. Il voulait s'assurer que son successeur serait d'une orthodoxie aussi inflexible que la sienne. Ces gens-là ne renonçaient qu'en passant l'arme à gauche.

Dans quelle mesure Kai était-il personnellement en

danger? La question semblait triviale, alors que la Corée était au bord d'une guerre ouverte. Comment puis-je être sensible à des bêtises pareilles alors que mon père est vice-président de la commission de Sécurité nationale?

Son téléphone personnel sonna. Yawen quitta la pièce et il décrocha. C'était le général Ham, en Corée du Nord. «La vie politique du Guide suprême Kang est menacée», annonça-t-il.

Kai pensa que sa vie tout court l'était probablement. Si les Sud-Coréens ne le tuaient pas, les ultras s'en chargeraient sûrement. «Qu'est-ce qui vous fait dire ça maintenant, précisément? demanda-t-il.

— Il ne peut pas écraser cette rébellion. Les deux camps sont temporairement dans l'impasse, mais il est à court d'armes, et ce sont eux qui ont le dessus. Si les rebelles n'ont pas encore anéanti les forces gouvernementales restantes, c'est uniquement parce qu'ils espèrent que les Sud-Coréens feront le sale boulot à leur place.

— Le Guide suprême le sait-il?

— Je pense que oui.

— Alors pourquoi provoque-t-il une guerre avec la Corée du Sud? Cela semble suicidaire.

— Il croit que la Chine ne peut pas se permettre qu'il soit vaincu. Et que vous allez le sauver. C'est une idée fixe chez Kang. Il est convaincu que vous serez obligés de lui envoyer des renforts, que vous n'avez pas le choix.

— Nous ne pouvons pas envoyer de troupes chinoises en Corée du Nord. Cela nous entraînerait dans une guerre avec les États-Unis.

— Mais vous ne pouvez pas non plus laisser la Corée du Sud conquérir la Corée du Nord.

— C'est exact.

— Aux yeux de Kang, il n'y a qu'une solution: que

713

vous l'aidiez à repousser la Corée du Sud *et* à écraser les ultras. Plus il sera en fâcheuse posture, plus les pressions pour que la Chine se porte à son secours seront fortes. Du coup, il ne se rend même pas compte de son imprudence. »

Kang se croyait invulnérable. Quiconque se parait du titre de Guide suprême pouvait s'en convaincre.

« Il n'est pas fou, poursuivit Ham. Son attitude ne manque pas de logique. Il lui est impossible de mener une guerre longue et lente, il n'en a pas les moyens. Il doit risquer le tout pour le tout. S'il gagne, il gagne, et s'il perd, comme vous serez obligés de le sauver, il gagne aussi. »

C'était encore exact.

« Lui reste-t-il des missiles depuis l'attaque de Sino-ri ? demanda Kai

— Plus que vous ne le pensez. Tous montés sur camions. Après en avoir fait tirer six sur Jeju, il a fait transporter et cacher tous les lance-missiles loin des bases militaires.

— Mais bon sang, où est-ce que vous planquez ces camions ? Les plus petits font bien douze mètres de long.

— Un peu partout dans le pays. Les camions sont garés à des endroits où ils sont invisibles, même d'en haut, principalement dans des tunnels et sous des ponts.

— Astucieux. Il est donc presque impossible de les frapper.

— Il faut que j'y aille, désolé, chuchota Ham.

— Soyez prudent », dit Kai, mais Ham avait déjà raccroché.

Kai, inquiet, repensa à leur conversation en notant les détails dont il aurait besoin pour rédiger son rapport. Tout ce que Ham lui avait confié se tenait. La seule façon d'éviter la guerre maintenant était que la Chine réfrène les attaques de la Corée du Nord et que les États-Unis réfrènent celles du Sud. Ce qui était plus facile à dire qu'à faire.

Après quelques minutes de réflexion, il lui sembla voir un moyen de donner un petit coup de pouce aux Américains. Il décida de commencer par sonder un des membres de la vieille garde communiste. Il téléphona à son père, envisageant d'aborder une autre question avant de glisser habilement son idée dans la conversation.

« Toi qui es un ami de Fu Chuyu, dit-il quand son père décrocha, tu savais qu'il est à l'article de la mort ? »

L'hésitation de son père était suffisamment éloquente. Jianjun finit par répondre : « Oui, je le sais depuis plusieurs semaines.

— Tu aurais pu m'en parler. »

Jianjun se sentait manifestement coupable d'avoir gardé cette information pour lui, mais il fit comme si de rien n'était. « On me l'a confié sous le sceau du secret, fanfaronna-t-il. En quoi est-ce important ?

— Il y a eu une sale campagne de dénigrement contre ta belle-fille, qui était en réalité destinée à me nuire. Je comprends maintenant pourquoi. C'est la succession de Fu qui est en jeu.

— Tu me l'apprends.

— Je pense que Fu est de mèche avec le vice-ministre Li.

— J'ai... » Jianjun toussa, le spasme typique du fumeur qui s'éclaircit la gorge, et reprit : « Je ne suis au courant de rien. »

J'espère que ces satanées cigarettes ne vont pas te tuer, toi aussi, songea Kai. « Je parie sur Li, mais ça pourrait tout aussi bien être une demi-douzaine d'autres.

— C'est le problème. La liste est longue.

— À propos de problèmes, que penses-tu de la crise en Corée ? »

Jianjun parut soulagé de changer de sujet. « La Corée ? Tôt ou tard, nous allons devoir sévir. »

C'était sa réponse à tout.

Kai décida de lancer son ballon d'essai. « Je viens de parler à notre meilleur informateur en Corée du Nord. Il m'a confié que le Guide suprême est au pied du mur : il est à court d'armes et risque de commettre un geste désespéré. Nous devons l'en empêcher.

— Si seulement c'était possible…

— Ou obtenir des Américains qu'ils retiennent la Corée du Sud et persuadent la présidente No de ne pas riposter à la prochaine action de Kang, quelle qu'elle soit.

— On peut toujours espérer. »

Feignant la désinvolture, Kai poursuivit : « Nous pourrions aussi mettre les choses à plat avec la Maison Blanche et prévenir la présidente Green que le Guide suprême est dans une telle position de faiblesse qu'il est prêt à tout.

— Hors de question. » Jianjun était indigné. « Avouer aux Américains la faiblesse de notre allié ?

— À situation exceptionnelle, mesures exceptionnelles.

— Mais pas jusqu'à la trahison pure et simple. »

Eh bien, songea Kai, j'ai ma réponse : la vieille garde n'acceptera même pas d'envisager cette idée. Il prétendit avoir été convaincu. « Tu as sans doute raison. » Et il changea rapidement de sujet. « Crois-tu que maman accepterait de quitter la ville ? D'aller s'installer dans un lieu plus sûr ? Qui risque moins d'être bombardé ? »

Après un instant de silence, Jianjun lui répondit sèchement : « Ta mère est une communiste. »

La remarque déconcerta Kai. « Parce que tu crois que je ne le savais pas ?

— Le communisme n'est pas une simple théorie

que nous acceptons parce que les preuves paraissent solides, comme le tableau périodique des éléments de Mendeleïev.

— Que veux-tu dire ?

— Le communisme est une mission sacrée. Il passe avant tout le reste, liens familiaux et sécurité personnelle compris. »

Kai n'en croyait pas ses oreilles. « Donc, pour toi, le communisme passe avant ma mère ?

— Exactement. Et elle dirait la même chose à mon sujet. »

Kai n'aurait jamais imaginé que leurs opinions pussent être aussi radicales et il se sentit légèrement sonné.

« Il m'arrive de penser que votre génération ne comprend pas vraiment », ajouta son père.

Tu ne crois pas si bien dire, pensa Kai, qui reprit alors :

« Mais je ne t'ai pas appelé pour discuter du communisme. Préviens-moi si tu apprends quelque chose à propos des manigances contre moi.

— Évidemment.

— Quand je saurai qui a voulu s'en prendre à moi par le biais de ma femme, je lui couperai les couilles avec un couteau rouillé. » Kai raccrocha.

Il avait eu raison de craindre que son père s'oppose à l'idée de parler franchement aux Américains. Toute l'éducation de Jianjun lui avait appris à considérer les impérialistes capitalistes comme ses ennemis jurés. La Chine avait changé, le monde avait changé, mais les anciens restaient prisonniers du passé.

Cela ne voulait pas dire que son idée était mauvaise ; il faudrait simplement la mettre à exécution dans le plus grand secret.

Il prit son téléphone et composa un numéro. Son

correspondant décrocha immédiatement : « Neil à l'appareil.

— Ici Kai. J'aimerais savoir si vous avez donné votre accord préalable à la présidente No pour attaquer Sino-ri. »

Neil hésita un instant.

« Il faut que nous soyons honnêtes l'un envers l'autre, insista Kai. La situation est trop dangereuse pour qu'il en soit autrement.

— D'accord, acquiesça Neil. Mais si vous me citez, je nierai tout.

— C'est de bonne guerre.

— La réponse est non, nous n'étions pas au courant, et si nous l'avions été, nous n'aurions pas approuvé cette mesure.

— Merci.

— À moi. Saviez-vous que le Guide suprême Kang allait attaquer Jeju ?

— Non. Pareil. Pas le moindre avertissement, sinon nous aurions cherché à l'en empêcher.

— Qu'est-ce qu'il a en tête ?

— C'est ce dont je veux vous parler. Cette crise est plus grave que vous ne le pensez.

— Ah oui ? répliqua Neil. J'ai du mal à l'imaginer.

— Croyez-moi.

— Allez-y.

— Le vrai problème, c'est la faiblesse du régime de Corée du Nord.

— Sa *faiblesse* ?

— Oui. Écoutez-moi. Les rebelles contrôlent désormais la moitié de l'armée nord-coréenne. Une partie de l'autre moitié a été anéantie à Sino-ri. Le Guide suprême a dispersé ses lanceurs de missiles mobiles à travers tout le pays…

— Où ?

— Ponts et tunnels.

— Merde.

— Sans cela, le Sud n'aurait qu'à tirer deux ou trois autres missiles pour éliminer ce qui reste de l'armée nord-coréenne.

— Autrement dit, Kang est dans la merde jusqu'au cou.

— Ce qui va le rendre imprudent.

— Que va-t-il faire?

— Quelque chose de radical.

— Peut-on l'en empêcher?

— Assurez-vous que la présidente No ne lance pas une nouvelle frappe.

— Mais le Guide suprême pourrait la provoquer.

— Il la provoquera, Neil. Il est obligé de se venger de Sino-ri. Je veux que la présidente Green s'assure que l'escalade s'arrêtera là et que la présidente No ne ripostera pas encore plus violemment.

— Tout dépend de la brutalité de la revanche de Kang. Et les seuls à pouvoir retenir le Guide suprême, c'est vous – le gouvernement chinois.

— On essaie, Neil. Croyez-moi, on essaie. »

34

« Je ne peux pas quitter la Maison Blanche », annonça
Pauline à Pippa et Gerry la veille de Thanksgiving. Ils
étaient réunis dans le hall central, près du piano, entourés de valises posées sur le parquet ciré. « Je regrette.
Vraiment. »

Le plus vieil ami de Gerry, un condisciple de la faculté
de droit de Columbia, possédait un centre équestre en
Virginie. Pauline, Gerry et Pippa avaient prévu de passer Thanksgiving avec lui, sa femme et leur fille, qui
avait l'âge de Pippa. Le collège était fermé pour deux
jours, ce qui leur permettait de partir le mercredi soir
et de revenir le dimanche. Le ranch était situé près de
Middleburg, à environ quatre-vingt-dix kilomètres de la
Maison Blanche, un trajet d'une heure, un peu plus en
cas d'embouteillage. Pippa était folle de joie : elle adorait les chevaux, comme beaucoup de filles de son âge.

« Ne t'en fais pas, dit Gerry à Pauline. Nous avons
l'habitude. » Il n'avait pas l'air trop déçu.

« Si les choses se calment en Corée, reprit-elle, je
pourrai vous rejoindre samedi soir, pour le dîner.

— Ce serait très bien. Appelle-moi, et je demanderai
à nos hôtes d'ajouter un couvert.

— Bien sûr. » Elle se tourna vers Pippa. « Tu ne vas
pas avoir froid, à cheval dehors toute la journée ?

— Les chevaux tiennent chaud, dit Pippa. C'est
comme le siège chauffant d'une voiture.

— Quand même, habille-toi chaudement.»

Changeant rapidement de sujet comme tous les adolescents, Pippa demanda, inquiète : «Ça va aller, maman ? Ça ne te fait rien d'être toute seule pour Thanksgiving ?

— Tu vas me manquer, ma puce, mais je ne veux pas gâcher tes vacances. Je sais que tu attendais ce week-end avec impatience. Et je serai trop occupée à sauver le monde pour souffrir de la solitude.

— Si nous devons tous être pulvérisés par une bombe, j'aimerais mieux que nous soyons ensemble.» Pippa parlait d'un ton désinvolte, mais Pauline la soupçonnait d'être vraiment anxieuse.

Quant à Pauline, elle redoutait secrètement de ne jamais revoir sa fille. Ce qui ne l'empêcha pas de répondre avec la même légèreté artificielle. «C'est très gentil de ta part, mais je pense pouvoir retenir les bombes jusqu'à dimanche soir.»

Un portier de la Maison Blanche prit les bagages, et Gerry lui dit : «Nos gardes du corps doivent nous attendre, non ?

— Oui, monsieur.»

Pauline embrassa son mari et sa fille et les suivit du regard.

La remarque de Pippa avait fait mouche. Ce que Pauline cachait était la conviction que des bombes pourraient véritablement s'abattre sur Washington dans les prochains jours. Aussi était-elle soulagée que Pippa quitte la ville. Elle aurait même préféré que sa fille parte encore plus loin.

Le bombardement de Sino-ri l'avait ébranlée. Personne ne pensait que la présidente No prendrait des mesures aussi radicales sans consulter les États-Unis. Pauline était en colère, aussi : leurs pays étaient censés être des alliés et s'étaient engagés à agir ensemble.

721

Mais No n'avait même pas cherché à se justifier. Pauline craignait que leur alliance ne s'affaiblisse. Elle perdait le contrôle de la Corée du Sud, tout comme Chen perdait celui de la Corée du Nord. Pareille évolution n'était pas sans danger.

Elle se dirigea vers le Bureau ovale, où Chess l'attendait pour lui dire au revoir. Il était vêtu d'une doudoune et chaussé de baskets, sur le point de s'envoler pour Colombo, au Sri Lanka. «Combien d'heures de vol? interrogea Pauline.

— Vingt, en comptant une escale technique.»

Chess partait pour la conférence de paix. La Chine y envoyait Wu Bai, le ministre des Affaires étrangères, qui avait le même rang que le Secrétaire d'État américain.

«Vous avez vu le rapport de l'antenne de la CIA à Pékin? lui demanda Pauline.

— Bien sûr. Le type des services secrets chinois a été d'une rare franchise.

— Chang Kai.

— Oui. Je ne pense pas que le gouvernement chinois nous ait jamais adressé de message aussi honnête.

— Il n'y est peut-être pour rien. J'ai l'impression que Chang Kai agit pour son propre compte. Il redoute ce que le Guide suprême Kang pourrait faire en Corée du Nord et a l'impression que certains membres du gouvernement chinois ne prennent pas les choses suffisamment au sérieux.

— Je m'apprête à faire une offre alléchante au Guide suprême.

— Espérons que Kang la verra ainsi.»

Ils en avaient discuté plus tôt dans la journée lors d'une réunion du cabinet. Ils devaient accorder quelque chose à Kang, et avaient décidé de proposer une révision des frontières maritimes entre la Corée du Nord et la Corée du Sud, un point sensible pour lui. De l'avis de

Pauline, cette révision était en tout état de cause nécessaire depuis longtemps. Les lignes de 1953 avaient été tracées à un moment où la Corée du Nord avait été vaincue et où la Chine était faible, et elles avaient favorisé le Sud, en longeant le littoral de la Corée du Nord et en donnant à la Corée du Sud les meilleures zones de pêche de la mer Jaune. Un ajustement n'était que justice, et sauverait la face du Guide suprême. La présidente No de la Corée du Sud pousserait des cris d'orfraie, mais finirait par se résigner.

« Je dois y aller. L'avion m'attend, avec sept membres du personnel diplomatique et militaire qui tiennent tous à me briefer pendant le vol. » Chess se leva et ramassa une mallette bourrée à craquer. « Et quand ils seront fatigués, j'ai une masse de documents à lire.

— Bon voyage. »

Chess sortit.

Pauline s'installa dans le studio, commanda une salade et, profitant d'un moment de tranquillité, mit quelques dossiers à jour. Quand elle demanda un café, elle consulta sa montre et vit qu'il était neuf heures. L'idée que Chess était maintenant dans l'avion lui traversa l'esprit.

Elle repensa à la réunion qu'elle avait organisée avec d'autres dirigeants mondiaux, un mois auparavant, pour empêcher une guerre d'éclater à la frontière entre le Soudan et le Tchad et se demanda si sa politique diplomatique serait aussi efficace pour régler la crise coréenne. Elle craignait que celle-ci ne soit beaucoup plus difficile à surmonter.

Puis Gus entra.

Elle sourit, heureuse de le voir, heureuse d'être seule avec lui dans ce petit bureau. Elle réprima un bref pincement de culpabilité : elle ne trompait pas Gerry, sinon en rêve.

723

Gus entra immédiatement dans le vif du sujet. «Je pense que le Guide suprême s'apprête à passer à l'action, annonça-t-il. Nous avons repéré deux indices. Le premier est une intense activité de communications autour des bases militaires nord-coréennes. Nous ne pouvons pas lire la plupart des messages parce qu'ils sont cryptés, mais leur fréquence donne à croire qu'une attaque se prépare.

— Il va donc riposter. Et le deuxième indice?

— Un virus dormant dans le réseau informatique militaire sud-coréen a été activé et envoie de faux ordres. Ils ont dû demander à l'ensemble des forces armées d'ignorer tous les messages électroniques et de n'obéir qu'aux ordres téléphoniques donnés par des êtres humains pendant qu'ils essayent de déboguer le système.

— Ce qui pourrait être le prélude à une attaque majeure.

— Exactement, madame la Présidente. Luis et Bill sont déjà dans la salle de crise.

— Rejoignons-les.»

La salle de crise se remplissait. La chef de cabinet Jacqueline Brody entra, suivie de la directrice du renseignement Sophia Magliani, le vice-président sur ses talons.

Plusieurs écrans s'animèrent, montrant des images apparemment prises par des caméras de rue. Pauline distingua un centre-ville, probablement Séoul. Elle devina qu'une sirène devait retentir, car des gens couraient dans tous les sens. «Que se passe-t-il?» demanda-t-elle.

Bill Schneider, qui écoutait dans son casque les informations en provenance du Pentagone, répondit: «Tirs d'artillerie.»

Luis expliqua: «Séoul n'est qu'à une cinquantaine de kilomètres de la frontière avec la Corée du Nord, donc à portée de gros canons à l'ancienne, comme le Koksan 170 mm monté sur char.

— Cibles ? demanda Pauline.

— Probablement Séoul, répondit Bill.

— Réactions ?

— Les forces sud-coréennes ripostent par des tirs d'artillerie. Les forces américaines attendent les ordres.

— Ne les déployez pas sans mon accord. Pour le moment, action purement défensive.

— Oui, madame. Les obus commencent à tomber. »

Sur la vidéo en provenance de Séoul, Pauline vit un cratère se creuser soudain au milieu d'une route, une maison s'effondrer, une voiture faire un tonneau. Elle eut l'impression que son cœur s'arrêtait. Le Guide suprême dépassait les bornes. Il ne s'agissait pas de riposte graduée, d'attaque de pure forme, de représailles symboliques. C'était la guerre.

« La surveillance par satellite a détecté des missiles émergeant de la couverture nuageuse au-dessus de la Corée du Nord, poursuivit Bill.

— Combien ?

— Six. Neuf. Dix. Nombre en augmentation. Ils viennent tous du sud-ouest de la Corée du Nord, la zone contrôlée par le gouvernement. Rien depuis les zones rebelles. »

Un autre écran s'alluma, affichant des données radar superposées à une carte de la Corée. Les missiles étaient si nombreux que Pauline ne put les compter. « Combien maintenant ? demanda-t-elle.

— Vingt-quatre, répondit Bill.

— C'est une attaque à grande échelle.

— C'est la guerre, madame la Présidente », dit Luis.

Elle frissonna. C'était ce qu'elle avait toujours redouté. Elle avait fait tout son possible pour l'éviter, et elle avait échoué.

Quelle erreur ai-je commise ? se demanda-t-elle.

Elle passerait le restant de sa vie à essayer de répondre à cette question.

Mais elle repoussa cette idée pour déclarer : « Et nous avons vingt-huit mille cinq cents soldats américains en Corée du Sud.

— Plus, pour certains, leurs femmes et leurs enfants.

— Et sans doute pour d'autres, leurs maris.

— Et pour d'autres, leurs maris, admit Luis.

— Essayez d'établir la communication avec le président Chen, s'il vous plaît.

— Je m'en occupe, assura la chef de cabinet Jacqueline Brody en prenant un téléphone.

— Mais pourquoi le Guide suprême Kang agit-il ainsi ? C'est du suicide ! murmura Pauline.

— Non, dit Gus. Il est aux abois, mais il n'est pas suicidaire. Il est en train de perdre la lutte contre les ultras, et ne tiendra plus très longtemps. S'ils l'emportent, ils l'exécuteront ; c'est sa vie qui est en jeu. S'il veut s'en tirer, le seul moyen est d'obtenir l'aide de la Chine. Or elle refuse d'envoyer des troupes. Il pense pouvoir lui forcer la main... et il a peut-être raison. La Chine ne fera rien pour le sauver des rebelles, mais elle pourrait intervenir pour empêcher la Corée du Sud de s'emparer du Nord. »

Jacqueline l'interrompit : « La communication est établie, madame la Présidente. » De toute évidence, les Chinois attendaient cet appel. Jacqueline ajouta : « Vous pouvez parler dans le combiné qui se trouve devant vous. Les autres pourront suivre la conversation sur les téléphones de la salle réservés à l'écoute. »

Ils décrochèrent tous. Pauline se présenta : « Ici la Présidente.

— Veuillez patienter, je vous passe le Président chinois », dit la standardiste de la Maison Blanche.

Un moment plus tard, la voix de Chen se fit entendre :
«Je suis heureux d'avoir de vos nouvelles, madame la Présidente.

— Je vous appelle au sujet de la Corée, comme vous l'aurez deviné.

— Ainsi que vous le savez, madame la Présidente, la République populaire de Chine n'a pas et n'a jamais eu de troupes en Corée du Nord. »

C'était vrai, en un sens. Les soldats chinois qui avaient participé à la guerre de Corée au début des années 1950 étaient des volontaires, en théorie. Mais Pauline n'avait aucune intention de se lancer dans cette discussion. «Je sais, mais je n'en espère pas moins que vous pourrez m'aider à comprendre dans quoi s'est engagée la Corée du Nord. »

Chen passa au mandarin. L'interprète prononça ce qui était, de toute évidence, une déclaration préparée. «Les tirs d'artillerie et de missiles qui semblent avoir été lancés depuis la Corée du Nord l'ont été sans l'autorisation ni l'approbation du gouvernement chinois.

— Je suis soulagée de l'apprendre. Et j'espère que vous comprendrez que nos troupes se défendent. »

Chen parla en choisissant soigneusement ses mots et l'interprète l'imita. «Je puis vous assurer que le gouvernement chinois n'y verra aucune objection à condition que les troupes américaines ne pénètrent pas en territoire nord-coréen, et n'interviennent ni dans l'espace aérien nord-coréen ni dans les eaux territoriales nord-coréennes.

— Je comprends. » Les propos apparemment rassurants de Chen étaient en réalité un avertissement : les troupes américaines devaient rester en Corée du Sud. Pauline espérait que ce serait possible, mais elle n'était pas disposée à le promettre. «Mon Secrétaire d'État, Chester Jackson, déclara-t-elle, est dans l'avion en ce moment même en direction du Sri Lanka pour rencontrer votre ministre des Affaires étrangères, Wu Bai, et d'autres responsables. J'espère vraiment que ce conflit sera réglé au cours de cette conférence de paix, sinon avant.

— Moi aussi.

— N'hésitez pas à m'appeler à toute heure du jour et de la nuit, s'il devait se produire un événement inacceptable à vos yeux ou qui pourrait passer pour une provocation. Les États-Unis et la Chine ne doivent pas entrer en guerre. Tel est mon objectif.

— C'est également le mien.

— Merci, monsieur le Président.

— Merci, madame la Présidente. »

Ils raccrochèrent, et le général Schneider intervint sans attendre : « Les Nord-Coréens viennent de lancer des missiles de croisière, et des bombardiers décollent. »

Pauline parcourut la salle de crise du regard. « Chen a été très clair, déclara-t-elle. La Chine restera à l'écart de ce conflit si nous n'intervenons pas en Corée du Nord. Bill, toute notre stratégie doit reposer là-dessus. Maintenir la Chine à l'écart : voilà ce que nous pouvons faire de mieux pour aider la Corée du Sud. »

Au moment même où elle prononçait ces mots, elle prit conscience que cette approche n'inspirerait que mépris à James Moore et à ses partisans dans les médias.

« Oui, madame. » Malgré son tempérament agressif, Bill Schneider lui-même comprenait que cette décision était sensée. Il poursuivit : « Les troupes américaines sont prêtes à passer à l'action dans les limites fixées par Chen. Dès que vous en donnerez l'ordre, nous commencerons à attaquer les installations militaires nord-coréennes par des tirs d'artillerie. Les avions de chasse sont sur le tarmac, prêts à combattre les bombardiers qui arrivent. Mais, à ce stade, nous n'enverrons pas d'avions américains habités dans l'espace aérien nord-coréen.

— Déployez l'artillerie maintenant.

— Bien, madame.

— Faites décoller les avions d'interception.

— Bien, madame.»

D'autres écrans s'animèrent. Pauline vit des pilotes se ruer vers des avions de chasse sur ce qui devait être la base américaine d'Osan, à une cinquantaine de kilomètres au sud de Séoul. Elle jeta un coup d'œil autour d'elle : «Votre avis, s'il vous plaît. La Corée du Nord peut-elle l'emporter ?

— Peu probable, mais pas impossible», répondit Gus et Pauline vit des têtes opiner autour de la table. Gus poursuivit : «La seule chance serait une guerre éclair qui bloquerait rapidement tous les ports et aérodromes sud-coréens, empêchant l'arrivée de renforts.

— Imaginons un instant ce que nous pourrions faire si cela se produisait.

— Deux choses, qui s'accompagnent pourtant l'une comme l'autre de nouveaux risques. Première option : accroissement massif de nos forces militaires dans la région, ce qui veut dire plus de cuirassés en mer de Chine méridionale, plus de bombardiers sur nos bases militaires au Japon, plus de porte-avions à Guam.

— Mais les Chinois pourraient considérer ces renforts comme une provocation. Ils pourraient penser que tout ce déploiement de matériel est dirigé contre eux.

— En effet.

— Et l'autre option ?

— Elle est encore pire, soupira Gus. Nous pourrions neutraliser l'armée nord-coréenne par une attaque nucléaire.

— C'est la solution que James Moore défendra à la télé demain matin.

— Et nous risquerions des représailles nucléaires, soit de la part de ce qui reste de l'arsenal nucléaire de la Corée du Nord soit, pire, de la part de la Chine.

— Très bien. Tenons-nous-en à notre stratégie actuelle tout en surveillant de près les combats. Bill, il faudrait maintenant que le Pentagone nous fournisse le décompte à l'écran et en temps réel des avions et missiles nord-coréens abattus, et de ceux qui sont encore en vol. Gus, j'aimerais que vous parliez à Sandip : qu'il transmette aux médias des bulletins toutes les heures. Veillez à ce qu'il soit tenu informé. Il faut que le Département d'État briefe nos ambassades à l'étranger. Et il nous faut du café. Et aussi des sandwichs. La nuit va être longue. »

*

Tandis que le soleil se couchait en Asie de l'Est et que l'aube se levait sur la Maison Blanche, le général Schneider annonça que la tactique de guerre éclair de la Corée du Nord avait échoué. Une bonne moitié des missiles n'avaient pas atteint leurs cibles : certains avaient été abattus par des tirs antimissiles, d'autres avaient été mis hors service par une cyberattaque qui avait rendu leurs systèmes de navigation inopérants, et quelques autres s'étaient écrasés sans que l'on sache pourquoi. Les avions de chasse avaient abattu plusieurs bombardiers.

On déplorait néanmoins de nombreuses victimes parmi les soldats et les civils, tant américains que sud-coréens. CNN diffusait des vidéos de Séoul et d'autres villes, des images prises par la télévision sud-coréenne, d'autres postées sur les réseaux sociaux. Elles montraient des bâtiments effondrés, des incendies qui faisaient rage, et des ambulanciers qui s'affairaient pour secourir les blessés et évacuer les morts. Cependant, aucun port ni aérodrome militaire n'avait été fermé. L'attaque se poursuivait, mais son issue ne faisait plus de doute pour personne.

Les effets du café venant s'ajouter à la tension ambiante, Pauline était sur les nerfs, mais elle avait l'impression de commencer à voir le bout du tunnel. Quand Bill eut terminé, elle prit la parole : « Je pense que nous devrions maintenant proposer un cessez-le-feu. Rappelons le président Chen. »

Jacqueline prit les dispositions nécessaires.

Bill répliqua sèchement : « Madame la Présidente, le Pentagone préférerait achever la destruction des forces militaires nord-coréennes.

— Nous ne pouvons pas le faire à distance, répondit-elle. Il nous faudrait des soldats sur le terrain, en Corée du Nord, ce qui déclencherait une nouvelle guerre, cette fois avec la Chine qui serait beaucoup plus difficile à vaincre que la Corée du Nord. »

Des murmures d'acquiescement se firent entendre autour de la table, et Bill céda à contrecœur : « Très bien.

— Mais en attendant que les Nord-Coréens aient accepté le cessez-le-feu, ajouta Pauline, je vous suggère de leur balancer tout ce dont vous disposez. »

Son visage s'illumina. « Très bien, madame la Présidente. »

« Chen est en ligne », annonça Jacqueline

Pauline décrocha. Après de brèves formules de politesse, elle déclara à Chen : « L'attaque de la Corée du Nord contre la Corée du Sud a échoué. »

Chen s'exprima par l'intermédiaire de son interprète. « L'agression des autorités de Séoul contre la

731

République populaire démocratique de Corée est injustifiée. »

Pauline fut décontenancée. La dernière fois qu'ils s'étaient entretenus, il s'était montré raisonnable alors que, maintenant, on aurait dit qu'il répétait des slogans de propagande. « Quoi qu'il en soit, remarqua-t-elle, la Corée du Nord a perdu la bataille.

— L'Armée populaire de Corée continuera à défendre vaillamment la République de Corée contre les attaques d'inspiration américaine. »

Pauline couvrit l'émetteur de la main. « Je connais Chen. Il ne croit pas un mot de ces conneries.

— À mon avis, remarqua Gus, les jusqu'au-boutistes sont à ses côtés et lui dictent ses propos. »

D'autres acquiescèrent.

Si cela rendait la situation encore plus contraignante, Pauline pouvait néanmoins faire passer son message. « Je suis convaincue que le peuple américain et le peuple chinois trouveront le moyen de mettre fin à ce massacre.

— La République populaire de Chine examinera bien sûr attentivement tous vos propos.

— Merci. Je veux un cessez-le-feu. »

Un long silence lui répondit.

« Je vous serais reconnaissante de transmettre ce message à vos camarades de Pyongyang », ajouta Pauline.

Cette fois encore, la réponse se fit attendre, et Pauline imagina Chen, la main sur le téléphone, en train de parler aux vieux communistes qui étaient avec lui dans son palais de Zhongnanhai au bord du lac. Que se disaient-ils ? Personne à Pékin ne pouvait souhaiter cette guerre. La Corée du Nord était incapable de la gagner, les événements de la nuit dernière l'avaient prouvé, et la Chine n'avait aucun intérêt à s'engager dans un conflit armé avec les États-Unis.

Chen chercha à gagner du temps : « Pouvez-vous nous

assurer que cette proposition sera acceptée par la présidente No, à Séoul?

— Bien sûr que non, répondit immédiatement Pauline. La Corée du Sud est un pays libre. Mais je ferai tout mon possible pour la convaincre.»

Après un nouveau silence prolongé, Chen dit: «Nous allons en discuter avec Pyongyang.»

Pauline décida d'insister: «Quand?»

Cette fois, la réponse ne se fit pas attendre. «Immédiatement.» Et Pauline devina que c'était Chen qui parlait en son nom, et non son entourage.

«Merci, monsieur le Président, conclut-elle.

— Merci, madame la Présidente.»

Ils raccrochèrent. «Pékin a changé d'avis, annonça Pauline.

— Une fois que les tirs commencent, intervint Gus, les militaires prennent le dessus. Or l'armée chinoise est dirigée par des partisans de la ligne dure.»

Jetant un coup d'œil à Bill, Pauline se dit que c'était le cas de la plupart des militaires.

«Très bien, discutons avec Séoul, suggéra Pauline.

— J'appelle la présidente No», proposa Jacqueline.

Le standard téléphonique entra en communication avec Séoul. «La journée a été très dure pour vous, madame la Présidente, commença Pauline, mais les troupes sud-coréennes se sont battues courageusement et ont vaincu leurs agresseurs.»

Elle imagina la présidente No, ses cheveux gris sévèrement tirés en arrière dégageant son front haut, ses yeux sombres et perçants, les rides aux coins de sa bouche laissant deviner un passé de luttes.

«Le Guide suprême aura ainsi appris qu'il ne pouvait pas attaquer impunément les Sud-Coréens», répondit la présidente No, d'une voix satisfaite qui incita Pauline à penser qu'elle avait à l'esprit la tentative d'assassinat qui avait causé la mort de son amant autant que les bombardements des dernières heures. No ajouta : « Nous remercions le courageux et généreux peuple américain pour son aide inestimable. »

Assez, pensa Pauline. « Nous devons à présent discuter de ce qu'il convient de faire dans les heures à venir.

— La nuit tombe ici, et les échanges de tirs ont cessé, mais les opérations reprendront demain matin. »

La réponse déplut à Pauline. « Sauf si nous pouvons l'éviter, lança-t-elle.

— Et comment, madame la Présidente ?

— Je propose un cessez-le-feu. »

Cette déclaration fut accueillie par un long silence.

Pour le combler, Pauline précisa : « Mon secrétaire d'État et le ministre chinois des Affaires étrangères arrivent au Sri Lanka dans quelques heures pour rencontrer votre ministre des Affaires étrangères et son homologue nord-coréen. Ils devraient discuter toutes affaires cessantes des détails du cessez-le-feu, puis passer à la négociation d'un accord de paix.

— Un cessez-le-feu laisserait le Guide suprême au pouvoir à Pyongyang, répliqua la présidente No, et en possession des armes qui lui restent. Il continuerait donc à nous menacer. »

Elle n'avait pas tort. « Personne n'a rien à gagner à ce que les combats se poursuivent », fit tout de même remarquer Pauline.

La réponse de No la désarçonna. « Je ne saurais vous approuver », déclara-t-elle.

Pauline fronça les sourcils. Elle se heurtait à une résistance plus coriace que prévu. Que voulait dire No exactement ? « Vous avez vaincu la Corée du Nord, rappela Pauline. Que voulez-vous de plus ?

— Le Guide suprême Kang a déclenché cette guerre, dit No. Et j'y mettrai fin. »

Oh, bon sang, elle veut une reddition inconditionnelle.

« Un cessez-le-feu constitue la première étape de la fin de la guerre, observa Pauline.

— Nous sommes en présence d'une occasion unique de libérer nos compatriotes du Nord d'une tyrannie meurtrière. »

Le cœur de Pauline se serra. Le Guide suprême était, sans conteste, un tyran meurtrier, mais la présidente No n'avait pas le pouvoir de le renverser contre la volonté des Chinois. « Qu'envisagez-vous ?

— La destruction complète de l'armée nord-coréenne et la mise en place d'un nouveau régime, non agressif, à Pyongyang.

— Vous parlez d'une invasion de la Corée du Nord ?

— S'il le faut. »

Pauline tenait à tuer ce projet dans l'œuf. « Les États-Unis ne joindraient pas leurs forces armées aux vôtres. »

La réponse de No la surprit. « Et nous n'avons pas l'intention de vous le demander. »

Pauline en resta muette.

Aucun dirigeant coréen ne s'était exprimé sur ce ton depuis les années 1950. Si cette guerre aboutissait à la réunification entre le Nord et le Sud, ce dernier devrait, d'une manière ou d'une autre, faire face à l'afflux soudain de vingt-cinq millions de personnes à moitié affamées qui n'avaient aucune idée de la vie dans une économie capitaliste. No avait fait campagne en promettant la réunification pour un avenir indéfini : son slogan « Avant ma mort » signifiait que la réunification ne se ferait pas *jamais*, mais pouvait aussi signifier qu'elle ne se ferait pas *maintenant*. Cependant, la question économique n'était pas son problème majeur. Contrairement à la Chine.

Lisant dans ses pensées, No reprit : « Si vous restez à l'écart de cette affaire, nous pensons que les Chinois en feront autant. Nous expliquerons que les problèmes de la Corée doivent être réglés par le peuple coréen, sans qu'aucun autre pays s'en mêle.

— Pékin ne vous permettra pas d'installer un gouvernement pro-américain à Pyongyang.

— Je sais. Nous discuterons de l'avenir de la Corée du Nord et du Sud avec nos alliés et nos voisins, cela va de soi. Mais nous pensons que le temps est venu pour la Corée dans son ensemble de cesser d'être un pion sur l'échiquier d'autrui. »

Ce n'était pas réaliste, selon Pauline. S'ils essayaient, le prix à payer serait exorbitant. Elle prit une profonde inspiration. « Madame la Présidente, je comprends ce que vous ressentez, mais je suis convaincue que vos projets sont dangereux pour la Corée et pour le monde entier.

— J'ai promis de réunifier mon pays. L'occasion ne se représentera peut-être pas avant une cinquantaine d'années. Je ne veux pas entrer dans l'Histoire comme la Présidente qui a laissé passer sa chance. »

C'était donc cela. Il s'agissait de venger le meurtre de son amant et de tenir sa promesse de campagne ; mais No songeait surtout à son héritage historique.

Elle avait soixante-cinq ans et pensait à la place qu'elle occuperait dans l'Histoire. Son destin se jouait en cet instant.

Il n'y avait rien à ajouter. Pauline dit brusquement : « Merci, madame la Présidente », et raccrocha.

Elle jeta un coup d'œil à la ronde. Ils avaient tous suivi la conversation. « Notre stratégie pour répondre à la crise coréenne a échoué, commença-t-elle. Le Nord a attaqué et perdu, et le Sud est décidé à envahir le Nord. Ma conférence de paix est mort-née. La présidente No prémédite un virage spectaculaire de la politique mondiale. »

Elle marqua une pause, s'assurant que tous saisissaient la gravité de la situation. Puis elle passa aux détails pratiques.

« Bill, j'aimerais que vous vous chargiez de la conférence de presse de la Maison Blanche d'aujourd'hui. » Schneider sembla réticent, mais elle voulait un homme en uniforme. « Sandip Chakraborty sera à vos côtés. » Elle faillit ajouter « pour vous tenir la main » et se retint à temps. « Dites que nous nous attendions à cette attaque et que nous l'avons repoussée avec un minimum de dégâts. Donnez-leur autant de détails militaires que possible : nombre de missiles tirés, d'avions ennemis abattus, de victimes militaires, de victimes civiles. Vous pouvez annoncer que j'ai été en contact avec le Président chinois et la présidente de la Corée du Sud au cours de la nuit, mais ne répondez à aucune question politique : dites-leur que la situation n'est pas encore claire et que, de toute façon, vous n'êtes qu'un militaire.

— Très bien, madame.

— Avec un peu de chance, nous disposons de quelques heures pour réfléchir. Écoutez-moi tous : faites venir vos adjoints et allez vous reposer pendant que l'Asie de l'Est dort. Pour ma part, je vais prendre une douche. Nous nous retrouverons ce soir, quand le jour commencera en Corée. »

Elle se leva et tous l'imitèrent. Elle croisa le regard de Gus et comprit qu'il voulait l'accompagner, mais elle préféra ne pas le favoriser trop ouvertement. Elle détourna les yeux et quitta la pièce.

Elle retourna à la résidence et prit une douche, qui la revigora un peu. Elle n'en était pas moins épuisée et avait terriblement besoin de dormir. Mais elle s'assit d'abord au bord de son lit, en peignoir de bain, et appela Pippa pour lui demander comment se passait son week-end.

«Il y avait une circulation de dingue hier soir et on a mis deux heures pour arriver! s'écria Pippa.

— Oh là là, mes pauvres, compatit Pauline.

— Mais ensuite, on a dîné tous ensemble et c'était sympa. Ce matin, Joséphine et moi, on est allées faire un tour de bonne heure.

— Tu montais quel cheval?

— Un joli petit poney qui s'appelle Persil. Un peu vif mais obéissant.

— Parfait.

— Puis papa nous a conduits à Middleburg pour acheter des tartes à la citrouille et devine sur qui on est tombés? Mme Judd!»

Un froid soudain envahit Pauline. Gerry avait donc organisé un rendez-vous avec sa maîtresse pour Thanksgiving. Boston n'avait pas été qu'une passade, finalement. «Bien, bien», dit-elle d'un ton faussement joyeux. Mais elle ne put s'empêcher d'ajouter: «Quelle coïncidence!» tout en espérant que Pippa ne relèverait pas le sarcasme.

Pippa ne se rendit compte de rien. «Figure-toi qu'elle passe les vacances avec une amie qui a un vignoble pas loin de Middleburg. Alors papa a pris un café avec la mère Judas pendant que Jo et moi, on est allées acheter les tartes. Maintenant, on est sur le chemin du retour et on va aider la mère de Jo à farcir la dinde.

— Je suis ravie que tu t'amuses bien.» Pauline eut conscience d'avoir parlé sur ton un peu mélancolique.

Pippa avait beau être jeune, l'intuition féminine ne lui faisait pas défaut, et la voix attristée de Pauline lui rappela que sa mère n'était pas en vacances.

«À propos, qu'est-ce qui se passe en Corée? demanda-t-elle.

— J'essaie de mettre fin à la guerre.

— La vache. On doit s'inquiéter ?

— Laisse-moi faire. Je me charge de l'inquiétude.

— Tu veux parler à papa ?

— Pas s'il est au volant.

— Oui, il conduit.

— Embrasse-le pour moi.

— Je n'y manquerai pas.

— Au revoir, ma puce.

— Au revoir, maman. »

Pauline raccrocha avec un goût amer dans la bouche.

Gerry et Amelia Judd avaient tout combiné. Pendant le week-end, Gerry trouverait bien un prétexte pour s'éclipser et la rejoindre. Il avait trompé Pauline alors que, de son côté, elle résistait vaillamment à la tentation.

Où avait-elle fait fausse route ? Gerry avait-il senti qu'elle était attirée par Gus ? On n'est pas responsable de ses sentiments, songea-t-elle, et quand elle avait commencé à soupçonner Gerry d'avoir un faible pour Mme Judd, elle ne s'en était pas vraiment inquiétée. En revanche, on est responsable de ses actes. Gerry avait triché, et Pauline ne l'avait pas fait. La différence était de taille.

Il était huit heures, l'heure du journal télévisé. Une des chaînes allait probablement interroger James Moore sur la situation en Corée – comme s'il en savait quelque chose, pensa-t-elle avec amertume. Il n'aurait sans doute même pas su situer la Corée sur une carte. Elle alluma la télévision et zappa jusqu'à ce qu'elle le trouve dans une émission matinale populiste.

Il portait une veste en daim beige avec des franges. C'était nouveau : il ne faisait même plus semblant de respecter les convenances. Les Américains voulaient-ils vraiment être dirigés par le sosie de Davy Crockett ?

Il était interviewé par Mia et Ethan. Ce dernier déclara

en guise d'introduction : «Vous vous êtes rendu en Asie de l'Est, vous connaissez donc la situation sur place.»

Pauline rit. Moore avait participé à un voyage organisé d'une dizaine de jours en Asie de l'Est et n'avait passé que vingt-quatre heures en Corée, dont l'essentiel enfermé dans son hôtel cinq étoiles de Séoul.

«Je ne prétends pas être un expert, Ethan, protesta Moore, et je ne suis pas capable de prononcer tous ces noms bizarres… » Il s'interrompit pour laisser aux journalistes le temps de pouffer. «… mais je pense qu'il faut faire preuve de bon sens. La Corée du Nord nous a attaqués, nous et nos alliés, et quand on est attaqués, on doit riposter *en frappant fort*.»

Pauline murmura : «Le mot que tu cherches, Jim, c'est "escalade".»

«Autrement, on ne fait qu'encourager l'ennemi», poursuivit-il.

Mia croisa les jambes. Comme toutes les employées de cette chaîne, elle devait porter une jupe suffisamment courte pour dévoiler ses genoux. «Concrètement, que voulez-vous dire, Jim? demanda-t-elle.

— Ce que je dis, c'est que nous pourrions anéantir la Corée du Nord avec une seule frappe nucléaire, et ce dès aujourd'hui.

— Eh bien, voilà qui est plutôt radical.»

Pauline rit de nouveau. «Radical? dit-elle en s'adressant à l'écran. C'est cinglé, oui…»

Moore continua : «Non seulement ça réglerait le problème une fois pour toutes, mais ça ferait peur aux autres. Disons-leur : "Si vous attaquez l'Amérique, vous êtes cuits !"»

Pauline imaginait parfaitement les partisans de Moore frapper l'air de leurs poings. Eh bien, elle les sauverait de la catastrophe nucléaire, qu'ils le veuillent ou non.

Elle éteignit le poste.

Elle était prête à aller se coucher, mais il lui restait une chose à faire avant de dormir.

Elle enfila un survêtement et descendit l'escalier jusqu'à l'étage inférieur. Elle y trouva les membres du Secret Service et un jeune commandant de l'armée chargé du football nucléaire.

Ce n'était pas un ballon, bien évidemment, mais une mallette Zero Halliburton en aluminium recouverte de cuir noir. Elle ressemblait à un bagage cabine, à cette différence près qu'une petite antenne de communication dépassait près de la poignée. Pauline salua le jeune homme et lui demanda son nom.

« Rayvon Roberts, madame la Présidente.

— Eh bien, commandant Roberts, j'aimerais jeter un coup d'œil à l'intérieur de cette mallette, pour me rafraîchir la mémoire. Ouvrez-la, s'il vous plaît.

— Bien, madame. »

Roberts retira rapidement la housse en cuir noir, posa la mallette métallique sur le sol, fit basculer les trois loquets et souleva le couvercle.

La mallette contenait trois objets et un téléphone sans cadran.

« Madame, puis-je vous rappeler à quoi sert chacun de ces objets ? proposa Roberts.

— Oui, je vous en prie.

— Voici le Livre noir. » C'était un classeur de bureau ordinaire. Pauline le lui prit des mains et en feuilleta les pages, imprimées en noir et rouge. Roberts expliqua : « Vous avez là la liste de vos options de représailles.

— Toutes les possibilités de déclencher une guerre nucléaire.

— C'est cela.

— Je n'aurais pas pensé qu'il puisse y en avoir autant. Ensuite ? »

Roberts sortit un autre classeur similaire. « La liste

des sites secrets de tout le pays où vous pourriez vous réfugier en cas d'urgence.»

Il lui montra ensuite un dossier en papier kraft contenant une douzaine de pages agrafées. «Vous y trouverez le détail du système d'alerte national qui vous permettrait de vous adresser à la nation sur toutes les chaînes de télévision et stations de radio en cas d'urgence nationale.»

Ce système était presque obsolète, pensa Pauline, à l'ère des informations en continu.

«Quant à ce téléphone, il ne permet d'appeler qu'un numéro : le centre de commandement militaire du Pentagone. Celui-ci transmettra vos instructions aux centres de contrôle de lancement de missiles, aux sous-marins nucléaires, aux aérodromes des bombardiers et aux commandants sur le terrain.

— Merci, commandant», dit-elle. Elle quitta le petit groupe et remonta à l'étage. Elle pouvait enfin aller se coucher. Elle se déshabilla et se glissa de bon cœur entre les draps. Allongée, les yeux fermés, elle revit en pensée cette mallette recouverte de cuir. Ce qu'elle contenait vraiment était la fin du monde.

Elle s'endormit en quelques secondes.

35

Tripoli était une grande ville, la plus grande que Kiah ait jamais vue, deux fois plus grande que N'Djamena. Des gratte-ciel surplombant une plage avaient été construits au centre-ville, mais le reste de l'agglomération était surpeuplé et sale, avec de nombreux immeubles endommagés par les bombes. Certains hommes étaient vêtus à l'européenne, mais toutes les femmes portaient des robes longues et des foulards.

Abdul les conduisit, Naji et elle, dans un petit hôtel, bon marché mais propre, où aucun des employés ni des clients n'était blanc et où personne ne parlait d'autre langue que l'arabe. Au début, les hôtels avaient intimidé Kiah, et la politesse des membres du personnel lui faisait croire qu'ils se moquaient d'elle. Quand elle avait interrogé Abdul sur la manière de se comporter avec eux, il lui avait répondu : « Sois agréable, mais n'aie pas peur de demander ce que tu veux. Si tu les trouves trop curieux et qu'ils cherchent à savoir d'où tu viens, souris et dis que tu n'as pas le temps de bavarder. » Le conseil avait été efficace.

Au réveil, dès le premier matin de leur arrivée à Tripoli, Kiah commença à penser à l'avenir. Jusqu'à ce jour, elle avait eu peine à croire qu'ils aient pu s'échapper du camp minier. Au cours de leur voyage vers le nord de la Libye, alors que les routes s'amélioraient progressivement et qu'ils dormaient dans des endroits plus confortables, elle avait eu secrètement peur que les djihadistes les rattrapent et les réduisent à nouveau en esclavage. Ces types étaient forts et brutaux et ils arrivaient généralement à leurs fins. De tous les hommes qu'elle avait connus, Abdul était le seul capable de leur tenir tête.

Le cauchemar était terminé, Dieu soit loué, mais quelle était la prochaine étape ? Quels étaient les projets d'Abdul ? En faisait-elle partie ?

Lorsqu'elle se décida à le lui demander, il lui répondit par une question : « Qu'as-tu envie de faire ?

— Tu sais ce que je souhaite. Vivre en France, où je pourrai nourrir mon enfant et l'envoyer à l'école. Or j'ai dépensé tout mon argent et je suis toujours en Afrique.

— Je peux sans doute t'aider. Je n'en suis pas sûr, mais je vais essayer.

— Comment ?

— Je ne peux pas encore te le dire. Fais-moi confiance. »

Elle lui faisait confiance, bien sûr. Elle avait mis sa vie entre ses mains. Cependant elle sentait en lui une tension sous-jacente, que ses questions avaient rendue plus présente. Quelque chose l'inquiétait. Ce n'étaient pas les djihadistes : il semblait ne plus craindre qu'ils puissent être suivis. Certes, il jetait toujours de temps en temps un coup d'œil derrière lui et aux autres voitures, mais pas de façon obsessionnelle. Alors, pourquoi cette anxiété ? Était-ce de penser à leur avenir ensemble – ou séparément ?

Cette idée l'effrayait. Depuis qu'elle l'avait rencontré, il lui avait donné l'impression d'être maître de la situation, d'être prêt à tout, de n'avoir peur de rien. Or maintenant, il reconnaissait ne pas savoir s'il pourrait l'aider à aller jusqu'au terme de son voyage. Que ferait-elle s'il la laissait tomber ? Comment pourrait-elle retourner au lac Tchad ?

Adoptant un ton léger, il annonça : « Nous avons tous besoin de nouveaux vêtements. Allons faire un peu de shopping. »

Kiah n'avait jamais « fait un peu de shopping », mais elle connaissait l'expression et savait que les femmes riches allaient dans les magasins à la recherche de choses à acheter avec tout l'argent qu'elles avaient. Elle n'avait jamais imaginé en faire autant un jour. Les femmes comme elle ne dépensaient d'argent que lorsque c'était indispensable.

Abdul héla un taxi et ils se rendirent dans le centre-ville, où des arcades ombragées étaient bordées de magasins qui étalaient la moitié de leur marchandise sur le trottoir. « Beaucoup d'Arabes français portent des vêtements traditionnels, lui dit Abdul, mais la vie est plus facile en vêtements européens. »

Il prêchait une convertie. Kiah rêvait de partager la liberté des femmes européennes et voulait que ses vêtements en soient le symbole.

Ils trouvèrent d'abord une boutique spécialisée dans les vêtements pour enfants. Choisir les couleurs et trouver la bonne taille fit le bonheur de Naji. Il prit plaisir à enfiler une chemise neuve et se regarder dans le miroir, au grand amusement d'Abdul. « Une telle vanité chez un si petit bonhomme ! dit-il.

— Comme son père », murmura Kiah. Salim avait été légèrement vaniteux. Puis elle jeta un regard inquiet à Abdul, espérant que la mention de son défunt mari ne l'avait pas offensé. Un homme n'aimait pas qu'on lui rappelle que sa maîtresse avait couché avec un autre. Mais Abdul souriait à Naji, et ne parut pas s'en offusquer.

Il acheta à Naji deux shorts, quatre chemises, deux

paires de chaussures, des sous-vêtements et une casquette de base-ball que le petit garçon voulut absolument porter tout de suite.

Dans un magasin voisin, Abdul disparut dans une cabine d'essayage et en ressortit vêtu d'un costume de coton bleu foncé, d'une chemise blanche et d'une étroite cravate unie. Kiah ne se souvenait pas de la dernière fois où elle avait vu un homme avec une cravate, sauf à la télévision. « On dirait un Américain ! s'exclama-t-elle.

— Quelle horreur ! » s'écria Abdul en français. Mais il souriait.

Kiah se dit alors qu'il était peut-être vraiment américain. Cela aurait expliqué tout l'argent qu'il possédait. Elle lui poserait la question, décida-t-elle. Pas maintenant, mais bientôt.

Il retourna au fond du magasin et réapparut vêtu de son habituel *galabeya* gris-brun, avec ses vêtements neufs rangés dans un sac.

Ils se dirigèrent enfin vers un magasin de confection féminine. « Je ne veux pas que tu dépenses trop d'argent pour nous, dit Kiah à Abdul.

— Voilà ce que tu vas faire : choisis deux tenues, une avec une jupe et l'autre avec un pantalon. Prends aussi des sous-vêtements, des chaussures et tous les accessoires assortis à chaque tenue. Ne te soucie pas du prix, rien n'est cher ici. »

Kiah ne trouvait pas les prix bon marché, mais comme elle n'avait jamais acheté de vêtements, seulement le tissu pour les fabriquer, elle était incapable d'en juger.

« Et ne te presse pas, poursuivit Abdul. Nous avons tout notre temps. »

Ne pas avoir à s'inquiéter du coût inspira à Kiah un sentiment étrange. C'était agréable mais un peu déconcertant, parce qu'elle craignait de finir par croire qu'elle pouvait vraiment tout acheter dans la boutique. Elle essaya timidement une jupe à carreaux et un chemisier lilas. Elle était trop gênée pour sortir de la cabine et montrer à Abdul ce qu'elle avait choisi. Elle essaya ensuite un jean et un tee-shirt vert. La vendeuse lui proposa de la lingerie en dentelle noire, en disant : « Il aimera ça. » Pourtant Kiah ne put se résoudre à acheter ce qui ressemblait à des dessous de prostituée et insista pour prendre des sous-vêtements en coton blanc.

Ce qu'elle avait fait dans la voiture la première nuit, après leur évasion, la plongeait encore dans l'embarras. Ils avaient dormi dans les bras l'un de l'autre pour se réchauffer mais, quand le jour était venu, elle avait embrassé son visage endormi et n'avait plus pu s'arrêter. Elle avait couvert de baisers ses mains, son cou et ses joues jusqu'à ce qu'il se réveille, et ensuite, bien sûr, ils avaient fait l'amour. Elle l'avait séduit. C'était honteux. Et pourtant, elle ne parvenait pas à le regretter, parce qu'elle l'aimait et qu'elle pensait qu'il commençait à l'aimer, lui aussi. Cependant, elle s'inquiétait à l'idée de s'être conduite comme une putain.

Elle fit emballer toutes ses emplettes et dit à Abdul qu'elle lui montrerait ce qu'elle avait choisi quand ils seraient rentrés à l'hôtel. Il sourit et dit qu'il avait hâte.

En sortant du magasin, elle se demanda avec mélancolie si elle porterait jamais ces vêtements en France.

« Il nous reste une chose à faire, lui annonça Abdul. Pendant que tu étais dans la cabine d'essayage, je me suis renseigné pour savoir où on peut se faire photographier. Il paraît qu'il y a une agence de voyages avec un Photomaton dans la rue d'à côté. »

Kiah n'avait jamais entendu parler d'une agence de voyages ni d'un Photomaton, mais elle ne dit rien. Abdul faisait souvent allusion à des choses qu'elle ne connaissait pas, et plutôt que de le harceler sans cesse avec des questions, elle attendait d'en découvrir elle-même la signification.

Ils firent quelques pas et entrèrent dans une boutique décorée de photos d'avions et de paysages lointains. Une jeune femme à l'allure professionnelle était assise à un bureau, vêtue d'une jupe et d'un chemisier presque semblables à ceux que Kiah avait achetés.

Dans un coin, se trouvait une petite cabine avec un rideau. La femme donna à Abdul quelques pièces de monnaie en échange de billets, et il expliqua à Kiah comment fonctionnait la machine. C'était facile, mais le résultat tenait du miracle : en quelques secondes, une bande de papier sortit de la fente, comme un enfant qui tire la langue, et Kiah aperçut quatre photos en couleurs de son visage. Lorsque Naji les vit, il voulut absolument avoir les mêmes, ce qui tombait bien, car Abdul avait dit qu'ils avaient aussi besoin de portraits de l'enfant.

Comme n'importe quel enfant de deux ans, Naji ne tenait pas en place et il fallut s'y reprendre à trois fois pour obtenir des photos correctes.

L'employée qui était derrière le bureau leur annonça : « L'aéroport international de Tripoli est fermé, mais celui de Mitiga propose des vols pour Tunis. De là, vous aurez des vols à destination de nombreux pays. »

Ils la remercièrent et sortirent. Dans la rue, Kiah demanda : « Pourquoi avons-nous besoin de photos ?

— Pour que vous puissiez obtenir des papiers et voyager. »

Kiah n'avait jamais eu de carte d'identité. Elle n'avait jamais eu l'intention de présenter ses papiers à une frontière. Abdul semblait croire qu'elle pouvait entrer en France légalement. À sa connaissance, c'était impossible. Dans le cas contraire, à quoi bon payer des passeurs ?

748

« Il me faudrait ta date de naissance, lui dit Abdul. Et celle de Naji. »

Elle les lui indiqua et, fronçant les sourcils, il mémorisa les deux dates, devina-t-elle.

Un détail la tracassait pourtant. « Et toi, demanda-t-elle, tu n'as pas besoin de photo ?

— J'ai déjà des papiers. »

Ce n'était pas ce qu'elle voulait savoir. « Quand nous irons en France, Naji et moi…

— Oui ?

— Où iras-tu ? »

La tension crispa à nouveau ses traits. « Je ne sais pas. »

Cette fois, elle insista. Elle estimait avoir droit à une réponse et ne supportait plus cette angoisse. « Tu viendras avec nous ? »

Sa réponse ne la rassura pas. « *Inch'Allah* », murmura-t-il.

*

Ils déjeunèrent dans un café, où ils commandèrent des *baghrirs*, des crêpes de semoule marocaines, arrosées d'une sauce au miel et au beurre fondu, que Naji trouva délicieuses.

Tout au long de ce simple repas, Abdul éprouva une étrange sensation voisine de celle que procurait la chaleur du soleil ou un verre de bon vin, et qui lui rappelait vaguement la musique de Mozart. Il se demanda si c'était le bonheur.

Alors qu'ils prenaient le café, Kiah l'interrogea : « Tu es américain ? »

Elle était très perspicace. « Qu'est-ce qui te fait dire ça ?

— Tu as beaucoup d'argent. »

749

Il aurait voulu lui avouer la vérité, mais c'était encore trop dangereux. Il devait attendre que sa mission soit terminée. «J'ai beaucoup de choses à t'expliquer. Tu peux patienter encore un peu?

— Bien sûr.»

Il ne savait toujours pas ce que l'avenir lui réservait, mais espérait être en mesure de prendre certaines décisions avant la fin de la journée.

Ils retournèrent à l'hôtel et lorsqu'ils eurent couché Naji pour sa sieste, Kiah montra ses nouveaux vêtements à Abdul. Cependant, quand elle enfila le soutien-gorge et la culotte de coton blanc, ils se rendirent compte qu'ils ne pouvaient attendre plus longtemps pour faire l'amour.

Il revêtit ensuite son nouveau costume. Il était temps de retourner dans le monde réel. Il n'y avait pas d'antenne de la CIA à Tripoli, mais la DGSE française y avait un bureau et il avait pris rendez-vous.

«Je dois aller voir quelqu'un», annonça-t-il à Kiah.

Elle eut l'air inquiète, mais ne fit aucun commentaire.

«Ça ira, toute seule ici? reprit-il.

— Bien sûr.

— S'il arrive quoi que ce soit, appelle-moi.» Il lui avait acheté un téléphone deux jours plus tôt avec une carte prépayée. Elle ne l'avait pas encore utilisé.

«Tout se passera bien, ne t'en fais pas.»

Leur hôtel offrait peu d'équipements et de services, mais on trouvait à la réception un bocal contenant des cartes précisant l'adresse de l'établissement en caractères arabes, et Abdul en prit quelques-unes en sortant.

Il gagna le centre-ville en taxi, heureux de porter à nouveau des vêtements de style américain. Ce n'était pourtant pas un costume de bonne qualité mais personne ici ne le savait et, en tout état de cause, cette tenue lui rappelait qu'il était citoyen du pays le plus puissant du monde.

Le taxi s'arrêta devant un immeuble de bureaux délabré. Une rangée de plaques de laiton ternies occupait le mur près de l'entrée, chacune avec une sonnette, un interphone et le nom d'une entreprise. Il repéra la plaque marquée «Entremettier & Cie» et appuya sur le bouton. L'interphone resta silencieux, mais la porte s'ouvrit et il entra.

Il espérait une chose en particulier de ce rendez-vous, mais n'était pas sûr de l'obtenir. S'il savait s'imposer lors d'un affrontement dans la rue ou dans le désert, il était moins à l'aise dans un bureau. Il avait pourtant de bonnes chances de parvenir à ses fins, plus de cinquante pour cent, selon lui. Mais s'ils refusaient, il ne pourrait pas faire grand-chose.

Des panonceaux le guidèrent vers une porte au troisième étage. Il frappa et entra. Tamara et Tab l'attendaient.

Il ne les avait pas vus depuis plus de deux mois et l'émotion l'étreignit. À sa grande surprise, ils semblaient émus, eux aussi. Tab avait les larmes aux yeux en échangeant une poignée de main avec lui, et Tamara le serra dans ses bras. «Vous avez été tellement courageux!» lui dit-elle.

Ils étaient en compagnie d'un homme en costume beige qui salua Abdul en français de manière formelle, et se présenta sous le nom de Jean-Pierre Malmain avant de lui serrer la main, lui aussi. Abdul supposa qu'il s'agissait du chef du renseignement français en Libye.

Ils s'assirent autour d'une table et Tab prit la parole: «Pour rappel, Abdul, la prise d'Hufra est à ce jour la plus grande réussite de notre campagne contre l'EIGS.»

Tamara ajouta: «En plus de la fermeture d'Hufra, nous avons pu établir un énorme fichier regorgeant d'informations sur l'EIGS : noms, adresses, lieux de rendez-vous, photographies. Et nous avons découvert l'ampleur inimaginable du soutien qu'accorde la Corée du Nord au terrorisme africain. C'est le plus gros coup de filet des services de renseignement dans leur lutte contre les djihadistes nord-africains. »

Une élégante secrétaire entra avec une bouteille de champagne et quatre coupes sur un plateau. « Nous allons fêter ça à la française », annonça Tab. Il déboucha la bouteille et remplit les verres.

« À notre héros ! » lança Tamara, et ils trinquèrent tous.

Abdul sentait que la relation entre Tamara et Tab avait évolué depuis le jour où il les avait rencontrés sur la rive du lac Tchad. S'il avait deviné juste et s'ils formaient maintenant un couple, il voulait qu'ils en parlent. Ils seraient plus enclins ensuite à accueillir favorablement sa requête. Il sourit et dit : « Vous êtes ensemble ? »

Tamara répondit : « Oui. » Ils avaient l'air aux anges.

« Tout de même, travailler pour les services de renseignement de deux pays différents…, observa Abdul.

— J'ai démissionné, lui annonça Tab. Je termine ma période de préavis avant de rentrer en France pour travailler dans l'entreprise familiale.

— Et moi, enchaîna Tamara, j'ai demandé à être transférée à l'antenne de la CIA à Paris. Phil Doyle a approuvé mon dossier.

— Et mon patron, Marcel Lavenu, ajouta Tab, a recommandé Tamara au chef de la CIA là-bas en France, qui est un de ses amis.

— Eh bien, je vous souhaite beaucoup de bonheur à tous les deux, déclara Abdul. Vous êtes si beaux, vous aurez des enfants magnifiques. »

Ils eurent l'air gênés, et Tamara répliqua : « Je n'ai pas dit que nous allions nous marier.

— Je suis tellement vieux jeu, balbutia Abdul gêné. Pardonnez-moi.

— Vous êtes tout pardonné, dit Tab. Nous n'avons pas encore abordé la question, c'est tout. »

Tamara s'empressa de changer de sujet. « Et maintenant, si vous êtes prêt, nous allons vous reconduire à N'Djamena. »

Abdul garda le silence.

« J'ai bien peur que vous ne soyez bon pour un débriefing exhaustif, poursuivit-elle. Ça risque de prendre plusieurs jours. Mais ensuite, vous aurez droit à de longues vacances. »

Nous y voilà, pensa Abdul.

« Je ferai ce débriefing, bien sûr, je ne demande pas mieux », répondit-il. Ce n'était pas vrai, mais il devait faire semblant. « Et j'ai hâte d'être en vacances. Mais ma mission n'est pas encore terminée.

— Comment ça ?

— Je voudrais essayer de retrouver la piste des trafiquants. La cargaison n'est pas à Tripoli, j'ai vérifié avec le dispositif de tracking. Elle a donc certainement franchi la Méditerranée.

— Abdul, vous en avez assez fait, souligna Tamara.

— En plus, la cargaison a pu atterrir n'importe où dans le sud de l'Europe, de Gibraltar à Athènes, remarqua Tab. Ça représente des milliers de kilomètres de côte.

— Certains lieux sont tout de même plus probables que d'autres, insista Abdul. Le sud de la France, par exemple, a une infrastructure bien établie d'importation et de distribution de drogue.

— Ça reste un vaste territoire à explorer.

— Pas vraiment. En suivant la route côtière – la Corniche, comme on l'appelle, je crois –, je pourrai peut-être capter le signal. Ce qui nous permettrait de découvrir qui se trouve au bout de la chaîne. L'occasion est trop bonne pour qu'on la manque.

— Nous ne sommes pas là pour arrêter des trafiquants de cocaïne, intervint Jean-Pierre Malmain. Ce sont les terroristes qui nous intéressent.

— Mais c'est d'Europe que vient leur argent, insista Abdul. En fin de compte, toute l'opération est financée par les gamins qui achètent la came dans les boîtes de nuit. Tous les bâtons que nous pourrons leur mettre dans les roues en France compromettront l'ensemble du trafic de l'EIGS, qui lui rapporte probablement davantage que la mine d'or d'Hufra. »

Malmain lança alors d'un ton sans appel : «Vous comprendrez que cette décision incombe à nos supérieurs. »

Abdul secoua la tête. «Nous n'avons pas de temps à perdre. Les émetteurs seront découverts dès qu'ils ouvriront les sacs de cocaïne. C'est peut-être déjà fait, mais sinon – si nous avons de la chance –, ce sera dans les prochains jours. J'ai l'intention de partir dès demain pour la France.

— Je ne peux pas vous donner cette autorisation.

— Je ne vous la demande pas. Cette initiative est couverte par mon ordre de mission initial. Si je me trompe, je serai rappelé et je quitterai la France. En attendant, j'y vais. »

Malmain haussa les épaules et céda.

«Abdul, demanda Tamara, avez-vous besoin de quoi que ce soit dans l'immédiat ?

— Oui. » C'était la partie délicate de la négociation, mais il avait réfléchi à la manière de formuler sa demande. Il tapota ses poches, à la recherche d'un stylo, pour se rendre compte qu'il avait perdu l'habitude d'en avoir un sur lui. «Quelqu'un pourrait-il me donner un crayon et une feuille de papier, s'il vous plaît ? »

Malmain se leva. Pendant qu'il allait chercher de quoi écrire, Abdul expliqua : « Quand je suis parti d'Hufra, deux des esclaves se sont évadés avec moi, une femme et un enfant, des migrants, sans papiers. Ils m'ont servi de couverture, nous avons fait comme si nous formions une famille. C'est une couverture parfaite et je voudrais continuer à m'en servir.

— Ça me paraît être une bonne idée », approuva Tamara.

Malmain lui tendit un bloc-notes et un crayon. Abdul écrivit : « Kiah Haddad et Naji Haddad » et ajouta leurs dates de naissance avant de préciser : « Il me faut deux passeports français authentiques, un par personne. » Comme tous les services secrets du monde, la DGSE pouvait obtenir tous les passeports qu'elle voulait.

Tamara déchiffra les noms qu'il avait écrits et lui demanda : « Ils ont pris votre nom ?

— Nous nous faisons passer pour une famille, lui rappela Abdul.

— Ah, oui, bien sûr », fit-elle, mais Abdul comprit qu'elle avait deviné la vérité.

Malmain, à qui le plan d'Abdul ne plaisait visiblement pas, ajouta : « Il va me falloir des photos. »

Abdul sortit de la poche de sa veste les deux bandes de photos prises à l'agence de voyages et les fit glisser de l'autre côté de la table.

« Oh, la femme du lac Tchad ! s'écria Tamara. Je me disais bien que ce prénom m'était familier. » Elle expliqua à Malmain : « Nous l'avons rencontrée au Tchad. Elle nous a posé des questions sur la vie en Europe. Je lui ai dit de ne pas faire confiance aux passeurs.

— C'était un conseil judicieux, approuva Abdul. Ils lui ont pris son argent et l'ont abandonnée dans un camp d'esclaves libyen. »

Malmain fit un commentaire vaguement ironique : « Et vous vous êtes donc lié d'amitié avec cette femme. »

Abdul garda le silence.

Tamara regardait toujours la photo. « Elle est très belle. Je me souviens de l'avoir déjà pensé à l'époque. »

Bien sûr, ils se doutaient tous de la nature de la relation entre Kiah et lui. Abdul n'essaya pas de se justifier. Qu'ils pensent ce qu'ils veulent, se dit-il.

Tamara était de son côté. Elle se tourna vers Malmain et lui demanda : « Combien de temps faut-il pour établir les passeports, à peu près une heure ? »

Malmain hésita. Il estimait de toute évidence qu'Abdul devait commencer par retourner à N'Djamena se soumettre au débriefing. Mais il était difficile de lui refuser quoi que ce soit après tout ce qu'il avait accompli, et c'était bien ce sur quoi Abdul comptait.

Malmain céda à nouveau et répondit : « Deux heures. »

Abdul dissimula son soulagement. Réagissant comme s'il avait été convaincu d'emblée d'obtenir gain de cause, il tendit à Malmain une des cartes qu'il avait prises à la réception de l'hôtel. « Veuillez les faire livrer à mon hôtel.

— Entendu. »

Il partit quelques minutes plus tard. Dans la rue, il héla un taxi et donna l'adresse de l'agence de voyages où ils étaient allés quelques heures auparavant. En chemin, il réfléchit à ce qu'il venait de faire. Il s'était à présent engagé à emmener Kiah et Naji en France. Le rêve de Kiah allait se réaliser. Mais lui ? Quels étaient ses projets pour la suite ? De toute évidence, Kiah se posait cette question avec autant d'angoisse que lui. Il avait repoussé le jour où il devrait y répondre, sous prétexte de ne pas savoir quelle serait l'attitude de la CIA et de la DGSE. Maintenant qu'il le savait, il n'y avait plus de raison de continuer à atermoyer.

Quand ils seraient en France et que Kiah et Naji s'y seraient installés, leur dirait-il adieu, retournerait-il chez lui aux États-Unis pour ne plus jamais les revoir ? Chaque fois qu'il envisageait cette solution, il broyait du noir. Il se remémora leur déjeuner, et le sentiment de bonheur qui l'avait envahi. Quand avait-il éprouvé pour la dernière fois une telle impression de félicité, cette sensation d'être enfin à sa place dans le monde ? Peut-être jamais.

Le taxi s'arrêta et Abdul entra dans l'agence de voyages. La même jeune femme élégante était assise derrière le bureau, et elle se souvint de lui. Au début, elle parut méfiante, comme si elle pensait qu'il était revenu sans son épouse pour lui proposer un rendez-vous.

Il lui adressa un sourire rassurant. « Je dois me rendre à Nice, annonça-t-il. Trois billets. Aller simple. »

36

À sept heures du matin, un vent violent soufflait sur le lac circulaire au sud du complexe gouvernemental de Zhongnanhai. Chang Kai descendit de sa voiture et ferma sa parka pour se protéger du froid.

Il allait voir le Président, mais c'était à Ting qu'il pensait. La veille au soir, elle l'avait interrogé sur la guerre et il lui avait dit que les superpuissances empêcheraient l'escalade. Mais, au fond de son cœur, il n'en était pas sûr et elle l'avait senti. Ils étaient allés se coucher et s'étaient serrés très fort pour se protéger l'un l'autre. Puis ils avaient fait l'amour avec la frénésie du désespoir, comme si c'était la dernière fois.

Après, il était resté éveillé un moment. Dans sa jeunesse, il s'était demandé qui détenait vraiment le pouvoir. Était-ce le Président, le chef des armées ou l'ensemble des membres du Politburo? Ou bien le président des États-Unis, les médias américains ou les milliardaires américains? Peu à peu, il avait compris que tous subissaient des contraintes. Le Président américain avait des comptes à rendre à l'opinion publique et le Président chinois au parti communiste. Les milliardaires devaient faire des profits et les généraux gagner des batailles. Le pouvoir n'était pas concentré en un point, mais réparti dans un réseau d'une immense complexité, un ensemble de personnes et d'institutions clés sans volonté collective, tiraillant toutes dans des directions différentes.

Et il en faisait partie. Il serait responsable autant que quiconque de ce qui allait se produire.

Allongé dans son lit, écoutant le chuintement perpétuel des pneus sur la chaussée au-dehors, il s'était demandé ce qu'il pouvait faire de plus, à partir de sa position sur le réseau, pour empêcher la crise coréenne de se transformer en catastrophe mondiale. Il devait s'assurer que Ting, et sa mère, et la mère de Ting et son propre père ne mourraient pas sous un déluge de bombes, de débris, de gravats et de radiations létales.

Cette pensée l'avait longtemps tenu éveillé.

À présent, alors qu'il refermait la portière de sa voiture et relevait la capuche de sa parka, il vit deux personnes sur la berge, lui tournant le dos, contemplant les eaux grises et froides du lac. Il reconnut la silhouette de son père, Chang Jianjun, emmitouflé dans un pardessus noir, semblable à une statue trapue, n'eût été la fumée de sa cigarette. L'homme qui l'accompagnait était probablement son vieil ami le général Huang, bravant le froid dans sa vareuse d'uniforme, trop endurci pour porter une écharpe de laine. La vieille garde est sur le pont, songea Kai.

Il s'approcha d'eux, mais ils ne s'en aperçurent pas, sans doute à cause du vent, et il entendit Huang déclarer :

« Si les Américains veulent la guerre, ils l'auront.

— L'art suprême de la guerre est de soumettre l'ennemi sans combat, intervint Kai. C'est Sun Tzu qui l'a dit.

— Je connais sûrement mieux la philosophie de Sun Tzu qu'un freluquet comme vous », répliqua Huang, furieux.

Une autre voiture s'arrêta et Kong Zhao, le jeune ministre de la Défense nationale, en descendit. Kai fut ravi de voir un allié. Kong sortit de son coffre une veste de ski rouge et l'enfila. Il demanda aux trois hommes immobiles sur la berge :

«Pourquoi n'entrons-nous pas?

— Le Président a envie de marcher un peu, répondit Jianjun. Il trouve qu'il a besoin d'exercice.» On percevait un soupçon d'irrespect dans sa voix. Certains des faucons les plus âgés considéraient l'exercice comme une lubie de jeunes.

Le président Chen sortit du palais chaudement vêtu, avec gants et casquette tricotée. Suivi d'un garde et d'un assistant, il se mit aussitôt à marcher d'un bon pas. Les autres le rejoignirent, Jianjun jetant prestement sa cigarette. Ils entamèrent le tour du lac dans le sens des aiguilles d'une montre.

«Chang Jianjun, demanda le Président d'un ton solennel, en tant que vice-président de la commission de Sécurité nationale, quelle est votre opinion sur la guerre en Corée?

— Le Sud est en train de gagner, répondit Jianjun sans hésiter. Ils sont plus lourdement armés et leurs missiles sont plus précis.» Il s'exprimait comme lors d'un briefing d'état-major: les faits, rien que les faits, net et sans bavures.

«Combien de temps la Corée du Nord peut-elle tenir? reprit Chen.

— Ils seront à court de missiles dans quelques jours tout au plus.

— Mais nous continuons à leur en fournir.

— Aussi vite que nous le pouvons. Il ne fait pas de doute que les Américains en font autant pour le Sud. Mais ni eux ni nous ne pouvons poursuivre indéfiniment.

— Et alors, que se passera-t-il?

— Le Sud risque d'envahir le Nord.»

Le Président se tourna vers Kai: «Avec l'aide des Américains?

— Ils n'enverront pas de troupes au nord, répondit

Kai. Mais ils n'en auront pas besoin. L'armée sud-coréenne est capable de gagner sans eux.

— Et ensuite, toute la Corée sera sous la coupe du régime de Séoul, c'est-à-dire des États-Unis», observa Jianjun.

Kai n'était pas sûr que ce dernier point fût encore exact, mais le moment était mal choisi pour engager ce débat.

«Quelle action recommandez-vous? demanda Chen.

— Nous devons intervenir, répondit Jianjun catégoriquement. C'est la seule façon d'empêcher la Corée du Nord de devenir une colonie américaine, aux portes de notre pays.»

Kai redoutait plus que tout une intervention. Mais avant qu'il ait pu s'exprimer, Kong Zhao prit la parole: «Je ne suis pas d'accord», lança-t-il sans attendre que le Président l'interroge.

Jianjun eut l'air furieux d'être contredit.

«Continuez, Kong, dit Chen d'une voix affable. Expliquez-nous pourquoi.»

Kong passa une main dans ses cheveux déjà ébouriffés. «Si nous intervenons, nous donnons aux Américains le droit d'en faire autant.» Il parlait d'une voix raisonnable, comme s'il s'agissait d'une discussion philosophique, contrastant avec le feu roulant de faits sorti de la bouche de Jianjun. «La question majeure n'est pas comment sauver la Corée du Nord. C'est comment empêcher une guerre avec les États-Unis.»

Le général Huang secoua énergiquement la tête en signe de dénégation. «Les Américains ne souhaitent pas plus se trouver en guerre contre nous que nous contre eux, affirma-t-il. Tant que nos forces ne franchiront pas la frontière avec la Corée du Sud, ils se tiendront tranquilles.

— Vous n'en savez rien, objecta Kong en haussant

les épaules. Personne ne peut être certain de ce que feront les États-Unis. Ce que je demande, c'est si nous pouvons courir le risque d'un conflit entre superpuissances.

— La vie consiste à prendre des risques, gronda Huang.

— Et la politique consiste à les éviter », contra Kong.

Kai décida d'intervenir : « Puis-je émettre une suggestion ?

— Bien sûr », répondit Chen. Il sourit à Jianjun. « Les suggestions de votre fils sont souvent utiles. »

Jianjun n'était pas vraiment de cet avis. Il inclina la tête pour remercier du compliment, mais resta muet.

« Il y a une chose que nous pourrions tenter avant d'envoyer des troupes en Corée du Sud, dit Kai. Nous pourrions proposer une réconciliation entre le Guide suprême de Pyongyang et les ultras de Yeongjeo-dong. »

Chen acquiesça : « Si le régime et les rebelles pouvaient se réconcilier, la moitié de l'armée nord-coréenne qui a fait défection pourrait être mobilisée.

— Et les armes nucléaires ? » demanda Jianjun d'un air pensif.

C'était bien là le problème et Kai s'empressa d'ajouter : « Il est inutile d'utiliser les armes nucléaires. Le simple fait que le gouvernement de Pyongyang en dispose à nouveau devrait suffire à conduire les Sud-Coréens à la table des négociations. »

Chen souleva une autre objection : « J'ai peine à croire que le Guide suprême puisse accepter de partager le pouvoir avec quiconque, surtout avec ceux qui ont tenté de le renverser.

— Mais si c'est la seule solution à part la défaite totale… »

Chen s'abîma dans ses réflexions. Au bout d'une ou deux minutes, il reprit : « Cela vaut la peine d'essayer.

« — Appellerez-vous le Guide suprême Kang, monsieur ? demanda Kai.

— Je vais le faire sur-le-champ. »

Kai était satisfait.

Ce qui n'était pas le cas du général Huang, toujours hostile aux compromis qu'il accusait d'affaiblir l'image de la Chine. Le président Chen l'avait déçu. Huang et la vieille garde avaient favorisé son accession au pouvoir, le croyant partisan d'un communisme orthodoxe, mais une fois en place, Chen n'avait pas été aussi intransigeant qu'ils l'avaient espéré.

Toutefois, sachant accepter la défaite et limiter les dégâts, Huang dit alors : « Le temps presse, monsieur le Président. Si Kang accepte, permettez-moi de vous suggérer d'insister pour qu'il soumette cette proposition aux rebelles dès aujourd'hui.

— Vous avez raison », approuva Chen.

Huang sembla apaisé.

Le quatuor avait fait le tour du lac et approchait du Qinzheng. Jianjun se tourna vers Kai et, profitant d'un moment où personne d'autre ne pouvait l'entendre, lui demanda à mi-voix :

« As-tu parlé à ton ami Neil ces derniers temps ?

— Bien sûr. Je lui parle au moins une fois par semaine. C'est une source précieuse pour savoir ce que pense la Maison Blanche.

— Hum.

— Pourquoi cette question ?

— Sois prudent », lui conseilla Jianjun.

Ils entrèrent tous dans le bâtiment et montèrent l'escalier.

« Établissez la communication téléphonique avec Kang », demanda Chen à un assistant.

Ils ôtèrent leurs manteaux et frictionnèrent leurs

mains glacées. Un domestique leur apporta du thé pour les réchauffer.

Kai se demanda ce que les paroles de son père sous-entendaient. Elles avaient paru lourdes de menaces. Quelqu'un savait-il ce que Neil et lui se disaient ? C'était possible. En dépit de toutes leurs précautions, peut-être étaient-ils écoutés. Tous deux rapportaient leurs conversations à leurs supérieurs, et peut-être y avait-il eu des fuites. Kai avait-il confié quelque chose de condamnable ? Eh bien, oui : il avait signalé à Neil l'état de faiblesse de la Corée du Nord, et cette révélation pouvait être jugée déloyale.

Il se sentit mal à l'aise.

Le téléphone sonna et Chen décrocha.

Tous écoutèrent en silence pendant que le Président passait en revue les sujets abordés lors de leur discussion. Kai se concentra sur la voix de Chen. Bien que tous les Présidents aient joui en théorie d'un statut équivalent, en vérité la Corée du Nord était dépendante de la Chine, et cela se reflétait dans l'attitude de Chen, qui évoquait celle d'un père s'adressant à un fils adulte susceptible de lui désobéir.

Suivit un long silence au cours duquel Chen se contenta d'écouter.

Finalement, il prononça un seul mot : « Aujourd'hui. »

Kai reprit espoir. C'était un bon signe.

« Cela doit être fait dès aujourd'hui », insista Chen.

Il marqua une pause avant d'ajouter : « Merci, Guide suprême. »

Chen raccrocha et déclara : « Il a accepté. »

*

Dès que Kai eut regagné le QG du Guoanbu, il passa un coup de fil à Neil Davidson. Celui-ci était en réunion

– encore la Corée, devina Kai. Il se mit à l'écoute des chaînes d'information sud-coréennes, qui étaient parfois les premières à rapporter les événements. Le Nord paraissait encore affaibli et ne tirait que quelques missiles dont la plupart étaient interceptés, alors que les Sud-Coréens s'activaient à évacuer les gravats et à consolider les bâtiments endommagés par les bombes. Il n'y avait rien de neuf.

Le général Ham l'appela à midi.

Il parlait à voix basse, serrant de toute évidence le téléphone contre ses lèvres, comme s'il avait peur qu'on l'entende.

«Le Guide suprême a comblé toutes mes attentes», annonça-t-il.

Cela sonnait comme une louange, mais Kai n'était pas dupe.

«Il a parfaitement justifié la décision que j'ai prise il y a des années», poursuivit Ham.

À savoir espionner pour le compte de la Chine, songea Kai.

«Mais je dois avouer qu'il m'a surpris en s'efforçant de faire la paix.»

Kai était au courant, bien entendu, mais il n'en dit rien. «Quand est-ce arrivé?

— Kang a appelé la base de Yeongjeo-dong ce matin.»

Tout de suite après avoir parlé au président Chen, calcula Kai. Il avait été rapide.

«Kang est aux abois, remarqua-t-il.

— Pas encore tout à fait, reprit Ham. Il n'a rien proposé aux rebelles sinon une amnistie. Ils se méfient trop de lui pour croire qu'il tiendra parole, et de toute façon, ils veulent bien davantage.

— À savoir?

— Pak Jae-jin, le chef des rebelles, veut être nommé

ministre de la Défense et être désigné comme l'héritier de Kang au poste de Guide suprême.

— Ce que Kang a refusé.

— Ça n'a rien de surprenant, dit Ham. Désigner un rebelle comme héritier équivaut à signer son propre arrêt de mort.

— Kang aurait pu proposer un compromis.

— Mais il ne l'a pas fait. »

Kai soupira : « Autrement dit, il n'y aura pas de trêve.

— En effet. »

Sans être vraiment surpris, Kai n'en était pas moins atterré. Les rebelles ne voulaient pas de trêve. De toute évidence, ils pensaient qu'ils n'avaient qu'à patienter jusqu'à la chute du régime de Pyongyang, après quoi ils combleraient le vide du pouvoir. Les choses ne seraient sûrement pas aussi simples, mais ils ne s'en rendaient pas compte. Quoi qu'il en fût, pourquoi le Guide suprême faisait-il aussi peu d'efforts ?

« À ce jour et à cette heure, que veut Kang en réalité ? demanda-t-il à Ham.

— La mort ou la gloire. »

Kai eut une boule au ventre. Ce langage était celui de l'apocalypse.

« Mais qu'est-ce que ça signifie concrètement ? demanda-t-il.

— Je ne sais pas très bien. Mais gardez l'œil sur vos radars. » Ham raccrocha.

Kai craignait que le Guide suprême soit encore plus téméraire. Il avait accédé à la demande de Chen, mais à contrecœur, et proposé un accord aux rebelles ; peut-être estimait-il à présent que leur refus justifiait son agression. La suggestion pacificatrice de Kai n'avait peut-être qu'aggravé la situation.

Parfois, songea-t-il, à tous les coups l'on perd.

Il rédigea une brève note rapportant que les rebelles

avaient rejeté l'offre de paix du Guide suprême et l'envoya au président Chen, avec des copies aux membres les plus importants du gouvernement. En vérité, il aurait dû faire signer cette note par Fu Chuyu, mais il ne faisait même plus semblant d'en référer à son supérieur. Fu complotait contre lui et tous les gens bien informés le savaient. Il devait rappeler aux dirigeants de la Chine que c'était Kai, et non Fu, qui leur livrait les renseignements les plus vitaux.

Il convoqua Jin Chin-hwa, le chef de la division Corée. Jin avait grand besoin d'aller chez le coiffeur, songea-t-il; sa mèche lui retombait sur l'œil. Il s'apprêtait à le lui signaler lorsqu'il se rappela avoir vu d'autres jeunes hommes coiffés de la sorte; sans doute s'agissait-il d'une mode, et il s'abstint de toute remarque.

« Pouvons-nous observer la Corée du Nord au radar ? lui demanda-t-il.

— Bien sûr, répondit Jin. Notre armée capte leurs informations radar, mais nous pouvons aussi pirater les radars de l'armée sud-coréenne, qui sont probablement plus performants.

— Restez aux aguets. Il va peut-être se passer quelque chose. Et envoyez les images ici, s'il vous plaît.

— Oui, monsieur. Mettez-vous sur le canal n° 5, je vous prie. »

Kai s'exécuta. Une minute plus tard apparut un affichage de détection radar superposé à une carte. Le ciel au-dessus de la Corée du Nord semblait cependant calme après toutes ces journées de conflit aérien.

L'après-midi était déjà bien avancé lorsque Neil le rappela enfin.

« J'étais en réunion, expliqua-t-il avec son accent traînant typiquement texan. Mon patron est encore plus bavard qu'un prédicateur baptiste. Quoi de neuf ?

— Est-il envisageable que quelqu'un ait été informé du contenu de notre dernière discussion ? »

Il y eut un moment d'hésitation, puis Neil lança : « Oh, merde.

— Quoi ?

— Votre ligne est sécurisée, n'est-ce pas ?

— Autant qu'elle peut l'être.

— Nous venons de virer quelqu'un.

— Qui ça ?

— Un technicien informatique. Il travaillait pour l'ambassade, pas pour l'antenne de la CIA, mais il a quand même réussi à accéder à nos fichiers. On s'en est aperçus assez vite, mais il a dû voir le rapport que j'ai rédigé de notre dernière conversation. Vous avez des ennuis ?

— Certains de mes propos pourraient être mal interprétés, surtout par mes ennemis.

— J'en suis navré.

— De toute évidence, ce technicien n'espionnait pas pour mon compte.

— Nous pensons qu'il travaillait pour l'Armée populaire de libération. »

Autrement dit pour le général Huang. C'était ainsi que le père de Kai avait eu vent de leur conversation.

« Merci de votre franchise, Neil.

— En ce moment, c'est plus qu'indispensable.

— Vous avez diablement raison. Je vous recontacterai bientôt. »

Ils raccrochèrent.

Kai se cala contre son dossier et réfléchit. La campagne dirigée contre lui prenait de l'ampleur. On ne se contentait plus de répandre des ragots sur Ting. Quelqu'un cherchait à le faire passer pour un traître. Il aurait dû tout laisser tomber pour affronter ses ennemis : remettre en question la loyauté du vice-ministre Li, répandre des rumeurs sur la passion du jeu qui dévorait le général Huang, faire circuler la consigne interdisant à quiconque d'évoquer les problèmes mentaux de Fu Chuyu. Mais ce n'étaient que foutaises et il n'avait pas de temps à perdre.

Soudain l'affichage radar s'anima. Des flèches envahirent l'angle supérieur gauche de l'écran. Kai eut de la peine à les dénombrer.

Jin Chin-hwa l'appela : « Attaque de missiles, annonça-t-il.

— Oui. Combien ?

— Beaucoup. Vingt-cinq à trente.

— Je ne pensais pas que la Corée du Nord en avait encore autant.

— Ça représente peut-être la totalité de leur stock.

— Le dernier souffle du Guide suprême.

— Concentrez-vous sur la partie inférieure de l'écran pour observer la réaction sud-coréenne. »

Mais avant qu'il n'ait pu le faire, un nouveau bouquet de flèches s'épanouit, toujours du côté nord-coréen mais plus près de la frontière.

« Que diable… ? fit Kai.

— Ce sont sans doute des drones, suggéra Jin. C'est peut-être un effet de mon imagination, mais j'ai l'impression qu'ils sont plus lents. »

Des missiles et des drones, songea Kai ; viendrait ensuite le tour des bombardiers.

Il passa sur la chaîne sud-coréenne. Elle diffusait une alerte aérienne entrecoupée d'images en direct montrant des gens qui couraient s'abriter dans des parkings souterrains et dans les sept cents et quelques stations de métro de Séoul. Le gémissement suraigu des sirènes étouffait le bruit de la circulation. Kai se rappela que des exercices avaient lieu une fois par an, mais toujours à quinze heures, et comme l'après-midi touchait à sa fin, les Sud-Coréens savaient que ce n'était pas une simulation.

La télévision nord-coréenne n'émettait pas encore, mais il trouva une station de radio. Elle diffusait de la musique.

Revenant à l'affichage radar, il vit que des antimissiles de défense filaient à la rencontre des appareils en approche. Étrangement, l'image n'avait rien de spectaculaire : on voyait deux flèches en mouvement entrer en contact puis disparaître l'une comme l'autre, sans le moindre bruit ni rien pour indiquer que des millions de dollars de matériel militaire venaient d'être réduits en pièces.

Mais il n'ignorait pas que lors d'une attaque de missiles, les défenses n'étaient jamais impénétrables. Apparemment, au moins la moitié des projectiles nord-coréens réussissaient à passer. Bientôt, ils frapperaient des villes surpeuplées. Il repassa sur la chaîne sud-coréenne.

Les images de rues alternant avec les alertes anti-aériennes ne montraient plus qu'une ville fantôme. La circulation était presque à l'arrêt. Voitures, bus, camions et deux-roues étaient garés là où les avaient abandonnés leurs propriétaires pris de panique. Aux carrefours déserts, les feux de signalisation passaient du vert à l'orange puis au rouge sans que personne ne les voie. Quelques personnes couraient, aucune ne marchait. Suivi d'une ambulance jaune et blanc, un camion de pompiers rouge vif avançait au ralenti dans une rue, attendant les incendies qui ne manqueraient pas de se produire. Des gens courageux, songea Kai. Se demandant qui filmait ces images, il pensa que c'étaient peut-être des caméras télécommandées.

Puis les bombes commencèrent à s'abattre et ce fut un nouveau choc pour Kai.

Elles ne faisaient que peu de dégâts. Apparemment, elles n'étaient chargées que d'un très faible volume d'explosifs. Certaines éclataient dans les airs, entre quinze et trente mètres d'altitude. Pas un bâtiment ne s'effondrait, pas une voiture ne s'embrasait. Les ambulanciers sortirent de leur véhicule et les pompiers déroulèrent leurs tuyaux avant de contempler, perplexes, les projectiles qui pétillaient doucement.

Puis les uns comme les autres se mirent à tousser et à éternuer, et Kai s'exclama : « Oh, non, non ! »

Les gens commencèrent bientôt à suffoquer. Certains tombèrent à terre. Ceux qui pouvaient encore bouger se précipitèrent vers leurs véhicules pour attraper des masques à gaz.

« Ces salauds utilisent des armes chimiques », dit Kai en s'adressant à son bureau vide.

Une autre caméra montra des images d'un camp militaire sud-coréen. Le poison employé ici n'était apparemment pas le même : les soldats se précipitaient sur leurs combinaisons Hazmat, mais leur visage virait déjà au rouge, certains vomissaient, d'autres étaient trop déboussolés pour savoir quoi faire, et les plus gravement atteints gisaient sur le sol, en proie à des convulsions.

« Cyanure d'hydrogène », murmura Kai.

Sur le parking d'un supermarché, les clients sortaient en courant de leurs voitures immobilisées et, parfois chargés d'enfants ou de bébés, cherchaient à trouver refuge dans le bâtiment. La plupart n'atteignirent pas les portes et s'effondrèrent sur le bitume, bouche grande ouverte sur un cri que Kai ne pouvait entendre, tandis que le gaz moutarde les criblait de cloques, les aveuglait et détruisait leurs poumons.

La plus horrible des scènes avait pour théâtre une base américaine. Là, c'était un agent innervant qui avait été envoyé. Apparemment, un certain nombre de soldats avaient pris la précaution d'enfiler une tenue protectrice et s'efforçaient désespérément d'aider ceux qui n'en avaient pas eu le temps, dont un grand nombre de civils. Les hommes et les femmes touchés étaient à moitié aveuglés, ruisselant de sueur, pris de vomissements et de convulsions incoercibles. Ils étaient sans doute exposés au VX, songea Kai, une invention anglaise très appréciée des Nord-Coréens pour ses capacités meurtrières. Les victimes subissaient d'atroces souffrances, puis c'était la paralysie et la mort par suffocation.

Le téléphone sonna et il le décrocha sans quitter l'écran des yeux.

C'était Kong Zhao, le ministre de la Défense nationale.

« Putain, vous avez vu ça ? lança-t-il.

— Ils ont balancé des armes chimiques, répondit Kai. Et peut-être aussi biologiques – comme elles agissent plus lentement, nous n'en savons encore rien.

— Qu'est-ce qu'on va faire, bordel ?

— Ça n'a guère d'importance. La seule chose qui compte maintenant, c'est ce que feront les Américains. »

DEFCON 2

Au bord de la guerre nucléaire.
Les forces militaires sont prêtes
à se déployer en moins de six heures.
(Cet état d'alerte n'a été atteint qu'une seule fois,
lors de la crise des missiles de Cuba en 1962.)

37

Durant quelques instants, Pauline fut paralysée d'horreur.

Elle avait allumé la télé pendant qu'elle s'habillait et resta figée en sous-vêtements devant l'écran, incapable de détourner les yeux. CNN diffusait un flot continu d'images en provenance de Corée du Sud, filmées le plus souvent avec des téléphones et postées sur les réseaux sociaux, mais retransmises aussi par des chaînes coréennes. L'ensemble brossait un tableau cauchemardesque dépassant en monstruosité toutes les représentations médiévales du Jugement dernier.

C'était de la torture à distance. Les gaz et les gouttelettes toxiques frappaient sans discernement les hommes, les femmes et les enfants, les Coréens, les Américains et les autres. Ceux qui se trouvaient dehors étaient les plus vulnérables, mais les systèmes de ventilation des bureaux et des magasins captaient une partie des produits chimiques ; et l'air meurtrier pouvait s'insinuer dans les maisons et les appartements, s'infiltrant silencieusement par les interstices des portes et des fenêtres. Il parvenait même à descendre les rampes des parkings souterrains où certains s'étaient abrités, déclenchant d'horribles scènes de panique et d'hystérie. Les masques à gaz n'assuraient pas une protection complète, car – ainsi que le soulignaient les journalistes les mieux informés – une partie des substances létales pouvait pénétrer dans le système sanguin par l'épiderme.

C'étaient les bébés et les enfants qui la bouleversaient le plus : leurs cris, leurs hoquets désespérés, leurs visages brûlés, leurs convulsions irrépressibles. Voir des adultes souffrir ainsi était déjà terrible, mais le spectacle de ces enfants à l'agonie était insoutenable, et elle ne cessait de détourner les yeux avant de s'obliger à regarder encore.

Le téléphone sonna. C'était Gus.

«Quelle est l'ampleur de l'offensive ? lui demanda-t-elle.

— Les trois villes les plus importantes de Corée du Sud sont touchées – Séoul, Busan et Incheon –, ainsi que la plupart des bases américaines et coréennes.

— Enfer et damnation.

— C'est le cas de le dire.

— Combien d'Américains ont été tués ?

— Pas de chiffres pour le moment, mais ils vont se compter par centaines, notamment parmi les familles de nos troupes.

— L'attaque se poursuit encore ?

— Il n'y a plus de missiles, mais le poison continue de faire des victimes.»

Une bulle de rage montait dans la gorge de Pauline et elle aurait voulu hurler. Elle s'obligea à réprimer ses émotions. Au bout d'une minute de réflexion, elle dit : «Gus, cette attaque exige de toute évidence une réaction ferme des États-Unis, mais je me refuse à prendre une décision précipitée. Cette crise est la plus grave depuis les attentats du 11 Septembre.

— Il fait actuellement nuit en Extrême-Orient et il n'y aura peut-être pas d'autre offensive. Ça nous laisse une journée pour dresser nos plans.

— Mais nous commencerons tôt. Réunissez tout le

monde dans la salle de crise pour… disons : huit heures et demie.

— Entendu. »

Ils raccrochèrent et elle s'assit sur son lit pour réfléchir. Les armes chimiques et biologiques étaient inhumaines et interdites par le droit international. Elles étaient d'une indicible cruauté. Et elles avaient été déployées pour tuer des Américains. La guerre qui se déroulait en Corée n'était plus un conflit local. Le monde attendait la réaction américaine – c'est-à-dire *sa* réaction – à cette ignominie.

Elle choisit avec soin un tailleur gris sombre et un chemisier blanc cassé, reflétant la solennité de son humeur.

Lorsqu'elle arriva au Bureau ovale, les informations matinales étaient déjà abondamment commentées. Les gens n'avaient pas besoin d'un politicien populiste pour que leurs esprits s'échauffent. La colère de Pauline était partagée par toute la nation. Les employés interviewés dans le métro étaient furibonds. Toute attaque contre des Américains les enflammait ; aujourd'hui, leur rage ne connaissait plus de bornes.

La Corée du Nord n'avait pas d'ambassade aux États-Unis, mais elle avait une mission diplomatique auprès des Nations unies, dont les bureaux étaient situés à New York, dans la Deuxième Avenue ; une foule en colère s'était rassemblée devant l'immeuble et lançait des hurlements en direction du treizième étage.

À Columbus, en Géorgie, un couple de commerçants d'origine coréenne avaient été tués dans leur boutique par un jeune Blanc. Il n'avait pas pillé la caisse, mais avait emporté une cartouche de Marlboro Lights.

Pauline lut les briefings arrivés durant la nuit et appela une douzaine de personnes clés, dont Chester Jackson, le Secrétaire d'État, rentré à l'instant de son inutile voyage au Sri Lanka où la conférence de paix n'avait jamais eu lieu.

Pippa l'appela depuis le ranch, dans tous ses états. « Pourquoi ont-ils fait ça, maman ? Ce sont des monstres ou quoi ?

— Ce ne sont pas des monstres mais des hommes aux abois, ce qui est presque aussi dangereux, lui répondit Pauline. L'homme qui dirige la Corée du Nord a le dos au mur. Il doit faire face aux attaques de rebelles dans son propre pays, de ses voisins du Sud, et des États-Unis. Il sent qu'il est sur le point de perdre la guerre, le pouvoir et probablement la vie. Il est prêt à tout.

— Et toi ? Que vas-tu faire ?

— Je ne sais pas encore, mais quand on attaque des Américains de cette manière, je suis obligée de réagir. J'ai envie de riposter, comme tout le monde. Et je dois aussi veiller à ne pas provoquer de guerre entre la Chine et nous. Ce serait dix fois, cent fois pire que ce qui vient d'arriver à Séoul.

— Pourquoi faut-il que tout soit aussi compliqué ? » gémit Pippa d'un ton exaspéré.

Ha ha, songea Pauline, serais-tu en train de grandir ?

« Les problèmes les plus simples se règlent immédiatement, si bien qu'il ne reste que les plus difficiles, dit-elle. Voilà pourquoi il ne faut jamais croire un homme politique qui propose des réponses simplistes.

— Mouais. »

Pauline envisagea de demander à sa fille de regagner la Maison Blanche un jour plus tôt que prévu, avant de décider qu'elle était tout de même plus en sécurité en Virginie.

« À demain, ma chérie, dit-elle en se forçant à prendre un ton badin.

— Ça marche. »

Pauline avala une omelette et une tasse de café à son bureau, puis rejoignit la salle de crise.

Il y régnait une tension littéralement électrique. Pouvait-on en percevoir l'odeur ? Elle sentit l'arôme de cire montant de la table étincelante, la chaleur corporelle de la trentaine de personnes présentes et le parfum douceâtre d'une assistante à proximité ; mais aussi autre chose. L'odeur de la peur, songea-t-elle.

Elle opta pour un pragmatisme abrupt : « Commençons par le commencement. » Elle se tourna vers le général Schneider, le président du comité des chefs d'état-major interarmées, qui était en uniforme. « Bill, que savons-nous sur les pertes américaines ?

— Quatre cent vingt décès confirmés parmi nos troupes et mille cent quatre-vingt-onze blessés – pour le moment. » Il avait aboyé ces mots comme s'il dirigeait un défilé militaire et Pauline comprit qu'il refoulait ses émotions. « L'attaque a pris fin il y a trois heures et je crains que ce décompte soit incomplet. Les chiffres définitifs seront beaucoup plus élevés. » Il déglutit. « Madame la Présidente, aujourd'hui, en Corée du Sud, de courageux Américains ont sacrifié en grand nombre leur vie ou leur santé pour le salut de leur patrie.

— Et nous leur rendons grâce à tous pour leur courage et leur loyauté, Bill.

— Oui, madame.

— Et les pertes civiles ? Il y a quelques jours, nous avions cent mille civils américains en Corée du Sud. Combien d'entre eux ont pu être évacués ?

— Pas assez. » Il se racla la gorge et reprit d'une voix moins tendue : « Nous évaluons nos pertes civiles à quatre cents morts et quatre mille blessés, mais ce n'est encore qu'une estimation.

— Ces chiffres sont déjà tragiques en soi, mais la façon dont ils ont perdu la vie est absolument horrible.

« — Oui. Gaz moutarde, cyanure d'hydrogène, gaz innervant VX.

— Sans oublier les armes biologiques.

— Nous n'avons encore aucune certitude sur ce point.

— Merci, Bill. » Elle se tourna vers Chester Jackson, dont le costume de tweed et la chemise à col boutonné offraient un vif contraste avec la tenue du général Schneider. « Chess, qu'est-ce qui a déclenché cela ?

— Vous me demandez de lire dans les pensées du Guide suprême. » Chess ressemblait à Gerry sur bien des points – prudent et pondéré, examinant tous les cas de figure – et, comme Gerry, il exigeait de la patience. « Je ne peux que formuler une hypothèse, et la voici. À mon avis, si Kang est aussi téméraire, c'est parce qu'il pense que la Chine viendra à sa rescousse tôt ou tard, et que plus grave sera la situation, plus vite elle accourra. »

Sophia Magliani, la directrice du Renseignement national, intervint alors : « Si je puis me permettre, madame la Présidente, cette opinion est partagée par la quasi-totalité de la communauté du renseignement.

— Mais Kang est-il dans le vrai ? demanda Pauline. Au bout du compte, les Chinois se porteront-ils à son secours ?

— Vous me demandez encore de faire de la télépathie, madame la Présidente », dit Chess, et Pauline maîtrisa son impatience. « Il est difficile d'anticiper les réactions de Pékin, en raison de la présence de deux factions, les jeunes progressistes et les vieux communistes. Les progressistes considèrent le Guide suprême comme un emmerdeur dont ils aimeraient bien se débarrasser. Les communistes voient en lui un bouclier indispensable contre l'impérialisme et le capitalisme.

— Mais en dernière analyse…, l'encouragea Pauline.

— En dernière analyse, les deux camps sont

fermement résolus à empêcher toute intervention américaine en Corée du Nord. Si nous pénétrons sur son territoire, ou dans son espace aérien ou maritime, nous risquons d'entrer en guerre avec Pékin.

— Nous *risquons*, dites-vous, ce qui signifie que la guerre n'est pas inévitable.

— En effet, et permettez-moi de choisir mes mots avec prudence. Nous ignorons où les Chinois fixeront leurs limites. Peut-être ne le savent-ils pas eux-mêmes. Sans doute ne prendront-ils cette décision que lorsqu'ils y seront obligés. »

Pauline se rappela la question de Pippa : « Pourquoi faut-il que tout soit aussi compliqué ? »

Mais ce n'étaient que des préliminaires. Tous attendaient son analyse. Elle était le capitaine et les autres l'équipage ; ils se chargeraient de la navigation, mais c'était elle qui devait leur donner le cap.

« L'attaque nord-coréenne de ce matin change la donne, déclara-t-elle alors. Jusqu'à présent, notre priorité était d'éviter la guerre. Ce n'est plus d'actualité. La guerre a commencé, en dépit de tous nos efforts. Nous ne la souhaitions pas, mais elle est là et bien là. »

Elle s'interrompit avant de reprendre : « Notre mission consiste désormais à protéger la vie des Américains. »

Tous affichaient une mine solennelle, mais soulagée. Au moins, elle leur avait donné une direction.

« Quelle est la première chose à faire ? » Elle sentit son cœur battre plus fort. Jamais elle n'avait accompli quoi que ce soit de comparable. Elle inspira à fond, puis déclara d'une voix lente, énergique : « Nous allons faire en sorte que la Corée du Nord ne puisse plus jamais tuer d'Américains. J'ai l'intention de la priver de toute sa capacité de nuisance, maintenant et à jamais. Nous allons réduire sa puissance militaire à néant. Et ce dès aujourd'hui. »

Les hommes et les femmes qui l'entouraient l'applaudirent spontanément. De toute évidence, elle avait comblé leurs espoirs.

Elle attendit quelques instants, puis poursuivit : « Il existe sans doute plusieurs moyens d'y parvenir. » Elle se tourna à nouveau vers le président du comité des chefs d'état-major interarmées. « Bill, veuillez nous exposer les options militaires. »

Il s'exprima avec une assurance sans faille, qui contrastait avec le ton professoral de Chess. « Commençons par l'option maximale, dit-il. Nous pourrions lancer une attaque nucléaire sur la Corée du Nord et transformer ce pays en paysage lunaire. »

Cette hypothèse était inadmissible, mais Pauline s'abstint de le faire remarquer. Elle avait demandé à Bill quelles étaient les options, et il lui répondait. Elle écarta cette solution extrême avec délicatesse : « C'est ce que demandera James Moore lors de son prochain passage à la télévision, dit-elle.

— Et c'est ce qui nous vaudrait selon toute probabilité une guerre nucléaire avec la Chine, ajouta Chess.

— Je ne recommande pas cette solution, renchérit Bill, mais il faut l'envisager.

— Tout à fait, Bill, approuva Pauline. Ensuite ?

— L'objectif que vous avez présenté pourrait également être atteint par une invasion de la Corée du Nord par les troupes américaines. L'envoi d'une force suffisante permettrait de prendre Pyongyang, de capturer le Guide suprême et son équipe, de neutraliser les forces armées et de détruire tous les missiles du pays, ainsi que les stocks d'armes chimiques et biologiques.

— Et là encore, intervint Chess, il nous faudrait tenir compte de la réaction probable des Chinois. »

Le général Schneider reprit la parole, maîtrisant à grand-peine son indignation : « J'espère que nous

782

n'allons pas laisser la peur des Chinois nous dicter notre conduite.

— Bien sûr que non, Bill, le rassura Pauline. Pour l'instant, nous nous contentons de passer nos options en revue. Quelle est la suivante ?

— La troisième et sans doute la dernière, dit Bill, est l'approche minimaliste : une attaque américaine visant les installations gouvernementales et militaires de la Corée du Nord en utilisant des bombardiers, des chasseurs, des drones et des missiles de croisière, mais pas l'infanterie ; le but étant d'anéantir les capacités de guerre terrestre, maritime et aérienne de Pyongyang – sans pour autant envahir le territoire nord-coréen.

— Cela suffirait à hérisser les Chinois, observa Chess.

— En effet, dit Pauline, mais ce serait limite. La dernière fois que j'ai parlé au président Chen, il a sous-entendu qu'il n'exercerait pas de représailles après une attaque de missiles sur la Corée du Nord, à condition qu'aucun détachement américain ne pénètre en terri-toire coréen, ni dans ses eaux territoriales ni dans son espace aérien. L'option minimale de Bill implique une violation de l'espace aérien et maritime de la Corée du Nord… mais nous n'aurions pas de soldats sur le terrain.

— Et vous pensez que Chen tolérerait cela ? demanda Chess d'un air sceptique.

— Je ne le garantis pas, répondit Pauline. C'est un risque à courir. »

Il y eut un long moment de silence.

Gus Blake prit la parole pour la première fois : « Pour que les choses soient claires, madame la Présidente, quelle que soit celle de ces trois options que nous choi-sirons, attaquerions-nous la partie de la Corée du Nord qui est sous contrôle des rebelles ?

— Oui, lança Schneider avec force. Ce sont des

Nord-Coréens et ils ont des armes. Pas question de faire le travail à moitié.

— Non, répliqua Chess. Une partie de leur arsenal est formée d'armes nucléaires. Si nous les attaquons dans l'intention déclarée de les éliminer, pourquoi ne les utiliseraient-ils pas pour riposter ?

— Je suis d'accord avec Chess, mais pour une autre raison, reprit Gus. Une fois que le Guide suprême ne sera plus au pouvoir, la Corée du Nord aura besoin d'un gouvernement, et il serait peut-être sage de réserver un rôle aux rebelles. »

Pauline trancha : « Il n'est pas question de tirer sur des gens qui n'ont jamais rien fait pour nuire aux États-Unis. Il n'empêche qu'à la minute où ils se retourneront contre nous, nous les rayerons de la carte. »

Ses propos furent accueillis par un assentiment général.

« J'ai l'impression que nous sommes parvenus à un consensus, poursuivit-elle. L'option minimale de Bill est celle dont nous devons discuter. »

De nouveaux murmures approbateurs s'élevèrent autour d'elle.

« J'ai dit que nous agirions dès aujourd'hui et je parlais sérieusement, reprit-elle. Ce soir à huit heures, heure de Washington, il fera jour en Asie de l'Est. Bill, vous pouvez tenir ce délai ?

— Comptez sur moi, madame la Présidente, répondit Schneider d'une voix vibrante.

— Missiles de croisière, drones, bombardiers et avions de chasse. Déployez aussi nos navires de guerre pour qu'ils attaquent les bâtiments nord-coréens où qu'ils se trouvent.

— Même dans les ports de Corée du Nord ? »

Pauline réfléchit quelques instants avant de répondre : « Oui, même dans les ports. L'objectif de cette mission est d'anéantir les capacités militaires des Nord-Coréens. Sans exception.

— Faut-il passer au niveau d'alerte supérieur ?

— Certainement. DEFCON 2.

— Pour garantir un effet maximal, intervint Gus, nous devrions aussi déployer nos forces en dehors de la Corée. Je songe plus particulièrement à Guam et au Japon.

— Faites-le.

— Et il serait bon que certains de nos alliés participent à l'opération, pour montrer qu'il s'agit d'une initiative internationale et pas seulement américaine.

— Je pense qu'ils ne demanderont qu'à nous rejoindre, approuva Chess, ne serait-ce qu'à cause de l'utilisation illégale d'armes chimiques.

— J'aimerais impliquer les Australiens, précisa Gus.

— Contactez-les, acquiesça Pauline. Quant à moi, je m'adresserai à la nation sur les chaînes de télé au moment où débutera notre offensive, c'est-à-dire aujourd'hui à vingt heures. » Pauline se leva et tous en firent autant. « Je vous remercie, mesdames et messieurs. Mettons-nous au travail. »

*

De retour au Bureau ovale, elle convoqua Sandip Chakraborty. Il lui annonça que l'équipe de campagne de James Moore l'accusait déjà de pusillanimité. « Rien de surprenant, donc », fit-elle. Elle lui demanda de lui réserver un quart d'heure d'antenne à vingt heures sur toutes les chaînes de télévision.

« Bonne idée, approuva-t-il. Les émissions d'info passeront la journée à se demander ce que vous allez faire et ne prêteront aucune attention aux critiques de Moore.

— Bien. » À vrai dire, Moore était désormais le cadet de ses soucis, mais elle ne voulait pas refroidir l'enthousiasme de Sandip.

Quand celui-ci eut pris congé, elle fit venir Gus.

« Je voudrais que vous m'exposiez tout le protocole de déclaration d'une guerre nucléaire, lui dit-elle.

— Avez-vous l'intention d'aller jusque-là ? demanda-t-il atterré.

— Pas si je peux l'empêcher. Mais je dois me préparer à toute éventualité. Asseyons-nous. »

Ils se placèrent face à face sur les canapés. « Vous connaissez bien le football nucléaire, commença-t-il.

— Oui, mais il n'est censé servir que lorsque je ne suis pas à la Maison Blanche.

— Oui, donc si vous êtes ici, ce qui est probable, la première chose à faire en théorie est de consulter vos plus proches conseillers.

— Pourtant, tout le monde prétend que cette décision incombe à la présidence et à elle seule.

— Dans les faits, oui, parce que nous risquons de ne pas avoir le temps de discuter, mais c'est ce que vous devez faire si possible.

— De toute façon, je préférerais prendre l'avis de quelqu'un.

— À la limite, je pourrais suffire. Comptez une minute.

— Et ensuite ?

— Phase 2 : vous appelez la salle de guerre du Pentagone, avec le téléphone spécial du football nucléaire si vous n'êtes pas à la Maison Blanche. Une fois que vous les avez au bout du fil, vous devez prouver votre identité. Vous avez le biscuit ? »

Pauline sortit le boîtier en plastique de sa poche.

« Je vais l'ouvrir, dit-elle.

— Pour cela, vous devez le casser en deux.

— Je sais. » Elle saisit le boîtier des deux mains et le tordit. Il se brisa, révélant un rectangle de plastique semblable à une carte bancaire. Il était changé tous les jours.

« Le texte qui figure sur cette carte est votre code d'identification.

— 23 Hôtel Victor, lut-elle.

— Donnez-le à votre correspondant et il saura que c'est bien vous.

— C'est tout ?

— Non, pas tout à fait. Phase 3 : la salle de guerre envoie un ordre codé aux équipages des lanceurs de missiles, des sous-marins et des bombardiers. Temps écoulé : trois minutes.

— Et l'ordre doit être décodé par les différents équipages.

— Oui… »

Il s'abstint d'ajouter « évidemment », mais un soupçon d'impatience dans sa voix fit comprendre à Pauline qu'elle l'interrompait par des questions futiles, signe que cette discussion la rendait nerveuse. Il faut que je reste parfaitement calme aujourd'hui, se dit-elle. « Pardon, question idiote, s'excusa-t-elle. Continuez.

— Les ordres donnés par la salle de guerre précisent les cibles à frapper, l'heure de l'offensive et les codes requis pour déverrouiller les ogives nucléaires. Si la situation d'urgence n'a pas été totalement inattendue, vous aurez approuvé le choix des cibles au préalable.

— Mais je n'ai…

— Bill vous transmettra une liste dans l'heure qui vient.

— Très bien.

— Phase 4 : préparation de l'offensive. Les équipages doivent confirmer les codes d'authentification, entrer les coordonnées des cibles et déverrouiller les missiles. Jusque-là, il vous est toujours possible d'annuler votre ordre.

— Je suppose que je peux rappeler les bombardiers à tout moment.

— Exact. Mais quand on en arrive à la phase 5, les missiles sont lancés et il est impossible de les rappeler ou même de modifier leur trajectoire. La guerre nucléaire a commencé. »

Pauline sentit la main glacée du destin l'effleurer.

« Que Dieu nous en préserve.

— Je ne vous le fais pas dire », murmura Gus.

*

Elle passa la journée à se ronger les sangs. La décision qu'elle avait prise était dangereuse, et l'approbation unanime de son entourage ne la déchargeait pas de ses responsabilités. Mais les autres solutions étaient encore pires. L'option nucléaire – que James Moore appelait de ses vœux, comme elle l'avait prédit – était encore plus risquée. Elle devait pourtant porter un coup fatal à un régime qui menaçait l'Amérique et le monde entier.

Elle ne cessait de tourner en rond, pour parvenir immanquablement à la même conclusion.

L'équipe de télévision arriva au Bureau ovale à dix-neuf heures. Toutes les chaînes du pays allaient diffuser ses images. Hommes et femmes en jean et tee-shirt installèrent caméras, projecteurs et microphones, déroulèrent des câbles sur les tapis mordorés. Pendant ce temps, Pauline peaufina le texte de son discours et Sandip le téléchargea sur le prompteur.

Il lui apporta un chemisier bleu ciel, une couleur qui passait bien à l'écran.

« Votre tailleur gris paraîtra noir, mais cela convient bien aux circonstances », précisa-t-il. Un maquilleur apprêta son visage et un coiffeur arrangea ses cheveux blonds.

Il était encore temps de changer d'avis. Elle repassa son discours en revue, mais parvint à la même conclusion.

Les minutes continuèrent de s'égrener et, à huit heures moins une, le silence se fit.

Le producteur lança le compte à rebours sur ses doigts.

Pauline fixa la caméra et dit :

« Mes chers compatriotes… »

38

Le silence se fit dans la salle de réunion du siège du Guoanbu à Pékin lorsque la présidente Green dit :

« Mes chers compatriotes. »

Il était huit heures du matin. Chang Kai avait convoqué les chefs des divisions pour suivre la retransmission avec lui. Quelques-uns avaient les traits tirés et s'étaient habillés à la hâte. Les autres membres du personnel regardaient les mêmes images dans d'autres salles.

Les chaînes d'information du monde entier s'interrogeaient depuis douze heures sur le message de Pauline Green, mais rien n'avait filtré. La surveillance électromagnétique signalait un surcroît d'activité dans les communications militaires américaines, ce qui révélait qu'il se préparait quelque chose, mais quoi ? Même les espions grassement payés de Kai à Washington n'avaient aucun indice. Le président Chen s'était entretenu à deux reprises avec la présidente Green et n'en avait retenu qu'une chose : c'était un tigre prêt à bondir, ainsi qu'il le formula. Les ministres des Affaires étrangères des deux pays étaient restés en communication toute la nuit. Le Conseil de sécurité des Nations unies siégeait vingt-quatre heures sur vingt-quatre.

La présidente Green allait évidemment réagir à l'utilisation d'armes chimiques par le gouvernement de Pyongyang, mais comment ? En théorie, elle pouvait aller de la protestation diplomatique à l'attaque nucléaire. Dans les faits, elle devait réagir avec force. Aucun pays ne pouvait s'abstenir de riposter énergiquement à ce type d'agression contre ses soldats et ses ressortissants.

Le gouvernement chinois se trouvait dans une position intenable. La Corée du Nord devenait incontrôlable. Pékin serait rendu responsable des crimes de Pyongyang. On ne pouvait pas laisser s'éterniser cette situation dangereuse, ne fût-ce que vingt-quatre heures de plus. Mais que pouvait faire la Chine ?

Kai espérait que la présidente Green lui livrerait un indice.

« Mes chers compatriotes, au cours de ces toutes dernières secondes, les États-Unis ont lancé une attaque aérienne d'envergure contre les forces militaires de Pyongyang. »

« Merde ! » fit Kai.

« Ces dernières ont tué plusieurs milliers d'Américains en faisant usage d'armes monstrueuses bannies par tous les pays civilisés du monde, et je suis venue vous dire ceci… » Elle parlait lentement, insistant sur chaque mot. « Le régime de Pyongyang est sur le point d'être éliminé. »

Kai songea que cette petite femme blonde derrière son grand bureau semblait plus redoutable, en ce moment précis, que tous les dirigeants qu'il eût jamais vus.

« À l'instant où je vous parle, nous lançons des bombes et des missiles non nucléaires sur toutes les cibles gouvernementales et militaires contrôlées par Pyongyang. »

« Non nucléaires, répéta Kai. Le ciel et la terre en soient loués. »

« En outre, nos pilotes de bombardiers sont mobilisés, prêts à prendre le relais des missiles et à s'assurer que leurs cibles sont totalement détruites. »

« Des missiles et des bombes, mais pas d'armes nucléaires, annonça Kai. Affichez sur nos écrans les images radar et satellite, je vous prie. »

« Dans quelques heures à peine, poursuivit la présidente Green, celui qui se fait appeler "Guide suprême" aura perdu toute capacité d'attaquer les États-Unis. Nous le réduirons à l'impuissance. »

Kai décrocha son téléphone et appela Neil Davidson sur sa ligne personnelle. Comme il s'y attendait, il fut dirigé sur sa boîte vocale. Neil tenait à écouter le discours de la Présidente sans être interrompu. Mais Kai voulait être la première personne qu'il appellerait à l'issue de la transmission. Dans les minutes à venir, Neil recevrait un rapport diplomatique du Département d'État qui compléterait le message de Pauline Green et répondrait à certaines des questions qui se bousculaient dans l'esprit de Kai. Lorsqu'il entendit le bip sonore, il dit : « Ici Kai, je regarde votre Présidente. Rappelez-moi. » Il raccrocha.

« La décision d'attaquer est d'une importance considérable, poursuivait la présidente Green. J'ai toujours espéré ne jamais avoir à la prendre. Cette décision ne m'a pas été dictée par l'émotion, ni par un désir de vengeance. J'en ai discuté calmement, froidement, avec mon cabinet, et nous jugeons unanimement que c'est la seule option viable qui s'offre aux États-Unis en tant que peuple libre et indépendant. »

Un des écrans muraux s'anima pour montrer une image radar superposée à une carte. Un peu déconcerté, Kai ne comprit pas très bien ce qu'il voyait. Les missiles semblaient survoler la mer, à plusieurs kilomètres des côtes sud-coréennes.

Yang Yong, toujours prompt à déchiffrer ce type d'information visuelle, marmonna :

« Putain, ça en fait des missiles. Il y en a combien ?

— Je ne sais pas, répliqua Kai, mais ce que je sais, c'est que les Américains n'en ont pas autant en Corée du Sud, après ce qui s'est passé ces derniers jours en tout cas.

— En effet, ils ne viennent pas de Corée du Sud, affirma Yang avec assurance. En fait, je pense qu'ils ont été lancés depuis le Japon. » Les États-Unis avaient des bases militaires à Honshu et dans l'archipel Okinawa, et pouvaient lancer des missiles de croisière depuis leurs navires et leurs avions. « Ça en fait vraiment beaucoup », ajouta Yang.

Kai se rappela que les États-Unis possédaient de gigantesques sous-marins capables de transporter chacun plus de cent cinquante missiles Tomahawk. « Voilà ce qui arrive quand on défie le pays le plus riche du monde », dit-il.

Jin Chin-hwa, le chef de la division Corée, avait les yeux rivés sur son ordinateur.

« Écoutez ça. Un cargo chinois qui déchargeait du riz dans le port nord-coréen de Nampo vient de nous envoyer un message. »

Tous les navires chinois, y compris les bâtiments commerciaux, comptaient dans leur équipage au moins un marin chargé de rapporter tout fait potentiellement important. Ils croyaient adresser leurs messages au Centre du renseignement maritime du port de Shenzhen, mais en réalité, c'était le Guoanbu qui les réceptionnait.

« Il paraît que l'USS *Morgan*, un contre-torpilleur américain, est entré dans l'embouchure du Taedong et a tiré un missile de croisière qui a coulé un navire de guerre nord-coréen sous leurs yeux.

— Déjà? s'étonna Zhou Meiling, la jeune experte d'Internet.

— La Présidente ne plaisantait pas, confirma Kai. Elle va réduire l'armée de la Corée du Nord à néant.

— Ce n'est pas ce qu'elle a dit, fit remarquer doctement Yang Yong. Pas exactement. »

Kai se tourna vers lui. Yang intervenait moins souvent que ses cadets, qui essayaient toujours d'étaler leur intelligence.

« Que voulez-vous dire? demanda-t-il.

— Elle n'a jamais déclaré qu'elle attaquait la Corée du Nord, uniquement Pyongyang et, en une occasion, le Guide suprême. »

Kai n'avait pas relevé ce détail. « Bien observé, approuva-t-il. Cela signifie peut-être qu'elle ne va pas s'en prendre aux rebelles ultras.

— Ou tout simplement qu'elle garde cette option en réserve.

— Je vais tâcher d'en avoir le cœur net quand je parlerai à la CIA. »

La retransmission du discours présidentiel s'acheva sans autres révélations. Quelques minutes plus tard, Kai fut convoqué au Zhongnanhai pour une réunion d'urgence de la commission des Affaires étrangères. Il prévint Moine, attrapa sa parka et sortit du bâtiment.

Il s'attendait à ce que le groupe qui débattrait de la réaction chinoise à l'attaque américaine se divise, comme d'habitude, entre faucons et colombes, tandis que lui-même chercherait un compromis permettant à la Chine de sauver la face sans déclencher la Troisième Guerre mondiale.

Alors que sa voiture progressait dans les embouteillages dont Pékin était coutumier – et que les missiles continuaient de parcourir les mille cinq cents kilomètres séparant le Japon de la Corée du Nord –, Neil Davidson l'appela.

Sa voix était moins traînante qu'à l'ordinaire ; en fait, il semblait presque nerveux.

« Kai, avant que quiconque ne prenne de décision hâtive, nous tenons à être parfaitement clairs avec vous : les États-Unis n'ont aucune intention d'envahir la Corée du Nord.

— Vous pensez donc régler la situation actuelle par des mesures excluant l'invasion, mais vous n'écartez pas complètement cette possibilité.

— C'est à peu près ça. »

Kai en fut profondément soulagé, car cela signifiait qu'il était encore envisageable d'éviter que la situation ne dégénère ; il garda cependant cette réflexion pour lui. Il n'était jamais judicieux de faciliter les choses à l'adversaire. « Mais, Neil, fit-il observer, l'USS *Morgan* a déjà violé la frontière de la Corée du Nord en s'approchant de l'embouchure du Taedong pour couler un bâtiment de la marine nord-coréenne avec un missile de croisière. Soutenez-vous que cela ne constitue pas une invasion ? »

Il y eut un instant de silence, et Kai devina que Neil n'était pas informé de cet incident. Dès qu'il fut remis de sa surprise, il enchaîna : « Des bombardements navals ne sont pas à exclure. Mais, croyez-moi sur parole, nous n'avons pas l'intention de faire entrer nos troupes en Corée du Nord.

— Cette distinction relève de l'ergotage », répliqua Kai, qui n'était pourtant pas mécontent. Si c'était là que les Américains traçaient la ligne rouge entre attaque et invasion, le gouvernement chinois pourrait s'en satisfaire, officieusement du moins.

« En ce moment même, reprit Neil, notre Secrétaire d'État appelle votre ambassadeur à Washington pour lui dire la même chose. C'est à ceux qui ont envoyé ces bombes chimiques que nous en voulons, pas aux gens de Pékin.

— Cherchez-vous à me dire que votre attaque est une riposte proportionnée ? interrogea Kai d'un ton délibérément sceptique.

— C'est exactement ce que je dis, et nous pensons que c'est ainsi que le reste du monde le verra.

— Je serais surpris que le gouvernement chinois se montre aussi indulgent.

— Pourvu que ses membres comprennent que nos intentions sont strictement limitées. Nous n'avons aucune envie de prendre en charge le gouvernement de la Corée du Nord. »

Si c'était vrai, c'était important. « Je transmettrai le message. » Kai vit que son téléphone affichait un appel en attente. C'était probablement son bureau l'informant que les premiers missiles avaient touché leurs cibles. Mais il voulait encore obtenir autre chose de Neil. « Nous avons relevé que la présidente Green n'a pas parlé d'attaquer la Corée du Nord, mais a fait plusieurs fois référence au régime de Pyongyang. Cela signifie-t-il que vous ne bombarderez pas les bases militaires rebelles ?

— La Présidente n'attaquera pas des gens qui n'ont jamais nui aux Américains. »

C'étaient des propos rassurants, enveloppant une menace. Les rebelles seraient en sécurité tant qu'ils resteraient neutres. S'ils attaquaient des Américains, ils deviendraient des cibles.

« C'est parfaitement clair, dit Kai. Excusez-moi, j'ai un appel en attente. Restez en contact. » Sans attendre de réponse, il raccrocha et prit l'appel entrant.

C'était Jin Chin-hwa : « Les premiers missiles viennent de frapper la Corée du Nord.

— Où ?

— En plusieurs lieux simultanément : Chunghwa, le quartier général de la Force aérienne populaire de Corée, à l'extérieur de Pyongyang, la base navale de Haeju, une résidence de la famille Kang… »

Kai, qui visualisait mentalement une carte de la Corée du Nord, interrompit Jin pour remarquer : « Toutes ces cibles se trouvent dans le sud-ouest du pays, loin de la zone tenue par les rebelles.

— En effet. »

Cela confirmait les propos de Neil.

La voiture de Kai franchissait le dispositif de sécurité toujours aussi complexe de la porte de la Chine nouvelle. « Merci, Jin », dit-il, et il raccrocha.

Moine s'inséra dans une rangée de limousines garées devant le pavillon de la Compassion chérie, le bâtiment où se réunissaient les comités politiques importants. Comme la plupart des édifices situés dans l'enceinte du complexe de Zhongnanhai, il était conçu dans un style traditionnel, avec un toit aux lignes incurvées. Il était équipé d'un vaste auditorium destiné à accueillir les grandes cérémonies, mais la commission des Affaires étrangères siégeait dans une salle de réunion.

Kai descendit de voiture et savoura la brise fraîche provenant du lac. Ce lieu était un des rares de Pékin où l'air n'était pas pollué. Il prit le temps de respirer à fond pour s'oxygéner le sang. Puis il entra dans le bâtiment.

Le président Chen était déjà là. À la grande surprise de Kai, il ne portait pas de cravate et n'était pas rasé. Kai ne l'avait encore jamais vu débraillé : il avait dû passer la moitié de la nuit debout. Il était en grande conversation avec Chang Jianjun, le père de Kai. Les faucons étaient représentés par Huang Ling et Fu Chuyu, les colombes par Kong Zhao, les modérés et les indécis par Wu Bai, le ministre des Affaires étrangères, et par le président Chen lui-même. Tous paraissaient extrêmement soucieux.

Chen pria tout le monde de s'asseoir et demanda à Jianjun de faire le point sur la situation. Celui-ci rapporta que les défenses antimissiles nord-coréennes n'avaient pas bien fonctionné, en partie à cause d'une cyberattaque américaine sur leurs lanceurs, et que, très probablement, l'attaque américaine obtiendrait exactement le résultat qu'en attendait la présidente Green, à savoir l'élimination totale du régime de Pyongyang.

« Je n'ai pas besoin de vous rappeler, camarades, conclut-il, que le traité de 1961 liant la Chine à la Corée du Nord nous oblige à lui venir en aide en cas d'attaque.

— Il s'agit, je vous le rappelle, du *seul* traité de défense signé par la Chine avec une autre nation, ajouta le président Chen. Si nous ne l'honorons pas, nous nous humilierons aux yeux du monde entier. »

Fu Chuyu, le supérieur de Kai, résuma les renseignements provenant de sa division. Kai le contra en ajoutant qu'il avait appris quelques minutes plus tôt de la bouche de Neil Davidson que les Américains n'avaient pas l'intention de prendre le contrôle du gouvernement nord-coréen.

Fu accueillit son intervention par un regard de haine non dissimulée.

« Imaginons une situation qui soit l'image inversée de celle-ci, déclara le général Huang. Supposons que le Mexique ait attaqué Cuba avec des armes chimiques, tuant plusieurs centaines de conseillers russes, et qu'en représailles les Russes aient déclenché une attaque aérienne d'envergure destinée à anéantir l'armée et le gouvernement mexicains. Les Américains défendraient-ils le Mexique ? Bien sûr ! Cela ne fait aucun doute !

— Mais comment ? » demanda simplement Kong Zhao.

Huang fut pris de court. «Que voulez-vous dire, comment?

— Bombarderaient-ils Moscou?

— Ils examineraient toutes leurs options.

— Exactement. Dans la situation que vous imaginez, camarade, les Américains affronteraient le même dilemme que nous. Devons-nous déclencher la Troisième Guerre mondiale à cause d'une attaque menée contre un pays voisin de seconde importance?»

Huang ne dissimula pas son exaspération. «Chaque fois qu'on suggère que le gouvernement chinois devrait faire preuve de fermeté, il se trouve quelqu'un pour dire que cela risque de déclencher la Troisième Guerre mondiale.

— Parce que le danger est toujours là.

— Nous ne pouvons pas accepter que ça nous paralyse.

— Mais nous ne pouvons pas non plus l'ignorer.»

Le président Chen intervint: «Vous avez raison tous les deux, évidemment. Ce que je vous demande aujourd'hui, c'est un plan pour faire face à l'attaque américaine contre la Corée du Nord sans provoquer d'escalade.

— Si je puis me permettre, monsieur le Président…, intervint Kai.

— Allez-y.

— Nous devons admettre qu'aujourd'hui, la Corée du Nord n'a pas un gouvernement, mais deux.»

Huang se hérissa à l'idée de traiter les rebelles comme un gouvernement, mais Chen acquiesça.

«Le Guide suprême, soi-disant notre allié, a cessé toute coopération avec nous et déclenché une crise dont nous ne voulions pas, reprit Kai. Les rebelles contrôlent la moitié du pays et la totalité de son arsenal nucléaire. Nous devons réfléchir au type de relation que nous souhaitons établir avec les ultras de Yeongjeo-dong qui sont devenus – que cela nous plaise ou non – un gouvernement parallèle.»

Huang s'indigna : «Il est exclu de reconnaître le succès d'une rébellion contre le parti communiste. Et, en tout état de cause, comment parler à ces gens ? Nous ignorons qui sont leurs chefs et comment les contacter.

— Je sais qui ils sont et je peux les contacter, avança Kai.

— Comment cela ?»

Kai parcourut lentement l'assemblée du regard, s'attardant sur les assistants présents dans la salle.

«Général, vous êtes bien sûr en droit d'obtenir des informations ultrasecrètes, mais pardonnez-moi si j'hésite à désigner par leurs noms des sources d'information hautement sensibles.»

Huang comprit qu'il avait tort et battit en retraite. «Oui, oui, fit-il, oubliez ma question.

— Bien, reprit le président Chen, nous pouvons donc parler aux ultras. Question suivante : que voulons-nous leur dire ?»

Kai en avait une idée très précise, néanmoins il ne voulait pas que cette réunion définisse un programme qui lui lierait les mains ; aussi dit-il : «Il ne peut s'agir que d'une discussion exploratoire.»

Mais Wu Bai était suffisamment malin pour comprendre ce qu'il mijotait et n'avait pas l'intention de lui laisser la bride sur le cou. «Nous pouvons faire mieux que cela, intervint-il. Nous savons ce que nous voulons : la cessation des hostilités, totale et sans conditions. Et nous pouvons deviner ce que veulent les ultras : un rôle important dans le nouveau gouvernement de Corée du Nord, quel qu'il soit.

— Ma tâche sera de découvrir exactement ce qu'ils

exigeront en échange de la fin de leur rébellion », dit Kai, tout en sachant déjà qu'il ne s'en contenterait pas.

Huang renouvela sa précédente objection : « Nous ne devrions pas accorder du pouvoir à des gens qui ont défié le parti.

— Merci d'avoir souligné ce point, général », fit Wu. Il se tourna vers le reste du groupe. « Je pense que la déclaration du camarade Huang est totalement justifiée. » Huang parut apaisé, mais en réalité, Wu n'était pas vraiment de son avis. « Nous ne pouvons pas supposer que ces ultras sont dignes de confiance, poursuivit-il en abordant un autre point. Aucun accord avec eux n'est possible sans de solides garde-fous. »

Huang, que ces subtilités dépassaient, hocha la tête avec énergie. Le charme de Wu, que les tenants de la ligne dure jugeaient superficiel, constituait en réalité une tactique meurtrière, songea Kai. Wu avait neutralisé Huang sans que celui-ci s'en aperçoive.

« Ce plan est excellent mais son exécution sera forcément lente, observa Chen. Que pouvons-nous faire dès aujourd'hui pour apaiser les tensions ?

— Demander un cessez-le-feu aux deux camps, suggéra alors Kong Zhao, et, en même temps, faire pression sur Pyongyang pour obtenir un cessez-le-feu unilatéral.

— Leur reste-t-il seulement des missiles ? demanda Chen.

— Une poignée, répondit Kai, dissimulés sous des ponts et dans des tunnels. »

Chen hocha la tête d'un air pensif : « Cela ne les empêchera pas de penser qu'un cessez-le-feu unilatéral constitue presque un aveu de défaite.

— Nous pouvons toujours tenter le coup, dit Kong.

— Entendu. Bien, comment allons-nous formuler notre demande ? »

Kai cessa de prêter attention à la discussion. Celle-ci s'annonçait longue. L'objectif majeur de la réunion était atteint, et à présent, chacun allait apporter sa contribution, le plus souvent minime. Il maîtrisa son impatience non sans effort et entreprit de préparer sa rencontre avec les ultras.

C'était avec le chef des rebelles qu'il devait communiquer, et non avec le général Ham. Il rédigea un message sur son téléphone :

À l'attention du général Pak Jae-jin
SECRET
Un émissaire haut placé de la République populaire de Chine souhaite vous rendre visite aujourd'hui. Il ne sera accompagné que du pilote de son hélicoptère, et les deux hommes seront sans armes. Sa mission est de la plus haute importance pour la Corée et pour la Chine.

Veuillez accuser réception de ce message et nous faire savoir si vous êtes prêt à rencontrer ce représentant.

Le ministère de la Sécurité de l'État

Il envoya ce message à Jin Chin-hwa avec instruction de le transmettre à toutes les adresses Internet de la base militaire de Yeongjeo-dong qu'il pourrait trouver. Il aurait préféré n'utiliser qu'une adresse sûre, mais l'urgence l'emportait sur la sécurité.

Dès que la réunion eut pris fin, il attira son père à l'écart.

«Il me faut un jet militaire pour aller à Yanji, lui annonça-t-il. Puis un hélicoptère pour me conduire à Yeongjeo-dong.

— Je m'en occupe, acquiesça Jianjun. Quand?»

Kai consulta sa montre. Il était dix heures.

«Départ de Pékin à onze heures, correspondance à Yanji à quatorze heures, arrivée à Yeongjeo-dong vers quinze heures.

— Entendu.»

Quel soulagement d'être, pour une fois, en parfait accord avec son père, songea Kai.

«J'ai dit aux ultras que je ne serais accompagné que du pilote et que nous ne serions pas armés. Pas d'armes à bord de l'hélicoptère, s'il te plaît.

— Tu as raison. Une fois en territoire rebelle, tu seras toujours en infériorité numérique. La seule façon de rester en vie est de ne pas combattre.

— Exactement ce que j'ai pensé.

— C'est comme si c'était fait.

— Merci.

— Bonne chance, mon fils.»

*

En Corée du Nord, le temps était clair et le ciel sans nuages. Volant à basse altitude au-dessus de la zone est dans un hélicoptère de la Force aérienne chinoise, Kai contemplait un paysage baigné d'une clarté hivernale. Il avait l'impression que le pays fonctionnait normalement. On apercevait des travailleurs dans les champs et des camions sur les routes.

Rien à voir avec la Chine, bien sûr : la circulation dans les villes n'était pas engorgée, la brume rosâtre de pollution était moins épaisse, et les tours d'habitation qui poussaient comme des champignons dans les banlieues chinoises étaient rares par ici. La Corée du Nord était plus pauvre et moins peuplée.

Il ne vit aucun signe de guerre : ni bâtiments effondrés, ni champs calcinés, ni voies ferrées endommagées. Les débuts de la rébellion avaient donné lieu à des escarmouches autour des bases militaires, et ensuite les nouveaux maîtres de cette zone s'étaient tenus à l'écart du conflit international. Cela avait probablement suffi à leur valoir l'amour de la population. Ces ultras étaient-ils malins? Ou avaient-ils seulement eu de la chance? Il ne tarderait pas à le savoir.

Il n'y avait pas davantage de signes de l'attaque américaine. Comme promis, les forces américaines ne ciblaient que le sud-ouest du pays, le territoire que tenait encore le Guide suprême. Peut-être des missiles volaient-ils au-dessus de la tête de Kai, mais le cas échéant, ils filaient trop haut et trop vite pour qu'il les voie.

Les rouages de l'administration tournaient correctement dans la zone rebelle. Le pilote de Kai avait contacté le contrôle aérien nord-coréen comme à l'ordinaire et obtenu l'autorisation demandée.

Plus tôt dans la journée, Pak Jae-jin, le chef des rebelles, avait immédiatement répondu au message de Kai. Il semblait disposé à parler. Il avait accepté de le rencontrer, il lui avait donné les coordonnées exactes de la base militaire et avait fixé l'heure du rendez-vous à quinze heures trente.

Pendant son transit à l'aéroport militaire de Yanji, Kai avait reçu un appel paniqué du général Ham, son espion dans le camp de Pak Jae-jin.

«Mais qu'est-ce que vous fabriquez? lui avait demandé Ham.

— Nous devons mettre un terme à cette guerre.

— Avez-vous l'intention de conclure un accord avec les ultras?

— C'est une conversation exploratoire.

— Ces gens-là sont des fanatiques. Leur nationalisme est comme une religion pour eux.

— Ils semblent avoir gagné pas mal de soutiens.

— Leurs partisans pensent que n'importe qui est préférable au Guide suprême, c'est tout. »

Kai avait pris le temps de la réflexion. Ham n'avait généralement pas tendance à exagérer. S'il était inquiet, il y avait forcément une raison. « Puisque je dois rencontrer ces gens, lui demanda-t-il, comment me conseillez-vous de traiter avec eux ?

— Ne leur faites jamais confiance, avait répondu Ham du tac au tac.

— Compris.

— J'assisterai à cette rencontre.

— Pourquoi ?

— Comme traducteur. Peu de gens parlent le mandarin ici. La plupart des ultras considèrent votre langue comme un symbole de l'oppression étrangère.

— Compris.

— Veillez surtout à ne rien faire qui puisse leur donner l'impression que vous me connaissez déjà.

— Bien sûr. »

Ils avaient raccroché.

À partir de la frontière sino-coréenne, l'appareil de Kai fut constamment suivi par un hélicoptère de combat de fabrication russe, un modèle surnommé le Crocodile en raison de son nez allongé. Il était recouvert d'une peinture de camouflage, mais arborait la cocarde de la Force aérienne populaire de Corée, une étoile rouge à cinq branches à l'intérieur d'un double cercle bleu et rouge. L'appareil coréen volait à une distance respectueuse et n'effectuait aucune manœuvre menaçante.

Kai passa le temps à s'interroger sur ce qu'il allait dire au général Pak. Il existait des centaines de manières de demander « Pouvons-nous parvenir à un accord ? ». Mais laquelle convenait le mieux à la situation ? En général, Kai ne manquait pas d'assurance – bien au contraire –, mais cette entrevue était exceptionnelle. De

805

toute sa vie, jamais son succès ou son échec personnels n'avaient eu d'enjeu aussi lourd.

Chaque fois qu'il apercevait le Crocodile, il se rappelait qu'il prenait aussi un risque personnel. Les rebelles pouvaient décider de l'arrêter, de l'emprisonner et de l'interroger. Ils pouvaient l'accuser d'être un espion. Ce qu'il était, effectivement. Mais il ne servait plus à rien de s'en inquiéter. Il avait un engagement à honorer.

Lui seul savait qu'il était prêt à ne pas se contenter d'établir des faits. Il avait l'intention de négocier avec les rebelles. Il n'avait pas de mandat pour cela, mais ils l'ignoraient. Et s'il parvenait à obtenir un accord raisonnable, il était certain de pouvoir persuader le président Chen de l'approuver.

C'était une stratégie risquée. Mais la situation était exceptionnelle.

L'hélicoptère approcha de Yeongjeo-dong en survolant une étroite rivière encaissée dans une vallée boisée. Kai aperçut les premiers signes de la bataille qui s'était déroulée quatre semaines auparavant pour le contrôle de la base : un avion qui s'était écrasé dans un ruisseau, une maison en ruine, une parcelle de forêt calcinée. Il entendit son pilote contacter la tour de contrôle.

En descendant vers la base, il vit que les ultras avaient préparé un petit spectacle à son intention. Six missiles balistiques intercontinentaux, longs de vingt mètres ou davantage, étaient parfaitement alignés sur leurs transporteurs-érecteurs-lanceurs à onze essieux. Kai savait qu'ils avaient une portée de onze mille kilomètres – la distance séparant cette base de Washington. Chacun d'eux était armé de plusieurs ogives nucléaires. Les rebelles montraient leurs atouts à Kai.

Son pilote fut dirigé vers un héliport.

Le petit comité d'accueil était lourdement armé, mais les hommes se détendirent lorsque Kai descendit les mains vides, vêtu d'un costume-cravate et d'une parka déboutonnée, de toute évidence sans armes. Il n'en subit pas moins une fouille au corps avant d'être escorté vers un bâtiment de deux étages qui servait manifestement de quartier général. Il remarqua des impacts de balles dans le briquetage.

On le fit entrer dans la suite du commandant, une pièce sans confort, avec des meubles bon marché et un sol en linoléum. Mal aérée et mal chauffée, elle réussissait à être tout à la fois froide et étouffante. Il était attendu par trois hommes en uniforme de général de l'armée nord-coréenne, coiffés de cette casquette surdimensionnée que Kai avait toujours trouvée comique. Un quatrième général se tenait légèrement à l'écart, et il reconnut Ham.

L'homme qui était au centre fit un pas vers lui. Il se présenta sous le nom de Pak Jae-jin, lui donna le nom des deux autres officiers, puis conduisit le groupe vers une pièce à l'arrière.

Pak ôta sa casquette et s'assit derrière un bureau fonctionnel sur lequel n'était posé qu'un téléphone. Il fit signe à Kai de s'asseoir en face de lui. Ham prit place sur une chaise disposée dans un angle et les deux autres généraux restèrent debout de part et d'autre de Pak, l'encadrant de toute leur autorité. Le chef des rebelles était un petit homme mince âgé d'une quarantaine d'années, aux cheveux clairsemés coupés court, qui rappela à Kai des portraits de Napoléon dans sa maturité.

Kai supposait que Pak était courageux et intelligent, car il était parvenu au rang de général à un âge relativement précoce. Il devina qu'il devait être également fier et susceptible, prêt à bondir si on l'accusait à demi-mot d'être un arriviste. La meilleure attitude serait d'être le plus honnête possible tout en le flattant discrètement.

Pak s'exprimait en coréen, Kai en mandarin, Ham assurant la traduction dans les deux sens.

807

«Dites-moi pourquoi vous êtes venu, demanda Pak.

— Vous êtes un soldat, vous aimez aller droit au but, et je vais faire pareil, répondit Kai. Je vais vous dire toute la vérité. La priorité des priorités pour le gouvernement chinois, c'est que la Corée ne passe pas sous contrôle américain.

— Notre pays ne doit passer sous le contrôle de personne, sinon du peuple coréen, s'indigna Pak.

— Nous sommes parfaitement d'accord», réagit aussitôt Kai, même si ce n'était pas tout à fait vrai. Pékin aurait préféré une forme de gouvernement conjoint sino-coréen, en tout cas provisoirement. Mais ce détail pouvait attendre. Il reprit : «La question est donc la suivante : comment y parvenir?»

L'expression de Pak se teinta de mépris. «Nous y parviendrons sans l'aide de la Chine. Le régime de Pyongyang est sur le point de s'effondrer.

— Nous sommes toujours d'accord. Je suis ravi de constater que nous avons la même vision des choses. C'est encourageant.»

Pak attendit en silence.

«Cela nous amène à la question de savoir qui remplacera le gouvernement du Guide suprême, reprit Kai.

— La question ne se pose même pas. Ce sera le gouvernement de Pak.»

Au moins, il ne s'embarrasse pas de fausse modestie, constata Kai. Mais ce n'était qu'une façade. Si Pak pensait réellement n'avoir aucun besoin de l'aide chinoise, jamais il n'aurait accepté cette rencontre. Kai le regarda droit dans les yeux et se contenta de dire : «Peut-être.» Puis il attendit sa réaction.

Il y eut un instant de silence. Pak afficha d'abord une mine furieuse et parut sur le point de protester. Puis il changea d'attitude, ravalant sa colère.

«Peut-être ? répéta-t-il. Quelle autre possibilité voyez-vous ? »

Enfin, nous avançons, songea Kai.

«Il en existe plusieurs, fâcheuses pour la plupart, dit-il. L'ultime vainqueur pourrait être la Corée du Sud, ou les États-Unis, ou encore la Chine, pour ne citer que les principaux.» Se penchant en avant, il parla d'un ton insistant. «Si vous voulez que votre souhait soit exaucé et que la Corée du Nord soit gouvernée par les Nord-Coréens, vous devrez faire alliance avec au moins l'un des autres concurrents.

— Pourquoi aurais-je besoin d'alliés ? » Kai remarqua l'utilisation de la première personne du singulier, à supposer que Ham traduisît fidèlement. Du point de vue de Pak, la rébellion, c'était lui. «Je suis en train de gagner», acheva-t-il, confirmant l'impression de Kai.

«En effet, approuva-t-il d'un air admiratif. Mais pour le moment, vous n'avez affronté que le régime de Pyongyang, c'est-à-dire la plus faible des puissances impliquées dans ce conflit. Il vous suffira d'un léger effort supplémentaire pour en finir avec lui : l'attaque aérienne d'aujourd'hui lui a probablement infligé des dommages fatals. Pourtant vous risquez de vous trouver en difficulté quand vous entrerez en conflit avec la Corée du Sud ou les États-Unis.»

Pak parut offusqué, mais Kai était convaincu que son interlocuteur savait que sa logique était irréfutable. Le visage sévère, Pak demanda : «Êtes-vous venu ici avec une proposition ? »

Kai n'était pas habilité à faire de propositions, néanmoins il n'en dit rien. «Il pourrait y avoir un moyen que vous preniez le contrôle de la Corée du Nord, déclara-t-il, tout en vous mettant définitivement à l'abri de toute ingérence de la Corée du Sud ou des États-Unis.

— À savoir… ? »

Kai marqua une pause, choisissant ses mots avec soin. C'était le moment crucial de la conversation. C'était aussi celui où il outrepassait ses ordres. Désormais, il se mouillait pour de bon.

« Primo : attaquez Pyongyang sur-le-champ avec tout votre arsenal autre que nucléaire et prenez les rênes du gouvernement. »

Pak ne manifesta aucune réaction : telle avait toujours été son intention.

« Secundo : faites-vous reconnaître immédiatement par Pékin comme président de la Corée du Nord. »

Le regard de Pak s'éclaira. Il s'imaginait déjà officiellement chef d'État internationalement reconnu de son pays. Cela faisait longtemps qu'il rêvait de ce triomphe, sans aucun doute, mais voilà que Kai le lui offrait sans délai, avec la puissance de la Chine comme garantie.

« Et tertio : déclarez un cessez-le-feu unilatéral et sans conditions dans le conflit opposant la Corée du Nord à la Corée du Sud. »

Pak fronça les sourcils : « Unilatéral ?

— C'est le prix à payer, confirma Kai d'une voix ferme. La Chine vous reconnaîtra et, *en même temps*, vous déclarerez le cessez-le-feu. Pas de délai, pas de conditions préalables, pas de négociations. »

Il s'attendait à de la résistance, mais Pak avait autre chose en tête. « Il faudrait que le président Chen me rende visite en personne », dit-il.

Kai comprenait pourquoi c'était aussi important pour Pak. Il était vaniteux, certes, mais c'était également un fin politique : les photos des deux hommes se serrant la main le légitimeraient mieux que tout.

« Accordé, déclara Kai, outrepassant à nouveau son autorité.

— Bien. »

Kai commençait à croire qu'il avait peut-être réalisé

tout ce qu'il avait espéré. Mais il était trop tôt pour se réjouir, songea-t-il. Il pouvait encore être jeté en prison. Il décida de s'éclipser tant qu'il avait l'avantage. « Nous n'avons pas le temps de rédiger d'accord en bonne et due forme, reprit-il. Il va falloir nous faire confiance réciproquement. » Au moment où il prononçait ces mots, il se rappela le conseil du général Ham : *Ne leur faites jamais confiance.* Mais Kai n'avait pas le choix. Il devait miser sur Pak.

Celui-ci tendit le bras au-dessus de son bureau : « Alors serrons-nous la main. »

Kai se leva et s'exécuta.

« Merci d'être venu me voir », dit Pak.

Il était congédié, comprit Kai. Pak se conduisait déjà en chef d'État.

« Je vais vous raccompagner à votre hélicoptère », proposa Ham en se levant. Il escorta Kai à l'extérieur.

Le temps était toujours frais et ensoleillé, avec à peine une légère brise et pas un nuage dans le ciel, des conditions idéales pour un vol. Kai et Ham restèrent à un mètre d'écart l'un de l'autre quand ils se dirigèrent vers l'héliport. Parlant sans remuer les lèvres, Kai dit : « Je crois que c'est bon. Il a accepté la proposition.

— Espérons qu'il tiendra parole.

— Appelez-moi ce soir si vous pouvez, pour me confirmer que l'attaque de Pyongyang a commencé.

— Je ferai de mon mieux. Vous devez disposer des contacts sécurisés de Pak, et vice versa. » Ham nota une série d'adresses et de numéros sur un carnet, Kai fit de même et ils échangèrent les feuillets.

Ham se fendit d'un salut impeccable lorsque Kai monta dans l'hélicoptère.

Les pales se mirent à tourner comme il bouclait son harnais de sécurité. Quelques minutes plus tard, l'appareil s'élevait, s'inclinait et virait vers le nord.

Kai s'autorisa un moment de pur triomphe. Si tout marchait comme il l'espérait, la crise serait terminée dès demain matin. La paix serait rétablie entre la Corée du Nord et la Corée du Sud, les Américains seraient satisfaits et la Chine disposerait toujours de sa zone tampon si précieuse.

Restait à obtenir l'accord du président Chen.

Il mourait d'envie d'appeler Pékin immédiatement, mais son téléphone ne fonctionnait pas ici et, de toute façon, la communication ne pourrait pas se faire en toute sécurité depuis ce pays. Il lui faudrait attendre son arrivée à Yanji pour appeler avant d'embarquer dans son avion à destination de Pékin. Il parlerait à Chen, tout en présentant son rapport de manière à passer sous silence qu'il avait outrepassé son autorité.

Le danger le plus grave était que la vieille garde parvienne à dissuader Chen de l'écouter. L'idée de faire la paix avec des gens qui s'étaient rebellés contre un parti communiste hérissait toujours Huang. Mais si cette guerre devait se prolonger, le prix n'en serait-il pas de toute évidence trop élevé?

La nuit tombait sur les embouteillages de Yanji lorsque l'hélicoptère se posa sur la base aérienne, près de l'aéroport civil. Kai fut accueilli par un capitaine qui le conduisit à un téléphone sécurisé.

Il appela le Zhongnanhai et on lui passa le président Chen.

«Monsieur le Président, commença-t-il, les rebelles ultras ont l'intention de lancer cette nuit leur attaque finale sur Pyongyang.» Il s'exprimait comme s'il s'agissait d'un renseignement qu'il avait collecté et non d'une proposition qu'il avait faite.

«Aucune rumeur en ce sens ne nous est encore parvenue, s'étonna Chen.

— La décision a été prise dans les toutes dernières

heures. Mais les ultras considèrent cette stratégie comme la bonne. L'attaque aérienne américaine d'aujourd'hui a dû détruire presque toutes les capacités de résistance que Pyongyang conservait encore. De leur point de vue, le moment est idéal pour essayer de s'emparer du pouvoir.

— Il me semble que la situation évolue dans le bon sens, dit Chen d'une voix pensive. Le ciel sait que nous devons nous débarrasser de Kang.

— Pak m'a fait une proposition, reprit Kai en inversant les rôles. Si nous le reconnaissons comme Président, il déclarera un cessez-le-feu unilatéral.

— Voilà qui est prometteur. Les combats cesseraient. Le nouveau régime commencera par conclure un accord avec nous, ce qui sera un bon point de départ pour nos relations à venir. Il faut évidemment que j'en discute avec le général Huang, mais tout cela me paraît extrêmement avantageux. Bien joué.

— Merci, monsieur. »

Le Président raccrocha. Tout se passe comme prévu, se félicita Kai.

Il appela son bureau et parla à Jin Chin-hwa.

« Les ultras attaqueront Pyongyang cette nuit, annonça-t-il. J'ai prévenu le Président, mais il faut informer tous les autres.

— Tout de suite.

— Des nouvelles de votre côté ?

— Les bombardements américains semblent avoir cessé, du moins pour aujourd'hui.

— Ça m'étonnerait qu'ils reprennent demain. Il ne doit plus rester grand-chose à bombarder.

— Quelques missiles bien planqués, je suppose.

— Avec un peu de chance, tout sera fini demain. »

Kai raccrocha et monta à bord de son avion. Son téléphone personnel sonna au moment où le pilote faisait démarrer les moteurs. C'était le général Ham.

813

«Ça y est, c'est en cours, dit-il d'une voix étonnée. Les hélicoptères de combat se dirigent en ce moment même vers la capitale. Des sections munies de mandats d'arrêt sont en route vers toutes les résidences présidentielles. Des chars et des véhicules blindés suivent les hélicos. Ils jettent tout leur poids dans la bataille. C'est du quitte ou double.»

Voilà qui était d'une précision dangereuse pour une conversation téléphonique. Ham utilisait chaque fois un nouvel appareil qu'il jetait après usage. Néanmoins, il n'était pas complètement impossible que la surveillance de Pyongyang ou le service de renseignement de Pak captent fortuitement un appel. Ils comprendraient ce qui se passait mais seraient incapables d'identifier les interlocuteurs, en tout cas dans un premier temps. C'était un risque, minime mais mortel. Un espion vivait toujours dangereusement.

«Le général craint un piège de Pékin, poursuivit Ham. Il est convaincu que tous les Chinois sont fourbes et malintentionnés. Pour autant, il n'est pas prêt à laisser passer cette chance.

— Vous rejoignez la capitale?

— Oui.

— Restez en contact.»

Ils raccrochèrent.

Le jet de l'armée de l'air n'avait pas de wifi pour les passagers, ce qui empêchait Kai de téléphoner pendant le vol. C'était un soulagement, en quelque sorte, songea-t-il en s'installant confortablement dans son siège. Sa journée avait été bien remplie: il avait fait tout ce qu'il pouvait, tous ses espoirs étaient exaucés, et il était fatigué. Il lui tardait de passer la nuit au lit avec Ting.

Il ferma les yeux.

39

Kai fut réveillé par son téléphone alors que l'avion descendait vers Pékin. Il se frotta les yeux et décrocha.

C'était Jin Chin-hwa : « La Corée du Nord vient de bombarder le Japon ! »

L'espace d'un instant, Kai resta totalement abasourdi. Il alla jusqu'à se demander s'il ne rêvait pas. « Qui ça ? Les rebelles ?

— Non, le Guide suprême.

— Le Japon ? Mais pourquoi irait-il bombarder le Japon, bordel ?

— Il a frappé trois bases américaines. »

Kai comprit soudain. C'était une mesure de représailles. Les bombardiers et les missiles qui avaient attaqué la Corée du Nord venaient des bases américaines au Japon. Au moment où il sentit le train d'atterrissage de son avion se poser sur la piste, il reprit : « Il faut croire que le Guide suprême avait encore quelques missiles balistiques en réserve.

— Six, et c'étaient sans doute les derniers. Trois ont été interceptés, mais les trois autres sont passés. Il y a trois bases américaines au Japon et elles ont toutes été atteintes. Kadena à Okinawa, Misawa dans le Honshu, et – c'est là le plus grave – Yokota, à Tokyo, ce qui veut dire qu'il y aura de nombreuses victimes japonaises.

— C'est une catastrophe.

— Le président Chen tient une réunion d'urgence dans la salle de crise. On vous y attend.

— Entendu. Tenez-moi au courant s'il y a du nouveau.

— Bien sûr. »

Kai descendit de l'avion et on le conduisit à sa voiture. Comme il démarrait, Moine lui demanda : « Je vous ramène chez vous, monsieur ?

— Non, conduisez-moi au Zhongnanhai. »

L'heure de pointe était passée et la circulation en ville était fluide. Il faisait nuit, mais Pékin, se rappela Kai, était éclairé par trois cent mille réverbères.

Si le Japon était, certes, un ennemi puissant, le pire était que ce pays avait conclu de longue date un traité d'alliance avec les États-Unis, qui obligeait ceux-ci à intervenir en cas d'agression. La question était donc moins de savoir comment le Japon allait réagir à ce bombardement que ce qu'allaient faire les Américains.

Et quelles en seraient les conséquences pour l'accord que Kai venait de conclure à Yeongjeo-dong ?

Il appela Neil Davidson.

« Ici Neil.

— Ici Kai.

— C'est la merde, Kai.

— Il faut que vous sachiez une chose, dit Kai en se jetant à l'eau. Le régime du Guide suprême de la Corée du Nord aura cessé d'exister demain à cette heure.

— Que... qu'est-ce qui vous permet d'affirmer cela ?

— Nous mettons un nouveau régime en place. » C'était prendre ses désirs pour des réalités. « Ne me demandez pas de détails, s'il vous plaît.

— Merci de m'en avoir informé.

— J'imagine que la présidente Green va s'entretenir avec le Premier ministre Ishikawa sur la réaction à avoir au bombardement des bases américaines au Japon.

— En effet.

— Vous pouvez donc annoncer à Washington et à Tokyo qu'ils peuvent laisser à la Chine le soin d'éliminer le régime qui a lancé ces missiles.»

Kai ne s'attendait pas à ce que Neil y consente. Comme il l'avait prévu, sa réponse ne l'engageait à rien.

«C'est bon à savoir, dit le Texan.

— Accordez-nous vingt-quatre heures. C'est tout ce que je vous demande.»

Neil ne se départit pas de sa prudente neutralité:

«Je transmettrai le message.»

Kai ne pouvait pas faire plus.

«Merci», dit-il, et il raccrocha.

Cette conversation le troubla. Son malaise n'était pas dû à la neutralité étudiée de Neil, laquelle n'avait rien de surprenant. Il y avait autre chose, mais il n'arrivait pas à mettre le doigt dessus.

Il téléphona chez lui. Ting semblait soucieuse quand elle répondit: «Habituellement, tu me préviens quand tu rentres aussi tard.

— Désolé, j'étais dans un coin où je n'avais pas de réseau. Est-ce que tout va bien?

— À part le dîner, oui.

— Ça fait du bien d'entendre ta voix, soupira-t-il. Et de savoir que quelqu'un s'inquiète pour moi quand je ne rentre pas. Je me sens aimé.

— Tu l'es. Tu le sais bien.

— C'est toujours agréable de se l'entendre dire.

— Arrête, tu me fais mouiller maintenant. Quand rentres-tu?

— Je ne sais pas trop. Tu as entendu la nouvelle?

— Quelle nouvelle? J'apprenais mon dialogue.

817

— Allume la télé.

— Une seconde. » Il y eut un instant de silence, puis elle s'écria : « Oh là là ! La Corée du Nord a bombardé le Japon !

— Maintenant, tu sais pourquoi je dois travailler tard.

— Bien sûr, bien sûr. Mais quand tu auras fini de sauver la Chine, j'aurai commencé à chauffer le lit.

— Ma plus belle récompense. »

Ils se dirent au revoir et raccrochèrent.

La voiture de Kai entra au Zhongnanhai, franchit le système de sécurité et se gara devant le Qinzheng. Kai resserra sa parka autour de lui lorsqu'il se dirigea vers l'entrée. Aujourd'hui, il faisait plus froid à Pékin qu'à Yeongjeo-dong.

Il subit un nouveau contrôle, puis descendit l'escalier quatre à quatre pour gagner la salle de crise située au sous-sol. Comme la fois précédente, le vaste espace entourant l'estrade était occupé par des bureaux équipés de postes de travail. Le personnel était plus nombreux maintenant qu'on était vraiment sur le pied de guerre. L'atmosphère était assourdie, mais on percevait en fond sonore une faible rumeur évoquant un bruit lointain de circulation. Il était impossible que celui-ci pénètre ici, et Kai songea qu'il devait provenir du système d'aération. Il régnait une légère odeur de désinfectant, comme dans un hôpital, et il devina que la salle devait être équipée d'un purificateur d'air très efficace, car elle était conçue pour fonctionner même lorsque la ville était infectée, empoisonnée, voire radioactive.

Tout le monde écoutait une conversation téléphonique dans un silence de mort. L'une des voix était celle du président Chen. La seconde parlait une langue que Kai identifia comme du japonais et la troisième était celle de l'interprète, qui dit : « Je suis ravi d'avoir cette occasion de parler au président de la République populaire de Chine.» Même par le truchement d'un tiers, cette déclaration semblait peu sincère.

«Monsieur le Premier ministre, répondit Chen, je vous assure que l'attaque de missiles contre le territoire japonais perpétrée par le gouvernement de Pyongyang a été déclenchée sans l'approbation ni le consentement du gouvernement chinois.»

De toute évidence, Chen s'adressait à Eiko Ishikawa, le chef du gouvernement japonais. Tout comme Kai, le Président espérait désamorcer toute réaction excessive du Japon à l'agression nord-coréenne. La Chine ne voulait toujours pas la guerre. Bien.

Pendant qu'on traduisait les propos de Chen en japonais, Kai gagna l'estrade sur la pointe des pieds, s'inclina devant le Président et s'assit à la table.

Une réponse parvint de Tokyo : «Je suis extrêmement soulagé de l'entendre.»

Chen entra aussitôt dans le vif du sujet : «Si vous attendez quelques heures, vous verrez que cette attaque, aussi grave soit-elle, ne mérite pas de représailles de votre part.

— Qu'est-ce qui vous fait dire cela ?»

Cette question rappela quelque chose à Kai, mais il l'écarta provisoirement de son esprit pour se concentrer sur la discussion.

«Le régime du Guide suprême aura cessé d'exister dans les vingt-quatre heures qui viennent.

— Et par quoi sera-t-il remplacé ?

— Veuillez me pardonner si je ne vous donne pas tous les détails. Je tiens seulement à vous assurer que ceux qui sont responsables de ce qui s'est passé aujourd'hui au Japon quitteront le pouvoir immédiatement et auront à répondre de leurs actes devant la justice.

819

— Très bien. »

La conversation se poursuivit dans la même veine, Chen se montrant rassurant et Ishikawa refusant de s'engager, jusqu'à ce qu'ils raccrochent.

Kai repensa à la phrase : « Qu'est-ce qui vous fait dire cela ? » Neil avait prononcé la même, mot pour mot. C'était une formule évasive, une façon de ne pas répondre, le signe que l'interlocuteur était sur ses gardes, en général parce qu'il avait quelque chose à cacher. Neil et Ishikawa n'avaient pas paru très surpris d'apprendre que le régime de Pyongyang était sur le point de tomber. On aurait presque pu croire qu'ils le savaient déjà condamné. Mais comment était-ce possible ? Pak lui-même n'avait pris sa décision que quelques heures plus tôt.

La CIA et le gouvernement japonais savaient quelque chose que Kai ignorait. Une faute grave pour un directeur du renseignement. De quoi pouvait-il s'agir ?

Une hypothèse lui vint alors à l'esprit, si surprenante qu'il avait peine à la formuler.

Le général Huang avait pris la parole, mais Kai ne l'écoutait pas. Il se leva, s'éloigna – un manque de courtoisie à l'égard de Huang qui fit lever les sourcils autour de la table – et descendit de l'estrade. Il appela son bureau et demanda Jin. « Regardez les dernières images satellite au-dessus de la Corée du Nord, dit-il à voix basse en s'éloignant un peu plus. Le ciel doit être dégagé, il l'était il y a quelques heures quand j'étais là-bas. Je veux inspecter la zone s'étendant vers le sud de Pyongyang, au-delà de la frontière et jusqu'à Séoul. Ce qui m'intéresse, c'est ce qu'on peut voir entre les deux villes, sur ce qu'on appelle l'"autoroute de la Réunification". Quand vous aurez une image acceptable, affichez-la sur un des écrans de la salle de crise. Veillez à ce qu'elle soit correctement orientée avec le nord en haut.

— Entendu.»

Kai reprit place sur l'estrade. Huang parlait toujours. Kai avait les yeux rivés sur les écrans. Au bout de deux ou trois minutes, l'un d'eux afficha une image nocturne. Sa noirceur était interrompue par deux amas de points lumineux, l'un au sud et l'autre au nord – les deux capitales de la Corée. Entre elles, il n'y avait que les ténèbres.

Ou presque.

En regardant avec plus d'attention, Kai distingua quatre fins rubans de lumière, bien trop longs pour résulter d'un phénomène naturel. C'étaient sûrement des files de véhicules. Il estima que chacune d'elles s'étirait sur trente à quarante-cinq kilomètres. Cela voulait dire qu'il y en avait plusieurs centaines.

Plusieurs milliers.

Il tenait enfin l'explication de l'absence de surprise de Neil et Ishikawa. Ils n'avaient pas appris que Pak avait l'intention d'attaquer Pyongyang, mais savaient qu'une autre force comptait bien détruire le régime cette nuit.

Autour de la table, d'autres suivirent son regard, se désintéressant peu à peu du discours de Huang. Le Président lui-même se tourna vers l'écran.

Finalement, Huang se tut.

«Quelqu'un peut-il m'expliquer ce que je vois? demanda Chen.

— La Corée du Nord, répondit Kai. Ces rubans lumineux sont des convois, quatre en tout. Ces véhicules se dirigent vers Pyongyang.

— À en juger par cette seule image, déclara Kong Zhao, le ministre de la Défense nationale, je dirais que nous avons affaire à deux divisions, chacune avançant sur deux colonnes, soit un total de vingt-cinq mille soldats et plusieurs milliers de véhicules. La zone démilitarisée séparant les deux Corées est un champ de mines de deux ou trois kilomètres de large, mais ils l'ont déjà franchie, ce qui signifie qu'ils ont ouvert de larges brèches dans cette barrière – une opération planifiée de longue date, j'en suis sûr. Je suis persuadé qu'en ce moment même, ils larguent des forces aéroportées pour s'emparer des ponts et des goulets d'étranglement avant l'arrivée du gros de l'armée, et qu'ils procèdent à des débarquements sur la côte ; nous allons essayer de le confirmer.

— Vous n'avez pas dit à qui sont ces troupes, fit remarquer Chen.

— Je suppose qu'elles sont sud-coréennes.

— C'est donc une invasion.

— Oui, monsieur le Président, confirma Kong. C'est une invasion. »

*

Il était un peu plus d'une heure du matin lorsque Kai se glissa au lit à côté de Ting. Elle roula sur elle-même, l'étreignit et l'embrassa avec passion, puis se rendormit aussitôt.

Il ferma les yeux et repassa en esprit les dernières heures dans la salle de crise. La réaction à l'invasion sud-coréenne avait donné lieu à une dispute acharnée. Les négociations de Kai avec Pak avaient aussitôt perdu toute pertinence. Un cessez-le-feu était désormais hors de question.

Le traité de défense liant la Chine à la Corée du Nord leur laissait plusieurs options. Le général Huang et Chang Jianjun, le père de Kai, avaient proposé une invasion chinoise pour protéger la Corée du Nord contre le Sud. Des esprits moins échauffés avaient fait remarquer qu'une telle initiative entraînerait une intervention américaine et, partant, un affrontement ouvert entre les deux pays. Au grand soulagement de Kai, la majorité des intervenants avaient reconnu que ce prix serait trop élevé.

Le Guide suprême était irrémédiablement affaibli, mais Pak et ses rebelles étaient encore forts et se trouvaient sur place. Avec l'accord du groupe, Huang l'avait appelé personnellement, lui avait confié tout ce qu'on savait sur l'invasion et l'avait encouragé à bombarder les convois sud-coréens qui approchaient. Le radar leur avait montré qu'il s'exécutait sur-le-champ, tout en poursuivant son attaque contre Pyongyang.

Jusque-là, les rebelles n'avaient utilisé qu'un petit nombre de missiles, et ils en possédaient en abondance ; les convois avaient été arrêtés.

C'était un bon début.

Les troupes chinoises n'interviendraient pas, mais, dès l'aube, la Chine fournirait aux ultras tout le matériel de guerre nécessaire : missiles, drones, hélicoptères, avions de combat, artillerie, fusils, munitions en quantité illimitée. Les ultras contrôlaient déjà la moitié du pays et poursuivraient sans doute leur avance dans les prochaines heures. L'affrontement décisif serait cependant la bataille de Pyongyang.

Cette issue semblait la moins mauvaise. Si les Japonais se montraient raisonnables, la guerre resterait confinée au territoire coréen.

Le président Chen s'était retiré pour la nuit et la plupart des autres en avaient fait autant, ne laissant sur place que le personnel chargé d'élaborer la logistique de l'expédition rapide d'une quantité massive d'armement vers la Corée du Nord.

Kai s'endormit avec l'impression que le gouvernement chinois aurait pu faire bien pire.

Dès son réveil, il appela le Guoanbu et parla à Fan

Yimu, responsable de la permanence de nuit, qui lui annonça une bonne nouvelle : les rebelles avaient arrêté le Guide suprême et le général Pak avait établi son quartier général dans la résidence présidentielle située au nord de Pyongyang, lieu symbolique s'il en était. Toutefois, l'armée sud-coréenne était plus coriace et avait repris sa progression vers la capitale.

Le bulletin d'information matinal de la télévision chinoise annonça que le Guide suprême Kang avait démissionné pour raison de santé et que le général Pak l'avait remplacé. Le président chinois avait envoyé à ce dernier un message de soutien, réaffirmant les engagements de leur traité de défense mutuelle. La valeureuse Armée populaire de Corée repoussait avec énergie une incursion des forces sud-coréennes.

Kai s'était attendu à tout cela, mais le deuxième sujet évoqué l'inquiéta. Les images montraient des nationalistes japonais furieux, qui s'étaient massés à Tokyo dès le lever du jour pour protester contre le bombardement. Le journaliste rapporta que les Japonais éprouvaient déjà une certaine hostilité à l'égard des Coréens, des sentiments encore attisés par une propagande raciste et à peine atténués par la passion des jeunes Japonais pour le cinéma et la musique pop coréens. Un enseignant d'origine coréenne avait été agressé par un voyou devant une école de Kyoto. On interviewa le responsable d'un mouvement d'extrême droite, qui appela à la guerre totale contre la Corée du Nord d'une voix rauque et excitée.

Le Premier ministre Ishikawa avait convoqué une réunion de son cabinet pour neuf heures. Ces manifestations risquaient de pousser le gouvernement japonais à prendre des mesures radicales, mais la présidente Green ferait de son mieux pour l'inciter à la retenue. Kai espéra qu'Ishikawa mettrait le holà à tout cela.

En route pour le Guoanbu, il lut les rapports du

renseignement militaire sur la bataille de Pyongyang. Apparemment, les envahisseurs sud-coréens avaient avancé rapidement et assiégeaient déjà la capitale. Il espéra que le général Ham lui permettrait d'en savoir davantage.

Une fois au bureau, il alluma la télévision et vit le chef du gouvernement japonais donner une conférence de presse à l'issue de la réunion de son conseil des ministres.

« Le régime de Pyongyang a commis un acte de guerre contre le Japon et je n'ai pas d'autre solution que d'ordonner aux Forces japonaises d'autodéfense de se préparer à passer à l'action pour repousser l'agression nord-coréenne. »

C'était de la langue de bois, bien entendu. L'article 9 de la Constitution japonaise interdisait au gouvernement d'entrer en guerre, sans pourtant l'empêcher d'exercer son droit à l'autodéfense. Toute action de l'armée japonaise devait donc être présentée comme une mesure défensive.

Mais ce n'était pas la seule ambiguïté de cette déclaration. Contre qui se défendaient-ils aujourd'hui ? Deux armées rivales se disputaient la Corée du Nord, et n'étaient, ni l'une ni l'autre, responsables du bombardement de la veille. Le régime qui l'avait ordonné n'existait plus.

Le chef de la division Japon confia à Kai qu'à en croire les espions chinois présents à Tokyo, les bases militaires américaines et japonaises grouillaient d'activité sans paraître pourtant sur le point de livrer combat. Des chasseurs japonais exerçaient des missions de surveillance aérienne, mais aucun bombardier ne décollait. Aucun contre-torpilleur n'avait quitté le port, aucun lanceur n'était chargé de missiles. Les photos satellite confirmèrent leurs rapports. Tout était calme.

Le général Ham l'appela de Pyongyang : « Les ultras sont en train de perdre la bataille », lui annonça-t-il.

C'était ce qu'avait redouté Kai. « Pourquoi ?

— Les Sud-Coréens sont trop nombreux et trop bien armés. Le matériel chinois n'est pas encore arrivé et nos chars sont toujours en route depuis leurs bases de l'est. Nous manquons de temps.

— Que va faire Pak ?

— Réclamer des troupes à Pékin.

— Nous refuserons. Nous ne voulons pas provoquer d'intervention américaine.

— Dans ce cas, Pyongyang tombera aux mains des Sud-Coréens. »

Ce qui était tout aussi impensable.

« Il faut que je file », dit soudain Ham, et la communication fut coupée.

Il devait être humiliant pour Pak de quémander l'aide de la Chine, songea Kai. Mais le chef des rebelles avait-il le choix ? Ses réflexions s'interrompirent parce qu'il fut appelé en salle de réunion. Le gouvernement japonais était passé à l'action.

Douze avions de combat avaient décollé de la base de Naha, à Okinawa, pour mettre le cap à l'ouest et, quelques minutes plus tard, ils patrouillaient au-dessus de la mer de Chine orientale entre Okinawa et le continent. Leur balayage se concentrait sur un petit groupe de récifs et d'îlots inhabités connu en Chine sous le nom d'îles Diaoyutai. Situées à neuf cents kilomètres du Japon mais à seulement trois cents de la Chine, elles n'en étaient pas moins revendiquées par les Japonais qui les appelaient les « îles Senkaku ».

Des appareils chinois survolaient également la mer de Chine orientale, et Kai afficha leurs images vidéo à l'écran. Il aperçut les îles, émergeant des eaux comme jetées là par d'antiques dieux négligents. Dès que les avions japonais arrivèrent sur zone, deux sous-marins de combat de classe Soryu firent surface près des îles.

Les Japonais choisissaient-ils ce moment pour affirmer leurs droits sur ce tas de rochers sans valeur ?

Sous les yeux de Kai, des sous-mariniers japonais embarquèrent à bord de canots pneumatiques et accostèrent sur une plage étroite, où ils déchargèrent ce qui ressemblait à des lance-missiles sol-air portables. Ils se dirigèrent vers l'une des rares étendues plates et y plantèrent un drapeau japonais.

Au cours des minutes suivantes, ils entreprirent de monter des tentes et de mettre en place une cuisine de campagne.

Le chef de la division Japon appela Kai depuis l'étage inférieur pour lui faire savoir que l'armée japonaise avait annoncé que, «par mesure de précaution», elle avait établi une base avancée sur les îles Senkaku – qui appartenaient au Japon, soulignaient les Japonais.

Une minute plus tard, Kai était convoqué au Zhongnanhai.

En chemin, il continua à lire les rapports et à étudier les enregistrements vidéo, tout en gardant un œil sur les images radar, qu'il pouvait recevoir sur son téléphone. Il n'y avait pas de combats. L'heure était aux gesticulations.

L'atmosphère était lugubre dans la salle de crise. Kai prit place à la table sans un bruit.

Quand tout le monde fut arrivé, Chen demanda à Chang Jianjun de leur exposer les dernières évolutions. Kai remarqua que son père avait l'air vieux : ses cheveux étaient clairsemés, sa peau semblait grise et flasque, et il n'était pas bien rasé. Bien qu'il n'eût pas encore soixante-dix ans, il avait fumé durant un demi-siècle comme en témoignaient ses dents jaunies. Kai espérait qu'il n'avait pas de problèmes de santé.

Après avoir résumé la situation, Jianjun déclara : « Nous avons assisté au cours des deux derniers mois à une escalade des attaques contre la Chine. D'abord, les États-Unis ont durci les sanctions contre la Corée du Nord, ce qui a entraîné la crise économique et la rébellion des ultras. Ensuite, plus d'une centaine de nos concitoyens ont été massacrés à Port-Soudan par un drone américain. Troisième étape, nous avons surpris des géologues américains – mal dissimulés à bord d'un navire vietnamien – en train de participer à des activités de prospection pétrolière dans nos eaux territoriales. Quatrièmement, notre projet, certes clandestin, d'Hufra, dans le Sahara, a essuyé une violente attaque qui a totalement détruit ce camp. Finalement, la Corée du Nord, notre plus proche alliée, a été attaquée par des missiles sud-coréens, puis par des avions, des navires et des missiles américains, avant d'être envahie la nuit dernière. Et voici qu'aujourd'hui, les îles Diaoyutai – un territoire indiscutablement chinois – ont été envahies et occupées par des soldats japonais. »

Assurément, cette liste était terrifiante, et Kai lui-même se reprocha fugitivement d'avoir peut-être manqué de sagacité.

« Et durant tout ce temps, poursuivit Jianjun avec une lenteur insistante, qu'a fait la Chine ? À part l'opération destinée à couler le *Vu Trong Phung*, nous n'avons pas tiré un seul coup de feu. Je vous le dis, camarades, nous avons encouragé cette escalade en réagissant avec faiblesse.

— On ne tue pas un homme parce qu'il vous a volé une bicyclette, répliqua Kong Zhao, le ministre de la Défense nationale. Oui, nous devons réagir à cette scandaleuse invasion japonaise… mais notre réaction doit être proportionnée. Les autorités américaines ont confirmé à plusieurs reprises que le traité d'alliance américano-nippon couvrait les îles Diaoyutai, ce qui oblige les Américains à les défendre. Et soyons francs : cette occupation ne représente aucune menace pour nous. Les soldats ne peuvent rien accomplir sur ces îles qu'ils ne pourraient accomplir beaucoup mieux à bord d'un sous-marin – si ce n'est planter un drapeau. Un drapeau est un symbole, je vous l'accorde – c'est même sa seule fonction – et cette action japonaise est symbolique, rien de plus. Notre réaction doit en tenir compte.»

Je n'aurais pu mieux dire, songea Kai. Kong avait totalement retourné l'atmosphère de la réunion.

Le général Huang intervint alors : «Nous avons une vidéo des îles occupées, filmée par un drone chinois. Elle dure deux ou trois minutes. Les camarades désirent-ils la voir?»

La réponse était «oui», naturellement.

Huang s'adressa à un assistant et lui désigna un écran.

Ils découvrirent une petite île : un pic rocheux, une parcelle de terrain plat couverte de rares buissons et d'une herbe drue, et une plage étroite. Deux sous-marins flottaient dans la baie, arborant chacun le pavillon au soleil levant rouge et blanc de la Force maritime d'auto-défense japonaise. Une trentaine d'hommes avaient débarqué sur l'île, jeunes et joyeux pour la plupart. Un plan rapproché les montra occupés à monter leurs tentes en chantant et en riant. L'un d'eux fit un signe de la main à l'avion qui les filmait. Un autre pointa l'index vers lui – geste de mépris et d'hostilité aussi insultant en Chine qu'au Japon – et les autres s'esclaffèrent. Les images s'arrêtèrent.

Des murmures de colère montèrent autour de la table. Le comportement de ces soldats était intolérable. Wu Bai, le ministre des Affaires étrangères, d'ordinaire si policé, lança :

«Ces jeunes crétins se moquent de nous.

— À votre avis, que devons-nous faire, Wu Bai?» demanda le président Chen.

Visiblement froissé par ces images, Wu répliqua avec une rancœur qui lui était peu coutumière: «Le camarade Chang Jianjun a souligné que nous avons accepté sans broncher une série d'humiliations à seule fin de préserver la paix.» Le mot «humiliations» n'était pas innocent: il évoquait les longues années que le pays avait passées sous le joug du colonialisme occidental et ne manquait jamais de hérisser les Chinois. «Nous devrons tôt ou tard faire preuve de fermeté, et il me semble que le moment est venu. C'est la première fois que le territoire chinois est envahi.» Il marqua une pause et reprit son souffle. «Camarades, nous devons faire comprendre clairement à nos ennemis que la ligne rouge a été franchie.»

À la grande surprise de Kai, le président Chen soutint aussitôt la position de Wu.

«Je suis d'accord avec vous, approuva-t-il. Mon devoir le plus fondamental est de protéger l'intégrité territoriale de la nation. Si j'échoue dans cette tâche, j'échoue en tant que Président.»

C'était une déclaration énergique, et tout cela parce que quelques gamins exaltés leur avaient manqué de respect! Kai était consterné, mais il resta muet. Il ne pouvait espérer l'emporter contre les tenants de la ligne dure alors qu'ils avaient le soutien du Président et du ministre des Affaires étrangères. Il avait appris depuis longtemps à ne livrer que les batailles qu'il avait une chance de gagner.

Mais Chen fit très légèrement machine arrière: «Néanmoins, notre réaction doit rester mesurée.»

C'était une lueur d'espoir.

«Il suffira d'une bombe pour détruire le petit campement des Japonais et aussi sans doute pour tuer la plupart d'entre eux, reprit Chen. Amiral Liu, quels bâti-ments avons-nous à proximité ?»

Liu consultait déjà son portable et répondit aussitôt :

«Le porte-aéronefs *Fujian* se trouve à cinquante milles nautiques. Il dispose de quarante-quatre appareils dont trente-deux avions de combat de type "Requin volant". Le Requin volant est armé de quatre bombes à guidage laser de cinq cents kilos chacune. Je suggère que nous envoyions deux avions, le premier pour lâcher la bombe et le second pour filmer l'attaque.

— Amiral, transmettez au capitaine les coordonnées exactes de la cible et dites-lui de préparer les appareils au décollage, s'il vous plaît.

— Oui, monsieur.»

Kai finit par prendre la parole, mais ce ne fut pas pour s'opposer au bombardement : «Nous devrions réfléchir aux réactions probables des Américains à cette riposte. Il ne s'agirait pas d'être pris par surprise.»

Kong Zhao l'approuva presque aussitôt : «Les Américains ne resteront pas les bras croisés. Cela priverait leur traité d'alliance avec le Japon de tout sens. Ils interviendront forcément.»

Wu Bai ajusta la pochette de son veston et dit : «La présidente Green évitera toute action agressive si elle en a la possibilité. Elle a fait preuve de faiblesse quand des soldats américains ont été tués au Tchad avec des fusils Norinco ; de faiblesse encore quand des géologues américains ont coulé avec le *Vu Trong Phung* ; et de faiblesse toujours quand des Américains sont morts en Corée du Sud, avant que nos camarades de Pyongyang n'aient la stupidité de recourir aux armes chimiques. Je serais surpris qu'elle entre en guerre pour quelques sous-mariniers japonais. Il y aura des représailles pour la forme, ou peut-être même de simples protestations diplomatiques.»

Vœu pieux, songea Kai, mais il ne servait à rien de le dire.

« Monsieur le Président, les avions sont prêts, annonça l'amiral Liu.

— Ordonnez-leur de décoller, répondit Chen.

— Allez-y, dit Liu au téléphone. Allez-y. Je répète : allez-y. »

Le second appareil filmait le premier, et un des écrans de la salle de crise diffusait une image très nette. Kai vit l'arrière du premier Requin volant, avec ses ailerons verticaux et ses deux tuyères d'éjection caractéristiques. Un instant plus tard, il fonçait sur le pont, atteignait le tremplin de décollage à la proue du porte-aéronefs, puis s'élevait à grande vitesse dans le ciel. La caméra le suivit et, l'espace d'un instant, Kai fut pris de nausées lorsque le second avion gagna en vitesse et jaillit à son tour au-dessus du tremplin.

Comme les deux jets accéléraient, quelqu'un demanda :

« Mais à quelle vitesse volent-ils, bordel ?

— Leur vitesse maximale est d'environ deux mille quatre cents kilomètres à l'heure », répondit l'amiral Liu, qui ajouta après un temps : « Le trajet est trop court pour qu'ils puissent l'atteindre. »

Les appareils prirent de l'altitude jusqu'à ce qu'ils soient trop haut pour voir les navires, et tous se retournèrent vers les images vidéo envoyées par le drone. Elles montraient les sous-mariniers japonais dans leur camp. Les tentes se dressaient à présent en enfilade et quelques hommes préparaient le repas. D'autres avaient regagné la plage et tuaient le temps en s'éclaboussant ou en se jetant des poignées de sable. L'un d'eux filmait le drone avec son smartphone.

Leur bienheureuse ignorance ne dura que quelques secondes.

Quelques-uns levèrent les yeux, peut-être parce qu'ils avaient entendu les avions. Ceux-ci devaient leur paraître trop éloignés pour représenter une menace, et leurs cocardes ne devaient pas être visibles depuis le sol, aussi les sous-mariniers restèrent-ils tout d'abord sans réaction.

Le premier appareil vira sur l'aile, suivi par la caméra du second, puis engagea l'opération de bombardement.

Peut-être les soldats furent-ils alertés par leur sous-marin, car ils saisirent soudain leurs fusils automatiques ou leurs lance-missiles portables et se déployèrent autour de l'îlot en occupant des positions défensives sans doute définies à l'avance. Leurs lance-missiles, de la taille et de la forme d'un mousquet du XVIe siècle, étaient probablement une version japonaise du FIM-92 américain qui tirait un missile antiaérien Stinger.

« Les avions se trouvent à environ mille mètres d'altitude et volent à cent cinquante mètres par seconde, expliqua l'amiral Liu. Ces armes portables sont inefficaces contre eux. »

Durant un instant, tout ne fut que silence. Les sous-mariniers présents sur l'île conservaient leurs positions, le premier avion demeurait au centre de l'image transmise par le second.

« Bombes larguées », annonça l'amiral Liu, et Kai crut entrevoir un bref éclair signalant peut-être le lancement d'un missile.

Puis la petite île explosa dans une boule de feu et de fumée. Du sable et des rochers volèrent dans les airs, jaillissant du nuage avant de retomber dans la mer, en même temps que des formes pâles qui ressemblaient horriblement à des membres déchiquetés. Les militaires présents dans la salle de crise poussèrent des acclamations.

Kai ne s'y joignit pas.

Lentement les débris retombèrent, le nuage se dissipa et la surface des eaux reprit son apparence normale.

Il n'y avait aucun survivant.

Le silence régnait dans la salle de crise.

Ce fut Kai qui le rompit. «Eh bien, camarades, nous voilà en guerre contre le Japon.»

DEFCON 1

La guerre nucléaire est imminente
ou a commencé.

40

Pauline ne dormait pas lorsque Gus l'appela. Elle n'avait pas l'habitude des insomnies. Aucune des crises précédentes ne l'avait empêchée de trouver le sommeil. Quand le téléphone sonna, elle n'eut pas besoin de regarder le réveil car elle savait déjà quelle heure il était : minuit et demie.

Dès qu'elle décrocha, Gus annonça : « Les Chinois ont bombardé les îles Senkaku. Ils ont tué des sous-mariniers japonais.

— Merde.

— Les personnes clés vous attendent dans la salle de crise.

— Je m'habille tout de suite.

— Je vous accompagne. Je suis à la résidence, à votre étage, dans la cuisine, près de l'ascenseur.

— Entendu. » Elle raccrocha et se leva. C'était presque un soulagement d'agir au lieu de rester au lit à ruminer. Elle dormirait plus tard.

Elle enfila un tee-shirt bleu marine et un blouson en jean, puis se brossa les cheveux. Elle traversa le hall central sur toute sa longueur, entra dans la cuisine et trouva Gus à l'endroit indiqué, près de l'ascenseur. Ils y montèrent et il appuya sur le bouton du sous-sol.

Un terrible découragement accabla soudain Pauline. « Tout ce que je veux, c'est rendre ce monde plus sûr, mais les choses ne cessent d'empirer», murmura-t-elle au bord des larmes.

Il n'y avait pas de caméra de surveillance dans la cabine. Il la prit dans ses bras et elle posa la joue contre son épaule. Ils demeurèrent dans cette position jusqu'à l'arrêt de l'ascenseur, puis se séparèrent avant l'ouverture des portes. Un agent du Secret Service les attendait.

Ce moment d'abattement ne dura pas. Lorsqu'ils arrivèrent dans la salle de crise, Pauline était redevenue elle-même. Une fois assise, elle parcourut l'assemblée du regard et dit :

«Chess. Où en sommes-nous ?

— Au pied du mur, madame la Présidente. Notre traité d'alliance avec le Japon est une pierre angulaire de la stabilité en Asie de l'Est. Il nous oblige à défendre le Japon contre toute attaque, et deux de vos prédécesseurs ont publiquement confirmé que cet engagement inclut les îles Senkaku. Si nous n'exerçons pas de représailles, ce traité perd toute signification. Bien des choses dépendent de ce que nous allons faire à présent.»

Comme toujours, se dit-elle.

«Si je peux me permettre, madame la Présidente, intervint Bill Schneider, le président du comité des chefs d'état-major interarmées.

— Allez-y, Bill.

— Nous devons réduire sérieusement leurs capacités d'attaquer le Japon. Il y a deux bases navales d'importance, Qingdao et Ningbo sur la côte est de la Chine, la plus proche du Japon. Je suggère un lancement massif de missiles contre chacune d'elles, en choisissant nos cibles avec soin afin de réduire les pertes civiles.»

Chess secouait déjà la tête pour marquer son désaccord.

«Ce serait une escalade majeure, remarqua Pauline.

— C'est ce que nous avons fait contre le régime de

Pyongyang, nous avons annihilé leurs capacités d'agression.

— Il le méritait. Il avait utilisé des armes chimiques. C'est pourquoi le monde nous a soutenus. La situation est très différente.

— Je considère cette réaction comme proportionnée, madame la Présidente.

— Cherchons tout de même une option moins provocatrice.

— Nous pourrions protéger les îles Senkaku par un bouclier d'acier : contre-torpilleurs, sous-marins et avions de combat, proposa Chess.

— Indéfiniment ?

— Cette protection pourrait être allégée une fois la menace atténuée. »

Luis Rivera, le secrétaire à la Défense, intervint : « Les Chinois ont filmé le bombardement, madame la Présidente. Ils en ont diffusé les images dans le monde entier, ils sont fiers de ce qu'ils ont fait.

— Très bien, jetons-y un coup d'œil. »

Le film s'afficha sur un écran mural. On vit d'abord un plan général sur une île minuscule, puis un plan rapproché sur des sous-mariniers japonais en train de planter un drapeau, après quoi un jet décolla d'un porte-aéronefs. Alternèrent ensuite des images de cet appareil en vol et des gros plans sur un jeune Japonais tendant grossièrement l'index vers l'objectif, tandis qu'un de ses camarades s'esclaffait.

« C'est l'équivalent asiatique d'un doigt d'honneur, madame la Présidente, expliqua Luis.

— J'avais deviné. » Ce geste ne pouvait qu'avoir mis les dirigeants chinois hors de leurs gonds, songea Pauline. Ces hommes étaient du genre hypersensible. Elle se rappela les préparatifs d'une rencontre avec le président Chen lors d'une réunion du G20 : ses assistants avaient exigé la modification d'une dizaine de détails mineurs susceptibles de l'offenser, allant de la hauteur des chaises au choix des fruits dans le compotier sur la desserte.

Sur l'écran, les soldats, soudain vigilants, se déployèrent en position défensive, puis l'île sembla exploser. Comme les débris retombaient, une image provenant sans doute d'un drone zooma sur le cadavre d'un jeune sous-marinier gisant sur le sable, et une voix proclama en mandarin, avec sous-titres anglais : « Toute armée étrangère violant le territoire chinois subira le même sort. »

Pauline était écœurée par ce qu'elle venait de voir, mais aussi par l'orgueil manifeste des Chinois.

« C'est horrible, dit-elle.

— Cette menace donne à penser qu'un bouclier d'acier ne suffirait pas, observa Luis Rivera. Il existe d'autres îles contestées et je ne suis pas sûr que nous puissions les protéger toutes.

— Sans doute, mais je refuse toujours toute réaction excessive, reprit Pauline. Proposez-moi une mesure intermédiaire entre le bouclier d'acier et une avalanche de missiles sur la Chine continentale. »

Luis avait une réponse toute prête : « L'avion qui a largué la bombe venait d'un porte-aéronefs chinois, le *Fujian*. Nous disposons de missiles capables de le détruire.

— C'est exact, confirma Bill Schneider. Un seul de nos missiles de croisière antinavires furtifs à longue portée est capable de couler un bateau. Il en faudrait cependant plusieurs pour être sûr de venir à bout d'un porte-aéronefs. Leur portée est de cinq cent cinquante kilomètres et nous en avons en abondance bien plus près que cela. Ils peuvent être lancés depuis un navire ou un avion, et nous avons les deux à proximité.

— Si nous choisissons cette option, nous devrons faire savoir que notre réaction sera identique dans chaque cas similaire, ajouta Luis. Madame la Présidente, les Chinois ne peuvent pas se permettre de perdre leurs porte-avions. Nous en avons onze mais ils n'en ont que trois, et si nous coulons le *Fujian,* il ne leur en restera plus que deux. Et ils n'ont pas la possibilité de les remplacer facilement. Un porte-avions coûte treize milliards de dollars et il faut des années pour en construire un. À mon sens, la perte du *Fujian*, ajoutée au risque de perdre les deux autres, ne manquerait pas de calmer les ardeurs du gouvernement chinois.

— Ou de le pousser à prendre des mesures désespérées, tempéra Chess.

— Pouvons-nous avoir des images du *Fujian*? demanda Pauline.

— Bien sûr. Nous avons déjà des drones et des avions dans les parages.»

En moins d'une minute, le grand navire gris apparut sur l'écran, vu du ciel. Sa silhouette était caractéristique, avec son tremplin de décollage incurvé à la proue. Une demi-douzaine d'hélicoptères et d'avions de combat se trouvaient sur son pont, amassés près de la superstructure, entourés de marins affairés, qui évoquaient à cette distance des fourmis nourrissant des larves. Le reste de l'immense pont était occupé par la piste d'envol déserte.

«Combien d'hommes d'équipage? demanda Pauline.

— Environ deux mille cinq cents, pilotes compris», répondit Bill.

La quasi-totalité d'entre eux se tenaient sous le pont. Le navire ressemblait en cela à un immeuble de bureaux : presque personne n'était visible de l'extérieur.

L'explosion en tuerait un certain nombre, se dit Pauline ; quelques-uns survivraient peut-être, la majorité se noierait.

Elle ne voulait pas mettre fin à deux mille cinq cents vies.

« Nous ne ferions que tuer les gens qui ont tué ces sous-mariniers japonais, lui fit remarquer Luis. Les chiffres sont disproportionnés, mais le principe est juste.

— Les Chinois ne verront pas les choses sous cet angle, releva Pauline. Ils riposteront.

— Mais ils ne peuvent pas gagner à ce jeu-là, et ils le savent. En fin de partie, il n'y aurait qu'une issue possible : la Chine serait transformée en désert nucléaire. Les Chinois possèdent trois cents ogives nucléaires ; nous en avons plus de trois mille. Ils seront donc amenés à négocier tôt ou tard. Et plus vite nous leur infligerons des dommages conséquents, plus tôt ils demanderont la paix. »

Le silence se fit. Et voilà, c'est comme ça, songea-t-elle ; toutes les informations sont disponibles, tout le monde a un avis, mais en fin de compte, une seule personne prend la décision : moi.

Ce fut la menace chinoise qui la convainquit. *Toute armée étrangère violant le territoire chinois subira le même sort.* Ils recommenceraient. Cet avertissement, ajouté au traité obligeant les États-Unis à défendre le Japon, signifiait qu'une protestation de pure forme ne suffirait pas. Sa riposte devait leur porter un coup cuisant.

« Allez-y, Bill.

— Bien, madame la Présidente », acquiesça-t-il avant d'activer son téléphone.

Une femme noire en tablier blanc entra chargée d'un plateau.

« Bonjour, madame la Présidente. J'ai pensé que vous aimeriez boire un peu de café. » Elle posa le plateau à côté de Pauline.

« C'est très gentil à vous de vous être levée en pleine nuit, Merrilee. Merci. » Elle se versa du café dans une tasse et y ajouta un nuage de lait.

« Je vous en prie », dit Merrilee.

Des centaines de personnes n'attendaient qu'une occasion d'exaucer le moindre vœu de la Présidente, mais curieusement, Pauline fut profondément émue par l'initiative de Merrilee.

« Je suis très sensible à cette attention, ajouta-t-elle.

— Faites-moi savoir si vous avez besoin d'autre chose, s'il vous plaît. » Merrilee s'éloigna.

Pauline sirota son café tout en se tournant à nouveau vers le *Fujian* affiché sur l'écran. Il mesurait trois cents mètres de long. Allait-elle vraiment le couler ?

Un plan plus large révélait que le porte-aéronefs était accompagné de plusieurs navires auxiliaires.

« Un de ces petits bâtiments peut-il intercepter un tir de missiles ? demanda Pauline.

— Ils peuvent toujours essayer, madame, répondit Bill Schneider, mais ils ne les auront pas tous. »

Il y avait quelques biscuits sur le plateau. Elle en prit un et en mangea une bouchée. Il était délicieux, mais elle constata qu'elle parvenait à peine à l'avaler. Elle le fit passer avec une gorgée de café et reposa le gâteau entamé.

« Les missiles de croisière sont prêts à être lancés, madame la Présidente, annonça Bill. Ils seront tirés par un navire et un avion.

— Allez-y, dit-elle le cœur gros. Feu. »

Bill reprit un instant plus tard : « La première salve vient d'être lancée du navire. Les missiles ont quatre-vingts kilomètres à parcourir et devraient toucher leur cible dans six minutes. L'avion est plus proche et tirera dans cinq minutes. »

Pauline reporta son regard sur le *Fujian*. Deux mille cinq cents personnes, pensa-t-elle. Ce ne sont ni des voyous, ni des assassins, mais pour la plupart des jeunes gens qui ont choisi de s'engager dans la marine, de vivre au milieu de l'océan. Ils ont des parents, des frères et des sœurs, des amants ou des amantes, des enfants. Deux mille cinq cents familles vont être en deuil.

Le père de Pauline avait servi dans la marine américaine avant d'épouser sa mère, se rappela-t-elle. Il en avait profité pour lire l'intégralité des *Contes de Canterbury* en moyen anglais, affirmait-il, sachant que plus jamais il n'aurait autant de temps à tuer.

Un hélicoptère décolla du pont du *Fujian*. Ce pilote vient d'échapper à la mort de justesse, songea Pauline. Le type le plus veinard de la planète.

Elle remarqua une activité soudaine autour de ce qui ressemblait à un poste d'artillerie. « C'est un lanceur de missiles sol-air à courte portée, expliqua Bill. Il est chargé de huit missiles "Drapeau rouge" de près de deux mètres de long, capables de voler juste au-dessus du niveau de la mer. Sa fonction est d'intercepter les missiles en approche.

— Un Drapeau rouge est donc un missile antimissile.

— Oui, et cette agitation nous apprend que le radar chinois a détecté nos missiles antinavires.

— Trois minutes », annonça quelqu'un.

Sur le pont, le lanceur pivota sur sa base et, un instant plus tard, la fumée jaillissant de son canon leur apprit qu'il venait de tirer. Une prise de vue en altitude montra ensuite les sillages d'une bonne demi-douzaine de missiles approchant à une vitesse vertigineuse, tous pointés sur la coque du *Fujian*. Le lanceur sur le pont lâcha aussitôt une nouvelle salve et un des missiles en approche fut réduit en pièces et s'abîma dans la mer.

Pauline aperçut alors un autre essaim de missiles qui s'approchaient du *Fujian* depuis la direction opposée. Ils venaient de l'avion, supposa-t-elle.

Certains des navires auxiliaires du *Fujian* ouvrirent le feu à leur tour, mais il ne restait que quelques secondes avant l'impact.

Sur le pont, les marins s'empressèrent de recharger le lanceur, mais ils ne furent pas assez rapides.

Les impacts furent presque simultanés et se concentrèrent sur la partie centrale du navire. Il se produisit une gigantesque explosion. Pauline retint son souffle en voyant le pont du *Fujian* sembler se soulever dans les airs et se fendre en son milieu, précipitant avions et hélicoptères dans la mer. Des flammes jaillirent de ses œuvres vives, qui dégorgèrent un nuage de fumée. Puis les deux moitiés du pont de trois cents mètres retombèrent lentement. Sous les yeux horrifiés de Pauline, le gigantesque navire se brisa en deux. Chacune de ses moitiés bascula, et le centre du navire coula, tandis que la proue et la poupe s'élevaient dans les airs. Elle crut distinguer de minuscules silhouettes humaines s'envoler et plonger, et murmura : « Oh, non ! » Elle sentit la main de Gus lui effleurer le bras, le serrer doucement, puis se retirer.

Les minutes s'écoulèrent pendant que l'épave s'emplissait lentement d'eau et sombrait de plus en plus. La poupe disparut la première, laissant dans la mer un éphémère cratère qui se combla aussitôt et cracha de l'écume. La proue coula peu après, produisant un effet similaire. Pauline fixait des yeux la surface des eaux qui reprenait son apparence normale. Bientôt, la mer redevint parfaitement calme. Quelques corps inertes flottaient parmi les débris : bois, caoutchouc et plastique.

Les navires auxiliaires jetèrent des canots à la mer, sans doute pour repêcher les survivants. Pauline ne pensait pas qu'ils seraient très nombreux.

C'était comme si le *Fujian* n'avait jamais existé.

*

Les hommes qui dirigeaient la Chine étaient en état de choc.

Ils n'avaient guère l'expérience de la guerre, songea Kai. La dernière fois que l'armée chinoise avait livré des combats majeurs remontait à 1979, lors d'une tentative avortée d'invasion du Vietnam. La plupart des personnes présentes dans la salle n'avaient jamais assisté à un spectacle comparable à celui qu'elles venaient de voir sur écran : le massacre violent et délibéré de plusieurs milliers de soldats.

La colère et la peine des citoyens ordinaires seraient à la hauteur des leurs, Kai en était sûr. Le désir de vengeance des dirigeants serait vif, et celui de l'homme de la rue le serait plus encore, notamment parce que c'étaient ses impôts qui avaient financé la construction du porte-aéronefs. Le gouvernement chinois devait riposter. Kai lui-même était de cet avis. Ils ne pouvaient pas fermer les yeux sur la mort d'un aussi grand nombre de Chinois.

« Il faut au minimum couler un de leurs porte-avions en représailles », déclara le général Huang.

Comme d'habitude, Kong Zhao, le jeune ministre de la Défense nationale, prit le parti de la prudence : « Si nous faisons cela, ils en couleront un autre. Encore un coup pour coup, et il ne nous en restera plus aucun, alors que les Américains en auront encore… » Il réfléchit un instant. « Huit.

— Vous comptez donc laisser passer ça sans réagir ?

— Non, mais je pense qu'il faut prendre le temps de la réflexion.»

Le téléphone de Kai sonna. Il se leva et gagna un coin tranquille de la salle.

C'était Ham : «Les Sud-Coréens sont en train de prendre Pyongyang. Le général Pak a fui.

— Où est-il allé ?

— Dans sa base de Yeongjeo-dong.

— Là où se trouve le stock de missiles nucléaires.» Kai les avait vus le jour de sa visite ; six en tout, alignés sur leurs gigantesques lanceurs.

«Il y a un moyen de l'empêcher de s'en servir, reprit Ham.

— Dites-moi lequel, vite.

— Ça ne va pas vous plaire.

— Je m'en doute.

— Dites aux Américains d'obtenir que les Sud-Coréens se retirent de Pyongyang.»

C'était une suggestion radicale, mais plutôt sensée. Kai resta silencieux un moment, abîmé dans ses réflexions.

«Vous êtes en contact avec les Américains, n'est-ce pas ? insista Ham.

— Je vais les appeler, mais ils ne pourront peut-être pas faire ce que vous souhaitez.

— Dites-leur que si les Sud-Coréens ne se retirent pas, Pak utilisera l'arme nucléaire.

— Irait-il jusque-là ?

— C'est possible.

— Ce serait du suicide.

— C'est sa dernière chance. Il ne lui reste pas d'autre solution, pas d'autre manière de l'emporter. Et s'il perd, ils le tueront.

— Vous pensez vraiment qu'il utiliserait l'arme nucléaire ?

— Je ne vois pas ce qui l'en empêcherait.

— Je vais voir ce que je peux faire.

— Dites-moi une chose. Je voudrais votre avis. Quelles sont les chances pour que je meure dans les prochaines vingt-quatre heures ? »

Kai se sentit tenu de lui répondre franchement. « Une sur deux.

— Dans ce cas, je n'habiterai peut-être jamais ma nouvelle maison », murmura Ham tristement.

Kai éprouva une bouffée de compassion.

« Tout n'est pas encore fini. »

Ham raccrocha.

Avant d'appeler Neil, Kai remonta sur l'estrade.

« Le général Pak a quitté Pyongyang, annonça-t-il. Les Sud-Coréens ont pris possession de la capitale.

— Où est-il allé ? demanda le président Chen.

— À Yeongjeo-dong, répondit Kai. Là où sont stockés les missiles nucléaires. »

*

Sophia Magliani, la directrice du Renseignement national, mit fin à sa conversation téléphonique pour dire : « Madame la Présidente, s'il vous plaît.

— Je vous en prie.

— Vous savez que nous avons un contact informel à Pékin. » Cette expression désignait un moyen de communication non officiel entre deux gouvernements.

« Oui, bien sûr.

— Nous venons d'apprendre que les rebelles ont abandonné Pyongyang. La Corée du Sud a gagné.

— C'est une bonne nouvelle… n'est-ce pas ?

— Pas forcément. Il ne reste qu'un recours au général Pak : déployer son arsenal nucléaire.

— Seigneur !

— Voulez-vous parler à la présidente No ?

— Bien sûr. » Pauline se tourna vers Jacqueline Brody, sa chef de cabinet. « Contactez-la, s'il vous plaît, Jacqueline.

— Oui, madame.

— Mais je n'ai guère d'espoir », ajouta Pauline.

La présidente No Do-hui avait réalisé l'ambition de toute sa vie : elle avait réuni le Nord et le Sud sous un pouvoir unique – le sien. Allait-elle y renoncer sous la menace d'une attaque nucléaire ? Abraham Lincoln aurait-il renoncé au Sud après avoir gagné la guerre de Sécession ? Non, mais le risque n'était pas le même.

Le téléphone sonna et Pauline décrocha : « Bonjour, madame la Présidente.

— Bonjour, madame la Présidente, répondit No d'une voix triomphante.

— Félicitations pour votre éclatante victoire militaire.

— Dont vous aviez cherché à me détourner. »

En un sens, l'excellente maîtrise de l'anglais de No était un inconvénient pour Pauline car No y gagnait encore en assurance.

« Je crains que le général Pak ne soit sur le point de vous priver de cette victoire, poursuivit Pauline.

— Nous l'attendons de pied ferme.

— Les Chinois pensent qu'il va recourir à l'arme nucléaire.

— Ce serait suicidaire.

— Il risque tout de même de le faire, à moins que vous ne retiriez vos troupes.

— Les retirer ? lança No, incrédule. J'ai gagné ! Les Coréens célèbrent déjà la réunification tant attendue du Nord et du Sud.

— Cette célébration est prématurée.

— Si j'ordonne le retrait, ma présidence n'y survivra

pas vingt-quatre heures. L'armée se révoltera et je serai renversée par un coup d'État militaire.

— Que diriez-vous d'un retrait partiel ? Vous pourriez vous replier dans la banlieue de Pyongyang, proclamer la neutralité de la ville et inviter Pak à une conférence constitutionnelle pour discuter de l'avenir de la Corée du Nord. » Pauline doutait que Pak accepte cette proposition comme base d'un armistice, mais cela valait la peine de tenter le coup.

Pourtant No demeura inflexible : « Mes généraux y verraient une reddition injustifiée. Et ils auraient raison.

— Autrement dit, vous êtes prête à risquer l'anéantissement nucléaire.

— C'est un risque que nous affrontons tous les jours, madame la Présidente.

— Pas avec une telle acuité.

— Je dois parler à mon peuple à la télévision dans quelques secondes. Veuillez m'excuser. Merci de votre appel. » Elle raccrocha.

Pauline en resta bouche bée. Peu de gens avaient le front de raccrocher au nez de la présidente des États-Unis.

« Pouvons-nous recevoir la télé sud-coréenne, s'il vous plaît ? demanda-t-elle dès qu'elle eut repris ses esprits. Essayez YTN, c'est leur chaîne d'info en continu. »

Un présentateur apparut, s'exprimant en coréen, et peu après des sous-titres anglais s'affichèrent en bas de l'écran. Il y avait quelque part dans la Maison Blanche, comprit Pauline, un interprète capable de réaliser une traduction simultanée du coréen vers l'anglais et d'en taper le texte sur un clavier.

L'écran afficha l'image tremblante d'une ville bombardée filmée depuis un véhicule, et les sous-titres annoncèrent : « Les forces sud-coréennes ont pris le contrôle de Pyongyang.» Assis sur un char d'assaut en mouvement, un journaliste hystérique criait dans son micro en fixant la caméra. En costume-cravate, il était coiffé d'un casque de l'armée. Les sous-titres s'interrompirent, sans doute parce que l'interprète n'arrivait pas à entendre distinctement les propos du journaliste; de toute façon, tout commentaire était superflu. Derrière la tête casquée, Pauline apercevait une longue file de véhicules militaires sur ce qui était de toute évidence la principale route d'accès à la ville. Elle assistait à une entrée triomphale dans la capitale ennemie.

«Bon sang, fit-elle, Pak doit être en train de regarder ça et de bouillir de rage.»

Les habitants de Pyongyang contemplaient la scène depuis leurs seuils et leurs fenêtres, et quelques-uns eurent le courage d'agiter la main, mais ils ne sortirent pas dans la rue pour fêter leur libération. Ils avaient passé toute leur vie sous un des régimes les plus répressifs de la planète et attendaient d'être assurés de sa chute pour prendre le risque d'afficher leurs sentiments.

L'image changea à nouveau, et Pauline découvrit le visage ridé et les cheveux gris à la coupe sévère de la présidente No. Elle se tenait, comme toujours, à côté du drapeau sud-coréen, blanc avec en son centre un *taegeuk* rouge et bleu, symbole d'équilibre cosmique, entouré de quatre trigrammes également symboliques. Mais, aujourd'hui, le drapeau blanc et bleu de l'Unification était planté de l'autre côté. Il était impossible de s'y méprendre : elle régnait désormais sur les deux moitiés du pays.

Toutefois, Pauline, qui s'était déjà trouvée dans le bureau de la présidente No, ne reconnut pas les lieux. Elle avait dû se replier dans un bunker souterrain, devina-t-elle.

No prit la parole, et les sous-titres revinrent.

«Nos valeureux soldats ont pris possession de la ville de Pyongyang, déclara-t-elle. La barrière artificielle qui divise la Corée depuis 1945 va être abattue. Bientôt, nous serons dans la réalité ce que nous avons toujours été en esprit : un seul pays. »

Elle s'en sort bien, pensa Pauline, mais attendons les détails.

«La Corée réunifiée sera un pays libre et démocratique, qui entretiendra d'étroites relations d'amitié avec la Chine comme avec les États-Unis. »

«Plus facile à dire qu'à faire», commenta Pauline.

«Nous allons immédiatement mettre sur pied un secrétariat chargé de l'organisation des élections. En attendant, l'armée de Corée du Sud exercera la fonction de force de maintien de la paix. »

Soudain, Bill Schneider jaillit de son siège et, les yeux rivés sur un écran, s'exclama : «Oh, Seigneur, non ! Pas ça ! »

Tous suivirent son regard. Pauline reconnut l'image radar d'un lancement de missile.

«C'est la Corée du Nord ! cria Bill.

— D'où ce missile a-t-il été lancé ?» demanda Pauline.

Bill avait toujours son casque, en communication directe avec le Pentagone. «De Yeongjeo-dong, la base nucléaire, répondit-il.

— Merde, il l'a fait, dit Pauline. Pak a lancé un missile nucléaire.

— Il est juste au-dessus des nuages, annonça Bill. La cible est toute proche.

— Dans ce cas, c'est presque certainement Séoul. Affichez la ville sur les écrans. Faites décoller des drones. »

Une photo satellite montra d'abord le fleuve Han sinuant dans la ville, traversé par d'innombrables ponts. Un opérateur invisible zooma et Pauline distingua la circulation dans les rues ainsi que les lignes blanches d'un terrain de football. Un instant plus tard, plusieurs autres écrans s'allumèrent, affichant des vidéos provenant sans doute des caméras de surveillance de la capitale. C'était le milieu de l'après-midi. Voitures, bus et camions étaient alignés devant les feux rouges et sur les ponts étroits.

Dix millions de personnes vivaient là.

«La distance à parcourir est d'environ quatre cents kilomètres, précisa Bill, ce qui représente à peu près deux minutes. Le missile ayant été tiré il y a une minute, il doit rester soixante secondes.»

Pauline ne pouvait rien faire en soixante secondes.

Elle ne vit même pas le missile. Elle sut qu'il avait touché terre lorsque tous les écrans montrant Séoul s'éteignirent.

Tous fixèrent longuement des yeux les écrans vides. Puis une nouvelle image apparut, sans doute filmée par un drone militaire américain. Pauline savait que c'était Séoul, car elle reconnut les méandres en W du fleuve, mais plus rien d'autre n'était comme avant. Dans une zone centrale de trois kilomètres de diamètre, c'était le néant : ni bâtiments, ni voitures, ni rues. Le paysage paraissait effacé. Tous les édifices avaient été rasés, comprit-elle, tous jusqu'au dernier ; et les tas de gravats recouvraient tout le reste, y compris les cadavres. C'était dix, voire cent fois pire que le plus violent des cyclones.

Au-delà de cette zone centrale, des incendies semblaient s'être déclenchés un peu partout, certains gigantesques, d'autres plus modestes, et les flammes alimentées par le carburant montaient des véhicules embrasés, tandis que des foyers dispersés avaient pris dans les boutiques et les bureaux. Les voitures renversées étaient éparpillées comme des jouets. La fumée et la poussière dissimulaient une partie des dégâts.

Il y avait toujours une caméra quelque part, et un des techniciens du studio mit la main sur une transmission vidéo qui semblait provenir d'un hélicoptère venant de décoller d'un aéroport à l'ouest de la ville. Pauline constata que quelques voitures roulaient encore dans les faubourgs de Séoul, témoignant de l'existence de survivants. On voyait aussi des blessés qui marchaient, certains titubant à l'aveuglette, sans doute éblouis par l'explosion ; d'autres saignaient, peut-être blessés par des éclats de verre ; d'autres encore étaient indemnes et aidaient les plus mal en point.

Pauline fut prise de vertige. Jamais elle n'aurait imaginé assister un jour à une telle scène de destruction.

Elle se secoua : son devoir lui imposait de faire quelque chose.

« Bill, dit-elle, faites passer le niveau d'alerte au DEFCON 1. La guerre nucléaire a commencé. »

*

Tamara se réveilla dans le lit de Tab, comme presque tous les matins désormais. Elle l'embrassa, se leva, se rendit toute nue dans la cuisine, brancha la machine à café puis retourna dans la chambre. S'approchant de la fenêtre, elle contempla la ville de N'Djamena que réchauffait déjà le soleil du désert.

Elle n'avait plus beaucoup de jours devant elle pour savourer cette vue. Son transfert à Paris avait été accepté. Dexter s'y était opposé, mais son rôle dans le projet Abdul faisait d'elle une candidate idéale pour superviser les agents chargés d'infiltrer les groupes islamistes présents en France, et Dexter avait été désavoué par ses supérieurs. Tab et elle n'allaient pas tarder à déménager.

L'appartement s'emplit de l'arôme revigorant du

café. Elle alluma le téléviseur. La principale nouvelle du jour était que les États-Unis avaient coulé un porte-aéronefs chinois.

« Oh, merde. Tab, réveille-toi. »

Elle servit le café et ils le burent au lit en regardant les informations. Le porte-aéronefs *Fujian* avait été coulé par représailles, à la suite du bombardement chinois des îles Senkaku, sur lesquelles avaient débarqué des soldats japonais, disait le journaliste.

« Ça ne va pas s'arrêter là, commenta Tab.

— Tu parles ! »

Ils se douchèrent, s'habillèrent et prirent leur petit déjeuner. Tab, capable de cuisiner un repas gastronomique à partir d'un réfrigérateur presque vide, prépara des œufs brouillés avec du parmesan râpé, du persil et une pincée de paprika.

Il enfila un blazer italien d'une légèreté tropicale et elle enroula une écharpe de coton autour de sa tête. Tab était sur le point d'éteindre le téléviseur lorsqu'un reportage encore plus terrifiant les paralysa. Les rebelles nord-coréens venaient de larguer une bombe nucléaire sur Séoul, la capitale de la Corée du Sud.

« Ça y est, murmura Tab, c'est la guerre nucléaire. »

Elle acquiesça sombrement : « C'est peut-être notre dernier jour sur terre. »

Ils se rassirent.

« Nous devrions peut-être faire quelque chose de spécial, suggéra Tamara.

— J'aurais bien une proposition à te faire, murmura Tab d'un air pensif.

— Laquelle ?

— Tu vas trouver ça loufoque.

— Dis toujours.

— On pourrait… accepterais-tu… enfin, je veux dire… Veux-tu m'épouser ?

— Aujourd'hui ?

— Évidemment ! »

À sa grande surprise, Tamara se retrouva sans voix. Elle resta muette un long moment.

« Je ne t'ai pas heurtée, au moins ? » s'inquiéta Tab.

Tamara retrouva sa voix.

« Je ne sais pas comment te dire combien je t'aime », confia-t-elle, et elle sentit une larme couler sur sa joue.

Il la chassa d'un baiser : « Je prends ça pour un oui. »

41

Les informations commencèrent à tomber dans la salle de crise du Zhongnanhai, et Kai les absorba tout en luttant contre un sentiment d'impuissance hébétée. Au cours des minutes suivantes, le monde entier vacilla sous le choc. C'était la première fois depuis 1945 qu'on utilisait l'arme nucléaire. La nouvelle voyageait vite.

En quelques secondes à peine, ce fut la chute libre sur les places boursières d'Asie de l'Est. Les gens liquidaient leurs actions, comme si l'argent pouvait leur être d'une quelconque utilité en cas de guerre nucléaire. Le président Chen fit fermer les bourses de Shanghai et de Shenzhen une heure avant l'horaire normal. Il donna le même ordre au marché de Hong Kong, qui refusa et perdit vingt points en dix minutes.

Le gouvernement de Taïwan, une île qui n'avait jamais fait partie de la Chine communiste, publia un communiqué déclarant qu'il attaquerait toute force militaire, de quelque pays que ce fût, qui violerait les eaux territoriales ou l'espace aérien taïwanais. Kai comprit tout de suite ce que cela signifiait. Des années durant, les jets chinois avaient survolé bruyamment Taïwan, prétendant en avoir le droit, puisque c'était un territoire chinois, et en réaction les Taïwanais avaient fait décoller leurs appareils et déployé leurs lanceurs, sans jamais attaquer les intrus. Mais les choses avaient, semble-t-il, changé. Ils étaient prêts à tirer sur les avions chinois.

« C'est une guerre nucléaire, déclara le général Huang. Et dans une guerre nucléaire, il est préférable d'être le premier à frapper. Nous avons des lanceurs terrestres, des lanceurs sous-marins et des bombardiers à longue portée, et nous devrions les déployer tous dès à présent. Si nous laissons les Américains frapper les premiers, le plus gros de notre arsenal nucléaire sera détruit avant même d'avoir pu être utilisé. »

Huang s'exprimait toujours comme s'il énonçait des faits irréfutables, même lorsqu'il ne s'agissait que d'hypothèses, mais dans le cas présent il avait raison. Une attaque américaine de première frappe écraserait l'armée chinoise.

Kong Zhao, le ministre de la Défense, paraissait désespéré :

« Même si nous frappons les premiers, rappelez-vous que nous ne disposons que de trois cent vingt ogives nucléaires, alors que les Américains en ont plus de trois mille. Imaginons que, dans une première frappe, chacune de nos armes détruise une des leurs. Il leur en resterait encore beaucoup et nous n'aurions plus rien.

— Pas nécessairement », objecta Huang.

Kong Zhao s'énerva : « Arrêtez de dire des conneries ! Vous avez vu les simulations aussi bien que moi. C'est toujours nous qui perdons. Toujours !

— Une simulation n'est qu'une simulation, répliqua Huang avec mépris. La guerre, c'est la guerre. »

Chang Jianjun intervint sans laisser à Kong le temps de répondre : « Puis-je vous suggérer une façon de mener une guerre nucléaire limitée ? »

Kai avait déjà entendu son père exposer cette thèse. Personnellement, il ne croyait pas à un conflit limité. L'Histoire montrait qu'un conflit limité le restait rarement. Mais il garda provisoirement le silence.

« Nous devrions, poursuivit Jianjun, procéder à un

petit nombre de frappes précoces sur des cibles américaines choisies avec soin – pas de grandes villes, uniquement des bases militaires situées dans des zones faiblement peuplées – puis proposer immédiatement un cessez-le-feu.

— Cela pourrait marcher, acquiesça Kai, et ce serait certainement préférable à une guerre totale. Mais ne pouvons-nous pas tenter autre chose auparavant ?

— À quoi pensez-vous ? demanda le président Chen.

— Si nous parvenions à limiter le conflit aux armes conventionnelles, nous pourrions tenir en échec tous les raids contre notre territoire. Et nous pourrions même finir par chasser les Sud-Coréens de Corée du Nord.

— Peut-être, acquiesça le Président. Mais comment empêcherions-nous les Américains de recourir à l'arme atomique ?

— En leur présentant d'abord une justification, puis une menace.

— Expliquez-vous.

— Nous devrions dire à la présidente Green que la frappe nucléaire sur Séoul a été le fait d'éléments incontrôlés de l'armée nord-coréenne que nous sommes en train d'écraser. Ils seront alors privés de leur arsenal nucléaire, et de telles atrocités ne pourront pas se reproduire.

— Ce n'est peut-être pas vrai.

— En effet. Mais nous pouvons l'espérer. Et cette déclaration nous fera gagner du temps.

— Et la menace ?

— Un ultimatum adressé à la présidente Green. Je vous suggère la formulation suivante : "Une attaque nucléaire américaine contre la Corée du Nord sera considérée comme une attaque nucléaire contre la

Chine." Cela ressemble à ce que le président Kennedy a déclaré dans les années 1960. "La politique de notre nation sera la suivante : toute fusée nucléaire lancée à partir de Cuba contre l'une quelconque des nations de l'hémisphère occidental sera considérée comme l'équivalent d'une attaque soviétique contre les États-Unis, attaque qui entraînerait des représailles massives contre l'Union soviétique." Je le cite mot pour mot ou presque. » Kai avait jadis rédigé un mémoire sur la crise des missiles de Cuba.

Chen hocha la tête d'un air pensif : « En d'autres termes, si une de vos bombes tombe en Corée du Nord, elle tombe chez nous.

— Exactement, monsieur.

— Cela ne diffère guère de notre politique actuelle.

— Mais cela la rend sans équivoque. Et cela conduirait peut-être la présidente Green à hésiter et à revoir sa position. En attendant, nous pourrons chercher des moyens d'éviter un conflit nucléaire.

— Je pense que c'est une bonne idée, approuva le président Chen. Si tout le monde est d'accord, c'est ainsi que je vais agir. »

Chang Jianjun et le général Huang semblaient contrariés, mais personne ne s'opposa à la proposition qui fut donc adoptée.

*

Pauline appela le président du comité des chefs d'état-major interarmées : « Bill, il faut priver le général Pak de sa capacité à utiliser l'arme atomique contre nos alliés de Corée du Sud, ou ailleurs. Quelles sont mes options ?

— Je n'en vois qu'une, madame la Présidente : une attaque nucléaire contre la zone rebelle de Corée du

Nord pour détruire Yeongjeo-dong et toute autre base militaire susceptible d'abriter des armes nucléaires.

— Et quelle serait la réaction de Pékin, selon vous ?

— Peut-être se rendraient-ils à la raison, répondit Bill. Ils n'ont aucune envie que les rebelles utilisent ces armes. »

Gus était sceptique : « D'un autre côté, Bill, ils pourraient également estimer que nous avons engagé une guerre nucléaire en nous attaquant à leur plus proche allié, ce qui les obligerait à lancer une attaque nucléaire contre les États-Unis.

— Avant tout, il faut savoir exactement de quoi nous parlons, reprit Pauline. Luis, veuillez nous exposer tous les effets probables d'une agression nucléaire chinoise contre les États-Unis.

— Bien, madame. » Le secrétaire à la Défense disposait de toutes ces informations. « La Chine possède sur son territoire une soixantaine d'ICBM, des missiles balistiques intercontinentaux à ogives nucléaires capables d'atteindre les États-Unis. Ce sont des armes fondées sur le principe "On s'en sert ou on les perd", susceptibles d'être détruites très tôt lors d'un conflit nucléaire, si bien qu'ils les lanceraient toutes immédiatement. Lors de la dernière grande simulation du Pentagone, on a supposé qu'une moitié de ces ICBM viseraient les dix plus grandes villes américaines, l'autre s'en prenant à des cibles stratégiques telles que bases militaires, ports, aéroports et centres de télécommunication. Nous les verrions arriver et déploierions nos défenses antimissiles, qui pourraient en éliminer la moitié, suivant l'estimation la plus optimiste.

— Et quels seraient les effectifs de pertes américaines à ce moment-là ?

— Environ vingt-cinq millions de personnes, madame la Présidente.

— Seigneur !

— Nous lancerions aussitôt la plupart de nos quatre cents ICBM, que suivraient plus de mille ogives nucléaires lancées à partir de nos avions et de nos sous-marins. Cela nous en laisserait autant en réserve, mais nous n'en aurions pas besoin parce qu'à ce moment-là, nous aurions détruit toute capacité du gouvernement chinois à poursuivre la guerre. La capitulation ne tarderait pas. En d'autres termes, madame la Présidente, nous aurions gagné. »

Nous aurions gagné, songea Pauline, moyennant vingt-cinq millions de morts ou de blessés et la destruction totale de nos villes.

« Que Dieu nous épargne pareille victoire », dit-elle avec ferveur.

Un des écrans était branché sur CNN, et Pauline aperçut l'image familière des rues de Washington, plongées dans l'obscurité mais paralysées par les embouteillages.

« Que se passe-t-il dehors ? demanda-t-elle. Il est quatre heures et demie du matin, les rues devraient être quasi désertes.

— Les gens fuient la ville, lui répondit Jacqueline Brody. Il y a quelques minutes, on a interviewé des conducteurs arrêtés à un feu rouge. Ils craignent qu'en cas de guerre nucléaire, Washington devienne Ground Zero.

— Où vont-ils ?

— Ils pensent qu'ils seront plus en sécurité loin des villes, dans les forêts de Pennsylvanie ou dans les montagnes Bleues. Les New-Yorkais ont eu la même réaction, ils se dirigent vers les monts Adirondacks. Je présume que les Californiens fuiront vers le Mexique dès qu'ils se réveilleront.

— Je suis surprise que les gens soient déjà informés.

— Une des chaînes de télé a envoyé un drone filmer les ruines de Séoul. Le monde entier est au courant. »

Pauline se tourna vers Chess : « Que se passe-t-il en Corée du Nord ?

— Les Sud-Coréens attaquent tous les bastions rebelles. La présidente No a décidé de mettre le paquet.

— Je n'utiliserai l'arme nucléaire que si j'y suis obligée. Donnons à la présidente No la possibilité de faire le boulot à notre place.

— Madame la Présidente, intervint Jacqueline Brody, il y a un message du Président chinois.

— Montrez-moi ça.

— Sur votre écran. »

Pauline lut à haute voix l'ultimatum du président Chen :

« Une attaque nucléaire américaine contre la Corée du Nord sera considérée comme une attaque nucléaire contre la Chine.

— Kennedy a dit à peu près la même chose au moment de la crise des missiles de Cuba, remarqua Chess.

— Est-ce que ça change quoi que ce soit ? interrogea Pauline.

— Absolument rien, affirma Luis. Même sans cette déclaration, c'est la politique que nous leur aurions attribuée.

— Il y a autre chose, qui est sans doute plus important, reprit Pauline. Ils disent que Séoul a été attaquée par des éléments incontrôlés de Corée du Nord qui sont sur le point d'être privés de leur arsenal nucléaire et qu'il ne se produira plus d'atrocités de ce genre.

— Ajoutent-ils "Nous l'espérons" ? demanda Luis.

— Bien vu, Luis, mais je pense que nous devons leur donner une chance. Si l'armée sud-coréenne réussit à éliminer les rebelles ultras, le problème sera réglé sans nouvelle frappe nucléaire. Nous ne pouvons pas écarter cette possibilité sous prétexte que nous la jugeons improbable. »

Elle parcourut l'assistance du regard. Certains semblaient renâcler, mais personne n'émit d'objection.

« Bill, reprit-elle, veuillez demander au Pentagone de se préparer à une éventuelle attaque contre les rebelles nord-coréens. Qu'ils ciblent avec des armes nucléaires toutes les bases militaires de la zone rebelle. Ce n'est qu'un plan d'urgence, mais nous devons nous tenir prêts. Nous ne frapperons que lorsque nous aurons une bonne vision de l'évolution du conflit sur le terrain.

— Madame la Présidente, observa Bill, en n'agissant pas immédiatement, vous laissez aux Chinois la possibilité de lancer une première frappe nucléaire.

— Je sais », dit Pauline.

*

Ting appela Kai. Sa voix était tremblante et suraiguë :
« Kai, que se passe-t-il ? »

Il s'éloigna de l'estrade et répondit à voix basse :
« Les rebelles nord-coréens ont lancé une bombe nucléaire sur Séoul.

— Je sais ! Nous étions en train de filmer une scène et, soudain, tous les techniciens ont enlevé leurs casques et sont partis. On a dû interrompre le tournage. Je rentre à la maison.

— Ce n'est pas toi qui conduis, j'espère. » Elle semblait trop ébranlée pour prendre le volant.

« Non, j'ai un chauffeur. Qu'est-ce que ça veut dire, Kai ?

— Nous n'en savons rien, mais nous faisons de notre mieux pour éviter toute escalade.

— Je ne me sentirai pas en sécurité tant que je ne

serai pas près de toi. À quelle heure comptes-tu rentrer ? »

Kai hésita, avant de se résoudre à lui révéler la vérité :
« Je ne suis pas sûr de pouvoir te rejoindre à la maison
ce soir.

— C'est vraiment grave, n'est-ce pas ?

— Peut-être.

— Je vais prendre maman au passage et l'emmener
chez nous. Ça ne te dérange pas, n'est-ce pas ?

— Bien sûr que non.

— Je n'ai pas envie d'être seule cette nuit. »

*

Pauline se déshabilla dans la chambre de Lincoln
et entra dans la cabine de douche. Elle disposait de
quelques minutes pour se rafraîchir et se changer : s'il
y avait un jour où elle ne pouvait pas porter un blouson
en jean, c'était celui-ci.

Lorsqu'elle sortit de la douche, Gerry était assis au
bord du lit, vêtu d'un pyjama et d'une robe de chambre
démodée.

« Allons-nous entrer en guerre ?

— Pas si je peux l'empêcher. » Elle attrapa une serviette et se sentit soudain gênée d'être nue devant lui.
C'était curieux, après quinze ans de mariage. Elle se
reprocha cet excès de pudeur et entreprit de se sécher.
« Tu as entendu parler de Raven Rock.

— C'est un abri antiatomique. Tu as l'intention d'aller là-bas ?

— Un endroit de ce genre, mais plus secret. Et, en
effet, nous risquons de nous y rendre aujourd'hui. Vous
feriez mieux de vous préparer, Pippa et toi.

— Je n'irai pas », déclara Gerry.

Pauline devina aussitôt quelle tournure allait prendre

865

la conversation. Il allait lui annoncer qu'il la quittait. Elle avait beau s'y attendre plus ou moins, elle en était tout de même peinée. «Comment ça? demanda-t-elle.

— Il n'est pas question que j'aille dans un bunker, ni aujourd'hui ni plus tard, ni avec toi ni sans toi.» Il se tut et la fixa des yeux, comme s'il en avait assez dit.

«Tu ne veux pas être avec ta femme et ta fille si la guerre éclate?

— Non.»

Elle attendit une explication, qui ne vint pas.

Elle enfila son soutien-gorge, sa culotte et ses collants, et se sentit déjà plus à l'aise.

Puisqu'il n'avait pas le courage de vider son sac, elle devrait s'en charger. «Je ne veux te soumettre ni à la torture ni à un contre-interrogatoire, commença-t-elle. Dis-moi si je me trompe, mais je pense que tu préfères être avec Amelia Judd.»

Le visage de Gerry exprima une succession d'émotions: la surprise d'abord, puis la curiosité quand il se demanda comment elle savait et renonça à poser la question, ensuite la honte à l'idée de l'avoir trompée; et enfin, le défi. Il releva le menton. «Tu as raison», acquiesça-t-il.

Elle formula alors sa plus grande crainte: «J'espère que tu n'as pas l'intention d'emmener Pippa.»

Il eut l'air heureux de se voir poser une question aussi facile: «Oh, non.»

L'espace d'un instant, Pauline fut tellement soulagée qu'elle en demeura muette. Elle baissa la tête et porta une main à son front, dissimulant ses yeux.

«Inutile que je pose la question à Pippa, car je sais déjà ce qu'elle répondra, reprit Gerry. Elle voudra rester avec toi.» De toute évidence, il y avait déjà réfléchi et sa décision était prise. «Une fille a besoin de sa mère. Je le comprends parfaitement.

— Je t'en remercie.»

Elle choisit sa tenue la plus présidentielle, un tailleur noir et un pull gris argenté en mérinos.

Gerry ne bougea pas. Il n'avait pas fini. «Ne t'imagine pas que je te croie innocente», lança-t-il.

Cette remarque la prit par surprise : «Que veux-tu dire ?

— Tu as quelqu'un d'autre dans ta vie. Je te connais.

— Ça n'a plus d'importance à présent, mais, pour que les choses soient claires, sache je n'ai couché qu'avec toi depuis que nous avons commencé à nous fréquenter. Je dois pourtant avouer que ces derniers temps, il m'est arrivé d'y songer.

— Je le savais.»

Il cherchait la querelle, mais elle refusa de s'y prêter. Elle était trop triste pour se disputer. «Qu'est-ce qui a mal tourné, Gerry ? demanda-t-elle. Nous nous aimions tellement.

— Je suppose que tôt ou tard tous les mariages finissent par s'essouffler. La seule question est de savoir si les époux restent ensemble par paresse ou s'ils se séparent pour tenter une nouvelle aventure avec quelqu'un d'autre.»

Quel verbiage, songea-t-elle. Personne n'y peut rien, c'est la vie, et bla-bla-bla : c'était une excuse plus qu'une explication. Elle n'y croyait pas une seconde, mais n'éprouva aucune envie de le contredire.

Comme Gerry se levait pour se diriger vers la porte, Pauline souleva un problème pratique : «Pippa va bientôt se réveiller. C'est à toi de lui annoncer que nous nous séparons. Explique-lui la situation aussi bien que tu peux. Il n'est pas question que je le fasse à ta place.»

Il s'arrêta, la main sur la poignée de porte. «D'accord.» Il était visiblement contrarié mais ne pouvait guère lui refuser cela. «Pas maintenant, tout de même. Demain, peut-être ?»

Pauline hésita, mais, réflexion faite, ce délai lui convenait. Ce n'était certainement pas le bon jour pour s'occuper d'une adolescente traumatisée.

«Et, à un moment ou à un autre, il faudra annoncer cela publiquement, ajouta-t-elle.

— Rien ne presse.

— Nous discuterons du quand et du comment. Mais, je t'en prie, veille à ce qu'il n'y ait pas de fuites. Sois discret.

— Bien sûr. Amelia s'en préoccupe aussi. Cela va avoir des répercussions sur sa carrière, évidemment.»

La carrière d'Amelia, pensa Pauline. Je n'en ai rien à foutre de sa carrière.

Elle garda cette réflexion pour elle.

Gerry sortit.

Pauline tira de son coffret à bijoux un collier en or orné d'une unique émeraude et se le passa autour du cou. Elle examina brièvement son reflet dans le miroir. Elle avait l'air d'une Présidente. Parfait.

Quittant la résidence, elle regagna la salle de crise.

«Où en sommes-nous? demanda-t-elle.

— La présidente No accentue la pression sur les ultras, mais ils tiennent bon. Apparemment, les Chinois réfléchissent encore aux suites à donner à la perte du *Fujian* – ils n'ont encore rien fait, mais ils vont bien finir par agir. Vous avez reçu des appels de chefs d'État et de gouvernement de plusieurs pays, parmi lesquels l'Australie, le Vietnam, le Japon, Singapour et l'Inde. Une réunion d'urgence du Conseil de sécurité des Nations unies va bientôt débuter.

— Je ferais mieux de répondre à ces appels, observa Pauline. Commencez par le Japon.

— J'appelle le Premier ministre Ishikawa», acquiesça Jacqueline.

Mais le premier appel que reçut Pauline était de sa

mère, qui dit : « Bonjour, ma chérie. J'espère que tu vas bien. »

Pauline entendit un bruit de moteur : « Où es-tu, maman ?

— Nous sommes sur l'I-90, aux abords de Gary, dans l'Indiana. C'est ton père qui conduit. Et toi, où es-tu ?

— À la Maison Blanche, maman. Qu'est-ce que vous faites à Gary ?

— Nous allons à Windsor, dans l'Ontario. J'espère qu'il ne neigera pas avant notre arrivée. »

Windsor était la ville canadienne la plus proche de Chicago, mais elle se trouvait tout de même à quatre cent cinquante kilomètres. Les parents de Pauline estimaient ne plus être en sécurité aux États-Unis, comprit-elle. Elle en fut consternée, mais ne pouvait pas vraiment le leur reprocher. Ils avaient perdu confiance dans sa capacité de les protéger. Comme des millions d'autres Américains.

Il lui restait encore une chance de les sauver.

« Maman, s'il te plaît, appelle-moi pour me donner des nouvelles. N'hésite pas, d'accord ?

— Bien sûr, ma chérie. J'espère que tu vas réussir à arranger les choses.

— Je ferai de mon mieux. Je vous aime, maman.

— Nous t'aimons aussi, ma chérie. »

Comme elle raccrochait, Bill Schneider annonça : « Alerte missile du satellite infrarouge.

— Où ça ?

— Attendez… en Corée du Nord. »

Son cœur se serra.

Gus, assis à côté de Pauline, lui dit : « Regardez le radar. »

Pauline vit la ligne rouge incurvée. « Un seul missile », murmura-t-elle.

Bill était coiffé du casque qui assurait la liaison

permanente avec le Pentagone. «Il ne vise pas Séoul, son altitude est trop élevée.

— Que vise-t-il, alors? demanda Pauline.

— Ils sont en train de faire la triangulation… Un instant… Busan.»

C'était la deuxième ville de Corée du Sud par ordre d'importance, un grand port situé sur la côte sud, abritant huit millions d'habitants. Pauline enfouit son visage dans ses mains.

«Nous n'en serions pas là si nous avions bombardé Yeongjeo-dong il y a une heure», fit remarquer Luis.

Pauline perdit soudain patience: «Luis, si tout ce que vous savez dire est "Je vous l'avais bien dit", j'aimerais autant que vous fermiez votre gueule.»

Luis pâlit de surprise et de colère, mais il se tut.

«Affichez une photo satellite de la ville ciblée, lança-t-elle à la cantonade.

— Il y a quelques nuages épars, mais la visibilité reste bonne», annonça un assistant.

L'image apparut sur un écran et Pauline l'examina attentivement. Elle vit le delta d'un fleuve, une importante voie ferrée et de vastes quais. Elle se rappela sa brève visite à Busan, quand elle était membre du Congrès. Elle avait trouvé les gens amicaux et chaleureux et on lui avait offert un châle de soie rouge et or, un élément du costume traditionnel, qu'elle portait toujours.

«Le radar confirme l'envoi d'un unique missile, dit Bill.

— Des images vidéo?»

Un des écrans afficha un film montrant la ville vue de loin. Les oscillations des vues trahissaient que le caméraman se trouvait à bord d'un bateau. Le son s'ajouta aux images, et elle entendit le grondement d'un puissant moteur et le bruissement des vagues, ainsi que la conversation de deux hommes qui n'avaient visiblement aucune idée de ce qui allait se passer.

Puis un dôme rouge orangé surgit au-dessus des quais. Le caméraman poussa un cri d'horreur. Le dôme grandit pour devenir une colonne de fumée qui se transforma ensuite en un sinistre nuage en forme de champignon.

Pauline aurait voulu fermer les yeux, mais elle en était incapable.

Huit millions de personnes, songea-t-elle ; certaines tuées sur le coup, d'autres horriblement blessées, d'autres encore empoisonnées à jamais par les radiations. Des Coréens, des Américains et, dans une ville portuaire, des ressortissants de bien d'autres nations. Des écoliers, des grands-mères et des nouveau-nés. Luis avait raison : elle aurait pu l'empêcher et n'en avait rien fait. Elle n'allait pas commettre deux fois la même erreur.

L'onde de choc atteignit le navire et l'écran montra un pont, puis le ciel, puis plus rien. Pauline espérait que le marin qui filmait survivrait.

« Bill, dit-elle, demandez au Pentagone de confirmer que ce que nous venons de voir était bien une explosion nucléaire.

— Bien, madame. »

Elle n'en doutait pas réellement, mais des détecteurs de radionucléides procéderaient à des vérifications, et, vu ce qu'elle s'apprêtait à faire, elle ne s'entourerait jamais de trop de précautions.

Le général Pak avait frappé deux fois. Elle ne pouvait plus faire semblant de croire qu'une guerre nucléaire pouvait encore être évitée. Elle était la seule personne au monde capable de l'empêcher de lancer un troisième missile.

« Chess, dit-elle, débrouillez-vous pour faire parvenir un message au président Chen par n'importe quel moyen. Annoncez-lui que les États-Unis vont détruire toutes les bases nucléaires de Corée du Nord, mais n'attaqueront pas la Chine.

— Bien, madame. »

Pauline sortit le biscuit de sa poche. Elle tordit le boîtier en plastique pour briser le sceau, puis en retira la petite carte qu'il contenait.

Dans la pièce, tous la regardaient en silence.

« Confirmé, annonça Bill. C'était bien une explosion nucléaire. »

Le dernier espoir ténu de Pauline s'évanouit.

« Appelez la salle de guerre », demanda-t-elle.

Son téléphone sonna et elle décrocha. Une voix dit :

« Madame la Présidente, ici le général Evers, dans la salle de guerre du Pentagone.

— Général, conformément à mes précédentes instructions, vous avez ciblé les armes nucléaires de toutes les bases militaires de la zone rebelle de Corée du Nord.

— Oui, madame.

— Je vais à présent vous donner le code d'authentification. Quand vous aurez entendu le code correct, vous donnerez les instructions de mise à feu des missiles.

— Oui, madame. »

Elle regarda le biscuit et lut le code à haute voix :

« Oscar Novembre Trois Sept Trois. Je répète : Oscar Novembre Trois Sept Trois.

— Merci, madame la Présidente. Le code est correct et j'ai donné l'ordre de tir. »

Pauline raccrocha. Le cœur lourd, elle déclara :

« C'est fait. »

*

Au Zhongnanhai, un graphique radar montrait des missiles s'élevant dans le ciel américain comme une volée d'oies sauvages en partance pour leur grande migration saisonnière.

«Lancez une cyberattaque d'envergure contre tous les systèmes de communication américains», ordonna Chen.

C'était une mesure de routine. Kai savait avec une quasi-certitude que son succès resterait incomplet. Tout comme les Chinois, les Américains s'étaient préparés à la cyberguerre ; les deux camps avaient élaboré des plans d'urgence et des options de contre-attaque. Cette cyberattaque provoquerait quelques dégâts, sans être décisive.

«Où sont les autres missiles ? demanda Fu Chuyu. Je n'en vois que vingt ou trente.

— Cela m'a tout l'air d'être une attaque limitée, répondit Kong Zhao. Ils ne se lancent pas dans une guerre nucléaire totale. Ce qui signifie que la Chine n'est probablement pas leur cible.

— Nous ne pouvons pas en être sûrs, répliqua Huang. Et nous ne pouvons pas risquer d'attendre qu'il soit trop tard pour contre-attaquer.

— Nous serons bientôt fixés, le rassura Kong. Mais, pour l'instant, les cibles peuvent se trouver n'importe où entre le Vietnam et la Sibérie.»

L'affichage radar montra à Kai que les missiles survolaient déjà le Canada.

«Que quelqu'un nous donne une estimation de l'heure d'arrivée, aboya-t-il.

— Vingt-deux minutes, annonça un assistant. Et la cible n'est pas la Sibérie. Les missiles sont maintenant trop au sud.»

Kai se rendit compte que la cible pouvait être le bâtiment même où il se trouvait. La salle de crise était protégée contre tout, sauf contre une frappe nucléaire directe. Si les missiles américains étaient précis, il serait mort dans vingt-deux minutes.

873

Encore moins à présent.

Il fut pris d'une terrible envie de téléphoner à Ting, mais il résista.

Les missiles survolaient à présent l'océan.

« Quinze minutes, déclara un assistant. Leur cible ne peut plus être le Vietnam. C'est la Corée ou la Chine. »

C'était la Corée, Kai en était sûr, et ce n'était pas un simple vœu pieux. La présidente Green aurait été insensée d'attaquer la Chine avec une petite trentaine de missiles. Les dégâts ne seraient pas fatals, et les Chinois riposteraient avec tout leur arsenal, détruisant le plus gros des forces américaines avant qu'elles aient pu se déployer. De plus, ce n'était pas la Chine mais le général Pak qui avait envoyé des missiles nucléaires sur Séoul et Busan.

Wu Bai, le ministre des Affaires étrangères, intervint alors :

« Je viens de recevoir une communication officielle de la Maison Blanche : ils attaquent les bases nucléaires de Corée du Nord, c'est tout.

— Ils mentent peut-être, remarqua Huang.

— Dix minutes, dit l'assistant. Plusieurs cibles, toutes en Corée du Nord. »

À supposer que ce ne soit pas un mensonge, comment réagiraient les hommes présents dans cette salle ? Les Américains avaient déjà coulé un porte-aéronefs, tuant deux mille cinq cents marins chinois, et ils étaient sur le point de transformer la moitié de la Corée, le seul allié militaire de la Chine, en désert radioactif. Kai savait que son père et les vieux communistes ne supporteraient pas une telle humiliation de la part de leur ennemi juré. Leur fierté nationale et personnelle n'y survivrait pas. Ils exigeraient une attaque nucléaire contre les États-Unis. Ils en connaissaient les conséquences mais la réclameraient tout de même.

« Cinq minutes. Les cibles sont toutes situées dans le nord et l'est de la Corée, à l'écart de Pyongyang et du reste du territoire occupé par l'armée sud-coréenne. »

Après cela, Kai et Kong Zhao auraient bien du mal à freiner le général Huang et ses alliés, Chang Jianjun compris. Mais le président Chen aurait le dernier mot, et Kai sentit qu'en dernier recours, il pencherait pour la modération. Probablement.

« Une minute. »

Kai avait les yeux rivés sur une image satellite de la Corée du Nord. Il fut submergé par un sentiment d'accablement, conscient d'avoir échoué à prévenir cette tragédie.

Le graphique radar montra les missiles atteindre en l'espace de quelques secondes tout le quart nord-est de la Corée. D'après les calculs de Kai, il y avait onze bases militaires dans cette région, et apparemment, la présidente Green les avait toutes frappées.

La même vue était encore plus saisissante sur le satellite infrarouge.

Chang Jianjun se leva : « Si je puis me permettre, monsieur le Président, en tant que vice-président de la commission de Sécurité nationale ?

— Je vous en prie.

— Notre riposte doit être ferme et frapper durement les États-Unis, tout en restant proportionnée à cette agression. Je propose trois attaques nucléaires contre des bases américaines situées à l'écart du cœur des États-Unis : l'Alaska, Hawaï et Guam. »

Chen secoua la tête : « Une seule suffirait. Une cible, une bombe – en admettant que nous allions jusque-là.

— Nous avons toujours affirmé que nous ne serions pas les premiers à utiliser l'arme nucléaire, fit remarquer Kong Zhao.

— Nous ne serons pas les premiers, répliqua Jianjun.

875

Si nous suivons ma suggestion, nous serons les troisièmes. Les ultras nord-coréens ont été les premiers, et les États-Unis les deuxièmes.

— Merci, Chang Jianjun. » Le président Chen se tourna vers Kai, attendant de toute évidence qu'il apporte la contradiction.

Kai se trouva ainsi en conflit direct et public avec son père.

« Primo, commença-t-il, notons que l'agression américaine dirigée contre nous, la destruction du *Fujian*, n'a pas fait usage de l'arme nucléaire.

— Un point qui n'est pas sans importance », approuva Chen.

Kai se sentit encouragé. De toute évidence, le Président était partisan de la retenue. Peut-être la modération l'emporterait-elle. Il poursuivit : « Secundo, les Américains n'ont pas utilisé l'arme nucléaire contre nous, ni même contre nos amis nord-coréens, mais contre un groupe de rebelles incontrôlés, envers qui la République populaire de Chine n'a aucun devoir de loyauté. Nous pouvons même estimer que la présidente Green nous a rendu service, ainsi qu'à l'ensemble du monde, en éliminant une dangereuse clique d'usurpateurs qui a failli déclencher une guerre nucléaire. »

Un assistant murmura quelques mots à l'oreille de Wu Bai, le ministre des Affaires étrangères, lequel prit un air furibond : « Le chef de l'exécutif de Hong Kong s'est retourné contre nous, annonça-t-il d'un air grave. Il demande officiellement à l'armée chinoise d'évacuer immédiatement sa garnison de Hong Kong, soit douze mille personnes, pour être sûr que Hong Kong ne sera pas une cible nucléaire. » Wu marqua une pause. « Il a fait cette demande publiquement. »

Huang était rouge de colère : « Le traître !

— Je croyais que nous contrôlions la situation

876

là-bas! réagit le président Chen, furieux. Nous avons nommé ce chef de l'exécutif parce qu'il était loyal à l'égard du parti. »

Vous avez mis en place un gouvernement fantoche, pensa Kai en son for intérieur, et vous ne vous attendiez pas à ce que le fantoche morde la main qui l'a nourri.

« Vous voyez? dit Huang. D'abord c'est Taïwan qui nous jette un défi, et maintenant, c'est Hong Kong. Montrer sa faiblesse est fatal, je n'ai cessé de vous le répéter! »

Fu Chuyu, le supérieur de Kai, prit la parole : « Pardonnez-moi d'ajouter encore aux mauvaises nouvelles, dit-il, mais j'ai reçu un message du vice-ministre du Renseignement intérieur qu'il faut que je vous transmette. Il semblerait que des troubles aient éclaté au Xinjiang. » Cette vaste région autonome désertique de l'ouest de la Chine abritait une population en majorité musulmane et un petit mouvement indépendantiste s'y manifestait. « Les séparatistes ont pris le contrôle de l'aéroport de Diwopu et du siège du parti communiste à Urumqi, la capitale. Ils ont déclaré que le Xinjiang est devenu le Turkestan oriental indépendant et restera neutre dans le conflit nucléaire en cours. »

Kai estima que cette rébellion tiendrait probablement une demi-heure. L'armée en poste au Xinjiang fondrait sur les séparatistes comme une meute de loups sur un troupeau de moutons. Mais, en un moment pareil, même un coup d'État militaire d'opérette porterait atteinte à la fierté de la Chine.

C'était déstabilisant, comme le général Huang le démontra immédiatement. « Il s'agit de toute évidence d'un complot de l'impérialisme réactionnaire, fulmina-t-il. Regardez ce qui s'est passé au cours des deux derniers mois. La Corée du Nord, le Soudan, la mer de Chine méridionale, les îles Diaoyutai, Taïwan et

877

maintenant Hong Kong et le Xinjiang. C'est le supplice des cent morceaux, une campagne soigneusement planifiée pour priver peu à peu la Chine de ses territoires, et ce sont les Américains qui en sont responsables, du début à la fin ! Nous devons y mettre un terme au plus vite et faire payer leur agression aux Américains – faute de quoi, ils ne s'arrêteront que lorsque la Chine sera réduite à l'état de colonie servile comme il y a un siècle. Une attaque nucléaire limitée est désormais pour nous l'unique recours.

— Nous n'en sommes pas encore là, répliqua le président Chen. Cela viendra peut-être, je vous l'accorde. Mais pour le moment, nous devons essayer de nous limiter à des méthodes moins apocalyptiques.»

Kai observa du coin de l'œil le regard qu'échangèrent son père et le général Huang. Naturellement, songea-t-il, ils devaient être très déçus de ne pas avoir pu imposer leur point de vue.

Jianjun se leva alors, marmonna qu'il devait s'absenter quelques instants et quitta la pièce. Voilà qui était surprenant. Kai savait que son père ne souffrait pas des problèmes de vessie courants chez les hommes de son âge. Jianjun refusait de parler de sa santé, mais la mère de Kai le tenait informé. Jianjun devait pourtant avoir une raison impérieuse pour quitter la salle au milieu d'une discussion aussi vitale. Était-il malade ? Le vieil homme était une relique du passé, mais Kai l'adorait.

«Général Huang, reprit Chen, veuillez entreprendre les préparatifs nécessaires pour que l'Armée populaire de libération entre en force à Hong Kong et prenne le contrôle de son gouvernement.»

Ce n'était pas ce que souhaitait Huang, mais c'était mieux que rien, et il accepta sans protester.

Kai vit Wang Qingli entrer dans la salle. C'était le chef de la Sécurité présidentielle. Quoique proche de

Huang et de Jianjun, il était bien plus élégant qu'eux, au point qu'on le prenait parfois pour le Président sur lequel il veillait. Il monta sur l'estrade et parla à l'oreille de Chen.

Kai commença à s'inquiéter. Il se tramait quelque chose. Jianjun était sorti, puis Wang était entré. Coïncidence?

Il accrocha le regard de Kong Zhao, son allié. Kong fronçait les sourcils, manifestement troublé, lui aussi.

Il se tourna vers le président Chen qui, écoutant toujours Wang, prit l'air étonné, puis inquiet, et alla jusqu'à pâlir légèrement. Il était visiblement bouleversé.

À présent, tous ceux qui se trouvaient autour de la table avaient compris qu'il se passait quelque chose d'anormal. La discussion s'interrompit et ils attendirent en silence.

Fu Chuyu, ministre de la Sécurité de l'État et supérieur hiérarchique de Kai, se leva: «Pardonnez-moi, camarades, mais je me vois contraint d'interrompre notre conversation. Je suis tenu de vous informer qu'une enquête interne du Guoanbu vient de prouver de façon irréfutable que Chang Kai est un agent des États-Unis.

— Absurde!» s'exclama Kong Zhaou.

Fu insista: «Chang Kai a mené sa propre politique extérieure parallèle, à l'insu de ses camarades.»

Kai avait peine à y croire. Cherchaient-ils vraiment à se débarrasser de lui en pleine crise nucléaire mondiale?

«Non, non, vous ne pouvez pas faire ça, protesta-t-il. La Chine n'est pas une république bananière.»

Fu poursuivit comme si de rien n'était: «Nous avons pu démontrer la réalité de trois accusations gravissimes contre lui. Primo, il a informé la CIA de la faiblesse du régime du Guide suprême de Corée du Nord. Secundo, au cours de sa mission à Yeongjeo-dong, il a passé avec le général Pak un accord qu'il n'était pas autorisé à

879

négocier. Tertio, il a averti les Américains de notre décision de remplacer le Guide suprême par le général Pak. »

Tout cela était plus ou moins vrai. Kai avait effectivement fait cela, non par traîtrise, mais pour servir les intérêts de la Chine.

Toutefois, comme toujours lors de telles incriminations, il n'était pas ici question de justice. On aurait aussi bien pu l'accuser de corruption. C'était une attaque politique.

Il s'était cru protégé comme par une armure de ses ennemis politiques. Il était un petit prince. Son père était vice-président de la commission de Sécurité nationale. Il aurait dû être intouchable.

Mais son père avait quitté la pièce.

Kai comprenait à présent le caractère profondément symbolique de ce départ.

« Kong Zhao a été le plus proche associé de Kai dans ces activités », ajouta Fu.

Kong parut sonné. « Moi ? » lança-t-il, incrédule. Il recouvra vite son sang-froid et poursuivit : « Monsieur le Président, il va de soi que ces allégations ne sont présentées en ce moment précis que parce qu'une faction agressive et belliqueuse de votre gouvernement y voit la seule manière d'imposer son point de vue. »

Chen ne répondit pas à Kong.

« Je me vois donc contraint de placer Chang Kai et Kong Zhao en état d'arrestation », conclut Fu.

Comment peuvent-ils nous arrêter en pleine salle de crise ? se demanda Kai.

Mais ils y avaient évidemment pensé.

La porte principale s'ouvrit, et six agents de Wang entrèrent, vêtus de leur tenue caractéristique : costume noir et cravate noire.

« C'est un coup d'État ! » protesta Kai.

Sans doute était-ce ce qu'avait comploté son père

avec Fu Chuyu et le général Huang en dégustant des pieds de porc à l'ail au restaurant Délices d'Épices.

Wang s'adressa à nouveau à Chen, assez fort cette fois pour être entendu de tous : « Avec votre autorisation, monsieur le Président. »

Chen hésita longuement.

« Monsieur le Président, intervint Kai, si vous acceptez cela, vous cesserez d'être le dirigeant de notre pays pour devenir le jouet des militaires. »

Chen avait l'air de l'approuver. De toute évidence, il pensait que les modérés avaient raison. Mais les membres de la vieille garde étaient plus puissants. Pouvait-il les défier et demeurer au pouvoir ? Pouvait-il défier l'armée et l'autorité collective des vieux communistes ?

La réponse était non.

« Allez-y », dit le président Chen.

Wang fit signe à ses hommes.

Dans un silence surnaturel, tous suivirent des yeux les agents de la Sécurité présidentielle qui traversaient la salle et montaient sur l'estrade. Deux d'entre eux encadrèrent Kai et deux autres Kong. Ceux-ci se levèrent et les hommes les tinrent doucement par les coudes.

Kong était fou de rage. Se tournant vers Fu Chuyu, il hurla :

« Vous allez détruire votre pays, bande de salopards !

— Conduisez-les à la prison de Qincheng, énonça doucement Fu.

— Bien, monsieur le ministre », acquiesça Wang.

Les gardes escortèrent Kai et Kong pour descendre de l'estrade, traverser la salle et en sortir.

Chang Jianjun se trouvait dans le couloir, près des ascenseurs. Il était sorti de la pièce pour ne pas être témoin de cette arrestation.

Kai se rappela une conversation lors de laquelle son

père avait déclaré : « Le communisme est une mission sacrée. Il passe avant tout le reste, liens familiaux et sécurité personnelle compris. » Il comprenait à présent ce qu'avait voulu dire le vieil homme.

Wang s'arrêta et demanda d'un air hésitant : « Chang Jianjun, souhaitez-vous parler à votre fils ? »

Jianjun refusa de regarder Kai dans les yeux.

« Je n'ai pas de fils, lança-t-il.

— Peut-être, mais moi, j'ai un père », répliqua Kai.

42

En bombardant les bases militaires nord-coréennes, Pauline avait provoqué la mort de centaines, voire de milliers de personnes, sans compter toutes celles qui avaient été blessées par l'explosion et ravagées par les radiations. La raison lui disait qu'elle avait agi comme il fallait. Le régime meurtrier du général Pak devait être anéanti. Mais sa raison était incapable d'en convaincre son cœur. Chaque fois qu'elle se lavait les mains, elle pensait à lady Macbeth cherchant à les nettoyer du sang qui les souillait.

Elle s'était adressée à la nation à huit heures du matin. Elle avait déclaré que la menace nucléaire venue de Corée du Nord était levée. Les Chinois et les autres devaient comprendre que tel était le sort réservé à quiconque emploierait l'arme nucléaire contre les États-Unis ou leurs alliés. Elle avait reçu des messages de soutien de plus de la moitié des dirigeants de la planète, avait-elle rapporté : un régime incontrôlé disposant de la puissance nucléaire représentait une menace pour le monde entier. Elle avait lancé un appel au calme, sans toutefois promettre aux téléspectateurs que tout allait s'arranger.

Elle craignait une riposte des Chinois, mais n'en avait rien dit. Cette idée la terrifiait.

Il ne sert jamais à rien de demander aux gens de ne pas paniquer, et l'exode se poursuivait dans les villes américaines. Le centre de toutes les métropoles était paralysé par les embouteillages. Des centaines de voitures faisaient la queue aux frontières du Canada et du Mexique. Les marchands d'armes avaient été dévalisés de leur stock de munitions. Dans un supermarché Cotsco de Miami, un homme avait été abattu par un autre qui lui disputait le dernier pack de douze boîtes de thon.

Aussitôt après son allocution, Pauline et Pippa montèrent à bord de *Marine One* pour gagner le pays des Munchkins. Comme elle avait veillé toute la nuit, Pauline profita du trajet pour faire un petit somme. Lorsque l'hélicoptère se posa, elle eut du mal à ouvrir les yeux. Plus tard, si c'était possible, elle s'accorderait encore une ou deux heures de sommeil.

Une fois dans l'ascenseur, Pauline fut soulagée de s'enfoncer dans les profondeurs de la terre, avant de se reprocher sa lâcheté et son égoïsme, mais elle se tourna alors vers Pippa et s'en réjouit à nouveau.

La première fois qu'elle était venue au pays des Munchkins, elle n'était qu'une célébrité en visite dans un site stratégique. Le lieu avait été impeccable, l'atmosphère paisible. À présent, le bunker tournait à plein régime et les couloirs grouillaient d'hommes et de femmes, dont la plupart en uniforme. Le cabinet de Pauline et les officiers supérieurs du Pentagone étaient en cours d'installation. On remplissait les placards de fournitures et des cartons à demi vidés traînaient partout. Les ingénieurs accédaient aux systèmes de contrôle environnemental, les vérifiaient, les graissaient et les revérifiaient. Les agents d'entretien disposaient des serviettes dans les salles de bains et des tables dans le mess des officiers. L'atmosphère de compétence et d'efficacité ne parvenait pas à dissimuler le climat de peur refoulée.

Le général Whitfield lui souhaita la bienvenue, son

visage rond visiblement tendu. La dernière fois, il s'était conduit en gardien affable d'une installation qui n'avait encore jamais servi ; aujourd'hui, il devait assumer la responsabilité terrassante de l'administration de ce qui serait peut-être le dernier bastion de la civilisation américaine.

Pour une suite présidentielle, le logement de Pauline était plutôt modeste : une chambre, un salon faisant également office de bureau, un coin cuisine et une salle de bains compacte, avec baignoire et douche combinées. L'aménagement était basique, évoquant une chambre d'hôtel milieu de gamme, avec gravures bon marché et moquette verte. On percevait en permanence le bourdonnement de la ventilation et l'odeur artificielle des purificateurs d'air. Elle se demanda combien de temps elle serait condamnée à vivre ici et éprouva un pincement de regret en pensant à la résidence luxueuse de la Maison Blanche. Mais l'heure était à la survie, et non au confort.

Pippa logeait dans une chambre voisine. Excitée par ce déménagement, elle était impatiente de visiter le bunker. «Ça me rappelle les vieux westerns, quand les Indiens encerclent les chariots», dit-elle.

Elle supposait que son père les rejoindrait plus tard et Pauline se garda de la détromper. Un choc à la fois.

Elle ouvrit le réfrigérateur et proposa un soda à sa fille.

«Tu as un minibar ! s'extasia Pippa. Moi, je n'ai que des bouteilles d'eau. J'aurais dû apporter des confiseries.

— Il y a une supérette ici. Tu pourras en acheter.

— Et je pourrai faire du shopping sans gardes du corps. Génial !

— Oui, c'est vrai. Cet endroit est le plus sûr au monde.» Ce qui n'était pas sans ironie, se dit-elle.

Pippa y fut sensible, elle aussi. Son enthousiasme se

dissipa. Elle s'assit, la mine pensive. «Maman, que se passe-t-il au juste lors d'une guerre nucléaire?»

Pauline se rappela avoir demandé à Gus, moins d'un mois auparavant, de lui rappeler les données de base, et l'angoisse qui l'avait saisie alors à l'écoute de cette litanie de souffrances et de destructions la reprit. Elle jeta un regard chargé de tendresse à sa fille, vêtue d'un vieux tee-shirt «Pauline Présidente» et dont l'expression trahissait la curiosité et le souci plus que la peur. Elle n'avait jamais connu la violence ni le désespoir. Elle mérite de savoir la vérité, se dit Pauline, même si cela doit la bouleverser.

Elle édulcora toutefois certains détails. *Au cours du premier millionième de seconde, il se forme une boule de feu de deux cents mètres de diamètre. Tous ceux qui se trouvent dans ce périmètre meurent instantanément.* Elle préféra lui dire:

«Premièrement, beaucoup de gens sont tués sur le coup par la chaleur. Ils n'ont pas le temps de s'en rendre compte.

— Les veinards.

— Peut-être.» *La déflagration rase tous les bâtiments sur un kilomètre et demi à la ronde. Presque tous ceux qui sont dans cette zone meurent.* «Ensuite, le souffle de l'explosion détruit les bâtiments et fait pleuvoir des débris.

— Et les autorités, qu'est-ce qu'elles font à ce moment-là? interrogea Pippa.

— Aucun pays au monde n'a assez de médecins ni d'infirmiers pour faire face aux victimes d'une guerre nucléaire. Nos hôpitaux seraient dépassés par le nombre, et quantité de gens mourraient faute de soins médicaux.

— Mais combien exactement?

— Tout dépend du nombre de bombes. Dans l'éventualité d'une guerre entre les États-Unis et la Russie, qui possèdent un énorme stock d'armes nucléaires, on peut estimer que cent soixante millions d'Américains seraient tués.

— Mais c'est près de la moitié du pays, s'écria Pippa, incrédule.

— Oui. Le danger actuel est une guerre avec la Chine, dont le stock est moins important, mais nous estimons tout de même que près de vingt-cinq millions d'Américains mourraient. »

Pippa était bonne en arithmétique : « Soit un habitant sur treize.

— En effet. »

Elle s'efforçait d'imaginer ce que cela représentait concrètement : « Ou encore trente élèves de mon collège.

— Oui.

— Cinquante mille habitants de Washington.

— Et ce ne serait qu'un début, j'en ai peur, poursuivit Pauline, décidée à ne rien lui cacher de l'horreur qui les menaçait. Les radiations provoquent des cancers et d'autres maladies pendant des années. Nous le savons à cause d'Hiroshima et de Nagasaki, où ont explosé les premières bombes nucléaires. » Elle hésita, puis ajouta : « Et ce qui s'est passé aujourd'hui en Corée est l'équivalent de trente Hiroshima. »

Pippa était au bord des larmes : « Pourquoi as-tu fait ça ?

— Pour éviter pire encore.

— Qu'est-ce qui pourrait être pire ?

— Le général Pak a détruit deux villes. La troisième aurait pu être aux États-Unis. »

Pippa parut troublée : « Une vie américaine n'a pas plus de valeur qu'une vie coréenne.

— Toute vie humaine est précieuse. Mais le peuple américain m'a élue et je me suis engagée à le protéger. Je fais tout ce que je peux pour ça. Je ne vois pas ce que j'aurais pu faire de plus au cours des deux derniers mois pour empêcher ce qui est en train de se produire. J'ai évité une guerre à la frontière entre le Tchad et le Soudan. J'ai essayé d'obliger des pays à cesser de vendre des armes à des terroristes. Je n'ai pas riposté quand les Chinois ont coulé un bateau vietnamien. J'ai détruit des camps de l'EIGS dans le désert africain. Je me suis abstenue d'envahir la Corée du Nord. Aucune de ces décisions ne me paraît mauvaise.

— Et l'hiver nucléaire ? »

Pippa était impitoyable, mais elle était en droit d'avoir des réponses à ses questions.

« La chaleur dégagée par les explosions nucléaires provoque des milliers d'incendies, lui expliqua Pauline, et la fumée et la suie qui s'élèvent dans l'atmosphère font barrage à la lumière du soleil. Si des centaines, voire des milliers de bombes ont explosé, l'obscurité ainsi créée provoquera une baisse des températures terrestres et une diminution des précipitations. Certaines de nos plus vastes régions agricoles risquent de devenir trop froides ou trop sèches pour l'agriculture. En conséquence, beaucoup de ceux qui auront survécu à l'explosion, à la chaleur et aux radiations finiront par mourir de faim.

— Ce sera donc la fin de l'espèce humaine ?

— Probablement pas, si la Russie reste à l'écart du conflit. Même dans le pire des cas, quelques groupes de population continueront peut-être à vivre dans des zones où il y a encore du soleil et de la pluie. Néanmoins, quel que soit le scénario, ce sera la fin de la civilisation telle que nous la connaissons.

— Je me demande à quoi ressemblera la vie alors ?

— On a écrit des milliers de romans sur le sujet, et il n'y a pas deux histoires semblables. La vérité, c'est que personne n'en sait rien.

— Il vaudrait mieux que personne n'ait d'armes nucléaires.

— Ça n'arrivera jamais. Autant demander aux Texans de renoncer à leurs flingues.

— On pourrait peut-être au moins ne pas en avoir autant.

— C'est ce qu'on appelle le contrôle des armements. » Pauline embrassa Pippa. « Et ceci, ma petite puce si futée, est le commencement de la sagesse. » Elle avait passé un long moment à lui expliquer la vie, mais devait aussi s'occuper de tous les autres Américains. Elle prit la télécommande du téléviseur. « Voyons ce que racontent les infos. »

Un présentateur annonçait : « Ce matin, plusieurs millions d'entreprises et de foyers américains sont privés d'électricité, en raison de bugs informatiques chez plusieurs fournisseurs d'énergie. Certains commentateurs soupçonnent un seul et unique virus informatique d'être à l'origine de ces pannes. »

« C'est un coup des Chinois, lança Pauline.

— Ils en sont capables ?

— Oui. Et je te parie que nous avons fait la même chose chez eux. Ça s'appelle la cyberguerre.

— Heureusement, on est tranquilles ici.

— Ce bunker dispose d'une alimentation électrique autonome.

— Je me demande pourquoi ils ont décidé de s'en prendre aux gens ordinaires ?

— Ce n'est probablement qu'une tentative parmi une bonne dizaine d'autres. Ce qu'ils veulent dans l'idéal, c'est saboter nos communications militaires, pour nous empêcher de lancer des missiles et de faire décoller des avions. Mais les défenses de nos logiciels militaires sont solides. Les systèmes civils sont plus fragiles. »

Pippa fixa Pauline du regard et remarqua avec perspicacité :

« Tes paroles sont rassurantes mais ton visage est soucieux.

— Tu as raison, ma puce. Je pense que nous survivrons à cette cyberattaque. Mais il y a autre chose qui m'inquiète. Dans la doctrine militaire chinoise, la cyberattaque n'est qu'un prélude. Ce qui suit, c'est la guerre, la vraie. »

*

Abdul sortit de Nice en se dirigeant vers l'ouest, le long de la côte, Kiah assise à ses côtés et Naji sanglé sur un siège enfant à l'arrière. Il avait acheté une petite voiture à deux portes, vieille de trois ans. Vu sa taille, il était un peu à l'étroit derrière le volant mais sur de courtes distances, il s'en accommoderait.

La route était bordée de plages désertes et de restaurants fermés pour l'hiver. Il y avait des embouteillages à Paris et dans les autres métropoles, dont les habitants terrifiés fuyaient vers la campagne, mais la Côte d'Azur était une cible nucléaire improbable et, même si ses habitants étaient terrifiés, ils ne voyaient pas de lieu plus sûr où se réfugier.

Kiah ignorait presque tout de la géopolitique et n'avait qu'une vague idée de l'existence d'armes nucléaires, ce qui l'empêchait de prendre conscience de toute l'horreur de la situation, et Abdul s'était bien gardé de l'éclairer.

Il s'arrêta dans la grande marina d'une petite ville. Il consulta un appareil qu'il avait dans sa poche et fut rassuré de capter un signal identique à celui qu'il avait enregistré lors de son premier passage, deux jours plus tôt.

Il gara la voiture et Kiah et lui en descendirent,

respirant l'air marin tonifiant. Ils enfilèrent les manteaux qu'ils avaient achetés aux Galeries Lafayette. Le soleil était chaud mais il y avait un peu de vent et, pour des gens habitués au Sahara, il faisait plutôt froid. Kiah s'était offert un manteau noir à col en fourrure cintré qui lui donnait des allures de princesse. Abdul portait un caban digne d'un marin.

Kiah revêtit Naji de sa doudoune et de son bonnet tout neufs. Abdul déplia la poussette et ils y installèrent Naji.

«Je vais m'en occuper, dit Kiah.

— Ça ne me dérange pas de le faire.

— C'est humiliant pour un homme. Je ne veux pas qu'on pense que je te mène par le bout du nez.»

Abdul sourit : «Les Français ne sont pas comme ça.

— Tu as regardé autour de toi? Il y a des milliers d'Arabes dans cette partie du monde.»

C'était vrai. On ne voyait pas de gens à la peau sombre dans la marina à cette heure-ci, mais le quartier de Nice où ils vivaient comptait un fort pourcentage de Nord-Africains.

Abdul haussa les épaules. Peu importait qui se chargeait de la poussette, et Kiah finirait sûrement par s'adapter. Il était inutile de la brusquer.

Ils se promenèrent dans la marina. Abdul pensait que Naji aimerait sans doute voir les bateaux, mais Kiah y fut plus sensible que le petit garçon. Elle était stupéfaite. Elle-même avait possédé jadis un bateau, mais elle n'avait jamais vu de navires comme ceux-ci. Les embarcations de plaisance les plus modestes lui paraissaient d'un luxe ahurissant. Quand ils n'étaient pas occupés à boire sur le pont, certains plaisanciers s'affairaient à les repeindre ou à les briquer. Il y avait une poignée de grands yachts de haute mer. Abdul fit halte pour contempler l'un d'eux, baptisé *Mi Amore*. Des marins tout de blanc vêtus nettoyaient les hublots.

« Il est plus grand que la maison où j'habitais ! s'exclama Kiah. Mais à quoi peut-il servir ?

— Demande à son propriétaire. » Abdul désigna un homme en gros pull assis au soleil en compagnie de deux jeunes femmes légèrement vêtues qui semblaient frigorifiées. Ils buvaient du champagne. « C'est pour son plaisir, c'est tout.

— Je me demande d'où il a tout cet argent ? »

Abdul le savait parfaitement.

Ils déambulèrent ainsi pendant une heure. Le port comptait quatre cafés, dont trois étaient fermés et le dernier peu fréquenté. L'intérieur était propre et accueillant, avec des machines à café étincelantes et un barman vif et professionnel qui sourit à Naji et les invita à s'asseoir où bon leur semblerait. Ils choisirent une table près d'une fenêtre, avec une vue imprenable sur les bateaux et plus particulièrement le *Mi Amore*. Ils ôtèrent leurs manteaux et commandèrent du chocolat chaud et des pâtisseries.

Abdul souffla sur une cuillerée de chocolat chaud pour la refroidir et la tendit à Naji. Le petit garçon trouva ça délicieux et en redemanda.

Si tout se passait comme prévu cet après-midi, Abdul aurait accompli sa mission le soir venu.

Ensuite, plus question de faire semblant, aux yeux de ses employeurs comme aux siens. Il devrait reconnaître qu'il ne souhaitait pas rentrer chez lui. Mais il avait suffisamment d'argent pour s'offrir plusieurs mois d'oisiveté, et n'était pas sûr que l'espèce humaine survive aussi longtemps.

Lorsqu'il contemplait Kiah et Naji, il était convaincu d'une chose : il ne les abandonnerait pas. Ils lui avaient apporté bonheur et sérénité, et jamais il n'y renoncerait. Il savait ce qui se passait en Corée, et quel que fût le temps qui lui serait accordé – soixante ans, soixante heures ou seulement soixante secondes –, il ne se souciait que d'une chose : le passer à leurs côtés.

Il aperçut deux petits bateaux qui entraient dans la marina, une vedette et un canot rapide, tous deux blancs à bandes bleu et rouge avec le mot POLICE peint sur leur coque. C'étaient des bâtiments de la Police judiciaire, spécialisée dans la lutte contre le grand banditisme, plus ou moins l'équivalent français du FBI.

Un instant plus tard, il entendit des sirènes et vit plusieurs véhicules de police arriver dans la marina. Ignorant les panneaux d'interdiction de circuler, ils foncèrent le long du quai sans se soucier du danger. « Heureusement que nous ne sommes pas sur leur chemin ! » remarqua Kiah.

Bateaux et véhicules encerclèrent le *Mi Amore*.

Des policiers bondirent hors de leurs voitures, lourdement armés. Tous avaient un pistolet dans un étui passé à leur ceinture et certains brandissaient des fusils d'assaut. Ils se déplacèrent avec rapidité. Quelques-uns se déployèrent le long du quai pendant que d'autres franchissaient la passerelle en courant pour monter à bord du yacht. Abdul constata avec satisfaction que l'intervention avait été bien préparée.

« Je n'aime pas ces armes, dit Kiah. Elles pourraient partir accidentellement.

— Restons ici. Ce café est sans doute l'abri le plus sûr. »

Tous les marins en uniforme blanc du *Mi Amore* levèrent les mains.

Plusieurs policiers descendirent sous le pont.

Un autre, armé d'un fusil d'assaut, gagna le pont supérieur où se trouvait le propriétaire. Celui-ci lui parla en agitant les bras avec colère. Impassible, le policier brandit son arme en secouant la tête.

Puis un de ses collègues particulièrement costaud remonta de la cale, chargé d'un gros sac en polyéthylène portant l'inscription *Danger – produits chimiques* en plusieurs langues.

Abdul se rappela une scène nocturne, sur un quai de Guinée-Bissau, et revit en esprit des hommes déchargeant des sacs identiques à la lueur d'un réverbère tandis qu'une limousine attendait, moteur au ralenti.

«Bingo», lâcha-t-il tout bas.

Kiah lui jeta un regard curieux mais ne lui demanda pas d'explication.

Les policiers passèrent les menottes aux membres d'équipage, les conduisirent à quai et les firent monter dans un fourgon. Le propriétaire et ses amies eurent droit au même traitement en dépit des protestations de l'homme. Quelques autres personnes apparurent sur le pont et subirent le même sort.

Le dernier à remonter lui parut familier.

C'était un jeune Nord-Africain corpulent vêtu d'un sweat-shirt vert et d'un short blanc crasseux. Il avait autour du cou un collier de perles et de pierres qu'Abdul connaissait bien.

«Ne me dis pas que c'est Hakim? s'étonna Kiah.

— On dirait bien que si», répondit Abdul. En fait, il en était certain. Les responsables du trafic avaient décidé qu'Hakim accompagnerait la cargaison jusqu'en France, et c'était bien lui.

Abdul se leva et sortit pour ne rien perdre de la scène, tandis que Kiah restait à l'intérieur du café avec Naji.

Un policier attrapa le collier à grigri d'Hakim et tira dessus. La chaîne se rompit et les breloques tombèrent sur le quai. Hakim poussa un cri consterné: sa protection magique avait disparu.

Les policiers s'esclaffèrent tandis que pierres et perles roulaient sur le ciment.

Profitant de leur distraction, Hakim se jeta à l'eau et s'éloigna à la nage.

Abdul fut surpris par ses talents de nageur. Rares étaient les habitants du désert à savoir nager. Peut-être s'était-il entraîné dans le lac Tchad.

Mais sa tentative de fuite était vouée à l'échec. Où pouvait-il aller ? S'il sortait de l'eau sur le quai ou sur la plage, il se ferait prendre aussitôt. S'il tentait de s'éloigner du port, il ne manquerait pas de se noyer au large.

En tout état de cause, il n'alla pas aussi loin. Les deux policiers à bord du canot pneumatique se lancèrent à sa poursuite. L'un d'eux manœuvra l'embarcation pendant que l'autre sortait un bâton d'acier télescopique et le déployait sur toute sa longueur. Ils n'eurent aucune peine à rattraper Hakim, et le policier armé du bâton souleva celui-ci dans les airs, puis frappa Hakim à la tête.

Il s'enfonça sous l'eau et changea de direction, nageant toujours à vive allure, mais le dinghy le suivit et le policier au bâton le frappa une nouvelle fois, manquant sa tête mais atteignant son coude. Le sang se mêla à l'eau de mer.

Hakim continua d'avancer, nageant d'un seul bras et s'efforçant de garder la tête sous l'eau, mais le policier était prêt à frapper encore, et dès qu'Hakim remonta pour respirer, il ne le manqua pas. Ses collègues sur le quai l'applaudirent à tout rompre.

La scène rappela à Abdul le jeu de la taupe, un jeu d'arcade pour enfants.

Le flic frappa à nouveau Hakim à la tête, sous les vivats de ses collègues.

Hakim finit par renoncer, et les policiers le repêchèrent, lui passèrent les menottes et le reconduisirent à terre. Son bras gauche paraissait cassé et son crâne saignait.

Abdul retourna à l'intérieur du café. Une brute avait reçu la monnaie de sa pièce. Justice sommaire.

Les flics évacuèrent les prisonniers et tendirent des rubalises autour du yacht. On déchargea d'autres sacs de polyéthylène, infligeant à l'EIGS une perte de plusieurs millions de dollars, songea Abdul avec un sentiment de profonde satisfaction. Les policiers lourdement armés s'éloignèrent, et furent remplacés par des enquêteurs et des hommes qui devaient être des membres de la police scientifique.

«On peut y aller», dit Abdul à Kiah.

Ils payèrent leurs consommations et retournèrent à la voiture. Comme ils s'éloignaient, Kiah lui demanda : «Tu savais ce qui allait se passer, n'est-ce pas ?

— Oui.

— Ces sacs en plastique contenaient de la drogue ?

— Oui. De la cocaïne.

— C'est pour ça que tu étais dans le bus avec nous, depuis le lac Tchad ? À cause de la cocaïne ?

— C'est plus compliqué que ça.

— Tu voudras bien tout m'expliquer ?

— Oui. Je peux le faire maintenant, parce que tout est fini. J'ai beaucoup de choses à te raconter. Certaines sont encore top secret, mais je peux t'en confier la plupart. Ce soir, peut-être, quand Naji se sera endormi. Nous aurons tout le temps. Et je pourrai répondre à toutes tes questions.

— Bien.»

Le soir tombait. Ils regagnèrent Nice et se garèrent devant leur immeuble. Abdul adorait cet endroit. Il y avait une boulangerie au rez-de-chaussée, et l'odeur du pain frais et des pâtisseries lui rappelait son enfance à Beyrouth.

Abdul porta Naji jusqu'à l'appartement. Celui-ci était petit mais confortable, avec deux chambres, un séjour, une cuisine et une salle de bains. Kiah, qui n'avait jamais vécu dans un logement de plusieurs pièces, se croyait au paradis.

Naji était fatigué, sans doute à cause de l'air marin. Abdul lui fit manger des œufs brouillés et une banane comme dessert. Kiah le baigna, le changea et lui enfila un pyjama propre. Abdul lui lut l'histoire d'un koala qui s'appelait Joe, mais Naji s'endormit avant la fin.

Kiah entreprit de préparer le dîner, saupoudrant des grains de sésame et de sumac sur des bouchées d'agneau. Ils mangeaient presque toujours de la cuisine arabe traditionnelle. On trouvait sans peine les ingrédients nécessaires à Nice, en général dans des épiceries algériennes ou libanaises. Assis à table, Abdul admirait la grâce avec laquelle Kiah se déplaçait dans la cuisine.

« Tu ne veux pas regarder les informations ? demanda-t-elle.

— Non, fit Abdul, comblé. Je ne veux pas regarder les informations. »

*

Qincheng était réservée aux prisonniers politiques, mieux traités que les criminels de droit commun. Les perdants d'un conflit politique étaient souvent accusés de délits imaginaires : pour les membres de l'élite chinoise, cela faisait partie des risques du métier. La cellule de Kai ne mesurait que cinq mètres sur quatre, mais elle était équipée d'un bureau, d'un téléviseur et d'une douche.

On l'autorisa à conserver ses vêtements, mais on lui avait confisqué son téléphone. Sans lui, il se sentait tout nu. Il ne se rappelait pas la dernière fois qu'il avait dû se passer de son téléphone plus de temps qu'il n'en faut pour prendre une douche.

Le coup d'État qui venait d'avoir lieu à Pékin l'avait

pris par surprise, mais il comprenait à présent qu'il aurait dû au moins l'envisager. Tout à ses efforts pour convaincre le président Chen de ne pas déclencher de guerre, il n'avait pas imaginé que les faucons puissent priver le Président de son pouvoir de décision.

Le Département du renseignement intérieur, qui représentait la moitié du Guoanbu, aurait dû éventer ce complot contre le Président, mais son chef, le vice-ministre Li Jiankang, appartenait aux comploteurs, et son propre supérieur Fu Chuyu, le ministre de la Sécurité de l'État, était un de leurs leaders. L'armée et les services secrets étant derrière cette opération, elle ne pouvait pas échouer.

Ce qui le bouleversait le plus était la trahison de son père. Certes, il avait entendu Jianjun affirmer que la révolution communiste passait avant tout, liens familiaux compris ; mais c'était le genre de choses que les gens disaient sans vraiment le penser. Du moins Kai l'avait-il toujours cru. En fait, son père parlait sérieusement.

Assis au bureau, regardant les informations sur le petit téléviseur, Kai songeait qu'il était bien étrange d'être ainsi réduit à l'impuissance. Le sort de la Chine et du monde ne dépendait plus de lui. Kong Zhao étant également incarcéré, il ne restait plus personne pour brider les militaires. Sans doute lanceraient-ils une attaque nucléaire limitée, comme l'avait préconisé Jianjun, au risque d'entraîner la destruction de la Chine. Il ne pouvait rien faire, sinon attendre.

Si seulement il avait pu attendre en compagnie de Ting. Jamais il ne pardonnerait à son père de les avoir séparés durant ce qui serait peut-être les derniers jours de leur existence. Il avait terriblement envie de lui parler. Il consulta sa montre. Dans une heure, il serait minuit.

La montre lui donna une idée.

Il tapa à la porte pour attirer l'attention. Deux minutes plus tard, elle s'ouvrit pour laisser entrer Liang, un jeune officier musclé. Il ne prit aucune précaution spéciale : de toute évidence, les gardiens estimaient que Kai n'était pas une menace pour eux, ce qui était exact.

« Quelque chose qui ne va pas ? demanda-t-il.

— Je voudrais vraiment téléphoner à ma femme.

— Impossible, désolé. »

Kai ôta sa montre et la posa dans sa paume pour que Liang la voie bien :

« C'est une Rolex Datejust en acier qui a coûté huit mille dollars américains d'occasion. Je vous l'échange contre votre montre. » Liang portait un modèle réservé aux officiers de l'armée qui ne valait pas plus de dix dollars.

L'avidité fit briller les yeux de Liang, mais il eut la prudence de remarquer : « Vous devez être corrompu pour pouvoir vous payer une montre comme ça.

— C'était un cadeau de mon épouse.

— Dans ce cas, c'est elle qui est corrompue.

— Je suis le mari de Tao Ting.

— L'actrice d'*Idylle au palais* ? » Liang n'en croyait pas ses oreilles. « J'adore cette série.

— C'est elle qui joue le rôle de Sun Mailin.

— Je sais ! La concubine préférée de l'empereur.

— Vous pourriez l'appeler de ma part sur votre téléphone.

— Vous voulez dire que je pourrais lui parler ?

— Si vous le souhaitez. Et ensuite, passez-la-moi.

— Oh, attendez que je raconte ça à ma copine.

— Je vais vous noter le numéro. »

Liang hésita : « Mais je prendrai aussi la montre.

— Entendu. Dès que vous m'aurez passé le téléphone.

— D'accord. » Liang composa le numéro que Kai lui donna.

Un instant plus tard, il demanda : « Est-ce que je parle bien à Tao Ting ? Oui, je suis avec votre mari, mais avant de vous le passer, sachez que ma copine et moi, on adore votre série et que c'est un honneur de vous parler… Oh, c'est très aimable à vous de me dire ça, merci ! Oui, le voilà. »

Il tendit le téléphone à Kai qui lui donna la Rolex.

« Ma chérie. »

Ting éclata en sanglots.

« Ne pleure pas, murmura Kai.

— Ta mère m'a appris qu'on t'a mis en prison, elle dit que c'est la faute de ton père !

— C'est exact.

— En plus, les Américains ont détruit la moitié de la Corée du Nord avec des bombes nucléaires et tout le monde dit que ce sera ensuite au tour de la Chine ! C'est vrai ? »

Kai se dit que s'il lui répondait honnêtement, elle serait encore plus bouleversée. « Je ne pense pas que le président Chen soit assez stupide pour laisser faire cela. » Ce qui n'était ni un mensonge, ni la vérité.

« Tout débloque complètement, reprit-elle. Tous les feux de signalisation de Pékin sont éteints et il y a des embouteillages partout.

— C'est la faute des Américains. C'est la cyber-guerre. »

Liang retira sa vieille montre et la remplaça par sa nouvelle Rolex. Il leva le poignet pour mieux la contempler.

« Quand est-ce qu'on va te laisser sortir ? » demanda Ting.

Jamais, se dit Kai, si les vieux communistes lancent une attaque nucléaire contre les États-Unis. « Dans pas longtemps peut-être, dit-il pourtant, si ma mère et toi insistez auprès de mon père. »

Ting renifla bruyamment et réussit à retenir ses larmes :

« C'est comment, là où tu es ? Tu as froid ? Tu as faim ?

— C'est nettement supérieur à une prison moyenne, la rassura Kai. Ne te fais pas de souci pour mon confort.

— Comment est le lit ? Tu arriveras à dormir ? »

Pour le moment, Kai voyait mal comment il trouverait le sommeil, mais sans doute la nature reprendrait-elle ses droits tôt ou tard.

« Le seul défaut de mon lit, c'est que tu n'y es pas. »

Elle se remit à pleurer.

Liang cessa d'admirer sa montre pour déclarer : « Ça suffit, maintenant. Les autres gardes vont se demander ce que je fais. »

Kai acquiesça : « Il faut que je raccroche, ma chérie.

— Je vais mettre ta photo sur l'oreiller à côté de moi, comme ça je continuerai à te regarder.

— Reste allongée tranquillement en pensant à tous les bons moments qu'on a passés ensemble. Ça t'aidera à t'endormir.

— J'irai voir ton père demain matin à la première heure.

— Bonne idée. » Ting savait se montrer très persuasive.

« Je ferai tout ce que je peux pour te sortir de là.

— Il faut garder espoir.

— Et penser positivement. Bonne nuit et à demain.

— Dors bien, murmura Kai. Au revoir, mon amour. »

*

C'était la première réunion que Pauline tenait dans la salle de crise du pays des Munchkins, réplique de celle de la Maison Blanche. Toutes les personnes clés étaient là : Gus, Chess, Luis, Bill, Jacqueline et Sophia. La tension était à son comble, mais ils ignoraient toujours ce qu'allait faire la Chine. C'était le milieu de la nuit à Pékin et peut-être le gouvernement prendrait-il une décision le matin venu. En attendant, les États-Unis ne pouvaient rien faire sinon lutter contre les cyberattaques, un désagrément, certes, mais qui ne paralysait pas le pays.

Pauline regagna ses quartiers pour déjeuner avec Pippa. Elles commandèrent des hamburgers à la cantine. Puis Pippa posa la question que Pauline attendait : « Quand papa arrive-t-il ? »

Prévoyant cela, Pauline avait cherché à joindre Gerry mais il ne répondait pas à ses appels. Ce serait donc à elle d'annoncer la vérité à Pippa. Ainsi soit-il, pensat-elle.

« Nous avons un souci, papa et moi. »

Pippa était intriguée, mais aussi un peu troublée. Elle se doutait que c'était quelque chose de grave. « C'està-dire ? »

Pauline hésita. Qu'est-ce que Pippa était en mesure de comprendre ? Qu'est-ce que Pauline elle-même aurait compris à quatorze ans ? Elle ne savait plus : tant d'années avaient passé depuis et, de toute façon, ses parents ne s'étaient jamais séparés. Elle déglutit et se lança : « Papa est tombé amoureux de quelqu'un d'autre. »

Pippa eut l'air déconcertée. De toute évidence, elle n'avait jamais imaginé cela. À l'instar de la plupart des enfants, elle était convaincue que le mariage de ses parents était éternel.

« Il ne va pas nous quitter, quand même ? » s'inquiétat-elle.

Pippa aurait l'impression que Gerry l'abandonnait en même temps que sa mère. Mais Gerry n'avait pas dit qu'il avait l'intention de partir.

«Je ne sais pas ce qu'il va faire», répondit Pauline en toute sincérité, encore qu'elle aurait pu ajouter qu'elle le devinait. «Tout ce que je sais, c'est qu'en ce moment il a envie d'être avec elle.

— Qu'est-ce qu'il nous reproche?

— Je n'en sais rien, ma puce.» Pauline se posa la question. Était-ce son travail? Son peu d'enthousiasme au lit? Ou avait-il tout simplement envie d'autre chose? «Rien, peut-être, ajouta-t-elle. Certains hommes ont sans doute besoin de changement.

— Qui c'est, au fait?

— Quelqu'un que tu connais.

— Ah bon?

— Mme Judd.»

Pippa éclata de rire, mais se reprit aussitôt.

«C'est ridicule! Mon père et la principale de mon collège. Désolée d'avoir ri. Ce n'est pas drôle. Sauf que si.

— Je comprends ce que tu veux dire. Cette histoire a quelque chose de grotesque.

— Ça a commencé quand?

— Pendant votre voyage à Boston, je pense.

— Dans cet hôtel minable? Comment ont-ils pu!

— Si ça ne te fait rien, ma puce, j'aimerais autant ne pas m'appesantir sur les détails.

— J'ai l'impression que tout s'effondre. La guerre nucléaire, papa qui nous quitte, et ensuite, quoi?

— Nous sommes toujours ensemble, toi et moi, dit Pauline. Et ça, je te promets que ça ne changera pas.»

Leur déjeuner arriva. Malgré sa tristesse, Pippa mangea un cheeseburger avec des frites et but un milk-shake au chocolat. Puis elle retourna dans sa chambre.

Pauline parvint enfin à joindre Gerry. «Il y a deux

choses dont il faut qu'on discute », commença-t-elle. Elle se sentait raide et compassée, et s'en étonna en se rappelant qu'elle avait couché avec cet homme pendant quinze ans. Elle se demanda si Mme Judd se trouvait avec lui. Où était-il, d'ailleurs ? Chez elle ? Dans un hôtel ? Peut-être étaient-ils partis tous les deux à Middleburg, chez l'amie viticultrice de Mme Judd. Ce serait moins dangereux que le centre de Washington, mais pas beaucoup.

« Bien, dit-il prudemment. Je t'écoute. »

Elle sut au son de sa voix qu'il était heureux. Heureux sans moi. Est-ce ma faute ? Qu'ai-je fait de mal ?

Elle chassa ces vaines pensées de son esprit.

« J'ai dit à Pippa ce qui s'est passé, poursuivit-elle. Je n'ai pas pu faire autrement. Elle ne comprenait pas pourquoi tu n'étais pas avec nous.

— Pardon. Je ne voulais pas me décharger de cette corvée sur toi. » Il ne semblait pas vraiment désolé. « J'ai informé le Secret Service, qui l'avait déjà deviné, évidemment.

— Il faut tout de même que tu lui parles. Elle a beaucoup de questions à te poser et je ne peux pas répondre à toutes.

— Elle est avec toi ?

— Non, elle est dans sa chambre, mais elle a son téléphone sur elle, tu peux l'appeler.

— Je vais le faire. Et l'autre chose ? Tu m'as dit qu'il y en avait deux.

— Oui. » Pauline était bien décidée à ne pas se quereller avec l'homme qu'elle avait aimé si longtemps. Elle espérait qu'ils garderaient tous deux un bon souvenir des années passées ensemble. « Je voulais seulement te remercier, reprit-elle. Merci pour les bons moments que nous avons vécus. Merci de m'avoir aimée aussi longtemps que tu l'as fait. »

Il y eut un long silence, et lorsqu'il le rompit, sa voix semblait nouée par l'émotion : « C'est une merveilleuse déclaration.

— Tu m'as soutenue pendant des années. Tu méritais plus de temps et d'attention que je ne pouvais t'en consacrer. C'est trop tard maintenant, je sais, mais j'en suis navrée.

— Tu n'as pas à t'excuser. Vivre à tes côtés a été un privilège. Et il y a surtout eu de bons moments, pas vrai ?

— Oui, acquiesça Pauline. Surtout. »

*

Certains restaient collés devant leurs écrans de télévision sans pouvoir s'en arracher. D'autres faisaient la fête comme si c'était la fin du monde. Tamara et Tab faisaient la fête.

Contre toute attente, ils avaient réussi à se marier quelques heures à peine après l'avoir décidé et même à organiser une soirée.

Tamara avait voulu pour sa cérémonie la femme humaniste qui avait célébré le mariage de Drew Sandberg, l'attaché de presse de l'ambassade, avec Annette Cecil, du MI6. Elle avait appelé celle-ci pour lui demander son numéro.

« Tamara ! avait hurlé Annette. Vous allez vous marier ! C'est merveilleux, ma chérie !

— Calmez-vous, calmez-vous.

— Qui est l'heureux élu ? Je ne savais même pas que vous sortiez avec quelqu'un.

— Ne vous emballez pas, ce n'est pas pour moi, c'est pour une amie. »

Annette n'en crut pas un mot : « Vous êtes une sacrée cachottière. Je brûle d'envie de tout savoir.

— Je vous en prie, Annette, dites-moi simplement comment la joindre. »

Annette céda et lui donna les informations voulues.

La dame s'appelait Claire et était libre le soir même.

« C'est bon, avait dit Tamara à Tab, qu'elle avait embrassé avec passion. Maintenant, où vont se dérouler la cérémonie et la fête qui suivra ?

— L'hôtel Lamy dispose d'un charmant salon privé qui donne sur les jardins. Il peut accueillir une centaine de personnes. La cérémonie et la fête pourraient avoir lieu au même endroit. »

Ils passèrent la journée à tout organiser. Le salon Oasis du Lamy était disponible et l'hôtel avait d'importantes réserves de champagne Travers millésimé. Tab fit les réservations.

« Est-ce qu'on dansera ? demanda-t-il.

— Oh, oui. C'est en voyant à quel point tu dansais mal que je suis tombée amoureuse de toi. »

L'orchestre de jazz malien Desert Funk était libre, et Tamara l'engagea.

Ils envoyèrent les invitations par e-mail.

Tard dans l'après-midi, Tamara se planta devant la porte ouverte du placard de Tab, examina ses costumes et demanda : « On s'habille comment ?

— Super chic, répondit-il aussitôt. Tout le monde doit comprendre que ce n'est pas un mariage à la Las Vegas, même s'il a été organisé à la dernière minute. C'est un mariage pour de bon, pour la vie. »

Elle ne put que l'embrasser encore. Puis elle retourna devant le placard. « Smoking ?

— Excellente idée. »

Elle remarqua une housse en plastique portant les mots *Teinturerie de l'Opéra*. Elle provenait sans doute d'un pressing situé près de la place du même nom, à Paris. « Qu'est-ce qu'il y a, là-dedans ?

— Queue-de-pie et cravate blanche. Je n'ai jamais porté cette tenue au Tchad. Voilà pourquoi elle est encore dans la housse du teinturier. »

Elle sortit le smoking. « Oh, Tab, tu vas être splendide avec ça.

— Je me suis laissé dire que ce smoking me flattait. Mais dans ce cas, il faut que tu sois en robe de bal.

— Pas de problème. J'ai exactement ce qu'il faut. Tu vas bander rien qu'en me voyant. »

À huit heures du soir, le salon Oasis était occupé par deux fois plus d'invités que prévu. Personne n'avait été refoulé à l'entrée.

Tamara portait une robe rose pâle au décolleté plongeant.

Devant leurs amis assemblés, ils jurèrent d'être compagnons, alliés et amants pour le reste de leur vie, aussi brève ou longue fût-elle. Claire les déclara mari et femme, un garçon déboucha une bouteille de champagne et tout le monde applaudit.

Desert Funk entonna un blues langoureux. Les serveurs dévoilèrent le buffet et servirent le champagne. Tamara et Tab prirent les deux premières coupes et burent chacun une gorgée.

« Te voilà coincée avec moi, maintenant, dit Tab. Quel effet ça fait ?

— Je n'avais jamais imaginé pouvoir être aussi heureuse », lui répondit Tamara.

*

« Maman, dit Pippa, tu m'as affirmé qu'il fallait que trois conditions soient remplies pour qu'on décide d'utiliser l'arme nucléaire. »

Pauline jugeait les questions de Pippa fort utiles. Elles l'aidaient à se concentrer sur l'essentiel.

«Oui, bien sûr, je m'en souviens.

— Tu peux me répéter lesquelles?

— Premièrement, que nous ayons tenté de résoudre le problème par tous les moyens pacifiques, et qu'ils aient tous échoué.

— C'est bien ce que vous semblez avoir fait à présent.»

Vraiment? Elle réfléchit. «Oui, en effet, acquiesça-t-elle.

— Deuxièmement?

— Qu'il soit impossible de résoudre le problème en employant des armes conventionnelles.

— C'est ce qui s'est produit en Corée du Nord?

— Je crois.» Pauline marqua une nouvelle pause, réfléchit encore, mais parvint à la même conclusion. «Une fois que les rebelles ont eu dévasté deux villes avec des bombes nucléaires, nous avons dû éliminer totalement leur force de frappe, pour être sûrs qu'ils ne puissent jamais recommencer. Aucun usage, aussi massif soit-il, d'armes conventionnelles n'aurait pu nous le garantir.

— Je comprends.

— Enfin, troisième condition, que des Américains aient été tués ou soient sur le point de l'être à cause des actions de l'ennemi.

— Et des Américains sont morts en Corée du Sud.

— Exact.

— Tu vas recommencer? Tu vas lancer de nouveaux missiles nucléaires?

— Si je ne peux pas faire autrement, ma puce; si des Américains sont menacés ou tués, oui.

— Mais tu essaieras d'éviter ça.

— De toutes mes forces.» Pauline consulta sa montre. «Et c'est ce à quoi je vais m'employer à présent. Nous avons une réunion prévue, et les gens se réveillent tout juste à Pékin.

— Bonne chance, maman. »

En gagnant la salle de crise, Pauline passa devant une porte sur laquelle un panonceau indiquait *Conseiller à la Sécurité nationale* et, obéissant à une impulsion, elle frappa.

Elle entendit la voix de Gus : « Oui ?

— C'est moi. Vous êtes prêt ? »

Il ouvrit la porte : « Je mets ma cravate. Voulez-vous entrer un instant ? »

Tout en le regardant nouer une cravate gris foncé, elle observa : « Quoi qu'aient décidé de faire les Chinois, je pense qu'ils le feront dans les douze prochaines heures. S'ils repoussent leur action de vingt-quatre heures, ils donneront l'impression de s'être ravisés. »

Gus acquiesça : « Tout le monde cherche à montrer sa force, à ses alliés comme à ses ennemis.

— Ce n'est pas seulement une question de vanité. Quand on a l'air fort, on risque moins de se faire attaquer, sur la scène internationale comme dans une cour de récréation. »

Il se tourna vers elle : « Ça va, ma cravate ? »

Elle ajusta le nœud, bien qu'il n'en eût pas besoin. Elle huma un parfum de lavande et de feu de bois. Les mains sur le torse de Gus, elle leva les yeux vers lui. Quelque chose qu'elle n'avait pas prévu de dire jaillit spontanément de ses lèvres : « Nous ne pouvons pas attendre cinq ans. »

Elle en fut elle-même surprise. Mais c'était vrai.

« Je sais, murmura-t-il.

— Nous n'avons peut-être pas cinq ans devant nous.

— Nous n'avons peut-être même pas cinq jours. »

Elle inspira profondément, réfléchit et ajouta enfin : « Si nous sommes encore vivants en fin de journée, Gus, passerons-nous la nuit ensemble ?

— Oui, trois fois oui.

— Tu es sûr de le vouloir ?

— De tout mon cœur.

— Touche mon visage. »

Il posa la main sur sa joue. Elle tourna la tête, lui embrassa la paume et sentit le désir l'envahir. Elle craignit de perdre tout contrôle. Elle ne voulait plus attendre, même jusqu'au soir.

Le téléphone de la chambre sonna.

Elle recula d'un pas d'un air coupable, comme si la personne qui appelait avait pu assister à la scène qui venait de se dérouler.

Gus se retourna et décrocha. Au bout d'un moment, il répondit : « Très bien. » Il raccrocha et annonça : « Un appel du président Chen pour toi. »

L'humeur de Pauline s'altéra aussitôt.

« Il s'est levé bien tôt », remarqua-t-elle. Il était cinq heures du matin à Pékin. « Je vais prendre la communication dans la salle de crise pour que tout le monde puisse entendre. »

Ils sortirent ensemble de la chambre.

Elle refoula ses sentiments pour Gus afin de se concentrer sur ce qui l'attendait. Elle devait à présent tout oublier de sa vie quotidienne. Mère d'une adolescente, épouse d'un mari infidèle et femme amoureuse d'un collaborateur, elle devait bannir ces relations de son esprit pour être tout entière à son rôle de chef de file du monde libre. Pourtant, elle devait aussi se rappeler que si elle prenait une mauvaise décision, Pippa, Gerry et Gus en subiraient les conséquences.

Elle rejeta les épaules en arrière et entra dans la salle de crise.

Les écrans muraux affichaient toutes les sources d'information disponibles : satellites, infrarouges et chaînes de télévision américaines, chinoises et sud-coréennes. Ses collaborateurs et ses conseillers les plus importants étaient assis devant la table. Il n'y avait pas si long-temps, elle aimait ouvrir les réunions de cabinet par une blague. Ce temps-là était révolu.

Elle s'assit. «Mettez-le sur haut-parleur.» Elle donna à sa voix le ton le plus amical qu'elle pouvait. «Bonjour, président Chen. Il est bien tôt chez vous.»

Le visage du Président chinois apparut sur plusieurs écrans. Il portait comme d'habitude un complet bleu marine. «Bonjour», dit-il.

Rien d'autre. Pas de formule de politesse, pas de banalités. Son ton était glacial. Pauline devina qu'il n'était pas seul et que chacune de ses paroles était sur-veillée.

«Monsieur le Président, reprit-elle, je pense que nous devons tous, vous comme moi, mettre un terme à l'es-calade de cette crise. Je suis sûre que vous en serez d'accord.»

La réplique de Chen fut immédiate et agressive :

«La Chine n'est pour rien dans cette escalade! Les États-Unis ont coulé un porte-aéronefs, attaqué la Corée du Nord et déployé des armes nucléaires! L'escalade est intégralement de votre fait!

— Vous avez bombardé ces pauvres sous-mariniers japonais sur les îles Diaoyutai.

— C'était un acte défensif. Ils avaient envahi la Chine!

— La question est litigieuse, mais en tout état de cause ils avaient agi sans violence. Ils n'ont pas blessé un seul citoyen chinois. Alors que vous, vous les avez tués. C'est une escalade.

— Et que feriez-vous si des soldats chinois occu-paient San Miguel?»

Pauline dut faire un effort de mémoire pour se rap-peler que San Miguel était une grande île inhabitée au large de la côte sud de la Californie. «Je serais très contrariée, monsieur le Président, mais je ne lancerais pas de bombes sur votre peuple.

— Je me le demande.

— Quoi qu'il en soit, cette escalade doit cesser immédiatement. Je ne prendrai plus aucune initiative de nature militaire si vous vous engagez à en faire autant.

— Comment pouvez-vous dire cela ? Vous avez coulé un porte-aéronefs, tué des milliers de Chinois, attaqué la Corée du Nord à l'arme nucléaire, et maintenant, vous me demandez de vous promettre de m'abstenir de toute action militaire. C'est insensé.

— Pour qui veut prévenir une guerre mondiale, c'est la seule voie raisonnable.

— Que les choses soient claires », dit Chen, et Pauline eut la sinistre sensation d'entendre la voix du Destin. « Fut un temps où les puissances occidentales pouvaient agir à leur guise en Asie de l'Est sans avoir à craindre de conséquences. En Chine, nous parlons du "siècle d'humiliation". Madame la Présidente, sachez bien que cette période est révolue.

— Nous avons toujours parlé d'égal à égal, vous et moi… »

Mais il n'avait pas fini : « La Chine a décidé de réagir à votre agression nucléaire. Le but de cet appel est de vous informer que notre riposte sera mesurée, proportionnée et ne s'inscrira pas dans un processus d'escalade. Après cela, vous pourrez nous demander de nous engager à renoncer à toute nouvelle action militaire.

— Je choisirai la paix et non la guerre aussi longtemps que je le pourrai, monsieur le Président. Mais, à présent, c'est à moi de mettre les choses au clair. La paix prend fin à l'instant où l'on tue des Américains. Le général Pak a appris cette leçon ce matin, et vous savez ce qui lui est arrivé ainsi qu'à son pays. N'imaginez pas que nous agirons différemment avec vous. »

Pauline attendit la réponse de Chen, mais celui-ci raccrocha.

«Et merde, fit-elle.

— On aurait juré qu'un commissaire du peuple lui pointait un pistolet sur la tempe, observa Gus.

— Vous ne croyez peut-être pas si bien dire, Gus, intervint Sophia Magliani, directrice du Renseignement national. L'antenne de la CIA à Pékin pense qu'il y a eu du remue-ménage, sinon un coup d'État, dans les plus hautes sphères du pouvoir. Il semblerait que Chang Kai, le vice-ministre du Renseignement extérieur, ait été arrêté. Je dis "il semblerait" parce qu'aucune annonce n'a été faite, mais notre meilleur agent à Pékin tient cette information de l'épouse de Chang. C'est un jeune réformateur, et son arrestation donne à penser que les tenants de la ligne dure ont pris les rênes.

— Ce qui rend une action agressive de leur part encore plus probable, commenta Pauline.

— Exactement, madame la Présidente.

— J'ai lu le plan Chine il y a un certain temps», poursuivit Pauline. Le Pentagone avait dressé des plans de guerre en fonction de différentes éventualités. Le plus long et le plus important était le plan Russie. Le plan Chine arrivait en deuxième position. «Passons-le rapidement en revue pour que tout le monde sache de quoi il est question. Luis?»

Bien que toujours tiré à quatre épingles, le secrétaire à la Défense semblait hagard. Ils pouvaient tous s'attendre à passer une seconde nuit blanche.

«Chaque base militaire chinoise équipée ou susceptible d'être équipée d'armes nucléaires est déjà prise pour cible par un ou plusieurs missiles balistiques à ogive nucléaire, prêts à être lancés depuis le sol américain. Leur lancement sera notre premier acte de guerre.»

Lorsque Pauline avait découvert ce plan, elle n'y

913

avait vu qu'un document abstrait. Elle l'avait étudié avec attention, tout en pensant alors que sa vraie mission était de veiller à ce qu'il ne soit jamais nécessaire. La situation avait bien changé. Elle savait à présent qu'elle risquait de devoir l'appliquer et revit la diabolique fleur rouge orangé, les bâtiments effondrés et les corps atrocement calcinés d'hommes, de femmes et d'enfants.

Ce fut pourtant d'un ton sec et pragmatique qu'elle poursuivit son exposé. «Les satellites et les radars chinois les repéreront en quelques secondes, mais ces missiles mettront au moins trente minutes pour atteindre la Chine.

— Exact, et dès qu'ils apparaîtront sur leurs écrans, les Chinois lanceront leur propre attaque nucléaire contre les États-Unis. »

Oui, songea-t-elle. Les immeubles imposants de New York s'effondreront, les plages étincelantes de Floride deviendront radioactives et les majestueuses forêts de l'Ouest s'embraseront jusqu'à ce qu'il n'en reste qu'un tapis de cendres.

«Mais nous avons quelque chose que n'ont pas les Chinois, ajouta-t-elle : des missiles antimissiles.

— En effet, madame la Présidente : nous avons deux sites d'intercepteurs : Fort Greely en Alaska et la base aérienne de Vandenberg en Californie, ainsi que des systèmes plus petits d'intercepteurs maritimes.

— Sont-ils performants ?

— Ils ne sont pas censés être efficaces à cent pour cent. »

Bill Schneider, toujours coiffé d'un casque le reliant directement au Pentagone, grommela : «Ce sont les meilleurs du monde.

— Mais ils ne sont pas parfaits, conclut Pauline. Si j'ai bien compris, nous pourrons déjà être satisfaits s'ils éliminent la moitié des missiles qui nous visent. »

Bill ne la contredit pas.

«Nous avons aussi des sous-marins dotés de l'arme nucléaire qui patrouillent en mer de Chine méridionale, reprit Luis. Il y en a quatorze et, à l'heure actuelle, la moitié d'entre eux sont à portée de la Chine. Ils sont tous armés de vingt missiles balistiques, dont chacun est équipé de trois à cinq ogives nucléaires. Madame la Présidente, chacun de ces sous-marins a une puissance de feu suffisante pour dévaster n'importe quel pays de la planète. Et ils ouvriront immédiatement le feu sur la Chine continentale.

— Mais nous pouvons supposer que les Chinois en possèdent aussi.

— Pas exactement. Ils ont quatre ou cinq sous-marins de classe Jin, dont chacun transporte douze missiles balistiques, mais ces missiles ne sont dotés que d'une seule tête nucléaire. Leur puissance de feu n'a rien à voir avec la nôtre.

— Savons-nous où se trouvent leurs sous-marins?

— Non. Les submersibles modernes sont très discrets. Nos capteurs hydroacoustiques les détectent seulement lorsqu'ils approchent de nos côtes. Les détecteurs d'anomalies magnétiques, généralement embarqués sur des avions, ne sont capables de repérer que les sous-marins proches de la surface. Bref, les sous-marins peuvent rester planqués jusqu'à la toute dernière minute.»

Pauline avait approuvé le plan Chine et ne voyait pas comment l'améliorer, mais il ne garantissait pas une victoire rapide. Même si les Américains l'emportaient, des millions d'êtres humains périraient dans les deux pays.

Soudain, Bill Schneider cria: «Missile lancé, missile lancé!

— Oh, non!» Pauline parcourut les écrans muraux d'un regard circulaire et ne vit aucune trace de tir. «Où ça?

— Océan Pacifique.» Dans son micro, il cria : «Soyez plus précis, nom de Dieu !» Puis, au bout d'un moment : «Pacifique Est, madame la Présidente.» Il reprit le micro : «Dépêchez des drones avec caméra dans le secteur, et vite !

— Radar sur l'écran 3 », annonça Gus.

Pauline se tourna vers l'écran en question et vit un graphique montrant un arc rouge sur une mer bleue. Puis l'image se décala et une île aux contours familiers apparut sur la gauche de l'écran.

«Un seul missile balistique, déclara Bill.

— Lancé d'où ? demanda Gus. Il n'a pas pu venir de Chine, nous l'aurions vu il y a une demi-heure.

— Il a dû être lancé par un sous-marin qui a replongé aussitôt, répondit Bill.

— Voilà les images du drone », dit Gus.

Pauline plissa les yeux pour mieux voir. L'île était essentiellement couverte de forêts, mais elle distingua au sud une zone construite, avec un grand aéroport et un port naturel. Un ruban de plages dorées entourait la plus grande partie de l'île.

«Oh, bon Dieu, c'est Honolulu, lança-t-elle.

— Ils bombardent Hawaï, constata Chess incrédule.

— À quelle distance est le missile ? demanda Pauline.

— Impact dans une minute, répondit Bill.

— Merde ! Est-ce qu'Hawaï est équipée de défenses antimissiles ?

— Oui, confirma Bill, sur terre et à bord de navires à quai.

— Dites-leur de tirer !

— C'est fait, mais le missile est rapide et vole bas, il va être difficile de l'intercepter. »

Tous les écrans affichaient à présent des images d'Honolulu prises à des angles différents. C'était le milieu de l'après-midi à Hawaï. Pauline distingua des

916

rangées de parasols multicolores sur la plage de Waikiki. Elle avait envie de pleurer. Un grand jet décollait de l'aéroport d'Honolulu, probablement bourré de vacanciers qui rentraient chez eux et avaient ainsi une chance d'échapper de justesse à la mort. Des sous-marins et des navires de guerre américains mouillaient dans Pearl Harbor.

Pearl Harbor, pensa Pauline ; bon sang, on a déjà vécu tout ça. Je ne pourrai pas le supporter.

« Trente secondes, annonça Bill. Présence d'un sous-marin chinois confirmée par surveillance satellite infrarouge. »

Pauline savait ce qu'elle devait faire. Le cœur serré, elle pouvait à peine parler. Elle réussit pourtant à articuler : « Dites au Pentagone de se tenir prêt à exécuter le plan Chine sur mon ordre.

— Oui, madame.

— Tu es sûre ? lui demanda Gus à voix basse.

— Pas encore. Si ce missile n'est équipé que d'armes conventionnelles, nous pouvons encore éviter la guerre nucléaire.

— Et sinon ?

— Nous n'aurons pas le choix.

— Tu as raison.

— Vingt secondes », dit Bill.

Pauline se rendit compte qu'elle était debout, comme tous les autres occupants de la pièce. Elle ne se rappelait pas s'être levée.

Les images du drone ne cessaient de changer de seconde en seconde, montrant le sillage de vapeur au-dessus des forêts et des champs cultivés, puis une autoroute encombrée de voitures et de camions, tous sereins sous les rayons du soleil. Pauline avait le cœur brisé. Les mots « c'est ma faute, c'est ma faute » tournaient en boucle dans son esprit.

«Dix secondes.»

On vit soudain apparaître une demi-douzaine de nouveaux sillages : les missiles défensifs étaient lancés depuis Pearl Harbor.

«Il y en a sûrement un qui va le toucher!» s'écria-t-elle.

Puis on vit le terrible dôme de mort rouge orangé apparaître dans la ville, à l'est du port et au nord de l'aéroport.

Des cercles de feu concentriques engloutirent les gens et les immeubles, puis se transformèrent en colonnes de fumée surmontées de chapeaux de champignon. Dans le port, une gigantesque vague inonda la totalité de l'île de Ford. Tous les bâtiments de l'aéroport furent soudain aplatis et les avions stationnant devant les portes s'embrasèrent. La ville d'Honolulu fut dévorée par les flammes au fur et à mesure que les réservoirs des véhicules explosaient.

Pauline avait envie de se rouler en boule, d'enfouir sa tête entre ses mains et de pleurer, mais elle serra les dents. «Branchez la salle de guerre du Pentagone sur le haut-parleur, s'il vous plaît», dit-elle d'une voix qui ne tremblait qu'à peine.

Elle sortit le biscuit. Elle avait brisé le boîtier en plastique ce matin : était-ce vraiment le même jour ?

Une voix s'éleva dans le haut-parleur : «Ici le général Evers, salle de guerre du Pentagone, madame la Présidente.»

Le silence se fit dans la pièce. Tous les regards étaient fixés sur Pauline.

«Général, quand vous m'aurez entendu lire le code d'authentification correct, vous exécuterez le plan Chine. Est-ce clair ?

— Oui, madame.

— Des questions ?

— Non, madame. »

Pauline reporta son regard sur les images satellite. Elles affichaient le pire cauchemar de l'humanité. La moitié de l'Amérique ressemblera à cet enfer si je ne lis pas ce code, pensa-t-elle.

Et peut-être même si je le fais.

Elle prononça à haute voix : « Oscar Novembre Trois Sept Trois. Je répète : Oscar Novembre Trois Sept Trois.

— J'ai donné ordre d'exécuter le plan, confirma le général.

— Merci, général.

— Merci, madame la Présidente. »

Très lentement, Pauline se rassit. Elle posa les bras sur la table et baissa la tête. Elle pensa aux morts et à ceux qui agonisaient à Hawaï, à ceux qui mourraient bientôt en Chine, puis dans les grandes villes des États-Unis. Elle eut beau fermer les yeux et serrer les paupières de toutes ses forces, elle les voyait toujours. Toute son assurance, tout son courage se déversèrent comme un flot de sang jaillissant d'une artère. Elle était accablée d'une douleur et d'un désespoir si écrasants que son corps tout entier en tremblait. Elle sentit que son cœur allait éclater et qu'elle allait mourir.

Alors, enfin, elle se mit à pleurer.

FIN

REMERCIEMENTS

Mes conseillers pour ce livre ont été Catherine Ashton, James Cowan, Kim Darroch, Marc Lanteigne, Jeffrey Lewis, Kim Sengupta et Tong Zhao.

Plusieurs personnes m'ont accordé des entretiens fort utiles, en particulier Gordon Brown, Des Browne et Enna Park.

Mes éditeurs ont été Gillian Green, Vicki Mellor, Brian Tart et Jeremy Trevathan.

Parmi les amis et les membres de ma famille qui m'ont aidé figurent Ed Balls, Lucy Blythe, Daren Cook, Barbara Follett, Peter Kellner, Chris Manners, Charlotte Quelch, Jann Turner, Kim Turner et Phil Woolas.

Merci à tous.

DU MÊME AUTEUR :

LA FRESQUE DE KINGSBRIDGE
(dans l'ordre historique)

Le Crépuscule et l'Aube, Robert Laffont, 2020.

Les Piliers de la terre, Stock, 1989 ;
Robert Laffont (2 vol.), 2017.

Un monde sans fin, Robert Laffont, 2008.

Une colonne de feu, Robert Laffont, 2017.

LA TRILOGIE DU SIÈCLE
(dans l'ordre historique)

La Chute des géants, 1, Robert Laffont, 2010.

L'Hiver du monde, 2, Robert Laffont, 2012.

Aux portes de l'éternité, 3, Robert Laffont, 2014.

LES THRILLERS SUR LA SECONDE GUERRE MONDIALE

L'Arme à l'œil, Robert Laffont, 1980.

Le Code Rebecca, Robert Laffont, 1981.

La Nuit de tous les dangers, Stock, 1992.

Le Réseau Corneille, Robert Laffont, 2002.
Le Vol du frelon, Robert Laffont, 2003.

LES AUTRES ROMANS

Triangle, Robert Laffont, 1980.
L'Homme de Saint-Pétersbourg, Robert Laffont, 1982.
Les Lions du Panshir, Stock, 1987.
La Marque de Windfield, Robert Laffont, 1994.
Le Pays de la liberté, Robert Laffont, 1996.
Le Troisième Jumeau, Robert Laffont, 1997.
Apocalypse sur commande, Robert Laffont, 1999.
Code zéro, Robert Laffont, 2001.
Peur blanche, Robert Laffont, 2005.

LES PREMIERS ROMANS

Le Scandale Modigliani, Le Livre de Poche, 2011.
Paper Money, Le Livre de Poche, 2013.

LA NON-FICTION

Comme un vol d'aigles, Stock, 1983.
Notre-Dame, Robert Laffont, 2019.

LES ROMANS JEUNESSE

L'Appel des étoiles, R Jeunesse, Robert Laffont, 2016.
Le Mystère du gang masqué, R Jeunesse,
Robert Laffont, 2017.
La Belle et l'oiseau, R Jeunesse, Robert Laffont, 2019.

Le Livre de Poche s'engage pour l'environnement en réduisant l'empreinte carbone de ses livres. Celle de cet exemplaire est de : 700 g éq. CO_2
Rendez-vous sur www.livredepoche-durable.fr

Composition réalisée par Soft Office

Achevé d'imprimer en novembre 2022 en france par
Maury Imprimeur – 45330 Malesherbes
Dépôt légal 1re publication : janvier 2023
N° d'imprimeur : 266592
LIBRAIRIE GÉNÉRALE FRANÇAISE
21, rue du Montparnasse – 75298 Paris Cedex 06

55/3211/5